在文学的圣殿，
我们卸下生活的层层假面，
以性命坦诚相见。

—— 落尘

作者简介

落尘，独立译著者。

创作：《繁华背后尽苍凉——张爱玲传》，《流浪的法王——仓央嘉措秘传》，《世间尚好，为有斯人》(一编)，《世间尚好，为有斯人》(二编)。

翻译：托马斯·潘恩的《常识》，伯特兰·罗素的《幸福之路》和《教育与美好生活》，乔治·奥威尔的《动物农场》《1984》等十余部作品。

写作宗旨：让美好的人物和思想流传。

繁华背后
尽苍凉

张爱玲传

落尘 著

团结出版社

图书在版编目（ＣＩＰ）数据

　　繁华背后尽苍凉：张爱玲传 / 落尘著. -- 北京：
团结出版社，2021.7
　　ISBN 978-7-5126-8747-9

　　Ⅰ．①繁… Ⅱ．①落… Ⅲ．①张爱玲（1920-1995）
—传记 Ⅳ．①K825.6

中国版本图书馆 CIP 数据核字 (2021) 第 068240 号

出　版：团结出版社
　　　　（北京市东城区东皇城根南街 84 号　邮编：100006）
电　话：(010) 65228880　65244790　（出版社）
　　　　(010) 65238766　85113874　65133603（发行部）
　　　　(010) 65133603（邮购）
网　址：http://www.tjpress.com
E-mail：zb65244790@vip.163.com
　　　　tjcbsfxb@163.com（发行部邮购）
经　销：全国新华书店
印　装：三河市东方印刷有限公司
开　本：147mm×210mm　　32 开
印　张：14.5
字　数：324 千字
版　次：2021 年 7 月　　第 1 版
印　次：2021 年 7 月　　第 1 次印刷
书　号：978-7-5126-8747-9
定　价：58.00 元

目 录

楔　子

　　1995年9月8日中午，一位华裔老人被发现死于美国洛杉矶西木区10911号罗切斯特大道206公寓内。她生前独居。公寓经理——伊朗房东的女儿——因为多日看她未有动静，拿着备用钥匙开门探看，结果发现她头朝房门，脸向外，躺在房里唯一一张靠墙的行军床上，身下垫着一床蓝灰色的毯子，身上没有盖任何东西，手和脚自然地平放，已然安详地离去。在她床前的地上，保暖的日光灯仍然亮着。闻讯赶来的警察按照程序，迅速通知了老人的遗嘱执行人——华裔土木工程师林式同。

　　1992年2月14日，这位老人曾在美国加州洛杉矶市比弗利山立了一份遗嘱，一切依照当地法律，在法定公证人与其他三位证人面前宣誓完成。遗嘱非常简单，只有三点事项：

　　第一，我去世后，我将我拥有的所有一切都留给宋淇夫妇。

　　第二，遗体立时焚化——不要举行殡仪馆仪式——骨灰撒在荒芜的地方——如在陆上就在广阔范围内分撒。

　　第三，我委任林式同先生为这份遗嘱的执行人。

　　这位老人的孤单离去，在洛杉矶当地几乎没有激起任何反响。

但消息甫一传回华文界，却立刻引起巨大震动。次日，中国台湾、中国香港、中国大陆的各大重要媒体几乎立刻在第一时间做出了报道：中国现代史上著名女作家张爱玲在美辞世。这一天，恰巧是1995年9月9日，中华民族的传统节日——中秋节。

而月亮，是张爱玲早年笔下最常出现的意象。与其说是巧合，毋宁说是天意，让全球张迷可以在一轮最圆也最璀璨的月亮下，为她送行。

那是独属于张爱玲的告别方式，美丽、安静而又苍凉。

她被誉为20世纪末的最后一抹华丽，她的离去不仅是一个个体生命对于尘世的告别，更象征着一个时代的结束。

她的人生至此落幕，而关于她的传奇才刚刚开始。

第一章

显赫家世

我没赶上看他们，所以跟他们的关系仅只是属于彼此，一种沉默的无条件的支持，看似无用，无效，却是我最需要的。他们只静静地躺在我的血液里，等我死的时候再死一次。

我爱他们。

——张爱玲·《对照记》

可以说，与张爱玲同时代的作家，没有谁的家世比她更显赫。那是清末四大权贵家族的合流。它们构成了早年张爱玲的成长环境和背景，很大程度上，也决定了她未来的情感和人生走向。

张爱玲的祖父张佩纶，字幼樵，原籍河北丰润。其父张印塘，曾任安徽按察使。太平天国时期，李鸿章返回安徽办团练，"与印塘曾共患难"，"并马论兵，意气投合，相互激励劳苦"。1854年，张印塘积劳成疾，逝于任上，当时张佩纶年方7岁，一时生活陷入困顿。经过刻苦攻读，他于23岁科考中举，次年即登进士，4年后升侍讲，任"日讲起居注官"，可以直谏朝政。

据曾孟朴①在《孽海花》中所述，虽说清末官场黑暗，政治腐败，但张佩纶却偏偏是个清廉刚正之人，以致贫困得常吃稀饭，即使这样，仍常告贷。这一日，因授了翰林院侍讲学士，同年洪钧②前来登门道贺，家中竟没米菜待客，只得叫仆人拿了纱袍去典当，买些吃食回来，偏巧被拖欠了两个月米钱的米店的伙计又来讨债。看看自己这边厢生计狼狈，那边厢权贵们却高车大马、钟鸣鼎食，张佩纶大受刺激，一气之下，将平日里所知"浙闽总督纳贿买缺""贵州巡抚侵占饷项"等事，写成一封奏折，呈递上去。当时慈禧太后刚垂帘听政不久，为了树立开明形象，正广开言路。张佩纶奏折一上，立刻受到召见，上头问了一个时辰的话才下来，其犀利文笔，更是得到当时军机首辅恭亲王奕䜣和另一位军机李鸿藻的赏识，一时官运亨通，升至侍讲署佐副都史，后又被派在总理各国衙门行走。因张佩纶恃才傲物，用笔如刀，不畏权贵，一时满朝为之侧目，与当时朝中同样敢于直谏的张之洞、陈宝琛等人被时人称为"清流党"。

第二次鸦片战争之后，法国军队入侵越南，将越南南部六省（南圻）纳为自己的殖民地。1883年12月14日，法军进攻山西③，中法战争正式爆发。紧接着，北宁、兴化、太原等地相继沦陷，国威大损，慈禧震怒，趁机将战败的责任推到与其不和的恭亲王奕䜣

---

① 清末四大谴责小说之一《孽海花》的作者，和李鸿章长孙媳的娘家有亲戚关系。
② 清末著名外交家。同治年间中状元，后官至兵部左侍郎。1889年至1892年任清廷驻俄、德、奥、荷四国大臣。《孽海花》中的男主人公金雯青即是以他为原型。
③ 位于越南境内红河南岸。因为越南自古与中国有宗藩关系，所以当地有中国军队驻守。

身上，撤掉其军机首辅之职，由醇亲王奕譞①接任，并派李鸿章与法军议和。

与清流党人一向有积怨的军机大臣孙敏汶趁机向新任首辅奕譞献计，把清流党坚决主战的几位主要人物都派往情势危急的海防前线。张之洞、陈宝琛被派到广东，张佩纶则以三品钦差大臣会办海疆大臣的名义被派往福建马尾督军。

离京赴任时，行经天津，张佩纶前往拜会李鸿章。李鸿章一直很欣赏这位故人之子的文采才干，在其丁忧②之时曾出资白金千两为其母营葬，投桃报李，张佩纶私下也对李鸿章执弟子礼，以师相称，后又在中日就琉球谈判问题上为李鸿章出谋划策，建议延缓谈判，以与日关系紧张为借口，迫使朝廷同意大力发展北洋水师。随着逐步交流关于军事、国防的见解看法，两人关系日深。在年轻一代中，李鸿章对张佩纶可谓青眼有加，暗期他为来日北洋大臣的继任人选。在和李鸿章交换过对时局的看法后，张佩纶带着慈禧的圣训和李鸿章的厚勉南下，踌躇满志，意欲有一番作为，但很快，他便折戟沉沙。

张佩纶抵达马尾不久，法国远东舰队司令孤拔便受命率舰队闯入闽江马尾港，欲图"踞地为质"，迫使清廷就范。受上命"衅不可自我开"的张佩纶为避免直接导致武力冲突，一面允许其进入，予以友好款待，一面紧急电告朝廷和李鸿章，法军已有一轮闯港受

---

① 道光帝第七子，咸丰皇帝的异母弟，其大福晋乃慈禧太后胞妹。也因为这层姻亲关系，其第二子载湉在同治帝死后被慈禧选中，登上皇位，即光绪帝。

② 依照古制，官员父母若丧亡，则其必须离职回祖籍守制27个月，以示忧思。其间若有特殊情况，朝廷仍需特召其履行公职，则称为"夺情"。

损，以此为端，估计将有纷然杂至，据险索赔的可能，同时希望正在天津与法国人谈判的李鸿章能与法人相约，禁止其船入口。李鸿章当日回电曰："孤（拔）素勇敢，似我已允撤兵，彼当不剧动手。能否派员以此义喻之闻？"语义虽缓，但和平解决中法矛盾的意向却很明显，这在一定程度上也影响了张佩纶的前线决策。

作为备战，马江一带当时调集了海军军舰 11 艘，江防陆军也增至 11 营，囿于清廷在和战之间摇摆不定的态度，作为前线主帅的张佩纶虽然集结兵力却不敢先发，还严令各方"不准无令自行起锚""不准先行开炮，违者或胜亦斩"。

1884 年 8 月 23 日下午，法军趁着落潮之时中国军舰大多处于法舰前方，完全暴露于自己火力之下的时刻，突然发动攻击。福建海军在毫无准备的情况下仓促应战，虽然"扬武""福胜""振威"等舰船上的清军官兵英勇奋战，但局面已然无法逆转，江面战斗持续半小时后，福建海军 11 艘舰艇全部被击沉，将士伤亡 700 余人。在后来呈递的奏章中，张佩纶称赞将士的忠勇曰："各船军士，用命致死，犹能鏖战两时，死者灰烬，存者焦伤。"而他自己则临阵脱逃，奔至距马尾 30 里的鼓山彭田乡。自知罪责难逃的他次日即电告军机大臣："纶罪无可逭，请即奏闻逮治。"不久，他即被革职发配至察哈尔察罕陀罗海。

4 年后，张佩纶戍满归来，爱惜人才同时也暗怀愧疚的李鸿章向处于人生低谷的他伸出援手，先是召其为幕僚，不久又将长女李经璹（字菊耦）嫁给张佩纶。这一年，张佩纶 41 岁，而李菊耦只有 22 岁。

对于丈夫要将如花似玉、才貌双全的女儿许配给一个相差 19

岁的"囚犯"做继室，李鸿章的夫人赵继莲表现出了极度的不满，她痛骂李鸿章"老糊涂虫"，哭闹着不肯答应，但李菊耦的态度却很坚决："爹爹已经许配，就是女儿也不肯改悔！况且爹爹眼力，必然不差的。"李夫人于是只好作罢。

虽然年龄差距悬殊，但从张佩纶的日记来看，婚后夫妇二人确实享受了一段夫唱妇随、诗酒唱和的幸福生活，只是这样的时日并不长久。

1894年7月，中日在朝鲜交兵。8月1日，正式宣战。当时李鸿章及其过继的长子李经方主和，而张佩纶则坚持其一贯看法，坚决主战。李经方于是买通御史端良，弹劾张佩纶"发遣释回后又在李鸿章署中以干预公事，屡招物议属实，不安本分"，最后朝廷"着李鸿章即行驱令回籍毋许逗留"。1895年3月，张佩纶携家眷离开天津，迁居南京。为了使自己的爱女不受委屈，李鸿章送给李菊耦一份极其丰厚的嫁资。张佩纶夫妇于是在南京买下一所巨宅，是康熙年间征藩有功的靖逆侯张勇的旧宅：庭院深深，花木繁盛。同年，李菊耦在这里生下一个男孩，名张志沂。之后生一女，早夭。5年后又生一女，名张茂渊。

此时外面依旧是多事之秋。中日甲午海战后，李鸿章赴日与日本首相伊藤博文签订《马关条约》，并发誓终生不再履日地①。经此大辱，一心渴望富民强国的光绪帝终于痛下决心，启用康有为、梁

---

① 次年，李鸿章出访欧美，返回途中需经日本横滨换船。虽然日方早在岸上为他准备了行馆，但李拒不上岸，夜宿舟中。次日换乘之船驶来，需先坐小船衔接，李知悉小船是日船，仍拒不登船。侍从们只好在美轮和换乘轮船之间搭上一块跳板，冒着落海的危险，扶着已经73岁高龄的李鸿章小心通过。

启超等人，实行变法。但变法遭到以慈禧为代表的保守势力的反对，光绪帝被慈禧囚禁于瀛台，戊戌变法自此失败。

据曾担任慈禧身边第一女侍官并与光绪皇帝交往颇多，同时深得慈禧、光绪二人信任的德龄记述，在起草变法诏令的时候，李鸿章所做的工作比起康有为和翁同龢来一样也不少，但是他非常注意地将自己隐蔽在幕后，在变法失败后，他又充分展现出其外交家的才能，表现得镇定而无辜，他的聪明、谨慎帮助他逃脱了慈禧的铁腕。

1900 年，慈禧听信端郡王载漪的唆使，误以为义和团的拳民真能够刀枪不入、打败外国人，于是下令杀洋人、围攻外国使馆及教堂。孰料形势一发不可收拾，很快超出她的控制，引来更大祸患。1900 年 8 月 14 日，八国联军攻陷北京。化装成农妇仓皇出逃的慈禧无奈四次传谕催促，命自叹为大清朝"裱糊匠"、已经 77 岁的李鸿章出面收拾残局，与八国联军议和。

李鸿章对邮传部尚书盛怀宣说："和约定，我必死。"1900 年 7 月 17 日，李鸿章离开广东，21 日抵达上海，在那里滞留两个月，与亲友密商北上事宜，同时奏请张佩纶以四五品京堂补用，与自己一同赴京协助交涉谈判。但张佩纶自迁居南京后，回首自己一生功名成毁，已心灰意懒，马尾战败，孤身逃生，已饱受世人讥讽诟病，如今何必再去趟这浑水？于是婉转辞谢，称病不出。

经过长达近一年的艰苦谈判，1901 年 9 月，李鸿章在北京签下此生最后一个乞和条约——《辛丑条约》。签完字回来后，悲痛欲绝、心力交瘁的李鸿章开始大口咯血，11 月，即病逝于北京贤良寺寓所，临终留诗云："劳劳车马未离鞍，临事方知一死难。三百年来伤国步，八千里外吊民残。秋风宝剑孤臣泪，落日旌旗大将坛。海外尘氛犹未息，诸君莫作等闲看。"对于自己背负的卖国骂名，李鸿章生前曾慨叹道："我办了一辈子的事，练兵也，海军也，都是纸糊的老虎，何尝能实在放手办理？不过勉强涂饰，虚有其表，不揭破犹可敷衍一时。如一间破屋，由裱糊匠东补西贴，居然成一净室，虽明知为纸片糊裱，然究竟决不定里面是何等材料，即有小风小雨，打成几个窟窿，随时补葺，亦可支吾对付。乃必欲爽手扯破，又未预备何种修葺材料，何种改造方式，自然真相破露，不可收拾，但裱糊匠又何术能负其责？"

李鸿章的死讯传到西安，慈禧当场落泪，称赞他是"再造玄黄"之人，并感叹道："大局未定，倘有不测，再也没有人分担了。"并下命赠太傅，晋一等肃毅侯，谥文忠，原籍和立功之省，建祠十处，赐北京建祠。又命李鸿章的嫡长子李经述"承袭一等肃毅侯爵"，但次年2月李经述即"以哀毁"。两年间，李菊耦先后丧父、丧兄，不免倍感伤痛，孰料更大的打击还在后面。1903年，张佩纶因肝疾辞世，临死前对儿子嘱托道："死即埋我于此。余以战败罪人辱家声，无面目复入祖宗丘垄地。"这一年，李菊耦只有37岁。她自此闭门不出，郁郁寡欢，不久即患上肺病。虽然医生劝她不可整天闷在屋子里，应该常坐马车出去透透气，但她并没有接受医生的劝告。自从孀居之后，为了珍惜名声，李菊耦所用的女佣全都是寡妇，而且一定要超过35岁，因为那才算到了心如止水的年纪。虽然旧日的家底和规矩还在，但一个寡妇带着年幼的一双儿女，对于未来，心中似乎总惶惶不安，在生活上也不免开始竭力撙节。

张佩纶去世后，表面上是李菊耦在当家，其实具体事务都是由张佩纶的二儿子张志潜[①]在料理。张佩纶为官清廉，生前没有积下什么财产，一家子主要就是依靠李菊耦的陪嫁在生活。1911年10月10日，辛亥革命爆发，11日，武昌光复，随即公布军政府檄文和《安民布告》，宣布改国号为中华民国。起义之火迅速燎原，至12月18日，湖北、湖南、江苏等十三省先后宣布独立。为躲避战乱，李菊耦先是携家迁至青岛，1912年初又搬往上海。不久，她在上海去世。此时她的儿子张志沂16岁，女儿张茂渊11岁。

3年后，19岁的张志沂迎娶了长江水师提督黄翼升的孙女黄素琼。和李鸿章一样，黄翼升早年也曾在曾国藩麾下，驰骋疆场，平定太平天国和东捻之乱。因战功，李鸿章获授湖北巡抚，次年调升直隶总督与北洋事务通商大臣，官运从此扶摇直上，黄翼升则出任首任长江水师提督，获授三等男爵。两人生前大概都不会想到，他们的孙辈日后会结为连理。

婚后五年，黄素琼诞下一女，小名小煐，此即是后来的著名女作家张爱玲。次年12月，黄素琼又生下一子，取名张子静，小名小魁。

后来张爱玲的父母离异，父亲张志沂再婚，迎娶曾任清朝户部

---

① 张佩纶长子张志沧早逝，张志潜是张佩纶与原配朱芷芗所生，张佩纶去世时他已经24岁。而李菊耦的两个孩子张志沂7岁，张茂渊2岁。

侍郎、北洋国务总理的孙宝琦的女儿孙用蕃，将另一支阀阅世家的背景带入这个家庭。

　　这四大家族中的主要人物，都是中国近代史的直接参与者，从这个意义上来说，他们个人及家族的荣辱兴衰也正是清末至民国时期社会沧桑巨变的一个微观缩影。然而人世繁华终究梦幻，巨厦倾塌也不过是转瞬之间，正所谓："俺曾见金陵玉殿莺啼晓，秦淮水榭花开早，谁知道容易冰消！眼看他起朱楼，眼看他宴宾客，眼看他楼塌了！"张爱玲的一生都是在不断地逃离：逃离家庭，逃离父母，逃离婚姻，逃离故国，直至最后彻底摒绝人群，逃离尘世。但同时她却又忍不住一次又一次地回望，书写着这个大家族巨厦将倾、如夕阳残照般的苍凉挽歌。

寂寞童年

春日迟迟的空气，像我们在天津的家。院子里有个秋千架……某次荡秋千荡到最高处，忽地翻了过去。后院子里养着鸡。夏天中午我穿着白地小红桃子纱短衫，红裤子，坐在板凳上，喝完满满一碗淡绿色、涩而微甜的六一散，看一本谜语书，唱出来，"小小狗，走一步，咬一口。"谜底是剪刀。

——张爱玲·《流言·私语》

张爱玲父母的婚姻以世俗的眼光来看，在当时真可谓羡煞旁人。张御史的少爷，黄军爷的小姐，门当户对，郎才女貌，但可惜他们的婚姻生活却并不和谐。

黄素琼美丽聪颖，勇敢独立，具有现代意识。尤其是受到五四运动思潮的影响，再加上自身在传统世家中的成长经验，让她对男女不平等以及旧社会的诸多腐败习气深恶痛绝。张爱玲曾经说母亲具有读书情结，但过早缔结的婚姻使她错失了时代可能赋予她的机会。黄素琼常喜欢说的一句话就是："湖南人最勇敢。"而她后来屡次出洋，在法国学习绘画雕塑，游历英国、奥地利、印度等地，裹着一双小脚，往鞋里塞上棉花也要在阿尔卑斯山学习滑雪，正是出于一种补偿心理，也充分体现出了她所称道的湖南人的勇敢。

而张志沂的性格和成长经历却恰恰与妻子相反。他害羞而胆小，李菊耦在的时候，他是个标准的乖孩子。对于母亲加在他身上的诸多不合理要求，他也都一一遵守。为了让他像女孩一样文静听话，也为了防止他出去胡混，像一些世家子弟一样学坏，十五六岁时，张志沂还被打扮得像个女孩子，脚上穿着镶滚着好几道边的粉红绣花鞋。他当年偷跑出去时在二门鬼鬼祟祟张望、偷偷摸摸换鞋的场景是侍候过李菊耦的老用人嘴里现在还会提起的笑谈。母亲去世后，张志沂又在同父异母的二哥管制下生活了十来年。当时封建大家族里家规森严，长兄如父，长嫂如母，新婚夫妇自然备感拘束，黄素琼于是经常独自回娘家散心。1923年，张志沂靠时任北洋政府交通部总长的堂兄张志潭①引介，在津浦铁路局谋到一个英文秘书的闲差，于是顺理成章地与二哥分家，带着家眷和妹妹张茂渊一起，从上海老宅（今上海康定东路87号）搬到了天津英租界一个宽敞的花园洋房里。年轻夫妇似乎终于可以舒一口气，过自己的日子了。但事与愿违，从小一直在母兄严格管制下成长的张志沂，一旦失去了全部约束，立刻如一匹脱缰的野马，迅速结识了一帮酒肉朋友，很快染上了母亲生前最怕他沾染上的一切：吸大烟、嫖妓、包姨太太、赌博，一步步地堕落下去。

传统的旧式妇女在家庭里并没有地位，对于丈夫纳妾、吸大烟

---

① 张志潭，清末举人，1917年任内务部次长、国务院秘书长，并任段祺瑞督办参战事务处机要处处长。1921年5月至12月任交通总长、财政整理会会长。皖系军阀失败后隐居天津。张志潭的父亲张佩绪是张佩纶的弟弟。

等等行径，往往只能逆来顺受地隐忍，但黄素琼却不同，她不但不能容忍，还要发言干预。张志沂幼年饱读诗书，还懂点英文和德文，在亲友间是出了名的满腹经纶，可惜没来得及长大，就赶上了清朝气数将尽前的最后几个改革，科举制度被废除了，他喝的满肚子墨水都没了用武之地。虽说张志沂对电话、汽车、打字机等新鲜事物趋之若鹜，样样尝鲜，闲暇时也喜欢订阅一些时新报刊，俨然以新派人物自居，但骨子里，他是个地道的遗少。表面上知书识礼，洒脱通达，实则意志薄弱，精神空虚，缺乏真才实干，只能躺在祖辈的功绩上打盹，坐吃山空。

黄素琼固然认为道理在自己这边，但张志沂也丝毫不觉得自己有什么错。多年以后，张爱玲在其著名的中篇小说《金锁记》中描写曹七巧面对有人劝阻她别让女儿长安吸烟成瘾，斩钉截铁地回道："怕什么！莫说我们姜家还吃得起，就是我今天卖了两顷地给他们姐儿俩抽烟，又有谁敢放半个屁？姑娘赶明儿聘了人家，少不得有她这一份嫁妆。她吃自己的，喝自己的，姑爷就是舍不得，也只好干望着她罢了！"这大约也可成为张志沂心态的注脚吧。他有钱有闲，家资丰厚，房屋、地产、不动产，哪样不够他吃上一辈子？要挥霍也得先挥霍得起。争吵于是成了这对夫妇间的常态。

张茂渊从黄素琼进门开始，就与嫂子形影不离，这次坚决地站到了嫂子这边。当姑嫂二人发现她们的意见对张志沂产生不了什么作用时，商量之下，便以相偕离家出走表示抗议——为了免于授人口实，名义上只说是张茂渊铁了心思要留洋，可是单身女孩一人在外不成体统，她嫂嫂为了成全她所以陪着去。

在自传体小说《雷峰塔》[①]中，张爱玲写道：

> 启航的那天榆溪[②]没现身。露穿着齐整了之后伏在竹床上哭。珊瑚也不想劝她了，自管下楼去等。她面向墙哭了几个钟头……老妈子们一起进来道别，挤在门洞口，担心的看着时钟。她们一直希望到最后一刻露会回心转意，可是天价的汽船船票却打断了所有回头的可能。唯一的可能是错过了开船时间。她们没有资格催促女主人离开自己的家。琵琶跟陵也给带进来道别……葵花一看老妈子们都不说话，便弯下腰跟琵琶咬耳朵，催她上前。琵琶半懂不懂，走到房间中央，倒似踏入了险地，因为人人都宁可挤在门口。她小心地打量了她母亲的背，突然认不出她来。脆弱的肩膀抖动着，抽噎声很响……琵琶在几步外停下，唯恐招得她母亲拿她出气，伸出手，像是把手伸进转动的电风扇里。
>
> "妈[③]，时候不早了，船要开了。"她照葵花教她的话说。

---

① 张爱玲去世后出版的自传体小说共三部，分别为《雷峰塔》《易经》和《小团圆》。在这三部书中，张爱玲以细腻散淡的白描笔法，勾兑自己深知的素材，让它们自然酝酿发酵，再现出她生命中的种种沧桑过往，时间段分别为童年、香港时期、上海时期。

② 张志沂的原型，《雷峰塔》《易经》中的人物和原型的对应关系是一致的。主要人物如下：琵琶——张爱玲，露——黄素琼，珊瑚——张茂渊，陵——张子静。而《小团圆》中，人物对应关系则为：九莉——张爱玲，乃德——张志沂，蕊秋——黄素琼，楚娣——张茂渊，九林——张子静，邵之雍——胡兰成，比比——炎樱，汝狄——赖雅。

③ 在现实生活中，张爱玲称呼母亲"三婶"。因为二伯父张志潜只有一个儿子，二伯母想要个女儿，张爱玲从小便在名义上过继给二伯父家，所以她称呼二伯父二伯母"爸爸姆妈"，称呼自己的父母反为"三叔三婶"。但因为黄素琼姑嫂出国一事，张志潜动员全族力量劝阻未果，双方关系僵化，过继一事再没有人提起，但张爱玲对父母的称呼一直保持未变，一是习惯，再则也喜欢这样叫，可以显得父母年轻潇洒。

她等着。说不定她母亲不听见，她哭得太大声了。要不要再说一遍？指不定还说错了话。她母亲似乎哭得更凄惨了。

她又说了一遍，然后何干进来把她带出房间。

这一年小煐4岁，弟弟小魁3岁。

他们住在花园洋房里，有汽车，有司机，有现代化的浴室，有好几个烧饭打杂的用人，还有各自的专属保姆，只是没有父母。在母亲和姑姑相偕出洋后，父亲张志沂索性搬到了外面姨太太的小公馆里去住。

两个孩子倒也不感到缺失。因为一直以来，老妈子们就是他们生活的中心，她们才是与他们朝夕相伴的人。小煐记得的第一张脸就是她的保姆何干的。张家以及多数亲戚家里的佣人都是从李菊耦家乡荐来的。何干便来自安徽乡下，那里土地贫瘠，男人下田，女人也得干活，所以不裹小脚。同村的人不时出来帮工，何干也就跟着出来，被荐到了张家。当时她才29岁，谎报成36，因为是少白头，才得以蒙混过关，但始终提着一颗心，担心被人戳穿。

张家的老妈子都是一双大脚，只有带小魁的张干例外，她来自南京，是随着黄素琼陪嫁过来的。那里养鸭种稻，经济富庶，女人便待在家里呵护着一双三寸金莲。"我们不下田。"她一说起，总是断然而自傲的口吻。张干自认是娘家的人，不过是暂借给张家使唤的。她是跟儿子媳妇怄气出来的，所以绝口不提自己家里的事，不过一起家乡、女主人的娘家或是少爷小魁，却总是很激昂。尽管咬尖好强，嘴不饶人，她肚里却装满了民间故事，在消夏的夜晚讲来给孩子们听。古时候人心太坏，触怒了老天爷，于是发大水……

白蛇法海雷峰塔……只要镇压白蛇娘娘的宝塔倒了，她就能出来，到那时就天下大乱了。众人于是诧异道："雷峰塔不是倒了么？难怪现在天下大乱了。"

带小煐的何干一向话少，但能干且尽责，凡是女主人立下的规矩，她都一丝不苟地照做，每天都会带小煐小魁去公园一趟。因为带的是女孩子，自觉心虚，处处都让着张干。虽是张家三代老仆，女主人走前又命她管家，但遇事不敢擅专，总要找张干商量。

小魁从小体弱，经常感冒发烧、咳嗽，很多东西黄素琼都不让他吃，弄得他非常嘴馋，一看见谁的嘴动就必定哭闹着要看看，在饭桌上更是因为这不能吃那不能吃而大哭。张干一向气不忿这个家中对男孩并未格外看重，黄素琼知道她的心思，一次特意说："现在不兴这些了，男女都一样。"张干霎时红了脸，勉强干笑着"哦"了一声，一脸不相信的神气。现在女主人不在，她很高兴可以一扫积郁，拿着姐姐给小魁出气。小魁吃完，小煐还没吃完，张干便说："贪心的人没个底。"下一顿小煐着急吃得快，咬了舌头，张干便唱道："咬舌头，贪吃鬼。咬腮肉，饿死鬼。"又唱："男孩吃饭如吞虎，女孩吃饭如数谷。"小煐握筷子的手拿得高，张干就断言道："筷子抓得远，嫁得远；筷子抓得近，嫁邻近。""我不要嫁人。""谁要留你在家里？留着做什么？将来小魁少爷娶了少奶奶，谁要一个尖嘴姑子留在家里？"小煐赶紧把手挪得低一点，说："看，我抓得近了。""筷子抓得远，嫁得近；筷子抓得近，嫁得远！""不对！你以前不是这么说的。""就是这么说的。俗话就是这么说的。""才不是！你说：'抓得远嫁得远。'""哎呦！现在就想嫁人的事了。"

每逢此时，何干从不插手，只是笑着看张干嘲弄小煐，同时想法让她继续吃饭。

吃饭时，弟弟掉了一只筷子，张干立刻唱道："筷子落了地，四方买田地。"轮到小煐掉了筷子，她就改口唱道："筷子落了土，挨揍又吃一嘴土。"小煐说："不对。我会四方买田地。"张干回道："女孩子不能买田地。""女孩和男孩一样强。""女孩是赔钱货，吃爹妈的穿爹妈的，没嫁妆甩都甩不掉。儿子就能给家里挣钱。""我也会给家里挣钱。""你是这儿的客人，不姓张。你弟弟才姓张。你姓碰，碰到哪家是哪家。""我姓张我姓张我姓张！""哎呦嗳！"何干终于不满地插嘴道，"别这么大嗓门。年青小姐不作兴乱喊乱叫的。""你这个脾气只好住独家村。希望你将来嫁得远远的——弟弟也不要你回来！"张干说。"我不跟你说话了。"小煐说。吃完饭，放下碗，碗里还剩了几个米粒。"碗里剩米粒，嫁的男人是麻子。"张干依旧不依不饶。[1]

成年后，张爱玲在散文集《流言·私语》中写道："张干使我很早地想到男女平等的问题，我要锐意图强，务必要胜过我弟弟。"

那时姐弟俩最快乐的事情便是收到母亲从英国寄来的衣服和玩具，有洋娃娃、炮兵堡垒、能烧煮的小酒精钢灶，仿佛过节一样，欢天喜地。不过大多时候，他们只能自己玩耍，或是和佣人们在一起，消磨着仿佛悠长得没有尽头的时光。

除了张干和何干，还有浆洗的老妈子佟干。她的男人被称作"老鬼"，嗜赌如命，隔三岔五地就来找佟干要钱，佟干在女佣中最是身强体壮，拿不出钱来，照样被打得直哭。年轻的葵花是陪房的

---

① 对话内容引自《雷峰塔》，张爱玲著，北京：北京十月文艺出版社，2011：第22~24页。

丫头，现在已经赎了身，被许配给家里的佣人崇文。崇文就像他的名字，很有志气，并不想一辈子当个佣人，在别的男佣人晚上都打麻将的时候，他却常常在看书。崇文的父亲当年是黄家的总管，黄素琼和弟弟小时候请先生，崇文奉命做伴读，于是得到了受教育的机会。黄素琼出嫁将他带了过来，对他也始终另眼看待，出国的时候叮嘱他不要离开，定期写信将孩子和家里的情况告诉给她，又为此特意将葵花嫁给他，以换取他的忠心。一本《三国演义》被崇文翻过来倒过去地看，听他讲空城计、舌战群儒、草船借箭，孩子们竟觉得比书上写的还有意思。还有在佣人中备受尊重的王发，早年跟着张佩纶出门，走在轿子后面，专门负责投帖拜客。民国之后不兴这套了，他便负责下乡收租。老婆死了，没有留下一儿半女。他在佣人中是个例外，看不惯的事情，当着张志沂的面也敢顶上两句，以致张志沂总说他人又笨，脾气又坏，可是看在他服侍过老太爷的份上，又没办法打发了他。

还有厨子和花匠，以及何干隔三岔五上城来要钱的儿子和女儿，这些人进进出出，来来往往，自有一番俗世的现实热闹。天高皇帝远，老妈子们自己当家，自然十分快活，对两个孩子也分外地好。每个用人背后都连带着自己的家族和一个辽远的生长环境，那无意中扩展了孩子们生活的地平线。但是佣人毕竟不是亲人，他们自己也比谁都明白，待得再久，这里也终究不是家，他们终究要叶落归根。

童年不仅是生命开始的最初岁月，更是一个人情感和心理模式形成的重要时期。如果之后没有自省和超拔，没有巨大冲击促成的重大改变，成年后的生活不过是童年生活体验的不断重复，无实质性改变的人物、场景的扩充和变换，是在童年已有的人生图景上的不断描色加深。

而敏感剔透如张爱玲，她人生的第一笔就是辽远而苍凉的，最熟悉的恰是随时可能会转身离去的，没有什么可以握稳抓牢，便是人在世间最为吹诩的亲情，似乎也无法让人真正地信赖和倚靠。

在《雷峰塔》中，张爱玲写道："她的日子过得真像一场做了太久的梦，可是她也注意到年月也会一眨眼就过去。有些日子真有时间都压缩在一块的感觉，有时早几年的光阴只是梦的一小段，一翻身也就忘了。"

那样悠长而寂寞的童年，倒也不觉得太难过，至少在孩童天真而稚嫩的眼睛里是如此。可孩子总会长大。多年以后，当她以成人的眼光重新回首，就会发现那隐藏在岁月深处的历历伤痕。如此顽固，而又深刻，不易愈全，又难以剔除。

父亲·母亲

小孩是从生命的泉源里分出来的一点新的力量，所以可敬，可怖。小孩不像我们想象的那么糊涂。父母大都不懂得子女，而子女往往看穿了父母的为人。

——张爱玲·《造人》

很多父母不知道自己在孩子早期成长以及精神塑造中曾经多么的重要，他们对我们全身心地接纳和信赖，奉若神明，丝毫不知道我们也只是人生中的一个跋涉者，甚至失败者，也有可能自私、孱弱、虚伪、贪婪、冷漠、愚昧甚至堕落，他们眼里的世界就是我们给他们看到的世界，他们对此毫不怀疑，直到有一天我们亲手将这个幻象打破。

张志沂从小公馆回来了，一半是跟姨太太吵了架，一半是因为又到了祭祖的日子。王发奉命到小公馆去取衣服和斑竹玉嘴的烟枪，回来跟崇文说："她说告诉你们老爷自己来拿。我就说姨奶奶，我们做底下人的可不敢吩咐主子做什么，主子要我们做什么我们就做什么，我是奉命来拿东西的，拿不到可别怪我动粗，我是粗人。这才吓住了她。"

"她一定是听过你在乡下打土匪。"崇文说。乡下连年闹土匪，这一年王发下去收租赶上了四拨，干脆趁闲学会了打枪。

"老爷老说我脾气不好。她要把我的脾气惹上来了，我真揍她，她也知道。就算真打了她，也不能砍我的脑袋，打了再说。我要是真打了她，老爷也不能说什么，是他要我无论如何都得把东西拿回来。这次他是真发了火，这次是真完了。"①

说是这样说，到底姨太太还是跟进了门，和张志沂一起住在楼下的一个套间里。王发早就暗中嘀咕过老爷："老是这么着，虎头蛇尾，雷声大雨点小。"姨太太叫老八，是堂子里老鸨的第八个挂名女儿，高高的个子，厚厚的刘海，瘦骨伶仃，尖脸眯眼，比张志沂还大 5 岁，谁也不知道他怎么会看上这么个女人。这时候张志沂忽然又想起孔教的礼数来，不但没让两个孩子正式拜见，还特意叮嘱孩子不让喊她什么，连阿姨、姨奶奶都不叫。老八也不在乎，经常让人把小煐带下楼来逗着玩，带她上戏院、外国餐馆、赌场，送她玩具小粉盒、胸针。给她做新衣裳时，从烟炕上下来，趿拉着拖鞋走过，捏来捏去，在小煐胖胖的身体上实在找不到腰，只好估量着在正中揪了一把，嘱咐裁缝"腰紧点才有样子"，又问她："我对你好不好？你妈给你做衣裳总是旧的改的，从不买整正的新料子。你知道这个一码多少钱？还是法国货。你喜欢妈妈还是喜欢我？"老八身上非常香，说话时总夹带着一丝陈鸦片烟微甜的哈气，冬天夜里出去的时候紧裹着毛皮斗篷，要小煐偎着她，或者是握着她的热水袋。"喜欢你。"小煐觉得不这样说不礼貌，可是部分的也是出

---

① 对话内容引自《雷峰塔》第 41 页。

自真心，也正因为此，直到晚年张爱玲都对自己当年这句回答耿耿于怀，仿佛被收买而背叛了母亲。用人们却楼上楼下分得清，虽然老八笼络小煐她们也喜欢，但却并不完全买账。"又不是花自己的钱，当然不心疼。"葵花背后跟何干说。况且正经的太太虽然在国外，可是终究是要回来的，犯不着将来让她知道她们曾经讨好过姨太太。

至于小魁，老八理也不理，带坏张家嫡长子的罪名她背不起。

最让小煐感到新奇的是父亲和老八两个人在家请吃暖宅酒，兼请老八的姐妹们，那时她裹着门帘向客室内偷窥。温暖宁谧的房间里飘散着香烟味，屋顶中央的枝型吊灯照着九凤团花暗粉红地毯，壁灯都亮着，屋内人影幢幢，摇来晃去，到处都是美人，长长的玉耳环，纤细的腰肢，既黑又长的睫毛像流苏，深海蓝或黑底子衣裳上镶着亮片长圆形珠子，喇叭袖，举动间香气袭人，不时从沉重的橡木拉门后飘过来一阵阵莺声笑语，美丽飘忽得就像一个梦……

除夕夜张志沂就和老八出门赌钱去了，在这种事情上他们俩一向孟浪鲁莽，一拍即合，比什么时候都更亲密。小魁越过长幼之序，代替父亲祭祖，烧纸钱也是由他擎杯浇奠。吃过饭后，房间里灯火通明，全城都在放鞭炮，姐弟两个人却像往年一样孤单对坐着，无事可做。夜色笼罩身上，几乎透着浓重的哀愁。

两边亲戚都多，新年过后自然是到处拜年。给小煐印象最深的是天津四条衖里的二大爷，是祖父的侄子，第一代堂兄弟的儿子，可年纪比祖父还大。一个高大的老人，黄白胡须，旧锦缎衣服，瓜皮小帽，总坐在藤躺椅上，见面就拉着她的手问认识多少字了，会不会背诗。从前在母亲床上玩耍爬来爬去时背的唐诗勉强还记得一两个，小煐于是紧张地开口背道："烟笼寒水月笼沙，夜泊秦淮近酒家。商女不知亡国恨，隔江犹唱后庭花。"二大爷听罢放开她的手，黯然拭泪。多年以后，张爱玲才知道，秦淮河在南京，而二大爷正是最后一位两江总督张人骏[①]。当年革命党攻破南京城，二大爷是坐着篮子从城墙上用绳索缒下来逃走的，未能以身报国，那是他心中永远的伤痛和耻辱。住在"新房子"那边的张志潭，人称六爷，是北洋政府的交通总长，当时流行北京做官天津安家，因为天津是北京的出海港口，时髦得多，又有租界，而且也是未雨绸缪，万一北洋政府倒了，在外国地界的财产能够得到保障。眼看堂兄一家日子过得艰难，张志潭有意接济，按月派人送来月费，二大爷却总是坚决不收。在他看来，民国的官做得再大，也是个贰臣，是对清朝皇帝不忠，他怪堂弟辱没了张氏家声。

张志沂这个年过得很不舒心，他和老八连日大赌，输得心惊肉跳，不免争吵起来。老八气得不再和张志沂说话，在此之前，她过了新鲜劲儿，是早已不理小煐的了。家里忽然又多出一个大汉和一个矮胖男孩。大汉据说是老八的父亲，也吃大烟，常常看见他在穿堂的柜子上刮张志沂和老八烟枪里剩下的烟灰吃，男孩是老八的侄子。老妈子们在背后不停地嘀嘀咕咕："听说不是她亲生父亲。老子都不是亲老子，侄子还会是亲侄子？"男用的揣测则更加离谱：

---

① 张人骏，河北丰润人，清同治进士。其祖父张印坦与张佩纶之父张印塘是亲兄弟。因政绩卓著，历任山东巡抚、山西巡抚、广东巡抚、两广总督、两江总督等职。任两广总督时，曾捍卫东沙群岛主权。为人忠正清廉，家无余财，清亡后不再做官。和袁世凯是拜把兄弟兼儿女亲家，袁世凯改元洪宪称帝后，他与袁世凯断绝往来。1927 年逝世，逊帝溥仪亲到张宅吊唁，并谥名"文贞"。

"是她儿子。堂子里的姑娘很多都有私孩子藏在乡下还是自己的小屋里。她可不是刚出道的雏儿。"可是老的小的，都不见老八特别看顾，她甚至有些厌恶他们。也许并不像大家猜测的那样。她只是养着他们，毕竟不管喜欢不喜欢，谁都需要身边有两个自己人。

张志沂这一向意志消沉，赌输欠的账是笔大数，想要卖地来还却一时找不到接洽的买主，给他烧大烟的长子、矮子都挨了顿好骂，连老八的父亲都吓得整天躲着，看得老妈子们分外称心："嗳，连老乌龟都怕了！"长子高高瘦瘦，穿着灰色长袍，三角脸白中泛青，颧骨又高又大，总是拖着脚步，耸着肩膀，像个白无常一样，静默无声地在老爷的套间里进进出出，矮子个头小，心眼儿多，橘红色的面皮上满是麻子，两人一向不合。前一向矮子把长子挤走，没几个月又回来了，张志沂的毒瘾越来越大，光靠吸食鸦片已经满足不了，长子会打吗啡针，张志沂离不了他。这次长子为报之前的一箭之仇，趁机下话，又逼走了矮子。矮子好赌，曾经输光了家产，恨得自己剁下了左手的无名指，可是只要男佣人屋里的麻将桌一支起来，他一准儿在场，嘴里骂骂咧咧地怒视着牌九，扬言再也不打了。厨子老吴接道："要不打只有一个法子，剁了十根指头。"崇文也笑："他九根指头打得比人家十指俱全还好。"这边厢矮子一边收拾行李，一边赌咒发誓要向长子讨回这笔债："砍了你！老子少了指头，要你少了脑袋。"

张志沂失意之余，倒意想不到地留心起孩子的教育来。先生被延请到家里。墙上挂上一幅黑黑的画轴，上面是个身穿白衣的长胡子老头，据说是古代的圣人孔夫子。孩子们向供桌上的牌位磕了3次头后，又向先生磕头。先生身材很高，胖胖的，脸上一层厚厚的油光。张志沂两指夹着雪茄，在一旁悠闲地观礼，丝毫没意识到小煐心里已经起了抵触，下跪、磕头都显得有点儿勉强。

午餐的时候，张志沂滔滔不绝地畅谈起教育，痛诋现今的学校，大骂外国学校。"先要下功夫饱读经书，不然也只是皮毛。底子打得越早越扎实。"这个倒不是虚话。张志沂每天饭后都在客厅里踱步，名曰"走趟子"。这是张家祖传的养生之法，据说李鸿章在军营中事务最繁忙的时候也保持着这个习惯。张志沂走得很快，口里一边不停地背诵着檄文、列传、诗词、奏折，没有一刻重样儿的，滔滔汩汩，中气十足，高瘦的身架子还摇来晃去地打着节拍。"女儿也是一样。我们家里一向不主张女子无才便是德，反倒要及早读书。将来等她年纪大了再纵弛也不迟。"他要先生知道他是一个慈父，也是一位严父。先生不时客气地点头称是，脸上却掩饰不住地露出厌烦，仿佛医生碰到一个病人，看遍了医生，对自己的病比医生还了如指掌。

第一堂课就上《论语》，木刻的线装书，字体很大，一翻沾得指尖全是黑墨。从课室一出来，老妈子们就紧张地凑上来问："板子开了张没有？"先前她们不断警告两个孩子，不听话就会挨先生的板子。可上了几堂课，恐怖的气氛反而渐渐淡了。因为小煐发现，先生也不过是个普通人，身上有蒜味儿，让她背书，听着听着自己却先睡着了，还打着呼噜。她站在几尺外，身体左摇右晃，同一句念了又念，想不起下面，先生却不提醒，这时就知道他是真睡着了，她便蹑手蹑脚地上前偷看他椅背上的书。小魁本来手捧书本大声念诵着，这时瞪大眼睛看着她，几乎不敢相信，嘴里的声音也随之低了下去。他艳羡姐姐比他健康，更比他勇敢，一起玩耍，总是她来指挥和调兵布阵，也许潜意识中，对于她的天不怕地不怕和某些天生的才能，他还有些反感和妒忌，正像她对他的孱弱和缺乏志气总抱以轻视一样。

张志沂和老八的套间就在对过，问起功课，张志沂不满地说："上得这么慢，几时才上完？"一考问背书，个个都背得不熟。"从今天开始晚饭后在客厅念书。温习白天上的课跟以前忘了的。背熟了就过来背给我听。不背熟不准睡。"

出乎意料的是，小魁早早地就通过了，获准上床睡觉，小煐却来来回回好几次。一站到烟炕前，她就感到浑身不自在。老八之前对她那么好，走到哪里都带着她，现在毫无缘由地，竟对她理也不理。此刻她穿着黑色袄裤，抱着胳膊侧身躺在张志沂对面，中间隔着鸦片盘子，长子在旁边的小矮凳上烧烟，空气中弥漫着蓝色的烟雾。父亲闷闷地坐起来，一言不发地接过书，眼泡微肿，腮颊凹陷，有点半醉的气恼神情。一切都让人不舒服。

"子曰：'人能弘道，非道弘人。'子曰：——"

"过而——"张志沂催促道。

"过而——子曰：'过而——'"

书本被砰的一声扔在脚下。"背熟了再来！"

越是害怕出丑越是背不出来。最后一次，张志沂气得跳起来，拽着她的一只手，把她拖到空书房里，抓起桌上的板子，啪啪地往下打。小煐手心刺痛，大哭起来。张志沂越发生气，抓起她另一只手，也打了十几下。一边大叫在外面小心翼翼地查看动静的何干："老何！带她上楼，再哭就再打。""是，老爷。"何干轻快地答应着。

到了楼上觉得安全了，小煐反而哭得更响。"吓噫，还要哭！"

何干一面替她揉着手心，一面虎起脸来吃喝。"好了，不准哭了！"她的声音里透着不耐烦，抬头看她，面色也是从未有过的冷漠。小煐有些摸不着头脑，直觉地感到自己招惹父亲不高兴时，何干也就不喜欢她，但是却不敢相信。

老八也感染到他们的热情，想教她的侄子读书。张志沂很不屑，把自己最看不起的学校一年级教科书扔给他。像张志沂一样，老八也每天将孩子叫到烟炕前问功课，不认得的字她就问张志沂，逢到胖孩子不会的时候，她不用板子，也不起身，折扇、绣花拖鞋、烟枪，一伸手抓到什么就是什么，将他打得青一块紫一块，眼睛肿得睁不开。老妈子们吓坏了，背后嘀嘀咕咕，咬牙叹气："把个头打得有百斤篮子那么大。哎呀！小东西也可怜——"

现在夜晚房子里到处一片琅琅读书声，先生听到了，沉着脸不问，也不说什么，端午节未到，却执意辞了馆。先生一走，张志沂也失了兴致，变得意兴阑珊，不再过问孩子的学业，只叫他们自己温书，等待下一位先生来，可新先生始终不见踪影，姐弟俩于是抛下书本，又恢复到往日的生活轨道，尽日在仆佣间消磨时间。

张干识字。只有她不用寄钱回去养家，一天用零用钱从旧书担子上买了本宝卷回来，晚饭后女佣们都围在一起听她念，黯淡的电灯下，一张张泛着红光的脸上的表情，似懂非懂而又非常虔诚。

"今朝脱了鞋和袜，怎知明朝穿不穿。"

反复念了几遍，几个老年人都十分感动。何干对站在她膝间的小煐说："仔细听。听了有好处。"

"生来莫为女儿身，喜乐哭笑都由人。"

佟干喃喃地说："说得对。千万别做女人。"

"儿孙自有儿孙福，莫为儿孙做牛马。"

"说得真对，可惜就是没人懂。"葵花说。

何干叹道："嗳！张大妈！想想这一辈子真是一点意思也没有。"

"可不是么。钱也空，儿孙也空。"张干说，"有什么味？"①

张干有时也说些阴司地狱的事儿，但似乎自己都有些似信非信。虽然生就死不认输的个性，但她还是像大多数底层人一样，早就学会了不对人生有太多指望，对来生也不存太大的幻想。

就在众人都以为日子可以一沉如水地继续过下去的时候，事情忽然起了意想不到的变化。一日小煐从套间门口走过，看到近门多出一张单人铜床，父亲穿着家常的汗衫坐在床沿上，露着胳膊，两手撑在床上，正在低头看报。奇怪的是，他的头上缠着纱布，看上去非常异样。怕被父亲看见又给叫进去背书，小煐赶紧跑掉了。

"痰盂罐砸的，"从女佣们背后的悄声议论中，小煐拼凑出事情的大概，"不知道怎么打起来了。"

第二天，孩子们都被叮嘱不准下楼。六爷来了。来之前，找个借口，派车将张志沂接去了"新房子"。众人并不知道，崇文端午刚过就被叫去了新房子，六爷详细盘问了张志沂债台高筑，卖地还债，以及和老八抽大烟打吗啡等事。过年"新房子"那边的老太太盘问了何干许久张志沂是否打上了吗啡，都没能套出一句有用的话，这时却被崇文和盘托出。隔上两天，崇文又受命悄悄潜入张志沂的内室，偷出一枚针药，交给六爷送交医生去化验。至于如何驱逐老八，六爷也问过崇文的主意，那让崇文觉得深受倚重，因而尽

---

① 对话内容引自《雷峰塔》第31~32页。

心竭力，这次张志沂被老八打破了头自然也是他向"新房子"第一时间做了汇报。"新房子"那边本来一直拿不定主意。背着堂兄弟把他的姨太太逐出门终究是得罪人的事儿，可是也不能坐视不管。这样下去，早晚上瘾，最后穷困潦倒，讹上他们反而更难办。这次张志沂被打，族中人愤慨的同时，也有了借口，"新房子"那边的老太太更是力逼儿子出面驱逐老八，因为她生平最见不得不受辖治的姨太太。

女佣们都挤到楼梯上去听。何干却沉着脸搂着小煐坐着，不许她乱跑。楼下传来男子拍桌子的喝骂声，间杂着女子高亢尖薄的嗓音，被逼出来的声嘶力竭的大嗓门，突然跺脚直着嗓子嚷出几句。这是老八？小煐心中说不出的震恐。

终于下面安静下来。"六爷走了。"佟干从楼梯口回房来说。葵花也走进来，低声说："要她马上走，说是她的东西都给她带去。不准她到北平、上海、天津这三个地方挂牌子，这几个地方张家的亲戚太多。""横是还有别的地方。"张干说。"再出去挂牌子做生意也不容易，又不年青了。"葵花说，"又抽大烟，又打吗啡的，看她现在怎么办，瘦得就剩一把骨头，浑身都是针眼。只有姑爷当她是个宝。"[1]

几个钟头后，几辆车子堆得高高地拉出家门，上面满是箱笼、银器、家具、包袱等物，还有塞满什物的痰盂和字纸篓，老妈子们都挤在楼上窗口那儿围观，两个孩子也被举到窗口看热闹。

张志沂回来时已是人去楼空，落得个这样的结局在他大约也是

---

① 对话内容引自《雷峰塔》第78~79页，略有改动。

意想不到，却也无法，他自己现在也是泥菩萨过河。张志沂谋得这个闲差完全是仰仗堂兄张志潭，现在不上班也就罢了，吸鸦片、赌钱、嫖妓、与姨太太打架，在外弄得声名狼藉，也间接影响到了张志潭的声誉。年初，张志潭刚被免去交通总长的职务，他失了靠山，现在也只能辞职。

1928年春天，张志沂带着两个孩子迁返上海，暂住在武定路一条巷子的石库门房子里，等待即将回国的妻子和妹妹。被老八打破头，老八被逐，丢了生平唯一的小小官差，接二连三发生的这些事儿让张志沂深受刺激，他不断写信给黄素琼，希望她能回来。考虑到两个孩子已经到了接受教育的关键时期，已经去国四年的黄素琼终于决定回国，但前提是张志沂必须答应两个条件：一，戒除鸦片；二，不再纳妾。重回上海也是她的主意。当初他们从上海迁往天津是为了躲避张志沂同父异母的兄长，如今则是为了躲避天津"新房子"那边的老太太。

就在小煐她们坐船动身的前几天，张干忽然辞了工，说是年纪大了，想回老家去。南京离上海不远，本来跟着走可以省笔路费，但她主意一定，竟归心似箭，一天都等不得。送行的时候，无论别人怎样怂恿，小魁一直不言不语。为了缓和气氛，何干编织出阿妈们最喜欢的梦想，对小魁说："张干走了，等你讨了媳妇再回来跟你住。"张干默不作声，她不喜欢自骗自，一个转身却向小煐说道："我走了，小姐。你要照应弟弟，他比你小。"泪水刺痛了小煐的眼睛，滚滚而下。原来不管好坏，喜欢不喜欢，天下没有不散的筵席，什么事情都有个完的时候。

小煐被叫醒的时候已经是夜里九点了，她懵懵懂懂地还不知道出了什么事。"快起来，三婶姑姑回来了。"何干说。从来老妈子们说起姑嫂两人都是这样二位一体。白天一家人等了一整天，一大早就去码头接船的崇文却只带回来一大堆行李，原来姑嫂二人都被接到黄素琼弟弟家去了。

　　知道母亲已经坐在屋子里了，小煐忽然感到害怕和紧张，一再嚷着："我要穿那件小红袄。"那是老八给她做的，当时最时新的样式，橙红色的丝锦小袄虽然旧了，配上黑色丝锦裤仍然很俏皮。手忙脚乱地穿好衣服，两个孩子被带到楼上的客厅。母亲姑姑坐在直背椅上，烫着波浪卷发，身着褐色连衣裙，一深一浅，是当时最流行的不对称款式。姑姑生得远没有妈妈美丽，这一晚和妈妈却好像两个孪生姐妹，和小煐见过的所有女性都不一样。另外世界的衣服、气息，另外世界里的人。不像回家，倒像是两个漂亮的客人，随时会起身告辞，拎起满地的行李离开。

　　两个孩子在佣人的催促下叫"妈""姑姑"，别扭而生疏，对于妈妈姑姑"还记得我吗"的询问更是不知该如何回答。"哎呦，何大妈，她穿的什么？"黄素琼哀声道，"过来我看看。哎哟，太小了不能穿了，何大妈，拘住了长不大。""太太，她偏要穿不可。""看，前襟这么绷，还有腰这儿，跟什么似的，怎么还让她穿，何大妈？早该丢了。""她喜欢，太太。今晚非穿不可。""还有这条长裤，又紧又招摇，"黄素琼嗤笑道，"跟抽大烟的舞女似的。"

　　小煐气得想哭。那是她最好的衣服，本来想要打扮得漂亮让母亲夸赞的。"我才不管你怎么说，"她在心里大喊，"衣服很好看，老八说腰那儿紧一点才有样子。"可是母亲犀利的眼光也让她气弱，老八可不就是个抽大烟的堂子里的姑娘？只怕比舞女还不如吧。正气恼间，她额前的宝贝刘海儿突然给拨到了一边，那让小煐有种受辱的感觉。"太长了，遮住了眼睛。"黄素琼道，"太危险了，眼睛可能会感染。英文字母还记不记得？""不记得。"小煐道。"可惜了，二十六个字母你都学会了。何大妈，前刘海儿太长了，蔓住眉毛长不出来。看，没有眉毛。"①

　　小煐不愿却又不得不正视母亲，美丽、优雅、自信、勇敢、理性而又富于魅力……近乎完美，她喜欢也有理由高高在上，她的俯视的、永远含着挑剔的眼光和母亲的身份，注定了她将是自己一生也走不出去的一道阴影。她永远没有办法像否定父亲那样去否定她。可是，在一个本该表达关爱温情的时刻，依然居高临下地挑剔批评不休，又让人感到她身上缺少了些什么。有时候，太过强调自己的正确恰恰是一个人令人感到威压以致反感的理由。

　　还是姑姑适时地出来解了围，"小魁真漂亮。"她说，将注意力引向弟弟。"男孩子漂亮有什么用？太瘦了，是不是病了，何大妈？"黄素琼道，"小魁，想不想张干？何大妈，张干怎么走了？""不知道嘛，太太。说年纪大了回家去了。""那个张妈，"张茂渊笑道，"叽叽喳喳的，跟谁都吵。""想不想张干，小魁？"黄素琼问，"哎呦！小魁是个哑巴。"何干代他答道："小魁少爷倒好，不想。""现在的孩子心真狠，谁也不想。"黄素琼道，若有所思。

　　母亲姑姑和何干等人闲谈着，不外乎亲戚间的各种事情。二

---

　　① 对话内容引自《雷峰塔》第109页。

爷①收了丫头吉祥做姨太太，已经生下了儿子，大太太竟然还被蒙在鼓里。"女人到底是好欺负的，不管有多凶。"黄素琼道。"他以前每天晚上都喊：'吉祥啊！拿洗脚水来！'"张茂渊道，学着二爷的样子头往后仰，眼睛眯细成一条缝。"也不知道是什么时候看上她了。""别人纳妾倒也是平常的事，他可是开口闭口不离道学。"黄素琼道。"二爷看电影看到接吻就捂着眼睛。"张茂渊道，"那时候他带我们去看《东林怨》，要哥哥跟我坐在他两旁，看着我们什么时候捂眼睛。"二爷怕二太太，特地演了一场戏，说是将吉祥嫁给一个开家具店的，还找来个人给太太磕头，其实是将吉祥借机挪出去，暗地里养在外边。"大太太话可说得满。"黄素琼道，"你志潜大伯那是不会的，志沂兄弟就靠不住了。她每次说'你志潜大伯'总说得像把他看扁了似的，到底还是受了他的愚弄。""他一定是早有这个存心了，丫头天天在跟前，最惹眼。"张茂渊说道。黄素琼道："男人都当丫头是嘴边的肉。就连葵花，定柱也问我要，好几个人也跟我说过，我都回绝了，一定得一夫一妻，还要本人愿意才行。"其他老妈子都站在门边，笑着听着，新旧融合，一派和乐融融，所有亲近的、遥远的、遗忘半遗忘的事情都隐隐浮现，真希望她们一直这样谈讲下去。②

第二天，屋子里挤满了亲戚。母亲姑姑出门拜客，看房子，有时也带上孩子们。兴奋之余，小煐完全没有注意到只在母亲姑

---

① 指张志沂的同父异母兄长张志潜。
② 对话内容引自《雷峰塔》第111~113页。

姑到家那晚一晃出现过一次的父亲是几时消失的。黄素琼相中了陕西南路一处叫宝隆花园的欧式洋房，共有4层，尖尖的屋顶，门前有个花园，宽敞的带壁炉的客厅，室内蓝椅子配上红地毯，是小煐最喜欢的浓烈而有冲击力的色彩。两个孩子兴奋地在楼梯上跑来跑去。小煐和弟弟合住一间房，黄素琼拿来一个颜色样本簿子："你们房间要什么颜色？房间跟书房的颜色自己拣。"这简直让人不敢相信！所幸小魁照例不开口，小煐便赶紧按照自己的心意，为房间选了橙红色，书房则是她最中意的孔雀蓝。

直到要搬家的时候，小煐才知道父亲住进了医院。因为打吗啡过度，张志沂一度和死亡觌面。搬回上海后，一次他坐在阳台上，头上搭着一块湿毛巾，穿着汗衫，佝偻着背，耷拉着两条苍白虚软的胳膊，两眼直呆呆地自言自语，将佣人和两个孩子都吓坏了。黄素琼回来后便坚持要他戒掉毒瘾，但张志沂始终延挨着，还是张茂渊跟哥哥大吵一场，才逼他去了，不过等到医院方面诸事安排妥当，却无论如何没办法将他拖上汽车，最后黄素琼叫来弟弟定柱，还带着他的胖子保镖和两个车夫。定柱劝张志沂道："这是为你好。我是不愿多事的，可是谁叫我们是亲戚？亲戚是做什么的？"定柱也抽鸦片，一向跟张志沂感情很好，从前住在上海时常一起去堂子里厮混，也常在黄素琼面前替张志沂遮掩，最后还各弄了个堂子里的姑娘回来。可这次说得口燥唇干也不顶事，最后只好动粗，仗着人多强行将张志沂架上汽车。事后他说："我可真吓坏了。张志沂跟发了狂似的，力气可大了，不像我气虚体弱，他用的那些玩意倒像一点影响也没有。"跟着几个表姐坐着舅舅的老爷车去电影院看电影，在小煐简直就是一场冒险，比一切电影都要悬疑刺激，因为路上不知道要抛锚几次。可这次去医院居然一次都没有，"嘿嘿！一定是张家老祖宗显灵。"定柱说。

黄素琼为孩子们请来了新的先生，开课前还把他们送到医院进行彻底的身体检查，尽管诊断结果很正常，每天还是要去医院注射营养针，每隔一天去照射紫外线。

黄素琼自己也像紫外线一样时时照射着他们。上洗手间，吃饭，睡觉，随时随地她都要训话：最重要的是要受教育，另外注意健康，不撒谎，不依赖。

老妈子们都是没受教育的人，她们的话要听，可是要自己想想有没有道理。不懂可以问我，可是不要太依赖别人。人的一生一转眼就过了，所以要锐意图强，免得将来后悔。我们这一代得力争才有机会上学堂，争到了也晚了。你们不一样。早早开始，想做什么都可以，可是一定得受教育。坐在家里一事无成的时代过去了，人人都需要有职业，女孩男孩都一样。现在男女平等了。我一看见人家重男轻女，我就生气，我自己就受过太多罪了。①

仿佛一下子拨云见日。"真该让张干听听！"小煐满怀欣喜，不禁在心里想。

问两个孩子的理想，小魁长大想学开车，小煐起初想当画家，但不久又改了主意，因为看到一部关于一个穷困潦倒的画家的电影，冬天连煤都生不起，女朋友也弃他而去，让人心酸得掉泪。还是当音乐家好，可以不用受冻，在富丽堂皇的大厅里演奏，于是她

_____

① 引自《雷峰塔》第116页。

开始去上钢琴课。

生活一下子变得绚丽多彩起来，仿佛走进了童话世界，里面有小煐喜欢的一切。家里到处都是鲜花，黄素琼用东西方两个世界的精致风雅来装点房子，嫁妆里的一套绣着四季风景的玻璃柜卷轴被当成了炉台屏风，精心挑选的布料做成椅套，钢琴上一瓶康乃馨在怒放。小煐现在可以坐在织锦沙发上，两腿挂在一边椅背上，悠闲地看书，若在从前，躺在床上拱起双腿都会立刻被何干按下去。"老妈子说的话她不信，"黄素琼欣喜地同定柱的太太说，"问过我才肯照她们的话做。"相比于翻译的童书和旅游书，小煐更喜欢看母亲的杂志，萧伯纳写的小说《英雄与美人》被翻译过来连载，碧蓝的夏日晴空下，保加利亚旧日的花园早餐，充满了新鲜的、引人入胜的异国情调，和先前读过的东西都两样。现在每天饭后老妈子们都会端上水果，黄素琼还教孩子削苹果皮的两种方法：中国式的，一圈一圈直到最后皮也不断；外国式的，先将苹果切成四瓣。走过那么多地方，英国雾多雨多，乡村非常美丽，翠茵茵的……法兰西的天气非常好……和小煐想象中的恰好相反。黄素琼肺弱，遵照医嘱经常练唱，张茂渊为她伴奏，家里时常充满着叮叮咚咚的钢琴声和母亲细弱的歌声。每逢此时，小煐必定守在一旁，她们代表着一个全新的光辉世界，她崇拜并渴望亲近她们。有时她也侧过头看看同在一边玩耍的弟弟，眨眨眼睛，俏皮地一笑，仿佛在说："你看多好！妈妈回来了！"来家里拜访的亲属络绎不绝，踏破了门槛，毕竟是留洋生活过的人，男性亲属对她们格外尊重，也借此表明自己的开明，女性亲属喜欢姑嫂二人，则是因为她们丰富多彩的新派生活替所有的深闺女子出了口怨气。亲戚中走动最勤的是大表伯母①，胖胖的，戴着一副无框眼镜，总是挂着笑脸，一见面就问："打麻将吧？"但黄素琼她们要去看美国电影，她也乐于跟随，只是从头到尾都需要有人讲解，因为看不懂。一次，黄素琼拉着大表伯母合作表演电影里的一段求爱情节，小煐坐在地上看着，笑得在狼皮褥子上滚来滚去，还是母亲的一个眼神才止住了她。母亲从打回来那天开始，就在努力训练小煐成为一个淑女。

小煐仍然喜欢画画。现在她画的人永远像母亲，柔弱纤细，波浪卷发，淡淡的眉毛，大眼睛像露出地平线的半个太阳，射出的光芒是睫毛。黄素琼给她买来各种彩笔和绘画工具。姑姑每天教给两个孩子四个英文字母，母亲借给他们的英文字典里夹着一瓣薄如蝉翼的玫瑰花瓣，是在英国格拉斯密尔湖畔捡的。"人也一样，今天美丽，明天就老了。"黄素琼说，小煐听得一下子滚下泪来。从前小煐总急着长大，"8岁我要梳爱司头，10岁我要穿高跟鞋，16岁我可以吃粽子汤圆，吃一切难于消化的东西"，现在她倒迫切地想要知道到底有没有轮回转世。黄昏的时候她在花园里蹦跳舞蹈，看着夕照从树丛、围篱，从一切东西上面悄无声息地逐渐淡去，口里唱着"一天又过去，坟墓也越近"，想着无论未来的岁月还有多少，都只能过一天少一天，不免打了个寒噤。

张志沂从医院回来了，戒掉了吗啡，不过鸦片仍继续抽着。有

---

① 李经述长子李国杰的太太，也是张爱玲中篇小说《小艾》中五太太的原型。李经述死后，长子李国杰继承一等肃毅侯爵位，故有"侯爷"之称。

他在的时候，气氛就两样，只有张茂渊偶尔和哥哥嘲笑上几句，黄素琼总是低眉敛目，默不作声。待要父亲离开餐桌，气氛才又立刻轻松起来。张志沂自己也觉得了，把碗盖在脸上，闷头一口气吃完撂下碗筷就走。

家里忽然多出一把女式绸伞，佟干拿着来问，黄素琼正在用化妆笔蘸了蓖麻油给小煐涂眉，希望眉毛能长出来些。"不是我们的。一定是哪个客人撂下的。哪里找到的？""老爷房里。""怪了。谁会进去？""收拾房间的时候看见搁在热水汀上。我还以为是太太忘了的。""不是，我没见过这把伞。"又吩咐佟干："还搁在老爷房里的水汀上。"等孩子不在跟前，黄素琼立刻又将佟干叫进来问话："这一向是不是有女人来找老爷？"佟干吓死了："没有。没人来，太太。""指不定是半夜三更来。""我们晚上不听见有动静。""准是有人给她开门。""那得问楼下的男人，太太。我们不知道。"问到男佣人，也个个说不知道，只有崇文悄悄说："准是长子。他总不睡，什么时候都可以放人进来。"张志沂更是矢口否认。黄素琼恼道："想出去没人拦着你，就是不能把女人往家里带。我知道现在这样子你也为难，可是当初是你答应的。我说过，你爱找哪个女人找哪个女人，就是不准带到家里来。"最后她还是从定柱嘴里打探到了点儿实情。"不会是老四吧？"定柱说，"是别人请客认识的。叫条子，遇见一个叫老四的，谈起来才知道她跟老八是手帕交。过后我听见说两个人到了一处，我可不信。她那么老，也是吃大烟的，脸上擦了粉还是青灰青灰的，透出雀斑来，身材又瘦小。我的姨太太他都嫌是油炸麻雀，这一个简直是盐腌青蛙。"又吃吃笑道："这表示你们志沂是个多情种子，念旧。不是纨绔子弟，倒还是个至情至性的人。"①

在孩子的教育上，夫妻俩也发生了巨大的分歧。受西方思想的影响，黄素琼认为学校的群体教育才是健康的、多元的，因此坚持要把孩子送进学校接受新式教育，而张志沂则尊崇传统的私塾教育方式，两人为此屡次发生激烈的争吵。最后黄素琼不顾丈夫的反对，坚决将小煐送到美国教会办的黄氏小学插班进了六年级。

张爱玲在其散文集《流言》"必也正名乎"一篇中写道："我自己有个恶俗不堪的名字，明知其俗而不打算换一个……我之所以恋恋于我的名字，还是为了取名字的时候的那一点回忆。10岁的时候，为了我母亲主张送我进学校，我父亲一再地大闹着不依，到底我母亲像拐卖人口一般，硬把我送去了。在填写入学证的时候，她一时踌躇着不知道填什么名字好。我的小名叫小煐，张煐两个字嗡嗡地不甚响亮。她支着头想了一会，说：'暂且把英文名字胡乱译两个字罢。'"黄素琼在表格上匆忙填写上"张爱玲"三个字时，丝毫也想不到，十多年后，女儿将以这个名字震动中国文坛。

一次从百货公司出来过马路，黄素琼叮嘱小煐道："过马路要当心，别跑，跟着我走。"街上车水马龙，另有黄包车和送货的脚踏车在车流的缝隙中钻进钻出，黄素琼踌躇一下，抓住孩子的手。小煐没想到母亲的手这么瘦，像一把骨头夹在自己手上。这是母亲唯一一次牵她的手。小煐心里乱乱的，感觉到一种异样的生疏，同时又非常欢喜。

---

① 对话内容引自《雷峰塔》第133~134页。

圣诞节到了。客厅中间立起一棵高大的圣诞树，树梢直顶到天花板，黄素琼和张茂渊在上面挂起漂亮的小饰品，老妈子们帮着把蜡烛从树顶一直点到树根。晚上妈妈姑姑和几个年轻人出去吃饭跳舞。黄素琼一身湖绿长袍，肩上围着缀有水滴形珍珠的长披肩，上面绣着雨中的凤凰，张茂渊则是米色长毛绒大衣，喇叭裙上滚了一圈厚厚的米色貂毛，看着她们换装简直是一种享受。

第二天，孩子们坐在圣诞树下拆开礼物盒子，兴奋得知觉都麻木了。自己的母亲永远是最好的，就像西方童话世界里的神仙教母，魔杖轻轻一挥，就能将你梦想中的一切变为现实。

不过旧历年刚过一段时间，父母就在午餐时吵了起来。一天中，两人只有这个时候才会碰面。黄素琼早就明言，回来只是照看家和孩子，不和丈夫同房。张志沂想想都觉得窝囊。

"我是回来帮你管家的，不是帮你还债的。"

"这笔钱我不付。"

"我不会再帮你垫钱了。"

"看看这个。又没人生病，还会有医院的账单。"

"谁像你？医生说你打的吗啡针够毒死一匹马了，要你上医院还得找人来押着去。"

"这笔钱我不付。看看这些账单，一个人又不是衣服架子。"

"你就会留着钱塞狗洞，从来就不花在正途上。"

"我没钱。你要付，自己付。"

"我知道你打的什么主意：榨干她，没有钱看她还能上哪。"[1]

---

① 对话内容引自《雷峰塔》第 146 页。

张茂渊依旧默默地吃饭，夫妻俩声音一高起，吓慌了的老妈子们立刻将两个孩子带到法式落地窗外。"在这儿玩。"何干低声嘱咐道，帮着孩子们骑上三轮脚踏车，那是黄素琼买给他们的。姐弟俩绕着不太大的阳台，不时擦身而过，都不作声，也不互相看一眼。屋里的声音越来越大，黄素琼的声音冷淡得就像留声机，间杂着张志沂的拍桌怒吼。印象里，他们俩几乎碰到一起就是争吵。晚春的阳台上，挂着绿竹帘子，满地密条的阳光，却丝毫感觉不到温暖。恐怖中，一切仿佛都在陷落。姐弟俩再次擦肩而过，却都默然，两个人都明白新房子完了，始终都知道不会持久的。

一个星期后，黄素琼一边拿着一根橙色小棍擦指甲油，一边告诉小煐："你姑姑跟我要搬走了，你可以来看我们。你三叔跟我要离婚了。"

"几年以前想离婚根本不可能。"黄素琼道，"可是时代变了。将来我会告诉你你三叔跟我的事，等你能懂得的时候。我们小时候亲事就说定了，我不愿意，可是你外婆对我哭，说不嫁的话坏了家里的名声。你舅舅已经让她失望了，说我总要给她争口气。"[1]

舅舅和母亲是双胞胎。外祖父在广西，30岁因为瘴气死在任上，没来得及留下子嗣，族人吵闹着要瓜分家产。二姨奶奶当时已经怀有身孕，他们却非说是假肚子，让接生婆来给验身。阖宅女人都吓坏了，担心他们下毒手，无论如何没敢让他们的人近身。临盆那天，屋子被围得水泄不通，进进出出都要检查，生怕夹带了孩子

---

① 对话内容引自《雷峰塔》第147页。

进去。撞槌、火把，什么都准备好了，一听说生下个女孩，便立刻开始又吼又嚷地撞起大门，要闯进来抢光所有东西，把一家子寡妇都轰出门去。就在这当口，忽然听到里面传出消息，又生下了个男孩子。连小煐、小魁听到这一节都觉得比电影里的惊险情节还让人紧张。二姨奶奶生下孩子没几年就死了，黄素琼和弟弟是由嫡母抚养长大的。

"我不忍伤她的心。尤其是你外婆又不是我的亲生母亲，却把我当自己的孩子，我要给她争气。可是她也已经过世这么多年了。事情到今天的地步，还是我走最好。希望你三叔以后遇见合适的人。"

"这样很好。"小煐震了震，不等问就先说。

黄素琼愣了愣，默然一会儿，寻找着锉指甲刀。"你和弟弟跟着你三叔过，我不能带着你们，我马上就要走。横竖他也不肯让你们跟着我。"要是能跟着母亲就好了，可以去英国，去法国，去看阿尔卑斯山的皑皑白雪……可是那注定只能是幻想。

"这不能怪你三叔。不是他的错。我常想他要是娶了别人，感情很好，他不会是今天这个样子。"

"我们不要紧。"小煐道，也学母亲一样勇敢。

"你现在唯一要想的就是用功读书。要他送你去上学得力争，话说回来，在家念书可以省时省力，早点上大学。我倒不担心你弟弟，就他这一个儿子，总不能不给他受教育。"

黄素琼和张茂渊搬进仍在装潢的公寓，油漆房间，布置家具，小煐去住了一天，看得眼花缭乱，感觉不像要离婚，倒像是新婚的气氛。住过那么多宽敞漂亮的房子，从此她却独爱公寓。

离婚的事进展得并不顺利。到律师处几次，张志沂坚决不肯签字。"我们张家从来没有离婚的事，叫我拿什么脸去见列祖列宗？无论怎么样也不能由我开这个风气，不行。"只要能把婚姻维持下去，有名无实他也愿意。一次次的僵持，终于黄素琼道："我一直等你戒掉吗啡，把你完完整整还给你们张家，我也能问心无愧地走开。过去我就算不是你的贤内助，帮你把健康找回来至少也稍补我的罪愆了。我知道你是为了我，我很对不起你。"这还是妻子第一次这样说，张志沂怔了怔，心一软，同意了。从来他只喜欢纤瘦的女人，而且明眼人能够看得出来，老八和黄素琼颇有些神似。一瞬间的了解和谅解，让两个人都悲喜交加，内心也格外温柔。[①]

可下次见面，张志沂再次犹豫不决，绕室徘徊，几次拿起笔来要签字，长叹一声又放回桌上，翻来覆去还是那一句话："张家从来没有离婚的事。"黄素琼请的英国律师跟她说："气得我真想揍他。"无奈之下又问黄素琼能否改变心意？黄素琼道："我的心已经像一块木头！"张志沂听了不免灰心，又兼那英国律师连劝再威吓，他才终于在离婚协议书上签了字。黄素琼则在离婚协议里特别注明，小煐日后的教育问题——要进什么学校——都需要征得自己的同意，教育费用则由张志沂负担。

离婚后，张志沂带着孩子搬到延安中路康乐村 10 号的一栋洋房里，定柱家就住在那条里弄里的明月新村，两家只有几步之隔。一方面是为了能多走动，一方面也可能是有些痴心妄想，盼望着还能碰见前妻，定柱也还会替他们拉拢劝和。孰料离婚手续一办妥，

---

① 对话内容引自《雷峰塔》第 147~148 页，略有改动。

黄素琼就准备启程去法国了。

张爱玲在《流言·私语》中写道："我在学校住读，她来看我，我没有任何惜别的表示，她也像是很高兴，事情可以这样光滑无痕迹地度过，一点麻烦也没有，可是我知道她在那里想：'下一代的人，心真狠呀！'一直等她出了校门，我在校园里隔着高大的松杉远远望着那关闭了的红铁门，还是漠然，但渐渐地觉到这种情形下眼泪的需要，于是眼泪来了，在寒风中大声抽噎着，哭给自己看。"

上船的那一天，两个孩子跟着亲戚们去送行。黄素琼没搭理他们，人前她一贯这样，只忙着照顾定柱的几个孩子，是人见人爱的好姑姑。定柱不满地嘟囔道："在中国舒舒服服地住着偏不要，偏爱到外国去自己刷地煮饭。"黄素琼答道："只有这样，我才觉得年青自由。"

父亲的家

　　我父亲的家，那里什么我都看不起。鸦片，教我弟弟做《汉高祖论》的老先生，章回小说，懒洋洋灰扑扑地活下去……我把世界强行分作两半，光明与黑暗，善与恶，神与魔。属于我父亲这一边的必定是不好的，虽然有时候我也喜欢。我喜欢鸦片的云雾，雾一样的阳光，屋里乱摊着小报（直到现在，大叠的小报仍然给我一种回家的感觉），看着小报，和我父亲谈谈亲戚间的笑话——我知道他是寂寞的，在寂寞的时候他喜欢我。父亲的房间里永远是下午，在那里坐久了便觉得沉下去，沉下去。

——张爱玲·《流言·私语》

　　母亲走了，也带走了那色彩斑斓、亮闪闪的日子，留下一片无法填补、让人惆怅的空虚，家里也由一度的欢乐热闹再次归于原来的沉寂。只是有了今昔的对比，看过母亲所展示出的另一种全新生活的样貌和可能，往昔一成不变的生活中所蕴含的单调、沉闷、了无生气——甚至堕落——忽然变得异常触目惊心，不再能让人心安理得。

　　所幸张志沂离婚后痛下决心，做出了改变。他买来打字机、打孔机、卡其色钢制书桌以及文件柜，虽然使用次数非常之低，但多少有了些励志图强的气息。又在一家英国人开的不动产公司找到份差事，没有薪水，按销售业绩来提成。每天坐着自己的汽车去上班，中午回家吃午饭，再抽几筒大烟，下午再去。可是一段时间过去，一幢房子也没卖出去，他不免又习惯性地滑到怠惰消沉中去，不再上班，无所事事起来。

小煐住校，家里只剩下了小魁。从前先生上课，还有姐姐问东问西，打破沉闷，现在只剩下他和六十多岁的先生枯燥相对，他于是常打瞌睡，或者干脆假装生病，不去上课。

每逢周末或者假日，小煐就会被家里的司机接回来。她的身体正在飞快抽条，变瘦变高，从前那个肉墩墩、面团团的小女孩身影已在渐行渐远，不但被周围的人所遗忘，也终将被她自己所遗忘。她的性格也发生了改变。从前的她是健壮活泼的，喜欢问这问那，对一切都充满好奇，无所顾忌，有些天不怕地不怕①。现在，性格中先天带有的勇敢强悍逐渐内化，变为生命的一种强韧，而不再外放，话越来越少，更多的时候开始选择倾听。

这是她和父亲关系最好的一段时期。父亲的房间里仍烟雾氤氲，整日开着电灯，没有了姨太太，她在家时倒经常喜欢进去，搜肠刮肚地说些亲戚间他可能会感兴趣的笑话。烟铺上堆满了小报，她可以看个不停，连两版缝隙间的广告都读得津津有味。他也喜

---

① 张子静在《我的姐姐张爱玲》中记述，小时候一次父亲请亲戚朋友吃饭，张爱玲和舅舅家的几个表姐不知怎么商量的，把正在做游戏的男孩子中一位逗人喜欢的小客人（属狗，小名"哈巴"）抢了去，关在楼上一个房间里，男孩子们几次冲上楼去欲救"哈巴"，都被张爱玲发号施令，指挥娘子军打败。

欢有她在旁边，虽然并不说什么，绕着房间踱步，吟诵不绝。姑姑每次说起父亲总是逗得小煐哈哈大笑，可是面对着他，就有点两样，她更多的是为他感到难过。他现在脾气很好，对儿女也比以前关心，吃饭时会帮她夹菜到碗里。第一个吃完走趟子，曼声背着奏章，绕来绕去中伸手揉乱她的头发，玩笑地夹上一句："秃子。"她笑笑，领会他表达亲密的意思，却不明白为什么叫她"秃子"①，因为她的头发又厚又多。他书架上的书她都拿来看，《红楼梦》《西游记》《聊斋志异》《金瓶梅》……当然也有外国小说。站在烟铺前跟他要钱付钢琴学费时，他总是咕噜着再装一筒，抽完了，才说："我倒想知道你把我的书弄哪儿了。书都让你吃了，连个尸骨也没留下，凭空消失了。"然后费劲儿地从丝锦背心口袋里掏出钱包来。王发最近老是没办法从张志沂那儿拿到需要的花费，于是悻悻地道："总是拖。钱搁在身上多握两天也是好的。"何干也为两个孩子的皮鞋和自己的工钱去向张志沂讨钱，也同样被拖延，却很高兴："现在知道省了，败子回头金不换嘤！"只有小煐了解父亲毫无进项，眼看着金钱一点一点流失的恐惧，就像她了解他的寂寞。她对他有一种直觉似的了解，他也知道，因而有种心照不宣的默契。

她正处在人生的早春。生命正以它自己的方式不可阻挡地蓬勃生长，静下来，似乎都能听到骨节噼啪噼啪的响声，仿佛另有一个自己正在体内苏醒，这个阶段最珍贵的礼物是充足的阳光、水分和清新健康的空气，可这些恰恰是这个家庭中最缺乏的，也无力给予

---

① 在《雷峰塔》中，张爱玲写道："从来没想到过他是叫她 toots（年轻姑娘）。"不过其实更大的可能，她父亲叫的是"tootsie"（宝贝，亲爱的）。

的。它古老，黯淡，因循守旧，不断地衰败，连月光落在这里都似乎凝结着沉甸甸的重量。她处在家庭之中，却开始逐渐清晰地意识到和它之间的距离。热情壅塞心中，外表上却越来越安静。父亲带些惊异地看着女儿。他不能完全了解她，再说中国的孩子在成年并且能给家庭带来经济利益之前，并没有地位，也不会被看重，何况小煐还是个女孩子，但他知道女儿的安静和儿子的不同，那其中蕴含着承自母系的勇敢和倔强，外表柔弱而内实刚强，临到大事必有一种心狠手辣的冷静和果决。

对于她幼年即表现出的写作爱好，他一直持一种赞赏的鼓励态度。《理想中的理想村》《摩登红楼梦》……小煐乐此不疲地写着，也向报社投稿，只是从来没有回音。于是她索性仿照当时报纸副刊的样式，自己剪裁，自配插图，编写了一份以家庭杂事为内容的副刊。张志沂看了很高兴，凡有亲戚朋友来就得意地拿出来："这是小煐做的报纸副刊。"

和弟弟之间，除了不再朝夕相伴，相处时间减少之外，一切似乎还和从前一样，但在小煐心底，已经有了一道难以消除的隔膜。那是母亲还在的时候弟弟过生日，小煐特意为他画了一幅画，画中的他穿着姑姑送的花呢外套和短裤，拿着母亲送的猎枪，背景是一片绿油油的树林，以为他一定会喜欢。他拿着画低着头看，习惯性地不说话。想起他没有地方放，她问："要不要收进我的纸夹里？"弟弟答应了。她过后才想起来，忘了告诉一声，画还是送给他的。隔些天她将画忘在饭厅里，便去找。画搁在餐具橱上，拿起来才发现上面有一道铅笔划的黑杠，力透纸背，刻印得厚纸纸背都倒凸出来。"是小魁！"她想，惊惧于他的嫉恨。原来每个人心底都藏着魔鬼。只是这次她同弟弟一样，默不作声。

她经常去姑姑那儿，母亲写给她的信都是寄到那里。最初写信给母亲，让小煐很是雀跃，中国人太过含蓄，不善于表达感情，也许她可以在信里告诉母亲她的感受，一些她当面一直无法说出口的话，可是立刻发现随便说什么都会招来一顿教训。"我不喜欢你笑别人。别学你三叔，总对别人嗤之以鼻，开些没意思的玩笑……"母亲的字很小，总是密密麻麻地写满一页纸，让人透不过气来。母亲曾说过，父亲身上有些习气让人恶心，而因为不爱他，他多情的时候也就最让她恶心。几次之后，小煐开始选择一种最安全的方式，什么也不说，只通篇重复母亲的训示：用心练琴，多吃水果……

但毕竟还是孩子，她对母亲仍然怀着一种罗曼蒂克的爱和热情。一到寒假，她便开始忙着专心致志地剪纸、画画，精心制作圣诞卡和新年贺卡，这时连弟弟都不可以在旁边打扰她，然后把最满意的一张拿去姑姑家，请她代为寄给母亲。

作为一个作家，张爱玲是幸运的。她自幼生长的环境可谓得天独厚，上至清朝没落贵族、民国新贵，下至仆佣杂役、贩夫走卒，一一登场，浮华放浪、光怪陆离的洋场男女，喧嚣热闹、醉生梦死的青楼欢场，也不时穿插闪过。胡兰成在《今生今世》中写道："张爱玲是民国世界的临水照花人。看她的文章，只觉得她什么都晓得，其实她却世事经历得很少，但是这个时代的一切自会来与她交涉，好像'花来衫里，影落池中'。"但作为一个个人，张爱玲无疑又是不幸的，父母无爱的婚姻，父亲空虚堕落的生活方式，幼年时母亲即去国离家，回来不久又与父亲离异，这一切都给小煐幼小的心灵造成了无法弥补的伤害。一个没有真正体验过爱的人是不大能够相信爱的存在的。尤其孩子的内心单纯而专注，其情感的强烈程度便更远远超出大人的想象。至此，决定张爱玲一生事业和生活的个性特质已清楚显现：敏感、深刻，而又不易原谅。但彼时生活在她身边的人显然对这一切视而不见。

1934 年，张爱玲升入上海圣玛利亚女中高一，这是一所美国教会办的著名贵族寄宿学校，之前张爱玲已经在这里读了 3 年初中。在同学们的印象里，张爱玲瘦瘦高高的个子，很少说话，不大引人注意，若是有人主动来搭讪，她便应上两声，也不大有表情。她在班上没有什么朋友，常常是一个人独自来去。年轻女孩子一起嬉戏打闹，即使吵翻天，张爱玲也只是在一旁默默地做自己的事情，或是画画，或是读书。因为从小由保姆照顾，连一条手帕都没有叠过，张爱玲的生活自理能力极差，她的寝室永远是学校里最乱的一间。当时圣玛利亚女校的宿舍里配有鞋柜，不穿的鞋子要放在鞋柜里，不允许放在床下。但张爱玲懒得恪守规矩，她的旧皮鞋经常被发现随意地扔在床下，然后被惩罚性地展览出来。对此，张爱玲并不以为意，实在被问得紧时，便口头禅似的说上一句："哎呀！我忘了！"

她最好的朋友是比她低一级、住在同一寝室的张秀爱，只有和张秀爱在一起的时候，张爱玲才会轻松自在地说说笑笑。热情与孤独，在她身上既矛盾又调和。她有着远超同龄人的清醒和自觉，知道自己要什么，不要什么，从不浪费时间在自己不感兴趣的事情上，对人情也丝毫不敷衍。面对不能了解她的人，她几乎永远沉默寡言，但一旦面对知己——那些因为性情或心灵产生某种契合而被特别允许进入她的世界的人，她却会倾心相与，也只有他们，才有缘得识她不轻易展现的热情。

尽管已经在校刊《凤藻》上发表过《不幸的她》《迟暮》《秋雨》等多篇文章，又被国文老师汪宏声屡次在课上表扬作文，但张爱玲的文采并未引起同学们的特别关注，在她们眼中，班上文章写得最好的应该算张如瑾。"和其他同学相比，张爱玲很平常、孤独，看不出才女风采，同学们背后也不议论她。"①

1937 年，张爱玲从圣玛利亚女校毕业，即将到来的离别让她愿意展示一下真正的自己。她讨要同学们的照片，在这一年的第十七卷《凤藻》上，绘制刊登出一组特别的漫画。画中的张爱玲是个女巫，正俯首从怀中的水晶球中观察并预言着每个同学的未来。

> 王汝敏：世界著名作家，诺贝尔奖获得者，因文章而誉满东西方。
>
> 韦澄芬：杰出的科学家，"澄芬氢"的发现者。
>
> 顾淑琪：中国赴意大利的大使阁下。②
>
> ……

张爱玲并在顾淑琪的那本《凤藻》上留言道：

---

① 语出顾淑琪的回忆。顾在圣玛利亚女校和张爱玲初中、高中同学 6 年。

② 原文为英文，此处中文为作者翻译。

替我告诉虞山①，只有它，静肃、壮美的它，配做你的伴侣；也只有你，天真泼刺的你，配做它的乡亲。——爱玲

寥寥数语，不同于早年习作的略显单薄稚嫩，日后影响无数人的张氏笔风在此已初露端倪——新颖别致，不落窠臼，那是历经寂寞岁月淬炼后的沉思，充满对人性和生命的洞察，韵味悠长，而又萧然意远。

在《流言·私语》中，张爱玲如此描述自己当时的梦想："在前进的一方面我有海阔天空的计划，中学毕业后到英国去读大学，有一个时期我想学画卡通影片，尽量把中国画的作风介绍到美国去。我要比林语堂还出风头，我要穿最别致的衣服，周游世界，在上海自己有房子，过一种干脆利落的生活。"

但也就是在1934年，在梦想还遥不可及的时候，一个现实的重大转变却来到了张爱玲的生活中。她的父亲张志沂决定再婚。

头年因为房地产价格上涨，张志沂的经济状况发生好转，在穷亲戚间突然成了难得的择偶对象。一些本已不大来往的富有亲戚也重新开始走动，一位表亲更将张志沂介绍给日商住友银行的在华买办孙景阳做助手，处理与英美银行和洋行业务的书信往来，学了些实务的张志沂随后在交易所又赚了两笔，越发得了长袖善舞的名声，变得炙手可热。准新娘便是孙景阳的妹妹，名叫孙用蕃。

---

① 虞山是常熟境内的一处名胜。1937年春天，张爱玲和全班同学去常熟游玩。顾淑琪因为童年时期在常熟读书，被同学们称为"常熟阿姊"，但偏是她这个常熟人，在虞山游玩时跌了一跤，给同学们留下了深刻的印象。

孙用蕃同样生长于一个阀阅世家。其父孙宝琦历任清朝户部主事、直隶道员等职，八国联军攻陷北京时，慈禧出逃，孙宝琦随行护驾至西安，因为熟谙法文和电码，当时北京与西安之间有关议和及朝政的电报，都由他译读办理。1901年议和之后，孙宝琦因护驾有功，以五品京堂奉派出使法国，两年后兼任西班牙国出使大臣，后又出使德国。民国之后，孙宝琦做过袁世凯内阁的外交总长、国务总理，曹锟任北洋总统时，孙宝琦任国务总理，后又任段祺瑞政府外交委员会委员长，历经宦海沉浮，晚年淡出政坛。孙宝琦共有一妻四妾，子女二十四人（八男十六女），孙用蕃是庶出的第七个女儿，为了避免在众多的兄弟姐妹中被忽略，从小便养成了争强好胜、精明强干的个性。孙宝琦在政坛游走数十载，格外注意用联姻的方式来巩固拓展自己的势力，他和每个时代的名门望族，如清庆亲王奕劻、邮传部尚书盛宣怀以及冯国璋、袁世凯等人，都是儿女亲家。张家祖上虽然也曾声名显赫，但到了张志沂这一代，其实已经逐渐走入没落，相比于自己兄弟姐妹婚姻嫁娶上的成功，孙用蕃在36岁上嫁给再婚的张志沂，多少有些低就，不过这里面却另有一番因由。

原来孙用蕃少女时代曾经和一位表哥恋爱，因为嫌弃男方家穷，父亲孙宝琦无论如何不肯答应。孙用蕃怀着少女的痴情，和表哥私奔逃到一家旅馆，约定服毒殉情。不想孙用蕃服下毒药后，那个男人却吓得失了胆气，害怕后悔，慌忙通知孙家到旅馆去找女儿。孙用蕃侥幸捡回一条命来，孰料更大的难堪却在后面。从医院一出来，觉得丢尽颜面的父亲就扔给她一条绳子一把刀，逼她自尽，尽管被亲戚们强劝下来，但却就此把女儿关了起来，不见天日，直至

1930 年冬天，孙宝琦在上海去世，临终前都不肯再见这个女儿一面。也就是在被幽禁期间，孙用蕃为解愁烦染上了鸦片烟瘾。

张志沂对此倒很看得开，他说："我知道她从前的事，我不介意。我自己也不是白纸一张。"从前他就羡慕定柱太太与定柱有同榻之好，谁也不用瞧不起谁。

1934 年夏天，张志沂和孙用蕃在上海礼查饭店订婚，半年后在当时最时髦的华安大楼正式举行西式文明婚礼，婚礼现场有从照相馆租借来的礼服、幛纱、花束，还有伴娘和钻戒，又杂糅上中式的闹洞房。

婚礼上小煐和小魁分坐在女宾、男宾席上，小煐倒宁愿这样，省得凑在一起，好像一对苦命的孤儿似的。姐弟俩之间从来没有就父亲再婚一事交换过看法，也是知道他们根本无权置喙。成年后，张爱玲才在《流言·私语》中写下自己当时的激烈感受：

"我父亲要结婚了。姑姑初次告诉我这消息，是在夏夜的小阳台上。我哭了，因为看过太多的关于后母的小说，万万没想到会应到我身上。我只有一个迫切的感受：无论如何不能让这件事发生。如果那女人就在眼前，伏在铁栏杆上，我必定把她从阳台上推下去，一了百了。"

不过起初张爱玲和继母相处得还算融洽，至少维持着表面上的客气和礼节，井水不犯河水。再婚前夕，张志沂陡然眷恋起旧情，在新娘的怂恿下，他们搬回到李鸿章留给儿孙们的老宅——上海淮安路 313 号的一栋大别墅里。别墅是李菊耦的陪嫁，分家时落在张志潜名下，此前一直在出租。李菊耦在时，曾经带着一双儿女和张志潜一家生活在那里,她在那栋房子里过世,也是在那里,张志沂迎娶了黄素琼,然后小煐和小魁出生。那里有着他本人和张氏家族的太多记忆。孙用蕃主张搬家却另有动机。表面上她嫌康乐村 10 号洋房太小,其实更多是因为那儿离定柱家太近,她要抹去从前女主人的印记。

一朝天子一朝臣,家里现在最得用的仆佣是孙用蕃的陪房潘妈,何干反倒靠了后,不久又被减了工钱。因为是从前老太太手里重用过的人,她的工钱一直比别人多一倍。一些旧人被辞掉,孙家原有的男女仆人各补了些进来,然后又说小姐和少爷都大了,不用再时时跟着,寻趁着让何干兼做浆洗的活儿。何干倒也任劳任怨。现在她再也不敢说"从前老太太那时候"这样的话,免得让人听见像是在比较抱怨。从前小煐总以为何干不愠不火,不卑不亢,现在看着她站在饭桌旁慌张巴结,一开口便赶紧先从心底里感情充沛地叫声"太太"的样子,真让人觉得难为情。可小煐知道她心底里的恐惧。一次她上街回来告诉小煐,在静安寺电车站那儿看到一个老叫花子,自己给了她两毛钱。她的儿女总是不停地写信来要钱,她是联想到了自己未来的命运。儿子曾经靠着她的脸面求张志沂给荐了份工,可是偷奸耍滑、玩女人,很快就被辞回了老家,现在她是家里唯一的希望。所以只要能不回去,什么她都得忍。

各种用钱的地方,从前张志沂还只是拖欠着不付账,现在孙用蕃则是能蠲免的一概蠲免。小煐的外套小了,想做件新大衣,孙用蕃语气和气地跟她解释,小孩子长得快,现在做新的过后又穿不下了,末了将自己的一件黯红色旧棉袍找出来给她。穿在身上,好像生了一身的冻疮,尤其是周围的同学大多家境富有、衣着讲究,越发让人感到自惭形秽。张爱玲成名后，她的高中国文老师汪宏声写过一篇《记张爱玲》，讲述自己第一次命学生作文时的情形："发还文卷的一天，我挨卷唱名，学生依次上讲台领卷。唱到张爱玲，便见在最后一排最末一只座位上站起一位瘦骨嶙峋的少女来，不烫发（我曾统计，圣校学生不烫发者约占全数五分之一弱，而且大半是虔诚的基督教徒或预科生——小学五年级程度），衣饰并不入时——那时风行窄袖旗袍，而她穿的则是宽袖——走上讲台来的时候，表情颇为板滞。我竭力赞美她文章写得好，并且向全班朗读了一遍……而爱玲[①]则仍旧保持着她那副板滞的神情。"

当然孙用蕃也有出手阔绰的一面。比方说，给自己添置新衣，再比如操办张志沂的40岁寿辰，务必风光气派，在亲朋眼里显得排场体面。

老姨太带着孙用蕃底下的两个弟妹住了进来。她曾经跟着孙宝琦去过德国，爱给孩子们讲公使馆里舞会的热闹情形。她很怕女儿。嫡庶之别不可越，孙用蕃尊重巴结嫡母，对生母却严词厉色，呼来喝去。

房子太大，冬天嫌冷，孙用蕃下楼吃饭总带个热水袋。张志沂先吃完，抢走她的热水袋，走趟子经过她背后的时候，就将热水袋搁在她脖颈后面，笑道："烫死你！烫死你！"孙用蕃叫着闪躲。按照过门前媒人讲定的规矩，小煐小魁管孙用蕃叫"娘"。两个孩子管自吃饭，淡然笑笑，礼貌地响应他们之间的调笑。可是学给姑姑的时候，小煐却笑得倒在地板上，张茂渊做个怪相，道："哎呀！你

---

① 圣玛利亚女校的习惯，教师对学生只称名而不称呼姓。

三叔真是肉麻。"又道："我就是看不惯有人走到哪儿都带着热水袋，只有舞女才这习气。"小煐又说起娘将姑姑送给自己的一个大洋娃娃借了去，摆在卧室枫木双人床的荷叶边绣花枕头上，不知道是为什么，张茂渊蹙眉道："是为了好兆头。你娘想要孩子呢。"虽然不免为两个孩子的前途担忧，却不好多说什么。

小魁最初很得孙用蕃的宠爱，不管走到哪儿都带着他，用宠溺的口吻拖长了声音叫他的名字，他也变得精明能干，经常跑腿供差遣，还偎在孙用蕃身后给她烧烟泡，三人在烟榻上惬意悠闲的家庭行乐图让假期才回来的小煐看得心头一震，更让她难受的是弟弟如今说话都跟后母一家人一个声气，打鼻子眼里出声。不过洋洋得意没多久，小魁便开始天天挨打。有次被打后还罚在园子里毒日头底下跪砖，头顶上也顶着一块，要跪满三炷香的时辰。连老姨太都看不过去，跟仆佣们絮叨个不停。何干特意叮嘱正在隔壁房间里看书的小煐："别出去。别管他，一会儿就完了。"问起来小魁为什么挨打，何干说："不知道。回错了电话，我也不知道。也是小魁少爷不好，楼上叫他，偏躲在楼下佣人房里。"小煐恨所有人都中了圈套，不是责备小魁就是怨怪她父亲。没有人在旁挑拨，她父亲怎么会天天找弟弟的麻烦，别的不说，他先就没这份毅力。一阵阵耻辱感冲得她牙关紧咬："在我身上试试看。"她在心底说，感觉自己整个人都坚硬得像块岩石。过后在楼下餐室找到小魁，小煐找借口支走何干，方才压低声音急急说道："他们疯了，别理他们。下次叫你进去，要你做什么就做什么。让他们知道你不在乎今天喜欢你明天又不喜欢你。不喜欢你又怎样？只有你一个儿子。"小魁一见姐姐进来，便下巴一低，垂下眼去，不愿她可怜，也不想听训，这时依旧默不作声，面无表情，让小煐觉得所有的话都说给了空气。隔些天看见何干又推又拉地让小魁到吸烟室去，两个人挣得太用力，鞋底蹭得地板嘤嘤地响。到了门口，小魁握住门把手，何干掰不开，潘妈嘴里劝着也上来帮忙，小魁索性两腿往前一出溜，半坐下来，死命扳着房门不放，气得小煐真想上去揍他一顿。所有丧失人性尊严的事情都让她无法忍受。小煐自己现在也不愿去吸烟室，可是在何干的频繁催促下，每天必定爽爽快快地进去坐一会儿，看看报，逢到插得上嘴的时候就若无其事地说上两句，她不是弟弟，由着人摆弄和摆布。她要让他们知道，她不怕他们。或许他们倒有些怕她，至少他们掂不清她的分量。

刚进门的那个暑假里，孙用蕃无意间在书房看到小煐写的一篇作文《后母的心》，里面把一个后母的为难处境和复杂心情刻画得十分细腻真实，简直就是设身处地为她而写的，不由分外感动，逢有亲友来便夸赞个不停。张志沂虽然心知肚明女儿不过是在锻炼写作技巧，并无丝毫讨好继母之意，但也并不点破，乐得顺水推舟，随声附和。可是生活总会残忍地撕破一切假象，让一切无所遁形，这也注定了这种刻意维持的表面和谐很难持久。

张茂渊对于小魁最近总是挨打也是心急不满，又不方便出头。她这阵正在竭力和孙用蕃处好关系，以便让她支持哥哥和自己联手与张志潜打官司，争取重分家产。

小煐这段时间总在姑姑那里碰上大表伯母的儿子琛表哥[①]，也从

---

① 李国杰的儿子李家琛，是李国杰与姨太太的婢女所生，其生母被姨太太卖掉。李家琛自小由大太太抚养，长大后才知道自己的身世。此即张爱玲中篇小说《小艾》故事的原型。

报纸上连篇累牍的报道中大略知晓大表伯父①因为挪用公款出了事，姑姑正在和琛表哥一起想办法，想帮他将父亲弄出来，并补上巨额亏空。张茂渊的清明平实帮助她摆脱了家族的影响，张家人还没有谁能像她这样真正地融入现实生活，她现在靠在交易所买卖股票赚钱，过着独立优渥的生活，但要在短期内筹到那样一笔天文数字的款项，还是一筹莫展，于是她盯上了自己母亲如今划在二爷名下的那部分陪嫁。"那时候我们急着搬出来，分得不公平。其实钱都是奶奶的，奶奶陪嫁带过来的。"提到自己和哥哥正在联手与二爷打官司，她如此告诉小煐。小煐听得云里雾里，但也并不多问。从小她就被母亲那套西方尊重个人隐私的说教训练得没有了好奇心，这也是母亲姑姑谈讲什么从来都不避讳她的原因，对于小魁，她们就不放心，姑姑甚至说他"sneaky"②，一双大眼睛总好像在那里窥探。不过，再想不到这桩官司其实还是为了第一件事，姑姑为帮琛表哥营救父亲，正在想方设法地到处弄钱。

王发翻出塞满了古旧账簿的芦苇篮子。最后一个经管的人辞工后，由他来收租。王发不识字，倒因此把账本全数留了下来，张茂渊请律师来审查，终于找到了有用的资料。就在张茂渊以为胜券在握的时候，开庭前突然得知哥哥釜底抽薪，和二爷在私底下和解了。

---

① 即李经述长子李国杰。李经述死后，长子李国杰继承李鸿章一等肃毅侯爵位。国民政府北伐胜利后，因财政紧张，盯上了当年由李鸿章创办、如今掌握在李国杰手里的轮船招商局，以整顿为名，派驻赵铁桥出任总办，将时任董事长的李国杰架空，又以李国杰将招商局一部分栈房和市房做抵押向汇丰银行贷款，从中收取酬劳 20 万两一事为由，将其告上法庭。李国杰为报复，买通著名杀手王亚樵，将赵铁桥枪杀。蒋介石震怒，责成宋子文火速查办此案，但没有抓住李国杰买凶杀人的证据，于是将他以经济罪名暂时收押，后经段祺瑞出面说情被释放。1939 年，因日本人拉拢劝说李国杰出面组建维新政府，李被军统暗杀。

② 意为"贼头贼脑"。

张茂渊愤而去找哥哥理论。本来就不愿意掺和进来的张志沂如今既拿到了一笔钱，又保留住一门阔亲戚，当然不肯再改变主意。至于妹妹，尽管从来没说，其实张志沂一直对她不满。若不是她处处帮衬嫂子，他和黄素琼也或许不会以离婚收场。二爷如今更是恨透了这个异母妹妹，拍着桌子叫骂道："她几时死了，跟我来拿钱买棺材，不然是一个钱也没有。"张茂渊再没想到会被亲哥哥出卖，气得发誓再也不登哥哥家的门。对小煐两边倒全都不提，她仍旧可以去看姑姑。至于官司，张茂渊只告诉小煐输了。为什么？"他们送钱给法官，我们也送。他们送的多。"

端午节王发奉命送节礼到二爷家，才知道老爷与二爷私了了。晚上回来他喝了点酒，不由气道："老爷做什么都是这样，虎头蛇尾。根本摸不着头脑。官司难道是打着玩的？今天打，明天和？联手对付自己的亲妹妹！可不作兴胳膊肘向外拐。"

何干一向尊重王发，称他为"王爷"，这时在旁听得很紧张。"我一点也不知道。"她反复说。

"我不是帮小姐。可是她终究是自己的亲妹妹。现在要她怎么办？官司输了，说不定钱都赔上去了，又没嫁人，将来可怎么好？"

"老爷一定有他的原故。"何干低声道，"我们不知道。"

"小姐来，跟我要账簿，我整篮整篮地拿了来。我倒不是等他们赢了打赏。可是看他们虎头蛇尾，真是憋了一肚子的火。我就说要干什么就别缩手，要缩手就别干。"

何干低声道："这些事我一点也不知道。老太太过世的时候，小姐还小，老爷年纪大，应该知道。小姐从来就不听人家的劝。"

"总强过耳根子软，听人吹枕头风，倒自己亲骨肉的戈。就一个儿子，打丫头似的天天打，弄得跟养媳妇一样成天提着心吊着胆。"又道："从前当着姨太太的面，我不敢骂，只在楼下骂。现今两样了。人家可是明媒正娶来的，我连大气都不敢哼。前天去买洋酒预备今儿送礼，还怪我买贵了。我说：'就是这个价钱。'她不喜欢我的口气，掉脸跟老爷说：'这个家我管不了。'老爷说：'王发，你越来越没规矩了，还以为是在乡下欺负那些乡下人。下次就别回来了。'欺负乡下人？我是为了谁？在这屋里连吃口饭都没滋味了。知道你老了，没有地方去，就不把你当人看了。"①

秋天王发下乡去收租，钱送回来，人却没再回来，没多久就死在了乡下。

何干如今越发小心，惴惴不安。小的时候，小煐曾经许诺等长大给王爷买皮袍子，给何干买狐狸毛的皮袄。像一切小孩子一样，小的时候她对未来更有把握，等真的长大了，才知道人生太多事情其实个人根本就做不了主。

现在小煐越发怕向父亲索要钢琴学费，但她仍在坚持着，不为别的，只因为那是她与母亲以及西方之间的唯一联系。圣玛利亚女校规定只有在校学琴的学生，方有资格到琴房练琴，但学校老师教的却和小煐跟了六七年的白俄老师常常相反，比如白俄老师要求弹琴时手背要圆凸，学校老师却说要平扁，她脾气又不好，一俟发现错了，搽着厚厚的白粉的脸上立现怒色，将琴谱啪地往地上一摔，一掌打在小煐的手背上，"又鼓起来了！"她说。吓得小煐每次在琴房门口等着上课，都战战兢兢，一听到铃响就忍不住想要跑去洗

---

① 对话内容引自《雷峰塔》第211~212页。

手间。白俄老师看到她的错误手势，屡次纠正而改不过来，则忍不住失望流泪。几相交攻之下，张爱玲终于痛下决心，走到正在吞云吐雾的父亲面前，说道："三叔，我不想再学钢琴了。"她不曾给过他什么，就把这当成一份大礼吧。解脱众人，也解脱了自己。父亲和继母果然都非常欢喜。

只是对妈妈姑姑难以交代。她们本来想给她自己没有得到过的机会，早早开始职业训练，以期将来有所成就，证明女性并不是天生的弱者，经过努力一样可以出人头地。

李鸿章赠给女儿李菊耦的这栋别墅建于清末民初，仿造西方建筑，红色的外砖墙，长长的车道，房间多而进深，共有二十多个房间。住房下面是一个大地下室，有圆形的通气孔，一个个与后院的佣人房相对。房子前面是一个大花园，里面有一个荒废的网球场。孙用蕃起初不知道网球场修整维护起来有多贵，还让小煐邀请同学来打网球，后来知道了便没再提。只有小魁拿着姑姑送他的旧球拍，经常一个人在废弃的球场上，对着砖墙咚咚地打着。末了一心省俭的孙用蕃从报纸副刊上看到人家养鹅作为副业，便也要厨子买来一对，靠着花园墙根盖起一个鹅棚。可是天天望眼欲穿，也不见两只鹅下蛋，想想也是晦气，莫非在他们家里，连鹅都不生养？

小煐假期回来仍和弟弟同住一个房间，各人一张单人床，睡觉的时候中间隔着一个橱柜。家具是父亲再婚时姑姑托人以非常便宜的价格买下的，顺便给孩子们也带了一套，那时她还在特意与孙用蕃处好关系。小魁也蹿高了，穿着孙用蕃弟弟的旧衬衫，黄色卡其布裤子，系着姑姑小时候送他的那条领带，煞是英俊，经常在浴室对着镜子照来照去，又用被水沾湿的木梳小心翼翼地将头发高高梳起，不知怎么，一看到他自命不凡、洋洋自得的样子，小煐就会想起十来岁那年，看完电影两人让家里的司机载着去惠尔康吃冰淇淋，一坐下来，小魁就大模大样地点了啤酒。他的浮华和没志气让她不喜，似乎天生沿袭下父亲堕落的习性，却连父亲堕落的资本也没有。小魁自己也知道，因此格外地急着想要长大。可是长大了就有大把的钱可供他享受和挥霍吗？那也未免太过一厢情愿。小魁也知道姐姐瞧不起自己。两人除了电影以及常看的书外几乎无话可谈，尽管身上流着相同的血液，却又都觉得对方和自己不亲。听何干讲，小魁已经开始梦遗。圣玛利亚女校流行同性恋，一旦发现谁对谁痴情，便会用抢亲的方式将俩人拖到一起，强迫她们挽臂同行。女孩子的闲谈中偶尔也会涉及性的话题，那是神秘而让人觉得有些秽亵的。世界失去了童年时的单纯和美好，让人迷惑，也让人有些震惊和慌乱。所幸小煐和同学的关系还都正常，和张秀爱最要好，也只是谈天说笑或结伴在学校荒烟蔓草的后园里游玩，或是带着漱盂在树下摘拾桑葚，带回宿舍冲洗了吃。

大概在这时期，小煐经历了一场不为人知的朦胧初恋。

他是孙用蕃的远房侄子，家里很穷，托赖着孙家的情面在银号里谋了个伙计的差事，如今又跟着张志沂跑交易所，学习历练。人很勤奋，高高瘦瘦，常穿一件青衫，如玉树临风，五官精雕细琢，肤如凝脂，再配上一双丹凤眼，具有一种动人心魄的古典美。知道自己的身份和地位，因此显得非常腼腆害羞，每次在吸烟室里听张志沂评讲，都紧张地点头称是，在姑姑面前也同样害羞而谨慎。也许是因为同样仰人鼻息的缘故，他对孙用蕃的母亲很尊重，惹得老姨太太到处向人夸赞他:"这孩子有前途!"

　　每次离开前,他都会到小煐的房间里来,在门口含糊地说:"看书啊,表妹?"让进来之后,看到她桌上的书便随手翻着:"表妹好用功。""我不是在看书,是看小说。"小煐话少,他的话更少,她反而得担负起找话说的职责。她感兴趣的只有小说和电影,问起他看过什么,他认真地思索后,却总是回答"不知道"或是"不记得了"。等到她也想不出话来,他便道扰离开,每次都是这样。也没感觉什么,只是开始有了某种期待,每次看到他出现在门前也总是感觉很愉悦,他是她寂寞生活里的一点安慰和点缀。他们都是不被人了解的人。她一向不喜欢自己的直发,直板呆滞,这时忽然很想烫头发,改换一下形象,下次他见了一定会大吃一惊。偏偏孙用蕃的侄女来了,问起他是否经常来?原来他也经常到其他几个有钱又有年轻女孩的亲戚家里去默坐。"我们家没有钱。"小煐说。"姑爹有钱。"孙用蕃的侄女果断地道。知道大家怎么说他?年轻女孩神秘地遮住口:"管他叫'猎财的'。"小煐听了,心下不禁怆然。可是再次见他,也并不感觉异样,她并不喜欢太多话的人,反正人们常常说出来的话不是言不由衷就是言不及义,他的静默反而增添了某种特别的神秘,而且即使单看他的脸,也如春花雾月,令人赏心悦目。何况她连一件像样的大衣都没有,又哪里来的财让他可猎?简直是笑话!他话虽然少,可人并不傻,别的不知道,这一点她却很能肯定。

　　孙用蕃似乎也怀了某种心思,故意若无其事地问小煐:"要不要烫头发?你这年纪的女孩子都烫头发了。"这还是她第一次关注小煐的外表,尽管说得自然,小煐还是立马起了戒心,毫不犹豫地笑道："我不想烫头发。"说给姑姑听,张茂渊笑道:"你娘还不是想嫁掉你。"又道:"等你18岁,给你做新衣服。"可孙用蕃还是太心急了些,竟给小煐订了件大衣,可是还没等派上用场,就听说她属意的侄子订了婚。老姨太太兴奋地说道:"银行总经理,就只有这么一个女儿,说是将来也把女婿带进银行,给他一个分行经理的位子。我就知道这孩子有出息,现在这么好的年青人找不到喽!"

小煐听了怅然若失,不久就做了一个梦。是她的新婚之夜。一张男子油腻腻的泛着光的脸凑上来,是他吗?好像不是。但也说不准,也许是被灌多了酒,变了样子?两个人撕扯挣扎着,她穿着小时候的白底碎花棉裤,系着窄布条,是何干缝的。她在梦里打输了。有时是新娘新郎行礼,拜天地,拜父母,然后她突然骇然地自问:"我在这里做什么?"挣扎着起来,打翻烛台,推倒了桌子……同样难为情的梦一做再做,她以为是自己害怕被嫁掉,却没细想过是否爱上了他,因为还没开始就已经结束了。

小魁对这位表哥也格外关注。不久他带回消息,这位表哥一发迹就胖了肚子,又玩舞女。"果然是个猎财的。"小煐暗想。妻家不过是他利用来改变命运的工具,借此重新换一手好牌,声色犬马,在人生的牌局上再豪赌一把。失落之余,小煐也不由得感到一丝庆幸。

院子里的白玉兰开花了,大家还会指指点点,但没有人知道,在少女的心中,曾经也有一朵花开了,又无声地落了。和无数家庭一样,这个家中的人们即使朝夕相见,也无法互相了解。空旷的老房子里昏暗模糊,有太阳的地方使人瞌睡,阴暗的地方则是古墓的清凉,仿佛一架古老的座钟,缓慢而单调地走着,有它自己的时间和节奏，和整个世界脱了节，却又那么真实地存在着，在其中待久了，有一种怪异的时空错乱感，仿佛自己也在跟着它沉下去，沉下去。黄昏的时候，小煐依然喜欢在园子里跑上一圈又一圈。不像在学校，同学们运动的时候她只站在回廊下远远地望着。这里是她的世界，只属于她一个人。在一片荒芜中奔跑，剥除了一切，没有未来，没有爱，没有期待，能感受到的只有沸腾的血液，四肢富有韵律的动作所带来的最原始的生理上的愉悦。

天气渐渐冷了，家里改在二楼的吸烟室开饭，因为只有那里生火。这天中午，张志沂走趟子的时候，看到第一个吃完的小魁正在一旁书桌上写字，便停在他身后问道："胡写什么呢？"小魁吓了一跳。张志沂伸手拿过来一看，原来是自己揉皱了扔在纸篓里的作废支票，被小魁又捡了出来，在上面雄赳赳地签满了他自己的名字。"胡闹什么？"张志沂咕哝道。孙用蕃听说，过来趴在丈夫的肩头看了看，不由得吃吃笑道："他等不及要自己签支票了。"一句话触动张志沂的痛处，他想也不想，抬手就给了小魁一个嘴巴子。小煐正举着碗，要把最后几个饭粒扒进嘴里，一时还没明白过来是怎么回事，只是猛地一震，待到明白过来，本能地想要装着若无其事地把饭吃完，但内心强烈的自尊已经抬头。从来她的家就不像个家，父亲不像个父亲，如今有了后母，便连这点可怜的东西也保不住了！心中一阵剧烈的刺痛，泪水便止不住地奔涌出来。小煐赶紧用碗挡住脸，但孙用蕃还是眼尖看到了，不由笑道："咦？你哭什么？又不是说你！你瞧，他没哭，你倒哭了！"一个声音在心底尖声锐叫着，让人有种犯罪的欲望和疯狂，小煐再撑不下去，扔下碗，冲到隔壁的浴室里去，闩上门，猛烈而无声地抽噎着。她看着镜子里自己掣动的伤痛的脸，看着泪水滔滔汩汩地流下来，仿佛电影里的特写镜头般触目惊心，于是咬牙切齿地说道："我要报仇。总有一天我要报仇！"

"砰"的一声，吓了小煐一跳。她一转头。浴室的玻璃窗紧邻着阳台，只见上面青衫一闪，原来是小魁在那儿踢球，飞到了玻璃上。简直难以置信！他居然在踢球！这个时候，他居然还有心踢球！小煐忽然感到一阵寒凉彻骨的悲哀，眼里的泪水也随之干了。这就是这个家的男性，个个得了软骨病似的萎懦无用，不会爱，甚至连怨恨也不会。

"你三婶要回来了。"姑姑告诉小煐，尽管声音刻意平静，还是仿佛平地里响了一声惊雷，让小煐的心猛地沉下去，又重重地撞了几下胸口。是高兴吗？还是震惊？似乎都有，又都不完全是。消息来得太突然，让她简直不知道该用什么样的情绪去面对。

两个月后姑姑打来电话："下午过来，你三婶回来了。"小煐赶到姑姑家，按门铃前特意梳理一下头发，想把自己弄得齐整一些。姑姑白天请的阿妈来开的门，"在里头。"她笑指道。小煐缓慢而僵硬地走进去，心中被无法形容的感情撑得鼓胀胀的，可是一进去她就愣住了。姑姑立在浴室门口，正对着里面哭。"小煐来了。"听到小煐跟自己打招呼，姑姑赶紧跟里面说道，退了开去。"三婶。"这次轮到小煐站到了刚才姑姑的位置上。"嗳。"正在对着浴室镜子梳头的黄素琼转过头看了一眼，应了一声，便又继续去梳头发。"身体还好么？书念得怎么样了？"她对着镜子问。小煐于是也学她，望着镜子里回答，耳里听着母亲关于健康与教育的训话。除了母亲的肤色变得更深，人变得更美，其他什么也没变。

下次小煐带着弟弟一起去，小魁喊妈的时候声音又低又难为情，黄素琼道："怎么这么瘦？你得长高，也得长宽。多重了？"小魁低声回话。"什么？"黄素琼道，"大声点，不听见你说什么。""他没称体重。"小煐帮他回道。"要他自己说。你是怎么了，小魁？你是男孩子，很快也是大人了。人的相貌是天生的，没有法子，可是说话仪态得靠你自己。"越是说，小魁变得越畏缩，疏远拘束的氛围甚至传染给了小煐，让她也觉得不自在。她忽然想起父母离婚前最后在一起的那段时间，那也是她最喜欢仰慕妈妈姑姑的时候，当时便模模糊糊地觉得妈妈的美中似乎带着一圈电弧，让人难以接近，也让人不安。何况隔了那么多的时间，母亲对于他们姐弟俩已经变成了一个心理上感觉亲切的名词，却不是一个真实可亲近的生命和肉体，母亲不该那么心急。果然，在问完了牙齿、身体、饮食、学业一系列问题之后，黄素琼瞪着默然的小魁，也不知道还能再说些什么。这还是小煐第一次看见美丽娇媚、面对什么都游刃有余的母亲变得无可奈何。

从此小魁躲着黄素琼。在母亲这里，从来他只是个客人，吃了茶就得走，再好的东西跟他也没关系。相比之下，那座整天萦绕着鸦片烟味的老房子才是他的家，至少父亲和继母不会抛下他，他们尽可以挥霍，但等有一天他们不在了，他们带不走的一切全都是他的。黄素琼对于小魁的疏远无可奈何，只得一门子心都放在小煐身上，至少小煐心理上跟她亲近，还有救。知道小煐一心要出国留学，黄素琼道："真想念书到英国最好。不管想做什么，画画，画卡通片，还是再回去学钢琴，最好是得到学位，才能有个依靠。"她没跟孩子说，她自己就是因为没有文凭，难以谋生，来来去去都得带着几箱古董变卖。"要你三叔送你到英国去。他答应的，离婚协议上有。"小煐笑道："我听见三叔说要帮张家兴义学，还供出国的奖学金，我恨不得跟三叔说把奖学金给我。"黄素琼猛一甩头，冷笑道："也不过是空口说白话。你到如今还不知道你三叔那个人啊？他哪可能捐钱办学校，还提供奖学金？！"小煐直瞪瞪的，半天笑道："我知道。我也不知道怎么就信了。"黄素琼道："别听他说没钱。我就是为这原故不让你跟着我。跟三叔，自然是有钱的。跟了我，可是一个钱都没有。我自己都不知道该怎么办，困在这里一动都不能动。"说到末一句喉咙都沙哑了，激越而怨怒，似乎有什么难言之隐。

回去郑重其事地告诉何干，何干意外地表现得很激动："太太老往那么远的地方跑，现在又要你也去。太太要是要你跟她，也没什么。她又不要你，就想把你搞到那没人的地方去。"何干一向言语谨慎，恪守本分，对主人从来没有微词，这还是她第一次这样说，小煐一时不知道该如何反应。"我得去念书。""念书又不能念一辈子，女孩家早晚得嫁人。""我不要结婚。我要像姑姑。""吓噫！"何干噤喝道。①

黄素琼托了张允恺②出面说项。虽说辈分上是叔侄，但实际上张允恺年纪和张志沂差不多少，又兼和张志沂、黄素琼私交都很

---

② 张人骏第四子，张志沂的侄子，曾任中华民国驻德国大使馆参赞等职。徐悲鸿游学德国时，曾得其帮助，张允恺又认徐悲鸿妻子蒋碧薇为义妹。1932年，追随溥仪去东北，任伪满州国宫内府掌礼处处长。后归北平闲居。

好，所以时常来张宅走动，谈讲时局，这时勉为其难，反复解释只是传话。张志沂不赞成，但也不直接拒绝，只是拿各种借口推拖延挨着："离开何干一天也过不了，还想一个人出去？！万一欧战爆发呢，去送死去！"第一天去见母亲，晚上琛表哥来，也听见他问"欧洲要打仗了吗"，国内也天天吵着要开战，这是怎么了？到处摩拳擦掌，蠢蠢欲动，仿佛整个世界都是一个炸药包，一点即燃。尽管对身外的事情一向不关心，但小煐也知道这是一个乱世。可越是如此，她越想抓住一点真实的东西。黄素琼当然也对张志沂的答复不满意，张允恺只好第二次来做说客。

　　孙用蕃第一次谨守着贤妻的分际，没有言语，这次终于按捺不住道："栽培她我们可一点不心疼。就拿学钢琴来说吧，学了那么些年，花了那么多钱，说不学就不学了。出国念学要是也像这样呢？"张志沂翻来覆去还是那句话："离了何干一天也过不了。"孙用蕃不满丈夫的含糊其词、避重就轻，单刀直入道："小煐到底还想嫁人不嫁？末了横竖也是找个人嫁了，又何必非得出国念书？"话传回到黄素琼和张茂渊耳里，两人听得直笑："哪有这样的？才16岁就问人想不想嫁人？"黄素琼又对小煐说道："你得自己跟三叔去说。万一他打你，千万别还手，心平气和地把话说完。"小煐心里惴惴的，虽然对于可能的花费并没有明确的概念，她也知道那不是一笔小数目，那不啻于割下她父亲和继母的一块肉，可是毕竟是自己的事情，别人能做的都做了，总不成她自己却缩着头？坐在父亲书桌前看报的时候，踌躇再三，小煐终于鼓足勇气，转身说道："三叔，我在家念了这么多年的书了，也应该……"张志沂坐在烟铺上，本是一脸恍惚，一俟明白女儿的用意，霎时变得

072

兴味索然。小煐一颗心直往下沉，从来她就不善言辞，此刻更是痛感自己的口才太差，让听的人一点都提不起兴致。"过两天再说吧。"待到小煐期期艾艾地勉强说完，张志沂沉沉默默半晌，才嘟哝一句。又脱口而出道："现在去送死么？就要打仗了。你自己不知道有多危险，给人牵着鼻子走。"

又来了！孙用蕃正躺在另一边，在烟灯上烧烟泡，尽管强自按捺着，一股火还是直往上蹿。"我要去姑姑那里""姑姑说好久没看见弟弟，叫我明天跟他一块去"……这一向她听见这样的话只做没听见，她早就听说黄素琼回来了，此刻小煐抬出姑姑不过是避免当着她的面提到母亲，可是越是这样，越是弄得不尴不尬。而且自从黄素琼回来后，整个家里的氛围就都变了。那个女人的魅影似乎在这个家中四处盘旋，所有人都仿佛被施了魔法，被重新推回到过去，而那个过去里是没有她的，她刚刚稳固下来的女主人地位立刻变得岌岌可危。两个孩子是黄素琼的，丈夫是人家扔下不要的，就连那些老仆人，恐怕也更认同亲近旧的女主人。同为女人，处在她们这样尴尬的身份、地位，本来就很容易互相敌对，彼此猜疑嫉妒，更何况那个女人还不知分际，自以为能够继续左右这个家里的一切，不时指点吩咐，把她当成了什么？

"她一回来，你就变了个人！"孙用蕃终于忍不住大声说道。其实变的何止小煐，便是张志沂，不也是一听到小煐说要去姑姑那里，便低低地"唔"上一声，一脸柔情。黄素琼回来当然是和张茂渊同住，那是他们父女之间的默契。只把她一个人当傻子。

"我没有变啊。"小煐笑道。诧异于继母奇怪的挑战口吻。

"你自己倒许不觉得。连你进进出出的样子都改了常了。"对自己，不过是客气敷衍；对生母，才是真正发自内心地喜欢。两相对比，不免让孙用蕃的语气酸溜溜的。果然后母难做。

气氛已然不对了，尽早离开才是上策，但为了掩饰内心的尴尬，一半也是因为真的迟钝，小煐到放在角落的冰箱里拿了一个梨，然后才故作若无其事地含笑走出去。她并不喜欢吃梨，但母亲总是叮嘱要多吃水果。

孙用蕃在烟铺上烦躁不安地动了动，小煐满不在乎的态度无异于一种挑战，她终于忍不住说道："你前一向不是这样子的，现在有人撑腰了。我真不懂！她既然还要干涉张家的事，当初又何必离婚？告诉她，既然放不下这里，回来好了，可惜迟了一步，回来只好做姨太太！"

小煐只笑笑，希望继母能看出来那是讥诮的笑。孙用蕃当然看得懂。

偏是黄素琼要知道家里发生的一切，以及大家说的每一句话，一再追问之下，小煐只得照实说了，黄素琼大怒，问小煐道："你说了什么？""我只笑笑。""你只笑笑！别人那样说你母亲，你还笑得出来？！""三婶说过想不起什么话好说，笑就行了。""那不一样。别人把你母亲说的那么不堪，你无论如何也要生气，堵她两句，连杀了她们都不过分。"母亲一向是新派的，忽然又变得这样守旧，那让小煐颇为震动，实在不知道该说什么，她正待有气无力地笑笑，突然意识到不合时宜，赶紧及时刹住了。

电话铃响了几次，每次张茂渊接起，对方就挂断了，大家都觉得奇怪。再响的时候，黄素琼道："我来接。——喂？"

"你要管张家的事，回来做姨太太好了。张家已经有太太了。"

孙用蕃在那边一字一句说得清清楚楚，务必确保黄素琼听清楚了她的话。

"我不跟你这种人说话。"黄素琼气得砰地撂下电话。

"谁啊？"张茂渊好奇地问。

"他们的娘。"黄素琼把下巴朝小煐一扬，"你三叔娶的好太太。我只不想委屈自己跟她一般见识，要不然我也不犯着做什么，只要向巡捕房举报他们在屋子里抽大烟。"

"抽大烟犯法吗？"小煐有些好奇。

"抽大烟就可以坐牢。"

"现在管鸦片可严了，"张茂渊道，"所以价格才涨得凶。"

黄素琼思忖半晌，说道："我倒能体会那些跟清廷交涉的外国人。跟那些人打交道，好声好气地商量不中用，给他来个既成事实就对了。只管去申请，参加考试，通过了再跟你三叔说去。"①

这时正是 1937 年近夏，战争已经就要开始了。

---

① 对话内容引自《雷峰塔》第 255~256 页。

投奔母亲

我一直是用一种罗曼蒂克的爱来爱着我母亲的。她是个美丽敏感的女人，而且我很少机会和她接触，我四岁的时候她就出洋去了，几次回来了又走了。在孩子的眼里她是辽远而神秘的……可是后来，在她的窘境中三天两天伸手问她拿钱，为她的脾气磨难着，为自己的忘恩负义磨难着，那些琐屑的难堪，一点一点地毁了我的爱。

能够爱一个人爱到问他拿零用钱的程度，那是严格的试验。

——张爱玲·《流言》

1937 年夏，张爱玲从圣玛利亚女校高中部毕业，申请参加伦敦大学远东区入学考试的事情也正在秘密进行中。

1937 年 8 月 13 日，上海另一头突然响起枪炮声，当时并没有引起太多人的注意，到得傍晚，忽然听得街上报童吆喝叫卖号外。潘妈立在楼梯中央朝底下高声喊道："老爷叫买报纸。打仗了！"打杂的小厮闻声赶紧跑出去，不一会儿拿了报纸回来。小煐就着潘妈手中看了看，红黑双色的头条，字体比平常大，沪战开始了。

接下来天天叫卖号外。飞机在头顶盘旋，夜里仍听得见炮声隆隆，为了躲避日军的炮火，数以万计的民众不断地从虹口、杨树浦、闸北涌入宣布中立的法租界和苏州河以南的半个公共租界。定柱家前两年迁至安徽芜湖，如今刚回上海便赶上战乱，赶紧租下地处法租界的伟达饭店的一个大套房，阖家搬去避难，又让黄素琼、张茂渊也跟着过去挤挤。张志沂尽管讥笑定柱胆子小，但也请了两个门警，穿着制服，带着枪日夜巡逻，一方面是为了吓阻强盗，另一方面也防止有人借着战乱趁火打劫。

考试并未受到影响，如期在位于上海八仙桥的基督教青年会会所举行。为避免连天赶早外出惹人起疑，考前一天，小煐依照与母亲的约定，对父亲说道："姑姑叫我去住两天。"那天刚巧孙用蕃不在家，张志沂躺着烧烟，眼也不抬，柔和地应了一声。

除了英文，小煐另选了中文作为应试科目，从小翻遍了父亲书房中的藏书，她对这一项最有把握。可是打开从英国空运过来的试题，却一下子傻了眼，题目语法明显错误，问的又都是最冷僻的东西，原来做学术自有路数，和平常出于兴趣读书完全不同。可惜不能告诉父亲，不然他一定笑死了，也不能告诉母亲，不然又得听两车话："我不喜欢你笑别人。这些人要是资格不够，也不会在大学堂里教书。你又有什么资格说人家？"

张爱玲本来和舅舅家的几个表姐妹很要好，常在一起嘻嘻哈哈地聊天。但1937年在伟达饭店同住的这两周，前途未卜的张爱玲始终心事重重，不爱说话。闲的时候，要不闷着头看表姐借来的《金粉世家》，要不拿个本子，静静地坐在一旁，侧着脸给人画肖像。就在14日，两枚炸弹误落在上海大世界，造成两千余人伤亡。从小看到太多关于大世界的故事，张爱玲一直都想着要去看一看，这下再也看不到了。人世间有太多无法预知的变数，看来想做什么都要趁早。

回家那天是搭的电车，又走过一条炎热的长街，整个人红头涨脸，骤然进入老屋，只觉一阵沁人的清凉。大厅里一个人都没有，张爱玲望向左边的餐室，饭桌已经摆好了，老妈子们想必还在厨房里忙着。正想着要不要去洗个脸换身衣裳，忽然听得一阵趿拉趿拉穿着拖鞋下楼的声音，不是她父亲就是孙用蕃，只有他们两个可以这样在屋里走。进来的是她继母。

"娘。"张爱玲招呼道。

"怎么你走了这么些天，也不在我跟前说一声？"孙用蕃劈头问道。

"我跟父亲说了。"张爱玲诧笑道。

简单的一句解释的话，在孙用蕃听来却完全变成了另外一个意思，多日来的羞恼恼怒一起涌上心头。她冷笑道："噢？对父亲说了！你眼睛里哪儿还有我呢？"抬手刷地打了张爱玲一个嘴巴。

张爱玲再没想到会如此，但本能地，她就想还手。可是天生不会打架，抓出的两下都被孙用蕃两只细柴火棍似的胳膊胡乱挡下了。何干和其他老妈子不知何时出现了，"吓噫！"她们都吓坏了，一起嗫喝着，急着上来七手八脚地按住她。张爱玲拼命挣扎着，急切间一切都变得异常清晰，拉下的百叶窗缝隙中透过的一条条晶亮的阳光，白色金鱼缸上细细的橙红色海藻……孙用蕃又惊又骇。简直闻所未闻！女儿打母亲。女儿居然敢打母亲！她突然翻转身，一路尖叫着跑上楼去："她打我！她打我！"另一双拖鞋啪嗒啪嗒冲下楼的声音。在张爱玲明白过来之前，父亲已经旋风般地卷了进来，揪住她拳脚交加，怒吼道："你还打人！你打人我就打你！今天非打死你不可！"张爱玲的头偏向这边，又偏到那边，她坐到地上，又躺在地下了，父亲依然揪住她的头发一阵猛踢。这次张爱玲没有像对待继母一样，想要还手，她的心智一直很清楚，牢牢记着妈妈告诉她的话："万一他打你，不要还手，不然，说出去总是你的错。"骇极的老妈子们拼命想要分开两人。张志沂最后仍补上一脚，才又一阵风似的出了房门。

父亲一走，张爱玲强忍着疼痛，立刻站了起来。已经够丢脸的了，她不能再倒地不起，让自己更丢人。推开老妈子们，她过了穿堂，径直进了浴室。关上门，看到镜子里红肿的两颊上清晰的指印，一时气往上涌，泪水不由得滚滚而下。"我要去报巡捕房。"她毫不犹豫地想。解开旗袍的衣襟检查，很失望地，并没有发现明显的可怕瘀伤。就是有恐怕也不行，这里是讲究孝道的国度，千百年来，人们都相信棍棒底下出孝子，没有人会认为打骂儿女是违法的，就是巡捕也不会站在她这一边，训斥一通还让她回家，可是她不会让人家那么轻易就打发了她，她知道怎样才能惊动巡捕。是不是该先打个电话告诉妈妈刚才发生的事？不行。有些话她母亲不会让她说，比如说，这个屋里的人吸鸦片。"在里面做什么？"何干隔门不放心地问道。"洗脸。"她掬冷水拍在脸上，又略加整饬，尽管刚挨过打，出去她依然仪容得体。为了以防万一，她又从皮包里取出 5 元钞票，折叠后掖进鞋里。

打开门，何干不在。大约是听她回话声音淡定如常，以为一切已经过去，又去饭厅帮忙了。张爱玲赶紧悄悄出了房子，到了门前一拉门闩，居然纹丝不动。穿着卡其短裤的门警不动声色地走上来，道："老爷说不让人出去。""开门。""锁上了。钥匙在老爷那儿。"

路口那儿常有巡警指挥车辆，也许他们能帮上忙，张爱玲于是用力拍打踹踢大门，口里努力高声叫嚷着："警察！警察！"这样夸张的闹法，连她自己都觉得滑稽。门警见状断喝一声，犹豫一下，上来颇为窘迫地拉住她。何干被吵嚷声惊动，也赶出来，和门警一起往屋里拖她。争持了一会儿，眼见达不到目的，张爱玲突然自己收兵，转身上楼回了自己的房间。"别作声。"何干紧跟进来，说道："待在房里，哪儿也别去。"潘妈经过，看到她们压低声音问道："怎么闹起来的？""不知道，潘大妈，我也跟你在厨房里。"当事人之一就在眼前，但是没人问她，也许是都害怕听到对孙用蕃不利的言辞。正说着，突然过道里传来拖着脚步往前冲的声音，张爱玲的心蓦地一紧，本能地知道危险来了。果然门被砰地撞开，一个花瓶刷地飞过来，她一歪头，花瓶从她耳边擦过，"咣当"一声落在地上砸了个粉碎。她惊转头，正看见她父亲没有表情的面孔，随着"砰"的一声关门的巨响，消失在了门外。看着满地肝红色的碎片，张爱玲突然记起小时在天津的时候，她经常喜欢用胖胖的小手摩挲它那肥胖的瓶颈，那冰凉凉、滑丝丝的触感，可惜有些东西碎了，就再也修复不了了。

"下楼去。"何干着恼地说，倒好像使性子砸东西的是她。

进了楼下一个空着的房间，张爱玲打开带着的书，努力看着，却什么都看不进去。屋子里静悄悄的。"大姐！"何干突然喊道，几乎要哭出来似的，"你怎么会弄到这样的呢？"一句话勾起张爱玲的无限委屈，她抛下书，过去抱住何干，气涌如山地痛哭起来。许久许久，终于，她慢慢地感觉到了不对。何干丝毫没有安慰她的意思，虽然并没有推开她，却安静而疏远。何干从来不讲大道理，但她不愠不火的态度还是清楚地传递出了她的责难。可是怪她什么呢？这一场冲突来得意外且没有缘由，难道是发现她偷偷去参加了考试不成？还是仅仅猜测到有什么事情在瞒着他们秘密进行？此外何干的冷酷也让她糊涂。从来以为只有何干爱她，就因为她活着且往上长，不是一天到晚掂量她将来有没有出息，可是在最需要的时候，何干不见了。她突然发现自己并不真的了解何干。

这一晚，张爱玲就在空屋里的红木炕床上哭着睡着了。

尽管发誓再也不登哥哥家的门，第二天，张茂渊一得知消息还是立刻和定柱一起赶来了。何干没说是自己偷偷往舅舅家打了电话，只叮嘱张爱玲道："姑姑和舅舅来了。待在房里，一步也别跨出这个门去。"张爱玲嘴里答应着，心里却盘算着一会儿要趁着姑姑他们离开的时候冲出去，跟他们一起走。大庭广众之下，总不成再对她拳脚相加。何干似乎猜透她的心思，拖过一把椅子，促膝坐下，牢牢地守住她，低头虎脸，冷冷地对着地板说道："现在出去，就再也回不来了。"

这吓不住她。她早就盼望着能永远离开这个家，不再回来，父亲昨天的暴打不过是帮助她下定了最后的决心而已。她忽然想起小时候一次父亲兴致好，抱她坐在膝上，掏出一个金镑、一块银洋让她选，她苦思良久，选了银洋，父亲气得将她撂到地上，冷哼道："傻子不识货。"大人不过就是如此，把孩子当成一个玩意儿，喜欢了就逗着玩玩，不顺心思了就生气地撂在一边。他们不知道孩子的眼睛有多可怕。可惜的是，她没有吸取教训，这次又做出了错误的选择，感情上站在了她母亲这一边，难怪她父亲要暴怒。

楼上突然传来吵嚷的声音，听得出父亲的怒吼和舅舅焦灼的劝解，同时听到姑姑叫喊"医院"，"我还得跟他大打出手才把他弄进医院，我救了他的命。"姑姑前一向提起张志沂戒掉吗啡总这么说。再倾耳细听，已是高跟鞋匆匆下楼的声音，张爱玲表面上不动声色，心里却紧张地等待着他们到达门前的那一刻，何干脸上透出顽固而绝望的表情，口气急促地说道："千万别出去！"张爱玲猛地一震。何干爱她，还在为她着想，盼望着她能够和父亲和好。她不爱父亲，即使曾经对他有过一些感情，也不过是爱他父亲的身份，如今与他恩断义绝她并不觉得有丝毫亏欠。可是何干不同，十多年来朝夕相处，始终像老牛护牛犊一样地照顾她，她怕极了何干不再爱她。一旦跨出这扇门，非但不能回这个家，也无法再回到何干身边。一瞬间的软弱和犹豫，脚步声已经过了穿堂，到了门口，只听到大门吱呦呦打开，又咣当一声关上，心底一个声音绝望地道："完了，全完了！大好机会溜走了。"

敌意已经深植入每个人的心里，再没有和解的余地。晚上她听到父亲在穿堂里急急地兜圈子，突然失控大喊："开枪打死她，打死她。"她知道父亲真的有手枪，可是用来打她想想都觉得荒唐。怎么可能？虽然那会儿她要去告巡捕房是真的一点都不含糊，可是轮到父亲身上她却无法相信，他怎么可能一点都不喜欢她了？尽管如此，睡前她还是特意打开一扇落地窗，以便万一有什么动静，可以迅速逃到阳台，翻过栏杆，跳到几尺下的车道上。

她在自己家里成了一名囚徒，除了何干，没有人搭理她。她还不知道父亲已经明令禁止除何干外的任何人和她见面、交谈，同时吩咐两个警卫看紧，不许她走出大门。其实即使不如此，也不会有人冒着触怒主人的危险，来对她表示同情。知道没有人愿意见到她，她也尽量待在房里，一日三餐自有何干送进来。她竭力表现得不在乎。从小遇到不如意的事情，她就会努力让自己不去感受，这次也是如此。她还不知道，渐渐地，那种冷漠会真正地冰冻住她的心灵。她现在只为上次错失的机会而懊悔不已，整天都在想着怎样逃出去，《三剑客》《基督山伯爵》……看过的书中所有关于逃跑的情节都跑到脑子里搅成一团，可惜没有临街的窗子，大门走不通，只有翻墙，花园墙边倒是有一个鹅棚可以踏脚，可是要怎样爬上去？而且夜深人静，惊动两只鹅叫起来可如何是好？

过了些天，也许是觉得相对安全了，众人用过餐后何干便将她叫到餐室吃饭。她欣喜地在餐具橱上找到纸笔，刚好可以用来画画，旁边还有个纸团，摊平了，看出旧式信笺上她弟弟的笔迹，是写给一位表哥的：

"重阳一会，又隔廿日。家门不幸，家姐玷辱门风，遗羞双亲，殊觉痛心疾首……"

那不啻于当头一棒，震得她发蒙。她父亲和继母对外就是这样说她的吗？她出去不过是到母亲那里住了两周，又能做什么？最让人无法忍受的是，她弟弟居然也相信。细思起来，长大后似乎就再没听到小魁说过一句爽利话，也不知道他心里想些什么，开天辟地头一回，看到的却是这个。那让她愤愤不平。小魁那么多次挨打，她可从来都是站在他这一边。他这是被老虎吃了，变成了伥，反过来帮着继母诋毁围猎她。

夜晚躺在炕床上，蓝色的月光静静地照在地板上，充满了暗沉沉的杀机。她从小就对时间充满紧迫感，日复一日，谁知道这样下去她会变成什么样子？即使不死，关上几年，再放出来的时候也不再是她了。在《金锁记》中，张爱玲描写七巧想方设法拴住儿子长白，从他口里盘问出儿媳的私密，再当着亲家母的面，故意当作趣事绘声绘色地传达给众人……"芝寿猛然坐起身来，哗喇揭开了帐子。这是个疯狂的世界，丈夫不像个丈夫，婆婆不像个婆婆。不是他们疯了，就是她疯了。今天晚上的月亮比哪一天都好，高高的一轮满月，万里无云，像是黑漆的天上的一个白太阳。遍地的蓝影子，帐顶上也是蓝影子，她的一双脚也在那死寂的影子里。"

那让我们清楚地看到了作为优秀的小说家，张爱玲如何在自己和笔下人物之间进行移情。不同的是，在《金锁记》中，芝寿在丈夫的姨太太生下儿子后寂寞而凄凉地死去，而张爱玲却不甘心坐以待毙。早已厌倦了在颓废窒息的氛围中生活，她对这个家没有留恋。何况时代的崩塌转换中，她清楚地预见到这个家庭的没落，身处其中，必然难逃陪葬的命运。她必须逃。

知道机会一旦丧失便再也难以寻觅，她并没有贸然行动，相反，却表现出了不同寻常的冷静和耐心。每天清晨起床，便到落地长窗前活动锻炼身体，同时暗中观察着警卫换班的规律，寻找时机。考试结果应该出来了吧？开学日期一旦错过，即使考上，她也走不了了。长时间睡藤炕导致的体寒和内心的痛苦焦虑两相交攻，终于使她病倒了。

在《流言·私语》中，张爱玲写道："正在筹划出路，我生了沉重的痢疾，差一点死了。我父亲不替我请医生，也没有药。病了半年，躺在床上看着秋冬的淡青的天，对面的门楼上挑起灰石的鹿角，底下累累两排小石菩萨——也不知道现在是哪一朝，哪一代……朦胧地生在这所房子里，也朦胧地死在这里么？"

但据张子静记述，张爱玲在此漏掉了一段重要的情节，就是何干见她久病不愈，唯恐发生意外，便趁孙用蕃不在跟前的时候，将张爱玲的病况告诉给张志沂，并称如果张志沂不采取措施，出了事情她不负任何责任。权衡之后，张志沂躲开孙用蕃的注意，开始悄悄到楼下去为女儿注射消炎的抗生素针剂，如此几次，病情终于得到了控制。虽然无法知道当时的具体情形，但那场冲突过后，父女俩屈指可数的这几次见面想来当皆默然。父亲的沉默是因为无话可说，女儿的沉默则是因为不肯原谅。她不是弟弟，她的尊严不容许这样被践踏。女儿的重病是无声的谴责，张志沂心中多少也有悔意，但身为父亲，他无法低头向女儿认错。而从女儿的态度中，张志沂也再次看到了前妻身上那种湖南女子的刚烈和倔强，部分来说，那也正是当初让他暴怒的缘由。身为一家之主，被前妻瞧不起，受气，最后劳燕分飞，就已经够窝囊的了，女儿吃他的、喝他的，被他养活，虽说是女孩子，可是一直以来他给她的关心和包容比给儿子的都多，凭什么如今也跟前妻一路神气，占据了道德制高点似的来批评嫌憎他？

黄素琼悄悄托人捎来话，知道张爱玲一向崇拜母亲，何干学给她时平静中暗含着希望，"你仔细想一想。跟三叔，自然是有钱的。跟了我，可是一个钱都没有。你要吃得了这个苦，没有反悔的。"整日躺在床上，她有的是时间。有些事情即使不想，也像水落石出，慢慢地显露出了真相。被打那一天，她抱着何干大哭，何干意外表现出的冷酷生疏总让她如梗在心，难以释怀。姑姑曾笑问："我们也一样是何干带大的，为什么何干疼我们就不像疼你？"她也不知其所以然，就说："大约就像人老来更疼儿孙吧。"这如今她知道不是的。联想起小时候每次惹父亲生气时，何干都对她表现出不喜欢，她这才明白，原来何干心底里一直对她存着指望，希望她能够得到父亲的宠爱，将来带着父亲赠送的丰厚妆奁出嫁，何干理所当然就可以跟过去，帮助她管家，那是她继续接济儿女、安度晚年的最后机会。而她每一次无意的差错，都在打破何干这唯一的希望，毁坏何干投注了一生心血的事业。

终其一生，张爱玲都带着何干留给她的烙印：和缓的北方话中，带着些安徽口音。在《流言》中，张爱玲描写何干"因为爱惜我，她替我胆小，怕我得罪了父亲，要苦一辈子，恐惧使她变得冷而硬"。作为一个少有的不惮于撕破人生假象、展示现实真实且冷酷一面的女性作家，这是张爱玲一生中罕见的曲笔。也许年轻的时候，我们都对人生还有着许多期许，还愿意相信很多人和事，但到晚年，阅尽千帆、业已对人生的一切拿得起放得下的张爱玲终于不想，也不必再骗自己，在《雷峰塔》中写下了她早已窥破的真相。

近阴历新年，张爱玲刚能扶墙行走。聊天中摸清两个门警因为她生病放松了警惕，不再替换着吃饭，特意留一个看门，又借口无聊哄何干给她拿来望远镜。隔天傍晚，趁着用人吃饭的当口，她赶紧穿上大衣，取了钱包与望远镜，吃力地走到阳台上，用望远镜四面扫视，确认没有人，方出来下了台阶，扶着墙走上通往大门的车道。通往自由的路如此漫长，以至于她恨自己走不快，脚下的碎石子每一响，便吓得她的心咯噔一跳。好容易到了大门口，试探着去抽门闩，居然真的吱嘎吱嘎地抽了出来，简直让人狂喜。

"花园的大铁门也豁朗朗打开了，她忽然心里一清。她终于出来了。死也要死在外面。她恨透了那所房子，这次出去是再也不会回去了，除非在噩梦中。她知道她会梦见它的。无论活到多么大，她也难以忘记那魔宫似的房屋与花园，在恐怖的梦里，她会一次一次地回到那里去。"

张爱玲在《半生缘》中对曼桢逃离姐姐、姐夫幽禁桎梏时的描写，几乎可以一字不差地挪用到此刻她自己身上。而且即使这种紧要关头，张爱玲依旧没有失去她一贯理性的冷静，闪身出门后，知道大门一关就会发出声响，她特意留下一道门缝，想到此时正值战时，为免因间谍嫌疑在路上受到盘查，又将望远镜小心地搁在门上钉着的邮箱上。才走出没几步，突然"咣"的一声，望远镜从邮箱上掉了下来，吓得她头皮发麻。正担心会不会有人听到声响从屋子里冲出来将她拖回去，从十字路口那边忽然远远地转出一辆黄包车来，她赶紧叫了一声。待得车夫到了跟前，张爱玲却跟他讲起了价钱。尽管觉到那紧张中的荒唐，她依然固执地坚持着，不肯妥协，她要证明自己硬气得足以面对这个世界，直到车夫最终同意将价格从5毛降到3毛，她才坐了上去。车子一颠儿飞跑起来的时候，她才确信，她真的自由了。

那是她和母亲的二度蜜月。对于女儿的突然来投奔自己，黄素琼最初很惊喜，忙着照顾并请医生给她检查身体。而张爱玲日思夜想，终于和自己喜爱仰慕的人在一起，过上了一直以来向往的生活，心中更是喜之不尽，连母亲为她梳起的刘海落到眼睛上都舍不得去碰，生怕笨手笨脚地弄坏了。

得知张爱玲逃走后，孙用蕃倒不生气，将她的东西立刻全都分着送给了人，并冷笑道："小煐的母亲是自搬砖头自压脚。"张爱玲对此毫不介意，她不怕决绝，她害怕的是和不喜欢的一切纠缠。但黄素琼却很生气。骨子里，她还希望这次矛盾假以时日能够化解，有朝一日女儿还能回去，但现在孙用蕃权当张爱玲死了的态度，毫不留情地堵死了未来的路。再则，这些年过惯了自由自在无拘无束的生活，她还没做好接受和负担女儿的准备。

也许是看到姐姐这个榜样，小魁也鼓足勇气来了，带着一双用报纸包着的旧球鞋，告诉母亲他也不想再回那个家了。黄素琼只得耐心解释给他听，她的经济能力只能承担一个人的教养费，因此无法再收留他。姐弟俩闻言都哭了。小魁是因为伤心和失望，张爱玲则是因为其时对弟弟尚有友爱之情，眼见曾经共同承担的命运如今独自撂到弟弟一人头上，却无力伸出援手，不免为他感到难过悲哀。

伦敦大学入学考试没有通过，只好请一位犹太老师麦卡勒来补课，费用很高。为了避免再向母亲开口，也为了省钱，张爱玲每次宁愿走路去上课。尽管如此，朝夕相处，还是被孙用蕃不幸言中，母女二人很快都发现对方并不符合自己的理想，有点剑拔弩张起来。

首先让黄素琼感到不能忍受的是女儿出乎意料的笨拙，一件最平常的事情，在她做起来都显得非常吃力，连拈一根针，开一个罐头，都得付出十分的力气，而且还一脸的理直气壮。走起路来，更是目不斜视，一往无前。又常常丢三落四。虽然常教她要笑不露齿，但张爱玲还是不笑则已，一笑就是张嘴大笑，又或是喜滋滋的笑容，连自己都忘了在笑的一味开心。气得黄素琼常常道："你有些笨的地方都不知道是哪里来的，连你三叔都还不是这样。上次我回来，你也没像这样。"尽管如此，还是得耐着性子教她自立：煮饭、洗衣服、削苹果；练习淑女行走时的姿态；谈话中如何看人的脸色；照镜子研究面部神态；如果没有幽默天才，千万别说笑话。越是教导女儿，越是发现她不成器。张爱玲从来不觉得自己心无旁骛有什么不对，如今一下子被批评得一无是处、体无完肤，有时难免也会辩解，黄素琼便道："反正说什么你总有个理！"张爱玲心中道："没理我为什么要那么做？"口里却不再言声儿。相对来说，姑姑尽管极爱清静，对张爱玲的意外到来却表现得宽容得多："我只求看完了我的书放好。人家来看我的韦尔斯、萧伯纳倒着放，还以为我不懂英文。"看出女儿更愿意亲近姑姑，黄素琼道："姑姑不管你是因为她不在乎。将来你会后悔再也没人唠叨你了。"

从前父亲还只是不管她。抽鸦片、逛堂子，这是他为数不多的两项爱好，他一心躲在那个安逸颓靡的世界里，只盼人家不去惊动他，从来不问外面天塌地陷。而如今母亲无处不在、君临一切的目光让她感受到的不是渴盼已久的关怀，而是紧张和无所适从。透过母亲的眼光，她才看到自己是怎样的一个废物。说话、走路，样样都不对，就连笑，都笑得傻里傻气，惹母亲气恼，至于待人处事，更是惊人的愚笨。一次母亲和姑姑谈起麦卡勒先生的家庭，说到他儿子，张爱玲插嘴道："前两天他拿了儿子的相片给我看，说是17岁了，穿着苏格兰裙。先生说他在学校成绩很好，将来要做工程师。"话音未落，本来活跃热闹的气氛倏忽变了，黄素琼愤激地道："一个钟头收那么些钱，他还净说这些闲话？"张爱玲这才意识到说错了话，讪讪地道："他一说起儿子就止不住，我也不好意思阻止他。"她母亲气得嘎着嗓子叹道："你倒好意思浪费我的钱！我在这里省这个省那个，这么可怜，哎呦！"

路过跑马厅，常看见绿草坪上闲闲地站着几只白羊，那是全上海唯有的几只可以挤奶的羊。都说羊奶滋补，可以使人常葆青春，黄素琼每天订一瓶，一边喝着也一边感叹："贵死了！"她母亲那么美，娇艳如一朵玫瑰，她生来就应该是爱与被爱的，而不是这样被女儿拖累，白白地消耗着一生中仅剩的这一点最好的时光。这一点张爱玲能懂。但她也有自己的梦想，以及向往的人生，这一点她却没办法让母亲也懂得。

越是害怕越是出差错。张爱玲洗碗时不小心打破了茶壶。怕又得听好一顿教训，她没敢告诉母亲，补课过后顺路跑到百货公司，挑拣样子最相近的，用她从父亲家带出来的 5 元钱，买了一个纯白色的英国茶壶。虽然 3 元钱的价格太贵了些，但她的心总算踏实下来，至少她母亲应该挑不出什么毛病。

回去说给母亲，黄素琼也很吃惊："不犯着特为去配一个，我们还有。"她这才多少意识到自己给女儿的压力。

母亲节那天，走过一家花店，透过橱窗看到一丛芍药，其中有一朵开得最大最好，深粉红色的花瓣层层叠叠，格外夺目，恰似她的母亲。张爱玲不由自主地走进去，指着它笑问道："我只要这一朵。多少钱？""七角钱。"店主是个穿着白罩衫的老仆欧，赶紧殷勤地笑着，抽出这一朵，小心翼翼地用绿色蜡纸包裹起来，再包上一层白纸。张爱玲拿着花喜滋滋地走在路上。她心底里一直藏着一个秘密。有一天，她要送给母亲一个精美的长礼盒，打开来，里面是一打娇艳欲滴的深红色玫瑰，玫瑰下面压着厚厚的一沓钱，是她挣来报答母亲的。可现在她只买得起这个。

回到家里，她将花送给母亲。黄素琼拆去外面的包装，露出花蒂，张爱玲一时惊得魂飞魄散。原来这朵花太重，花蒂被压断了，用根铁丝支撑着。回想起来，她这才明白当时那仆欧的笑容为何格外谄媚，心里不由得羞愧到极点。本来好心，却连一点小事都做不好。"照你这样还想出去在社会上做人？""我懊悔从前小心看护你的病症。我宁愿看你死，不愿看你活着使你自己处处受痛苦。"意想中，母亲的话已经滔滔汩汩地扑面而来。

"不要紧，插在水里还可以开好些天。"母亲的声音竟是意想不到的柔和。说着，黄素琼走去拿来一个装好水的大玻璃杯，将花插进去搁在自己床头的桌上。果然如母亲所说，那花开了近两个星期才谢。

可是不会总是这样好运气。一次黄素琼请客，椅子不够，张爱玲赶紧出去找。从来这里后，每次遇到劳作她总是马上动手，以表明自己还有用，能适应环境，并不仅仅是个累赘。转了一圈，唯一可用的是张小沙发椅，搁在黄素琼特意定做的一套仿毕加索抽象画地毯上。椅子太重，搬不起来，张爱玲踌躇了一下，才决定动手把它推出去。果然，那地毯滞涩异常，非常不好推，差点带倒一盏落地灯。好不容易拱过道，又费了一番力气，终于有惊无险地到了客室门口，筋疲力尽的张爱玲方直起腰稍微松了一口气。幽暗的土黄色灯光下，黄素琼穿着一件翻领黑丝绒洋服，腰间一只长方形的碧蓝雕花土耳其玉腰带扣，越发凸显出她纤细的腰肢。一件如此简单的衣服，也被她母亲穿得端庄典雅，看来不仅是人挑衣服，衣服也要靠人来衬托。在众人的环绕中，黄素琼娇俏地柔声说笑着。黄素琼不常请客，这次是几个朋友吵嚷了很久都要来，她笑向张茂渊说："没办法，欠的人情太多了，又都要吃我自己做的菜。"知道大家都喜欢她，男士们对她更是不乏爱慕之心，黄素琼越发显得温柔妩媚，一转头，看到女儿笨手笨脚地推着张沙发出现在了门口，她惊讶得几乎难以置信。仙女一瞬间被贬谪到了凡尘。她骤然暴怒起来，脱口而出道："你这是干什么？猪！"

所有人都愣住了，气氛瞬间尴尬到了极点。旋即有人意识到，这种情形下，最好是佯装什么也没发生，于是转开话题，若无其事地接着谈笑起来。张爱玲也像众人一样，好像什么也没听见，脸上一径挂着点微笑，转身将沙发椅再往回推。可是那种痛苦和耻辱，让她日后每一思及都会发汗沾衣。这就是她的母亲。她的温柔和善解人意永远只留给外人。她活着，一是活自己，一是活给外人，亲如子女，其实于她的生活也无份。

可是生活已经容不得张爱玲任性。从逃出父亲家的那一天起，她就已经自断了后路。要想生存下去，现在她只能依靠母亲。考上大学从来没有变得这样迫在眉睫。未来遥远而不确定，却给了她唯一的安慰。"将来我要赚钱。花的这些钱我一定要还给三婶的。"张爱玲笑着告诉母亲，仿佛为了稍减自己的罪愆。可是远水解不了近渴，何况未来的事情谁能说得准？所以黄素琼不为所动，只权作没听见，道："我在想啊，你在英国要是遇见个什么人？""我不会的。""第一次恋爱总是自以为哦——好得不得了！"黄素琼恨恨地说，气天下女人的没有志气，同时仿佛已经看见了女儿未来不争气的样子。"想想真冤！回来了困在这儿一动都不能动。其实我可以嫁掉你，年纪轻的女孩子不愁没人要。反正我们中国人就知道'少女'。只要是个处女，就连碧桃，那时候定柱都跟我要！"

张爱玲诧异到了极点。从小训诫她要自立，现在又说出这种话。而且当着她面这样少女处女地讲，也让她觉得秽亵。

现在黄素琼请客吃下午茶，是张爱玲难得能听到母亲笑声的时候。那时黄素琼的心情总是特别好，忙着收拾房间、铺桌布、摆碟子、插花，精心地打扮自己。看着母亲穿什么都那么别致且淑女风范，越发让张爱玲觉得自己是个上不了台面的丑小鸭。客人来前，她自觉地拿本厚重的英文书去到屋顶上。夏天午后的阳光异常炽烈，她躲在阴影里看着，有时也默坐着发呆，又常常一个人在阳台上面转来转去，试探着站到高楼边缘上，俯瞰着地面，拿不定主意要不要跳下去？黄素琼那天说："我知道你三叔伤了你的心——"她气得把一张脸猝然掉过来对着她母亲，这还是她第一次毫不掩饰地表达自己的愤怒。她母亲总是什么都懂。可是说起你的痛苦来，也是那么事不关己，全然好像一个陌生人。可是父亲怎么能伤害她？她从来就没爱过他。只有真正爱的人才能伤害你，且让你无力反抗。"人家都劝我要为自己着想，说女孩子读书还不是那么一回事……不是我非让你读书。让你干别的你又不会。"从来她爱读书只是因为自己喜欢，现在被母亲一说却变成了除此之外别无出路。她的梦想，她在学校里多年努力才好不容易培养起来的自信，短短的时间里就被母亲的冷言冷语打得粉碎。她有时甚至想扒开自己的心给母亲看看，好让她明白自己的痛苦。可是不行。那样也没用。在母亲眼里，她的痛苦都会成为她无用的证明。

何干要回合肥了。小姐出逃，她也失去了在张家的立足之地，孙用蕃随便找了个借口，打发她回乡下去养老。张爱玲闻讯赶去送行。两人相别皆无眼泪。百廿回《红楼梦》结尾处，宝玉在雪中被一僧一道挟持而去，贾政但听唱曰："我所居兮，青埂之峰。我所游兮，鸿蒙太空。谁与我游兮，吾谁与从。渺渺茫茫兮，归彼大荒。"始悟因缘，不由感叹："岂知宝玉是下凡历劫的，竟哄了老太太十九年！"她们俩也是彼此骗了对方十七年，如今缘散便即各奔东西。从父亲家带出的钱还剩一元多，张爱玲来时路上，掂来想去，一是觉得钱太少拿不出手，再则担心给了何干最后也还是被她儿子哄去，于是到著名的老大昌买了椒盐核桃、玫瑰核桃各半磅，用纸袋装着，算计着何干得在路上吃完，没办法带回家留给儿孙。老大昌的食品极贵，张爱玲相信何干虽然在上海待了 30 年，也一定没有吃过。可是递给何干的时候，看着她一语不发，面无表情地接过，随手掖进衣襟里，张爱玲立马明白自己又错了。怪不得母亲总说她世故人情一窍不通。何干真正需要的是钱。无论多少，那可以给她撑面子，让她回去有的说嘴。照顾了别人的孩子近 20 年，最后只落得个竹篮打水一场空，如今何干再向人提起她都会不好意思。

黄素琼姑嫂二人之间也不再像从前。偶尔黄素琼情绪爆发，张茂渊总是让着她，以致张爱玲不免替姑姑不平，为什么不搬出去另住？宁可住寒酸点的亭子间，也强如受这份闲气。后来才知道外国人最重身份地位，留在这里可以给姑姑一个体面的住址，让她在洋行里抬得起头来。

一天张茂渊说好晚上回来帮忙油漆灯罩，却在办公室被绊住，七点多钟还没回来，黄素琼气得在客厅里走来走去，突然对女儿道："你知道我没回来的时候，你姑姑为了救你表大爷，做投机生意，买空卖空越做越大，把我的钱都用掉了。这时候找到个七八十块钱一个月的事，这样巴结，你说笑话不笑话？"

张爱玲怔了怔，一时默然无语，心里脑里都是一片空白。一直都说是因为她母亲才回国并滞留下的，想不到其实另有原因。

　　"也是为了保值，临走的时候钱托了她代管，随时看着办。哪想到有这样的事？把人连根铲，就是这点命根子。朋友听说都气死了，说'这是偷！'当然她是为了小爷。我怎么跟她说的？好归好，不要发生关系。好！这下子好，身败名裂。表大妈为了小爷恨她。也是他们家用人说的，所以知道了。"[1]

　　怪不得表大妈近来对姑姑总是酸溜溜的，说话声音也难听，她还以为是表大爷的事情让她心焦，所以一改常态。联想起姑姑最近两次给琛表哥打电话，沙哑的哭坏的喉咙，声音压得低低的，不过三言两语之后，总是忽然恼怒起来，她的心中豁然明朗。最初在姑姑这里碰到琛表哥，她那时多喜欢他俩坐在一起轻声细语地说话，纯洁高尚，充满默契和了解，和她周围的所有人都不一样，即使大多事情听不懂，她在一旁就看着也很开心。一次两人提到男女之间没有柏拉图式的感情，一俟问清柏拉图的意思，小煐立刻回道："喔。那一定有。"姑姑诧异道："喔？你怎么知道？你见过来着？"她立刻肯定地道："是啊，像姑姑和琛表哥就是的。"姑姑和琛表哥当时都没言语。现在想来，是她太幼稚和简单。可是姑姑和她是同舟共济过的，她不能对她评判。

　　"你姑姑就是逞能！"黄素琼继续喋喋不休地气道，"小爷还不是利用他。现在都说小爷能干了，他爸爸总是骂他，现在才好了

---

　　[1]　对话内容引自《小团圆》，张爱玲著，北京：北京十月文艺出版社，2009：第124页。略有改动。

些。——你舅舅是不知道，要给他知道了，他那嘴多坏！我想想真冤，哑巴吃黄连，还不能告诉人。真是打哪说起的？"[1]

张茂渊的意外晚归一下子勾起了黄素琼满腔的不满和委屈，张爱玲虽然怕极了母亲的唠叨和抱怨，也只得沉默且耐心地听下去。因为一旦再激怒母亲，那后果只能更糟。和往常一样，数落来数落去最后总要落到曾经的夫家。前一向还在父亲家的时候，小魁突然神秘兮兮地抛给小煐一本新出的书，坊间正在热议的《孽海花》，告诉她："说是爷爷在里头。"她急急地翻看着那本厚厚的书，连猜带问，总算从各种影射的名字当中琢磨出了点儿眉目。那是她第一次知道，原来每年祭祖时供奉的画像上微胖的爷爷和娟秀的奶奶也有名字，更令人震惊的是，奶奶的家世那样显赫，人尽皆知的李鸿章竟然是她的父亲，那让少女的自尊心和虚荣心得到了极大的满足。小煐异常兴奋地跑去问父亲，张志沂也正在和客人谈论这本书，一味忙着辟谣，说根本不可能在签押房撞见奶奶，归到奶奶名下的那首诗也是捏造的。其他的倒说不出什么，被女儿逼急了，便扔给她一套兄长张志潜新近出钱印的线装书，道："爷爷有全集在这里，自己去看好了。"一本本诗文奏章信札，看得小煐头昏脑涨，还是看不出个名堂，她便又跑去问姑姑，张茂渊诧异道："问这些干什么？现在不兴这些了。我们是叫没办法，都受够了。"末了一句近乎喃喃自语，随即换了正常的声调道："到了你们这一代，该往前看了。"但也告诉小煐："奶奶那首诗是假的，集子里唱和的诗也是爷爷做的。奶奶只有一首集句，自己很喜欢：'四十明朝过，犹为

---

①　对话内容引自《小团圆》第125页。

世网萦。蹉跎暮容色，煊赫旧家声。'"又道："奶奶的皮肤非常白。我喜欢扒在奶奶身上，摸她身上的小红痣。是小血管爆裂。"何干的话则更大煞风景，想了半天方挤出一句："老太太那张 ① 总是想方省草纸 ②。"虽说尴尬，可小煐也能理解那种坐吃山空的恐惧，这一点看父亲就能知道。到处延挨着不付账，欢天喜地进了堂子，还得千哄万哄才能劝得他大方出手。母亲不是说，当初老八生重病，父亲怕花钱，只抓了两副草药煎给她喝，还是母亲念在人命关天，请了医生过去，方才看好了？可同样是悭吝，放在奶奶身上却让人觉得可亲、可悯，对比现实的灰暗糜乱，爷爷奶奶传奇式的婚姻给了少女那罗曼蒂克的想象以唯一的安慰。不过在母亲面前，张爱玲却从来不敢表达对于祖父祖母的亲近之情，因为知道母亲恨张家的一切，尤其是她未见过面的婆婆。那桩为了门第而缔结的婚姻毁了她一生的幸福，而张志沂的种种癖性无疑和李菊耦不正常的教育方式脱不了干系，比如说，男孩当作女孩养，女儿却当作男孩带。

"从前提亲的时候，嗬哟！讲起来他们家多么了不起。我本来不愿意的，外婆对我哭了多少回，说你舅舅这样气她，我总要替她争口气。好，等过来一看——那时你姆妈当家，连肥皂都省，何干胆子小，也不敢去要，洗的被窝枕头都有唾液臭，还要我拿出钱来去买，拿出钱来添小锅菜，不然都不能吃。你姑姑那时候十五岁，一天到晚跑来坐着不走，你三叔都恨死了！后来分家，说是老太太从前的首饰就都给了女儿吧，你姑姑也就拿了。还有一包金叶子，

---

① "那辰光"，安徽人急读为"那张"。
② 卫生纸流行前的厕纸，草黄色，表面粗糙，看得见草梗，裁成八寸见方以备用。

她也要。你三叔反正向来就是那样，就说给了她吧。那时候说小也不小了，你说她不懂事呀？！"①

话说得太多，也是因为生气，黄素琼的喉咙都沙哑了。"我为了这几个钱这样受憋，困在这儿一动也不能动，我还是看不起钱。就连现在，我要是要钱要地位的话，也还不是没人要。"可是有些人天生就是要不断地恋爱的。爱情是滋润他们的雨露，缺少了它，他们顷刻就会枯萎。张爱玲也知道，以母亲的容貌品味才情，想要找个有钱、有地位的男人并不难，她身边也并不缺少这样的备选人物，可是要钱、要地位，再要爱情的话，就没那么容易。

再面对姑姑，张爱玲留心表现得完全和从前一样，以免让她疑心自己知道了不该知道的事情，那样大家都尴尬。

开纳公寓和定柱新找的住处就隔一条街，母女俩过去吃饭时经常自带一碗菜。有时张爱玲捧着一碗珠翠披离的苋菜走在明媚的阳光下，就觉得快乐原来可以如此简单。雨夜的霓虹，微风中的藤椅，从双层公共汽车上伸手摘树巅的绿叶，生活的美和艺术无处不在。可是人却没有那么简单，也不懂领略，一旦与人发生交接，生命单纯的欢喜愉悦便被打破了。当然也有例外。

一次母亲出去帮舅舅家的表姐置办嫁妆，张爱玲忽然想吃包子，尽管这一向心绪不佳，张茂渊还是立刻张罗起来，没有馅料，便临时用芝麻酱来充数。水蒸气模糊了眼镜，张茂渊摘下来擦拭时，张爱玲看到姑姑眼皮上有道疤痕，便问是怎么回事。"是你三叔打的。那时候我已经跟他闹翻了，不理他。你给关起来了，只好去一

---

① 对话内容引自《小团圆》第 125 页，略有改动。

趟。一看见你娘就冷嘲热讽地说:'是带人来查鸦片的么?'你三叔一听跳起来抢着烟枪就打,眼镜打碎了。到医院去缝了 6 针,倒也没人注意。"包子蒸出来,张茂渊说不错,张爱玲也连忙赞说好吃,心头一酸,眼泪却落了下来。其实面根本没发,吃在嘴里哏得像皮革,像是嚼着人世的一切痛苦和辛酸,可原来她也是被爱护过的。幸亏姑姑没发现。

好容易忙完外甥女的婚礼,黄素琼正说要请朋友们吃茶,张爱玲忽然病了。正为了榻边整天放着一只呕吐用的小脸盆弄脏了屋子而抱歉,母亲盛怒地走进来说:"你真是麻烦死了。你活着就会害人!我现在怕了你了,我是真怕了你了。怕你生病,你偏生病。怎么帮你都没用。像你这样的人,就该让你自生自灭!"话虽如此说,可是总还得管她。请了一位德国医生伊梅霍森来检查,方知是伤寒,住进医院,母亲姑姑两人替换着送鸡汤来。出院后就听说表大爷在家门前的新闸路沁园村弄堂口被两名国民党军统特务枪杀了,据说日本人一直请他出山,他似乎也有意,方才遭此横祸。"是说他眼睛漏光,主横死。"姑姑悄悄说。大表伯母弥留之际,还在痴心等着念在夫妻一场,大表伯父能够来看她一眼。[1] 阖宅的人都在,怕她受刺激,竟没有一个人敢告诉她真相。娘家坚持说嫁出去的女儿泼出去的水,这事得夫家人拿主意,大家都看着琛表哥,琛表哥却

---

[1] 大表伯母名杨玳珍,是清末御史杨崇伊之后,也是张爱玲中篇小说《小艾》中五太太的原型。相貌平常,为人愿厚软懦,出嫁后不受夫家待见。丈夫宠爱姨太太,为官时带在身边,将原配留在家中侍奉老太太,夫妻很少见面。后有一子交她抚养,就是琛表哥。姨太太色衰失宠后,琛表哥哀怜母亲,向父亲恳求,李国杰告诉他:"你不要傻。她不是你亲生母亲。"琛表哥这才知道自己是父亲和姨太太的丫头所生,生母因此被姨太太恨之入骨,在生下他后便被姨太太做主卖掉了。

无论如何不肯开口。虽然都知道大太太的病是好不了了，可琛表哥毕竟是儿子，万一父亲的死讯成了母亲的最后一道催命符，势必有人会说反正不是他的亲生母亲，他当然不在乎她的生死，他不能落这不孝的罪名。看着这么点事情一大群人个个义正辞严、吵吵嚷嚷地推来搡去，却拿不定个主意，张爱玲满心激越，恨不得立马上楼告诉大表伯母不要等了，表大爷已经死了，但却强自按捺着没动。她不怕族人的非议和怪罪，敢于对抗父亲和继母，她在众人眼里早已成为一个叛逆。她怕的是母亲。她这才惊觉自己的勇敢比母亲来得更为彻底。对于传统礼教，母亲敢于反抗的只是牵涉到自己切身利益的那一部分，归根结底，她对社会传统和旧式大家族的规矩礼仪是敬畏和服从的，她更喜欢的是自己在其中左右逢源、优裕从容的姿态，那和她离不了人的赞誉和欣赏的目光有关。而张爱玲却只为自己的梦想野蛮生长着，少女的心中百无禁忌，也因此无所畏惧。更何况自幼生长于其中，她早已看透封建礼教的虚伪。但她爱母亲。她和母亲的关系本就危如累卵，若是因她的僭越再闯出什么祸来，天知道母亲会如何暴怒？可是一想到楼上奄奄一息的大表伯母，张爱玲心中便感到沉重的无力和难言的挫败。从大表伯母身上，她看到了无数中国旧式女子可悲而又可叹的一生，婚姻于她们是无形的枷锁和牢笼，让她们死心塌地地依附于一个男人，爱他，怕他，惦记他，忍受着他的种种放纵胡闹，心心念念地等着有一天他能够回心转意，稍许留意到自己这个大度、隐忍、本分的原配的存在，而临了临了，她最恨的也往往是他。爱有多深，失望之后产生的怨念就有多深。

二伯父那边听说也闹得不可开交。吉祥在外面生养了个儿子，亲眷们都知道，却心照不宣，只将二伯母一人蒙在鼓里。张志潜和天津的堂兄弟通信，对方在复信末尾礼貌性地问候"两侄均好"，不想被二伯母看到，她和二伯父只育有一子，当然觉出蹊跷，质问起来，原来她自以为被稳稳拿捏在手心里的丈夫早已背着她暗度陈仓，二伯母这一怒自然非同小可。

周遭的一切都是灰暗而秽乱的，让人看不到希望，那个诗书簪缨、礼乐昌明的中国似乎只存在于书本和历史之中，供人膜拜遥想。

正在度日如年，看不到尽头的时候，事情忽然起了转折。再次考试，张爱玲得了远东区第一名，因为欧战爆发，只好改读香港大学。护照是母亲的爱慕者一位大使先生特办来的，麦卡勒先生介绍了另一位他给补习的锡兰女孩与张爱玲同行。看得出那锡兰女孩胆大泼辣，精明能干，黄素琼于是热情攀谈，一再嘱托她多多照应自己的女儿。

一声悠长的汽笛拉响，船开始缓缓移动着离岸。张爱玲忽然倒在舱位上大哭起来。从前一心渴望着要离开，现在真的要走了，才觉得不舍。身后遗留下的城市，即使再寂寞苍凉，毕竟是她生于斯长于斯的地方。那个家，即使再千疮百孔，毕竟曾经养育庇护过她。

而现在，她如一芥小舟，孤零零地闯入了一片白茫茫的暴雨中的汪洋。无论有没有准备好，从今往后，她都必须独自面对这个世界了。

第二章

求学香港

在那边（指香港大学）三年，与我有益的也许还是偷空的游山玩水，看人，谈天，而当时总是被逼迫着，心里很不情愿，认为是糟蹋时间。

——张爱玲·《流言·我看苏青》

1939 年 8 月 29 日，张爱玲正式报到入读香港大学。

来时路上，她和那个锡兰（今斯里兰卡）女孩结成了朋友。那女孩姓莫希甸，父亲是阿拉伯裔锡兰人，在上海南京西路开有一家著名的珠宝店 Mohideen Bros，母亲则是天津人，因为婚事与娘家决裂，多年不相往来。子女全部遵从父亲，信仰伊斯兰教。女孩英文名叫 Fattinma，张爱玲后来为她另起一中文名字——炎樱。离开上海的那天，炎樱的父母和兄弟们都来送行，她身材矮小丰满，鼓胀胀的胸部像是随时要把衣服崩裂开似的，一双明亮生动的大眼睛，五官像古希腊雕像一样饱满且轮廓分明，捧着兄弟们送的一大捧火红康乃馨，将一张黝黑中透着金黄的脸映衬得格外热烈和生机勃勃。

三等舱的旅客不能请人上船，大家于是只好在码头上告别。姑姑郑重地伸出手来，"多保重。"她说。那样的正式和英国化，倒让张爱玲不适应，她更喜欢举重若轻。而且她从来不擅长扮演告别的戏码，因为总是没有该有的情绪，所以越发觉得尴尬。譬如此刻，她在庄重而充满离愁别绪的氛围中更多地感受到的却是滑稽，因而想笑，所以在和姑姑握手后，她便随炎樱匆匆上船去找舱房，并且拒绝了炎樱再次到船舷上与众人挥手告别的提议，独自一人留在舱中收拾行李。可是她的情感强度并不低，只是比平常人来得要慢，直到汽笛凄清地拉响，看着舷窗外黄澄澄的黄浦江水波浪翻滚，她才突然意识到自己和这座城市的牵绊。每个人都需要一座城市来安置自己的人生和梦想，上海于她，便是这样一座独一无二的城。她想起来时码头上穿着红色号衣的挑夫们，在一片肮脏与混乱之中，为了生计吵吵嚷嚷地拥挤争抢着，然而他们疲累黝黑的脸上个个绽开笑颜。似乎让人难以想象，生活的重压之下，他们还有什么值得开心的事呢？可她懂得：不为什么，就只因为他们活着。而她也极爱活着这样平平淡淡的事。抛除一切矫饰和夸张，只是真实且踏实地活着。几乎不需要任何的了解，她就能懂得他们，因为这里是她的土地，生活着和她一样，从同样的传统和文化中孕育出来的生民。这里的人生跌宕，爱恨情仇，最能动她心弦。异日他乡虽好，却再也没有这样的血肉相连。

炎樱从甲板上回来，看到她在哭，没有作声，埋头收拾着自己的行李。过了半晌，方道："真的上路了。觉着了吗？""嗯。"早已暗自收住泪的张爱玲轻声答应道。那似乎从一开始，便定下了她们一生交往的基调，炎樱不会也没有意愿过分深入她的内心，但在生活层面上，她们可以成为朋友。"现在还在江上，要不要出去看看？"炎樱问道。这次张爱玲没有拒绝。炎樱从兄弟们送的花束中抽出一支，说："戴朵康乃馨，塞进扣眼里。——来，我帮你戴。"言谈间得知炎樱会说广东话，张爱玲非常高兴："太好了。我不会说，到了香港真不知道该怎么办。"晚餐时有猪肉汤，炎樱立时叫来茶房将她的那份换掉了，"我是回教徒。"她向张爱玲解释说。

"你信教会不会是因为出生在伊斯兰教家庭里？"张爱玲趁机找话攀谈道。

"喔，我们都是这样的。我们不改变信仰。"

"了不起。我怕死了传教士。"

"是啊，没办法跟他们谈基督教，他们一门子心思就是想劝你信教。"

"基督教的天堂真无聊。我一直希望能相信转世投胎，好理想化，永生不死，而且能有各式各样的人生。"

"只可惜是一厢情愿的想法。不能为了不想死就完了，就去信什么宗教。"①

自打从圣玛利亚女校毕业，和张秀爱分开后，张爱玲还似乎从来没有跟人一下子说过这么多话。细想起来，但凡能与她走得近些的朋友，个性都是热情而主动的，是她自己太畏缩吗？其实她倒不缺乏胆量和勇气，只是一般人看不到。

隔天船停到一处港口，晚餐时同桌的一个妇人只会说广东话，很高兴炎樱会说她的家乡话，一直追着她讲个不停，并说自己容易

---

① 对话内容引自《易经》，张爱玲著，北京：北京十月文艺出版社，2011：第83~84页。

晕船。炎樱大约是被她絮叨得烦了，坐在那儿忽然肩膀不停地摇晃起来。"是摇晃得厉害吗？"张爱玲奇怪地问，因为在她的判断里船还停在港口里没有起锚。"你没感觉到？"炎樱说道，越发摇得像个钟摆。又悄声对张爱玲道："别管，跟我摇。"两个年轻女孩子于是联袂摇晃起来。片刻之后，只见对面的广东妇人蓦地站起身，说她晕船，得赶紧回房休息，话音一落便用手帕捂着嘴，步履匆匆地走了出去。那妇人一走，炎樱立刻停止摇摆，将桌上的炒面吃了个精光。"亏你怎么想的？"恍然大悟的张爱玲大笑道。炎樱同样乐不可支："我也只是闹着玩，谁知道她那么娇弱。"同时她也不免暗暗纳罕。张爱玲斯文内敛，言谈举止间俨然一派古中国淑女的娴静幽雅，但一笑起来却即张嘴大笑，忘记了一切束缚，于经意间，暴露出她内心深处裹藏的任真和热情。

香港大学依山面海而建。山上的房子是石头建筑，每栋卓然独立，远眺着碧澄广阔的大海。为了阻隔漫长雨季中的湿气，房子的地基都格外加高加大。似乎嫌那漫山的杜鹃、木槿、松树热烈或郁郁苍苍得还不够，家家户户房子的顶端都开辟有花园，贴着铁栏杆摆放的蓝色瓷花盆一路向上蔓延。春夏时节，一场暴雨，或是一个漫长的晴日之后，火红的杜鹃、绯红的木槿便会在一夜之间，烧得漫山遍野。冬天，松涛彻夜呼啸，夹杂着狂风巨浪冲击冰冷岛屿上的岩石的声音，让孤枕难眠的人尤易生出独在异乡为异客之感，直至黎明将近，风暴止歇，一霎时又万籁俱寂。

女生宿舍圣母堂是一栋爱德华式建筑，隶属于一家法国修道院，由嬷嬷们负责管理，她们分别来自葡萄牙、英国和法国，下面具体负责日常杂事的则是一位中国修女，她们都清一色穿着黑色长袍，带着白色帽子。每天早晨，围跪在圣坛前面用蜡打得油光锃亮的地板上，低声吟诵着拉丁文早祷。炎樱一来便施展她善于和人打交道的本领，将那位中国修女哄得团团转，"嬷嬷，咖啡没有了，你给拿一壶来。""嬷嬷，快点嘘！洗澡水呀！"每次她拖着长腔叫嚷的声音都分外娇嗔，半是撒娇半是抱怨，妙的是嬷嬷也乐得被她支使着干这干那，虽然她一边干活儿一边向炎樱唠叨抱怨的体己话其实炎樱并不耐烦去听。

学生除了香港本埠圣士提反书院毕业的以外，其他则来自内地、菲律宾、安南、马来西亚、新加坡等地，间或还有一些英国移民后裔和欧亚混血儿，天南海北的学生聚在一起，自然免不了女生扎堆常有的叽喳聒噪。张爱玲依旧话少。跻身在一群马来西亚橡胶大王和香港富豪大亨的子女之间，她甚至比以前在上海圣玛利亚女校时更加自卑。同学们的家庭背景往往非富即贵，便是炎樱，父亲也是家资数百万的富翁。张爱玲是同学中唯一没有自来水笔的一个，每次上课都得默默地揣上一个墨水瓶，进入教室放在桌子一角的时候，她从来不去看周围同学的眼光，尽管如此，依旧如芒在背。但贫困和自惭也逼迫着她必须得奋发。何况其中还有一种更加隐秘的心理，除了学费和膳宿费，她不能忍受自己再向母亲伸手额外要钱。虽然这次伦敦大学远东区入学考试的优异成绩，让黄素琼意识到女儿并非一无是处，态度也因而有了些许转变，但其对生活不满而生的尖刻怨毒一度对女儿造成的屈辱和伤害，却如附骨之疽，悄悄地滋长成一朵恶之花。世界很大，但与每个人发生切身关联的部分却很小，而正是这很小的部分，却决定着我们的人生态度和对整个世界的最终看法。人世的成长经验不知不觉中成为一种限制和束缚，让我们只能蹲在井底，仰望着井口的那一小块天空。而和母亲的关系，在让张爱玲更加确证了亲情的不可依靠之外，也将她置于矛盾纠结之中。认同母亲，便意味着践踏和否定自己；否定母亲，纵然对传统的孝道再不以为然，她也无法摆脱内心深处的罪恶感，毕竟那是她生命的最初来源。一边是理智和世俗的道德规范，一边是内心最真实的感受和如野马脱缰般不受控制的情感。这是一道两难的命题，张爱玲一生都在努力平衡，并解开这个心结。终有一日，她必得以自己的方式刳肉剔骨，还与母亲，也还得自己一个真身。不过此刻，青春的力量还如此强大旺盛，足以压制一切黑暗痛苦，虽然它们在生命的深渊中搏杀激荡，终有一天，会不可抑止地喷薄而出，但至少在此刻，它们还不足以抬头。

为了俭省，张爱玲几乎不参加一切课外活动。同学中有一位周妙儿，父亲是只差被英国封爵的著名绅士，买下一座离岛 [1] 盖了别墅，她请全宿舍的人去玩一天。

这私有的青衣岛不在渡轮航线内，要自租小轮船，来回每人摊派十几块钱的船钱。我就最怕在学费膳宿与买书费外再有额外的开销，头痛万分，向修女请求让我不去，不得不解释是因为父母离异，被迫出走，母亲送我进大学已经非常吃力等等。修女也不能做主，回去请示，闹得修道院长都知道。连跟我同船来的锡兰朋友炎樱都觉得丢人，怪我这点钱哪里也省下来了，何至于。[2]

---

① 意指远离主体之外的岛屿。香港的离岛是除香港岛之外的 262 个岛屿。
② 引自《重访边城·忆西风》，张爱玲著，北京：北京十月文艺出版社，2012：第 259 页。

俭省的同时，张爱玲还必须努力自立，而刻苦攻读赢得奖学金无疑是最佳的一种途径。她是学生中最为用功的一个，即或偶尔谈天或被同学拉着出去游玩也觉得是在浪费时间。考试时，张爱玲最能揣摩每位出题老师的心思。她将中国人长于背书的功夫发挥到极致，可以整本地背诵弥尔顿的《失乐园》，虽然港大的教学方式以启发为主，并不过分主张让学生死记硬背。考试时，有的同学绞尽脑汁不知如何下笔，她却可以巨细无遗，洋洋洒洒地写上几个小时，毫不停歇，务求让阅卷老师不给她高分都不好意思。果然，一位老师说他教书几十年，从来没有给过像给她的这么高分数。

历史教授佛郎士对她尤为欣赏。佛郎士长着孩子似的肉嘟嘟脸庞，下巴浑圆，一双瓷蓝色的眼睛总是带着轻松而戏谑的神情，头发稀疏，颈上永远系着一块暗色的旧蓝宁绸当作领带。他是个彻头彻尾的中国迷，汉字写得很不错，就是总分不清笔画的先后。在离大学很远的郊外，他有一栋美丽的白色房子，里面装满了他从世界各地搜集来的中国古董。旁边还盖有两栋房子，其中一栋专门用来养猪。因为反对现代物质文明，房子里不安装电灯和自来水，家里那辆破旧不堪的汽车也不用，只供仆欧开去集市上买菜，他自己则骑着一辆自行车在校园里自由穿行。每次看到他在自行车上挥手和同学打招呼，同时又在明显因为他的身形而显得过小的自行车上小心翼翼地保持着平衡，张爱玲就忍不住想笑。佛郎士为人豁达，嗜烟酒，喜笑谑，上课时嘴上总是灵活潇洒地叼着一支香烟，随着他讲话一上一下，旁人看着尽管觉着险，奇怪的是它竟从来没有掉下来过。抽完的烟蒂随手弹出窗外，嗖地从女同学的卷发上飞过，很有着火的危险。枯燥的历史经他用花腔一念，滑稽之余，竟生出了些亲切感。佛郎士研究历史很有见地，印度孔雀王朝、日本德川幕府……他都如数家珍，末了还常加一句："真可惜没有时间深入。"可是即便如此，已足以让张爱玲领略到研究学问的乐趣。她尤其欣赏佛郎士的创见和不拘一格。身为英国人，他不仅没有表现出有多爱国，还常常对英国政府大放厥词。从前汪宏声先生也很赞赏她，为人又儒雅宽厚，可是他太囿于传统，并不能真正地了解她。张爱玲从小就爱看葛丽泰·嘉宝的电影，是嘉宝的忠实粉丝，对嘉宝中年息影后在纽约的隐居生活尤其充满了好奇和艳羡：遗世独立，独来独往，不为任何俗事所牵累。尽管嗜爱生活和人生，但她很早就意识到自己和周围的人都不一样，也不打算去和光同尘。曾几何时，人类对于她来说，变成了一个"把我包括在外"（include me out）的名词，这应该还是第一次，在切身接触的人当中竟有人让她产生了惺惺相惜之感。原来，一个人真的可以完全遵从自己的内心，真实而率性地活着，这一点对她来说尤为重要。

同学中她唯一熟稔的是炎樱。她们住对过，每天早晨炎樱眼都不睁，迷迷瞪瞪地起身，站在床边高喊一声："张——爱——！①"及至听到对面的回声，便咣当一头栽倒在床上，接着再睡。这一年来，张爱玲已经听熟了莫希甸家中的故事，熟悉了家庭中的每一个人，尤其是坏脾气的莫希甸先生。"爸爸爱骂人，可我们会轮流发脾气。我们在家里很快乐。"炎樱说，"我知道中国人的家庭是什么样子，我们学校里有中国女孩。"言语间虽然不点破，却仿佛看透

---

① 因嫌"张爱玲"这名字俗气难听，炎樱经常简称其为"张爱"。

了张爱玲的不快乐。炎樱总爱往外跑，也常拉着张爱玲，两个人走在一起是鲜明的对比，一高一矮，一胖一瘦，一个直率热情，一个沉静缄默，就连学业上都是参差对照，炎樱学医，书读得磕磕绊绊，张爱玲却是出了名的好学生。"我讨厌人家叫你书呆子。我老是跟别人讲，你的功课好不是死读书的缘故。"在学生群里，书呆子差不多就意味着古板和不合时宜，是不受欢迎的代名词。张爱玲倒不觉得受伤，也不想解释。她天生就有这样一种定力，不大容易被外界的评价左右，对于她来说，只有她母亲是个例外。"我第一次见到你那天，你真好玩儿。"炎樱有时会说。怎样的好玩法儿呢？张爱玲不免想知道。毕竟，还从来没有人这样评价过她。可是一看到炎樱脸上挂着的暧昧笑意，她便不再言声儿。不用问，她也知道了当日的自己有多么地不讨人喜欢，木然的面孔，呆滞冷淡的眼神，和她弟弟一样，只不过她的里面还是活的。炎樱觉得她现在变化很大，并且认为那是她自己的功劳。张爱玲倒不觉得，骨子里，她一直都是那个敏感的天才式少女，对世事拙于应对，也懒得用心和在意，她现在的自信主要是来源于学习上的出类拔萃，那让她的前途呈现出从未有过的光明。当然，不可否认，朋友对目前的张爱玲来说也的确非常重要。在对亲情感到绝望之后，友情成了她和这个世界唯一的情感联系，而且她喜欢炎樱。她和炎樱几乎形影不离，在两人的关系中，炎樱占据着绝对的主导地位。炎樱的热情能干弥补了张爱玲在生活上的笨拙和不足，几乎在任何事情上，她都要向炎樱讨主意，炎樱也乐于给她各种意见。炎樱爱说，没关系，张爱玲最擅长的就是倾听。从小看惯了人们自说自话的悲哀，她现在稍微多说几句便深感抱歉，生怕别人厌烦了自己还不自知，倾听就不存在这问题，那让张爱玲感觉安心。张爱玲好静，她喜欢一个人时的清静自在，炎樱却一点儿耐不住寂寞，总要拽着她四处寻欢作乐。张爱玲凡事皆淡然处之，以一个旁观者的姿态，炎樱却是凡其所到处便要留下声响和印记，轰轰烈烈地，必要将人生的一切都抓在自己手里。两个人的性情如此天差地别，却都从中体味到互补的乐趣。最重要的，炎樱的性情爽直真实，不像一般女孩那样肤浅幼稚，矫情夸张，她有一种世俗的机敏和聪明，看得清人情世故，懂得分寸进退。她的热情是一种基于现实的热络，泼得出，收得住。对于自己的利益，她一向守得牢，心里门儿清，也抹得开情面，不在乎别人眼里的自己是否显得自私，她瞧不起也不屑于去表现得伪善，这一点倒很合张爱玲的胃口，她对人生也有一种臻于极致的求真精神，无论怎样的感情，如果不是以真为基础，便不能打动她。在自己的理解能力和智力所及范围之外，炎樱知道适时驻足。当然，你也可以理解为她对那些毫无兴趣，漠不关心。与此同时，那才是可供张爱玲自由翱翔的广阔世界，她对市井人生的全部贪恋和嗜好，都是以探索其中所蕴含的深刻微妙的精神世界为前提的。那造成了她和炎樱本质上的隔绝。不过因为早就知道对人不该奢望，张爱玲对此也并不过分失望。她和炎樱之间形成了一种奇特而稳定的关系，各自有所保留，同时却又亲密无间。

无论炎樱怎样想，张爱玲知道，炎樱的出现并没有带给自己本质性的改变。从圣母堂到本部大楼①，张爱玲每天穿行在沿着山坡迂回曲折的校园小径上，也孤独地行走在她的天才路上。

———————————

① 本部大楼，是香港大学的首座建筑，文学院的大本营，也是香港大学的标志。

"我的天才梦"

我是一个古怪的女孩，从小被目为天才，除了发展我的天才外别无生存的目标。然而，当童年的狂想逐渐褪色的时候，我发现我除了天才的梦之外一无所有——所有的只是天才的乖僻缺点。

——张爱玲·《我的天才梦》

张爱玲的投稿生涯开始得非常早。

1930 年初，刚刚归国的黄素琼姑嫂偕亲眷去杭州西湖游玩，也带上了小煐和小魁，并为姐弟俩在九溪十八涧拍下照片留念。返沪后，兴奋不已的小煐恰巧在报上读到一篇征文启事，她立刻给该报社写去一封投稿信，随信寄上自己此次杭州之行的日记。又说自己非常喜欢画画，问对方是否对古装娃娃的填色画感兴趣？如果需要，自己可以再次寄去。这封信当然如泥牛入海，没有人会把一个小孩子一时的兴致当真。这一年，张爱玲九岁。

这并没有打击到小煐的热情，她继续孜孜不倦地写着，努力做着各方面的尝试。阅读、写作、画画，这三大嗜好支撑起了她成长期的整个生命，也一度使得她与离婚后的父亲格外亲近，张志沂甚至颇有兴致地提笔为女儿的《摩登红楼梦》拟定了回目："沧桑变幻宝黛住层楼，鸡犬升仙贾琏膺景命""弭讼端覆雨翻云，赛时装嗔莺叱燕""萍梗天涯有情成眷属，凄凉泉路同命作鸳鸯"等共计六回。和他的多年绕室吟哦一样，这其中体现出的家学根基和才华也让女儿心酸，因为父亲的一切都是无用的。在亲戚中间，因为不争不夺，张志沂的人缘并不算坏，无论是老八的爹和侄子，还是后来伴随孙用蕃出嫁住过来的老姨奶奶和弟弟妹妹们，他都容得下。那么多人围着他，以为攀上了高枝，却料不到他自己也是难以独立支撑的藤萝。他很少计较，也不算计别人，更不为未来做长远的打算，随意中也透着他特有的懒散和软弱，那让他终究避免不了被人生没顶。她眼睁睁地看着，却无能为力，只能以此为戒，越发提醒自己要奋发图强。

在圣玛利亚女校期间，张爱玲的文章、画作一再地被发表到校刊上，那给了她前所未有的鼓舞和信心，尽管如此，她对那些文章却并不甚满意。她对人生的理解和感悟远比她其时用笔所能表达出来的更为深广，虽然平素冷静而克制，但少女不知节制的多愁善感还是赋予了那些文章以她自己后来最为不屑的文艺腔和感伤情调。

她的第一次有偿投稿也和父亲有关。只是这次他们不再惺惺相惜，她用画笔描述的是他无情伤害她的经历。从父亲家逃出来后，和母亲的关系也出乎意料地陷入了困境。母亲在努力攥住青春的尾巴，想要及时返回到她的美国男友维斯托夫身边去，可是偏偏被她拖累住（至少在当时张爱玲是这样认为的），冲动之下，母亲常常不加克制地对女儿表现出不满和嫌憎。

"我们在彼此毁灭。"张爱玲想。那让她分外怀念从前自己一厢情愿地爱恋着母亲的时光。她童年以来一直仰望着的神像从圣坛上摔了下来，跌得粉碎。像一切赤裸裸毫无防范的未成年人一样，突然面对着人性之恶和残酷得无力承受的现实，少女尚未成熟的心智陷入了迷茫和惶惑。从前对父亲，她还可以拿轻视和漠然当作武器，现在她却束手无策，面对着母亲冰冷目光的无情裁判，沉重得抬不起头来。最可怕的是，敌对和怨怒也以缓慢而不为人知的方式，在她心底见不到光的地方慢慢地扎根、生长，困于强烈自尊与自责的她，用比母亲更恶毒的语言谴责、诅咒自己，那种痛苦几乎毁了她。但既然没有选择死亡，她就不能光痛苦着什么也不做。母亲为她花的钱仿佛一笔天文数字，每天都伴随着母亲的怨气在噌噌往上涨，压得她喘不过气来。有恩报恩，有怨报怨，她做人一向恩怨分明。那次弟弟挨打，她就流泪发誓要向父亲和继母报仇，现在她再次用少年的热血向自己郑重发誓，欠母亲的，总有一天，她也要还清。为了证明自己能说到做到，她立刻找纸，参考佛教经变画的样式，将在父亲家一再梦魇般重现的场景描绘出来，并附上短笺说明，投到母亲姑姑以及父亲都订的《大美晚报》上。接下来是揪心的等待。几个星期过去，就在她已经放弃希望的时候，回信到了。漫画将在下周见报，稿酬是 5 元钱，主编还请她有空到报社一晤。刚巧是周末，母亲姑姑都在家。张茂渊发自内心地替小煐高兴，黄素琼尽管默不作声，但也难得地露出愉快的神情。张爱玲知道母亲的心理。很多中国父母终其一生都不会夸奖孩子一句，为免使他们轻浮骄傲。奇怪的是，他们斥责起孩子来倒是不遗余力，那时就不怕带给孩子负面的影响？

"听起来倒像他能给你个事做。"姑姑高兴地说道。

"跟他说你要到英国念书。"黄素琼道。

116

"反正还在等着走，我可以先找事做。"张爱玲道。她要自力更生。忽然之间，成为漫画家变成了她的全部梦想，她甚至开始想象自己坐在报社办公桌前低头忙着画画的样子。

黄素琼摇摇头，脸上的笑容霎时消失殆尽。在和张茂渊数落了一番美国人的缺点后，又不容辩驳地道："说你得出国念书，不能找事做。"察觉到女儿的失望，黄素琼又道："能靠卖画谋生当然很好，可是中国不是画家能生存的地方。问问就知道，到巴黎学画的留学生回来，没有一个靠卖画生活的。——有了英国学位，将来不怕没依靠。"[1]

张爱玲没敢再执拗。花的是母亲的钱，她的事情由不得自己做主。何况母亲说的是对的，她不懂怎么跟人相处。前段时间她那么渴望摆脱困境，出去找份工作独立生活，都几番犹豫没敢跟母亲说她不要去英国了，现在刚因为这意外的惊喜在母亲心目中增加了点分量，她不能立刻就不知天高地厚地去触怒她。但她也有她的坚持，平生第一笔稿酬母亲姑姑都说应该买本字典留作纪念，她却立刻用它换了一支渴望已久的小号丹琪唇膏。在《流言·自己的文章》中，张爱玲写道："人是生活于一个时代里的，可是这时代却在影子似地沉没下去，人觉得自己是被抛弃了。为要证实自己的存在，抓住一点真实的、最基本的东西……"

可无论生在盛世还是遭逢乱世，家是一个人情感的基点，也是疲惫的肉体和心灵回归的方向，而在写下"乱世的人，难有真正的家"的很早之前，张爱玲就已经意识到，世上没有一个家可供她回

---

① 对话内容引自《易经》第62~63页，略有改动。

归。相反，那是她出走的原点，是她不断逃离的方向。梦里的旧时繁华，只徒增遗世独立的苍茫身世之感。而时空上的双重间隔，也使她可以用真正独立，同时也更加冷静而客观的眼光来重新审视她的父母、家族和她所处的时代。世界不再似孩童眼里一般，呈现出光明与黑暗、善与恶的截然对立，而是相互渗透，彼此交融，人性自此成为她一生书写不尽的主题。

1939 年 9 月，张爱玲在《西风》① 杂志第三十七期上偶然读到一则征文，题目是"我的……"，那一下触动了她的内心，何况奖金数额 ② 也对她具有足够的诱惑力。尽管在港大期间，为了迅速提升英文能力，为以后留学英国和用英文写作做准备，张爱玲刻意戒绝中文，连做笔记、给母亲姑姑写信都用英文，但她还是破例提笔，反复推敲更改，写就了一篇文章《我的天才梦》。那不啻于这位 19 岁少女的第一篇独立宣言，也是张爱玲对于自己一生的近于巫谶的预言。

"我是一个古怪的女孩，从小被目为天才，除了发展我的天才外别无生存的目标。然而，当童年的狂想逐渐褪色的时候，我发现我除了天才的梦之外一无所有——所有的只是天才的乖僻缺点。世人原谅瓦格涅 ③ 的疏狂，可是他们不会原谅我。

……

---

① 上海著名月刊杂志。由黄嘉德、黄嘉音兄弟俩和林语堂于 1936 年 9 月共同投资创办，旨在向中国读者介绍当时的欧美社会文化和西方杂志精华。

② 征文注明：第一名现金 50 元，第二名现金 30 元，第三名现金 20 元或《西风》或《西风副刊》全年一份……其余录取文字概赠稿费。

③ 指德国著名歌剧家瓦格纳。

我发现我不会削苹果。经过艰苦的努力我才学会补袜子。我怕上理发店，怕见客，怕给裁缝试衣裳。许多人尝试教我织绒线，可是没有一个成功。在一间房里住了两年，问我电铃在哪儿我还茫然。我天天乘黄包车上医院去打针，接连三个月，仍然不认识那条路。总而言之，在现实的社会里，我等于一个废物。……在待人接物的常识方面，我显露惊人的愚笨。"

但是另一方面，"对于色彩，音符，字眼，我极为敏感。当我弹奏钢琴时，我想象那八个音符有不同的个性，穿戴了鲜艳的衣帽携手舞蹈。我学写文章，爱用色彩浓厚，音韵铿锵的字眼，如'珠灰'、'黄昏'、'婉妙'、'splendour'、'melancholy'，因此常犯了堆砌的毛病。直到现在，我仍然爱看《聊斋志异》与俗气的巴黎时装报告，便是为了这种有吸引力的字眼。……生活的艺术，有一部分我不是不能领略。我懂得怎么看'七月巧云'，听苏格兰兵吹bagpipe[①]……"

"在没有人与人交接的场合，我充满了生命的欢悦。可是我一天不能克服这种咬啮性的小烦恼，生命是一袭华美的袍，爬满了蚤子。"

这是一个令人震惊且不安的结尾。就像一幅精美绝伦、人们争相瞻仰的名画突然被撕开了一个口子，又或者熙熙攘攘、热闹欢庆的典礼上，突然有一个孩子喊出了一声"皇帝没有穿衣服"。不同于中国传统文学一贯主张的温柔敦厚，张爱玲甫一出手，便显露出了自己的异数特质。她不屑于曲终奏雅。她不是为了世间的和谐圆

① splendour，华丽。melancholy，悲切。bagpipe，风笛。

满而来，相反，她要毫不留情地戳穿生活的假象，揭示表面和谐下隐藏的灰暗、痛苦和毁灭。《我的天才梦》是一个如此鲜明的标志。张爱玲的基本性格至此彻底完成并定型，在其后的岁月里，无论是面对时间的磨蚀，还是面对生活的重压，都再未改变。成长不是她生命的主题，张爱玲的一生，是一个关于坚守和绝不妥协的故事。她用75年的生命长度充分展示出一个人为了自己所爱的一切，究竟能够坚持、忍耐、付出到什么程度。

女生宿舍食堂是由一层的车库改建的，红色的地砖，方形的乳黄色柱子，从敞开的大门看得到外面沥青小路边上的铁栏杆，下面是一片斜坡的花园，再往山脚下去，是密集错落的城市，但从这个角度能看到的，只有栏杆外一望无垠的波光粼粼的海面。就餐时，一群女孩子围坐在长桌旁，鸟雀争食般叽叽喳喳地叫嚷着，怪不得佛郎士先生会说，3个广东女孩儿在一起就比一个班的北方学生都要吵。报刊和邮件照例都在这个时候分发。递到张爱玲手里的信件轻而薄，是从"孤岛"上海寄来的，奇怪的是地址不是妈妈姑姑的。她前后反复查看信封，一颗心蓦地提到了嗓子眼儿：是《西风》杂志社的来信。上次投稿被《大美晚报》采用，正在踌躇不知道用什么理由推掉主编的邀请时，她恰巧患上伤寒，便写了封信去，不想对方再次来信慰问，还送来一个近一人高的花篮。看着母亲将插着大丽花、菊花、剑兰的大花篮拎进来，喜悦轰隆一声涌上她的心头，脸一下就烧得绯红起来，幸亏她本来就在发烧才不大显。短笺上只是简单的祝福话语，她看过后故作淡然地递给母亲，黄素琼迅速扫了一眼后还给她。她还想再细细地看一遍，踌躇着到底还是强迫自己放下了，因为怕被母亲耻笑。可是信笺上的话早已经刀砍斧削般地刻在她的脑海里，她尽可以一遍又一遍地在心底反复回味。她母亲反常地并不着急离开，慢条斯理地收拾着房间，然后突然转过身来，不耐且突兀地说道："行了！花又不是送给你的。"你不得不承认血缘是一种奇妙的东西。可是如果一个人既无善意，同时却又能洞察你的内心，那是一件多么难堪而恐怖的事情！张爱玲直愣愣地瞪着母亲。两个人都听出这话没道理，却又都明白她母亲想表达的情绪，所以黄素琼决定不解释。记得张爱玲十五六岁时，一次看到母亲的朋友颜惠庆①写给她的信，少年意气，竟不知天高地厚，拿起来不管三七二十一地一通批评，气得黄素琼将她狠狠地训斥了一番。和胡适打过牌，和徐悲鸿、蒋碧微在巴黎一起学画，在政坛和文化界到处都有朋友……母亲交往的才都是真正的名流俊彦，她尚且不放在眼里，如今不过是一介主编写的一封短笺，就令她飘飘然起来，黄素琼看不得女儿的经不起世面。此刻，身旁并没有母亲窥伺的目光，她本可以放松下来，可张爱玲还是克制不住内心的兴奋和紧张。信拆得很慢，她的手忽然变得绵软无力，她既渴望又害怕知道信里的内容，如果对方只是遗憾地通知她没有得奖，她会多么惋惜地怀念起现在什么也不知道的时光，至少此刻，她还有希望。

信上竟然通知她获得了首奖。张爱玲的手虚飘飘地捏着信，一颗心缓慢地落下去，又被喜悦的海浪再次轻轻抛起。阳光从窗户透进来，金子似地沉甸甸铺满粉红色大理石桌面，如梦似幻，怎么都

---

① 颜惠庆（1877—1950），民国时期著名政治家。毕业于上海同文馆，后留学美国弗吉尼亚大学。曾担任驻德国、丹麦、瑞典等国公使，北京政府外交总长等职，一度官至国务总理并摄行总统职务。

让人觉得不真实。简直比彩票中了头奖还让人难以置信！她要写信告诉母亲，可是那样费时太久，她要即刻就能与人分享她的喜悦，让这幸福感变得更加实在。同学中只有来自天津的蔡师昭熟悉中文报刊，她比较年长，成熟稳重，因为经历过一些世事，所以颇能理解和同情张爱玲的窘境。果然，看过张爱玲递过来的信后，蔡师昭虽然没有多说，却由衷地替她感到高兴，立刻交给同学们一一传阅，餐桌旁霎时响起一片兴奋的议论和啧啧的赞叹声，也有人在揣测询问奖金的数目。所有同学中，大概只有蔡师昭明白，尽管张爱玲急切地需要钱，但获奖所蕴含的肯定意义远比奖金来得更加重要。

这是她最愿意写信给母亲的时期，因为总有好消息要报告，学业上的优秀成绩，包括这次获奖，她盼望这些能够让母亲重新认识自己的女儿。在一众晚辈中，黄素琼最喜欢定柱的大女儿黄家宜，不仅人长得漂亮，而且待人接物、应酬交际活络伶俐，黄素琼特意将她介绍给北大校长蒋梦麟的长子蒋仁宇，前一段在上海忙的就是她的婚事。而张爱玲最喜欢的却是舅舅家的三表姐黄家漪，姊妹群中似乎独有她缺少一副伶牙俐齿，又不善出风头，安静沉默，最易被人忽略，但一和张爱玲碰到一起，两个人却可以聊个没完没了。她一样可以舌绽莲花，妙语连珠，但是要看对象，不是所有人都可以成为她精神上的对手。虽然不想评判母亲，但张爱玲看得透母亲生活方式中的虚荣和浮华，她的自恃清高，看似高贵实则处处透着刻意的上流淑女做派，从前曾让张爱玲艳羡向往不已的，如今却渐渐地觉得不喜欢了，她甚至有些矫枉过正，事事力图反其道而行之。除了少数几次跟她抱怨外，母亲几乎绝口不提钱，怕沾染上铜臭气，失了身份，张爱玲却精打细算，锱铢必较，只要是她的，一分也不能随便失去，而且理直气壮。母亲是高雅而浪漫的，体现在生活细节上，便是处处讲究精致和品味，张爱玲对日常生活则马虎随意，同时理性得近乎无情，而且时时警告自己，要设法戒除一般知识阶层人士望之俨然的清高严肃和咬文嚼字的积习，立意从柴米油盐、肥皂、水与太阳之中去找寻最实际的人生。母亲温柔多情，仿佛为恋爱而生，总是与男人缠夹不清，张爱玲对待异性，则是疏远而寡淡的，在圣玛利亚女校的毕业年刊调查栏里，关于"最恨"一项，她写道："一个天才的女子忽然结了婚……"她有她的傲骨和志向，并且不会允许自己将它们消磨在俗常男子身上。母亲善于应酬，在交际场上长袖善舞，如沐春风，张爱玲则害怕且尽量避免与人打交道，她自嘲"夫人不言，言必有失"，人情世故她不是不懂，却不想去用，她对人群始终保持着距离，厌倦了世俗的纷乱嘈杂，她以这种鲜明的姿态斩钉截铁地拒绝被庸众侵蚀同化……可怜的母亲，从信中看到女儿恪守本分规矩，便丝毫不起疑心，依然习惯性地保持着高压训诫的姿态，丝毫不晓得女儿已经下定决心要和她分道扬镳。从童年起，她和母亲就已经动若参商，只是每次都是母亲孑然而去，这次母亲当也不会介意她的悄然远离。

可是，即使截然相反如阴阳，相克的同时不是也还能相生？

其实她能理解母亲。都说新娘子太漂亮不好，可听亲戚们说，大婚那天她母亲就比平常还要漂亮。大红色绣花袍和红裙，头上戴着金色的冠冕，上面蒙着红色的头巾，坐在花轿里，鞭炮齐鸣，鼓声震天，母亲却只感到慌乱和绝望。直到上花轿前的最后一刻，她还在想尽一切办法要悔婚。外祖母的哭泣，世俗的规矩，周围人将会有的非议和责难，这些像一条条锁链，牢牢地将她捆住，让她无处可逃。可是她多恨这一切。今天晚上，在一个完全陌生的地方，她清白无辜的身体将遭受一种无可挽回的损失，那宣告着她纯洁无瑕的少女时期的彻底结束。多年以后，当她能够以轻松调笑的口吻讥讽自己的丈夫："他也有多情的时候！哦，可那时候最叫人恶心！"谁能体会到她所经历的痛苦和煎熬。为什么说新娘子太漂亮不好？是因为太漂亮的人必定不安分？父母离婚后，张爱玲爬上无人住的顶楼，将母亲从前爱看的书籍杂志翻出来，充满渴望地探索着，寻找着母亲的气息和思想的痕迹。她不怨母亲离开这个家。圣玛利亚女校毕业年刊调查，有一项"最爱"，她填写的是"爱德华八世①"，不为别的，就只为他甘愿为一个离过婚的女人冒天下之大不韪，放弃了王位。她讨厌人们将离过婚的女人视作毫无价值。人生而自由，却无往不在枷锁之中。多少人向往自由，却在残酷的人生边上踟蹰不前，最终选择安全地隐没在家族深处，任由生命和心中的火种悄无声息地熄灭？相比之下，她钦佩母亲敢于冲破牢笼的勇气，踏着一双小脚，穿行在东西方两个截然不同的世界。她甚至能理解母亲不那么地爱孩子。说到底，她们都不是能为别人牺牲自己的人，哪怕这个人是至亲骨肉。在她自己身上，也并不拥有比母亲更多的母性，所以她凭什么要苛责？不像一般的母女关系，张爱玲甚至喜欢母亲恋爱，因为只要恋人的一通电话，就可以让黄素琼的心情变得格外好，说话的声音又软又甜，甚至会发出少女似的娇羞笑声，那时候张爱玲就也松一口气，至少有一会儿工夫，她是安

①　即著名的温莎公爵。在位时间不足一年，便因欲迎娶已经有过两次婚姻的辛普森夫人而主动退位，由其弟弟艾伯特王子继位，是为乔治六世。1937 年，乔治六世给予这位前国王兄长温莎公爵的封号。

全的，可以放心地跟着笑，可是隐隐地，她又觉得刺心，怪不得老妈子们总说："生来莫为女儿身，喜乐哭笑都由人。"果真女人就这么贱？

她现在对母亲没有过多的期望，甚至不再奢望她的爱。欠的债她愿意，也一定会还。没能长成母亲喜欢的样子，对此她一直深怀歉疚。不过无论母亲对她多么失望，她都能强烈地感受到自己身上不可抹杀的独特价值，假以时日，她也一定会证明给母亲看。

就在要写信告诉母亲获奖消息时，张爱玲忽然又收到报社寄来的全部正式获奖名单，首奖是《断了的琴弦——我的亡妻》，作者水沫……匆匆看到第十名，还是没有自己的名字，最后在"名誉奖"的第三名上才找到。稿酬比通常情况要多，但奖金却没有了。张爱玲失望的同时，也不免气恼怨愤。连一句解释的话都没有，明明都已经通知自己获奖了，这算什么？"哎！我们中国人！"她不免对自己苦笑。幸好还没有写信告诉母亲，不然不但赢不到想象中的理解尊重，还会适得其反。

再碰到蔡师昭，张爱玲讪笑着把通知单递给她，说："不是头奖。"话一出口，才发觉又是言不达意。岂止不是头奖，连二三等奖都不是。可是她不爱也不善解释，于是只一味沉默着。蔡师昭倒没注意她话里的语病，低头看完只咕哝了一句："怎么回事？"深受港大内敛克制的英国做派影响，尽管不免失望，蔡师昭脸上却没流露出任何明显的情绪，为的是怕让张爱玲难堪，没想到却令张爱玲更加难堪了。

1940年7月，《西风》征文结集出版，题目就用了《天才梦》，这越发让张爱玲耿耿于怀。

虽然错失了这次证明自己的机会，她依然不愿长久地等待。在《流言·传奇再版的话》中，张爱玲写道："出名要趁早呀！来得太晚的话，快乐也不那么痛快。"19年的生命不算长，她却压抑得太久。白日放歌须纵酒，青春作伴才好还乡。她要在最好的年华里，以最绚丽的姿态绽放。

浅水湾饭店

撑持了数千年，迟早有断裂的一天。孝道拉扯住的一代又一代，总会在某一代斩断。那种单方面的爱，每一代都对父母怀着一种宗教似的热情，却低估了自身的缺点对下一代人的影响。

——张爱玲·《易经》

暑假到了，炎樱收拾好行装准备回上海，张爱玲闻听消息，突然倒在床上大哭起来，吓了炎樱一大跳。"好了，好了，我不走了。"炎樱安慰她说，"我留下来陪你。""不用，你走吧。"张爱玲说着，依旧止不住泪水。"我回不回去都没关系，在这里我也一样快乐。"这倒是真的。炎樱是个在哪里都会让自己快乐的人，谁在她生命中都没那么重要，她和家人感情一向好，但一旦离开她也不留恋，甚至感到解脱的轻松。只是这次张爱玲让她吃惊。以张爱玲一贯的矜持、理性，从来没看到她有过什么强烈的情绪，却居然对自己的短暂离开如此悲痛，这不免让炎樱有点感动。张爱玲也知道炎樱误会了自己，却没法解释。她会想念炎樱，但却不是舍不得她，她真正舍不得的是上海。跟她的母亲姑姑也没关系。她想念的是黄浦江浩瀚的江水，旷野般的城市，密密麻麻的红的、灰的耸起的屋脊，像画一样清晰地印在苍蓝的天空上，弄堂敞开的后窗里飘出无线电中女人慵懒低缓的歌声，一下一下，轻巧地撩拨着人的神经，赤膊的车夫穿着短裮，脖子上搭着白毛巾，拉着油腻腻的黄包车，不疾不徐，悠悠地转过街角贴着大幅美女招贴画的香烟广告牌，电车吭当吭当地从两条银蛇似的轨道上轧过，混杂着许多其他声音，拍打地毯，学校下课锵锵摇铃，工匠捶着锯着，汽车马达的轰鸣，街边小贩悠长的吆喝叫卖，仿佛整个世界都在耳边回响，她多想再像离开前那样，站在露台上，向下看一眼五光十色的上海！香港太局促狭小，也太沉寂，她受不了一切太有规划，相比之下，上海就混沌得多，像七八个话匣子同时开唱，各唱各的，打成一片，在那不可解的喧嚣中，偶然有清澄的，使人心酸眼亮的一刹那，随即又被重重黑暗拥上来淹没，那才更接近现实的、丰满的人生。可惜当时她一心只渴盼着要离开，并不知道她是属于上海的。

炎樱刚在她的坚持劝说下离开，张爱玲便接到母亲的电话，她过境香港，要来学校看望女儿。"一定是姑姑把钱还给了她。"张爱玲想。尽管对母亲的感情已经不复从前，她还是再次体会到童年每次见到母亲时都会有的激动。不过兴奋之余，她也颇为遗憾，宿舍的女孩们都回家了，不然就能看到自己有个这么美丽的母亲。她心底里对母亲还抱着希望吗？以为她们之间的关系会有所改善？她也说不清楚。她太年轻，至少还做不到对一切都无动于衷。但是一见到母亲，她就明白了，一切都没有改变。

母亲只说该说的话，张爱玲除了必须说的，也尽可能地少说话。在葡萄牙嬷嬷的带领下，黄素琼匆匆地参观了校园和宿舍，在女儿寝室门口，只站着往里张望了一下，连进去的意思都没有。"真漂亮。"走完过场，尽到应尽的义务，她立刻说道，"我得走了。"她为什么会以为母亲真的想见到自己？会关心自己在这里孤不孤单，开不开心？她想起婴儿时早起就被女佣抱上母亲的大铜床背诗，背对了就可以吃块绿豆糕。晨起的母亲总是不快乐的、忧郁的，拥被靠在床头，蹙着眉头，有些心不在焉。她在床上爬来爬去，被青锦被下那两条瘦骨嶙峋的腿硌得生疼。她忘不了母亲的那种眼神，人在，但心却不在。母亲那么美丽聪慧，应该得到自己希冀的幸福。长大后，她甚至认为那里面也有自己的错。至少，她不该拖累母亲。她不要成为负担。她愿意放母亲到她希望的地方去，而不是困在这种不尴不尬的关系中，彼此憎厌。

母亲今天的衣着很朴素，一袭青绿色衬衫，下配白色长裤，消瘦得有些憔悴。张爱玲和嬷嬷一起送她沿着阶梯往下走，不时停下来看四周宁谧沉静的大海。嬷嬷和黄素琼有一搭没一搭地说着话，礼貌中透着冷淡，凡是家长来访，看着又不像能出钱赞助的，她都待之以这种态度。母亲的侧脸让张爱玲一震。倒说不出有什么太明显的变化，面部皮肤紧致细腻，眼神专注深邃，妆容也依旧精致妩媚，果然东方人更抗老，尽管如此，岁月还是在她身上显现出了第四十个年头的痕迹，从脖颈到嘴部，再到面颊，随着青春的抽离，仿佛正在经历一场无声而缓慢的毁坏，让人触目惊心。张爱玲忽然想起幼年在母亲的英文字典中翻到的那枚玫瑰花瓣。"在英国湖边捡的。好漂亮的深红色玫瑰，那天我记得好清楚。看，人也一样，今天美丽，明天就老了。人生就像这样。"听着母亲的话，小煐的眼泪一下就滚了下来。黄素琼转向小魁道："看，姐姐哭了。不是为了吃不到糖而哭的。这种事才值得哭。"她听了母亲的夸赞，心里一高兴，眼里就干了，倒弄得她很尴尬。那时候，母亲还是爱她的，对她还抱有各种期望。可是她们都回不去了。

"三婶住在哪里？"走到台阶底下，张爱玲问道。

"浅水湾饭店。"

早就听说浅水湾饭店是全香港最贵的饭店。她简直不敢去看嬷嬷脸上的表情。因为知道她穷，学习又极优异，嬷嬷们破格准许她暑假免费住到修道院里，过些天才搬过去，交换条件是她要帮校方修改文章。倒像她在故意蹭学校的便宜。

"明天来看我。先打电话来。"黄素琼毫无察觉，告诉了女儿房间号码后，又道："我得走了。"担心两人坚持送下去，她踌躇一下，方才补充道："底下有车子等我。"嬷嬷面无表情地道过再见，便回身上了台阶。为免与嬷嬷同行，张爱玲特意在原地站了一会儿。她实在窘得无地自容。

此后几乎每天午后她都乘浅水湾巴士到母亲那里去吃下午茶，得知宿舍假期里只有冷水，母亲便让她顺便在这里洗个热水澡。她又像逃离父亲的家之前那样，变成了母亲这里的一位小客人。母亲也尽心地招待她。这似乎是她们之间唯一能够相安无事的相处模式。因为要求不多，张爱玲对此倒很满意，当然她并不敢大意。在母亲面前，她总是格外小心，手里举着雅典娜的盾牌，随时准备着抵挡来自母亲的唇枪舌剑。她自己也意识到这种戒备和拘谨，因而越发显得僵硬。母亲把一切都看在眼里，却佯作一无所知，不露痕迹地掩藏起自己的气恼和伤心。上海的日常生活情景落在朋友们的眼里，已经有人在背后悄悄地劝过黄素琼："对孩子天天骂也不好。"

她努力尝试着想要去改变。

听母亲聊完亲戚们的情况，又依照她的吩咐洗了个澡，揣摸着到了该告辞的时候，张爱玲便起身说要回去。黄素琼道："还有时间到外边走走。这儿的花园非常好，等我换个衣服，带你去看。"

酒店过道里的地毯又厚又软，将脚步声都吸了进去。正是落日时分，一抹残阳斜照在阳台的紫藤花架上，下了宽宽的台阶，两边苍郁的灌木丛夹着一条碎石小径，这就是花园吗？好像不像。尽管满腹狐疑，张爱玲却并不开口询问。多说多错，她还是少开口的妙。小径上渺无人迹，只有她和母亲并排慢慢走着。近晚的树木吐出清凉的气息，多少消解了些白日的燠热。两侧更高的还有些参天大树，上面开着一蓬蓬的红色小花，英国人叫它"野火花"，一路摧枯拉朽地烧过去，连紫蓝色的天空似乎都被它烧红了，再往远去，是高耸着的很容易让人联想起地老天荒一类词的黄土崖、红土崖，她来时路上看到的。香港的一切都犯冲而刺激，浓烈到化不开，连一不小心栽个跟头，也让人担心会比别处更痛些。

"我要先到加尔各答。为了你的原故，我也得想着赚点钱了。"欧战已经爆发，张爱玲早就猜想到她母亲不可能再到欧洲，却没想到是去印度，而且居然想着要跑单帮做生意。很难把她母亲和这种事联系在一起。在她印象里，那都是一些在社会中摸爬滚打惯了的人，经验老到，携带着各种走私品，一路赔笑行贿，软磨硬泡地闯关过卡，虽然如此，仍常免不了受辱挨打。她母亲旁边当然会有朋友提点着，可是一个新手总难免会有风险吧？她对做生意一窍不通，一想都不免头痛。

也许是这一段的独立生活，也许是此刻少有的闲适氛围给了她勇气，张爱玲终于下定决心不再敷衍，她要说出自己内心最真实的想法，没准这会成为她和母亲互相了解的开始："我一直非常难受，花了三姊这么多钱。我不该带累了三姊——不用在意我，葬送了这么多年，不值得。"

为了不使自己的言语显得突兀，她脸上一直努力挂着笑容，但黄素琼显然还是吃了一惊。她脚步不停，也不转头看女儿，过了半晌方才说道："我不喜欢你这样说。好像我是另一等人，更有权利活着。我这辈子是完了。现在才明白女人靠自己太难了。年纪一大，没有人对你真心实意。"

她想解决的是和母亲的关系，母亲却用一句话就截住了她，并将话题转到了自己身上。一扇门还没来得及打开，就已经关上了。她进不到母亲心里去，从小就是这样。母亲的话也让她吃惊。原来再坚强再独立的女人也有脆弱的时候！即使时光再倒退个五六年，她敢肯定母亲都不会这样想。可见没有人经得住岁月的摧残，逃得出人性的罗网。她们默默地向前走着。夕阳坠下林梢，光线变暗，周围的一切也渐渐变得模糊。

"我有个朋友总是说：'你应当有人照应你，你太不为自己着想了。'我就是不听他的。"她母亲显然意犹未尽，"我以前看不起钱，不管为了钱怎样受憋。不是没有人要给我钱。就拿你舅舅来说，只要我愿意，可以拿走他所有的钱。你可不准跟别人说去。你舅舅其实是抱来的。"

原来他爸妈是逃荒的，孩子生下没几天，就被家里的女佣买了下来。族人日夜监视着宅子，进出都要仔细搜查。女佣把孩子放在篮子里，上头摆上几层糕，又盖上块布。布被掀起来查看时，女佣的心都要跳出来了。只要被人看出端倪，或是孩子哭出一声，她们恐怕谁都甭想活。她长得白净齐整，相貌出挑，平时不少男人觊觎她的姿色，她都爱搭不理，这时守卫中有人跟她打情骂俏，却立刻被她当作了救命稻草。一番讥骂笑谑之后，她终于提着篮子走进了院子。孩子这半天一声没出，难不成是闷死了吧？尽管满腹狐疑，她却不敢稍露迟疑，强作镇定地往前走。墙上、院里到处都是看守的族人，只要有一个人动了疑心，她就在劫难逃。进屋后关门闭户，女人们赶忙把上面的糕拿开，却看见孩子在篮子里睡得分外香甜。是他命中该当做少爷。女佣立了大功，自然受到厚赏，就连老太太临终前还特意叮嘱要对她另眼看待。

"舅舅自己知道吗？"

"不知道，始终瞒着他。"

"真像京戏狸猫换太子呢！"

女儿语气中的兴奋让黄素琼警觉起来，她忽然后悔说出了真相。"你可不要去跟你舅舅打官司，争家产。"

张爱玲还沉浸在充满传奇性的故事里，没有醒过来，这时不免吃了一惊："怎么会？我不会的。"她奇怪母亲怎么会说出这么荒唐的话来。退一万步来说，真的要因为这个争家产，那也是母亲的事，哪里轮得到她来出头说话？何况她在心底早已划清界限，母亲的，和她没有关系。母亲自己不是也一直这样希望着吗？爱，这个在张爱玲生命中占有超常分量的词，在母亲那儿却显得无足轻重，她并不介意子女爱不爱她。不同于一般父母，她甚至并不期望未来的回报，她要的，只是如何避免现阶段的麻烦。

黄素琼仍然不放心："我知道你很看重钱。"

从打听说"拜金主义"这个名词后，张爱玲就一直旗帜鲜明地声称自己是个"拜金主义者"，但母亲这样说，还是让她感觉受到了侮辱。她勉强笑着解释道："是要赚钱，不是跟自己人拿。"她能说她那样急迫地想要赚钱独立，归根结底是因为不愿再受母亲的施舍恩惠吗？君子爱财，取之有道，那和谋求非分之财完全是两回事。

可惜母亲还是不信："你知道他不是自己人了。"

"可他还是我舅舅。"

"我也只是提醒你一声。你们张家！连自己兄弟姐妹还打官司呢。你三叔和姑姑就是现成的例子。"

"那是两样。他们是要报复二爷。"

"我不过这么说说，谁知道呢？说不定将来哪一天真给钱逼急了。"

张爱玲抗声道："我再穷也不想拿舅舅的东西。"虽然依旧努力笑着，可那笑容仿佛枝头熟透的果实，沉甸甸地往下坠，马上就要挂不住了。

"我也只是说说。"察觉到女儿的抵触情绪，她母亲也不悦地道。

两个人都不再说话，隔膜和疏离如同这沉重的暮色一样，在她们之间弥漫。

从浅水湾饭店回到学校时，天已经黑下来了，一轮圆月兜天泻下银光，人便沐浴在月光的河里，四周花木森森，鸟啼虫鸣，越发衬得偌大的校园寂静得怕人。她抄近路穿过校园，爬上宿舍的石阶，按响门铃，这才松了口气，转过头去，从容地眺望着黑沉沉的海面。对面九龙突然射过来一道强光，打在脸上，吓了她一跳，旋即明白过来那是隔海打过来的探照灯。

内地来的同学中有人喜欢看报，天天关注战事，炎樱和张爱玲照例都不热衷。炎樱虽然是锡兰人，却也像很多内地学生一样，懂得明哲保身，不涉政治。偶尔一次女孩间因为拥蒋挺汪发生纷争，几至操戈，事后张爱玲跟她说起来，她也只是淡淡地道："我对这些事没兴趣。"脸上的神情更是高深莫测。张爱玲见状只好作罢。除了知道汪精卫是个亲日派的大人物，提倡什么"和平运动"，其他张爱玲也不求甚解。铿锵严肃的文字不适合她的胃口，相比之下，反而是报纸上的电影广告、随便轻松的谈天说地以及描写普通人生活的小品杂文更吸引她。她有她独特的人生观。时代的锣鼓震耳喧天，却终究会沉寂下去，变成一片模糊而遥远的背景，到那时，一切从前被压制住的人生百态、浮世悲欢才会慢慢浮现上来，变成浮雕上凸起的醒目图案。她要从短暂中去探寻永恒，而千百年来，能够穿越一切时代屹立不倒、常说常新的，唯有人性。三道光束时而相互交叉在一起，时而迅速分开，除了它所泄露出的一丝异样的警惕，香港当时的日常生活仍是一切照旧，感受不到任何战争的气息。

宿舍的门打开了，嬷嬷告诉她晚饭给她留在餐室里。谢过嬷嬷后，她试探着走下台阶，刚被强光照射过，她的眼睛一时还不能适应室内的光线。"回来。"嬷嬷突然想起什么，低头从上衣里取出一封信来，递给她。是一封挂号信，厚厚一沓，信封上面写着潦草的英文，又是陌生的笔迹。谁会寄封英文信给她？里面看样子不是巴掌大的小书，就是本字典，一个陌生人，干吗要寄这种东西给她？这样神秘充满刺激性，倒像电影里才会有的情节。进入餐室，一眼看到餐桌上倒扣着的汤盘，她来不及坐下，便性急慌忙地拆开信封。

信封封口居然有一半没有粘住，可见寄信的人随性且马虎。很容易地撕开来，里面是厚厚一叠破旧且有味道的小额钞票，随便用一个橡皮筋捆着，还有一张信纸。信上说，听说她申请奖学金没有得到，但以她的成绩，明年一定可以拿到奖学金，用以支付毕业前的学杂费住宿费，但在此之前，请容许他先给她一个小奖学金，省俭一些可以撑到明年夏季。他不要感谢，只希望她不要客气。又鼓励她说，只要保持目前的成绩，他相信她毕业时可以拿到牛津大学的研究生奖学金。落款是：真诚的佛郎士。她早就应该认出来的，虽然他在黑板上的板书显然比这要工整些。她用冰冷僵硬的手指数着钞票，连数了两次，确认是800块，然后倚靠着长桌，将信读了又读，世界上最美、最动听的音乐都比不过它。她拉出椅子坐下，准备吃饭，结果却捧着倒扣着的微温的汤碗一动不动。她知道佛郎士的薪水并不高，与校长相处得不大好，早就该升教授了，却一直都升不上去。女学生们背后议论起来，都说佛郎士是个怪人，据说他和一位同事去广东时，曾经造访过一座著名的尼姑庵，庵里的女尼其实是高级妓女，最关键的是他思维行事常常不合常理……可张爱玲知道不是那样。他只是不在乎世俗的观念，其实做事自有分寸，也有思想。比如这次，他为什么不寄张支票，却不嫌费事，凑了这么一厚沓的钞票？支票需要兑换，他是怕传出去有人说闲话，他虽然不在乎别人的看法，可她毕竟是个年轻女孩子，没必要连累她承受别人的闲言碎语。既然有此顾虑，他为什么不在信里叮嘱她保密，像她母亲那样，每次告诉她些话，却又千叮咛万嘱咐地让她别说出去？那是出于对她的信任，也是因为他内心光明正大。她在人前一向话少，她很好奇，他在自己身上到底看出了什么，才愿意这样诚心诚意地帮助她？她又想到那封信，放着这么一大沓钱，却连封口都没有粘牢，可见他是多么地相信人性之善，那在她，却是一种完全陌生的温暖。

她竭力克制着内心的激动。嬷嬷是个精明的人，看到她的样子一定会猜到是因为这封信的缘故，她不能辜负了佛郎士想要帮助她的良好初衷。她忘记了和母亲之间的不快，急切地想要和她分享这个好消息。给母亲打电话吗？不能。这件事对于她来说有着非比寻常的意义，她不能在电话上随便去谈。幸好隔天下午黄素琼叫她过去。

"我们历史课的先生给了我这封信。"一见面，张爱玲就急忙将信递上去，脸上却故意摆出一副淡然的样子。

趁着母亲读信的功夫，她将昨夜小心包在钱外的报纸拆开，将钱拿了出来。"他送我 800 块的奖学金。"

"怪了！"黄素琼说，"有这种奖学金吗？他为什么自己掏钱出来？"

"没有。他是觉得明年我会拿到奖学金，但这是他自己的钱。"

"不能拿人家的钱。"黄素琼说，轻声笑了笑，很不好意思的样子。

"这是两样。他只是想帮助穷学生。"张爱玲有点着急地说。

"就这样拿人家的钱怎么成？"

"这是他的一片心意。"张爱玲越发着急起来，不知道怎样说才能让母亲明白，也生怕她会逼自己还回去，那样连佛郎士都会尴尬。"他连谢都不要的。"

见母亲不再言语，张爱玲故作随便地将钱放在桌上，不再看一眼，尽管内心一个急促的声音在不停地催促她："存起来！快把钱存起来！"这是这世上最珍贵的一笔钱，饱含着对她的肯定，世界上的其他任何钱都不能跟它相比，那让她找到了在人类中的位置，可她不能让母亲觉得她见不得钱似的。

她来时母亲正在收拾行李箱，是她从小就熟悉的场景，合上箱子提起就可以离开。这时见母亲又去埋头收拾那些她钟爱的精致玩意儿，张爱玲方始安下心来，看样子至少这会儿她不会再提还钱的事。果然，黄素琼再开口换了话题。

"来，你也帮着点儿。那边那个拿过来。"

张爱玲转头正在寻找。黄素琼满腹狐疑，觉得这笔钱来得蹊跷，鉴于女儿过于敏感自尊的个性，又不能深究，一抬眼，看到女儿迟钝笨拙的样子，不由得一下子腾地火起，怒声道："是另一个。就在你眼前！"说完不等女儿反应过来，便快步走过去，自己噌地抢先拿在手里。

母亲嫌恶她。别人刚刚肯定过她，母亲却嫌恶她。他人眼里的她的优点，并不能改变母亲的态度，她们之间的积怨再次浮现上来。张爱玲索性站在一边，做出随时可供差遣的样子，实际却不再插手。既然动辄得咎，那么什么都不做她母亲总挑不出什么错来。黄素琼尽管生气，却仍然强捺着性子示范道："最要紧是要把缝隙填得瓷实。看见了没？才不会颠一颠就松了，压坏了。"

"那是皮子吗？"张爱玲故意挑她母亲会感兴趣的话题问道，试图缓解一下气氛。

"是蜥蜴皮。"黄素琼高兴地将皮子举起来，"比鳄鱼皮便宜，颜色漂亮，做皮包皮鞋都好看。"

一个问，一个答，一切不愉快仿佛都过去了。她们之间只适合进行这种琐碎的、毫无意义的对话。

第二天张爱玲再去，母亲正在和同行的朋友谈论昨晚的麻将局。打到很晚，其他人都赢，只有母亲一个人不停地输。张爱玲一心只惦记着佛郎士赠她的那笔奖学金，又怕提起母亲会要她还，又着急想写封信去向佛郎士道谢，再耽搁下去，不但失礼，还会让他以为钱寄丢了，心下正自纠结，恍惚听到那朋友问母亲道："你到底输了多少？"黄素琼稍做迟疑，随即漫不经心又带点挑战口吻地道："800块。"然后便又岔开话题，聊到别的事情上去。直到回程路上，坐在巴士车上，张爱玲细细回味，方才恍然大悟，轰然若失。她还在为母亲没再提还钱的事而庆幸，殊不知那笔钱已经不在了。这样珍贵的一笔钱，就这样被母亲在麻将桌上随随便便输给了别人，她拿什么脸再去见佛郎士先生？可是孝道捆绑下的一代又一代，父母做什么自然都是对的。她现在才明白过来母亲那挑战口吻的意味，她为自己花的钱远不止那800块。想来她母亲也不是诚心的，但结果如此，只能说造化弄人。考虑到母亲花在她身上的钱，那八百块不过是九牛一毛，所以母亲没有理由自责内疚。除掉温情脉脉的亲情面纱，原来有些父母不过是长期的债主，用早期的一点付出来霸占、侵蚀孩子的整个人生。她父母其实还不算厉害的，她知道。一条漫长的路终于走到尽头，终点漆黑一片，看不到点滴星光。

第二天，张爱玲照例打电话给母亲，不过告诉她自己要在学校修改文章，不能过去浅水湾饭店。她再过去是一周后。

离开前她正在洗澡，她母亲突然砰地闯进来，从镜子前的玻璃架上拿了样东西，转过头来，却细细地打量她的身体。张爱玲本能地想要拿毛巾遮掩住身体，却没有动。她母亲会怎样笑她，扭扭捏捏？假正经？她僵在那里，羞愧而愤怒。在母亲甩门出去后，裸露身体的耻辱感还令她控制不住地打着冷颤。

再没心思洗下去，她慢慢地刷洗浴缸，慢慢地想。她母亲到底想从她身体上看出什么？联想起老辈人闲话时说有很多办法分辨出一个女孩子是不是处女，她的脸蓦地红了。她母亲认为她将肉体给了历史老师，换来的那800元钱！反正她自己的事永远是美丽高尚的，别人的无论什么就马上想到最坏的方面去。她和父亲一样，自己对子女尚且做不到毫无私心地慷慨解囊，当然不相信别人会纯粹出于欣赏而援之以手。张爱玲努力克制着内心的愤怒，却还是无可避免地将愤怒写在了脸上。也好，应该让她母亲看一看。没想到母亲连正眼都没瞧她。

这是一个无比漫长而烦闷的夏季，季风在太平洋上嘶吼盘旋，带来仿佛永远也下不完的雨水。空气中异常潮湿，人身上总是汗津津的，家家户户关门闭窗，几个月下来室内依然到处充斥着挥之不去的浓烈霉味。好容易晴了天，又被酷烈的阳光炙烤着，空气中感觉不到一丝风的拂动，连树叶都无精打采地耷拉下脑袋，太阳灼灼，高悬于天，无动于衷地看着人们徒劳无益地挣扎着，无处可逃。张爱玲故意找寻各种借口，放慢了去浅水湾饭店的频率，却还是得去。按理说，她和母亲之间已经完了，在她再也拿不回那800元钱的时候她就知道了，她们之间理应变得糟糕，其实也并没有。至少表面上看，一切照旧。

"告诉你，有桩怪事。有人动过我的东西。"一天下午吃茶，母亲突然低声说道，是她这类情况下一贯的神秘口吻。

"什么？"女儿喊起来，很庆幸有这么个机会可以表示同情，只是略显夸张了点，母亲倒没注意。

房间里的物品和行李都被人动过，又小心地放回原处，什么也没有丢。看样子不是贼，而是警察。张爱玲这才醒悟，这是战时，母亲游走于世界各地，又和众多男人有瓜葛，也许是因为这个有了嫌疑？单纯的风流韵事被警方当成了美色和情报的交换，这也不是没有可能。

"饭店不肯帮忙？"她迟疑地问，对现实缺乏经验认识，连她勇敢利落的母亲如今都一筹莫展，她生怕因为无知再问错了话。

"我没张扬，惊动了饭店也不中用。"她母亲说，"我没跟别人讲还有个原因，这里道人长短的人太多了。我这两天心里七上八下，没有个人可以商量，你连个消息都没有。怪事一桩接着一桩，连你都有点改常。我还想是不是哪里做错了，你每次什么做错了我总说你，不像你姑姑那么客气，随你自己爱怎么样就怎么样，横是她也不在乎。"

刚刚挨近的两条小船又被海浪推开了，虽然一早就知道它们不在一条航线上。张爱玲不知道该如何开口，只得沉默着。

在漫长的等待之后，黄素琼终于再次艰难地开口，声音略有些沙哑。"比方说有人帮了你，我觉得你心里应该要有点感觉，即使他是个陌生人。"

来了，终于来了。可你不是陌生人。是陌生人我会很感激，女儿心里想，陌生人跟我一点都不相干。

"我是真的感激，三婶。"女儿带笑说，"我说过我心里一直过意不去。现在说是空口说白话，可是我会把钱都还你的。"

"我不要你的钱。"母亲蓦地提高了嗓门，"我不在乎钱。就连现在这么拮据，我也从没想过投资在你身上，希望能——能将来有一天靠你养活。可是只要是人，对那些帮过你的人就会有份心意。想想过去我对我妈，并没有哪里做错了，不应该有这样的报应。"

可怜的母亲，意识不到女儿缄默外表下隐藏着怎样的对于爱的呼唤，看不出坚硬的外壳只是少女隐藏和保护自己可怜的自尊心的最后手段，唯有真诚的肯定，温暖的拥抱，才可以慢慢地将它消融瓦解。既然从女儿冷酷外表中体会到的只有疏远和敌意，伤心气恼的她于是采用了天下父母在此时通常都会采用的错误方式，妄想通过数落指责唤醒女儿的良心。殊不知少年的心灵远比成年人的柔软而敏感，对于罪恶也更能自惭，早在开纳公寓阳台顶上为了是否要用死亡结束自己的痛苦而彷徨的时刻，张爱玲就已经更为强烈地谴责过自己对于母亲的忘恩负义。不，她从来没有忘记过母亲的牺牲和付出，但那在她心中唤起的只有负罪感，而不是爱。在和母亲的关系中，她始终是弱小的、被动的且被压制的一方，决定她们之间关系的，是母亲，不是她。得到的，她会回报，但在这段关系中，她无法，也没有能力去给予她从来没有得到过的东西。所以她不为所动。

"哎唷！"母亲越发伤心起来，"我真是奇怪上辈子欠了什么债，到现在还不了。我以为吃的苦头够多了，还是一件事接一件事的来。连你也这个样子！为什么？跟我还有什么不能说的，虎毒不食子啊！"

女儿心里发慌，却还是固执地不开口。母亲总爱跟人讲她做的各种梦。前些天她跟朋友说，她梦到浴室里到处都是血，地上、墙上、水管上，到处都是，揩也揩不净，她在门后找到一个褐色纸包，可是不敢打开，一转头，看到小煐站在门口，脸上硬邦邦的，毫无表情。说的人，听的人，都觉得瘆得慌。母亲纳罕那褐色纸包里是什么东西，可张爱玲一听就明白了，是那 800 元钱。母亲潜意识里以为女儿会为了那 800 元钱杀了她！主客说得欢，张爱玲在旁边毫无表情地听着，心里却在翻腾着抗议。不是那样！她从来没有想过母亲死。她唯一的愿望，就是摆脱这种纠缠痛苦的关系，走得远远的，一个人清醒正常地活着。

母亲想破头，找到最后一个理由："你姑姑也不知道怎么跟你说我的。"

这回张爱玲终于有了话回答："姑姑什么也没说。"不仅是为了维护姑姑，这是事实。

"我倒不是有事瞒着你不让你知道。有些事你太年轻，说了也不懂。你是知道的，我向来就相信爱情和肉体完全是两回事。只要发生了肉体关系，就完了。我不要，是别人想要，是他们逼我的。"

母亲边说边痛哭起来。如雷轰顶，张爱玲的脑中混沌一片。从打她小时起，母亲就一直把贞洁挂在嘴边，女儿也深信不疑。也不是一丝疑虑都没有，只是从来没有深想过，也或者是她潜意识里根本就拒绝去猜想。从前在上海和母亲同住时，聚会上母亲和某位男士间暧昧的神情，夏日她从屋顶阳台返回时，一眼瞥到匆忙间还没来得及完全抻平的床单……可是不是这样。她不会去裁判母亲。即使此刻明白过来母亲的意思，她感到的也只是震惊，而不是谴责。当年父母离婚她尚且站在母亲这一边，现在她怎会转而扮出一副卫道士的面孔，要求母亲忠于谁？用不了多久，成年的她就会充分了解这个世界的冷漠和残酷。虽然她将奋力用自己的天才敲开世界的大门，但转瞬还是会被时代的巨浪湮没。何况大多数女性并没有她这样的幸运，她们一无所长，只能在不同时期依附于不同的异性来生存。在这个以男性为主宰的世界里，她们注定是弱者，除非她们愿意贡献出肉体和姿色，否则不会有人对她们报以同情，或假以辞色。可是奴性和卑怯使然，弱者对强者从来都只能俯首帖耳，然后转而向比自己更弱者释放怨恨，展现专横。对男性的争夺，本质上就是对资源的争夺，在这一点上，所有女人都是同行。见惯了女人间的嫉妒倾轧，她绝不会再被被愚弄下的狭隘和阴暗所蒙蔽，陷入同性厮杀的泥淖，所以即使同为女性，她对母亲也永远有一份最基本的了解和同情。

可是怎样才能跟母亲解释清楚呢？她们已经渐行渐远太久，如何才能在人生的路上再次相遇？在母女关系的掩盖之下，她们又该如何来面对两颗灵魂的疏远和陌生？如果她说不是那么回事，那又该是怎么回事？戳破真相，告诉母亲，因为她不喜欢自己，自己也不喜欢她？然后陷入无止境的辩解、纷争，互相指责，委屈、伤心……直至心灰意冷。不，不。与其那样，还不如停留在此刻的误会当中。毕竟是中国人，母亲会认为女儿不接受自己在两性关系上的随便是理所当然，就像《红字》中的海斯特·白兰①，被认定，也自认为是一个罪人，可心中依然拥有一份美丽和尊严。从来人心间

①　霍桑长篇小说《红字》中的女主人公，与牧师丁梅斯代尔相爱并生下女儿。为了保护丁梅斯代尔，她不肯透露孩子父亲的名字，作为惩罚，她被判永远戴上代表"通奸"的红色"A"字。

的距离就比星球之间还要遥远，既然一切努力注定都是徒劳，那就让她永远这样误会下去吧。所以尽管痛恨受到误解，渴望能说："我不是那样的，我不会裁判你，你并没有做错什么，只是有时候对我错了，而那是因为我们不应该在一起。"张爱玲还是咬紧牙关，忍受着母亲的哭泣，无比难堪地沉默着。

一刻长似百年。真希望这一刻能赶快过去，永不再来！告诉她真话？她那么聪明，也许会懂。不能再这么下去，说点什么吧，即使是最无意义的话，只要能把两人从当前的难堪和痛苦中拉出去就行。可是她们都被过去圈禁石化了，无法开口，房间里回荡着母亲毫无顾忌的呜咽声，大张开的嘴在窄小的脸上显得尤其突兀而醒目。天哪！张爱玲终于忍无可忍，突然站起身来，不顾一切地冲出了房间，迎面差点撞上一个高托着银盘的仆欧。慢下来，慢下来！心里一个声音在不停地提醒她。不然看到的人会怎么想？可是冲动之下，她根本收不住脚。一辈子从来没有见过那么长的长廊，就像一个醒不过来的噩梦。

直到冲到开豁的天空之下，她才松了一口气。又是落日时分，天边铺洒着一道残红，一群倦鸟正在归巢。她走向巴士车站。母亲房间里肯定已经暗下来了。她在做什么？继续痛哭？还是走进浴室去洗脸？不过她知道母亲不会开灯，因为只有黑暗才可以隐藏痛苦。她心里惦念着，想回去看一看，但理智提醒她不要。好容易才逃出来，她回去又能做什么？同样地手足无措，只会将事情搞得更糟。就让一切这样结束吧，然后慢慢地过去。没有人会愿意再提起，她不会，母亲也不会。

隔天她硬着头皮打过电话去，果然母亲那边一切如常，就像什么也没发生过一样，她也就还是照常过去。两个人现在都怕单独相处，所幸母亲那里总是朋友不断，那是她最喜欢的生活方式，被男人爱慕，被女人——哪怕是她不看重也不喜欢的——簇拥围绕，女儿也依旧像往常一样，安静地坐在一边，听着她们闲谈。只要有第三者在场，她们就可以避免正视彼此的尴尬。

母亲突然被带走是几天后。一天清早张爱玲被嬷嬷叫醒去接电话，以为是母亲，意外地，电话里竟然是一个陌生男人的声音，而且说的是英语。

在确认她的身份之后，对方说道："这里是警察总署。今早能请你过来一趟吗，张小姐？有些事情要请教。"

"什么事啊？"虽然立刻意识到了与母亲有关，她还是故意问道。大脑里一片空白，但人却变得异常镇静。事关重大，她不能犯错。

"只是例行的调查。你是上海来的吧？你母亲到这儿来看你？"

果然猜对了。"是的。"她说，声音单纯而无辜，仿佛对一切一无所知。

越笨越好，她想。这些警察阅人无数，整天与罪犯斗智斗勇，即使不说目光如炬，明察秋毫，至少也老辣得很，在他们面前耍聪明无异于班门弄斧，她的笨拙恰恰成为一种最好的保护色，而学生的身份更容易增加可信度。谁会怀疑一个一脸诚挚，对世事拙于应对，单纯得像张白纸的女学生？联想起她母亲一贯对她笨拙的气恼厌憎，她不由得想窃笑。万物有道，谁说笨就没用？可惜不能说给她母亲，不然该多有趣。

对方在详细地告诉了她乘车路线后，方才挂上电话。她立刻打给母亲，想要知道自己在被问讯时需要特别注意些什么。这么早，出乎意料地，她母亲竟然不在。

她的对面坐着两个警察。一个是队长，另一个警员在低头做笔记。毕竟是学生，他们对她倒很客气，特意申明只是问几个问题，又给她倒了茶。

"你父亲多大年纪？""你母亲呢？"她一一作答。是故意让她放松下来吗？还是通过这些无关紧要的问题测试一下她会不会说谎？她有点恐慌，同时平生第一次被平白无故地召进警察局，这样充满戏剧性的情景所蕴含的荒诞感又让她想笑，仿佛事过境迁后她正向某个人——当然不可能是她母亲——可能是炎樱，也可能是姑姑，忍俊不禁地描述着当时的情形。

问到母亲上海的朋友，她开始变得谨慎，生怕牵扯到不必要的人。

"你认识李国杰吗？"

张爱玲一怔："是我表舅爷。"

"他同你母亲什么关系？"

"他是我父亲的表哥。"

"你母亲跟他很熟？"

"不是，她只见过他几次。"

对方语气肯定地道："她一定跟他很熟。不是她设法筹钱救他出来吗？"

"不是，那是我姑姑。"

"可是钱是你母亲的。"①

张爱玲的心一沉。怎么连这个都知道？除了母亲姑姑和琛表哥，她恐怕是唯一知道这件事情的人，那还是因为有一次母亲急怒之下说漏了嘴，可这些警察怎么会连这么私密的事情都知道？看来事情没有她想象的那么简单，也没有那么容易应付过去。"那是我姑姑跟她借的。"

她突然感到口干舌燥，端起茶杯喝了一口。队长不动声色，一直低头做笔记的警员鹰隼般的眼睛这时刷地落在她的手和脸上。她这才醒悟过来，也恨自己太稚嫩，这么轻易地就暴露出了内心的紧张。

问题依然围绕着李国杰在打转，张爱玲忽然想起姑姑说过日本人曾经请表舅爷出山的事情，难不成母亲是因为这层关系才有了嫌疑？

"李国杰是什么时候遭到暗杀的？"

"我不记得了。——大概 1938 年吧。"

"他始终没把钱还给你母亲？"

"借钱的事只有我母亲和姑姑知道。"

话说完她忽然惊醒过来，这岂不是将火引到了姑姑身上，她为什么要这么奋不顾身地帮助表舅爷？为了消除姑姑身上的嫌疑，也为了取信于警察，她主动说出了姑姑和琛表哥的恋情，这样一来，姑姑的行为动机就变得合情合理了。"所以我姑姑就偷偷地拿了我母亲的钱。"

---

① 对话内容引自《易经》第 128~129 页，略有改动。

148

警察并没过多追问张茂渊，他们的注意力还是集中在黄素琼身上。"可是她们还是朋友？"

"只是表面上。"

"她们还是住在一起。"

"那是为了省钱。"

"你母亲经济拮据吗？"

"是的。"

"她现在有钱了？"

"不算有钱。"

对方依旧步步紧逼："可她住的是浅水湾饭店，一个多月了。"

张爱玲吸了口气，越发谨慎小心，一心一意提防着不要说错什么话，给母亲添麻烦，或是引得她日后大怒。"可能是我姑姑还她钱了。"

"你不知道确切原因？"

"我没问。"

"你对你母亲的事好像知道得很少。"

"我们尊重彼此的私生活。"

"这在中国家庭很不寻常吧？"[1]

怎样才能说清她和母亲的关系呢？那里面的故事太长太长，千丝万缕。而且又怎么能说给外人？张爱玲正尴尬着，不知该如何作答，低头做笔迹的警员突然冷不丁插嘴道："她们母女好几年见不上一次。"那队长闻言不再追问下去。明明是替她解了围，张爱玲

---

[1] 对话内容引自《易经》第130~131页，略有改动。

心里却越发惴惴不安起来。在他们面前,她就像一本翻开的书,还有什么是他们不知道的?那种赤裸裸的毫无防护的感觉让她战战兢兢,如履薄冰。她也并不感激涕零。熟读的帮会小说里就有这样的情节,两个人搭档,一个唱红脸,一个唱白脸,一个负责穷追猛打,另一个则表现得通情达理。在一连串的重压胁迫之下,候着对方心理濒临崩溃,唱红脸的便拿捏好时机登场,态度亲切,言语温和,对受害人充满理解,甚至不惜为其对抗自己的同伴。在恐惧、软弱、感动等情感的交互作用之下,受害人的心理彻底崩盘,将在单纯的威逼之下并不容易吐露的真情和盘托出。现在队长就是白脸,警员扮的就是红脸,这个骗不了她。果然队长倒身向后,让位给警员接着盘诘。

"你认不认识你母亲的日本朋友?"

"她不认识日本人。她讨厌日本人。"

"倒不讨厌德国人?"

"她不认识德国人。"

"那你知道伊梅霍森医生吗?"

这个名字让张爱玲的心脏又是猛地一跳。"他是我的医生。"

"他常到你家里来吗?"

"不。只有我生病那次,我得了伤寒。"

"他的全名叫什么?"

"不知道。"[1]

她突然发现只有说实话才最省力,因为无懈可击,当然前提是

---

[1] 对话内容引自《易经》第 131 页。

要适度，知道哪些该说哪些不该说。队长再次上场，又问了些问题，好容易合上本子，说："谢谢你，张小姐，我们之后可能还需要请你过来谈谈。"

简直令人难以置信。张爱玲倒抽了一口冷气。

对方看出她的不情愿，礼貌地道："非常抱歉，数据还不充分。事关安全，马虎不得，尤其现在又是战时。"

听他们这么一说，一贯不注意时事的张爱玲才突然意识到，前些天影影绰绰地听说日军已经到达九龙半岛边境。内地那边打得如火如荼，香港人只作视而不见，一厢情愿地认定在大英帝国的庇护下，香港是安全的。可是日本是轴心国之一，而英国不是已经和轴心国的核心德国在作战了吗？

出了警察总署，张爱玲才知道自己居然在里面待了3个小时。她立刻在附近的杂货铺打电话到浅水湾饭店，她母亲依然不在。她于是改找与母亲同行的朋友。原来黄素琼昨天下午就被警察从浅水湾饭店带走了，彻夜未归，她身边的朋友也都受到了盘问，现在大家正在焦急地四处托人想办法。她赶紧赶到饭店，大家互通了情况，看看有没有说漏了什么，最让人焦急的是黄素琼至今下落不明，最后大家坚持让张爱玲再到警察局去打听。"你是在港大上大学，不是玩几天就走的，总该有点儿分量。"张爱玲于是又匆匆赶回警察局，大楼里还有灯光，但空落落的走廊里却看不到人影，办公室的门也上了锁。母亲究竟在哪里？张爱玲徒劳地试图转动门把手，然后愣愣地站在过道里，直到一个警察路过告诉她这里已经下班了，她才离开。

要是姑姑在就好了，她遇事总有办法，不像她这么一筹莫展。

上山经过教授们的宿舍，她忽然想到佛郎士，他假期留在了香港，无论能不能帮上忙，他一定会理解并予以同情的，可是因为那800元钱，她现在没脸见他。那教务长或者校长呢？大家都说港大在此地颇有地位，他们会愿意出面为母亲作保吗？毕竟不是什么光彩的事情，她四处告帮，闹得尽人皆知，万一再没什么效果，日后她母亲会不会更加生气？也许一动不如一静。有西方的生活经验做对比，母亲一回国就抱怨中国官员遇事糊弄拖拉，不作为，她现在忽然明白了他们的心理。他们怕的是犯错，不求有功，但求无过。

虽然怕极了开口和陌生人说话，第二天她还是早早赶去了警察局，不但没有打听出母亲的下落，自己反而又被警察一顿轮番盘诘。"算了，别去了。总有说错话的风险，反倒把事情弄拧了。"大家说。再没了游乐的心情，困坐在旅馆里的人们有的是时间互相猜忌指责。究竟是谁告的密？又是谁为了洗清自己吐露给警察一些旁人不可能知道的细节？当然也免不了埋怨黄素琼捅出这么大娄子，害得众人都受牵连。毕竟说的是自己母亲，张爱玲听着总有些刺心，可与此同时她心底也另有些微妙的情绪。从来母亲就喜欢成为众人的焦点，也自傲于自己高超的交际手腕，可是她就没想过这些有多虚幻，而且不长久吗？她一直试图强行将女儿纳入自己的思想和价值体系，改造不成功就武断地认定女儿毫无价值，岂不知世上还有更多她不能理解的生活方式。所谓大成若缺，大智若愚，以母亲的精明干练，她永远不可能懂得这其中的道理。可是眼见自己精心维护的人际关系不过如儿童在海边堆砌的沙堡，稍经风浪便消散殆尽，她会不会有所反思？至少，她不该再自恃优越，在这点上瞧不起女儿。

　　和她的被带走一样，母亲的归来也很突然。张爱玲接到电话后匆匆赶去浅水湾饭店，敲了许久，门才打开一条缝，母亲阴沉着脸，小心地向外探视。见是女儿，她一言不发，翻身往回走，又去收拾刚才正在整理的行李。张爱玲跟进去，关上门。一个人沉思默想的时候她尽可以在想象中对着母亲滔滔不绝，毫无避讳，畅所欲言，但真的面对她，张爱玲清楚地感受到自己的身体正在变得僵硬，口齿也开始变得笨拙。

　　"三婶。"她怯怯地叫了一声。

　　黄素琼不看她，也没应声。半晌边整理着衣物，边忿忿地道："真是岂有此理。"

　　"起码没事了。"女儿试图安慰道。

　　黄素琼继续愤然道："他们无权羁押我，管他战时不战时，我就是这么跟他们说的。就算是在他们自己的殖民地也不行。"

　　"是不是——一直在警察局里？"女儿试探着问，生怕因为无知说错了话。

　　"是啊。他们不能就这么把我关进牢里。就连这样，下次想申请签证到别的地方，都会不利，所以我才这么生气。我跟他们说，你们根本没有证据，你们也知道末了还是得让我走，那顶好现在就让我走。"

　　"他们——还有礼貌吧？"

　　"嗳，他们知道吓不了我。"

戏文里说伍子胥过韶关，一夜白头，从前只当是夸张，现在张爱玲相信了，因为才几天的工夫，母亲明显地老了。想象着母亲在被拘禁期间的焦虑、愤怒和忧愁，张爱玲问道："你没不舒服吧？"

母亲到底还是被她的无知激怒了："遇上这种事，谁还在乎舒不舒服？你不知道事情有多严重吗？"

张爱玲不再言语，只扮演闺中好友的角色，认真听母亲倾诉。同行的朋友不等她出来，已经三三两两地结伴逃离，她知道这一点最让母亲伤心，尤其是其中还可能有人出卖过她。"我不是傻子，用不着人告诉，也知道是谁放了我这把野火。我只是不懂，怎么有人做得出这种事，难道都不顾虑以后了？——还以为早看透了朋友了，嗨哟！想想现在连夫妻都能离婚了，朋友又算什么？……都怕死了受牵连，真是笑话！我又没犯间谍罪，他们放了我是因为什么证据也没有，为了面子才告诉我案子还没结。要是怕受我连累，索性从现在开始分道扬镳。怪的是，我到哪里都会遇见陌生人对我好，病了照顾我，省了我大大小小的麻烦，为我抱不平，搁下自己的事来帮我，体贴周到不求回报。"想起独自一人漂泊异乡的艰难，黄素琼越说越伤心，红了眼眶，声音也哽咽住了。"反倒是跟我越亲的人越待我坏，越近的越没良心。哎哟，别提了。"张爱玲倏地一震。她也在里面，待母亲坏倒还算不上，但显见得是没良心的。她关上一扇门，将心底刚刚升起的同情锁在里面，不再想也不再看，脸上只是木然。好容易收拾完行李，话头也停下来，母女两人立刻陷入了难堪的沉默。①

---

① 对话内容引自《易经》第147~149页，略有改动。

船启航的那天，母亲坐上朋友来接她的汽车，转过头来，却又特意垂下眼睛不看女儿，暴躁地说道："好了，你走吧。"女儿努力不去感受，脸上一径挂着笑容，站在路边，一直目送着汽车消失不见。虽然并不快乐，但不管怎样，两个人都如释重负。

港战爆发

时代的列车轰轰地往前开。我们坐在车上，经过的也许不过是几条熟悉的街衢，可是在漫天的火光中也自惊心动魄。可惜我们只顾忙着在一瞥即逝的店铺的橱窗里找寻我们自己的影子——我们只看见自己的脸，苍白，渺小：我们的自私与空虚，我们恬不知耻的愚蠢——谁都像我们一样，然而我们每人都是孤独的。

——张爱玲·《流言·烬余录》

新学期伊始，一度空芜寂寥的校园重又变得人声鼎沸，一片喧闹。但社会上已经有不安的暗流在涌动。首先是英国政府将英国妇孺（仅限于白种人）疏散至澳洲，紧接着，日本也开始撤侨，许多身家丰厚的港人见状纷纷避到上海或者马尼拉等地，远远观望，甚至有人举家迁往夏威夷或者美国。但大多数无处可去的平民，只能乐观且一厢情愿地相信欧洲的战火未必真能延烧到太平洋。转眼堪堪已至年底，虽然新闻报纸上天天都在报道揣测世界战局的变化动向，但民众已经开始欢天喜地地准备欢度圣诞及新年。香港大学里则是一派秩序井然而又紧张忙碌的景象，对这些莘莘学子来说，战争还远在天边，而期末大考已经迫在眉睫。

1941 年 12 月 8 日，周一清晨，也是大考的第一天，女孩子们正聚在食堂里用早餐，因为考试，平时走读的学生今天也都在。大家纷纷诉说着自己的担心。张爱玲也不例外，却没法开口。一是那不符合她的个性，因为说出来也于事无补，再则她这学期恰如佛郎士信中所言，接连拿到了何福奖学金和尼玛齐奖学金，要说她也为考试提心吊胆，不但没人相信，反而会让人觉得矫情。一片吵嚷声中，从敞开的门中，看得到一组 V 字形的黑点，从地平线那边越过海面远远飞来。越来越近，嗡嗡声也越来越响，才看清那是两列飞机。"报上说今天要演习吗？"有人问道。"大考来了，谁还有工夫看报！"有人毫不在意地吃吃笑道。飞机上有什么东西落了下来，隔了一瞬，砰的一声巨响，然后又是一声，仿佛大地都在震动。"怎么回事？"正在忙着吃饭的女孩子们纷纷抬起头来，叽叽喳喳地议论不休。炎樱一直在楼上复习功课，拖到这时才匆匆跑进来，拿了一个三明治正要和几个女孩往外走，迎面撞上不知何时走进来的葡萄牙嬷嬷。嬷嬷两手交叠放在胸口，候着食堂里的声音逐渐安静下来，方才开口说道："大学堂打电话来，香港被攻击了。今天不考试了。"大家都愣住了，食堂里一下子鸦雀无声。但片刻之后，回过神来的女孩子们便一片哗然，越发吵嚷起来。"我们也开战了吗？嬷嬷！打仗了？那些是日本飞机吗？""嬷嬷，打到哪里了？炸弹炸了哪里？""九龙没事吧？新界呢？嬷嬷！""飞机？什么飞机？"炎樱听说赶紧问道，手里拿着三明治便跑出去看。张爱玲的反应一向慢，这次也是在混乱中最后一个才明白过来。看到飞机轰隆隆地飞过来，又听见爆炸声，她心中曾经突然闪过一丝焦灼错乱的期望，也许会有某种意外，将她从考试的边缘上解救回来，但即使再疯狂，也想不到就这样在一个平平常常的早晨，懵懵懂懂中，被历史的手漫不经心地推入了战争。

周妙儿最先醒悟过来："糟糕，我家里在青衣岛度周末，不知道回来了没有？我得打个电话去。"其他本地女孩子闻听也赶紧蜂拥上楼。"打不通的，全香港的人都在打电话。"嬷嬷说，但是没有人听她的话。果然电话怎么拨都占线，有人急得哭了起来。炎樱伏在面海的栏杆上，边吃着三明治，边仰头朝天上看着，旁边有人指指点点，激动地给她讲述着刚才轰炸的情形。

嬷嬷高喊着她们的名字，喝令大家赶紧进来。"把门都关上。全都待在食堂里，这里就像防空洞，是全屋子最安全的地方。家在香港这边的，可以回家。这种时候，总是跟自己的家人亲戚在一块的好。听明白了，不是要赶你们，可是我们得先照顾好在这里住读的学生。"炎樱边往回走边抱怨说："嬷嬷，轰炸已经完了。""还在炸。等到空袭警报解除才准出去。"炎樱道："空袭警报都没放，怎么解除？反倒把人都弄糊涂了。"另有女生听说也道："是啊，怎么没听见空袭警报？笑话了，一天到晚的演习，真的轰炸来了，连响也不响一声。"[1]

香港本埠的女孩子纷纷张皇离去，剩下的女同学们聚坐在一起，用仅有的一点人生经验揣测着战争的模样。对于时局，她们的认知同样幼稚而贫乏，英军的战斗能力得到了盲目的夸大，日本人此来未免自讨苦吃。"也许，过两天就打完了。"张爱玲听着众人的议论，不由得想。虽然经历过两次沪战，可那时有她父亲在，只要

---

[1] 对话内容引自《易经》第179页，略有改动。

听大人的话，老老实实地躲在屋子里就会没事。同学中只有山西来的交换生艾芙林真正经历过战乱，"战争是什么样子？"有人不免惴惴地问她。"很苦，挨饿，老是在逃难。"艾芙林心有余悸，却仍勉强淡淡笑道。

　　新界的第一道防线设在九龙的"界线街"，第二道防线在沙田，该处群山嵯峨，英军在山上修建工事，构筑炮垒，本想据此坚守，等待援兵。当晚从无线电广播中，人们才得知，日军已经在头一天，采用同样的手法，突袭了美国海军太平洋舰队在夏威夷的基地珍珠港，毫无准备的美军受到重创，损失惨重，罗斯福总统于12月8日在国会发表紧急演讲，美国正式对日本宣战。与此同时，日军还发动了对马来西亚、关岛、菲律宾群岛、印度尼西亚等地的进攻，太平洋战争已经全面爆发。停驻于新加坡，原本准备移防香港的英军"威尔士太子号""反击号"战舰被日军击沉，香港殖民政府向重庆方面紧急请调的三万援军亦生变故，香港已经彻底孤立无援。仅仅三日后的傍晚，躲在室内的人们只听得枪炮声迫近，外面街道上兵车辚辚，日军已经攻入九龙，英方军队节节败退，悉数撤往香港。次日清晨，但见空无一人的街道上，处处悬挂着太阳旗。

　　"听说九龙沦陷了。""真的吗？"同学们之间低声传递着消息，然后便都陷入了沉默。没有人多问，也无从问起。报纸、广播，什么都没有，她们被封闭在地下室这个黑箱子里，与世隔绝，耳听外面炮声隆隆，机关枪声哒哒地响个不停，也知道自己正站在地狱的入口，每个人都本能地避免朝前看。再没有人提什么战争过两天

159

就会结束的话。食堂里的小大姐害怕流弹，不敢走到窗前迎着亮光洗菜，所以菜汤里现在满是死去的蠕虫。修女们每天冒着生命危险搭车到城里去买新鲜面包，尽管香气诱人，张爱玲吃了一片后也实在不好意思伸手再拿。艾芙林一人吃了3片，还把面包篮直朝别的同学面前推："吃，把它吃完。能吃的时候赶紧吃。这种时候哪儿还能吃到这样的好东西？哎呀！"听老妈子们讲，一到打仗，粮食就会短缺，所以第一件要紧事便是要赶紧囤米囤煤，如果不是因为没有随便发表意见的习惯，张爱玲真想大声疾呼粮食要实行配给，单纯靠一两个人极力撙节是没有用的。艾芙林吃饱了，心满意足地打个嗝，手肘支在餐桌上，突然捧着脸哭起来："你们这些人不知道打仗是怎么回事。你们这些人什么也不懂！"大家讪讪地低头，不知道该接着吃还是不吃。艾芙林自己倒没这层顾虑，眼看着宿舍里的存粮就快消耗完了，她的食量却变得越来越惊人，每餐吃饱后便一动不动，陷入无人理解的悲苦和绝望中，不停地啜泣，没几天工夫，便得了便秘。

最初几天，张爱玲争分夺秒地抓紧时间复习。用一座城市陷入战争来成全她，想想都让人觉得不可思议，她无论如何不能荒废这次机会。这学期历史课讲授的是她最不喜欢的现代史，再看不到迷人的细节，只有无尽的混乱纷争，就像现实生活一样，让人理不出个头绪，可是，她多么害怕让佛郎士失望。对于佛郎士私人赠送她的那800元奖学金，虽然认为写信道谢是最好的方式，她最后到底还是依从母亲的意见，亲自登门去致谢，陪同她的还有另一位女同学。看着张爱玲笨嘴拙舌的样子，连佛郎士都替她尴尬，赶紧拿话打发了她们。她现在一看到他就紧张。想起上次课堂上，佛郎士特意跳过她提问，可是轮了一圈也没有人回答得上，最后他只能无奈地道："Miss Chang？"她揪着心，硬着头皮站起来，故作轻松地像其他同学一样笑着摇摇头，那一刻，她清楚地看到了他亮晶晶的蓝眼睛中一闪而过的失望和气恼。上次还只是一次小小的随堂提问，这次大考若考砸了可怎么办？佛郎士会怎么想？错看了她？没想到她这么经不起惯，一点点小成绩就让她变得轻狂浮躁？他的肯定和欣赏一度缓和了她心中的绝望，那对她有多重要，他的失望对她来说也就有多可怕。

可现在她也放弃了。只要战争不结束，考试就不会来。大家都躲在地下室里，只有她和炎樱相约上楼。两个人互相鼓励着对方的蛮勇，以便有个伴来给自己打气壮胆。炎樱不肯将就，她要躺在寝室床上舒舒服服地睡觉，张爱玲则是为了看书。她对地下室浑浊的空气和嘈杂不以为意，可那里的光线太暗，实在没法看书。她坐在窗前，看着平日里没有时间看的闲书，简直欣喜若狂。一颗炸弹落下，门窗为之震撼，炸碎的玻璃飞进四溅，她侧耳倾听，炎樱在浴室里泼着水，唱着意大利文歌曲，歌声丝毫没有停顿。今晚有男孩子约炎樱去看电影，她要先洗个澡。又一扇玻璃被震碎，飞出好远。"Fantamin, Fantamin, 把热水锅炉关掉！听到没有？热水锅炉关掉，马上下来！Fantamin!"葡萄牙嬷嬷在楼梯口愤怒地吆喝着，却不敢冒险上楼半步。张爱玲心里惴惴的，急切地盼着炎樱快点儿出来，两个人赶紧下楼好平息嬷嬷的怒火。战后什么都紧张，水流也细得不行，听着稀薄的水流从锅炉炉嘴冲进浴缸，因为挟带了空气而变得轰轰响，猜得出炎樱是铁定了心要装满一缸水。和炎樱一向处得近密的中国修女成了出气筒："你怎么把钥匙给了她？把整栋屋子都炸了！……她问你要？！她问你要你就给？你是修女，不是佣人！"张爱玲这才明白过来嬷嬷在担心什么。炸弹落在点火的锅炉上会爆炸吗？实在没有概念。她转过身，背对着窗户，本能地想护住眼睛，那是她的命根子，读书写字可都得靠它，然而她自己也觉得傻气。真要挨上炸弹，命能不能保住都不知道，哪里还顾得上眼睛，皮之不存，毛将焉附？

炎樱终于穿着袍子走出来，脚上还带着水，不等张爱玲开口，她便问道："你听见她喊吗？""听见了，她真的很生气。"炎樱笑弯了腰，略微有点良心不安地道："喊成那样！"随即又挑战地道："我就让她喊，我唱我的。"街上的店铺为了防止抢劫，皆深闭店门，不再营业，偶尔有一两家店铺照常买卖，也奇货可居，趁机高抬物价，这样的情况下，电影院居然还正常营业，也是一桩奇事。"什么片子？"张爱玲问。"不知道。不管是什么都不要紧，说不定要过好一阵子才能再看电影呢。"炎樱答道。两个人都有些黯然。知道张爱玲爱看电影，炎樱问道："你要不要去？""不，不。"张爱玲赶紧笑道，"我只是在想圣诞节时候的那些大片，再也看不到了。""嗳，说不定将来有一天会看到。""看到也两样了。老片子就是让你感觉不一样。""我们也会有老的一天。"炎樱说，所以她要及时行乐。"对。"张爱玲说，心里却并不相信。青春的羽翼庇护着她，让她不再惧怕衰老，也不再想到死亡。她的眼睛只盯着现在，或是更加辉煌的两三年后，那时她将如一只蛰伏已久的雄鹰，腾空而起，俯瞰世界。可是战争轻而易举地打碎了一切，在它的无情碾压之下，人类的一切都显得那么地渺小和脆弱。

在和平接管香港的要求遭到拒绝后，日军开始用高射炮对准香港太平山等地进行猛烈轰炸，同时不断派出飞机进行空袭，位于七姊妹附近的亚细亚火油公司的油池被重磅炸弹击中，瞬间变成一片火海。浓密的黑烟形成厚厚的幕帐，遮天蔽日。是晚又恰逢大风天气，火焰借助风势，越发烧得猛烈恣肆，越过房舍高楼，如无数条火蛇在黑夜中腾空乱舞。

香港大学的所有医科学生被紧急征召至医院参与救援，低年级学生则被分配往急救站，炎樱也在其中。来自马来西亚的医科学生苏雷珈闹过两个著名的笑话。她是富有的华侨，从小接受严格的修道院教育，拥有清教徒式的贞洁观念，在入学之初，她最担心的就是解剖课，特意向人打听，那些被解剖的尸体可穿衣服不穿？这在学校里一时被传为笑谈。其二是战争爆发当天，她焦急的原因格外与众不同，"哎呀！怎么办呢？没有适当的衣服穿！"平时上课、水上跳舞会、隆重的晚宴……她都考虑得非常周全，备有不同的贵重行头，可是再没想到突然来了战争。尽管众人苦口婆心地劝阻，她还是执意将自己最中意的衣服都塞进一只大皮箱里吃力地拖走，其中包括那件簇新的赤铜底绿寿字的织锦缎旗袍。炎樱也默默地收拾东西，将一支牙刷、一把梳子和几件内衣卷进铺盖卷，准备去总部报到，张爱玲帮她把其他东西归置进李箱，准备存放到仓库里。急救站多靠近前线，有的甚至就在海岸边，日本人如果强攻势必会选择从那里登陆。简直是疯了！将一群正值妙龄的女学生放在那里，不啻于送一群肥美的羔羊入虎口！吃饱了无事可做的艾芙林最喜欢讲种种亲历的和非亲历的残忍恐怖的战争故事，将旁的女生吓得面无人色。除了死亡，其中最让女生们害怕的兽行就是轮奸。然而，张爱玲和炎樱谁都不提，仿佛她们不说，最可怕的事情就不会发生，仿佛这只是一次和寒暑假期无异的寻常别离。她们俩尽量将话题集中在平常的琐碎事情上，比如，她们从九龙集市上合买的那件漆着亮粉红色和绿色，缝着别致蓝棉纱的大斗笠怎么办？它原本钉在炎樱床头的墙上，这会儿行李箱里又放不下。终于收拾停当，炎樱静默了一下，然后面色严肃，神情坚定地道："嗳，再见了。多保重。"便快步走了出去。

现在女生宿舍里只剩下了张爱玲和艾芙林。俩人虽然同是来自内地，但一经独处，才发现彼此间的距离竟比原来想象的还要遥远，吃完一顿饭也找不出一句话说。妇孺老幼为躲避战乱，纷纷如潮水般涌入修道院，再加上还要安置照顾伤员，院方急需人手帮忙，尽管膳宿费收到一月中旬，但宿舍势必不会单因为她们两个人再开下去。张爱玲的监护人[①]早已离开香港，她现在实在无处可去。"听说他们在召集防空员。艺术系跟工程系的学生都可以报名。不但可以领口粮，还能帮忙找地方住。"葡萄牙嬷嬷略有些不好意思地向她透露道。完全顾不上多想，张爱玲只庆幸还有这么条出路，可以让她免于沦为嬷嬷们的负担。和艾芙林约好一起到学校门口与同学们

---

① 此处指李开第，毕业于上海交通大学，后考取英国的公费留学生。在留英中国男学生会夏令营中，李开第的好友严智珠与时在英国皇家音乐学院学习钢琴的张茂渊相识。回到上海后，在严智珠夫妇介绍下，李开第才与张茂渊相识。1932年，李开第结婚，张茂渊担任女傧相。张爱玲考入港大时，李开第恰在安利洋行香港分行任职，张茂渊遂委托他担任张爱玲的监护人，黄素琼另在他那里寄存了一笔钱，作为张爱玲的学费和生活费用。但张爱玲进入港大不久，李开第即被调往重庆。

集合，然后再步行去跑马地总部登记。临走的时候，敲艾芙林寝室的门却无人回应，沿着走廊喊了一圈，空荡荡的宿舍里鸦雀无声。张爱玲怔了怔，再没想到艾芙琳竟然这么不喜欢她，为了避开她宁愿独自先走。待她赶到校门口，奇怪的是也没有看到艾芙林，目之所见，乌压压一片全是男生，而且没有一个是她认识的。作为当中唯一的女生，张爱玲理应会引起一些关注，其实也并没有。一则镇日里毫不停歇的警报和空袭早就将人的神经折磨得麻木了，再则从小听惯了老妈子讲的关于战时女人逃难的故事，张爱玲这时如法炮制，尽管没有用荷叶水洗脸或是抹上煤灰，却在身上里三层外三层地套了一件又一件衣服，最后又罩上一件姑姑的泥褐色褂子，本来她就觉得自己的长相太平凡，这时更是刻意弄得灰头土脸，臃肿不堪，所以男生们的视而不见反而让她体会到了格外的成就感和安全感。热血激昂的男生早就报名参加了志愿军，剩下的都是一些羸弱稚气、蔫头耷脑的老弱残兵。一大群人浩浩荡荡地走在马路中央，即使从高空中看，也是一块再明显不过的活动靶子，张爱玲奇怪怎么会没人想到这一层，也许想到了也像她一样，不习惯大声地说出自己的主张。走下长长的斜坡，转弯，快步跟上队伍，一切都在沉默中完成。每个人都保持着动物似的高度警觉，虽然没人指挥，大家却惊人地协调一致。街面上异样地安静，到处是断井颓垣，渺无人烟的荒凉中透着一丝冰冷的恐怖，走上很远，才能看到一两个趔趔趄趄提着水桶的女人，因为停水，她们需要到很远的地方去汲水。路上遇到一队精神昂扬，头戴贝雷帽、身着卡其短裤的中国士兵，学生们停下让路的同时，不免感到诧异，香港的军队向来是杂牌军，但却没有中国人，这些人从何而来？他们再想不到这是1938年广州沦陷之时，撤退至九龙被英方俘虏的中国伤兵①，被关押至今，如今被推上了最前线。

到了防空总部，大家依次登记上自己的姓名、院系、班级，领到一顶钢盔。"坐电车回去吧。"走得太累了，有男生提议道。大家一哄而上，推拥着挤上刚驶进站的双层电车。摇摇晃晃地，走过的依然是往日的街衢，鳞次栉比的临街古旧店铺的牌匾依然高挑着，像伸出长长的手臂在招引着人，茶楼、酒肆、饭庄、商行……承载着人世的所有欲望和繁华，楼上住家阳台上依旧旌旗招展地晾晒着各色衣裳，可是总有些什么变得不一样了，平静中也自让人惊心动魄。"呜——呜呜——"防空警报利刃般划破了沉寂。电车还未及停稳，心急如焚的人们便仓皇涌下。张爱玲上车时落了后，这时反倒得以先下，跟着一男一女躲进小巷一户人家的门洞里，更多的人飞奔而来，将她们挤得紧贴在黑色大门的铜环上。所有的肉体都挤缩在一起，每个人都呼吸着别人的气息，汗味、长期不洗头发的脑油味儿、冬天衣服上特有的湿冷味道，一股脑冲进鼻子，张爱玲微微别过脸仰起头。浅蓝色的天空是那么的明净，一轮冬日淡淡地散发出柔和的白光，电车一动不动地停在街心，整个世界都静止了。她会和这些人死在一起吗？死在一群陌生人中间？不！从小到大周围永远是人。她看着孤独地沐浴在阳光里的电车，到了末了，她宁愿一个人在那里。可是命运不见得给她机会选择。"摸地②！摸地！"

---

① 1938年10月，日军为配合武汉会战，封锁中国海上交通线，发动了对广州的进攻。广州沦陷后，一部分中国军队退往九龙边境，被英方解除武装并拘押，后经国民党政府多方交涉，亦未释放。

② "跍低"，广东话"蹲下"的意思，张爱玲不会广东话，误听成了"摸地"。

一个男声焦急地喊道。飞机的马达轰鸣声越来越近，像电钻直挫进人的脑袋里。明明挤得没有一点空间，大家慌乱地蹭来拱去，居然也奇迹般地蹲下了。每个人这时都恨不得缩小再缩小，小到不起眼，小到不被人看见。"低一点！再低一点！"焦急的男声再次喊道。飞机从高空斜掠而下，发出急促而刺耳的声音，然后轰的一声巨响，整个世界都黑了下来。有东西噼啪噼啪地洒落下来，是下雨了吗？可是雨没有这样暴烈而有力。那是被炸飞到空中又溅落下来的碎石和泥土。有一会儿工夫，张爱玲整个人都是麻木的，她甚至不敢去感觉，她还存在吗？或是睁开眼，才发现其实眼睛早已经睁开了，只是什么都看不见，或者她想抬起手，却发现根本无物可举。那会是比死亡都痛苦的瞬间。在漫长的黑暗当中，她满怀恐惧，迟疑地，一样一样地搜集检查着自己的肢体，然后如释重负，身上的每一部分居然都难以置信地完好无损。"落在另一面。就在对过。好大一个洞呵！"人们在口耳相传，语气中充满了劫后重生的侥幸和喜悦。两个人抬着一个男子从街对面过来，那男子大腿受了伤，人群推搡中，张爱玲没有看到他的腿，只瞥到他年轻的脸上因为给众人添了麻烦而浮现出的歉意笑容。这个时候，他居然还保持着中国人传统的谦恭有礼！

警报解除后，大家重新挤上适才的那辆电车，唯恐浪费掉手中的车票。下了车，自觉危险解除，人群走着走着就散了。残阳如血，横亘天边。张爱玲一个人默默地爬着斜坡，暮色苍茫，她的心中也异样沉重。都说死生大事，可刚才她与死亡擦身而过，却连个述说的对象都没有。如果她不幸死了，有谁会知道她？又有谁会为她难过？像浩渺宇宙中的一颗流星，还未来得及闪耀，便已陨落。所有的努力和梦想原来如此不堪一击，那让她想象个孩子似的大哭一场。姑姑总是云淡风轻，炎樱呢？当然会记得她，可是过不了几天就会只顾上自己的快乐。她来过，却仿佛从来不曾存在过，没有留下任何一点痕迹，哪怕只是在人心里，只这一点，便足以让人绝望崩溃。

"回来路上一个炸弹就掉在对街。"在宿舍门口，一贯不习惯与人分享内心的张爱玲几乎是按捺不住地告诉嬷嬷。

"啧啧！"嬷嬷蹙眉叹道，然后立刻转到自己关心的话题上："嗳！什么时候发口粮啊？"

"不知道。"张爱玲无奈地答道。

"艾芙林走了。"嬷嬷离开时交待道。

张爱玲愣了半天才反应过来。原来自己敲门的时候艾芙林就在寝室里。她根本没有想过要去当防空员。接她走的是一位已婚的同乡，同乡的妻子留在内地没有出来，艾芙林为了避嫌之前一直不肯过去。可是礼数名节到底没有性命重要。张爱玲只是想不明白，艾芙林既然已经拿定主意，为什么还要答应自己一起去报名？她知道自己不讨人喜欢，却没意识到，虽然她无意冒犯，但是她习惯性的缄默，以及固执的努力、坚持本身，就是对绝大多数人的一种否定和嘲讽。那显示出她对众人普遍选择的生存方式和价值理念的不认同。只这一点，便足以为她招来敌视和憎恨。"木秀于林，风必摧之；堆出于岸，流必湍之。"这并不是她一个人的命运。天才在其生存的年代里，大多是孤独而落魄的，他们的才华智慧只能被人们隔着时空远距离地崇拜和欣赏。和同时代的人相比，显然，他们和异时代的知音者才更为亲近。

张爱玲幸运地被分配到港大图书馆。往日摩肩接踵的图书馆里如今也是一派人去楼空的荒凉景象。她侧耳聆听着这深入灵魂的寂静，她的呼吸和脚步声都被这寂静放大了无数倍。如果这里，这个世界，甚至这个星球都永远这么荒芜下去，唯一幸存下来的几个人会不会发疯？她愿意世界是繁华而热闹的，即使她并不在里面。可另一方面她也知道，不管什么，只要给她时间，她都能慢慢地习惯。

终于在一间空荡宽敞的阅览室里找到了本地民防总部的负责人。问清张爱玲不会打字后，他有点失望。"我要个秘书，他们跟我推荐你，因为只有你是女孩子，室内工作比较安全，总比在外头被炸毁的房屋里救人要强。其实我最需要的是打字员。"他伸手按住电话，疑虑地用手指在桌上梆梆敲着。"真为难。"他嘟囔道，又不甘心地问："你完全不会打字？用一根手指也不行？""不行。可是我写字很快，笔记记得很好。"也许是她的心平气和感染了他，也许是他的同情心占了上风，总之他终于松开电话，交给她一个本子、一支铅笔、一个闹钟："每页都做上栏位，记下每次轰炸、空袭警报、解除警报的时间。"这次轮到她意外了。她不懂为什么要做这无意义的事。难不成日本人会这么笨，以后每天都会按照这个时间来报到？可是她并不发问。她只需要守住自己的本分，而这是她最擅长的事。

在等待敌机来袭的空当，她像小孩子走进糖果屋一样，满心欢喜地在图书架上浏览着，再想不到会有这样的好运气。危城里没有人再想要读书，这里现在是她的王国。看到《醒世姻缘传》几个字时，她的心猛地一跳。沿着熟悉的小径，她又走回了童年：总是下午，父亲躺在榻上吸着鸦片，边跟人有一搭没一搭地闲聊着家常，房间里雾气缭绕，慵懒、昏沉而又温暖，她手里捧着书，坐在靠近灯光的地方，全神贯注，沉浸在文字构筑的奇妙世界里。《三国演义》《西游记》《红楼梦》《海上花列传》……父亲不约束她，她尽可以从书架上随便抽出一本又一本。她对文字永远有一种饥渴感，像一个饕餮，吞下一切手边拿得到的东西，毫不挑食。第一次归国的母亲看到八岁的女儿手捧《金瓶梅》读得津津有味时，不由得吓得大惊失色，赶紧全部搜走，又谆谆告诫她今后不可再碰此类书，她也点头如捣蒜，其实她早已经读完了。《醒世姻缘传》她是看过胡适的考证，破例要了四元钱去买的，见弟弟也读得津津有味，便又极大方地将一二册给了他，自己只留后两册，反正她从考证里已先明白了个大概。书里的故事和曾经的生活，因为远逝已经变得陌生，怎么会想到在这连天炮火下蓦然重逢？翻开书页，抚摸辨认着那些模糊而又亲切的人物和面孔，往昔岁月便一点一点地荡漾开来。她开始只站在书架前读，过了一会儿，寻摸着并没有人留意自己，便悄无声息地将书带回桌边。像小时候一样，她坐在那儿头也不抬，一口气读完第一册，才发现空袭警报已经拉过，而她忘把时间记下了。

那是一场和书籍的美妙约会。故事中每天或熟悉或新鲜的发现都带给她别样的惊喜。在前面业已形成的既定印象，到了后面突然又被打破，她喜欢人生这样的峰回路转。来回路上流弹吱呦呦地飞过，她两眼紧盯前方，仓皇赶路。心中的强烈期盼部分地抵消了恐惧，她一定要在死前读完这部书。

女生宿舍果然关闭了，张爱玲带着仅有的半打饼干，住进山脚下属于循道会的一栋老房子里。没有电灯，水也开始限制，尽管只有涓涓细流，每天也只能供应几个小时。仿佛一下子又回到了蛮荒时代，时间因为生活的停滞空白而变得无比漫长。

佛郎士死了。耳边仿佛还听得到他拖长的声音："孩子们，下礼拜一不能同你们见面了。我要去练武功。"战前每次志愿兵操练，他都这样戏谑性地通知学生。战争爆发后，他和所有英国人一样，应征入伍。尽管对所谓的政治正确一直持嘲讽怀疑的立场，但是他对参军这件事看得倒很豁达随便。首先，他是个很有正义感的人，其次，反正人类干的傻事从来都是一桩接一桩，也就不在乎再多一件。他的结局倒恰好印证了他对世界以及人类的看法。一天黄昏返回军营，沉浸在思考中的他没有听见哨兵喝问口令，仓皇紧张的哨兵便贸然开了枪。敌人的炮弹没有击中他，他却倒在了自己人的枪下。得知这个消息的时候，张爱玲正在水房里洗衣物，长久的震撼过后，虽然明知道那符合佛郎士一贯的行事为人，她还是没有办法让自己真去相信。他当时究竟在想什么？她多想在旁边大声喊醒他。她抽搐半天才迸出几滴痛泪。怎么会这样？生命怎么可以被这样浪费？整件事情荒唐得像个玩笑，唯一的真实——死亡，却是如此刺痛人心。不再像童年时期那样相信轮回转世，死亡不再是通往另一个世界的大门，现在，她战战兢兢而又充满敬畏地望向生命的终点，看到的只有一片无尽的黑暗和虚无。

张爱玲已经一整天没有进食了。当时的他们并不知道，因为管理的混乱，政府冷藏室的冷冻管常年失修，里面堆积如山的牛肉正在不断地腐烂。没有毯子，她拿旧杂志盖在身上，因为饥饿和寒冷，入睡前的那一段时间显得格外难熬。她能感到自己的胃又空又瘪，微微痉挛着，有点疼。这就是饥饿吗？她活着，而且正在体验人生非比寻常的况味，那让她甚至有些得意。除了对真实人生近乎贪恋的嗜好，支撑她的还有另一个信念，她母亲总是说，饿两顿对身体有好处。她也并不过分担心迟发的口粮，因为她母亲还说过，在战争时期照顾学生方面，"英国人最拿手。"

凌晨时分，雄鸡的啼声刺破了薄雾，透过法式落地窗，可以看到迷蒙的半透明的雾气笼罩在海面上。她到阳台上，在初冬寒冽的空气里，伸展肢体，又深深弯腰，用指尖反复触碰脚趾。没有什么应该不应该，人生的一切，你都只能去忍受，同时还必须具有无尽的耐心。觌面正在进行的残酷杀戮和罪恶越发突显出这种简单生活中所蕴含的贞洁和良善，可是善良的人就会获得护佑吗？也许前一刻还在为侥幸躲过危险而窃喜，下一刻就被夺去了生命，生死面前，本来就容不得半点的矫情和夸张。

她耽于读书忘记时间的事情很快就被发现了。防空处长到底是港大的教授，涵养不同于一般人，没有透露出任何不快，只是建议道："你要不要出去工作？"张爱玲爽快地同意了。他反倒有些不放心。问清她在港大生活了近三年，对这一带却并不熟，而且不会广东话后，他按下这个话题不再提起。无论如何他是师长，总不能亲手推她出去送死。可是家里人送饭来的时候，他边吃着边就脾气很坏。张爱玲两眼只盯在书上，故意做出对鸡蛋火腿炒饭无动于衷的样子。可他怎么可能不知道她的窘境？报到两天了，没发过一点口粮。手下的学生都是怎么过来的？眼看着他良心受折磨，她倒有些不忍。其实她现在住的循道会里的人也是一样，虽然同住一个屋檐下却并不相识，大家都尽可能地躲在房间里，避免交谈或者发生更深的联系，以免危难时有了互相救助的义务。她对人性本来就没有过高的期望，也因此得以安之若素。何况她工作那么不尽责，理应受到惩罚，她做人有一种斩钉截铁的分明，并不因为是自己，她就分外同情。

这晚她正在和饥饿寒冷做着抗争，突然听到有人喊她的名字。她跑到楼梯口，简直难以置信，炎樱穿着皱巴巴的灰色制服，手里端着只蜡烛正在上楼。

"你看我多好，走了这么远的路来看你。"

尽管分外惊喜，张爱玲还是说道："哎，你真不该来的！"

炎樱被分配在湾仔附近的救助站，刚亲身经历了中环大轰炸。她说："我对自己说：'这下子你知道人命是什么了吧。'""你看见了什么？"张爱玲小心翼翼地问。炎樱含含糊糊地道："恐怖的事情，断手断腿，肠子淌出来——"张爱玲吓得赶紧道："别说了，我不想听。""好吧。"炎樱干脆地说道。无知是福，她自己何尝不想将那些恐怖的场面从脑海里抛出去？得知张爱玲没有饭吃，她道："早知道我把晚饭带一份来。"张爱玲告诉炎樱自己还有两元钱，问她可知道哪里能买到花生饼干等食物？炎樱道："商店全关了。"她血液里浓厚的商人意识又抬了头，激愤地说道："钱留着，东西都贵死了。——你要是真能再忍两天的话，就再等等，因为我确实听说你们就要发口粮了。"又安慰张爱玲道："断食其实对生理系统有好处的。我们在斋月也都断食。"夜晚两人一同躺在炎樱借来的毯子下，肢体碰触，都有些难为情，却尽量克制着不表现出来。张爱玲另外也有些高兴。母亲夏天来港见过炎樱后，曾悄悄地嘱咐过女儿："有个人照顾你很好。不过别太让她控制你。"张爱玲细思之后不由得羞愧难当，原来母亲怀疑她和炎樱同性恋爱。她自己从来不曾想到过那上面去，听母亲一说却也不免动了疑心，怎么证明她不是呢？也许她并不真正了解自己的心理呢？可现在生理上本能的反感让她放下心来，真的不是。[①]

　　每次催问口粮，得到的回答总是"快了，快了"，可惜但闻楼梯响，却总不见人下来。到得第三天晚上，张爱玲已经能感到自己非常虚弱了。明天得赶紧想办法用手里仅有的两元钱去换点吃的，不然之后饿得动不了了怎么办？虽然她不会说广东话，又羞于跟陌生人开口，可也不能这样坐以待毙。她在惶惑中睡去。早晨有人敲门请她下去。她慢慢穿好衣服，准备着去迎接命运的最后一击。这几天关于投降的小道消息一直在流传。难道日本人真的趁夜攻进来了？又或者循道会维持不下去了，要将她们扫地出门？不管怎样，她都要表现得镇定而有尊严。

　　走进房间，意外地，餐桌已经摆好，上面琳琅满目，饼干、麦片粥、果酱、牛奶、炼乳……看得人眼花缭乱。管事的修女摆放好最后一份餐具，直起腰，微笑着道："今天是圣诞节，是救世主诞生的日子，我们觉得应当请大家一道来吃圣诞早餐。我们希望今天大家都能快快乐乐的。"大家都暂时放下矜持，找个合适的位置坐下，静待修女们祷告完毕。老妈子们传授的生活经验再次派上了用场，张爱玲提醒自己不能吃太多，在连续挨饿之后，那样会把胃撑

———————————

① 对话内容引自《易经》第227~230页，略有改动。

破。她搅动着麦片粥，只从传到她面前的大盘子里拿了两块饼干，准备饭后带走，以备不时之需。修女的话尽管客气，却也说得很明白。今天，只有今天，因为圣诞节才破例招待大家，之后她还是只能靠自己。

餐后她依旧按时去图书馆上班。也不知道在书架间消磨了多长时间，防空处长始终没有来，这不是他的作风。她走出房间。走廊里有几扇门开着，却连一个人影都没有，寂静得怕人。她突然感觉到了异样。人都去了哪里？天天在头顶盘旋轰炸的飞机今天为什么没有来？她一时六神无主，急切地一口气跑上楼顶，多日来饱受炮火蹂躏的城市安详地躺在蓝天之下，像一个正在休憩的熟睡婴儿。她如梦初醒。香港政府投降了。

重返上海

去掉了一切浮文，剩下的仿佛只有饮食男女这两项。

——张爱玲·《流言·烬余录》

在孤立无援，损失惨重，死亡 1600 余名士兵之后，强捱至 12 月 25 日，让香港在英国统治下度过圣诞节，港督渡海前往九龙日军总部，宣布投降。大批日军纷纷乘船，在鱼雷驱逐舰的护航下，奉命前往接收香港。

1941 年 12 月 28 日，日本派遣军参谋长后宫淳从南京急飞香港，与日军驻港总司令酒井隆中将一起主持受降仪式，太阳旗在香港山顶高高升起。阅兵仪式上，40 多架战斗机在空中排列变换着各种队形，盘旋威慑全岛。港督成为阶下囚，1 万多名英国战俘也旋即被押送进集中营。

在日军的操控下，香港留日学生和地方名流分别组成公益团体，出面帮助恢复秩序。百货公司、银行陆续开业，最初一些天，电影院甚至免费上映中日影片。水电逐渐恢复供应，人们喜形于色，如同重见天日。劫后余生的市民们仿佛骤然发现了生的乐趣，街边路口，到处都是小摊小贩，叫卖着各种吃食和衣物、布料、窗帘、雕花玻璃器皿等生活用品，人们熙熙攘攘，络绎不绝，其热闹喧嚷不啻于年会时的乡间集市。

港大的英籍教授都被送进了集中营，大学注册处抢在日军入驻之前，销毁了所有文件，其中包括学生的成绩记录。熊熊火光，烧掉的不仅是张爱玲的英国梦，更是她刻苦努力的青春年华和雄心壮志。但在来报信的人面前，她竭力不流露出内心的伤恸。那是另一个被视作"书呆子"的马来西亚男生，很多人把他当作戏弄调侃的对象，连炎樱都公然表示对他的鄙夷，因为张爱玲被传与他恋爱而分外恼怒。"好大的火啊，许多人在看，你要不要也去？我陪你去。"他说着，狡黠地一笑，留神观察着她脸上的表情。她这才明白过来他不同寻常的热心背后的真正用意。他希望她痛苦，像他一样。每个人在命运的沉重打击面前都需要一个同情者，而他选中了她，因为他们俩都是未来最有资格获得牛津大学奖学金的人，是强有力的竞争对手，这把火的意义对于他俩来说格外不同。尽管感觉到喉咙都被哽咽住了，骨子里的刚烈倔强还是不允许张爱玲流露出一丝悲伤。她不需要同情，更不允许自己被人看笑话，她输得起。"你有什么计划？之后会回家吗？"她故意热情且又带些举重若轻地微笑问道，脑海里却只想着行政大楼外的那堆大火。原来人生是这么地不可靠。长久的渴望，三年多的心血，一瞬间便灰飞烟灭。

她从来看不起人软弱，现在却格外地归心似箭。上海也是这样烽火连天吗？她从来不能真正地将上海和苦难联系在一起。它安稳而牢靠，给了她一切承诺，永远安详而宁静地睡在她的童年记忆里。她和炎樱一起去汇丰银行取钱。虽然交通断绝，买不到船票，可还是把钱拿在自己手里更稳当。自从那次跟随大队人马去民防总部报到后，这还是张爱玲第一次进城。路上有人穿着唐衫长裤，伸手摊脚地躺在马路当中，张爱玲经过时好奇地扭头瞅着。看上去倒像是规矩守法的样子，怎么肆无忌惮地睡在这里？"别看。"炎樱低声喝止她道。炎樱语气中的严厉不祥点醒了张爱玲，她骇然问道："怎么？死了吗？""嗳！"炎樱答道，面色阴沉，不看她，只盯着前路。是了，那青紫的肤色看上去就透着异样，是她太缺乏生活经验才毫无觉察，可炎樱在医院里早已经看多了死人。惊骇之下，她越发忘不掉最后一眼瞥到的那双并拢的脚上套着的黑鞋白袜。越往城区里走，这样躺在路上的人越多，从旁经过的人显然早已习以为常，连正眼都不看，只避免践踏在上面，匆忙而利落地一闪而过。这就是战争，人命变得如此地不值钱，想起开战之初学生们为了能够逃避大考而兴奋欢呼，她这才明白什么叫年少轻狂，少不更事。几步开外，一家店铺门口有人正伛偻着腰，全神贯注地守着小风炉，垂涎欲滴地盯着在油锅中翻滚着的黄澄澄的小糯米饼。尽管早已不再多愁善感，这咫尺之间的生与死的强烈对照还是令张爱玲感到深深的震撼。褫夺掉一切文明的外衣，战争使人性得以赤裸裸地呈现，麻木、冷酷、自私，即使遍地焦土、生灵涂炭，每个人想的也许不过是怎样使自己活下去。

从存折里取钱的时候，炎樱忽然提醒道："留一块，不然你存折没有了。"张爱玲一怔。从来她离开一个地方，就没想过再回来，炎樱却总是为未来留有余地。想起有同学感叹本想去看看撒哈拉沙漠，可惜现在打仗了，炎樱回道："不要紧，等他们仗打完了再去。

撒哈拉沙漠大约不会给炸光的。我很乐观。"也许炎樱的达观才是一种更健康的人生态度。至少，那给了她一种不同的视角。尽管如此，张爱玲还是把存折里的十几元钱全部都提了出来。

他们被封闭在了香港这座围城之中。男生那边似乎找到了什么门路，有人私下里悄悄来问炎樱，可愿随他们到重庆去？据说是雇用向导，从山顶的小路，一路靠步行穿越封锁。北大、清华等名校皆已内迁，先前成功的人传话回来，不但可以免费入学，各方面还都有人照应。炎樱动了心思，但要求必须带上张爱玲，没想到张爱玲却毫不犹豫地拒绝了。学业已然无望，她只想尽快返回上海，赚钱独立，不愿再依靠任何救济。"你回去能做什么？而且，你难道宁愿让日本人统治？"炎樱问。后面一句话一下子激怒了张爱玲。她仿佛一下子又变成了那个十多岁的女孩，毫无防护地站在继母面前，由着对方说得浑身是理，自己却只能赔着笑无助地退缩。炎樱喜欢辩论，而且从来不夸奖人，知道张爱玲一向以母亲的美貌为傲，炎樱故意轻描淡写地说道："哦，像你母亲那种类型的，在香港多得是。"谈话中张爱玲有时要刻意避开她的锋芒。她从来不跟炎樱谈及她的梦想，炎樱会以为她是在说大话，两个人当中，炎樱才是焦点。她可以不被了解，但却讨厌被亲近的人误解，尤其因为不喜欢同人解释和辩论，每每被逼到这种境地时她总不免格外心浮气躁。"学生都去了，他们要怎么照顾？而且艾芙林都说了，在那儿没办法念书。""又不是整天轰炸。人家还不是照样在那里。而且说不定还不用折损一年呢。我只是觉得想把大学念完就应该上那儿去，连学费都免了。""我怕的不是轰炸，是到处都是政治，爱国精神，爱国口号，我最恨这些。"① 她要怎样才能让炎樱明白？她不喜欢被众人和潮流裹挟着，对于普世狂热推崇的东西，她总有一种本能的警觉和反感，她是个世人意外之人，她只想对这个世界说："leave me alone。"② 她也同样不能理解炎樱为什么不愿意回上海，既然她的家庭里那么快乐，"听上去真的奇怪，可是我说我们家很快乐是真话，更奇怪的是我不想回去。哎！因为我知道又会是老样子！"一说到这个，炎樱也不禁异常烦躁。"老样子是什么意思？"依照自己的经验，张爱玲疑惑道，"是大家庭人太多的原故吗？""不是，不是。"猜来猜去不得要领，张爱玲也是一头雾水。"哎，我坏透了，我不在乎地方，反正我永远都是快乐的。"最后一点张爱玲不但完全相信，而且早就知道。两个人默然睡下。没有了张爱玲的追随和支持，炎樱似乎也产生了动摇，她最后也决定回上海。

张爱玲不喜欢爱国主义这顶大帽子，在它之下，一切狂暴都可以成为合理，不遵从它就变成了不爱国，可是从来为它而死的人不比其他人都多？还在十二三岁时，她第一次听见孙中山的"三民主义"就不相信。理想再好，却未必能实现，因为现实中没有人甘愿放弃自己的利益，这一点看看周围的人就知道。相比起信仰的高大缥缈，她更愿意抓住一点实实在在的东西，俯身向现世的安稳。张爱玲躺在床上，双目圆睁，因为被激发出的强烈自卫心理而顾自愤怒着，毫无睡意。

---

① 对话内容引自《易经》第 291~292 页，略有改动。
② 葛丽泰·嘉宝的名言，意为：让我一个人待着。

港大的康宁汉堂被改作临时医院，由一位身材矮小的马来亚裔解剖学教师担任院长，和他同乡的马来亚学生立刻受到了重用。女生们被统一安排住进附近的男生宿舍，昼夜轮班，照顾伤员。伤员共有30多人，除了由各大医院转来的几个普通病人，其他都是中流弹的苦力或被捕时受伤的趁火打劫者。这是1860年以来最冷的一个冬天。每次在冷水中洗涮黄铜锅的时候，就仿佛有把钝刀子割在手上。张爱玲和炎樱最初被分配在夜班工作。白天里护士们要帮助病人清理伤口，测量体温，敷药换纱布，洗洗涮涮，闲下来还要缠绷带，做棉签，相形之下，大家都喜欢上夜班，因为夜班尽管时间漫长，有10个小时，但其实并没有什么具体的事情要做。间或有病人醒来，她们只需高喊一声"23号要屎乒"或是"30号要溺壶"，自会有打杂的将东西送过去。她们坐在屏风后看书，还可以享受到额外的牛奶面包作为宵夜。

病房非常宽敞，原本是男生宿舍的餐厅，那时整日里用留声机大声放着巴西情歌，依旧掩盖不住男生们的吵嚷喧哗，现在却非常安静，只有一个尻骨患有烂蚀症的人因为疼痛睡不着，头歪在枕头上，半闭着眼睛，悠长而颤抖地哼唱着："姑娘啊！姑娘！"张爱玲一听到他那颤悠悠的声音就抑制不住地火起。她恨这个人，不甘于自己一个人受折磨，便也折磨别人。一病房的人都被他吵醒了，同病相怜，他们一起帮着叫唤起来："姑娘！姑娘！"张爱玲不得不走出去。法式落地窗都关着，密闭的房间里弥漫着肮脏的军毯、浸透脓血的纱布的气味，再加上这许多人的体臭，而且越接近那个人，那股伤口腐烂的恶臭越浓重，呛得人反胃。张爱玲竭力屏住呼吸，站在他床前，沉着脸问道："要什么？"那人其实并不想要什么，他的叫唤只是一种习惯使然，这时耷拉着浓黑的眉毛，沉吟一下，呻吟道："要水。""厨房里没有开水。"张爱玲说完便尽快走开了。可是凌晨三点多钟她去厨房煮牛奶的时候，那声音依旧穷追不舍地撵着她，"姑娘啊！姑娘啊！"张爱玲又慌又怒地刷着油腻腻的黄铜锅，那是护士们用来煮奶，杂役们用来煲汤，病人们用来洗脸的，她仿佛一头困兽，被那磨人而又难缠的哼唱逼得无处可逃。

白天病人们有时也做些力所能及的工作，帮助拣米，除去里面的沙石和稗子，更多的时候则是无所事事。敷药换纱布的时候，他们便用温柔慈爱的眼光，端详着自己新长出来的鲜肉。尽管无聊得不耐烦，却没有人急着回家，医院里每天一干一稀两顿黄豆加米饭，这在哪儿都不容易。病人里只有瘦高个儿四号能够下地走动，有时帮大家拿递点东西，另有一个肺病病人有点钱，便雇了他每天出去给自己买叉烧包。

天气到底是暖了，白昼开始变长，经过一个长冬的蛰伏，万物复苏，镇日里敞开着的窗户下，木槿花已经绿荫重重，草木中虫飞鸟鸣，一派春日的热闹繁荣景象。张爱玲出去收晾好的纱布，站在暖融融的春光里，不免恍惚，仿佛一切只是一场梦，战争根本就没有发生过。庄生梦蝶，还是蝶梦庄周？这人生到底是真还是幻？小时候在天津，度着那悠长得似乎永远也长不大的童年，实在不耐烦了，她就会想，也许这只是个梦，醒来她就会发现自己其实是个外国小女孩，黄色卷发，团团的脸，生活在一座宽敞的大房子里，父亲坐在整洁的长桌前抹着黄油吃着早餐，母亲在沐浴，她则追着一条小狗在各个房间里钻进钻出，花园里盛开着一丛丛玫瑰花……可是她从来没有从梦里醒来过。现在校园里不时走过的日本兵也在提醒着她，什么才是真正的现实。她赶紧垂下眼，收拾好纱布，匆匆进屋。出于一种自保的本能，女生们都避免和日本兵直视，以免激怒他们。她曾亲眼见过日本哨兵无缘无故地抽打一位进城卖菜的老农耳光，她当时气忼了，脸上也火辣辣地疼。若不是炎樱及时拽走了她，谁知道她会不会惹祸上身？尽管同为亚裔，可在大家心里，日本人似乎属于另一种完全不可捉摸的人种。

现在学生们被要求学习日语。老师是一位从哈尔滨来的俄国人，身材高大笨重，上课时顶爱问女生的年龄："18？ 19？不会超过20岁吧？""你住在几楼？待会儿我可以来拜访么？"知道对方正在盘算着如何拒绝，他立刻笑了起来："不许说英文。你只会用日文说：'请进来。''请坐。''请用点心。'你不会说'滚出去！'"可是他到底年轻，对于和异性调笑并不娴熟，笑话还未讲完，自己就先把脸涨得通红。

宿舍楼门口堆着一大堆书，一直没人清理，张爱玲从中翻出一本《老子》，另有《论语》和《孟子》是她童年时就背得滚瓜烂熟的。可惜其中没有《易经》，那是周文王当年被困羑里时所著，最是晦涩难懂，反正现在闲来无事，有的是时间来钻研，她想占卜一下未来和自己的命运。《道德经》本不在她感兴趣的课外书之列，但她知道老子是乱世时的贤哲，所以倒也不妨读读。申曲中有几句唱词她最是喜欢，"东华龙门文官走，西华龙门武将行。文官执笔安天下，武将走马定乾坤"，那么天真纯洁的世界观，渺小得不能再渺小的愿望，细思吟咏几近令人落泪，于个人，不过是求得一个现世的安稳，于国，不过是求个国泰民安，而混乱纷杂的现实世界让她格外渴望重拾文明的秩序，即使明知道再也回不去了。更让人喜出望外的是，她从书堆里还找到了水彩和纸笔。她画，炎樱来涂色，其中一幅只用蓝绿两个色调，让她立刻联想到李义山的一句诗："沧海月明珠有泪，蓝田日暖玉生烟。"炎樱一向觉得她的画病态，不够健康，这时却也抑制不住地喜欢。

那位俄国老师有点爱慕炎樱，一次来寝室闲谈，立刻相中了一幅炎樱穿着衬裙的肖像，愿意出5元购买，不要画框。炎樱兴头头地跟他讲了一阵价钱，最后却下不了狠心卖掉。那俄国老师前脚刚走，画家和模特立刻就因为这意外地被赏识而欢欣雀跃起来。可是一边画着，张爱玲也知道，那完全不像她的作品，是战时特殊氛围感应下的产物，她很快就会失去这种能力，那再次强化了她已有的意识：人世无定，想做什么都要趁早，不然就兴许来不及了。

每个人心中都迷茫而无着落。学生们每天除了忙活吃的，剩下的就是调情。上完夜班回来刚沉入梦乡的她们时常被隔壁苏雷珈尖细的近乎哀矜的声音吵醒："噢！不行！住手！我不！住手！"那件赤铜底绿寿字的织锦缎旗袍到底起了作用，她在救护站里穿着它劈柴，蹲下生火煮饭，不知吸引了多少男生的目光，那给了她前所未有的快乐和自信。那是苦闷乏味的生活中的调味剂。可是男生们并不满足于此。欲望之光在他们的眼中闪耀，他们的面孔变得狰狞而又阴暗，他们伸出手，试图拉着她前往一片幽暗的无人之地。女性的本能告诉她，那是一种魔鬼的诱惑。可是在依赖对方的情况下，她该如何拒绝、自保？张爱玲和炎樱心头都打了个寒噤，但她们甚至不对看一眼。有一天，她们会不会也是这样，成为被追逐的猎物？终于有一天，炎樱悄悄说出自己的担心："苏雷珈真傻！我们随时都会解散，人一走，这种事还不是完了。他只是跟她闹着玩儿，根本不会娶她。印度男孩子都这样，回去跟家里挑的没上过学堂的女孩结婚。"怪不得虽是同一个族裔，炎樱却从来不跟印度男生过多接触。"并没有爱情这样东西，只不过是习惯了某一个男人而已。"一位恋爱史丰富的女生以不容置疑的口吻向她们宣告道。轮到只剩下她们两个人，张爱玲尽管灰心，忖思片刻，还是道："我不信。""我是不知道。你也不知道。"炎樱激动得有些恼怒地说。那一丝朦胧而迷惘的对于幸福的憧憬，对也许是人世间唯一的至上欢乐的向往，没有人愿意它被打破。可是她们也都没把握，毕竟，人心是最拿不准的东西。

1942 年 2 月底，香港至上海之间重新开始通航，为了躲避沿途的飞机轰炸和水雷，需绕经汕头、厦门、台湾等地，使得航程大大增加。尽管如此，每船仅能搭载 150 名旅客，却立刻有成千上万的人抢着去登记排队，盼望能早日逃离香港，导致在高价黑市上，一时间也是一票难求。张爱玲得到消息的时候，已是迟了许多，她左思右想没有门路，遂决定去找临时医院的院长一试。对方冷静地听完她的诉求，立刻回绝道："抱歉，我帮不了你。"张爱玲恳求道："请你试试，我们会很感激，只有我们两个人。""抱歉，我不知道怎么——呃——帮你们弄到船票。""我不该来麻烦你，只是救济工作是帮我们——""能帮我当然帮，可是我无能为力。"对方已经开始不耐烦了，张爱玲仍抱着一丝幻想，竭力想说动他："可是——我们要是能回家，救济学生会不也有好处，少了几张嘴吃饭？"对方脸上露出嫌恶的表情，言语间却仍尽力保持着礼貌："很抱歉，我无能为力。"回去告诉了炎樱，炎樱沉默片刻道："是我就不去找他。"男生间常常在私下里议论调侃，每当有女生走近便立刻噤声，尽管如此，从他们"大老婆""中老婆""小老婆"的称谓中，还是可以揣测出是说院长将几个漂亮的女生纳入了自己的后宫。张爱玲对此倒并不过分惊奇。权力是最好的春药，更何况是在这样的乱世里，谁不想找到个依靠？《礼记》中不都说："饮食男女，人之大欲存焉。"就连炎樱的前男友，为了讨好日本兵，不也带他们出去嫖？不管在什么样的世道里，男人似乎总是更有办法混得如鱼得水。"他是讨厌，可是又没有另一个主持的人。""他又怎么能帮我们弄到船票？""他有关系。日本人认识他，他代表港大，再说他们不是要对学生好吗？""就算他有关系也不会用在这种事情上。""我跟他说，弄走我们有好处，少几张嘴吃饭。"炎樱嗤之以鼻："我们可没吃他的，是他靠我们吃饭，越多越好。"张爱玲怔了一下，她倒没想到这一层，怪不得母亲总说她对世事一窍不通。可她终究是不死心。学生救济会随时会解散，那时他们该到哪里去？她不能困在这危城中坐以待毙。长久以来，她的内心一直拥有一种强烈而深沉的使命感，虽然并不很明确，也不能确定它的方向所在，但她始终能够清楚地意识到，她生来必当有所作为，那是支撑着她整个生命的最坚强的内核。港战一度使一切化为泡影，而现在安然渡劫又让她再度燃起希望。为了她倾尽全部身心渴望着的未来，她必须得做点什么。她不能浪费掉上天给她的这次格外恩赐。但她不能同炎樱预先商量，因为炎樱会阻止她。①

---

① 对话内容引自《易经》第 297~298 页，略有改动。

隔几天日本官员来学校视察医院，机不可失，觑着院长正陪同他们穿过校园，张爱玲鼓足勇气，迅速迎上前去，用中文向其中看起来官阶较高的一位日本人说道："打扰了，可以说几句话吗？""什么事？"那人停下脚步，用英语回答。她也立刻改用英语："我是上海来的学生。不知道能不能帮我回家，现在很难买到船票。""哦？"听明白她的话，他立刻改用中文，态度庄重有礼："你是上海人。"院长看来已经忘记她了，见她突然上来跟日本人说话，便也随着众人停下脚步，在旁边一径谦恭地赔着笑。张爱玲不去看他，抢在院长反应过来之前，赶紧再次重申了一遍自己的诉求。那日本人想了一下，终于点头，从黑色大衣中取出一张名片，微一鞠躬递给她："请到办公室来找我。"张爱玲激动万分，待一个人时仔细查看名片，才发现上面的地址竟然是日军驻港总部，而不是她想象中的使馆或者外交部。果然炎樱不赞成她："你要去我不会拦你，要我就不去。"张爱玲思之再三，道："我觉得不会有事。总部是官方机构，总得顾脸面，不像乱军中撞上日本兵。""问题是不幸撞上日本兵，发生了什么都不会有人怪你。这可两样。"她明白炎樱的意思，她自己送上门的，出了事情当然是她咎由自取。不像一个人时的清醒决断，一旦和人在一起，她就会被各种因素干扰，变得瞻前顾后，优柔寡断。她最终没有去，但却始终珍藏着那张名片。

堪堪到了 4 月份，临时医院除了负责学生们的食宿外，还另外开始给付报酬，她们俩合在一起得到 10 斤大米和一盒炼乳。炎樱立刻兴奋起来，提议由她接洽买主，拿出去卖。"好啊，我们需要钱。"张爱玲道，"有没有办法攒够钱买黑市的船票？""我不买黑市的船票，疯了！"炎樱说，"就算在这里做上 10 年也赚不到。"

买家住在湾仔，那里是贫民区，得由她们自己送货上门。毕竟是黑市交易，担心路上遇到盘查出现纰漏，俩人预先商量好一致的说辞，将米袋用一件旧外套包着，由张爱玲抱在怀里。战争过后，香港的私生儿出现了意外的增长，因为太多男女为了获得一点现实的依靠而匆忙结合。炎樱瞥眼张爱玲努着身子的吃力样子，不禁失笑："总听人家说什么'战争小孩'，这样子可真像是把婴儿走私出去。"许是她们俩一脸明显的学生相，居然没费什么力气就轻易地通过了关卡。果然远路无轻载，虽然只有 10 斤米，还是越走越沉，每次张爱玲吃力地调整姿势，炎樱都会说："我来抱吧。"张爱玲为了在这过程中也出点力，总是回："没关系。我累了会说。"炎樱也就并不真的伸手。开始张爱玲还能感到胳膊酸痛，慢慢地竟没了感觉，整个人好像都失了重量，脚步也变得踉跄，汗水顺脸淌下。最后几条街，到底还是不得已让炎樱接手。找到那家店铺，一进去里面空洞洞、黑漆漆的，有人出来匆匆验货，付给炎樱 10 元钱，便立刻将她们赶了出去，生怕被人发现。

早就听说战后的自由集市非常繁华，难得出来，两个人不顾疲累，便也去中环街市那儿凑热闹。那是一个通向海边的斜坡，街道两边的小摊子上琳琅满目，装满东西的盒子堆得高高的，人们摩肩接踵，吵吵嚷嚷，五颜六色的绫罗绸缎映衬着碧蓝的大海，越发显得娇艳，整座城市都在阳光下闪耀着光芒，张爱玲忽然感到一种前所未有的快乐。她们兴致勃勃地在各个摊子间钻来钻去，对一切都爱不释手。张爱玲挑了一块钴蓝丝绸，打算做洋装，转眼在另一个摊子上又一眼相中一块土布，绿叶衬托着的淡粉红色花朵，花繁叶茂地开满了一整幅布，穿在身上一定就像一幅行走的画！同样的花色，底色却有黑、绿、紫、粉红四种，算来算去钱不够，她后悔真不该先买下那块钻蓝丝料，挑拣半天，只能忍痛割爱，选了绿、紫、粉红三种。"我就说我们疯了！"炎樱说。所有能从战争中幸存下来的人都会兴奋得发疯吧？不然1920年在欧洲为什么被称为"发烧的1920年"？自来水管里流出的清水，迷蒙柔黄的电灯光，天空、阳光、时间、生命……这些又重新属于自己了，暂时又可以舒舒服服地活下去，单只这些，就让人欣喜得发狂吧！回去后张爱玲满心割舍不下，第二天到底又匆匆赶去，将那黑底的花布也买下来才安心。

第二天在人群间，竟意外地撞见了艾芙林，旁边跟着一个男人，应该就是当初接她走的同乡，看见艾芙林遇到同学，他往后站了站，向四周随便望着，听着她们谈话，却并不开口。艾芙林不做介绍，张爱玲和炎樱也只好权作没看见他，尽管如此，还是觉得尴尬，又不敢十分看艾芙林，因为她的肚子高高凸起，将常穿的那件蓝色外套醒目地一分为二。两个人不约而同地将目光锁定在艾芙琳的脸上，避免向下看。闲话几句匆匆作别，走出一段安全距离，张爱玲和炎樱这才互望一眼，一直强忍着的笑意立刻像激射的水流一样直喷出来。"你看见了？"炎樱激动地问。"怎么能看不见？""我们刚才不还说'战争小孩'呢么？"同样的事情发生在熟人身上总是感觉两样，也更让人兴奋。"他反正不能离婚，那她不成了他的小妾了？"炎樱又问。"现在不叫妾了。"张爱玲道，"他们怎么不到重庆去？到那就是抗战夫人了。"两个人一路议论着，路过戏院，略一商量又跟着人流挤进去。"我们两个花钱就跟喝醉了酒的水兵一样。"张爱玲道，"钱还够不够买船票？""反正现在买不到。""有一天买得到了，我们却没有钱了，那玩笑可就太残忍了！"张爱玲笑道。"我们的钱够。"炎樱说，神色间莫测高深。

这一晚，炎樱得了一罐椰子油，想要做面包，便叫张爱玲出去借烤盘和锡纸。外面黑漆漆的，张爱玲也不想出去，却不得不跑腿。打开门，刚用手电筒照亮台阶，她就发现外面原来很热闹。一辆卡车停在侧门口，敞开的门里泄出灯光，不停地有人进进出出。她赶紧将手电筒关掉。是日本人吗？现在普通人有汽车也开不了，没有人弄得到汽油。可是大半夜的，日本人到这里来做什么？而且细细分辨，虽然只有只言片语，但还是听得出讲的是英语。借完烤盘回来说给炎樱，炎樱一边忙着和面，一边沉下脸嗫嚅道："别管，我们不应该知道。"张爱玲越发困惑："他们到底是在做什么？"她的心怦怦跳。难不成这里悄悄进行着大屠杀，或是借着医院做掩护其实在搞残忍的试验，所以日本人要趁黑来运尸体？可是病人又没少。炎樱见她猜测得离谱，张望下四周，蹙眉低声道："是那些男生。把东西弄出去卖。""什么东西？"她总是后知后觉。"米呀，罐头，有什么卖什么。""院长知道？""不然卡车是从哪儿弄来的？"她气得哑然失笑。所有人都在想方设法地弄钱，她们是在卖自己的口粮，院方则是在倒卖学生和病人的配给。怪不得食堂里负责打饭的人现在态度越来越恶劣，心疼兮兮地舀上那么一小匙，还气囔囔地摔在学生的盘子里，原来他们早就将那当作了自己的财物。她忽然想起前几天早晨，四号病人尾随着男生进了院长办公室，听着是他跟谁要钱，接着里面便高声吵嚷起来，还砸了东西。"说是他偷东西，趁着医生忙隔壁床，从车上顺走一卷绷带和几把手术刀。后来

190

还搜出 3 条病院的制服裤子,都藏在他褥单底下。要我们留神护士房里的东西,脸盆、搪瓷缸,别把东西乱搁。"可是,这里边总有什么不对。但她不能再追问下去。炎樱有一种特别的固执,她只愿将目光聚焦在使她快乐的事物上,其他一切她都有本事视而不见,有些甚至一提起都会让她格外排斥和愤怒,比如战争、政治、罪恶……"可别说出去,跟我们不相干。"果然,炎樱不想再谈下去,只嘱咐她道。

尽管毫无希望,张爱玲还是在为弄到船票做着一切努力,这一日她出去打听回来得晚了,一个人走着黑黢黢的山路。她对自然界一向无感,连带着也并不喜欢中国山水画,然而今夜,大山的宁静却和她达成了某种共识。这山,这南国的夜色,包括晚风中簌簌落下的杜鹃花,都是她的,至少这一刻,世界仿佛只为她而存在,她不用担心陌生人的闯入,那让她心情愉悦。走到最后几级台阶,她的脚忽然被什么绊住,随即腿上痒酥酥的,是有什么东西在往上爬。她吓得两脚乱踢,赶紧拧亮手电筒。只见地上一堆白色的布,她不及细看,赶紧撩起旗袍,立刻看见许多大蚂蚁在她腿上簌簌爬着。她又惊又骇,赶紧一阵乱拍。好容易处理完了,仍心有余悸,定了定神,方才小心翼翼地掀起地上的布,原来是件医院的病号服,里面用一张油腻腻的纸,包着几个叉烧包,周围密密麻麻围的都是香港特有的热带大蚂蚁,还有大军在源源不断地赶来,看得人头皮发麻。张爱玲赶紧站开些。她立刻想到了四号病人,用手电四下照去。越过草丛,一窠窠木槿树和杜鹃挨挤在一起,枝叶相交,绯红的花朵吐着热气,在白光的映照下,娇艳得仿佛滴得下血来,在它们后面,是黑影幢幢的松树和柏树林,在那里,有吞噬人的、眼睛亮晶晶的黑夜的怪兽在徘徊。张爱玲吓得赶紧关掉手电筒，但旋即她又打开，照着路，迅速离开。

回到医院，她直奔四号病床。值班的苏雷珈听问回道："没有，他还没回来。"又道："他的胆子越来越大了。"张爱玲告诉了她和另一个值班女生自己路上所见，又道："他可能出事了。""喝醉了吗？"苏雷珈不解地道。"可是没看见人？""会不会倒在草丛里？""那里没人，我也没到处找，我吓坏了。你看会不会是有人抢了他，或是杀了他？""他又没钱。""说不定有人跟他不和。""也是。"另一个值班女生道，"当初在他枕头底下找到剪刀和手术刀，我就纳罕他是不是黑衫①，不然干吗怕他，不赶他出去？他如果是黑衫，说不定有别的黑衫想杀他。"大家商量着要去告诉院长，可是这个时间没人敢闯后宫。"还是等一等吧，也许他会回来。"最后，大家一致同意说。②

第二天早晨和炎樱巡房，四号的病床依旧空着。"回家看老婆了。"隔壁病床的人见问，立刻不怀好意地笑道，其他病人听了也都哈哈大笑。"讨厌耶！"高年级女生闻言羞红了脸叱道。男生那边得了消息，立刻开始清查物品。张爱玲见状道："他没逃走，我不是说了。"果然清点后，什么也没缺少。炎樱向院长的一位同乡兼得力助手述说着事情的经过："昨天晚上张爱在回医院的路上看见一件医院制服。""什么？什么制服？"男生蹙眉道。"昨天晚上，我回来的路上看见路上掉了件制服。"张爱玲只得再说一遍。"还有

---

① 当时香港的黑社会，因为身着黑衫，故而得名。战乱之时他们格外繁忙，一方面忙着打劫，另一方面则受人钱财，帮着看守门户。

② 对话内容引自《易经》第326页，略有改动。

四号老买的叉烧。"炎樱补充说。那男生身材高大健壮,眉头紧锁,微微眯着眼睛,俯首瞪着张爱玲,脸上的表情说不上是惊骇还是愤怒。听完她们的讲述,他没说什么,只奇怪地哼了两声,便走开了。"他的表情真奇怪。"半晌,缓过神来的张爱玲终于说道。"啊,他就那样。"炎樱道。那倒也是。现在院长的同乡都是一副凶神恶煞像,靠着学生吃饭,却恨不得把学生和病人的所有口粮都克扣掉,全部换成现钱揣进自己的腰包,人的贪欲就像潘多拉的盒子,一旦打开,便再收不住。见张爱玲始终默然不语,若有所思,炎樱道:"你在想什么?"随即惊呼道:"哎,你不会认为他们杀了四号吧?"军车。四号的病服和散落一地的叉烧包。适才那男生的震惊和愤怒。这里面一定有着内在的逻辑和联系。张爱玲像拼七巧板一样,努力回想着这几天所发生事情的一切细节,想要拼凑出事情的真相。"说不定他知道他们走私的事。"她沉吟说。"哎,哎,张爱!"炎樱哀叹道,"大家都知道,那根本就不是什么秘密。""可说不定只有他想勒索他们。前几天我们不是听见四号跟那男生要钱。那也许不是第一次。""我没听到什么要钱的事。""那个男生一直说没有了,然后吵起来。""我只听到摔东西。""一定是他威胁他们。""拿什么威胁?他能怎么样?"炎樱哂笑道。"倒卖日本的军用物资可以枪毙。"炎樱一愣,眼中光芒一闪,但随即暗淡下去,有些着恼地说:"不知道。"言罢便开始俯身整理东西,埋首进下层车架,再看不见她的脸。[①]

下午值班的空隙,张爱玲偷偷跑到昨晚经过的那条小径上去。

———————

① 对话内容引自《易经》第328~329页,略有改动。

那里一片寂静。地上什么都没有。制服，叉烧包，包装纸，甚至蚂蚁，都不见了踪影。她环顾四周空荡荡的教授宿舍和岑寂的花木，发愣了好久。一切就像从来都没有发生过一样，可她知道，那不是梦。

男生那边一口咬定四号偷了东西逃走了，也就没有人再追究下去。只有张爱玲心心念念放不下。她在想象中不断地重回现场，一遍遍地推测、确认着事实真相。现在是连肚子都填不饱的特殊时期，没有人会将叉烧包扔得一地。四号没有逃走，他肯定是出事了。她所知不多，可是拼凑在一起却合情合理。她很早就明了人性的复杂幽暗。当初港大费尽心力，才用文明在人性的荒原上开垦出一小块绿地，可是一场战争，就将一切打回了原形。她拿出那张日本军官的名片，反复端详揣摩。说实话，她并不害怕去日军总部，她内心有一种深深的笃定，她应该能够平安进出。地道的英国口音，守旧的中国味儿，冷静内敛的举止，再加上禁欲系的面孔，单只这些，就应该让人升不起欲念。可是对方凭什么要帮她？在院长那儿碰过钉子后，她才明白，单靠少女的单纯可怜是没有用的，要和对方谈判，手中就必须握有筹码。那么这个故事算不算？战火刚熄，死了那么多人，再添上个流浪汉当然不算一回事，院长他们应该也是算准了这一点，可是偷窃日军物资呢？这个总不会不管吧？可是把手心攥出汗来，她也还是下不了决心。她不愿意成为告密者。院长他们也许会因此丧命。即使他们手上真的沾有鲜血，她也还是不愿伯仁因己而死。善恶有报，那应该由天道来惩罚，而不是经由她的手。

她反复揣摩设想一切可能的情况，决心找院长做最后一次努力。

"什么事？"院长坐在办公桌后，见她进来抬头问道。

她的外表太平淡，以至于给人留不下什么印象，对于这一点她并不意外。不过她也有把握，他很快就会想起她来，那个胆敢当着他的面打断巡视，和日本军官说话的女学生。

"午安，院长。"她笑道，一扫平日里的安静退缩，"我之前来找过你。"

"有什么事？"

"我问过你帮我们买船票回上海。"

"抱歉，帮不上忙。"

"你上次也这么说，院长。日本人要我到军部去，我还不知道该去不该去。要是他们问起这里的事，我不知道该怎么说。"

她一边说着，一边就感到溺水的慌张和无力感。金丝眼镜后冷冷直视着她的目光，木然而又隐含着愤怒的脸，这一切，都让她觉得似曾相识。是了，年少时每次替母亲捎话给父亲，他就都先是这样木然地听着，然后脸上泛起不耐的神色，再接下来便突然大发雷霆。她的心吓得在哭泣，声音越来越低，慢慢地，自己都不知道自己在说些什么。可是这次不能，她只有一次机会，今天之后，院长将会恨她入骨，她再也得不到谈话的机会。她必须搏一次。

"我不懂你在说什么。"

"万一他们问起这里的军用物资，还有四号病人。"

"我真的不懂你的意思，"对方一惊，遽然起身，"我很忙，所以——"

她不理他逐客的意思，坚持道："院长，万一他们问起四号是怎么死的，我要怎么说？"

"你说的话我一个字也听不懂，而且我很忙，还有事要办。"

"院长，我来找你是因为你人好又肯帮忙——"

"我没帮过你的忙，我根本不认识你！"他终于忍无可忍地喊道。

"你人好，接下这份工作，帮助受困的学生。我们都是中国人，除非是逼不得已，我不会去找日本人。"她几乎是哀求道。

"我不知道你是谁，想要什么。"他怒不可遏，绕过桌子，笔直地朝她大步走过来，"请你离开。"

在被赶出去之前，她抓住最后的稍纵即逝的机会，努力确保他明白了她的诉求："我们只想回家。两张回上海的船票，什么舱位都行。我们会付钱。"①

回来告诉炎樱，对方沉默半晌，方道："你提没提到我？"张爱玲一愣，她尚没想到这一层。"这次没有。"她沉吟一下道，"上次说过。""其实不值得。"炎樱过了一会儿方道。"真对不起，拖你下水。""算了。可是我们要怎么时时刻刻小心？""他们不至于敢怎么样。"张爱玲说。也许并不会牵连到炎樱，毕竟只有她一个人在惹事。她并不莽撞。她仔细衡量过其中的风险。不同于流浪汉，她是港大注册的在籍学生，要想让她凭空消失没那么容易。而且院长他们自己也是读书人，杀人并不是他们的专长，想来这次也是为了摆脱困境，而慌不择路。再让他们杀一个清白的女学生，他们下得去手吗？尽管如此，她并不敢大意。每晚都小心地将门窗锁好，时刻和人结伴同行，避免落单，上食堂就餐也格外小心，尽量夹在同

---

① 对话内容引自《易经》第 332~333 页，略有改动。

学中间，毕竟对方是医生，要从饮食上下手也不是没有可能。同时，像港战时一样，她再度尝试着将生死置之度外。她从来没有这样地镇定而勇敢过，仿佛一个指挥着千军万马的将军，一挥手就会有人头落地，她却面不改色心不跳。老子不是说："吾所以有大患者，为吾有身，及吾无身，吾有何患。"最后时刻一到，一切的爱恨贪痴都将瓦解，换个角度来看，死亡就没有那么可怕。

可是一天，两天，三天，日日都是度日如年。当内心鼓舞着她的热血消散，她忽然又有些患得患失。怎么一点动静都没有？她自以为估计正确，可事实是，真实生活里的事情任谁也是说不准。会不会真的是她弄错了？又或者，她该抢在他们动手之前，去趟日军总部？

正在她如履薄冰、进退维谷之际，这天晚上熄灯前，曾经的一位女同学，现如今院长的"小老婆"忽然走进来，递给她一个信封，说："给你的。"上面没有署名，拆开来，里面只有一张纸，印着南谦船运公司。张爱玲激动万分，翻来覆去看了几遍，才敢确认上面的信息：持单人可于 5 月 20 日前购买二等舱船票一张及三等舱船票 7 张。落款是船运公司经理的签名。

"院长说是给想回上海的学生的，可他也只能弄到 8 张票。他说你们得自己说好几个人走，他让把信交给你，因为是你去找他的。"

"请告诉他我们非常感激。"张爱玲诚心诚意地说道。

炎樱想把多余的船票拿到黑市上卖的想法落了空，因为其余几张立刻就被同学们一抢而光。终于，他们不用只是在污秽的玻璃上涂满"家，甜蜜的家"的字样了，他们可以直奔回去。

"他们说票是你弄来的，二等舱应该归你。"炎樱说，"说是黑市上也只买得到三等舱，价钱再高也买不到头等跟二等。"

张爱玲从来没有这样得意过，以至于问："你要不要？"

"要不你拿去，舒服多了。"炎樱说，随即又充满希望地道："还是你觉得太贵？"

"这个价钱还算便宜吧？"

"划算的。三等舱会很可怕。"

炎樱把全部存款都提出来，付完船票之后还剩 100 多元，三等舱人多手杂，便都让张爱玲帮忙缝在衣服和吊袜带里。"我会很小心，不管坐多久的船都不脱下来。"张爱玲保证道。"我知道你这点很行，你什么东西都不放手。""这话真应该说给我妈听。"张爱玲欢快地笑道。

船行 8 天，经汕头、基隆，过温州、福州，于 5 月 13 日抵达上海吴淞港。她和炎樱拖着行李，各坐上一辆黄包车。太阳明晃晃地照在脸上。她忽然想起 8 岁那年，从天津初来上海，她额上留着厚而长的刘海，要仰起脸才看得到天空。她穿着新做的粉红色洋纱袄裤，上面飞满蓝色的大蝴蝶。她将有一个新的家，她的睽违已久的母亲将要从海外归来。那时阳光也是这样照在脸上。那时全城都在传唱一首歌谣："太阳，太阳，太阳它记得，照耀过金姐的脸，和银姐的衣裳……"

"上海，我回来了。"她微微仰起脸，沐浴着温暖而安全的阳光，在心底轻轻地说。

第三章

初试啼声

出名要趁早呀！来得太晚的话，快乐也不那么痛快。

——张爱玲·《流言·传奇再版的话》

又是一年春天，天气尚有些微寒，尽管如此，道路两边的法国梧桐已经绿叶成荫，张爱玲身着一件鹅黄色半袖软缎旗袍，腋下夹着一个纸包，匆匆走在路上。她此行是经黄园主人岳渊老人①引荐，去见《紫罗兰》杂志的主编周瘦鹃②，想看看自己新近写的两部短篇小说能否发表在他的刊物上。

去年一回到上海，张爱玲便立刻去找姑姑。太平洋战争爆发后，日军攻入上海租界，张茂渊所在的怡和洋行经营状况不好，先后裁

---

① 黄岳渊，早年从政，后弃政归田，潜心园艺。在上海真如购入十余亩地，种植培育各种花木，并引入国外珍品异种，人称"黄园"。每逢金秋，黄园中举办的菊花展，成为上海滩的一大盛事，社会各界名流皆争相趋赏。与于右任、郑逸梅、包笑天、周瘦鹃等人皆过从甚密。据张子静在《我的姐姐张爱玲》中所述，黄岳渊乃黄素琼娘家亲戚。亦有一说，当年黄素琼曾去黄园赏菊，因同姓而与黄岳渊互攀宗亲，俩人遂以兄妹相称。

② 周瘦鹃，鸳鸯蝴蝶派的代表作家，也是中国早期的文学翻译家，曾主编《礼拜六》《紫罗兰》《半月》等期刊。嗜爱花草园艺，晚年于苏州创办著名的"周氏花园"。

掉了1000多名在华员工,张茂渊也在其中。暂时没了收入,又兼时局不稳,所做投资也大都有去无回,居住的地方也从开纳公寓搬到了赫德路和南京路交叉处的爱丁顿公寓。张爱玲回来当天,姑姑特意做了一桌饭菜,次日开始便只有葱油饼。见姑姑有些不好意思,张爱玲立刻道:"我喜欢吃葱油饼。"这倒不全是宽慰的话。从来喜欢一样东西,她可以连吃多少顿都不厌,姑姑尽管嘲笑她这一点,却也说:"不过,不知道,也许你们这种脾气是载福的。"

炎樱已转入上海圣约翰大学继续学业,毕竟只差半年,张爱玲也想拿到大学文凭,无奈在学费上却犯了难。"让你三叔出。当初离婚协议上有的,你的教育费用由他来负担。港大三年他一分钱没出,剩下半年应该由他出钱,不然太说不过去了。"张茂渊道。话虽如此说,可是姑姑早已和父亲断绝往来,不可能出面,张爱玲自己更是无法。刚好弟弟张子静得知姐姐返回上海,兴冲冲地赶来,及至见到张爱玲,却变得怯生生的了。那已经不是他印象中的姐姐的模样,而是身材瘦削高挑,长发及肩,身着别致的时髦衣裳,举止矜持冷静,散发着出尘飘逸之美。简单地各述别情之后,得知姐姐的困境,正巧也要报考圣约翰大学的小魁意外地自告奋勇,表示愿意向父亲陈情。回家后,他找机会避开后母,将和姐姐见面的情形婉转地说给父亲,张志沂听闻后,面无表情,沉吟一下,方道:"你叫她来吧!"

张志沂现在的境况已经大不如前,前两个月刚从居住了十多年的淮安路老宅搬到福理履路汶林路口一条里弄的一栋小洋房里。房子是兄长张志潜的,由孙用蕃出面,靠着当初兄妹诉讼过程中张志沂倒戈的功劳而力争借来的。张爱玲走在路上,离家越近,心里翻腾得越厉害。她以为她能放下。尤其经历过港战，看淡了生死，她以为自己能够承受得更多，也遗忘很多。可是刚一从地理位置上要接近父亲和继母，她的心中便再难以平静。那女人尖利刻薄的声音又在她耳畔响起。"你眼里哪有我？你眼里哪有我！"呵，她举起那细得像根火柴棍似的胳膊要来打她了。她眼里燃烧着对另一个女人的仇恨，可是她够不到她，她只够得着她的女儿，那就让她的女儿来承受吧。张爱玲浑身颤抖。她看到年少的自己倒在地上，头偏到这边，又偏到那边，耳朵都被震聋了，父亲还揪着她的头发，疯狂地一阵乱踢。那种痛苦再次痛入心肺。

张志沂正在客厅等待。事先他已经透话给孙用蕃，让她届时躲到楼上，不要露面。张志沂蹙眉踱步，心中五味杂陈。对于女儿的吃里爬外和叛逃，他同样不能释怀。尽管如此，他还是伸出了橄榄枝。四年多未见，女儿长成了什么样子？老宅子里女儿的房间一直保持着原样，有时趁着没人注意，张志沂甚至会一个人进去坐坐。他不是没有愧疚，可是，谁又理解和看到过他被轻视的痛苦？尽管如此，他愿意宽宥和原谅，他希望女儿也能。可一看到走进家门，身量已经比自己还高，出落得风姿不俗的女儿的脸，他就知道，他的希望落空了。张爱玲面色严峻冷漠，一无笑容。其实第一眼看到父亲，张爱玲的心中也是一震。童年时的魔咒还在。在每个孩童心里，父母都是神一样的存在，握有一切权利，高高在上，不生不灭，不老不死。直到某一天，孩子慢慢长大，神话被打破，他们才突然意识到父母原来也只是肉身凡胎。是自己长高了吗？还是这屋子太阴暗窄仄？总之，父亲出乎意料地瘦小，而且明显地老了。那个干巴而衰老的人半垂着头，沉默而沮丧，面对女儿勉强而生硬的问候，不看她，微微抬了抬下巴，口中低声嘟囔了句什么。是让她坐吗？
她微微倾身，本能地想要听清楚他的话。心中一酸，泪水抑制不住地就溢满了眼眶。但她迅速垂下眼睑，掩住几乎就要夺眶而出的泪水，再抬眼，已经控制住了自己的情绪，眼中空无一物，心亦如磐石。她没有资格感伤。四年多前的那个午后，当她倒在地上，任由尊严被践踏得一地，以及之后躺在病榻上望着一隅青天无望地等死的时候，她的心中就有一部分变硬，死去了，而谋杀她的感情的人此刻就在眼前。他们都避免去看对方。张爱玲简略地说了下想入圣约翰大学续学一事，张志沂沉吟半晌，尽量温和地说道："你先去考试吧，学费我叫你弟弟再送去。"

他们都等待，看对方还有什么话要跟自己说，却都无话可说。张爱玲见状便起身告辞。前后不到 10 分钟。那是张爱玲最后一次走进这个家，之后便永远地离开了。此后，她和父亲再未谋面。

尽管出了点小波折①，张爱玲还是如愿通过考试，转入圣约翰大学文学系四年级。在校园中，她和炎樱依旧形影不离。与此同时，她开始尝试着用英文给《泰晤士报》写些剧评和影评，赚点稿酬以图自立。除了最初入学的那次学费，再盼望从她父亲那里得到救济并不现实，孙用蕃已经做出了一次让步，即使不是在目前这种经济拮据的情况下，再不知进退、得寸进尺也势必会激怒她，何况，那也为张爱玲的自尊所不许。母亲那边同样指望不上。她最后一次收

---

① 入学考试，张爱玲国文竟然未及格，补习通过后，她被分入国文初级班。不过入学不久，她就迅速从初级班跳升至高级班。

到母亲的信，是新加坡沦陷之时，母亲搭乘难民船去了印度，但张爱玲当时并不知道，维斯托夫在逃亡途中被打死在了海滩上。她想象着母亲怎样抱着爱人的尸体在海边哭泣。她们都是孤独的人，却无法互相安慰。"维斯托夫爱笑。从前我们都说，维斯托夫说话到一半，就笑得听不到后面说什么了，不是好兆头。"张茂渊叹道。事隔多年，许是心里已卸下重负，张茂渊竟笑提起自己当年借钱的事："为了你表大爷的事筹钱，一时周转不过来，用你三婶的钱买了股票，没想到一直跌。手里几条衖堂又卖不掉，后来卖掉还上钱，她就去香港了。""我知道。"张爱玲笑道。张茂渊闻听，诧异非常，却只气得干笑了两声。她一直以为那是她们姑嫂之间的一个秘密，却原来黄素琼早就说给了女儿。不用想，也知道黄素琼肯定是出于抱怨。她还说没说过其他不该说的话？想想真让人心寒。她不过是暂时挪借一下，又不是不还。想当年黄素琼初嫁过来，她只有14岁，立刻不可救药地迷恋上了嫂嫂，影子一样地粘着，片刻都不肯离开她。一直以来，她是连自己亲哥哥那边都不站，都要力挺嫂嫂，岂料自己陷入困境，倒是她最不肯体谅！谁还没有点秘密，凭什么只有她守口如瓶？！隔些天闲聊，提及黄素琼的罗曼史，张茂渊忽然笑道："嚯！你三婶打过好多次胎。"唬了张爱玲一跳。黄素琼姑嫂旅英时结交的朋友中，只有刘皆一人，张爱玲一直以来只闻其名，未见其人。原来母亲真正爱的就是他。黄素琼姑嫂第一次出洋去英伦，他正在牛津大学读书。张爱玲还记得幼年时母亲谈起黛湖那无限追念的怅惘的柔情，以及字典中夹着的玫瑰花瓣，还有一次她翻英文词典，从里面掉出的母亲游西湖的照片，背面题道：

回首英伦，黛湖何在？

想湖上玫瑰

依旧娇红似昔，

但勿忘我草

却已忘侬，

惆怅恐重来无日。

支离病骨，

还能几度秋风？

浮生若梦，

无一非空。

　　原来那不是悼景，而是伤情。当年的黛湖之游是黄素琼姑嫂二人与刘皆偕行。母亲为刘皆怀孕、流产，甚至回国离婚，但归国后在外交部平步青云的刘皆却在前程和现实面前却了步，最终选择和一个身家清白的女大学生结了婚。"后来他到我们那儿去，一见面，两人眼睁睁地对看了半天，一句话都没说。"张茂渊道。还有伊梅霍森医生。免费为少女看病，其实却另有所图。张爱玲这才明白母亲那时为什么那样厌恶她。还有同族中的……供奉了那么久的神像，泡了水，才知道原来只是一摊泥。虽然对母亲的感情早已大异于前，张爱玲还是感到了深深的幻灭。怕姑姑误解了她的沉默，她讲了那800元奖学金的事，并且笑道："不知怎么，从那以后，心里对三婶就不一样了。"她是想说她对母亲现在很淡漠，不想多了解，也不想评判。张茂渊迟疑一下，倒后悔自己说多了话，笑道："你三婶当初倒是为你花过不少钱。"张爱玲立刻明白过来，她和姑姑立场不同。作为长辈，当然都希望自己的付出能被感恩，即使不能有所回报，至少不愿看到小辈忘恩负义。

虽然张爱玲陆续从报馆获得一些稿酬，但也只是杯水车薪，仅能勉强维持学业，眼见日常生活开销完全落在姑姑身上，这让她格外心焦。尤其姑姑淡然处之的做法，反而让她负疚心理更重。另一方面，受过港大自由学风的洗礼，张爱玲对圣约翰大学拘泥刻板的教学方式格外不适应，感觉学而无获。写作已经耗去了大部分心力，再要应付好学业，也让她感到左支右绌。在经过慎重考虑之后，她终于做出了一个重大决定：退学，专业从事写作。

这是一个在任何人看来都不免草率而鲁莽的决定，但只有张爱玲自己知道，为了这一刻，她已经做了长久的准备。

当日《天才梦》获奖，张爱玲中学的国文老师汪宏声在上海读到，欣喜之余转托和张爱玲通信的一位同学，建议她可以写些童话。张爱玲一改往日沉默寡言的作风，果断作答：盛意颇感，但不想写童话。在艺术世界里，她拥有绝对的自信，知道自己想要什么，并且预见到自己未来所能达到的高度。虽然感谢汪宏声老师的关切和善意，但他认为人生历练太少，更适合于写童话等富于幻想性的作品，这种基于大众普遍经验得出的观点并不适合于她。天才从来都是独特的这一个，他们的体验、经历无法复制，内在的独特性注定了他们不会选择寻常路。没有人知道，在这个年方廿二、看上去未经世事的年轻女子心底，已经为芸芸众生描画了怎样的一幅浮世绘。从小熟谙市井文学以及鸳鸯蝴蝶派等作品，她知道大众的阅读趣味所在，另一方面，深厚的中国古典文学素养以及外国优秀文学的濡染又提升了她的品位，三年多的香港留学生活在不知不觉中开阔了她的视野，更重要的是，她拥有着普通作家终生渴慕却又望尘莫及的独特能力：直击人心的真实和天才式的穿透力。但她还在谨慎权衡。这是一个千载难逢的时机。上海沦陷之后，文化上也陷入了一片荒芜，许多早前著名的作家早已偕家离开上海，留下的为了不与日本侵略者和汪伪政权合作，也大多自愿封笔，还有许多人被封杀，连一直在报上连载的张恨水小说，都不见了踪影。这段文学上的真空时期恰恰给张爱玲提供了大显身手的历史舞台。她要一击必中，不容有失。

　　周瘦鹃的住处叫紫罗兰庵。前来应门的是他的女儿，听张爱玲说明来意，请她在楼下客厅等待，自己拿了引荐信匆匆上楼去找父亲。片刻后，楼上下来一人，高高的个子，面容苍白清癯，带着圆形墨晶眼镜，一袭长袍，透着旧式文人的风度儒雅，不过发色黑得很不自然，一眼看得出是戴着假发。周少年时得过一场怪病，眉发皆落，是以如此打扮用以掩饰。张爱玲见状赶紧起身鞠躬，周亦答礼招她入座。寒暄之后，张爱玲简单介绍下自己的履历和此来目的，随即打开身边的纸包，取出两本稿簿，题作《沉香屑》"第一炉香""第二炉香"的，捧送给周瘦鹃。"这题目倒别致有味。"周瘦鹃一看便赞道。这是张爱玲精心构思的故事。曾经，她以上海人的眼光去看香港，现在，她要把自己所观察到的那个光怪陆离而又魅惑的世界讲给上海人，其中熟悉的中国味儿，且又带些陌生的新鲜感，一定会让他们或惊叹或莞尔。

请您寻出家传的霉绿斑斓的铜香炉，点上一炉沉香屑，听我说一支战前香港的故事，您这一炉沉香屑点完了，我的故事也该完了。

在故事的开端，葛薇龙，一个极普通的上海女孩子，站在半山里一座大住宅的走廊上，向花园里远远望过去。……

她以笔拉开一个长长的广角镜头，也拉开与人物的距离。一花一世界，一叶一菩提。她终于可以摆脱一己之私，也挣脱尘俗的桎梏，进入一个自由而广阔的世界，在那里，她怀着造物主的喜悦和悲悯，俯瞰着滚滚红尘中的悲欢离合，恩怨情仇。

周瘦鹃请她将稿件留下容他慢慢细读。说起《紫罗兰》这次的复刊，张爱玲适时地兴奋笑道："家母和姑姑十多年前都是您的忠实读者，《礼拜六》《紫罗兰》①每期必读。尤其家母，当时留法学画归来，读了您的哀情小说，流过不少眼泪，还曾写过信劝您不要再写呢。"她的语调很适度，既亲切自然，又不过分谄媚。至于当年黄素琼为了逃婚，曾经写信给周瘦鹃一事自然是不能提的，不然倒容易引人误会。②果然周瘦鹃眼中一亮，但毕竟久经世面，随即淡淡笑道："是吗？可惜我倒不记得了。"话虽如此说，待得新刊出版，周瘦鹃如约带着样本到爱丁顿公寓来赴茶会，对着墙上黄素琼的照

---

① 《紫罗兰》初创于 1925 年 12 月，1930 年 6 月停刊。1943 年 4 月，《紫罗兰》在上海复刊。

② 周瘦鹃年轻时曾和一出身富家的女学生相恋，在女方家庭的阻挠下，一对有情人最终劳燕分飞。因女生英文为"Violet"（紫罗兰），从此，周瘦鹃所编的杂志名为《紫罗兰》，住处为"紫罗兰庵"，苏州的庭园名为"紫兰小筑"，园中则种满了紫罗兰花。黄素琼想逃婚之时曾写信向周瘦鹃求助，也应是认为他对于爱情上的不幸更能理解和同情。

片，到底忍不住深深地多看了两眼。照片中的黄素琼穿着别致的洋装，烫了头发，是那个年代最时髦的样式，刘海蓬蓬松松地罩在前额上。"这是家母。"张爱玲介绍道，"早先一直在新加坡，现在去了印度。"每次向别人介绍母亲，她总免不掉虚荣心得到一种别样满足的小小自得。也是第一次，她忽然意识到母亲为什么一直不喜欢她，因为她让母亲拿不出手。不过来不及细想，这一瞬间的体悟就被诧异掩盖掉了，因为听见周瘦鹃说："哦，这是老太太。"她心底骇异，她母亲哪里有那么老？到底是老派文人，不懂得西方社交礼仪中对于女性年龄的避讳。表面却只能礼貌地笑笑，忙着去端上用精美杯碟盛装着的乳酪红茶和西点。

茶会是姑姑的主意。读了那么多年他的文字，她对周瘦鹃不免有点儿好奇。张爱玲虽然不情愿，但多少也感激周瘦鹃发表文章并且特加按语的盛情，只得出面预约了这次茶会。她和陌生人交接一向吃力，初次见面和周瘦鹃长谈了一个小时，回来便说不出的乏累，幸亏这次有姑姑在，她更多只需负责倾听。

从 1943 年 5 月开始，《沉香屑·第一炉香》被分成三期，连载在《紫罗兰》月刊上。周瘦鹃还特意写了一篇《写在"紫罗兰"前头》，详细记述了张爱玲持信来访以及文章刊载的经过，并推介道："请读者共同来欣赏张女士一种特殊情调的作品，而对于当年香港所谓高等华人的那种骄奢淫逸的生活，也可得到一个深刻的印象。"《沉香屑·第一炉香》的版面并不靠前，张爱玲为了读者阅读连贯和今后便于出版单行本，希望一期将文章刊载完毕的要求也被周瘦鹃拒绝，理由是："篇幅实在太长了，不能如命，抱歉得很！"而张怀疑那更多却是出于商业利益的考量。敏感如张爱玲，在短短几次接触之后就意识到了她与周瘦鹃之间的距离和隔膜。周的小说被称为"哀情小说"，散文则是延承自明清小品文，文字固然清丽简洁，但和她终究不是一个路数。更关键的是，她喜欢的人必得是聪明的，"要在两行之间另外读出一行"，而周现在是连她已经写在纸面上的文字也未能完全领会。他不能真正理解她，正如她并不是他由衷欣赏的作者。但她必须保持礼貌和克制。至少目前，她需要这个平台来崭露头角。

《沉香屑·第一炉香》连载到 7 月份，之后是《沉香屑·第二炉香》。但张爱玲已经着手，开始另做打算。

柯灵在《遥寄张爱玲》①中写道：

当年（1943 年）夏季，我受聘接编商业性杂志《万象》，正在寻求作家的支持，偶尔翻阅《紫罗兰》杂志，奇迹似的发现了《沉香屑·第一炉香》。

张爱玲是谁呢？我怎么能够找到她，请她写稿呢？紫罗兰庵主人周瘦鹃，我是认识的，我踌躇再三，总感到不便请他作青鸟使。正在无计可施，张爱玲却出乎意外地出现了。

出版《万象》的是中央书店，在福州路昼锦里附近的一个小弄堂里，一座双开间石库门住宅，楼下是店堂，《万象》编

---

① 应老朋友刘以鬯之邀，柯灵为其主编的杂志撰写此文，最初发表于 1985 年 2 月《香港文学》。1985 年 3 月、4 月，内地《收获》《读书》杂志先后再次刊登此文，《收获》同时登载《倾城之恋》，这是时隔 30 余年后，张爱玲的作品首次重现内地，也是内地"张爱玲热"的开端。

辑室设在楼上厢房里，隔着一道门，就是老板平襟亚夫妇的卧室。……当时上海的文化，相当一部分就是在这类屋檐下产生的。而我就在这间家庭式的厢房里，荣幸地接见了这位初露锋芒的女作家。

那大概是七月里的一天，张爱玲穿着丝质碎花旗袍，色泽淡雅，也就是当时上海小姐普通的装束，肋下夹着一个报纸包，说有一篇稿子要我看一看，那就是随后发表在《万象》上的小说《心经》，还附有她手绘的插图。

此后几个月，张爱玲接连在《万象》上发表《琉璃瓦》，连载长篇小说《连环套》。差不多与此同时，她又在当时上海首屈一指的《杂志》①上连续发表了《茉莉香片》《倾城之恋》《金锁记》等重要作品。随着合作的深入，她迅速成为《杂志》力捧的作家，《杂志》方面更是积极筹划，先后举办各种座谈会、茶会、纳凉会，力邀上海社交界、文艺界的名流前来捧场，畅谈分析张爱玲的作品和小说艺术。这是来年春天的事情，且容后细表。

她们的境况终于有了好转。张爱玲笔耕不辍，姑姑则在无线电台找到一份工作，播报新闻和社论，她感慨地说道："我每天说半

---

① 《杂志》创办人袁殊读到《沉香屑·第一炉香》后，亲自到常德路登门拜访，向张爱玲约稿，双方由此开始合作。袁殊表面上先亲近李士群，后依附罗君强，与熊剑东一文一武，成为罗君强手下的哼哈二将，但其真实身份极其特殊：他是苏联、中统、军统、日本的多面间谍，但最重要的，在所有这些身份的掩盖之下，他是中共地下党员，直接由潘汉年领导。《杂志》主编吴江枫、鲁风等人亦都是中共地下党员。从1976年与宋淇夫妇的通信中，可以看出张爱玲对袁殊的多重身份已经知晓。

个钟头没意思的话，可以拿好几万的薪水；我一天到晚说着有意思的话，却拿不到一个钱。"不久，便又应聘到大光明戏院去做翻译。薪水比先低得多，她却安之若素："如果是个男人，必须养家活口的，有时候就没有选择的余地，怎么苦也得干，说起来是他的责任，还有个名目。像我这样没有家累的，做着个不称心的事，愁眉苦脸赚了钱来，愁眉苦脸活下去，却是为什么呢？"张爱玲笑道："姑姑说话总有种清平的机智见识，有点类似周作人的。"又介绍他的文风是如何冲淡中见机智。张茂渊毫不客气："我不懂那些，也没兴趣。"她从来不掩饰自己的不喜欢文人。与其空谈，不如实实在在地去生活。但念在亲戚份上，侄女的小说倒是篇篇认真去读，完了总不免扔下一句："让人太不愉快。"张爱玲不以为忤，笑而纳之。

这是她最自信的时期。长久以来郁积的情感终于倾泻而出，那让她感到无比的畅快。她读过叔本华的这段话吗？"一个人所发现的真理，或者他投射到某个幽暗地方的光芒，总有一天会打动另一个思考者，令他感到感动、欣喜，给他安慰。似乎他所说的一切全是为了这个人，这正如那些和我们相近的灵魂在人生的荒漠里曾经对我们诉说，安慰过我们一样。"而她也的确是在对着知己诉说。在香港时，她曾告诉炎樱："我怕未来。"炎樱听罢也有点悲哀，却仍微笑着道："人生总是要去过的。"而现在，她有种从未有过的乐观，跳出现实生活的藩篱，茫茫人海中，总有人会真正懂得她。

这段时间，她对服装有种耽溺的狂热。为了弥补少女时期的单调乏味，各种色彩鲜亮的奇装异服她都乐于尝试。香港带回来的两件广东土布都做成了衣裳，那样辛辣、刺激的配色，走在街上，引得路人频频回首。祖母留下来的一床夹被被面,米色薄绸上用墨点点染出暗紫色的凤凰,偶然间被她看到,便也拆下来,欣喜若狂地去剪裁成一条裹身长裙。除了一起逛街和到处寻觅美食,炎樱还经常陪着她兴致勃勃地在丝绸店和裁缝店间跑来跑去,有时按捺不住,甚至亲自操刀设计,把一切在自己身上无法实现的奇思妙想都用在了张爱玲身上。姑姑既理解不了她们的热情,也不能欣赏她们的审美,实在看不过去,便半笑半恼地道:"最可气的是她(指炎樱)自己的衣服也并不怪。"炎樱身材矮胖,不适宜穿过于招摇的衣服,不过她当然不会这样说自己,反说"张爱苍白退缩,需要引人注意"。快乐的人对于什么都能理解和接受,所以无论是面对姑姑还是炎樱,张爱玲都只笑而不辩。她曾经为 *The Twentieth Century*(《二十世纪》)写过一篇长文 *Chinese Life and Fashions*,向外国人介绍清朝以来社会政治风尚以及传统文化对于女性服饰变化沿革所产生的影响,并且手绘了12幅发型、服装的插图,这时也改写成中文,更名为《更衣记》,发表在《古今》半月刊上。

小说、散文、插画、英文写作,她的作品以各种形式遍地开花,她的名字迅速红透了上海滩,就像当年香港山上火红的杜鹃花,一夜之间,猝不及防地就烧出了整个春天。

占尽繁华

我不喜欢壮烈。我是喜欢悲壮，更喜欢苍凉。壮烈只有力，没有美，似乎缺少人性。悲壮则如大红大绿的配色，是一种强烈的对照。但它的刺激性还是大于启发性。苍凉之所以有更深长的回味，就因为它像葱绿配桃红，是一种参差的对照。我喜欢参差的对照的写法，因为它是较近事实的……极端病态与极端觉悟的人究竟不多。时代是这么沉重，不容那么容易就大彻大悟。

——张爱玲·《流言·自己的文章》

张爱玲的一生极具传奇性。显赫的家世，中西融合的成长背景，亲情的冲突和撕裂，年方廿岁便以令人眩目的姿态登上文坛，盛极一时，转瞬却又跌入人生的谷底，经历漫长的 40 多年的沉寂，在暮年再次奇迹般地红透华语文坛，她是时代和人生的种种因缘际会孕育出的一朵奇葩，无法模仿，不可复制。

时至今日，张爱玲在中国现代文学史上的地位已经毋庸置疑。和许多作家的逐渐成熟不同，张爱玲一出手的作品便已臻完善。从 1943 年 5 月连载第一篇小说《沉香屑·第一炉香》开始，到当年 12 月底，短短半年多一点的时间，她就已经创作完成了自己一生中最主要的代表作品，包括奠定她在中国现代文学史上不可撼动的地位、被夏志清盛赞为"中国从古以来最伟大的中篇小说"的《金锁记》。

中国现代白话文小说从鲁迅发轫，之后虽然云蒸霞蔚，涌现出众多著名作家，但其中很多人的作品，其时代和现实意义远大于作品本身所具有的艺术价值，在创作形式上，也是更多传承中国古典小说的白描手法，对西方现代文学的借鉴还在逐渐摸索消化之中，西文东渐的水土不服还未完全消除。张爱玲的耀眼之处就在于，独特的成长和教育背景赋予她一种可能，而她又用自己的天才将之变为了现实，在她初期的代表作中，中国古典小说传统和西方小说的现代手法即已得到了完美的融合。创作者本人固然为之"狂喜"①，读者也从中获得了莫大的艺术享受。娴熟老道的文字，抽丝剥茧、层层递进的精准心理描写，丰富而精妙的意象，含蓄自然却又常常浓烈得化不开的情感……为了加快文字的节奏，避免拖沓冗余，她甚至创造性地借鉴电影的蒙太奇手法："七巧双手按住了镜子。镜子里反映着的翠竹帘子和一副金绿山水屏条依旧在风中来回荡漾着，望久了，便有一种晕船的感觉。再定睛看时，翠竹帘子已经褪了色，金绿山水换为一张她丈夫的遗像，镜子里的人也老了十年"，令人耳目一新。她作品的主题主要集中在爱情与婚姻上，但又迥异于一般女作家所惯有的意淫式自恋和自

---

① 张爱玲晚年隐居洛杉矶，闭门谢客。台湾学者水晶是极少数得她接待的人之一，事后水晶写了篇《蝉——夜访张爱玲》。其中记述两人谈到创作，水晶说自己"很慢很苦，弄到最后，厌烦到了极点，甚至想将它扔掉。……她（张爱玲）笑了起来说，她不是这样的，她写作的时候，非常高兴，写完以后，简直是'狂喜'"。

怜，透过现实生活的繁重琐碎，她要努力描摹和探问的是平凡而又卑微的人性，不足道的，在历史的长河里掀不起一点浪花，但却真实存在过，既非大善，亦非大恶的普通人。他们现实，精于算计，在生存的艰难之下，常常葆有着一点微末的对于人生的期望，或者爱情的憧憬，但也知道其无法实现，而无奈地安于本分。因为同样品尝过人生的苦痛，深谙磨难会将人性蚕食到何种程度，张爱玲从不轻易做道德上的评判，秉持着一种难能可贵的平民视角。她理解，体谅，甚至不动声色地同情，但同时又不在其中。她最好的作品几乎都具有这样的特点：冷静深刻，却又超然自拔。她不喜欢宏大的叙事，相较于同时代男性作家的更注重社会性和现实性，她更喜欢落笔于平凡的日常生活，这固然是囿于女性的琐碎和视野狭窄；另一方面，也是缘于对于重大社会历史事件的无力感，以及对于人生的深深的怀疑。她聪慧而具灵性，短短的数十年人生还不足以锁住她的目光，但人生终点之外的庞大无垠让她恐惧和犹疑，因为无法认识和理解，她选择了避而不见。对于人生，她看得透，却放不下。聚焦于眼前小小的、具体的快乐，心底里却又感受到那来自时代沧桑巨变和人生终极的荒芜的威胁，两相融合，便构成了弥漫在她几乎所有作品中的浓厚的苍凉感。

其时埋首创作的张爱玲并不知道，她刚刚在文坛崭露头角，不可掩盖的天才光芒就已经引起了许多人的注意，在之后漫长的数十年中，这些人将会以这样或那样的方式走进她的生命，与她缔结因缘。

她终于兑现了年少时的誓言，用文字向父亲和继母报了当年的一箭之仇。张子静记述说:"对于姐姐的成名,我父亲的心理是矛盾的。记得我把《紫罗兰》创刊号拿回家,告诉他姐姐发表了一篇小说,他只'唔——'了一声,接过书去。他有没有看《沉香屑·第一炉香》,或几时看完的,后来都没听他提起,也不知他的观感如何。"之后再逢到有姐姐作品发表的杂志,张子静买下想要拿给父亲,却常常发现家中先已有了一本。对于女儿的一夕成名,张志沂当然觉得与有荣焉。他早就知道这个女儿会比儿子有出息,有意栽培,事实证明他果然没有看走眼。张爱玲退学没多久,小魁借口身体不好,也从圣约翰大学辍了学,整天无所事事,浑浑噩噩。张志沂比前些年还要葳蕤,每次收到各种催债的单据,连看都不看,就径直扔进抽屉里,如此到了拖无可拖的时候,便只能卖地来赔偿。眼看着名下的财产越来越少,他恐慌,却又无可奈何。现实世界对于他来说太过冰冷残酷,他只想快点儿倒在烟榻上,咕噜咕噜吸上两口,舒舒服服地沉入那个温暖而安逸的世界。可是看着烂泥扶不上墙,和自己如出一辙的儿子,张志沂不但不觉得亲近,反而感到说不出的轻视和反感。是命运在嘲弄他的软弱和无能吗?他生命中的女人一个赛一个地强悍。可女儿到底和别人不同,她的争气让他欣慰。如果没有和女儿闹翻,现在他会多有面子和成就感,又会和女儿多么地亲密无间。可此刻他心中除了遗憾,更多的却是忐忑不安。当初小煐在英文《大美晚报》上发表的插画文章已经让他难堪了一把,所幸亲戚中没有多少人懂得英文,现在女儿的文名盛极一时,这半年来,只要随便打开一份杂志报纸,几乎总能看到女儿的文章或者名字,连小报上关于她的只言片语都能让人们读得津津有味,天知道哪天她又会说出什么让他难堪的话来?亲戚们争相打来电话向他这个父亲报喜，却没有人看到他头上正悬着的那把达摩克利斯之剑。

与女儿烈火烹油般的成功形成鲜明对比的，是张志沂不可阻挡的没落。虽然明知道亲戚们一旦知道自己穷了，只怕更会躲避嫌弃，路只能越走越窄，1943年底，张志沂还是终于再撑不住场面，忍痛卖掉了大前年花费8000美元买来的最后一辆汽车，也结束了数十年来过惯的洋房生活，搬到华山路一间三室一厅的公寓里。房子越换越小，生活越来越拮据，但夫妻俩的鸦片却依然一日不可间歇地抽着。张子静闲来无事，隔三岔五便到姐姐那里走走，用他自己的话来说就是"联络联络"。他现在的前途也变得渺茫。面对弟弟述说的关于父亲的境况，张爱玲自始至终抱以沉默，不询问、不回应、不评论。虽然在弟弟走后，她常常心潮起伏，被搅得彻夜难眠。她不明白弟弟为什么要啰哩啰嗦、没完没了地跟她说这些？他不明白当年父亲对她做了什么吗？这些年来他不提也不问，当然是知道也装不知道。她深谙他的心理。他是张家唯一的儿子，只要不出差错，总有熬出头来的一天，那时偌大的家业自然都是他的。这些年他忍气吞声，等的不也就是这个？又怎么可能站在她这个身无分文的姐姐这边？挨了比她多得多的打，还是恪守着孝道，倒更映衬出她这个女儿的忤逆。可现在眼瞅着多年来的算盘要落空，起了急不也是什么都不顾，对父亲充满怨诽之词。那他希望她听了有什么反应？这一切又和她有什么关系？张爱玲满心气恼，却无处发泄。

过了一段时间，到底给她逮着了机会。张子静和中学的几个同学商定要办一本叫《飙》的刊物，虽然约到了唐弢、麦耶（董乐山）等名家的稿件，但还不满意，为了能更一鸣惊人，便有人向张子静建议道："你姐姐是现在上海最红的作家，随便她写一篇哪怕只是几百字的短文，也可为刊物增色不少。"张子静只得勉为其难。知道姐姐一向不见陌生人，到了爱丁顿公寓附近，他特意嘱咐偕行的同学留在楼下，上楼一看，姐姐正在赶稿子。听弟弟说完来意，张爱玲斩钉截铁地一口回绝："你们办的这种不出名的刊物，我不能给你们写稿，败坏自己的名誉。"虽然气恼弟弟总是没有分寸，不知进退，少有地公开表示出不满让她出了口恶气，但抬头看见弟弟低垂着头，默然杵在那里，张爱玲心中还是忽觉不忍。曾经，她也是这样地被人嫌弃过，她明白那种愤怒、无力和伤痛。怎么会这样？是怎样的家族的诅咒和轮回，让她居然成了自己最不愿成为的那种人？！她克制住内心的惊怖，转头从桌上的一堆稿纸中找出一张自己画的素描，故作随便地递给弟弟："这张你们可以做插图。"既不违前言，又可稍作弥补。

回去后大家依旧不死心，便撺掇张子静写篇关于张爱玲的短文，张子静惴惴道："她看了会不会不高兴而在报上或杂志上写出声明或者否认的文章呢？"众人商量来去："大概不会吧？一来是你出面写的，你是她弟弟，她怎么能否认？二来稿子的内容一定无损于她的声名形象，只有增加她的光彩，突显她不同于凡人的性格，应该不会出什么问题。"张子静于是鼓足勇气写了篇1000多字的短文《我的姐姐张爱玲》，刊在《飙》的创刊号上，在结尾处张子静写道："她曾经对我说：'一个人假使没有什么特长，最好是做得特别，可以引人注意。我认为与其做一个平庸的人过一辈子清闲生活，终其身，默默无闻，不如做一个特别的人，做点特别的事，大家都晓得有这么一个人。不管他人是好是坏，但名气总归有了。'这也许就是她做人的哲学。"而张爱玲也像父亲对待自己的文章一样，对弟弟的文章保持沉默。

但是对于父母，她却不再缄默。在《流言》"私语"和"童言无忌"中，她开始向读者详尽地描述自己的父母和家族，以及四五年前的那个午后，那场突如其来、改变了她命运的冲突。张志沂躺在榻上吞吐着鸦片，昏昏沉沉，无奈而丧气。他不信他身上就没有一点儿好处？十多年的养育难道就没有一点儿恩情？可现在话语权已经完全转移到了女儿手中，他无能为力，只能视而不见，听而不闻，由着她肆无忌惮地去瞎说一气。他看不到女儿想要直面创伤、疗愈内心的勇气和努力。那不是单纯的意气和报复，张爱玲在苦苦追溯，从家族和过往的成长中找寻自己的来路，以及她何以成为如今的自己。

暑热消退，秋寒渐起，一直潜心创作、无暇他顾的张爱玲意外地从纷至沓来的约稿信中读到一个特别的名字——苏青。那是另一位当红女作家，刚自己创办了一份以女性为主的杂志《天地》，约稿信中上来就一句"叨在同性"，让张爱玲忍不住笑起来，那是苏青文章中惯有的爽利和直白。今日的读者知道苏青，大多是因为张爱玲说过的那句"如果必须把女作家特别分作一栏来评论的话，那么，把我同冰心白薇她们来比较，我实在不能引以为荣，只有和苏青相提并论我是甘心情愿的"。其实在当年的上海滩，苏青的走红程度并不亚于张爱玲，成名也略早于张爱玲。

苏青本名冯允庄，曾用名冯和仪，1914年出生于浙江宁波鄞县的一个书香家庭，父亲早丧，16岁遵从母命，被许配给宁波富商之子李钦后①。19 岁时，二人完婚。新婚之初，苏青即发现丈夫与表兄孀居的妻子有染，埋下夫妻不谐的隐患。之后苏青因为生女，不得不从中央国立大学外文系辍学，李钦后则继续在东吴大学法律系的学业，夫妻之间虽有短暂欢愉，但终究聚少离多。后苏青两度追随丈夫前往上海，并于"九一八"战难之际再次诞下一女。但夫妻团聚并没有如起先预想的那样增进感情，相反因为两人从小都过惯养尊处优、衣来伸手的生活，虽然有用人帮衬，在独立生活时依然不免捉襟见肘，矛盾丛生。李钦后不满苏青的不善于持家，直肠子急脾气的苏青亦不肯示弱，时常出言冲撞讥刺，冲突严重时甚至演变为家暴。一次苏青伸手向丈夫要钱，被李钦后火冒三丈地指着斥骂："我是人，你也是人，你问我要钱？！"倔强好强的苏青自此立志要挣回尊严，开始悄悄四处投递简历，并尝试给杂志投稿。早在1935 年，苏青一篇抒发因婆家重男轻女导致的苦闷的文章被更名为《生男与育女》，在林语堂主编的《论语》上刊出，此为苏青写作生涯的开始。但李钦后却并不喜欢妻子强起来与自己一争短长，不但不许她写稿，甚至不喜她读书看报，一心只要她围着家庭，踏踏实实地做个贤妻良母。眼看着妻子被日常生活磨得琐碎、平庸、猜疑善妒，渐渐丧失了生命的光彩，却又不禁黯然。熬到李钦后大学毕业，做了律师，生意日益兴隆，又生一女的苏青也着实跟着过了几年阔太太的优渥生活。但好景不长，李钦后与苏青经常来往的作家

---

① 李钦后，出生于浙江宁波一富裕家庭，东吴大学法律系毕业后，做过律师、法官，是当时宁波帮在上海律师界的代表人物。1949 年后，李钦后数次写信给上海市领导和司法界著名人士，要求重新为社会服务，后被录用为上海市人民法院学习审判员。1951 年，因贪污被枪毙。

徐訏的妻子赵链暗生情愫，徐赵离婚，虽然最后赵链不得已打下和李钦后的孩子，悄然离开上海，但如此磕磕绊绊走过十年，在终于如公婆所愿生下一个男孩为李家继承香火之后，苏青和丈夫的感情也已经彻底破裂，终至于离婚。

1943 年 4 月，早于张爱玲发表《沉香炉·第一香屑》之前一个月，苏青开始在柳雨生创办的《风雨谈》上连载自传体小说《结婚十年》，使得许多同样在婚姻中经历过不幸的读者感同身受，一掬同情之泪，文章迅速在上海市民中获得了热烈反响。离婚后的苏青在友人陶亢德①、柳雨生②等人的介绍下，一度进入电影公司做编剧，后又在《古今》杂志社社长朱朴③的引荐下，结识了周佛海夫妇，进而又与时任上海市市长的汪伪政府二号人物陈公博相识。早在头一年末，苏青因为婚姻面临破裂，曾经在《古今》杂志上发表了一篇泼辣大胆的文章《论离婚》，被当时同样处在感情旋涡中的陈公博看到，深有感触，大为赞赏，朱朴见离婚后的苏青为工作四处求

---

① 陶亢德，浙江绍兴人，民国时期著名出版人、编辑。出身贫寒，早年给人做学徒，没有受过正规教育，依靠自学通晓五六国文字。初到上海，先在邹韬奋的《生活》编辑部工作，后接替林语堂成为《论语》主编，在此过程中结识了大量名家。后又与林语堂共同创办《宇宙风》。抗战胜利后，因汉奸罪被判入狱。

② 柳雨生，又名柳存仁，北京人，毕业于北京大学，后获伦敦大学哲学及文学博士。1943 年，在上海创办《风雨谈》，并两度作为代表出席"大东亚文学者大会"，战后被以"汉奸文人"罪名通缉。1946 年，柳雨生迁往香港。1962 年，柳雨生前往澳大利亚国立大学中文系任教授，后又担任中文系系主任，是该系第一位华人学术带头人。

③ 朱朴，号省斋，江苏无锡人，曾任《中华日报》《南华日报》主笔，后又在香港参与创办"蔚蓝书店"，与林柏生、梅思平、樊仲云并称为蔚蓝书店的"四大金刚"。后任汪伪交通部政务次长、组织部副部长。1941 年，朱朴先后丧妻丧子，一时万念俱灰，遂辞去官职，创办《古今》杂志。1944 年，朱朴再娶梁鸿志（书画收藏名家，时任汪伪立法院院长）的女儿梁文若，《古今》停刊，朱朴携家迁往北平，以赏玩字画为乐。1946 年 11 月，梁鸿志因"汉奸罪"在上海提篮桥监狱被执行死刑，不久，朱朴携家眷迁往香港。

告，便将这层内情透露给她，并加以点拨，苏青会意，立刻著文一篇，发在 1943 年 3 月《古今》的"周年纪念专号"上，对陈进行盛赞逢迎，如此一来，陈更是将苏青引为红颜知己。

在陈公博、周佛海及其妻子杨淑慧等人的大力支持下，1943 年 10 月，苏青创办《天地》杂志，集社长、主编、发行于一身。《天地》首印 3000 册两日内售罄，旋即加印 2000 册。除了汪伪政府要员外，苏青还拉来周作人等名人的稿件，并将周作人的亲笔签名照大幅刊登在杂志上，以增销量。陈公博不仅在经济上对苏青鼎力相助，更是在当时纸张紧俏的情况下，特批给她一卡车白纸，苏青坐在车上招摇过市，顾盼自喜的样子一时被文化界传为笑谈。

当然，一向与世隔绝的张爱玲不可能知道这些内情。她只是读过苏青的文章，以张爱玲的天资，自然一眼看出苏青文字的平浅，但她喜爱苏青不加掩饰的率性中透露出的真实和自然。尤其是同为女性，同样地在这艰难的时世中以文谋生，那让张爱玲对苏青有一种天然的亲切。这倒不可以和《万象》同样对待。① 斟酌再三，张爱玲决定将刚刚完成的《封锁》交给《天地》。这篇文章不高不低，倒正适合她和苏青纯以文字相交、不生不熟的关系。

这一当时看似寻常的举动，却给张爱玲的人生带来了意想不到的重大转变。

---

① 20 世纪 80 年代中期，柯灵在大陆"张爱玲热"肇始之时，在《收获》上刊载《遥寄张爱玲》，详尽记述二人交往始末和友谊，情辞恳切。但参之以《小团圆》中对荀桦（以柯灵为原型）的描写，显见张爱玲并没有对他抱有同样的友情，甚至对他的为人处事颇有不屑，这也解释了为什么张爱玲结识柯灵和《万象》在先，却并没有将自己的优秀作品交给《万象》发表，相反，给他们的都是末流之作。

岁月荡子：胡兰成

于千万人之中遇见你所遇见的人，于千万年之中，时间的无涯的荒野里，没有早一步，也没有晚一步，刚巧赶上了，那也没有别的话可说，惟有轻轻的问一句："噢，你也在这里吗？"

——张爱玲·《流言·爱》

1943 年 11 月，北方已是初冬时节，南京还只是仲秋的轻寒。在丹凤街石婆婆巷的一处庭院里，靠门开辟出的菜园里搭着葡萄架，另外种着玉米、一丈红、紫藤花，香水花则一路缘壁攀墙……此刻花朵尽已凋萎，只有重重叠叠的枝叶还兀自绿着，几只小鸡在花架下钻来钻去，唧唧啾啾，一个身穿白色府绸衣裤的中年男子，脚上趿拉着一双缎面皮底拖鞋，正躺在一把放在草地上的藤椅上，一边晒着和煦的阳光，一边随便翻看着手中的杂志。那是苏青刚刚寄来的《天地》，上面有约他写的一篇《"言语不通"之故》。一篇篇读下去，连带自己的在内，并无甚新奇，到了《封锁》，见署名"张爱玲"，因近来并不大看书报杂志，他倒并不知道，也不在意，及至读了一两节文字，他心中暗惊，不觉起身坐直，聚精会神地一字一句读完，然后按捺不住，又重新细细品读了一遍。实在按捺不住

内心的喜悦，又赶紧将文章拿给邻居胡金人^①看，胡金人读完亦称赏，他犹觉不足，一时竟为这篇小说痴迷得无可不可。

左右放不下，他便立刻写信给苏青去问，这张爱玲究竟是何许人也？苏青回信却让人泄气，竟只说是个女子。可他并不气馁。他早已不是羞赧畏缩的少年。既然知道了有张爱玲这么个人存在，千里万里，他都定要寻了去，把所有能跟她发生的关系都发生。

这名男子叫胡兰成。37 岁，已近不惑之年，二婚，另包养有一外室，5 个孩子的父亲。这是一段孽缘的开始，也是张爱玲命中注定的劫数，无法、无奈，亦无解。

胡兰成，小名蕊生，1906 年出生于浙江绍兴嵊县下北乡胡村。当地人皆以养蚕种茶为生。胡父种田写字，吹弹弄乐，样样都会些，却又样样不上心，18 岁当家，旋即败光了祖上的产业，之后只能靠着春夏两季挨家收购茶叶，再转手倒卖给山外的茶栈，挣些银钱来维持一家的生计。但闲时却非常好管闲事，方圆二三十里谁家有了大事小情，他总喜欢出头为人解纷，虽然时常卖力不讨好，他却仍乐此不疲，俨然当自己是个场面上的人物。胡父原配俞氏育有二子，胡母娘家姓吴，比胡父年长一岁，续弦过来又生育五子，胡兰成是第四个，在家族中行六。七子之中四子早亡，活下来的三位无一例外，皆继承了父亲的荡子习性，尤其胡兰成的大哥、四哥不仅败家，

---

① 民国时期画家。上海沦陷期间，曾主编《上海艺术月刊》，撰稿者有胡兰成、路易士、赵景深等。路易士是胡金人的妹夫，两人都与胡兰成过从甚密，后经胡兰成介绍，与张爱玲相识。路易士后改笔名纪弦，1948 年去台湾，成为台湾元老级诗人。20 世纪 80 年代，纪弦任台湾《联合报》副刊主编时，正值台港"张爱玲热"不断升温，曾努力向张爱玲约稿。

而且赌博诓骗，样样都来得，五哥善良软弱，生前曾在村中开个小店，卖些闲杂什物谋生，竟生生被这俩哥哥连混带拿地吃倒。胡母与胡父平素还算和睦，但为了丈夫的不知管教儿子，却偏喜到外面兜揽闲事，且常要把家里的东西拿出去赔补，也曾与丈夫大打出手，从家中楼梯上一路打下去。但胡父终不能改，58岁上因病去世，自此家中生计越发艰难。

胡兰成的聪明在小时并不大显，因为脑袋大，头重脚轻，自己走路就能摔个跟头，反倒显得笨呆呆的。稍比他大的孩子便打不过。逢到有客来访，应答上也不流利机敏。但他自有一股倔强和志气，寻常顽皮挨了母亲的打，绝不会讨饶，知错亦不会认错。另又天生成一种柔和体贴，虽小亦知道帮大人跑腿递拿东西，做些力所能及的杂事。乡下父母少有陪伴，他是成天可以在田间山头玩耍，不着边际地幻想，青山如黛，溪流潺潺，大自然的灵性不知不觉已渗入心间。

12岁时，胡父将胡兰成过继给邻村一位没有子嗣的财主，也因为此，胡兰成才得以到绍兴、杭州读书，后又娶妻成亲。在杭州，少年胡兰成初次见识到了世间的富贵荣华，爱慕不已，却又偏偏格外强调一种眼高于顶的不屑和自负，这种执拗而夹生的个性直接导致了他人生中的几次重大挫败。一是学生时代被开除，工作后又先后两次被辞退，以及中年后的两次锒铛入狱。无论后来他将民国时期写得如何山河浩荡，敞亮向阳，情义绵长，那个时代却并未对他青眼有加，不是"天将降大任于斯人也"的雀屏中选和刻意磨炼，而是他做人真真假假、漂浮无定与世情造成的扞格难入。

18岁时，胡兰成与唐溪唐玉凤行聘定亲。不久，即将中学毕业的他因与教务主任方同源冲突，又出言顶撞，方同源一怒之下，以辞职相要挟，令校长开除了胡兰成。20岁时，胡父9月病殁，因有遗言，又兼诸事早已议定，10月，胡兰成娶亲。玉凤没有进过学校，又兼相貌生得平常，口齿又笨，虽朴实勤劳，做小伏低，一心依顺丈夫，孝敬婆婆，但初时并不得胡兰成欢心。胡兰成乔张做致的做派此时已开始突显，平常无事，也会似真似假地故意对玉凤生气，看到玉凤不明就里、愣头愣脑的样子，胡兰成的假气也变成了真气，越发恨起来，几次三番说重话伤她。玉凤虽然委屈伤心，却不恼，亦不记恨。她是旧式女子的想法，夫家是天，既然嫁给胡兰成，她的一生自然一切都是以他为依止。这份心意和信赖，要到多年后胡兰成才懂得它的珍贵。

婚后不久，胡兰成意外得到机会到杭州邮政局当邮务生，月薪35元，抵得上他在胡村小学教书的半年薪水，又是铁饭碗，算得上是个美差。邮局当时属外国人经营的企业，采用现代管理制度，各种规章程序皆有严格管理，这与胡兰成随意闲散的个性格外冲突，令他颇为不惯。一日有人拿集邮的邮票要胡兰成给盖章，胡兰成随手盖了，恰被局长巡视看见，被训斥说不许。翌日偏又有一英国妇人拿了本集邮册来也要盖章，被胡兰成拒绝，局长偏又看见，赶过来攀谈后，接过集邮册交给胡兰成。胡兰成恼他昨日训斥自己不守规矩，今日偏又要带头破坏规矩，心底里瞧不起他骨头软，崇洋媚外，牛气上来，无论如何就是不盖，局长只得亲自动手。嗣后叫胡兰成到办公室斥骂，胡兰成越发不服，于是又被开除。

之后靠同学之力，攒借路费，前往北京燕大悠游一年，返乡时长子胡启已满周岁。此时的胡兰成已经初步懂得了人脉的可贵。像他这种缺乏根底家世的人，无人可供攀缘，赤手空拳在社会上打拼，要想出头得何年何月？左思在《咏史》中早已说得明白："郁郁涧底松，离离山上苗。以彼径寸茎，荫此百尺条。世胄蹑高位，英俊沉下僚。地势使之然，由来非一朝。"从来底层社会轻道德，重实利，何况胡家兄弟本就是"好歹不论，只怕没份"的人，今被胡兰成发现了这条终南捷径，又如何肯不用心？所以他虽然闲来无事，却依旧并不住家，只在杭州城里一位叫斯颂德的大户同学家里厮混。这斯家老爷出身武备学堂，辛亥革命时在杭州与兄弟们首义，后来做到浙江省军械局长，身后遗下太太与子女6人，还有一位年方廿三的姨太太范秀美。虽然儿子在上海光华大学读书，并不在家，斯家太太对于投靠来的胡兰成依然礼敬有加，供吃住不算，还月月备有零用钱，如此一年，奈何胡兰成动了歪心思，竟然借借书之际，欲图勾搭斯颂德年方16的妹妹雅珊。斯太太得知，责成儿子颂德修书一封，只短短一句，请胡兰成离开斯家。斯太太本人倒不说穿，设宴饯行，又赠路费。半年后，胡兰成又从胡村来杭州谋事，无处容身，只得厚着脸皮再度来到斯家，斯太太亦不怀芥蒂，相待以礼。

其后胡兰成辗转在杭州、萧山等地的学校教书，又爱恋过一位富家同学的妹妹，但因为双方地位过于悬殊，胡又面薄胆怯，终不能成功。人世周游，原以为还有许多迢递岁月，谁知玉凤终年忧心操劳，病入膏肓，已近人生终点。玉凤生前一直以夫君是个读书人为傲，笃信他定会有出头之日，但却也一直担心，丈夫的出头之日也就是自己的被弃之时，苦日子是她来熬，福却只能由新人来享。玉凤临终，胡兰成四处借钱，钱既未借到，人亦索性在外踯躅不归，逢人看不过指责丈夫，玉凤不恼丈夫，却单恼那数落丈夫的人，就如从前烧茶煮饭，洗衣汲水，平日里受尽叔伯妯娌的闲气，不想自己委屈辛劳，却心心念念只思念记挂蕊生。

贫家事哀，胡兰成求告无门，竟生杀伐之心，到底从义母那里强索钥匙，翻箱找出 60 元，才能置办棺椁葬妻。他在《今生今世》中道："此后二十年来……对于怎样天崩地裂的灾难，与人世的割恩断爱，要我流一滴泪总也不能了。我是幼年时的啼哭都已还给了母亲，成年后的号泣都已还给玉凤，此心已回到了如天地不仁。"

玉凤亡后两月，胡兰成经表哥同学崔真吾介绍，前往广西梧州一中教书，一岁半的幼女棣云因无人哺乳，旋即夭亡。在男性社会里，胡兰成受尽冷落，四处碰壁，底层的摸爬滚打让他阅尽世间百态、人性凉薄，要待多年以后，他才能在自己用笔描摹出的拟大观园群芳谱里找到自信和慰藉，安放他对于人世的一切理想和梦想。胡兰成的外表依旧是天真的，但天真背后藏着机心，他的性情也依旧柔和，心中却控制不住地激荡着一股戾气，逢到情绪激动，常常不自觉地喊出一个"杀"字，一直到晚年流亡日本，依旧如此。内心强烈的自卑感和不可一世的自傲相互冲撞，激烈交战，折磨着这个年轻人，让他不得安宁。一次一中教师在省党部联欢聚宴，一位姓潘的训育主任平时总喜欢讲述白副总司令（白崇禧）的日常琐事、饮食起居，为胡兰成所不喜。这日潘主任坐在胡兰成身边，偏又谈起这个话题，胡兰成趁酒盖脸，便不客气地哂道："你们广西人真小气，我家乡近地出了个蒋介石，我都平然。"那潘主任一愣，想想笑问："那么你不佩服白副总司令？"胡兰成见他此话问得阴毒，一时野性勃发，遂大声道："他也不过是白崇禧罢了，而我自是胡兰成。"潘主任见状越发拿话激他，胡兰成勃然大怒，道："你是想引我说出反对白崇禧，你听着，我就叫一声打倒白崇禧！"当时座中诸人尽皆慌乱。尽管事后受到同乡的指责埋怨，所幸众人都以为他不过是酒后失言，遂可平安无事，胡兰成亦暗自庆幸，以此为戒，多年不许自己再醉。

酒固可戒，但本性却终究难改。当时因李宗仁白崇禧礼贤下士，不拘一格，聘用了许多留苏学生，加之蒋介石在上海清党，不少原在上海等地活动的共产党员便闻风避往广西，一中教员当中就有不少，分成斯大林派和托洛茨基派①，胡兰成参加了托派。托派中有一位男教员贺希明，爱慕女同事李文源而不得，又见李文源教学上每有疑难常去请教胡兰成，有时又几人同去散步，便疑二人有私，一次故意试探胡兰成，胡不喜，哂道："那李文源也不过和千万人一样，是个女人罢了，有什么神秘复杂。"于是二人打赌，看胡兰成可敢与李文源亲嘴不敢？胡兰成最受不得被人看低，逢到此时便不免情绪激越，被一口气顶着，虽明知此事出格，亦当即起身，走去李文源房里。李正沐后独坐，见胡兰成进来，连忙起身招呼，不料胡兰成并不答应，上来抱住她亲了个嘴，然后撒手便走。李文源愣在当地，一时竟不知所措。她做共产党员，监狱几进几出，都并不畏惧，可这种事还是头一遭遇到，惊怒过后，思来想去，不免柔肠百转。孰料事后贺希明偏去捅破，原来是因为二人打赌。李大怒，告到校长那里，又兼潘主任早与胡兰成有隙，学期结束，胡与李皆被解聘。胡兰成转往百色第五中学。行前傍晚，李文源意外前来，

---

① 托洛茨基，苏联十月革命的主要领导人及最高军事统帅，苏联工农红军的缔造者。在斯大林掌握政权后，1940年，托洛茨基逃亡至墨西哥后被苏联暗杀小组成员用冰斧砍杀。随后，托洛茨基派在世界范围内遭到清洗。

说愿随胡兰成去百色。虽然并不喜欢李文源，但从这件事情当中，胡兰成却学到了重要的一点。女人喜欢大胆、主动的男人，因为那意味着勇敢、有魄力、敢作敢为等雄性特质。能够审时度势、顺势而为当然最好，不过一个出众男子感情作用下的冲动鲁莽大多情况下也会被原谅，因为对于被冒犯的女性来说，那通常也是自己魅力的一种证明。这个从乡下胡村贫寒家庭走出却不甘于平凡的年轻人，对于功名地位的渴望，正如他对于女人的渴望，他决定不再畏畏缩缩。

胡兰成是个异数。他读书著作，却不是真正传统意义上的知识分子，这不仅仅是因为他的出身和受教育程度，更主要的是他的思想价值体系，看似博采儒、释、道三家之长，但是剥开外表的华裳，其实质内核却是民间的生存至上和精明的利己主义。虽然也有"不是毒蛇不拦路，不是荡子不交娘"的风流自得，但他又不完全等同于他父亲和兄长那样的乡野荡子，读书和社会历练拓展了他的视野，十里八村的风光阔绰满足不了他，可他的野心再往大了放，也还是脱不了民间戏曲、话本的格局——才子佳人，帝王将相。《左传》有云："太上有立德，其次有立功，其次有立言，虽久不废，此之谓不朽。"孟子曰："天下惟不嗜杀人者能一之"，强调的还是中国传统文化中的"仁者爱人"，但胡兰成既不喜儒生，也不喜文人，他在《今生今世》里写道："中国民间的帝王之学，我觉还比孟子说先王之教来得气魄大。从来儒生学圣贤，民间则多说做官做皇帝，圣贤倒少提。"民间底色使得胡兰成直接越过传统文化中最高的"立德"层面，追求俗世的事功，诚如他自己所言，以文章传世只是不

得已而为之 ①，是他追求立功不得而又希求声名不朽的最后手段。

百色、柳州四年，是胡兰成读书最为用功的一段时间。话本、小说、古代典籍之外，他还刻苦钻研马列学说及托洛茨基理论，思考中国社会、文明的现状和未来，并开始关心国际政治经济问题。也尝试写作，出版了一本说愁道恨、文艺腔浓厚的散文集《西江上》，并试图以此敲开鲁迅的大门。1933 年 4 月 1 日的《鲁迅日记》记载有："得胡兰成由南宁寄赠之《西江上》一本。"虽然鲁迅并没有回信，但这并不妨碍胡兰成在日后避难温州时向夏承焘佯作谦下地自称曾"从鲁迅游"。

当年玉凤病笃，胡兰成曾伏枕痛哭："你若不好了，我是今生不再娶妻的了。"但在百色，胡兰成很快再次结婚。"我那年二十八岁，不要恋爱，不要英雄美人，唯老婆不论好歹总得有一个，如此就娶了全慧文，是同事介绍，一见面就为定，与世人一式一样的过日子。"人世沧桑，时过境迁，本不可能事事兑现，但像胡兰成这样翻手为云覆手为雨，却又总能自圆其说、心安理得者亦实属罕见。他的性情如水泻地，随器赋形，好处是随遇而安、柔软体贴，坏处便是没有操守，也无所谓坚持。

再次携妻小回到胡村，胡母业已离世，家中由侄女青芸操持。青芸是胡兰成三哥之女，三哥亡后，青芸因受继母虐待，来归依祖母，与玉凤情同姊妹，胡母也是由她送终。她不仅一直替叔叔管家，

---

① 　胡兰成云："我于文学有自信，然而惟以文学惊动当世，留传千年，于心终有未甘，便也是因为亡命者与谪居者气质不同。"（《闲愁万种》）

日后胡兰成逃亡日本，更是由她将胡遗留下的五个子女抚育成人。

胡兰成这次北返实有其不得已之处。1936年，两广事变，广东粤系军阀陈济棠联合桂系李宗仁、白崇禧，以抗日之名，联手图谋对抗蒋介石。失败后，陈济棠下野，李、白二人与蒋谈判妥协，并以"托派头子"的罪名杀掉心腹王公度[1]，受王公度案牵连，广西境内的共产党（包括托派人士）遭到清洗，胡兰成因此被判入狱，出狱后被勒令离开广西。这是胡兰成和政治的第一次觌面，瞬间就被打倒在地的同时，却也让他见识到了权力的威力。报上蒋介石迎娶宋美龄的照片，他看了又看，爱不释手——英雄美人，原该如此让人思慕艳羡。还有汪精卫，据说每次演讲，广州的女学生都是痴迷得无可不可，掷花如雨。人生在世，谁不想要这样的春风得意，人前显贵？他是蛟龙失水，只得暂时困于贫厄之间，可若他日风云际会，又岂无腾云驾雾之时？

1937年，胡兰成在广西一中同事古泳今[2]的介绍下，前往上海，进入《中华日报》[3]编辑部工作。不料当年7月即发生卢沟桥事变，接着"八一三淞沪会战"，中日战争全面爆发。报社停止发薪，每月改派40元生活费。11月，上海沦陷，胡兰成携家避往法租界。

---

[1] 曾留学莫斯科，是桂系秘密特工组织"同志会"的创建人和负责人，深得李宗仁、白崇禧信任重用。但因为收集南京情报、坚决主张两广开府反蒋遭到国民党方面的忌恨；因其特工组织遍布各处，时常越权独专，桂系内部各派亦对其恨之入骨；1936年两广事变中，王公度亲自安排接待中共代表张云逸来广西，主张联共反蒋，遭到坚决反共的广西省省长黄旭初等人的反对。因王公度手下多有留苏的共产党员和托派，两广事变失败后，在多方势力的推动下，王公度以托派之名被杀。

[2] 古泳今也是托洛茨基派，他是广东人，是林柏生的同乡。

[3] 创刊于1932年4月，是汪伪政府的机关报，社长林柏生。

冬天全慧文分娩，婴儿生下 20 日便因肺炎夭折，还得求助于上海普善山庄 ① 方能入殓。和玉凤天亡时的一度肝肠痛断不同，这次回来路上他还有心思看灯火阑珊。底层的生存多艰，是连面对死亡的悲哀都会成为一种夸张，唯有淡忘和无视才可以让那活着的人继续心平气和地活下去。何况他性本柔弱，又贪恋人世美景，当然只能，也乐于安以受命。现在，除了自身的欲望，他早已是诸念皆灭。他人的生死，哪怕是与他再亲近的人，在他心中也可了无挂碍。他的一生，如杨花飘荡，没有根柢，在任何关系当中，始终都只最爱悦他自己。

淞沪会战虽然以失败告终，但中国军队的顽强抵抗彻底粉碎了日本军方要"在三个月内"解决中国问题的幻想，日本政府为避免陷入长期战争的泥淖，一度请德国出面担任调停人，商讨与中国议和。而德国也希望日本在中国战场上速战速决，尽快脱身以协同德国对苏作战。在德国驻华大使陶德曼奉命调停的同时，日军在战场上依旧步步紧逼，国民党军队不断退守。11 月 20 日，国民党政府宣布迁都重庆，12 月，南京陷落。攻陷南京让日本军方的主战派势力再次燃起希望，他们推翻之前的和平谈判，提出更为苛刻的条件，而国民党政府的犹疑态度让日本误以为是借谈判来拖延时间，缺乏诚意，1938 年 1 月 16 日，日本首相近卫文麿发表内阁御前会议决议，宣称"今后不以国民政府为（谈判）对手"，中日和平谈判彻底宣告失败。

---

① 当时上海著名慈善机构，专事收殓无法埋葬的穷人尸体。

1938 年 6 月，日军突破武汉外围的马当和田家镇防线，10 月，武汉失守。此时，北起渤海湾，南至广州湾，都已被日军占领和封锁，中国已无可通达国际的海口，而日军的攻势较前更为猛烈。对于抗战前景，国民党内部高层的意见发生严重分歧，如汪精卫、周佛海等人认为，在从国际上得不到有效援助的情况下，长期耗于内战的中国无力支持长期抗战；最关键的是，即使最后能够赢得胜利，国民党军队在抗日战争中是被大量消耗的，而共产党却在不断发展壮大，战后内乱同样不可避免，若国民党政权被取代，国家民族将遭更大祸患。在重启与日本和平谈判的建议被蒋介石拒绝后，汪精卫决定以在野身份向政府及国民提出他个人的主张。1938 年 12 月 18 日，汪精卫借蒋介石出巡之机，乘飞机离开重庆，经昆明，抵达越南河内。22 日，日本首相近卫文麿发表"调整中日邦交根本方针之声明"，提出"善邻友好、共同防共、经济提携"的"近卫三原则"，29 日，汪精卫在《南华日报》上通电响应，此即"艳电"①。

　　此时的胡兰成已依附追随林柏生②前往香港，在"蔚蓝书店"③担任助编。自负拥有过人才智，却依旧并不得志，落落寡合。同事

---

　　① 依照韵目代日法（初期电报非常昂贵，为节省用字，以地支代表月份，以韵目代日），29 日为"艳"。

　　② 曾创办《南华日报》《中华日报》并任社长。1938 年到香港后负责主持蔚蓝书店。后历任汪伪国民政府行政院宣传部部长、安徽省长兼保安司令等职。抗战胜利后被捕，1946 年 10 月，以"汉奸罪"在南京狮子口监狱被处决。

　　③ 国际编译社的外幕。国际编译社直属于艺文研究会，该会的最高主持人是周佛海，其次是陶希圣。国际编译社事实上是艺文研究会的香港分会。其主要工作是，从国外新闻杂志上选材编译，每周出版国际通讯和国际周报，另外出版国际问题丛书。还有一项重要工作，就是每周撰写国际问题报告，供最高当局者参考。

中的林柏生、梅思平①、朱朴等皆是有身份地位的人，与他并不亲近。尤其是他的顶头上司林柏生，对他并不看重，当日在上海新生儿病重，胡兰成忍耻开口，两次才向林柏生商借来15元。在林柏生眼里，胡兰成是个吕布式的人物，豢养不住，"饥则为用，饱则扬去"。而胡兰成当时也的确萌生过去念，无奈每月薪水只有60元港币，他连离开的路费都凑不出来。薄扶林道学士台周围的邻居戴望舒、穆时英、杜衡、路易士等，皆学有所成，在离开内地前业已在各自领域内有了名气，胡兰成也不太兜搭得上。他是于寻常巷陌、里巷人家才最觉亲近无间隔，然而上海、香港的小市民他又不屑，所以除了买菜，他连街市也不去，下班便顾自回家，写写文章，看看孩子，早早入睡。两任妻子长相皆不好看，虽然当时的经济状况不允许他挑三拣四，但胡兰成心里到底不足，隔壁邻居是位香港女人，生得眉眼风流，胡兰成不免留了意。一回生二回熟，一日两人正在门口依偎暧昧，偏被全慧文撞见，不禁又妒又怒，吵将起来，质问胡兰成和那女人究竟是什么关系，胡兰成自然斥她无理取闹。此后胡兰成上班，全慧文便拦在门口，不许他出去，奈何胡兰成个子虽矮，却长年练习太极拳，只轻轻一提便将她摔到一边。全慧文再冲上去，便再被摔到一边。玉凤因早亡侥幸逃过的命运，全慧文却没能逃得过。在强烈的精神刺激下，短短几个月内，她就患上了精神病。

"艳电"发表之日，胡兰成独自乘缆车登上香港山顶，捡树下

---

① 毕业于北京大学，"五四运动"的领导者之一，历任中央大学、中央政治大学教授。在汪伪政权成立前期，曾与高宗武一起负责与日本的谈判。汪伪政权成立后，历任组织部部长、工商部部长、浙江省省长等职，抗战胜利后被捕，1946年被枪决。

一块大石，静坐思索良久。他确信，自己等待已久的机会终于来了。

3 天后，亦即 1939 年 1 月 1 日下午，蒋介石主持召开国民党临时中常会暨驻重庆中央委员会议，决定开除汪精卫党籍，解除其一切职务。胡兰成久蓄的才情终于有了用武之地，1 月 3 日，他迅即发表《战难和亦不易 1：我们的郑重声明》，反对开除汪精卫党籍，指斥中常会决议违反党章。4 日，又接连发表《战难和亦不易 2：和与战》，从世界局势入手，指出过分期待英美援助不切实际，应主动选择和谈时机，并为汪精卫辩解。他的突出表现终于有了回报。2 月，陈春圃①约见胡兰成，当面转交汪精卫的亲笔信，嘱他回信，并问他前次接信为何没有回音。胡兰成心知蹊跷，却只答："这是我收到的第一封信。"陈春圃听后不语。原来上次的信是林柏生没有转到。不日陈璧君来港，召胡兰成。胡答：收入甚少，一家生活极不易维持，眼疾甚重，不能就医，所以无法应召去见夫人。陈璧君闻听怒责林柏生，怪他埋没真才，立刻将胡兰成薪水升至 360 元港币，另有 2000 元机密费，同时送他入院医治眼病。胡兰成于不动声色之间，便报了林柏生当初的一箭之仇。

1939 年春，胡兰成重返上海。此时的他已今非昔比。《中华日报》即将复刊，最初仍是林柏生负责，后由赵叔雍代理社长，胡兰成被擢升为总主笔。汪派的主要人物已陆续抵达上海，麇聚在沪西

---

① 陈璧君堂侄，汪精卫夫妇的亲信，历任汪伪政权行政院副秘书长、组织部部长、教育部部长、广东省省长、保安司令等职。抗战胜利后被捕，初判死刑，后改无期徒刑，1966 年病死于狱中。陈春圃、林柏生、曾仲鸣（汪精卫亲信，汪视同己子，在河内军统刺杀汪精卫的行动中被误杀）三人临摹汪精卫字迹惟妙惟肖，其中又以曾仲鸣为最佳，几可乱真。

愚园路一一三六弄汪精卫夫妇大宅旁的十余栋花园洋房里，商讨展开汪伪政权的筹备工作。汪精卫破格接见了胡兰成。在南阳路，已经提前为胡兰成租好了公寓，另有 2000 元来购置家具。这还是他有生以来第一次和权力搭上边儿，他再不是到处遭人漠视、任由命运蹂躏的无名小卒，所以他充满了新做人家的欢喜。

与日本人的谈判并不如想象中顺利，原本定于"双十节"还都南京的计划不得不搁浅，寄望于翌年元旦。但正如当初汪精卫的出走带给国民党沉重的打击和分裂一样，这一年，同样的重创也落到了他身上。1940 年 1 月 4 日，"和平运动"的首倡者和主要推动者陶希圣、高宗武携与日本人的谈判资料秘航赴港，随即在香港《大公报》上公布日方所提草案，一时舆论哗然，汪与"和平运动"陷入困境。不料"高陶事件"却激起了一个人的义愤，这个人就是陈公博。从汪精卫脱离重庆到河内，以至于最后决定组府，一直秉持"党不可分，国必统一"原则的陈公博数次追踪前往面谒汪精卫，极力劝说阻止，至于声泪俱下，使得陈璧君大怒："你反对，那你做你的蒋介石的官去！"如今眼见汪精卫腹背受敌，身边又无嫡系可信之人，且汪精卫性情冲动，再遇事更无人能劝阻，于是陈毅然从香港买棹返沪。及至 3 月 14 日抵达上海，发现还都南京诸事业已安排停当，大势难改。陈再劝无效，乃凄然对汪精卫道："你以跳火坑精神想旋转乾坤。你既决定牺牲一己，我亦只有为你分忧分劳。"陈于是加入汪伪政权。

1940 年 3 月 30 日，汪伪政权终于在南京草草登场。胡兰成担任宣传部政务次长应该是在那之后，因为当时的宣传部部长是林柏生，两位次长分别是汤良礼和孔宪铿。尽管胡兰成自称"和平运动初起时我位居第五六"，但实际上在汪伪政权初登场的八九十位主要政权人物名单中并没有他的名字。自此胡兰成开始往返于南京和上海之间。又去信让侄女青芸带长子胡启来上海，与全慧文及其二子一女生活在一起，鉴于全慧文患病，家中诸事仍然交给青芸打理。因人口增多，先后搬了两次家，最后在美丽园 28 号一栋带花园的三层洋房里安定下来。家里雇用了两个女佣。想想早夭的棣云和那个男婴，以及玉凤临终前还惦念着要节省灯油，让青芸将她床前的灯吹熄，更让人感叹现在的生活真可谓云泥之别。

胡兰成大部分时间待在上海，一月里只需去南京一两次。在上海的时候，他也不常在美丽园。有了金钱地位，他终于得偿所愿，找了一个年仅 15 岁的漂亮舞女，名叫应英娣，标准的鹅蛋脸，生得白净丰腴，两人一起住在南京东路新新旅馆①的一间套房里。青芸久不见六叔，又兼家用不够，跟踪司机找到旅馆，方知他已另外金屋藏娇。青芸质问胡："你在这个地方这许多日子，屋里不管啦？"胡兰成讪笑道："哪能？哪能？"杂七杂八说了半天，青芸嫌旅馆里花费太大，家里还有一大家子人要开销，要胡兰成带着应英娣住回美丽园。胡无奈道："我在屋里写字写不好，神经病要吵的。"青芸保证将全慧文安抚好，同时与应英娣约法三章，不许干涉胡兰成两个妻子生的孩子，不许虐待患病的全慧文。如此应英娣也随胡

---

① 隶属上海滩四大百货公司之一的新新公司。这栋 6 层建筑集商场、旅馆、餐厅、茶室、美发厅等于一身，是个多功能的娱乐休闲场所，并率先于商场内开放冷气。

兰成搬入美丽园。

汪伪政权中当时分为三派。公馆派，以陈春圃、褚民谊 ①、林柏生等亲信姻亲为代表，围绕在陈璧君周围；CC 派以周佛海为核心，主要人物有梅思平、罗君强 ②、丁默邨、李士群等，是真正握有实权的一派；最后一派以陈公博为代表人物，陈与周是汪伪政权的两大肱股，且陈是汪精卫指定的继承人，又身兼军事委员会副委员长、立法院院长、上海警备司令等要职，按理说这一派势力应该最大，而实际上却因陈公博加入汪伪政权只是出于对汪精卫的私谊，并非热衷于权力，所以他自始至终并不积极，也乐于让贤，但凡能推脱开的，他都推给周佛海。公馆派和 CC 派争斗冲突时，也常靠他居中调和。

由于供职于宣传部，三派当中，胡兰成勉强算能靠上公馆派。但因为与林柏生不睦，而林是广东人，宣传部里从上到下，连同底下的工友，十有七八雇用的都是林的广东同乡，所以哪怕胡兰成后来升为宣传部政务次长，实际事务他也插不进手去，完全被架空，连宣传部位于南京新街口的办公大楼，他都鲜少去。他不得不另做打算。"还都"那年夏天，众人都在南京忙乱，胡兰成闲来无事，

---

① 国民党元老，曾留学日本和欧洲，在法国时曾与张静江、吴稚晖、蔡元培等共事，历任国民党中央执行委员、行政院秘书长等职。他的妻子是陈璧君义妹。南京汪伪政权成立后，褚民谊历任行政院副院长、外交部部长、中央党部秘书长、广东省省长兼保安司令等职，是汪伪政权的核心人物，也是汪精卫夫妇的嫡系，被称为汪精卫的"总管家"。抗战胜利后在广州与陈璧君一起被诱捕软禁，后被移至苏州狮子口江苏第三监狱，1946 年以"汉奸罪"被枪决。

② 早期中共党员，后投靠周佛海，成为 CC 派的实力人物，历任汪伪司法行政部部长、汪伪中央税警总团总团长、汪伪安徽省省长、汪伪上海市政府秘书长等职。

借口到极司斐尔路76号①游玩，迅速勾搭上了李士群②。胡兰成需要在林柏生之外另辟蹊径，李士群则正在考虑筹建76号的机关报《国民新闻》，需要有人来代笔捉刀，两人可谓一拍即合。

1941年2月，《国民新闻》创刊。李士群任社长，胡兰成任副社长兼总主笔，他辞去《中华日报》的职务，自此彻底转投李的门下。胡向李建议，设法摆脱周佛海的管辖，让特工组织直接隶属于汪精卫。这样表面上看，是在营造以汪精卫为核心的中心势力，名正言顺，实际上却可削弱周佛海，趁机扩大李士群的势力。李士群欣然采纳。后李士群与周佛海争斗日盛，授意胡兰成在《国民新闻》上刊载社论，批评周佛海、梅思平等生活腐化。文章发表次日，李士群即给身在南京的周佛海打电话，说自己人在苏州，文章乃胡兰成所写，自己事先并未过目云云，恳请周佛海谅解。在自己担任董事长的报纸上，竟然出现了攻击自己的文章，周佛海自觉颜面受损，于是当面向汪精卫请辞。为了安慰挽留周佛海，尽管胡兰成又甩锅给陶希圣的学生鞠远清，汪精卫还是免去了胡兰成的宣传部次长一职。

胡兰成从政和他做人一样，不够成熟练达，还因为过于自恃聪明，反而时常会有一种出乎人意料之外的天真和幼稚。譬如

---

① 汪伪著名的特工组织。名义上由警政部部长周佛海领导，实际上由丁默邨和李士群掌控，专门从事暗杀、刺杀等特务工作，在上海制造了许多令人震惊的血腥事件。

② 原为中共党员，在苏联接受过专业的特工训练。曾多次入狱，因受不了严刑拷打叛变，后加入中统，抗战爆发后又投向日本特务头子土肥原。在土肥原的支持下，在沪西亿庭盘路诸安滨十号筹建专为日人工作的特务机构，后演变为汪伪特工组织76号。李士群又拉来自己原来在中统的上司丁默邨，由丁任76号主任，李士群为副主任。李士群本来属于CC派。前期丁、李即争权夺利，后期李士群权势熏天，更挑战周佛海、陈公博等人，最后被周佛海假借日本人之手毒杀。

这次，他是想和李士群共同做成一种势力，不料却被李士群当作弃子，率先祭了旗。又如出逃大陆前，他分别给蒋介石、毛泽东写信，晚年又先后上万言书给蒋经国和邓小平，左右逢源，纵谈经邦治国之策，妄想以言论引当权者侧目，不能为王，亦为王者师。在他自己，是成功了便可一步登天，失败了亦可塑造形象，赚取声名，而另一方面，他又乐于以仙家自许，对人生的成败荣辱浑不在意，好似漫不经心地游戏人间，不落尘俗，实际上他的小聪明和机心，在那些久经杀伐历练的老辣人物那里，一览无余，所以尽管他翻云覆雨，耍尽手段，却依旧无法赢得他们的看重和信任。

不过76号里倒有一个人，并没有因为胡兰成的仕途折戟，就减少了对他的奉迎和尊敬，这个人就是吴四宝①。吴四宝是上海有名的黑帮人物，出身低微，做过马夫、司机，因杀害妻子情夫，携女逃亡，加入过张宗昌、白崇禧的军队，六年后重回上海，娶了同样经历复杂的季云卿②干女儿佘爱珍，又由佘爱珍运作，销了当年的人命官司。李士群做共产党员时，为掩护身份，曾经加入过青帮，拜季云卿为师。时值李士群组建76号，季云卿便将吴四宝举荐给他，负责警卫76号，同时做些下手事务，逢有客人来访，他便立在桌旁为客人添饭夹菜，或奉命坐在车上保护客人回去。他和胡兰成便是如此相识。吴四宝因为自己斗大的字不识一个，敬胡兰成是个读书人，向以荡子自许的胡兰成则深喜吴

---

① 76号下属的警卫大队队长。因为心狠手辣，又善于奉迎上司，逐渐得到重用。后因无恶不作，尾大不掉，李士群联手日本人将其毒杀。

② 上海黑社会著名人物，青帮头目，后被军统第一杀手詹森暗杀。

四宝这等江湖人物的大胆豪爽、风光阔气，又兼对吴妻佘爱珍颇为上心，所以无事常去走动。他与吴四宝能谈的不多，倒是相熟以后，上楼和佘爱珍等女眷一坐便可以坐上半天。奈何佘爱珍并不以胡兰成为意。待到日后逃亡日本，两人迫于现实结为夫妻，胡兰成追问前情，佘爱珍方道："你是有太太的。我想你的脾气与我也合不来。我又想你不够魄力。"这倒并非虚话。佘爱珍虽为女流，却年少就开始混社会，嫁人生子，后入黑道，再嫁吴四宝，加入76号后，女犯人的拘捕审讯乃至用刑，她样样亲自出马，手使双枪，人称"76号女魔头"，在上海滩的赫赫威名并不亚于其夫君。

因吴四宝作恶太多，汪精卫下令将其撤职查办，旋被日本宪兵队捕去，胡兰成陪同佘爱珍去向李士群求情，将吴四宝保出，交由李士群押赴苏州看管。1942年2月4日，到达苏州的次日中午，吴四宝吃过一碗面，突然七窍流血，毒发身亡。丧仪上，胡兰成贴到哭倒在地的佘爱珍耳边，轻声道："不要哭了，将来我会报仇。"又将哭得昏迷的佘爱珍抱起。这在胡兰成着实难忘。他在《今生今世》中写道："她生得长大，幸有她的弟弟、弟妇……搀护相随，从正厅抱过花园边走路，一直抱上楼梯，到她房里床上放下，竟像当年我抱玉凤。"

一年半后，李士群亦被日本人毒毙，胡兰成回到上海特意去见佘爱珍，告诉她："吴先生的仇我已经报了。"谁料佘爱珍竟似听而未闻，非但没有道谢，且不应声。尽管胡兰成诌些"人世辽远，恩怨事亦如花开花谢，皆是等闲"的话聊以自慰，但实情恐怕是佘爱珍根本就不相信他。虽然汪伪方面出面与日本人联手毒杀李士群的熊剑东①与胡兰成有旧，而胡兰成也着意夸大自己在此事中的作用，但佘爱珍清楚知道胡兰成并没有这样的能为。在所有与胡兰成发生纠葛的女人当中，要算佘爱珍眼光最豁亮，对胡兰成的为人也看得最清楚。所以日本战败后，佘爱珍和胡兰成先后逃亡至香港，旅馆里重逢话旧，胡兰成蹲身将脸贴在佘爱珍膝上，佘倒并不排拒。可一说到胡要偷渡往日本，需要筹措路费，这位每月房租和固定开销加在一起就有 2000 多元，又以行事大方重义气著称的黑道大嫂却只肯拿出 200 元港币，以"环境不比从前"的话便打发了胡兰成。还是熊剑东太太到底给强凑了 600 元，胡兰成又向他打着梁漱溟和张东荪两位先生的旗号在香港新结识的徐复观②借了一笔钱，最后才得成行。胡兰成亦自认无赖厚脸皮，但他的无赖厚脸皮是单只用在有礼义的人面前，不省、不愧、不悔，逢到佘爱珍这种刀口上舔血、杀人且不会眨眼的狠角色，他自知是小巫见大巫，所以反只一味地婉顺听话。有心栽花花不发，无心插柳柳成荫，两个算盘都是打得山响、无比精明的人偏偏到日本后互相依存，做了夫妻，倒正契合了张爱玲在《倾城之恋》中对人的现实主义所做出的略带温情

---

① 浙江昌化人，早年留学日本士官学校，归国后在冯玉祥部任参谋，后任忠义救国军别动总队淞沪特遣支队司令，1939 年在上海被日军俘获，经周佛海出面保释，成为周的得力干将，任其嫡系武装税警总团副总团长。李士群与周佛海争斗盛时，周授意熊剑东出面，与日本上海宪兵队特高课长岗村中佐联合，设宴将李士群毒死。抗战胜利后，熊剑东任国民政府上海行动总指挥部副司令，1946 年 8 月在与中共的作战中死亡。熊剑东青年时期在绍兴当兵，与时在当地读书的胡兰成相识。

② 著名学者，新儒家代表人物之一。早年就读于日本士官学校，归国后投身抗战，曾任蒋介石侍从室机要秘书，擢升少将。1944 年，前往重庆北碚勉仁书院拜入熊十力门下，转而治学。1949 年去台湾，先后任教于台湾东海大学、香港中文大学中亚书院，与唐君毅、牟宗三等人形成新儒家学派。

的揶揄和嘲讽。

汪精卫念在胡兰成当日在"艳电"发表之初屡屡为自己著文辩白的旧情上，到底又给了他一份差事——汪伪法制局局长。但胡兰成实在不是做实务的料，任上不满一载，便将人得罪了个遍，各部会省市长官纷纷告状，汪精卫不好意思将胡兰成一撤再撤，竟索性将法制局撤销了，如此胡只剩下了个"国民党（第六届）中央执监委员会执行委员"的空衔，日日闲在南京家里，只觉人世散淡，岁月荒失。这日偏读了张爱玲的《封锁》，惊喜之下，写信向苏青询问，随又写了篇书评寄去。

对于未来，他不得不反复盘算权衡。他在汪伪政府中已无出路。虽然动过去重庆的念头，但国民政府里重资历派系，他脱汪而去，又无人援引，恐怕没有什么机会。去苏区，他在燕大时曾加入过卿汝楫[1]领导的马克思学习小组，后在广西又加入托洛茨基派，并因此入狱，在香港后期更资助过托派，按理说渊源不浅，何况他出身贫寒，具有先天上的阶级优势，他叛逆，也赞成革命，但他生性随意散漫，难以适应严格的纪律。最主要的，他拖家带口，刚从贫困中脱身，不能一下子又回到从前。第三条路，也是最后一条，便是越过汪伪政府中诸人，彻底投靠日本人。

从侵华战争开始，日本内阁政府数度更迭，跟军方很难取得一

---

① 1922年就读于燕大教育系，追随李大钊加入中国共产党，李大钊死后，曾谋划行刺张作霖为李复仇。后得洛克菲勒基金会资助，留学美国，归国后曾任美军驻华总司令部机要室中文秘书厅秘书长，后任西北大学教授、燕京大学教授。

致，所以日本官方一直缺乏前后一贯的对华政策。但大体上，他们可以分为三派：一些领导人呼吁同蒋介石和解；少部分人主张加强南京汪伪政权；只有陆军方面坚持一贯野心，希望利用中国内部的矛盾斗争，伺机扩张日本领土。但1941年12月7日日军轰炸珍珠港，日美两国正式宣战后，中日战争已经彻底转变为一场同盟国和轴心国之间的世界大战。随着日军在太平洋战场日渐陷入困境，鉴于有一百多万日军被拖在中国无法调用，东条内阁开始考虑一直主张与中国和解的重光葵①的建议，调整对华政策，将苏州、汉口、天津的日本租界归还给汪伪政府，1943年6月，又将上海公共租界的行政权移交给汪伪政权，释放信号，谋求与中国和解。这种努力在同时以三条线进行：重庆，汪伪政权，延安。最后一条线是由日本参谋本部的情报官员晴气庆胤②、有末精三③和两名日本共产党早期领导人佐野学、锅山贞亲负责，他们为此制定了专门的行动计划，锅山甚至专门去华北两个月，调查共产主义运动。陈公博在《八年来的回忆》中写道："东条内阁时期，东京已有和共产党妥协的动议，我们且接到日本参谋本部有派人赴延安商议的情报。……大使馆的书记官池田，以托洛茨基派名义为掩护，出面为共产党宣传。"

池田，即池田笃纪，是日本大使馆负责文化事务的书记官，在中国生活过十多年，是一名中国通，可以讲一口流利的中国话，虽

---

① 日本著名外交官，曾任日本驻中国大使、伪满洲国副总理、日本驻汪伪政府大使、日本外务大臣等职。

② 日本特务，"对华特别委员会"头目土肥原贤二的助手，帮助李士群、丁默邨组建汪特务机关76号，后任汪伪政权军事顾问、日本华北方面军事参谋。

③ 日本陆军中将，总参情报部部长。

是日本人，却为人诚笃有信义。早年在清华园留学时，与燕大马列小组的胡兰成便已结识，并过从甚密。[①]后池田返回日本，胡兰成去广西，相近的亲共思想又使二人分别加入了托洛茨基派。当池田因为共产党身份被起用，再次来到中国，胡兰成已经加入汪伪政府。据青芸口述："池田从前是日本到中国来的留学生，在北京学堂里两个人认得的，常常来去，两个人老好的。"但他们这份情谊并不宜，也不为外人所知。以胡兰成谨慎小心的个性，他也的确将一切保护得很好。

可现在他再次来到了命运的关口。他可以侃侃而谈托派的贞介崇高、列强的争夺与帝国主义发展的不平衡、文化宗教以及东方文明的未来与出路……来让池田敬服，但要让日本官方也重视他，他就必须证明自己的价值。

胡兰成知道日本政府内有要人对于南京政府的不配合和处事不力并不满意，于是将一篇大肆批判汪伪政府官僚无能，披露其内部派系争斗，又特别攻击林柏生掌控下的宣传部的文章，交给池田。不料池田私下将文章拿给宣传部司长黄菩生，求证内容是否属实。黄转而向林柏生告发，林又诉之于汪精卫。汪精卫大怒，立下手令，胡兰成于是第二次下狱，被关押在林柏生属下的南京上海路 12 号特务机关里。

胡兰成深知汪精卫虽然跟日本人合作，但其实一恨共产党、二恨日本人，而自己这次通过池田勾结日本人，意欲有为，是二者兼

---

① 胡兰成在《今生今世》中，就在日本驻南京大使馆一等书记官清水董三家的恳谈会上与池田初次相识交锋的过程的描写，与青芸晚年的口述记录不符。青芸没有看过胡兰成的著作，所以在接受采访时恰恰无意中揭开了真相。

犯，彻底触了逆鳞，料是在劫难逃，因此入狱后有 10 多分钟的工夫，一直浑身颤抖不止，想划根火柴抽烟平静一下，手亦抖个不停。

次日晨起，胡兰成见并没有立即对他动手，心中暗忖，汪精卫应该是还想派人调查清楚，如此一来，只要过得 3 天，恐怕汪精卫就是想要杀他亦不能够了。果然，当晚用人老炸见胡兰成不归，便遵他临行前嘱托，连夜赶往上海，找到青芸，让她设法营救六叔。青芸先托熊剑东打听清楚，得知人是被汪精卫抓走的，熊剑东见状也表示无法："别人全好救的，被汪精卫捉的去，没有人好救的。"于是青芸次日又和老炸一起赶往南京，找到池田，池田惊诧道："胡家妹妹你怎么会来的？"听完青芸哭诉，池田才知胡兰成被捕，三天内就将被杀掉，于是赶紧给林柏生打电话，让他务必保证胡兰成的生命安全。

然后池田又联络清水董三等日本大使馆官员要求放人；另一方面，胡兰成的同乡樊仲云也联合罗君强、苏成德[1] 上书汪精卫，谓"胡兰成身为中委，如有过失可予批评，责令反省悔过，不宜遽以非常手段对付，这样将使大家灰心"。

而里面，林柏生、陈春圃则在奉汪命提审胡兰成，问胡有什么背景组织，与日本人究竟是何关系。胡说他只认得池田。林柏生不信，举出几个日本人名，道："可是他们现在要救你。"胡听罢心中一安，知道池田果然不负所望，在外积极营救，自己是不会死的了，口中却道："这我不知，我关在这里连家属也不准接见。"林柏生道：

---

[1] 早期中共党员，后投向国民党，跟随汪精卫后，任汪伪特工总部南京区区长，汪伪政府南京首都警察总监署总监。

"这次的事汪先生不过是要问明情形，就可以释放的，但现在夹进日本人，变得不好办，倒是于你危险了。"遂要胡兰成写信给日本人，让他们不要干涉。胡不肯，林迫紧，胡至此已把生死完全寄托在日本人身上，索性横下心挑明道："我决定不写。因为写了我就得死，不写我就得生。"

　　1942年一整年，日本一直在促使汪伪政权对盟国宣战，并与该年年底在日本御前会议通过一项"对华新政策"，即对汪伪政权内部事务不再粗暴干涉，而改为"援助、建议和指导"为特点的低姿态的新办法。1943年1月9日，终于换来汪伪政权名义上对盟国宣战。有鉴于此，池田虽然想要营救胡兰成，却多次被对方以此乃汪伪政府内政为由挡回。如此拖至除夕，胡兰成已入狱48天，池田深深自责，乃欲携枪去硬闯12号，意图造成外交事件，如此好让日方有借口干涉。林柏生得讯，告知汪精卫。汪精卫见胡兰成虽然隐瞒参加过托派，又勾结日本人，但好像确实没有什么过硬背景，又兼周佛海、陈公博也认为不宜因胡个人问题兴起文字狱，遂让胡写下一纸悔过书，然后准予释放。

　　知道胡兰成已经四处失势，应英娣对他的归来表现得很冷淡。胡兰成心知肚明，虽然不快，却也并不过分在意。他心中在惦念着另一件事。在狱中时，他收到苏青寄来的《天地》第二期，上面除了张爱玲的文章，还有一张她的照片。胡兰成拿在手中，竟有些将信将疑，像对待她的文章一样，又是看了又看。所以一出旧历新年，他便匆匆赶往上海。

爱就是不问值不值得

心死了之后的勇敢不足贵。真勇敢是有可能赔上一切时，在生命与爱情正盛之时。

——张爱玲·《张爱玲私语录》

当日一下火车，胡兰成连美丽园都没回，便直奔上海爱多亚路160号的《天地》杂志社，寻到苏青。苏青很是高兴，陪他下楼吃饭，又同回她的寓所。闲谈毕，胡兰成问起张爱玲，苏青一怔，道："张爱玲是不见人的。"胡执意索要张爱玲的地址，苏青迟疑一回，到底写给了他。静安寺路赫德路交叉口爱丁顿公寓六楼六五室，原来离他的家美丽园很近。

翌日胡登门拜访，张爱玲果然不见。胡兰成只得写了张字条递入门内。隔了一日，午饭后突然接到张爱玲的电话，出乎意料，竟然答应来看他。

张爱玲也有自己的好奇心。原来苏青曾经把那篇书评寄给张爱玲。那样婉转细腻，聪慧灵秀，能够切实地体会到作者写作的意图和心思，让张爱玲非常惊异。她也是把书评看了又看，竟有些舍不得还回去。书评还未发表，竟听说他突然被下狱，苏青约她同去周佛海处为胡说情，一向不喜欢与外界接触的张爱玲竟然答应了。也正因为有此一节，苏青才在迟疑之后，到底把张爱玲的地址写给了胡兰成。张爱玲既然对胡兰成的文字有动于心，愿意破例去求见周佛海，谁知道她会不会再破例，愿意见一见他本人？

那是一段不长的路。张爱玲走得很慢。新年新岁，万物更新，她的心底也是充满喜悦。却丝毫不知，路的那头等待着她的，不单是一个知己，也是一个百炼成精的人。他带给她的命运的骤转，和无尽的纠缠痛苦，将让她用漫长的岁月去消化。

乍一见面，两个人都觉得对方与自己想象的不同。胡兰成穿着半旧的棉袍，身材瘦小，面色黧黑，头发乱蓬蓬的，不修边幅，张爱玲误以为那是名士风度，殊不知那只是他从小生活困苦养成的邋遢习惯。态度沉静，说话带着浓重的南方口音，让人听起来有点吃力。面容尚算端秀，明显的三角眼，非常明亮，目光锐利警觉，看得出异常聪慧，总能迅速地观察、揣摩出别人的心思。张爱玲身着旗袍。在狱中看到她的照片，只是阴影里露出的一张脸，也能让人感到身材很高，但待到真的人来到面前，发觉竟然比他还高，还是让胡兰成感到不适。看她的文章，玲珑剔透，仿佛世事人心没有她看不透的，真人却和她的文字完全对不上，那样的真稚和不谙世事，见了生人，连句场面上的应酬话也不会说，只一味地安静沉默，正经老实得让人没法喜欢。他也不是初识就会无缘无故话多的人，相比于先声夺人，他更喜欢以柔弱天真的面孔示人，曲意逢迎，让人彻底放下戒心，然后再不动声色地接触观察，根据每个人的性情喜好酌情应对，不露痕迹地，暗暗地控制和施加影响，但张爱玲的稚拙单薄让他不由自主地生出自信，在小心翼翼地呵护和试探之后，开始侃侃而谈。他也在香港生活过。她到香港读书的时候，他刚离开，那样阴差阳错，也还是让人觉得有缘。也谈他在南京的情形。当然更多的是对比当下的流行文学，谈她的文章好在哪里。她安静地倾听着，这才明白自己为什么会来到这里。人的确是那个人，灵光乍现，字字珠玑。那样细腻熨帖的解读，她还从来没有遇到过。"在被封锁的停着的电车上，一个俗不可耐的中年的银行职员，向一个教会派的平凡而拘谨的未嫁的女教员调情，在这蓦生的短短一瞬间，男的原意不过是吃吃豆腐消遣时光的，到头却引起了一种他所不曾习惯的怅惘，虽然仅仅是轻微的惘怅，却如此深入地刺伤他一晌过着甲虫一般生活的自信与乐天。女的呢，也恋爱着了，这种恋爱，是不成款式的，正如她之为人，缺乏着一种特色。但这仍然是恋爱，她也仍然是女人，她为男性所诱惑，为更泼剌的人生的真实所诱惑了。作者在这些地方，简直是写的一篇诗。"一谈五个多小时，尽管只有在胡兰成问到时她才轻声作答，张爱玲还是乏了。她还从来没有和一个陌生人独处过这么长时间。

离开时，胡兰成送张爱玲到衖堂口。天色已晚，两个人并肩走着，许是她的谦逊给了他自信，胡兰成突然开口说道："你的身材这么高，这怎么可以？"这话说得如此突兀，使得张爱玲非常诧异，她望着胡兰成，几乎要起反感了，但却终于没有说什么。她本来就不是一个善于言辞的人，何况个性和教养也不允许她对一个陌生人说出什么尖利的话，即使对方失礼在先。胡兰成却不再动声色。如今的他懂得拿捏分寸。对于张爱玲身体的冒然评论，其中又暗含着与自己匹配的意思，只这一句话就将两人的关系拉得如此近，聪明如张爱玲不会不懂。她在《沉香屑·第一炉香》《倾城之恋》中写尽了乔琪、范柳元这样的情场浪子的情性和种种手段，但是写作和亲身体验终究是两回事。对于别人的爱情，尽可以冷眼旁观，审视、分析、挑剔，甚至批评，但对于自己的爱情，却没有人会不动情。在众人眼里，张爱玲只是一个才华横溢、正红极一时的女作家，而胡兰成看到的，却首先是一个年轻女子，单纯、沉静，却又绝顶聪明，带些专注的稚气，疏离地站在世界的边缘，用着怀疑的目光打量一切，内心却渴望和等待着一份真正的感情。那是他从来未曾经历过的女性，不符合他对于女性美的一切既定观念，却又忍不住地想要撩拨亲近。

翌日胡兰成回访，张爱玲的客厅终于向他敞开。姑姑见他立刻笑道："太太一块来了没有？"是提醒他自己的年龄和身份。张爱玲忍不住笑了，胡兰成一边答应着也只得讪笑。和昨天不同，张爱玲穿着居家的服装，一套宝蓝色绸袄裤，带着嫩黄边框的眼镜。房间里的布置陈设，看得出样样用心，且匠心独具，一种胡兰成从未见过的现代化的精致华贵竟让他不安。

越是如此，他越要证明自己。坐在沙发上，如昨天一样，大谈文艺理论，以及他的生平。她仍然只是安静倾听。相比于她在自己家中的自在舒展，今天反而是他局促而拘谨，实在接不下去话时，便用手去捻沙发扶手上露出的一根毛呢线头。

"你脸上有神的光。"他突然有点纳罕地轻声说道。

"我的皮肤油。"她并不受宠若惊，只微笑着解释。

"是满面油光吗？"他笑着给自己解嘲。

不忍看他尴尬，她告诉他，曾和苏青一起去找过周佛海，想要营救他。他听了近乎骇异。他早已见憎于周佛海，所求非人，她在政治上无知幼稚得让他觉得可笑。

尽管如此，回家后他立即写了封信给她，轻浮夸张得连他自己事后想起都难为情，但他赞她"谦逊"却说到了她心底，尤其是人都以为她高傲得不近人情，她回信说："因为懂得，所以慈悲"。

此后胡兰成日日都去，一坐坐到晚上七八点钟。姑姑蹙眉笑道："天天来！——"因为是姑姑做饭，张爱玲不能帮上什么忙已经过意不去，更从来不敢留人吃饭。可每天坐到那么晚，连一句客气话也不说，到底连她自己都觉得难为情。何况她几乎不见人，现在弄个已婚的男人天天来，究竟算怎么回事？又让姑姑怎么想？两相交攻，她甚至想躲出去一段时间。可她实在无处可去。天气还未转暖。每晚他走后，她都像被掏空了一样，坐在姑姑房里，颤抖着俯身向着烧红的小电炉。姑姑也不大说话。沉默的空气中流动着一股不祥的预感。

离开爱丁顿公寓后，胡兰成并没有直接返回美丽园。搂草打兔子，顺着吴江路，他瘦小的身躯悠然蹩进斜桥弄的一处寓所，敲响了苏青的房门。苏青善谈，性情豪爽，热情而又充满活力，从她那里，总可以分得一些人生的热闹，何况她长得俊眼修眉，有一种男孩式的英气俊俏，又兼是一位离过婚的少妇，早已祛除少女的矜持和拘束，和她在一起，有和张爱玲相处不能比的乐趣。靠着香烟和浓茶提神，胡兰成与苏青又兴奋地畅谈文艺社会人生至午夜。

如此过了些时日，一晚胡兰成又依例到苏青那里，恰遇从日本归来的陶亢德①正在饮酒畅谈，另有他早就觉得格格不入的柳雨生在座。苏青为胡、陶二人介绍。陶亢德冷然道："我认识的。"言罢也不看，也不停杯，接着喝他的酒。苏青不好意思胡兰成被冷落，赶紧招呼道："你也来喝些酒吗？"知道陶亢德与苏青关系的亲密远胜于己，胡兰成冷笑道："你知道我是不喝酒的。再会了。"说罢头也不回，大踏步地去了。

陶亢德告诫苏青，胡兰成是一个关系复杂的人，在政治上翻云覆雨，以致弄得无处容身，如今只好大谈特谈他的艺术革命理论。"他的学问总还不错吧？"苏青问道。陶亢德冷笑："他有什么学问？只知道一些江湖诀，信口开河，骗骗你们女人罢了。"并不放心地叮嘱苏青道："胡兰成不是好人，你得当心他，不要上当了。"

苏青不知胡兰成每晚从哪里来，正如张爱玲再想不到他离开自己这里后又去了哪里。

一日胡兰成约张爱玲同去参加邵洵美家的鸡尾酒会。她见了人一贯僵，三五成群的人中没有她认识的，也没有谁来跟她说话，只有邵洵美招呼她道："其实我还是你的表叔。"大家族就是如此，弯来拐去，说不上就跟谁论上了亲戚。看着众人谈笑风生，张爱玲一个人待得实在尴尬，想要离开，便到处找胡兰成。他正坐在沙发上跟胡金人等谈讲什么，眼里满是轻藐的神气，看得她心中一震。听

---

① 陶亢德1943年秋去日本，参加第二届大东亚文学者代表大会，同行的还有柳雨生、关露、沈启无等人。会议结束后，其他与会者返国，陶亢德因为受邀为《杂志》撰写日本文化通讯，又在日本东京多待了几个月。

惯了他的软语奉承，她以为那是他做人如此，反倒更不敢相信，再料不到他也是傲气的。一个骄傲的男子肯为女子低眉折腰，那只能是出于真正的爱慕和欣赏。

她终于卸下厚重的心防。他说起喜欢《天地》上她的照片，是对门一个德国摄影师照的，因为价格昂贵，只印了一张，连底片都没有，她却立刻毫不犹豫地给了他，并在背面写上一句话："见了他，她变得很低很低，低到尘埃里，但她心里是欢喜的，从尘埃里开出花来。"投之以木桃，报之以琼瑶。他从来不惮用过火的言辞来夸赞她，她为什么不能让他知道她也欣赏他？

一天他临走，她突然拉开抽屉，拿出一个旧信封。原来每回他来抽剩下搁在烟灰盘里的烟蒂，都被她细心收了起来。他看罢笑了。和熊剑东重逢，见他太太是个大家闺秀，胡兰成忍不住惊呼："你居然讨着了一个体面老婆。"应英娣漂亮是漂亮，可到底是个舞女，说出去不够响亮。一个出身高贵如张爱玲这样的名门淑女竟然对他青眼有加，那让胡兰成久受打击的自尊心得到了抚慰，不免格外地意兴洋洋。

他羡叹《孽海花》中关于她祖父母的那段著名佳话。南京的张氏旧宅一部分做了立法院，另外的则毁于兵燹，成了瓦砾场，他再次回南京，也要专门去踏看一番，反是张爱玲自己毫无怀古之幽思。又说小说里关于祖父母初遇，祖父看到祖母的诗作两首专为他鸣不平的事是不实的，又将祖母唯一的一首诗写出来："四十明朝过，犹为世网萦。蹉跎慕容色，煊赫旧家声。"并告诉他："我祖母并不怎样会作诗，这一首亦是我祖父改作的。"她这种小节处亦皆可见的坦诚真实让他心惊。因他是只要与己相关，譬如父母不过是伧夫村妇，亦要被他吹捧成金童玉女，连他父亲因胃溃疡病亡，亦可比作佛陀圆寂涅槃。不过放荡归放荡，轻薄归轻薄，他知道何时该曲意小心。所幸张爱玲不轻易信人，但一旦相信，便深信不疑。而他对人生的种种夸张不实，包括他对女性的耽溺，以及他言语笔下永远如诗如画的故乡田园，她也只以为是他视万物皆太理想化，恰恰是因为内心的真纯与美好。

他亦喜欢亲狎地评论她："你跟你姑姑在一起的时候像很小，不跟她在一起的时候又很老练。"看她的照片亦要说："这是你的一面。这张是整个的人。"她虽不以为忤，但要再进一步，却也不能。他不知道，她喜欢无目的的爱，认为只有那样才是真的，或者只止于彼此欣赏，就像当初他单纯为她的文字所惊动。

他着恼于她的不解风情，便说："我看你难。"是说依她的性情，很难有男人会喜欢她。她的自信理性为她建立了一道抵御他的屏障。他反复说了几次，她也不过笑回："我知道。"他却转而又说："我总忍不住要对别人讲起你。那天问胡金人：'你觉得张小姐美不美？'他只说：'风度很好。'我很生气。"她听了亦不过笑笑，依旧水波不兴。

他下决心要突破疆界。一天临走，双手按住她手臂笑道："眼镜拿掉它好不好？"她有点觉得了，但还是笑着摘下眼镜。他突然贴近吻她，能感到一阵强烈的痉挛沿着他粗壮的胳膊一路直流下去。语言可以，但身体撒不了谎。"这个人是真爱我的。"张爱玲骇异地想，心中又是一阵震动。但还没等她回过神来，一个软塌塌的、干燥的东西立刻顶到她嘴里，是他的舌头。她本能地厌恶地别开头去，他立刻感受到她的情绪，也就微笑着放开手。

隔了一天他才再来，先在外面喝过了酒，她泡了杯茶放在他面前。谈了一会儿，他忽然坐到她身边来，说："我们永远在一起好不好？"她微笑道："你喝醉了。""我醉了也只有觉得好的东西更好，憎恶的更憎恶。"他拿起她的手，翻过来看她掌心的纹路，然后放下再看另一只手，一边笑着："这样无聊，看起手相来了。"然后一转，依旧穷追不舍·"我们永远在一起好吗？""你太太呢？""我可以离婚。"

她不愿意解释。圣玛利亚女校毕业年刊调查，还有一项"最恨"，她填写的是"一个有天才的女子结了婚"。从身边的人当中，她没有看到过一桩自己想要的婚姻。她要如雄鹰一样，自由自在地翱翔于长空，而不是被剪掉双翼，湮没于家庭生活的琐碎庸常之中。所以她不拒绝爱，却从来没有考虑过婚姻。在她看来，她和胡兰成都是如《红楼梦》中所说，秉天地灵邪之气而生的人，"置之于万万人中，其聪俊灵秀之气，则在万万人之上；其乖僻邪谬不近人情之态，又在万万人之下。"这些日来，她已认定他是个知己，但是也仅止于此。隐隐约约地，他身上总有些东西让她不安。就像每次他坐在沙发上，她永远只看到他的半侧面，瘦削的面颊，英挺清秀，微微笑着，半隐在光影里。但一旦他转过来，她就不免吃惊，仿佛看到另一个人，横宽的额头，有点女性化的脸，而且是个世俗的狡诈泼实的女人。就像她说："我不觉得穷是正常的。家里穷，可以连吃只水果都成了道德问题。"他却道："你像我年轻的时候一样。那时候我在邮局做事，有人寄一本帖，我看了非常好，就留了下来。"她听了心下骇然。她虽然不喜被人世定规所限，却绝非在道德上无所顾忌。有时一句话里透出的天差地别就让她觉得他们是生活在两个世界。

"我现在不想结婚。"她说。他微笑着没再作声。临走的时候，却一只手撑在门框上，拦她在门边。她微笑着不去看他，他犹豫了一下，终于只说了句："你的眉毛很高。"

他走后，她半当玩笑地告诉姑姑："胡兰成说'我们永远在一起好不好？'说他可以离婚。"她从来不喜欢解释，尤其每次破例，总是得不到理解与安慰，过后更是越发后悔。可这次不同。和一个男人那么多时间地单独相对，她需要对姑姑有个交待。姑姑和妈妈一样，一贯秉持着西方的社交准则，对别人的隐私尊重不窥探，当然不便多说什么，只提醒道："当然你知道，在婚姻上你跟他情形不同。""我知道。"张爱玲回答道。

次日胡兰成却意外地没来。第三日、第四日……接下来两个星期他都踪影全无。

张爱玲的生活突然出现了塌陷。她努力想回到平常的生活轨道上去，却发现异常困难。她会不自觉地留心时间。在他惯常来到的时刻，侧耳倾听，等待着门铃的声响。时间一点一点地过去，她便安慰自己："他也许有事耽搁住了。也许，他正在来的路上。"看着阳光在对面楼上不断地移动，终至黯淡彻底消失，她知道这一天又白白地过去了。他受伤了吗？还是对她感到失望？她开始后悔没有及时且适当地回应他的热情。夜晚的空荡寂静尤其让人难受。她尽量不去看沙发上他坐过的地方，但空气中还残留着他的气息，烟灰盘里还搁着他抽剩下的烟头。没有人完美无缺。既然他能够恰如其分地理解她，而她也喜欢和他在一起，那还苛求什么？她的燃点那么高，又凭什么要求别人不停地白白为她燃烧？怕错过门铃响，她进出常故意将房门敞开着。可是门铃真的响了，来的却不是胡兰成，而是姑姑的朋友。她忽然委屈得想哭，借口买菜，赶紧出去透一透气。乍暖还寒的天气，人尚有些畏缩，路两边的法国梧桐却已感受到早春潮湿空气的浸润，欣喜地抽出一点点嫩绿的枝芽。张爱玲一路走去，仰面看着，忽然觉得异常轻松。没有什么不可以失去。她还年轻，一切也都完好如初。她忽然懊悔自己不该浪费了这么多好时光。她要成就自己，而不是活在对别人的期待里。"一切都结束了。这样很好。"她对自己说，虽然心中多少有点怅惘。

胡兰成并没有伤心。张爱玲铜墙铁壁式的自我防护让他兴味索然，屡屡不能得手的恼怒让他决定彻底地冷一冷她。无论是传统，还是出身及成长环境，都让他对自身的男性身份充满了认同和优越感，在两性关系中，他可进可退，可攻可守，天生不会有任何损失。在敛迹于爱丁顿公寓的同时，他却往斜桥弄跑得更加起劲儿。孰料苏青偏偏在此时连着让他吃了几次闭门羹。第四晚，他又不甘心地去敲门，门意外地开了。苏青倚靠在门边，眼皮沉重得睁不开，迷迷糊糊地道："来了吗？"胡兰成以为她也在盼着自己，遂高高兴兴地答道："来了。"苏青闻听一愣，勉强乜斜醉眼一瞧，才发现不是她期盼的陶亢德，而是胡兰成。"你喝过酒了？"胡兰成体贴地扶她在沙发上躺下，殷勤问道："前几天你到什么地方去了？""南京。""有什么重要事情吗？""没有。就去玩玩。""南京有什么好玩的呢？"胡兰成不以为然地道，随即若有所悟："是陶亢德他们约你同去的吗？"苏青点头："还有柳雨生。""我就猜到是这批伪君子！"胡兰成愤然以手拍着沙发靠背，"嘴里说游山玩水，目的是同女人谈恋爱。"苏青怫然不悦道："这又关你什么事呢？人家有人家的自由。你说他们是伪君子，莫非你就是真小人吧？"胡兰成急得用双手扳住苏青的肩胛道："我不许你这样说，苏青，你不了解我。你不知道我是怎样关心你的一切呢！"苏青默然，身子一软，顺势将头靠在他的胳膊上。①

久觅不得的良机就在眼前，本该怜香惜玉，胡兰成却压抑不住心中的怨诽之气，开始大肆批评起当代人物。柳雨生是都市青年的典型，一门心思往上爬，无奈毫无根基，爬到顶点也不过成为一个小政客。他总洋洋自得，其实在别人眼里却是很可怜的。陶亢德则是怯懦的代表，一味地自命清高，其实最没有胆量。他心里何尝不想做官发财？真正甘心淡泊的人可以说没有。一个人绚烂到了极点，无法再维持下去，于是便拿清高当借口，以便趋于平淡，其实却是不得不平淡。至于陶亢德，根本就没有绚烂过，也说要平淡，那不过是在自抬身价罢了。所以归根结底一句话："他们都是批作伪的家伙！"苏青越听越不舒服，不由将头从他身上抬起，抗声道："我不愿意人家当面批评我的朋友，我们且谈些别的吧。"胡兰成正说在兴头上，浑然不理，又滔滔不绝地将陈公博、周佛海等挨个批评一番，然后又转到自己的生平。他是一个理想主义者，因而到处碰壁，然而他的个性是顶坚强的，得官固然欢喜，丢官却也没什么大不了。做次长的时候，不过坐部里一辆汽车，失了官，便骑脚踏

---

① 对话内容引自《苏青文集·续结婚十年》，苏青著，合肥：安徽文艺出版社，2016：第98~99页。略有改动。

车。很少有做过次长的人肯放下身段再骑脚踏车的，可他觉得那真是舒服得很哩。"我只爱同朋友谈天，尤其同女朋友谈得投机——"在一通不可抑止的宣泄之后，胡兰成到底老马识途，绕了回来，目光炯炯，盯得苏青直低下头去……

欢娱的时间如此短暂，还未真正开始便已草草结束。胡兰成抱歉地道："你还满意吗？"苏青默然无应。半晌，实在无话可说的胡兰成又讪笑道："你没生过什么病吧？"苏青勃然大怒，道："我恨不得能有什么东西可以传染给你。"胡兰成笑道："这有什么好生气的？不要以为你的朋友都是有地位的，越是有地位的人越有患此等病的可能。这是一种君子病。君子讳疾忌医——"苏青没好气地说道："然则你不是君子，你该不曾有什么病吧？"言罢披衣起坐。不愿弄得太僵，她依然有一搭没一搭地和他勉强闲谈着，感受到她的不满，胡兰成先发制人地突然迸出一句："你不像一个女人。"苏青垂头默省。她怎么会不像女人？陶亢德、柳雨生不都爱慕她吗？这次去南京住在陶亢德的朋友纪果庵的学校里，谈天说地，泛舟后海，大家不都众星捧月般地环绕着她吗？正是这次友情的相得甚欢让她归来后倍感寂寥，失意独酌，才令胡兰成有了可乘之机。她要的男人得是一个可敬爱的对象，若像胡兰成这样，没有什么真正实力，却妄想摆布掌控她，那就大错特错了。胡兰成见她始终不语，遂严肃地道："你恨我吗？"苏青抬起目光，狠狠地盯了他一眼。"恨我什么呢？""你不负责任。""我要负什么责任？"胡兰成忽然凑近贴着苏青的脸，"同你结婚吗？"苏青不屑道："谁高兴同你——""这样顶好。"胡兰成又一变而为严肃："我可从来没有想到过要同你结婚。你不是一个安分守己的女人。苏青，谁若向你求婚便可表明他不了解你，千万别答应，否则你们的前途是很危险的——""那你又为什么同我——"胡兰成朗声大笑道："因为我喜欢你呀！你也欢喜我吗？"苏青愤恨到极点，高声道："我是不满意。在我认识的男人当中，你算顶没有用了，滚开！劝你快回去打些盖世维雄补针，再来找女人吧。""你怎么可以讲这样的话？！"[1]

眼见胡兰成愤怒地离去，苏青不禁伏枕痛哭。

在苏青处的受挫让胡兰成意识到了张爱玲的可贵，至少，她从不会恶语伤人。

"胡兰成好些天没来了。"就在姑姑都意识到的时候，偏偏他又按响了门铃。

张爱玲好不容易获得的宁静又被打破了。她听到内心情感的潮水汹涌地涌上来，面上却只是如常地平静接待他，甚至都没问他为什么这么多天没来，反而是后来他说："那时候我想着真是不行也只好算了。"又有一次他说："我想着你如果真是愚蠢的话，那也就是不行了。"她只是诧异地微笑。还从来没有人将"愚蠢"两个字用在她身上，她母亲最多也不过是看不惯她的笨拙。完全意想不到的唐突无礼，在他行来却可以如此地坦荡而自然，那让她不解和困惑，更不可思议的是，她竟然没有生气，那让她模糊地感到他身上有种可以将一切不合理化为合理的魔力。而且又是什么让他想通了，再次登门？信任付出就不会再收回。无论事后或当时，她甚至想不到向他提问。她知道人生有多么变幻回测，难以捉摸。人世间的事情，

---

① 对话内容引自《苏青文集·续结婚十年》第102~106页，略有改动。

可以认真，却不能较真，谁较真谁输，所以太多事情，不必非得要弄得清清楚楚。此时此刻，他在这里，这就比什么都重要。

听她说起过战后在香港和炎樱看日本画展，她非常喜欢，这次他来特意带了几本日本版画。两个人坐在一起，并排翻着，倒像两个孩童，两小无猜。她看画，他却在看她的手，笼在宽大的孔雀蓝喇叭袖里，越发显得瘦削。她惊觉到，赶紧不好意思地辩解道："其实我平常不是这么瘦。"他略怔了怔，方有些迟疑地问道："是为了我吗？"她不由红着脸低下头去。

失之东隅，得之桑榆。他再想不到这一段的中断会收此奇效。注视了她一会儿，忽然凑近去吻她。吸取上次的教训，他这次及以后都只吻她的嘴唇。这次她没有排拒，两只纤细的手臂旋即搂住他的脖颈。"你仿佛很有经验。"他立即警觉地道。"电影上看来的。"她笑。"太大胆了一般的男人会害怕。"所以他格外喜欢没有经验的少女，可以由着他去掌控，去调教。她不再对他闭锁自己，欢天喜地地将自己的画拿来给他看，一种从未想到或见过的风格，与预期完全不符，让胡兰成非常诧异，却也只得应承着说自己"喜欢"，张爱玲听了却异常高兴，待胡走后还要告诉给姑姑，听得姑姑唯有暗暗叹气。连她小时母亲从埃及带回来给她的两串彩色玻璃珠子，她也喜滋滋地捧出来给他看。胡兰成完全弄不懂这种小女孩的东西有什么好，却也耐心地哄着陪她赏鉴。

他抱她坐在自己膝上，两人脸贴着脸，寂静中听到街上人家里开的无线电唱着流行歌：

蔷薇蔷薇处处开，

264

青春青春处处在，

挡不住的春风吹进胸怀。

蔷薇蔷薇处处开，

天公要蔷薇处处开，

也叫我们尽量地爱。

……

　　王国维《人间词话》里说："一切景语皆情语也。"现在是反过来，歌曲恰恰应了他们的景儿，两个人听得都忍不住笑了起来。胡兰成笑道："哎，这流行歌很好。"

　　童年过后，她就再也没有这样地平安喜乐过。成长期已经结束，有些创伤却永远地封存在了她的体内。再亲近的人原来也不过如此，那让她不敢再相信这个世界。现在，她像古堡里沉睡的公主，很高兴，终于有人来敲响并打开了她通往世界的大门。她对他并没有抱过高的期望，也清楚地知道他们之间没有未来。她只要现在。"如花美眷，似水流年"，她不要在幽闺自怜。在最美好的年华里，她希望能有一个知己，互相陪伴着，走一段人生的路，仅此而已。而且她自诩理智冷静，有把握不会沉陷得太深，只要愿意，她随时可以抽身，却全然未曾料到，女儿的心事如三月的春花烂漫，难管难收，是不管对象值不值得，誓要燃烧自己的火热激情。

　　胡兰成喜练书法，于近人学康有为，又加入了他特有的流丽柔媚。凡有人求字，他多写鲁迅的诗，理由是："鲁迅的诗风格高。"闲时也喜欢跟她谈讲鲁迅和许广平，计算他们的年龄、在一起的时间，推究他们之间的关系。也喜欢谈汪精卫和陈璧君，汪精卫是民国时期著名的美男子，陈璧君身材矮胖，个性强悍，对汪一片痴情。两段情史当中，都是女性更大胆主动。有一天突然联系到他们俩，道："我们这是对半，无所谓追求。"张爱玲听了诧异地笑，不明白他想表明什么。他又细致地推算道："大概我走了六步，你走了四步。"倒像在集市上买东西讨价还价似的，引得她越发笑起来。《中庸》有云："喜怒哀乐之未发谓之中，发而皆中节谓之和。"她是发而皆不中节，又兼反应奇慢，什么事情想明白早已是时过境迁，所以当时唯有微笑着沉默。他亦看得出她的好处，纳罕道："你倒是不给人自卑感。"又抚摸着她袜子上露出的一截白皙的腿，感叹道："这样好的人，可以让我这样亲近。"

她最喜欢的是和他在一起谈文论艺。不再像初识时那样，只是一味地他讲她听。她向他彻底地敞开了自己的世界。黛玉宝钗凤姐晴雯，潘金莲宋惠莲李瓶儿，一个个人物从书上鲜活地走下来，巧笑嫣然，活色生香，他这才骤然明白这个房间的热闹繁华。托尔斯泰、萧伯纳、劳伦斯……她也都介绍来给他听，体贴他不懂英文，她处处小心讲解，尽管如此，还是为怕他会感到乏味而抱歉。她不买书，房间里亦不摆放书，但看过的东西，却过目不忘。他赞她面如满月，说："你的脸好大，像平原缅邈，山河浩荡。"她笑道："像平原是大而平坦，这样的脸好吓人。"然后告诉他《水浒传》里写宋江见九天玄女，有 8 个字描写玄女面容却说得好，是："天然眉目，正大仙容"①。他想形容她行走坐下时的姿态，思来想去，始终找不到准确的字眼儿，反是她笑道："《金瓶梅》里写孟玉楼，行走时香风细细，坐下时淹然百媚。"他觉得"淹然"两字好，央她来解说听听，她道："有人虽遇见怎样的好东西亦滴水不入，有人却像丝绵蘸着了胭脂，即刻渗开得一塌糊涂。"从前看书以为看懂了的，这时才知全是一知半解。他是如刘、阮②，误入天台山意外得遇仙女，这才知道原来在这世间还别有洞天。

她爱用指尖沿着他的眉眼勾画，嘴里说道："你的眉毛。你的眼睛。你的鼻子。你的嘴。你嘴角这里的涡我喜欢。"她一直渴望一个能够真正懂得她的知己，如今真的在眼前，却又有些将信将疑："你的人是真的吗？你和我这样在一起是真的吗？"她喜欢叫他"兰成"，也希望他能显示亲昵。胡兰成当面从来不叫她，对外人提起只说"张爱玲"，这时万般无奈，只得勉强叫了一声"爱玲"，张爱玲听得"啊？"地一声诧叫。他的叫声里毫无亲近之意，只有生硬和狼狈，听得俩人都尴尬而别扭。"我是高兴得像狂喜一样，你倒像有点悲哀。"她不解地道。"我是像个孩子哭了半天要苹果，苹果拿到手里还在抽噎。"他笑着说。玲珑剔透如她，也像所有陷入热恋的年轻女孩一样，宁愿放弃显而易见的事实，也愿意相信他似是

---

① 《水浒传》第四十一回"还道村受三卷天书，宋公明遇九天玄女"描写九天玄女原文："脸如莲萼，天然眉目映云环；唇似樱桃，自在规模端雪体。……正大仙容描不就，威严形象画难成。"胡兰成《今生今世》记成"天然妙目，正大仙容"，一是张爱玲可能记错，另一可能是胡兰成记错张爱玲的话。

② 见南朝刘义庆《幽明录》。汉永平年间，剡县刘晨、阮肇入天台山采药，迷不得返。后遇两位仙女，分别结为夫妻。半年后，两人不顾仙女的挽留劝阻，执意返乡。及至归家才发现亲友早已故去，如今在世的已是他们的第七代孙。原来山中半载，世上已过数百年。

而非的牵强解释。

　　外面到底有了些风言风语。一次见面，苏青面有难色，欲言又止道："现在外面都说你跟胡兰成非常接近。"张爱玲浑不在意。胡兰成与她的关系跟谁的都不一样，用那些世俗的想法去猜度他们简直是对他们的侮辱。苏青本就不知道该如何告诉张爱玲有些事情，现在见她面色凛然，下面的话只能戛然而止。再没想到，邵洵美也出人意料地写了封信来，先衷心地夸赞了她最新发表的一部短篇小说，说了些不相干的话后，末了笔锋一转，提醒她"这社会上有吃人的魔鬼"，让她千万当心。她看罢如坠五里云雾，思来忖去，只能是指胡兰成。可那么聪明灵秀风采洒然的一个人，怎么会跟"魔鬼"联系在一起？简直匪夷所思。等胡兰成再来，她当作笑话告诉他："邵洵美写了封信给我，骂你，叫我当心你。"怕伤到他的自尊心，具体的话她且隐过不提。胡兰成愣了愣，方道："邵洵美这人还不错，他对我也很了解，说我这样手无寸金的人，还能有点作为，不容易，他说他不行了。"她简直不能相信，他居然不相信她！她有什么理由，要编造这样的谎话？那封信此刻就躺在书桌的抽屉里，她完全可以拿出来证实自己的话，却动也没动。她没有必要让胡兰成难堪。更重要的，虽然困惑不解，但她记得邵洵美说过的那句话："其实我还是你的表叔。"直觉告诉她，邵洵美写这封信是出于亲戚的善意，以及长辈的责任。而且尽管不愿正视，但模糊地，她也有种感觉，在自己对于他人的影响力和控制力方面，胡兰成有种偏执得近乎疯狂的自信。人是他活动的资本，但凡能够占有的，他一个都不会放弃。

她在文章里喜欢描写颜色和气味，现在他才知道，"桃红的颜色闻得见香气"，而且居然连姓氏也有颜色气味。他说胡姓来自陇西，他的祖先也许是羌，与羯氏鲜卑合称五胡的，她道："羌好。羯很恶，面孔黑黑的。氐有股气味。鲜卑黄胡须。羌字像只小山羊走路，头上两只角。"他这才明白她文章的好原来是因为先有着锦心绣口。让他意想不到的是，除了京剧，她对其他戏曲以及一切民间艺术也都怀着浓厚的兴趣，并有着自己独到的理解和领悟。当时评剧《秋海棠》风靡上海，万人争睹，看的不过是一个热闹，张爱玲却最感动于其中的一句鼓儿词"酒逢知己千杯少，话不投机半句多"，"烂熟的口头禅，可是经落魄的秋海棠这么一回味，凭空添上了无限的苍凉感慨。中国人向来喜欢引经据典。美丽的，精警的断句，两千年前的老笑话，混在日常谈吐里自由使用着。这些看不见的纤维，组成了我们活生生的过去。传统的本身增强了力量，因为它不停地被引用到新的人，新的事物与局面上。但凡有一句适当的成语可用，中国人是不肯直截地说话的。……只有在中国，历史仍于日常生活中维持活跃的演出。""历代传下来的老戏给我们许多感情的公式。把我们实际生活里复杂的情绪排入公式里，许多细节不能不被剔去，然而结果是令人满意的。感情简单化之后，比较更为坚强、确定，添上了几千年的经验的分量。个人与环境感到和谐，是最愉快的一件事。而所谓环境，一大部分倒是群众的习惯。""看惯了京戏觉得什么都不够热闹。台上或许只有一两个演员，但也能造成一种拥挤的印象。拥挤是中国戏剧与中国生活里的要素之一。中国人是在一大群人之间呱呱坠地的，也在一大群人之间死去。"他是经她醍醐灌顶般的点拨，才骤然省悟到戏曲话本里所蕴含的民族性和永恒性，一扫长久以来的自卑，终于在民间传统中为自己的自傲找到立足点，并以此为庇护所，逐渐构筑起自己的话语体系，最终演化成一个彻头彻尾的民粹主义者，此是后话，这里暂且不提。[①]

胡兰成说："我们俩人在的地方，他人只有一半到得去的，还有一半到不去的。"尽管如此，骨子里到底脱不了俗世的烟火，他终究还是厌倦了。1944年3月，汪精卫因旧伤复发[②]，在陈璧君等人陪同下，飞赴日本疗伤，由陈公博代行政府主席、军事委员会委员长等职，辅以周佛海，一时人心惶惶，传言纷纭。胡兰成自从上次出狱后，一直没有再回过南京，生活上全靠他到上海后找陈公博讨来的一份津贴维持，可这毕竟不是长久之计，此时便想趁乱往南京找池田想想办法。张爱玲一向少有离愁别绪，此时却心生不舍，不知不觉中，情根一点业已深种。

胡到南京后，两人鸿雁往返，胡兰成炫耀地将张爱玲的信拿给周遭朋友看，只小心翼翼地瞒过应英娣一人，并道："（让应）看见了不得了。"再回上海，胡兰成不回美丽园，却径直先去爱丁顿公寓，一进房门就喜滋滋地道："我回来了。"张爱玲见此，以为他是反把自己更当亲人，心中自然喜不自胜。对比去过的高官豪宅，他夸赞这里布置得精致："我去过好些讲究的地方，都不及这里。"张

---

① 引自《流言·洋人看京戏及其他》，张爱玲著，北京：北京十月文艺出版社，2012。

② 1935年11月1日，汪精卫在国民党中央党部与参加六中全会的党员合影留念时，被晨光通讯社记者孙凤鸣刺杀，身中三弹，其中打在背部脊柱上的子弹一直没有取出，导致身体状况恶化。1943年12月，经日本医生后藤手术取出弹头，但术后不久，汪精卫下肢逐渐麻痹。1944年11月10日，汪精卫病卒于日本名古屋大学医院。

270

爱玲笑道："这都是我母亲跟姑姑，跟我不相干。"他吃惊地道："你喜欢什么样的呢？"她热爱一切浓烈刺激的色彩，但如果可以选择，她宁愿要一个没有回忆的颜色，因为回忆让她悲哀，但不愿解释得太多，她只带笑轻声道："跟别的地方都两样。"他迟疑了一下，没有再问下去。她有种直觉似的反感，是要找房子金屋藏娇了吗？他凭什么看得她那么轻贱随便？他喜欢讲自己的情感经历，那些微妙的、似有若无的暧昧和心动，但最怀念的却还是他的发妻，不存二心，生死相付。"我不喜欢恋爱，我喜欢结婚。"他把脸埋在她肩上说，"我要跟你确定。"她丈二和尚摸不着头脑。现放着两个老婆，不明不白的，又怎么再和她结婚？自从认识了他，她的世界观就在不断地被颠覆。难道他嘴里的结婚和她理解的不是一回事？她没法张口跟他提离婚，如果一个男人真的爱一个女人，那是他应该拿定主意去解决的事。

说过两次见她没有反应，胡兰成扫了兴致，一天道："我们的事，听其自然好不好？"又道："明天有点事，不来了。"又来了！张爱玲几乎哑然失笑。面上微笑着送别，心底里却全是不屑。他真的以为她离不开他？这样的故技重施只让人觉得幼稚。厌倦了这种毫无诚意的情感游戏，这次离开，她从心底里希望他不要再来。

果然胡兰成走后好些天没来。她淡定如常，写文章，赶着周末炎樱休息去看她。自打胡兰成初次登门，不过才过去短短两个多月，她的生活却发生了翻天覆地的变化，像迎面碰上一辆脱轨的列车，到处被撞得人仰马翻。她很高兴又能回到日常熟悉而安全的轨道。那天刚巧没有什么可看的电影，张爱玲和炎樱随便聊着，都感受到无处可去的苦闷。张爱玲忽然记起胡金人曾经将上海的住址写给她，说欢迎她随时过去看画，便问炎樱可有兴趣。

那是一座寻常的上海弄堂房子，老旧的砖瓦仿佛凝固住了时间，空间拥挤逼仄，热闹而嘈杂，进出得走厨房后门，旁边连着的小穿堂里有几位太太正围坐一桌，噼里啪啦地打着麻将[①]。胡金人家常也穿着墨绿色西装，显得异常拘谨，也怪她们来得太猝不及防。油画都在客厅地上倚墙放着，总共有十几幅，都还没配画框。炎樱的能力仅够听说简单的中文，想品评画作只能讲英文，张爱玲便代为翻译。正说得热闹，忽然有人走了进来，却是胡兰成。张爱玲知道他和胡金人以及胡的妹夫路易士都很熟，但再没想到他刚巧也在这里。炎樱曾经在张爱玲那里碰见过一次胡兰成，大家点头打了个招呼。胡金人忙着招待她们俩，陪着转来转去，随后又从内室搬出两幅画来，张爱玲则忙着招呼炎樱，对胡兰成刻意淡漠而疏远。偶然一瞥间，才看到他满面赔笑站在身后，脸上全是窘意。她怔了怔，但当着人终究不好展现关心和亲密。告辞出来时，胡金人与胡兰成一起送将出来，麻将桌那里迎面坐着的一个年轻女人抬起头，梗着脖子，狠狠地盯了张爱玲一眼，竟似有满腔的压抑不住的怨怒。匆忙凌乱间，又兼光线幽暗模糊，张爱玲竟然未曾留意。次日胡兰成登门，方知那就是应英娣。林柏生让广东派的人故意透露风声给她，如今心急火燎地从南京赶回上海，看管胡兰成。昨天当众质问他："我难道比不上她吗？"张爱玲听了不由暗自懊恼。早听说应英娣是个美人，而她昨天随随便便穿了件孔雀蓝棉袍，外面罩着枣红色

---

① 民国麻将不是用现在普遍采用的塑料制成，而是用牛骨镶竹（一面是竹子，一面是牛骨），所以打起来格外响脆。

大围巾缝成的长背心，下摆垂着长长的绒线流苏，那样醒目而招摇的风格，她自己是颇为自得的，但只怕让他觉得丢了脸。胡兰成笑道："偏你昨天话那么多，叽哩喳啦说个不完。"她这才明白胡金人和他昨天为什么那么拘束窘迫，偏她当时以为是言语不通，怕他们两个因为不懂英文而自卑，越发起劲地翻译来填补空白，这时回想起来，不由蹙眉笑着叫了声："真糟糕！"

胡兰成对应英娣的长相颇为得意："我太太倒是都说漂亮的。"还曾拿照片给她看过。的确照任何标准都是个美人，有点像周璇，也是穿着旗袍，烫着头发，描着月牙样子的弯弯细眉，是南京秦淮河的歌女，跟他的时候才15岁。昨天当众打了他一个耳光，当然他没提，只说："换了别人，给她这么一闹也许更接近，我们却还是一样。"提起他出狱时的情形才道出原委："这次我出来之后，更爱她了，她倒——嗳，对我冷淡起来了，像要跟我讲条件似的！我很不高兴。"这次的事情也算是对她的一个惩戒。张爱玲对无端卷进这场风波感到可笑，但对应英娣却毫无歉意，因为没有也没想过要拿走她什么东西。本来如果没有这次邂逅，胡兰成应该不会再来，现在这样只能说阴差阳错。她也只能如常招待他，不然倒像真做了什么见不得人的事。

正如张爱玲所说："生命是一袭华美的袍，爬满了蚤子。"伴随着她在文坛的暴红，人生那些咬啮性的烦恼果然也接踵而至。首先，她丧失了一定程度的自由，不能再像从前那样，和炎樱一起自由自在地逛街、吃东西，或者尽兴地做一些疯狂的傻事。现在随便走到哪里，她都会被人认出来，经常有女学生成群结队地跟在她们身后，又惊又喜地唱念着："张爱玲！张爱玲！"稍微矜持些的，也会转过头来好奇地上下打量。就算在店里吃块蛋糕，亦会有人凑上前来，向她索要签名。各种小报上充斥着她的八卦新闻，而且大多捕风捉影，荒诞不实。如果说这种过度关注还能令她感受到成名的备极荣宠，使虚荣心得到满足，因而一笑置之的话，那么接下来的一些事情显然没有那么愉快。

1944 年 5 月，正在连载张爱玲长篇小说《连环套》的《万象》，突然刊出一篇署名"迅雨"的文章《论张爱玲的小说》。这是张爱玲走红文坛后，继 3 月份《新东方》发表胡兰成的《皂隶·清客与来者》论及《封锁》之后最有见地也最有分量的一篇文评，却也令张爱玲反感，甚至不快。文章盛赞《金锁记》是"张女士截至目前为止的最完满之作"，也是"我们文坛最美的收获之一"，并高度评价张爱玲的写作技巧，"结构，节奏，色彩，在这件作品里不用说有了最幸运的成就。特别值得一提的，还有下列几点：第一是作者的心理分析，并不采用冗长的独白或枯索繁琐的解剖，她利用暗示，把动作、言语、心理三者打成一片。七巧，季泽，长安，童世舫，芝寿，都没有专写他们内心的篇幅；但他们每一个举动，每一缕思维，每一段对话，都反映出心理的进展。两次叔嫂调情的场面，不光是那种造型美显得动人，却还综合着含蓄、细腻、朴素、强烈、抑止、大胆，这许多似乎相反的优点。每句说话都是动作，每个动作都是说话，即使在没有动作没有言语的场合，情绪的波动也不曾减弱分毫。"但"没有《金锁记》，本文作者决不在下文把《连环套》批评得那么严厉，而且根本也不会写这篇文字"这样一句转折，却精准地勾起了张爱玲的怒火。她不喜欢人如此高高在上。尤其论者接下来对《倾城之恋》的批评，"没有悲剧的严肃、崇高，和宿命性；光暗的对照也不强烈。因为是传奇，情欲没有惊心动魄的表现。几乎占到二分之一篇幅的调情，尽是些玩世不恭的享乐主义者的精神游戏；尽管那么机巧，文雅，风趣，终究是精练到近乎病态的社会的产物。好似六朝的骈体，虽然珠光宝气，内里却空空洞洞，既没有真正的欢畅，也没有刻骨的悲哀。""勾勒的不够深刻，是因为对人物思索得不够深刻，生活得不够深刻；并且作品的重心过于偏向顽皮而风雅的调情"，这种斩钉截铁、非黑即白，强行将世界纳入自己标准框架的武断就让人反感。说《连环套》贫乏、恶俗，逃不过刚下地就夭折的命运，批评"川嫦没有和病魔奋斗，没有丝毫意志的努力。除了向世界遗憾地投射一眼之外，她连抓住世界的念头都没有"，"明知挣扎无益，便不挣扎了。执着也是徒然，便舍弃了"。和长安一样，困于被奉为几千年伦理标准的孝道和亲情，以及环境的种种束缚和重压，她要如何努力挣扎？究竟有多少人能够成为超人？英雄之所以被赞美颂扬，就因为他们和人类总量相比总是如此稀少，而那些平凡的、朴素的人才是每个时代的最广大也最沉重的负荷者，这恰恰是人生的悲哀。她想起她的老保姆何干，她还活着吗？明明知道儿子将自己老迈的外婆活活钉进了棺材，她能不为自己的未来担忧恐惧吗？可是她依然得带着含辛茹苦攒下的毕生积蓄返回故乡，因为那是她的宿命，她的根。没有被命运之手牢牢地扼住过喉咙的人，不会懂得那种锥心之痛。而到"结论"部分，论者放下其刚直偏颇，再次体现出睿智卓识，"技巧对张女士是最危险的诱惑。无论哪一部门的艺术家，等到技巧成熟过度，成了格式，就不免要重复他自己"，可越是如此，就越让人如芒在背。对自我的突破和超越，是每个艺术家终生都要思索面对的难题，但什么事情都要讲究个时机，大地阳和，草木生发，寒冬腊月，雪满千山，对刚刚起步、尚未能醅畅地品味成功喜悦的她如此急迫地敲响警钟，未免操之过急，更何况她时时面对着生存的压力。报纸杂志上但凡有关于她的文评，张爱玲看见必剪存下来，并笑道："我是但凡人家说我好，说得不对我亦高兴。"而讯雨这篇文章前面赞美得多有见地，后面就刺得她有多痛，到底是年轻气盛，她迅速做出了回击。

当月下旬，张爱玲在《新东方》上发表了《自己的文章》，这是一向重视人生质地、不关注理论的她第一次，也是唯一一次鲜明而完整地阐述出自己的创作理念。"我认为文学理论是出在文学作品之后的，过去如此，现在如此，将来恐怕还如此……在文学的发展过程中作品与理论乃如马之两骖，或前或后，互相推进。理论并非高高坐在上面，手执鞭子的御者。""我发现弄文学的人向来是注重人生飞扬的一面，而忽视人生安稳的一面。其实，后者正是前者的底子。""强调人生飞扬的一面，多少有点超人的气质。超人是生在一个时代里的。而人生安稳的一面则有着永恒的意味，虽然这种安稳常是不安全的，而且每隔多少时候就要破坏一次，但仍然是永恒的。它存在于一切时代。它是人的神性，也可以说是妇人性。""我不喜欢壮烈。我是喜欢悲壮，更喜欢苍凉。壮烈只有力，没有美，似乎缺少人性。悲壮则如大红大绿的配色，是一种强烈的对照。但它的刺激性还是大于启发性。苍凉之所以有更深长的回味，就因为它像葱绿配桃红，是一种参差的对照。我喜欢参差的对照的写法，因为它是较近事实的。""极端病态与极端觉悟的人究竟不多。时代是这么沉重，不容那么容易就大彻大悟……所以我的小说里，除了《金锁记》里的曹七巧，全是些不彻底的人物。……他们虽然不彻底，但究竟是认真的。他们没有悲壮，只有苍凉。悲壮是一种完成，而苍凉则是一种启示。""我写作的题材便是这么一个时代，我以为用参差的对照的手法是比较适宜的。我用这手法描写人类在一切时代之中生活下来的记忆。而以此给予周围的现实一个启示。我存着这个心，可不知道做得好做不好。一般所说'时代的纪念碑'那样的作品，我是写不出来的，也不打算尝试。"

与此同时，胡兰成也与之相呼应，在《杂志》5月、6月上连续刊载《评张爱玲》，以亲密知己的姿态向世人解读介绍张爱玲。"她见了人，很重礼数，很拘谨似的，其实这礼数与拘谨正是她所缺乏的，可以看出她的努力想补救，带点慌张的天真，与被抑制着的有余的放恣。有一次，几个人在一道，她正讲究着礼数，却随即为了替一个人辩护，而激越了，几乎是固执地。她是偏强的。""因为她偏强，认真，所以她不会跌倒，而看见了人们怎样的跌倒。……她的作品的题材，所以有许多跌倒的人物。因为她的爱有余，她的生命力有余，所以能看出弱者的爱与生命力的挣扎，如同《倾城之恋》里的柳原，作者描写他的无诚意，却不自觉地揭露了他的被自己抑制着的诚意，爱与烦恼。几千年来，无数平凡的人失败了、破灭了，委弃在尘埃里，但也是他们培养了人类的存在与前进。他们并不是浪费的，他们是以失败与破灭证明了人生爱。"并为张爱玲不平，《倾城之恋》"刻画了柳原的与流苏的机智与伶俐，但终于否定了这些，说道：'他不过是一个自私的男子，她不过是自私的女人。'而有些读者却停留于对柳原与流苏的俏皮话的玩味与赞赏，并且看不出就在这种看似斗智的俏皮话中也有着真的人性，有着抑制着的烦恼，对于这样的读者，作者许是要感觉寂寞的吧！"对于普遍认为的张爱玲的文风华美，他则辩解说："又因为她的才华有余，所以行文美丽到要融解，然而是素朴的。"虽然张爱玲坦承自己不过是"一个文学的习作者"，胡兰成却石破天惊地将她推向了前所未有的高度，"鲁迅之后有她。她是个伟大的寻求者。……鲁迅是尖锐地面对着政治的，所以讽刺、谴责。张爱玲不这样，到了她手上，文学从政治走回人间，因而也成为更亲切的。时代在解体，她寻求的是自由、真实而安稳的人生。"并首次指出了张爱玲身上强烈的个人主义色彩，将她与世界级的一流作家哲人同等对照分析，"她是个人主义的，苏格拉底的个人主义是无依靠的，卢梭的个人主义是跋扈的，鲁迅的个人主义是凄厉的，而她的个人主义则是柔和、明净的。"联想到郭沫若《女神》中黄帝大战共工之后，战场上一片沉寂，"这时来了一群女神，以她们的抚爱使宇宙重新柔和，她就是这样，是人的发现与物的发现者。"

高山流水，还得有知音来听。读胡兰成的文评，张爱玲就有这样细细的喜悦。像林黛玉确认宝玉："素日看他是个知己，原来果然是个知己。"多久了？她总是一个人孤军奋战。多高兴在人生的战场上，终于有一个人能够与她并肩迎敌，甚至愿意为她冲锋陷阵。不管怎样，他们曾经联手打过漂亮的仗，这份情谊就与别人不同。她在他面前越来越随意轻松，这日端茶给他，随即倚坐在沙发旁边的地毯上，喜滋滋地看着他低头啜饮。放杯子在几上，胡兰成笑道：

"你其实很温柔。有点儿像日本女人。大概本来是烟视媚行的，都给升华掉了。"他以前多写政论文章，又畏惧权威，因此对学术理论格外努力，就像听说贝多芬是"乐圣"，虽然不喜欢，在香港亦买了他的唱片天天刻苦来听，非要听懂才罢，张爱玲看后告诉他文章与其如此用力地拘谨严肃，倒不如将文字解散来的好，他依言而行，才发现果然这样才更生动有情致。这篇《评张爱玲》便是他转变后的一次试笔，反响出乎意料的好。诗云："有匪君子，如切如磋，如琢如磨。"胡兰成亦说自己"不准确的地方是夸张，准确的地方又贫薄不足，所以每要从她校正。前人说夫妇如调琴瑟，我是从爱玲才得调弦正柱。"

和初识时不同，现在胡兰成每天都走得很晚。一天他愤然道："昨天我走的时候，那个看门的嫌晚了，还要拿钥匙替我开门，嘴里骂着脏话。我生了气，打了他。打得不轻呃，一跤跌得老远。那么大个子不中用，我是因为长年练习太极拳。其实我常给他们钱的，尤其是那开电梯的。"果然姑姑回来也说，开电梯的人告诉她："那位先生个子不大，力气倒大，把看门的打得脸上青了一块，这两天不好意思来上班。"不知怎么，张爱玲听了，有种意外的释然和踏实。骨子里，她也不过是个小女人，渴望着男性的力量和保护，胡兰成几乎满足了她对人生的一切幻想。这两三个月来，她不由自主地被他的才华和识见所吸引，却也对他表现出来的复杂性和难以捉摸感到疑虑和困惑，因而裹足不前。这次的打人事件等于向她兜了个底，他的人是真实的，并没有刻意隐藏。她这才敢更多地释放信任，也不再逃避，以更诚挚的态度来正视自己的情感。散文《爱》中得遇知己的宁静清浅甚至暗含忧伤之喜悦，到《有女同车》中对女性受困于对男性的情感，丧失自我的清醒描述①，透露出的是张爱玲内心的矛盾和挣扎。而且时局不稳，世事难料，胡兰成的身份将来必成为罪名和拖累，可她不爱"翩若惊鸿，婉若游龙"的洛神，也不崇拜观世音那样高高在上、不染尘俗的古装美女，她热爱和信仰的是奥尼尔《大神勃朗》中的地母②，在俗世的一切泥泞险恶中摸爬滚打，经历生活的所有艰辛和苦难后，依然心怀温暖，对人生充满热爱。而现在，她也愿意为了爱，去赴这场劫难。

---

① 这两篇文章同时发表于 1944 年 4 月的《杂志》上。《爱》是一篇短小独特的非张爱玲典型风格的散文，故事应是听胡兰成讲述，女主人公是胡兰成的义母（参看胡兰成《今生今世·怨东风》）。胡兰成少年早熟，曾对义母有暧昧情思。《有女同车》记述的是张爱玲坐电车时，听一个中年女性一路对人讲述她和儿子置气以及和解的过程。张爱玲感慨："电车上的女人使我悲怆。女人……女人一辈子讲的是男人，念的是男人，怨的是男人，永远永远。"

② 尤金·奥尼尔，普利策奖得主，1936 年诺贝尔文学奖获得者。代表作品有《天边外》《毛猿》《长夜漫漫路迢迢》等。地母是其剧作《大神勃朗》中的人物，一个言辞粗鄙的妓女，但性情宽厚、慈悲、拥抱一切，令生者获得被了解的安慰，令垂死者在平静中获得解脱。

倾城之恋

所有的女人都是同行……

生命是残酷的。看到我们缩小又缩小的、怯怯的愿望，我总觉得有无限的惨伤。

——张爱玲·《流言·我看苏青》

1944年初夏，胡兰成再往南京，在池田等日本人支持下，打算创办一本文艺性刊物，取周作人翻译的一首日本诗作"夏日之夜，有如苦竹，竹节细密，顷刻之间，随即天明"之意，取名《苦竹》。

返回上海时，他照例一下车便直奔张爱玲这里来，只是这次手里拎着一只旧手提箱。只剩他们俩时，他含笑将箱子拉过来打开，原来是满满一箱钞票。

他去南京前，她正因为腰斩《连环套》一事与老东家"万象"闹得不可开交。《连环套》是张的第一部长篇小说，从1944年1月开始在《万象》连载，张每月赶写本就吃力，又兼物价飞涨，短短半年，《万象》杂志的价格就从30元涨到了60元，但张的稿酬却依旧依照前定，分文未涨，5月《万象》刊出迅雨的《论张爱玲的小说》，激怒张爱玲的同时，也使得她下定决心，将已经完成的下一章节于 6 月连载之后，便与《万象》解约，不再续写下去。靠着她的文章赚钱，却又将迅雨"《连环套》逃不过刚下地就夭折的命运"的言论堂而皇之地发表出来，这种行事逻辑简直让人匪夷所思，那就索性应了那句话吧，也省得她干吃哑巴亏。《万象》无奈宣告中断《连环套》的连载，但事情并没有这么简单地结束。老板平襟亚随即在《语林》上发表文章，宣称张爱玲多拿了一个月的稿费，双方于是打开了一场关于"一千元灰钿"的笔墨官司。①

张爱玲不欠人，亦绝不亏己，对于属于自己的东西自有一种理直气壮。一次路遇瘪三抢她的手提包，争夺了好一阵没有被夺去，又一次瘪三抢她手里的生煎，一半落地，一半她仍拿了回来。对待稿酬她亦如此，条理清楚分明。但胡兰成到底不同别人，不想留给他一个锱铢必较的印象，于是她讲起她和母亲间的事，解释道："我总想多赚点钱，我欠我母亲的债一定要还。"那是她心底最隐秘的伤痛，承认对他的爱后，也还是第一次向他敞开。胡兰成听了微微变了脸色，勉强笑着应了声"唔"。她错会了意，以为是他曾经替应英娣赎身，听了这话肯定是以为她也开出了条件，偏她又不爱也不善解释，一时只窘得无以复加，其实却是他虽然在人情上小处精明，大处到处都是一本糊涂账，拖泥带水，但不管怎样，到底不敢

---

① 《连环套》终止连载后，《万象》老板平襟亚在《海报》上发表文章《一千元的灰钿》，指称张爱玲多拿了 1000 元稿费。之后汪宏声在《语林》上发表《记张爱玲》，提到"一千元灰钿"，玩笑地比拟于张爱玲从前交作业将一篇作文权充作两篇。因为涉及自身人品，张爱玲特在 1945 年 1 月的《语林》上发表《不得不说的废话》，解释《连环套》连载 6 个月，每月稿酬 1000 元，但在文章未刊之前（1943 年 11 月），平襟亚面交给张爱玲 2000 元支票，作为 1944 年正月、二月的稿酬，张不愿寅吃卯粮，希望还是按月领钱，于是平襟亚收回 2000 支票，另开了一张 1000 元的支票，但不知为什么账目上却还是记载她领了 2000 元钱。平襟亚也又在《语林》发表《"一千元"的经过》，说明有账目在手，欢迎查证。

反出人伦纲常，如今听她公然说不喜欢自己父母，不免心下骇然。

她知道他前一向并没钱，又要维持一大家子的生计，经济上颇窘困，这笔钱想来是来自于办报的经费。又不好多问，只笑了笑，也不看，故作漫不经心地合上箱盖，拖开立在墙角。他善解人意地笑笑，也并不多说。待他走后，她才由尴尬一变而为喜悦，将箱子提去给姑姑看："胡兰成拿来给我还三婶的钱。"姑姑笑道："他倒是会弄钱。"张爱玲听了，竟是比自己受到称赞还受用，自此也才好留胡兰成吃晚饭。

两人第一次坐在一起用餐，都有一种生疏而新鲜的亲近和欣喜，不过是家常便饭，一切却都因着身旁的人而有了新意。她们家的规矩，饭后要用湿毛巾擦脸擦手，餐前就放在碟子上的毛巾早就凉了，她担心他用着不舒服，巴巴地跑到姑姑的浴室，将龙头调到最热，手烫得生疼，又拧了一块新毛巾拿来递给他，但到底是不好意思，他刚接过，她便一侧身走了，走到半道儿又回头一笑。他心驰神往地赞叹道："啊，你这一下姿势真是艳！"可片刻后她再回来，他却指着毛巾不满地笑道："这毛巾这么干这么烫，怎么擦脸？"她的手还在疼，却不知道解释就是要烫开毛孔才舒服，只说："我再去绞一把来。"孰料他的心思早已转了，笑道："到阳台上去好不好？"

到了阳台上，他笑道："'明明如月，何时可掇？'在这里了。"说着顺势捉住她，全然忘了手指上还夹着香烟。发现烫了她手臂，他笑着叫了声"哎呦"。见她浑不在意，眼里全是喜之不尽的笑意，他便又凑近吻下去。诗云："今夕何夕，见此良人。子兮子兮，如此良人何？"她对眼前的人和生命充满无尽爱意，欲仙欲死，反觉如梦似幻，有些难以置信地道："是真的吗？你这样和我在一起是真的吗？""是真的，两个人都是真的。"他答。

自此胡兰成不仅自己日日来，还将青芸、儿子、路易士、池田等人一股脑地全都带到这里来。张爱玲对此表现出了罕见的开放和包容，俗世的喧嚣热闹再次与她发生了关联。对于自己心灵过早呈现出的自我封闭倾向，她心知肚明，而胡与她的互补恰恰给予了她改变的希望。青芸每隔两三天必来一趟，不无艳羡地道："你们俩像在天上。"敬张爱玲知书达理，洋气时尚，和应英娣不同，逢到六叔不在，她也喜欢和张说说话。张爱玲也热情地主动操刀为她设计旗袍，又特地陪她到店里选购了黑金丝绒、宝蓝色洋缎两块布料。胡兰成则彻底把这里当成了自己家，带着幼子来便问："有没有东西给小孩吃？"张爱玲一边与胡兰成谈笑，说到高兴处，忍不住拍拍他头道："你怎这样聪明，上海话是敲敲头顶，脚底板亦会响。"一边拿出一片面包，抹上花生酱，递给孩子。逢上静安寺浴佛节庙会，附近几条街上，摊贩一个紧挨着一个支起白色的帆布帐篷，到处人潮涌动，沸反盈天，张爱玲一向不喜欢小孩儿，这时却也和胡兰成一边一个牵着孩子的手，宛若一对凡俗的夫妻。庙会上买的两双平金刺凤绣花鞋，因着胡兰成喜欢，每次他来，张爱玲必穿在脚上。对弟弟小魁，她也展露出难得的温情，为他泡上一壶红茶，又耐心地陪他聊天。谈起收到很多读者来信，她说自己大多是不回复的，"那种信多难写，而且一写就没完没了，哪有那许多时间？"热恋中的她甚至难掩内心的甜蜜，第一次对弟弟提起异性的邀约。"有个外国男人要请我去跳舞呢。""哦，那你答应了没有？""没有啊，我又不会跳舞。"张爱玲笑道。

胡兰成每月只在上海八九天，大多待在张爱玲这里，两人从早到晚，谈笑无厌，有时依偎着，他道："能这样抱着睡一晚上就好了，光是抱着。"确认了和他的关系后，她才开始有了妾身未明的焦虑，在他去南京后写信道："我还是担心我们将来怎么办。"他回信说："现在都知道张爱玲是胡兰成的人了……至于我们的婚姻，的确是麻烦，但是不愉快的事都让我来承担好了。昨天夜里她起来到餐室里开了橱倒酒喝，我去抢了下来，她忽然怪笑起来，说：'我的父亲哪！'"她虽然不觉得对不起应英娣，但读了也有些毛骨悚然。想必是应英娣从 15 岁起就开始跟着他，对他的感情如父如兄。她不妒忌过去或即将成为过去的人，但一次去苏青那里，偶遇胡兰成，默默地看着二人亲切谈笑，张爱玲的女性直觉才蓦地觉醒，一时只觉得有无限的伤心和委屈，回来问起胡兰成，他自然说是苏青主动。又将他问苏青的话放到苏青嘴里，完事了问他："你有性病没有？"他反而是占据了主动地反驳："你呢？你有没有？"张爱玲被逗得哑然失笑。她写了首诗给他：

　　他的过去里没有我，

　　曲折的流年，

　　深深的庭院，

　　空房里晒着太阳，

　　已经成为古代的太阳了。

　　我要一直跑过去，大喊：

　　"我在这儿，我在这儿呀！"

她相信他的一切。他之前的那么多女人和情事，她也相信是因为还没有遇到她这样的人，所以感情没有寄托。但他看了诗后的缄默无语，等于间接地告诉了她，他和她不同，他的过去有声有色，并非那么痴情而专注地在等待她来。

《道德经》曰："有无相生，难易相成，长短相形，高下相倾"，世间万物相反相成的特性使得世界上从来都不会只有一种声音。如果说迅雨的文章还是出于肯定和爱护提出的批评，那么在当时文坛还有另外一种潮流，认为张爱玲的作品阴暗扭曲，华靡颓败，让人看不到人生的光亮，与国难当头的时代氛围非常不一致，不过是鸳鸯蝴蝶派小说的流毒，难登大雅之堂的市井文学的陈词滥调。持这种观点的人，尤以左派文学工作者为甚。此时胡兰成再次挺身而出，在 1944 年 6 月的《杂志》上发表《张爱玲与左派》，开篇即旗帜鲜明地道："有人说张爱玲的文章不革命，张爱玲文章本来也没有他们所知道的那种革命。革命是要使无产阶级归于人的生活，小资产阶级与农民归于人的生活，资产阶级归于人的生活，不是要归于无产阶级。是人类审判无产阶级，不是无产阶级审判人类。所以，张爱玲的文章不是无产阶级的也罢。"又及时声援她与平襟亚之间的纠纷："她认真地工作，从不沾人便宜，人也休想沾她的，要使她在稿费上头吃亏，用怎样高尚的话也打不动她。她的生活里有世俗的清洁。……对任何人，她都不会慷慨大量，或者心一软，或者感到恐怖而退让。现代人的道德是建在沾便宜上，从这里生出种种不同身份的做人风格。张爱玲没有一点这种禁忌，她要的东西定规要，不要的定规不要，什么时候都是理直气壮的。"张爱玲到美国后与赖雅结婚居住在旧金山时期，夫妇俩有一位非常要好的女性画家朋友爱丽斯，一次为了安慰因为情变而伤心欲绝的爱丽斯，张罕见地谈起自己的情感经历：她的第一个丈夫颇能欣赏她写作上的才华及对服装的品位，同时又给予她文学上的挑战，可惜最后还是背弃了她，以致令她一度关上心门。晚年胡兰成总结自己生命中过往的女子，同样一语道破真谛："我于女人，与其说是爱，毋宁说是知。"

而此时，张爱玲正在紧锣密鼓地张罗出版自己的第一部短篇小说集《传奇》①，"书名叫《传奇》，目的是在传奇里寻找普通人，在普通人里寻找传奇。"《传奇》由《杂志》社于 8 月 15 日出版，一时洛阳纸贵，仅仅四天即销售一空。《杂志》社旋即趁热打铁，于 8 月 26 日在静安寺路著名的康乐酒家召开"《传奇》集评茶话会"，为《传奇》再版宣传造势。茶话会由《杂志》编辑吴江枫、鲁风主持，出席者有陶亢德、实斋、钱公侠、谭正璧、谭惟翰、谷正櫆、苏青等人。张爱玲深知自己不善言辞，特邀炎樱作陪。张爱玲穿着橙黄色丝绸上衣，下搭品蓝色长裙，带着一副淡黄边玳瑁眼镜，头发在鬓上卷了一圈后自然地披散下来，遮住半边脸颊，淡扫蛾眉，嘴上搽着桃红色唇膏，肤色雪白，越发衬得一抹红唇格外醒目动人，态度沉静而庄重，宛若一尊玉女石像，炎樱则是热带女郎打扮，穿着短裤，腕上带着大手镯。

针对此前迅雨"我不责备作者的题材只限于男女问题，但除了男女以外，世界究竟还辽阔得很"，以及谭正璧"她的主要人物的

---

① 迅雨在《论张爱玲的小说》结尾写道："'奇迹在中国不算稀奇，可是都没有好收场。'但愿这两句话永远扯不到张爱玲女士身上！"张爱玲特意将小说集命名为《传奇》，既是对自己文学理念的再次阐释，也是对迅雨的侧面回应。

一切思想和行动，处处都为情所主宰，所以她或他的行动没有不是出之于疯狂的变态心理，似乎他们的生存是为着情欲……总之，作者是个珍惜人性过于世情的人，所以她始终是个世情的叛逆者，然而在另一方面又跳不出情欲的奴隶"的观点，有人询问张爱玲有何意见，张压抑住内心的不快，淡淡地、不动声色地道："我有过答复。"

苏青迟到了几分钟，担心自己的宁波口音别人听不懂，她特意写好发言词，交由吴江枫代读："我读张爱玲的作品，觉得自有一种魅力，非急切地吞读下去不可。读下去像听凄幽的音乐，即使是片断也会感动起来。她的比喻是聪明而巧妙的，有的虽不懂，也觉得它是可爱的。它的鲜明色彩，又如一幅图画，对于颜色的渲染，就连最好的图画也赶不上，也许人间本无此颜色，而张女士真可以说是一个'仙才'了，我最钦佩她，并不是瞎捧。"

在听完苏青、谭惟翰等人的赞赏之后，吴江枫问："陶亢德先生正在看《传奇》，一定有什么意见。"陶亢德没有读过《传奇》，正在现场补看，这时从看到一半的书上抬起戴眼镜的脸，不咸不淡地道："谭先生（谭惟翰）刚才提'年青的人想着三十年前的月亮'一段，例如说到像朵云轩信笺上的一滴泪珠，这种说法我个人并不喜欢，这是一种玩弄文字，譬如说荣宝斋的信笺又有何不可以！至于其他，等我看完了再说。"张爱玲清楚地感受到陶亢德的敌意，却不明就里。对胡兰成在男性社会里所遭受到的排挤和不屑，她并不知情，更不晓得那些人的逻辑：一个能看上胡兰成的女人，又能好到哪里去？鉴于陶亢德是文艺界德高望重的前辈，张礼貌地保持了沉默。会后陶亢德和吴江枫、谭惟翰再次展开讨论，对谭异常喜欢的聪明灵巧句子，陶亢德却不屑为在玩弄字眼，吴江枫和稀泥地道："这有两种可能。一种是作者生活经验中确曾见过信笺上滴了一滴泪珠（事实上也许不过是溅着一点水渍或是茶渍），陈旧而迷糊，而那信笺刚巧是朵云轩的，因此写的时候便用上了。一种是所谓玩弄文字，因为朵云两字比较雅，说到月而提到朵云，还可以使读者发生一种联想作用。"在听完吴江枫的事后转述后，张终于展现了她四两拨千斤的功夫，轻描淡写地回击道："你们背后的谈论似乎比当面更有意思。不过——刚巧我家里一向是用的朵云轩信笺。"

　　10 月胡兰成回来，给张爱玲过生日，同时带来两个喜讯。一是《苦竹》出版，二是应英娣几番大闹弄得影响很不好，熊剑东授意太太出面，劝说应英娣离开胡兰成，当然经济上会给予她补偿。除了那次信上提到一句"担心将来"，她再没跟他提过离婚的事，这时却微笑着低声补充道："还有你第二个太太。"胡兰成听了倒糊涂起来："大家都承认应英娣是我的太太。""不过你跟应英娣结婚的时候没跟她离婚。"张爱玲耐心地解释道。不知道为什么，她并不愿正视他和应英娣没有正式结婚的事实。"要赶她出去是不行的！"胡兰成蹙眉道。张爱玲也知道全慧文生着病，虽然详情她不清楚，也从来不问，只听胡兰成说过他们之间"有沉默的夫妻关系"。"不过是法律上的手续。"她笑道。她又不想挤到那个家庭中去做五个孩子的继母，她当然还是要保持现在的独立生活，只不过他可以在这儿自由来去。因为不想迫紧他，说完她便转身离开了。

　　《传奇》再版的作者照片是炎樱陪她去拍摄的，在旁边不停地指导："要一张有维多利亚时代的空气的，头发当中挑，蓬蓬地披下来，露出肩膀，但还是很守旧的，不要笑，要笑笑在眼睛里。"为了取得最好的效果，又特意提醒她："想你的英雄。"她微微侧着脸，颈上带着炎樱借给她的葡萄紫宝石项链，想到他，眼里全是流转的温柔和爱意，连她都爱极了照片中自己的明艳妖媚，迫不及待地拿来给胡兰成看。他似乎也从照片上看到了她难得呈现的一面，却再想不到她当时在想什么，于是很反常地笑道："你这张照片上非常有野心的样子哦！"她怔了怔，不明白他怎么会从这张照片上看出"野心"，而且这个词用在她身上本身也有点莫名其妙，他的言行经常会给她这种意外的刺激性，尽管如此，她却只笑了笑，仍是一贯地不会解释，也不会质问。

隔了几天再来，胡兰成面色有点凄楚，将手里的两份报纸往茶几上一扔，在沙发上坐下来。两份报上分别登着他和全慧文以及应英娣的离婚启事。注意到胡兰成眼里有泪水，张爱玲坐到沙发扶手上想去抚摸他的头发，胡兰成微笑着皱了皱眉，微微侧头闪躲开了，张爱玲只得含笑又坐回到原处。两人勉强闲谈两句，便都沉默下来，半晌，张爱玲终于忍不住笑道："我真高兴。"胡兰成也笑道："我早就知道你忍不住要说了！"心底里却充满了对她只顾自己感受的不屑。她这才知道，事情根本没有她想象的那么简单。再珍贵的东西，一旦到了手也就变了味儿。从前有应英娣在身边，他还不是天天往她这里跑，因为那时她是他的白月光，现在只怕她变成了衣服上的一粒饭黏子，应英娣却成了他心口上的一颗朱砂痣。"衔着是块骨头，丢了是块肉！"姑姑听了张爱玲的描述也蹙眉道，不过又说："当然这也是他的好处，将来他对你也是一样。"她虽然不信这种话，但听了也还是说不出的安慰。"你在沦陷。"她对自己说，心里却感受不到特别的痛苦或难过，而只是一种麻木的平静。

　　果然，他再提起结婚全然没有了之前的热切。"就宣布也好，请朋友吃酒，那种情调也很好。"他鼓足勇气说。"他在还债。"她想，心下说不出的凄惨。她要的并不仅仅是婚姻，而是一份正常的爱。执子之手，与子偕老，那么简单的一点愿望，原来竟那么难以实现。

　　其实胡兰成的犹疑除了多情而不长情的性情外，更多的还是出于一种现实的考量。他的确与张爱玲在文学上知音，并从她身上获益良多，但也正因为她天分之高，让他时时总得应承仰望，久了难免会生疲累之感。而且最重要的是，他凡事拎得清，并不会被感情冲昏头脑，张爱玲并不是他理想中的婚姻对象。但他没法像对待苏青那样对待张爱玲，苏青是个离过婚的女人，在两性方面又相对开放，他尽可以不负责，张爱玲是个年轻的未婚女子，对他又一片真情，他总不成像对待李文源那样，到了这个地步再直接告诉张爱玲："你不宜家室。"

　　事情走到这一步，两个人都有些骑虎难下。连姑姑都追问："什么时候结婚？"原来亲戚间早就在议论，说张爱玲跟姑姑在一起住后也沾染上了独身主义，胡兰成的两则离婚启事一出来，大报小报都在猜测他们俩的婚期，张茂渊很高兴能借机堵住那些说闲话的亲戚的嘴。"他也提起过，不过现在时局这样，还是不要，对于我好些。"张爱玲笑道。这样的借口估计姑姑也找不出什么话来反驳。果然，张茂渊点头"唔"了一声，随即又担忧地笑道："可是要养出个孩子来怎么办？"张爱玲其实也一直在恐惧这件事："他说要是有孩子就交给青芸带。"姑姑失声笑道："不能听他的，疼得很的。"她知道。曾经她并不害怕，爱一个人，大约总想和他一起生儿育女。

在《流言·谈女人》中，张爱玲写道："在任何文化阶段中，女人还是女人。男子偏于某一方面的发展，而女人是最普遍的，基本的，代表四季循环，土地，生老病死，饮食繁殖。女人把人类飞越太空的灵智拴在踏实的根桩上。"可现在连她自己都有些惘然。

他现在凌晨才从她这里离开。她担心姑姑听到声响，特意提醒他用手捏着皮鞋，等到出去后再穿上，他最怕被人看不起，因而时时刻刻总要刻意保持一种风度，这时思忖一下总是回道："还是穿着，不然要是你姑姑忽然开了门出来，看见了会很窘。"寂静里，他的皮鞋声格外响，每走一步，都惊得她心头一跳。"你姑姑一定知道了。"他屡次猜测道。预想中的尴尬场面从来没有发生，也让人感到张茂渊是在刻意回避。这种情形，知道自然也只能装作不知道。张爱玲心中羞愧难当，只能嘴硬地勉强笑道："应该不知道。"

《苦竹》10 月出版，只出了四期，由炎樱设计封面，为了支持胡兰成，张爱玲在上面谈音乐、谈绘画，又将新创作的《桂花蒸阿小悲秋》交给它发表，但绝大部分文章还是由胡兰成化用各种笔名，一人赶写完成，这样的做法不是长久之计，而胡兰成也显然志不在此。

胡兰成的自命不凡很大一部分来自他不断膨胀的野心。中国历史上的改朝换代绝大多数都是肇始于民不聊生，逼不得已的底层农民起义造反，而民国的内忧外患恰恰让胡以为自己有了机会。他瞧不起文人的迂腐，喜谈"兵气""王气""民间起兵"，是因为在他眼里，自己是个刘邦式的人物，起于民间，也恰因此能深刻了解底层百姓疾苦，谙熟他们的心理习性、喜好行事，而最终借助他们的力量成就雄图霸业。20世纪70年代中期，胡兰成到台湾文化学院教书，蒋勋曾前往拜访，并委婉问胡兰成："怎么会跟汪精卫合作（当汉奸）？"胡答："你不知道什么叫打天下吗？当时重庆是蒋先生，沦陷区是汪，西北有毛，秦失其鹿，天下共逐，岂有谁正谁偏，谁忠谁奸的问题？"在汪精卫死后，南京政权迅速分崩离析，胡兰成怀着舍我其谁的躁动，甚至想取而代之，亲自逐鹿天下。在1945年2月19日的《大楚报》上著文《国共寻求妥协》，断言"中国人民所要求的，并不是召开各党各派会议，也不是成立国共联合政府或混合内阁，而是一个崭新的革命政府。人民的这要求现在已开始撼动一切，而重庆与延安的争执与妥协①则不过是大风潮要来时的泡沫"；1945年8月15日，日本战败投降，依靠日本人支持，煽动裹挟汪陆军第十四军军长邹平凡宣布武汉独立，意图拥兵自重，雄霸一方；晚年逃亡日本，每年需要友人出面担保去办理政治避难手续，友人劝他索性加入日本国籍，胡兰成却每每笑回："中国必乱，我还要回去治国。"这些一以贯之地，反映出的都是胡兰成"天命在我"的心理，他乐于塑造出这样的形象，同时也确实近乎偏执地相信，他自己具有经天纬地之才，然而同时却又不忘做出仙风道骨之态："打天下亦只是闲情。"和张爱玲始终自觉地置身于历史潮流之外不同，胡兰成不甘心只担当一名历史的看客，他要积极主动地跳到时代的巨浪中去弄潮。被汪精卫拘押，终至在汪伪政府彻底出

---

① 1944年12月，延安召开边区参议会，施压重庆，呼吁组成联合政府，双方开始交涉谈判。重庆表示让步：可以承认延安的合法地位，延安代表可以参加重庆的军事委员会，并允许延安及其他党派的代表以行政委员的身份参与组织战时内阁。但延安方面坚持召开全国各党派会议，意图建立国共联合政府，美国驻中国大使赫尔利当时居中调停。

局，这让他的攀爬之路一度崩阻，但通过池田的帮助，他迅速结识了一批日本佐官，这使得他再次绝处逢生。与张爱玲相识，进而赢得她的青睐更是让他春风得意，信心倍增，他终于有了一个名门闺秀（令人惊喜的还是一个不世出的才女）可以用来标榜身价："对于有一等乡下人与城市文化人，我只可说爱玲的英文好得了不得，西洋文学的书她读书得来像剖瓜切菜一般，他们就惊服。又有一等官宦人家的太太小姐，她们看人看出身，我就与她们说爱玲的家世高华，母亲与姑母都西洋留学，她九岁即学钢琴，她们听了当即吃瘪。爱玲有张照片，珠光宝气，胜过任何淑女，爱玲自己很不喜欢，我却拿给一位当军长的朋友看，叫他也羡慕。"自此他更懂得如何使用自己的聪明，因应变化，之后的每一次劫后余生都在加持他，让他越发懂得如何利用、依附外物而生，无论是遇到的每一个人，还是所处的时势环境，乃至于中国传统文化。

经过一段时间与日本人的接触与商讨谋划，11月，南京方面正在准备隆重迎接汪精卫的灵柩归国[①]，胡兰成却在池田的陪同下，由南京前往武汉接收《大楚报》，同时打算创办一所政治军事学校，仿效黄埔军校和瑞金工农红军学校[②]之例，为自己开创新朝培养专门的政治军事人才。离开上海前的10月的一天，胡兰成午后与张爱玲欢爱后，一时兴起，忽然问她可有笔砚，又道："去买张婚书

---

① 1944年11月10日下午4时，汪精卫病逝于日本名古屋帝国大学附属医院，灵柩于11月12日运送回国，11月23日葬于南京紫金山麓之梅花山。

② 1931年冬，根据中革军委决定，以闽西红军彭杨军事政治学校、红一方面军教导总队和红三军团随营学校为基础，成立了中国工农红军中央军事政治学校。1932年夏，随着革命战争形势的发展，学校规模不断扩大，中革军委将中央军事政治学校改称中国工农红军学校（简称"红校"），校址迁至瑞金上阳。

来好不好？"虽然不喜欢秘密举行结婚仪式这种事，觉得几近儿戏，不过是自骗自，张爱玲还是去了四马路的一家杂货店，捡着一张最大也最古色古香的金色婚书买了回来。胡兰成诧异道："怎么只有一张？"张爱玲也很意外："我不知道婚书要有两张。"胡兰成宽容地一笑，磨墨提笔在上面写道："胡兰成张爱玲签订终身，结为夫妇，愿使岁月静好，现世安稳。"又温存体贴地道："这里只好我的名字在你前面。我因为你不喜欢琴，所以不能用'琴瑟静好。'"二人签字后由张爱玲收存。当日恰巧炎樱、青芸先后到来，便由二人做媒证，没有烛台，权将两只蜡烛插在馒头上，胡、张二人拜堂行礼，青芸笑谑道："今朝新郎官不落脱了。①"胡兰成含笑给了她一暴栗，告诫道："不许多话！"张茂渊不赞成亦不反对，自始至终没有露面，之后张爱玲喊她去吃饭她亦推辞不去，胡兰成担心去大饭店容易被人认出，于是和张爱玲、炎樱去了一家小饭馆庆祝。

虽然结了婚，两人的生活却还是依照从前，并未有一丝一毫的改变。胡兰成在《今生今世》中写道："她对我这样百依百顺，亦不因我的缘故改变她的主意。我时常发过一阵议论，随又想想不对，与她说：'照你自己的样子就好，请不要受我的影响。'她笑道：'你放心，我不依的还是不依，虽然不依，但我还是爱听。'"爱人的心总是格外温柔，心上人一个充满爱意的眼神、一个会心的微笑，都

---

① 据青芸晚年回忆，胡兰成和玉凤拜堂成亲，抱新娘入洞房时，因玉凤太重，胡兰成一个人抱不动，便喊几个年轻人来一起帮忙扛，不想胡家楼梯狭窄，结果胡兰成反被挤得落后脱了手，急得年幼的青芸大叫："新郎官落脱了！"胡、张二人结婚，青芸忆起前情，便以此来打趣六叔。

可以让整个世界明亮起来，那份缱绻的爱也不可抑制地流露在张爱玲的文章里："活在中国就有这样可爱：脏与乱与忧伤之中，到处会发现珍贵的东西，使人高兴一上午，一天，一生一世。"姑姑怀念加拿大的碧草蓝天，说愿意一辈子住在那里，张爱玲却道："要是我就舍不得中国——还没离开家已经想家了。"胡兰成给她的两次钱，她担心贬值，换成了金子，余下的钱天冷时她自己设计款式做了件宽大的皮袍，晚上手插在大襟里坐在火盆前，她喜欢像只小狗一样，用鼻子去蹭它柔滑的皮，那样愉悦而温暖。

她在筹备《倾城之恋》的舞台演出，也在等他归来。

他到武汉后的第一封信里就提到小周。《大楚报》社在武汉江汉路胜利街口的一栋楼房里，白天他在那里工作，晚上则乘船渡过汉水，到汉阳县医院住宿。小周名周训德，是汉阳县医院妇产科的见习护士，年方十六，虽相貌生得平常，不过周身收拾得干净，做事利落，言谈行事自有一种民间女子的清爽本色，却又不乏少女的天真活泼，刁钻顽皮。胡兰成每日从报馆回来就去护士小姐们的房里，她们亦时常来胡兰成房里说笑，有时烧了菜便由小周捧到他房里，闲时坐坐，胡兰成喜小周如璞玉之未琢，便教她唐诗，亦让她帮忙抄写文章。张爱玲得信心中不快亦不祥，但回信依然礼貌地问候了小周小姐，又故作轻描淡写地道："我是最妒忌的女人，但是当然高兴你在那里生活不太枯寂。"

这是他们相识以来分别最久的一次。戏剧《倾城之恋》12月底在上海卡尔登戏院开始正式公演，轰动一时，张爱玲在急切盼望良人归期，想要与他一同分享喜悦，但胡兰成在武汉已经乐不思蜀。

296

晨起去报馆前他要看看小周，午后从报馆回来第一件事又是去找她。小周有时明明看见他回来，却偏偏要躲起来，待他遍寻无着，失意而返时，偏又发现小周已经端坐在他房里。虽然年小淘气，但每逢交给小周一件事情，她却必妥妥帖帖地做好，整理房间、做菜等家务亦样样拿手，胡兰成越看她越合心意，便用言语撩拨她道："你做我的学生吧。"过些时又道："你还是做我的女儿。"见她不恼便又道："还是做妹妹吧。"最后当然是要她做老婆。又对小周道："我看着你看着你，想要爱起你来了。"小周道："瞎说！"胡兰成打蛇随棍上："我们就来爱好不好？"小周仍只叱道："瞎说！"县医院后门口就是长江，天清水阔，闲时他们俩常去江边走走。胡兰成从来不当面称呼张爱玲，这时却对小周开口闭口都是"训德"，又索要小周的照片，还非要她在上面题字，连小周选的诗都是胡兰成最喜爱的情调，是他刚教给她的汉乐府《竹叶词》：

春江水沉沉，上有双竹林。

竹叶坏水色，郎亦坏人心。

总以为千帆过尽，他是在寻找爱情，直到同样的事情发生在自己身上，才会明白那不过是喜新厌旧、始乱终弃。1945 年 4 月，胡兰成终于返回上海，和张却全然没有了之前的狎昵亲密，两人依偎间，他总有些心神不宁，连他自己也抱歉说："我是像开车的人一只手臂抱着爱人，有点心不在焉。"张爱玲听了，不免心中一阵凉意。这半年来，他来信越来越多地说到小周，大家怎样夸赞她，以及他们之间的各种言语玩笑，挑逗、暗示，真真假假的互相试探，民间酷爱的也最流行的打情骂俏，却为张爱玲所不屑。"我是喜欢女人，"曾经有一次他自己承认，有点忸怩地笑着，"老的女人不喜欢"，却又不必要地补充上一句。她以为他所说的喜欢只是止于欣赏。也知道他从前有许多暧昧情事，但她总以为那是因为他还没有遇到真正中意之人，而且他温柔多情，又极度富于幻想，就像故乡出现在他笔下永远是一片世外桃源，他对女人也有这种理想化，所以不免到处留情。可是他就是这样一个人，能有什么办法？真爱一个人，难道还能砍掉他一个枝干？而且她也有所有恋爱中的女人那种天真的傻气。她和胡兰成之间的感情是跟谁都不一样的，也没有人能懂。青芸不就曾艳羡中又不无嫉妒地说："你们像在天上！"按胡兰成自己的话则是：我们两人在的地方，他人只有一半到得去的，还有一半到不去的。

但感情的路那么容易地就走到了尽头，事实也终于不可回避地摆在了眼前。胡兰成时时喜滋滋地提起小周，转述她的妙语，就像新做父母的人向外人炫耀自己的孩子一样地得意而欢喜。张爱玲越来越感到疑心，面上却只管一径微笑着。1945年3月的《天地》月刊上刊载了张爱玲写的一篇《双声》，在和炎樱的谈话中提到妒忌，张爱玲说："随便什么女人，男人稍微提到，说声好，听着总有点难过，不能每一趟都发脾气。而且发惯了脾气，他什么都不对你说了，就说不相干的，也存着戒心，弄得没有可谈的了。我想还是忍着的好，脾气是越纵容脾气越大，忍忍就好了。"那正是她对小周一事的态度。

一天胡兰成正在的时候，炎樱来了。胡兰成搬张椅子，又把炎樱的椅子放到房间正中，炎樱看他这样郑重其事地布置着，面上笑着，心中却忐忑不安起来。胡兰成先捺她坐下，然后自己也面对面地坐下，两手像日本人一样按在膝上，开始恳切地给她讲去年冬天武汉大轰炸的惨烈。炎樱和张爱玲一样，都有点儿窘。她们在港战中也都经过轰炸的，那时还没有防空洞可躲，不是一样安之若素？胡兰成还毕竟是个男人！可两人只能是英国式的反应，微笑倾听着。张爱玲的难堪更甚些，于是笑着走开，搭讪着到书桌上去找什么东西。过了一会儿，胡兰成又邀请炎樱到阳台上去，张爱玲坐在窗口书桌前，听见胡兰成问炎樱："一个人能同时爱两个人吗？"张爱玲心中一震，都没有听见炎樱怎样回答，也许也只是震惊，甚至没有回答，但炎樱一定是误会了，以为说的是她。不管怎样，过了一会儿，炎樱就走了，而且之后再没跟张爱玲提起过这话。

夜深人静，二人独自相对，张爱玲方才笑道："你刚才说一个人能不能同时爱两个人，我感觉好像忽然天黑了下来。"胡兰成护痛似的笑着呻吟一声，把脸伏在她肩上，"那么好的人，一定要给她受教育，要好好培植她……""而且她那么美，"他又痛苦得叫出声来，"连她洗的衣服都特别干净。"张爱玲又是不屑，又是气恼，她不也一样自己洗衣服？虽然没有替胡兰成洗过，但如果需要她是愿意这么做的。她这才慢慢地意识到他对自己料理生活的能力并不满意。一次他故意说："池田说应英娣，说'我到你家里那些次，从来没看见过有一样你爱吃的菜。'"张爱玲听了默然无应。她吃饭从来很简单，早上姑姑出去带回大饼油条，如果没有她就啃一个隔夜的干面包，胡兰成来也不过是做饭时多添一把米，吃饭时多添一个大碗，一次青芸来恰巧赶上午饭，再多一个碗家里都拿不出来。菜也多是现成的，不是罐头，就是到附近的老大昌买点酱肉或百叶包碎肉，左右都不是他钟爱的。尽管如此，她心底已是不安，对姑姑感到分外抱歉。自从胡兰成开始拖家带口地将人带到这里来后，张茂渊便新添了一项爱好，每逢看到报纸上有招租广告，便会打电话联络去看公寓。张爱玲知道姑姑多么渴望一个人独住，恢复原来那种独立而清静的生活，她不能再不识相。一次她以晚辈孝顺的姿态，心虚地笑着告诉姑姑："胡兰成说：'我们将来也还是要跟你姑姑住在一起。'"张茂渊淡淡笑道："一个你已经够受了，再加上个胡兰成还行？"

胡兰成这次办《大楚报》找了几个人来帮忙，其中最著名的一位是周作人的弟子沈启无，飞武汉前曾经和胡兰成来过这里，这时与胡兰成已生嫌隙。两人本就相处不睦，又兼沈启无特意找了个机会私下告诫小周："胡社长是有太太的。"胡兰成知晓后大怒，斥责沈启无道："你对小周怎么说话这样龌龊！卑鄙！"天才如张爱玲，也不免被情感迷惑，蒙蔽住了心智。她本就傻傻地认为胡兰成对于小周仅止于欣赏爱慕，并不疑心有他，听了这话更完全理解错了意思，不想胡兰成是因为沈启无揭破真相给他无端制造了障碍而恼怒，反而以为是因为沈将二人纯洁的关系拉到了较低的等级。池田当年在北京读书的时候，曾经和隔壁邻居的女孩儿恋爱，遭到女孩父母的反对没有成功，最终两人只得各自婚嫁，女孩儿嫁得并不如意，这么多年来，池田一直竭尽所能地帮助女孩儿，但却不曾越雷池一步。爱情赋予了张爱玲一种盲目的自信，"发乎情，止乎礼"，她相信胡兰成当然也具备这种古东方君子的德行。

尽管如此，她还是会妒忌伤心，每次听胡兰成讲起小周，她的心里都像被刀砍得七零八落。为了保护自己，她开始有意识地抽离，把他们的关系推回到从前，只是单纯的文学上的相契知音。那是只有她能给予他的，也只有这样，她的地位才安稳牢固。他在她这里开始写《武汉记》，洋洋洒洒数万字，山河壮阔，旖旎情思，她简直爱死了他的才情。转眼又是一年春天，想想去年这个季节他初次冒然登门还如在眼前，她对他倾心相与，为他欲仙欲死，可是短短一年，竟已物是人非。"人生若只如初见，何事秋风悲画扇。等闲变却故人心，却道故人心易变。"一天晚饭后她洗过碗回到房间，他迎上来吻她，她忽然一阵心痛难熬，贴着他的身体直滑下去，跪到地上，抱着他的腿，脸紧紧地贴在他腿上。他又骇又窘，赶紧拉她起来，又顺势用双手将她举向空中，化解尴尬地笑嚷道："崇拜自己的老婆！"

返回上海前，亦即1945年1月，胡兰成在汉阳显正街天主教堂连续三天发表演讲，题目为"延安政府往何处去？南京政府往何处去？重庆政府往何处去？"，指点江山，挥斥方遒。这次回来，又有人邀请他去法租界参加一个时事座谈会，张爱玲亦兴致颇高地陪他同去。两人同坐一辆黄包车，一路上柳絮漫天，洋洋洒洒，竟似雪舞长空，一团团逐对成逑，粘在人身，胡兰成在张爱玲的发鬓膝上捉柳絮，那是他们之间最后的明媚时刻。其时德国战败，轴心国大势已去，听讲的只有十多个年轻人，其中一个戴眼镜的广东腔女子，一开口就咄咄逼人，但一个个问题都被胡兰成化用太极功夫，闲闲地打了回去，其间警报声、飞机的轰鸣、炸弹的爆炸声不绝于耳，胡兰成时时得被迫停下来。

次日清晨胡兰成要动身送青芸去杭州结婚①，然后飞回武汉，晚上他嫌在张爱玲这里总要顾忌姑姑，放不开手脚，忽然提议："到我家里去好不好？"已近午夜，他俩轻手轻脚地带门出去。街上空旷无人，两人手牵着手，在街心肆意地逛荡着，有一种超脱尘俗一切禁忌束缚的轻松和快意。女佣来开的门，房子里静悄悄的，胡家人也许都已经睡下了。胡兰成将张爱玲带到三楼带阳台的西间房，里面很杂乱，当中一张不大的木床，罩着灰白色的珠罗纱蚊帐，散发着一股灰尘的气味，所幸床单还很干净。这个房间除了胡村投奔来的人偶尔住一下，便是孩子们在这里玩耍，平常并不住人，胡兰成笑道："家里都没有我睡的地方了。"旋即出去给张爱玲找两本书来看。张爱玲站在房中，四下看看，昏黄微弱的灯光下，层层叠叠堆积着的杂物在墙上投下各种奇形怪状的影子，里面隐藏着不知名的怪物，她像童话中的小女孩，误打误撞地闯进了阴森恐怖的城堡，一切都是那么的陌生、混乱、不可思议，她忽然感到一阵恐惧。她正把大衣皮包搁在橱柜上，门突然悄无声息地打开了，一个高个子女人身子在外，头探进来看了看。暗黄的长方形脸，线条刚硬，鼻子、嘴巴都很大，烫着头发，张爱玲直觉地意识到那是全慧文，联想到《简·爱》中罗彻斯特的疯妇，两人四目相对，张爱玲不禁毛骨悚然。在这里，她是一个陌生的闯入者，一个不受欢迎的人，天

①　青芸结婚时已经 30 岁，丈夫沈凤林是胡村附近剡溪沈家湾人，比青芸大五六岁，出来投奔胡兰成，曾任汪伪中央电讯社杭州分社主任、"中央宣传部特种讲习会"清乡宣传队分队长等职，并在汪伪"中央宣传讲习所"受训两个月。他最初提婚遭到胡兰成的拒绝，后来考虑到其婚后可住进美丽园帮助青芸照顾自己家小，胡兰成方始答应。1959 年，沈凤林因"反革命"罪被判 10 年，解往安徽劳改农场，3 年后因肺结核死在劳改农场，由青芸独自照顾胡兰成的 5 个子女和自己的 5 个子女长大，后胡兰成长子胡启在"文革"初期自杀身亡。

知道会发生什么。然而全慧文只是看了看她，接着便掩上门，悄无声息地消失了①。

夏季，池田来到武汉，与当地日本军方协调商讨帮助胡兰成筹建军事学校一事，定于11月里成立，然而战事发展的急促远超他们的想象。7月26日，美、英、中三国联合发表《波茨坦公告》，敦促日本无条件投降，遭到日本拒绝。鉴于在冲绳战役中日军的负隅顽抗导致盟军损失惨重，美国领导人不得不重新考虑在日本九州、关东的登陆作战计划，为减少盟军伤亡，加速战争进程，8月6日，美军在日本广岛投下原子弹"小男孩"，广岛瞬间被夷为平地，20多万人死亡，杜鲁门随即发表声明："这是一颗原子弹……7月26日之所以要在波茨坦发表最后通牒，其目的在于使日本人民免遭全部毁灭。日本的领导人立即拒绝了那项最后通牒。现在，如果他们仍拒不接受我方条件，他们可以预期，毁灭性的打击将如雨点般从空中打来。地球上从未出现过类似的毁灭。"尽管日本外相东乡认为原子弹"已急剧改变整个军事形势"，建议接受《波茨坦宣言》，但狂热的日本陆军依然坚持"一亿玉碎计划"②，认为一个主要城市被毁并没有什么了不起，陆相阿南说："我们还不清楚那是不是原子弹。"他甚至怀疑那只是杜鲁门的阴谋诡计。对广岛的原子弹轰炸使得苏联提前对日宣战，8月8日晚，苏联的两个集团军越过中苏

---

① 全慧文后被胡兰成送往乡下胡村老屋。1952年2月，全慧文在胡村去世，葬在村外大路旁。

② 日本狂热军方人士于1944年提出的本土决战计划，意即将日本全部国民拖入战争，战至最后一兵一卒。

边境，开进东北。在连续两日用飞机撒下劝告日本投降的传单后[①]，8月9日，美军在长崎投下另一枚原子弹"胖子"。1945年8月15日，日本天皇终于发布诏书，宣布无条件投降。听到广播的时候，胡兰成正在街上，当时惊出一身冷汗，但他并不甘心就此束手待毙，这毕竟是他有生以来最接近实际权力的一次。在南京政府已于8月16日由陈公博宣布解散，等待重庆接收的情况下，武汉方面，在胡兰成的积极活动推动下，由日本驻汉口陆军联络长福山出面主持，经过三天的紧急会议磋商，8月19日，煽动威迫汪陆军十四军军长邹平凡成立临时指挥机构"武汉治安联军总部"[②]，宣布武汉独立。胡的如意算盘是，日本虽然宣布投降，但日本驻武汉军队并没有受损，依然保有可供10万人使用5年以上的兵器、装备和给养，如此再加上汪陆军，依然是一股不容小觑的力量。假设国民党来打，就与共产党合作；如遇共产党来打，就与蒋介石合作。如此不仅可以站得住脚，还能伺机发展壮大，一旦东南半壁起来响应，则可依靠民间力量的支持，顺势组建政府。

与此同时，国共双方也都在争分夺秒，想要抢先接收武汉这个军事要地。8月11日，在提前得知日本已经同意接受《波茨坦公告》，准备投降的情况下，蒋介石随即电告湖北省省长兼保安司令叶蓬[③]，

---

① 传单包括《告日本人民书》："我们已掌握人类从未有过的破坏力最大的爆炸物……这个可怕的事实是值得你们思考的。我们在你们的本土使用这种炸弹还刚刚开始。如果你们还有什么怀疑，请你们了解一下，广岛挨了只不过一颗原子弹后的情况。在利用这种炸弹摧毁军方拖延这场毫无用处的战争的一切资源之前，我们要求你们现在就向天皇请愿，结束战争。"同时投放大量标有美军列为轰炸目标的城市的传单，警告日本民众及时撤离疏散。

② 会上推举邹平凡为"武汉治安联军总司令"，由杨德昌（汪伪湖北省合作总社社长）、陈维政、胡兰成三人组成一个经济委员会，负责筹款。

③ 1945年秋，叶蓬被逮捕。1947年，经蒋介石批准，叶蓬被以"汉奸罪"枪决。

任命他为"新编第七路军总司令"，负责武汉地方治安，等待接收。但当时叶蓬正在南京，无法立即执行蒋的命令，当他于19日间道入鄂后，发现手下军队已经被邹平凡接收，胡兰成极力怂恿邹平凡逮捕叶蓬，叶蓬只得又匆匆逃回南京。8月14日，蒋介石又指示熊斌①急电邹平凡②，任命他为"武汉守备军总指挥兼新编第二十一军军长，协同各部队确保原驻防，维持地面治安"，委任状由少将马本全星夜兼程，于8月下旬送达。其时胡、邹已与共产党方面联络，中共第十八集团军总司令朱德和新四军第五师师长李先念派杨经曲为武汉先遣军司令，业已先期抵达汉口。在两条道路的摇摆中，邹平凡最终倒向了蒋介石，他感叹道："先生究竟是先生，还是照顾我这个学生，不管是好是歹，只有再干一场，以图报恩。"

　　偏偏这几日，胡兰成传染上了登革热，无日无夜只是迷迷糊糊地昏睡，幸得小周尽心服侍，一周后才得起床。得知邹平凡已经接受重庆委任，属下诸部皆已正式换记，又东京方面得知侵华日军在做拒绝投降的努力，天皇急派秩父宫③赴华，向日派遣军总司令冈村宁次和各地司令传达天皇投降意旨，胡兰成明白大势已去。自此，武汉独立凡十三天，便仓促落幕。胡兰成将身上的钱换成金子，加上之前给小周的，共计有十两，将她安顿好，然后乔装打扮，搭乘唯一一艘日本伤兵船间道南京，再转乘火车回到上海，藏身于虹口

---

　　① 时任国民党军事委员会军令部次长兼华北宣抚使。熊斌与邹平凡的前岳父、国民党战地党政委员会副主任委员吴古遐关系密切。

　　② 邹平凡是黄埔军校第六期学生，蒋介石的门生，曾任重庆卫戍司令部团长，后任少将旅长，因失职被撤职查办后，于1941年逃出重庆，至武汉投靠汪精卫，被蒋介石下令通缉，声明"永不叙用"。

　　③ 即雍仁亲王，乃日本裕仁天皇之弟。

一日本人家中。

池田受托带张爱玲去见他。为了扮成日本士兵，胡兰成剃了光头，此刻戴了一顶卡其布船帽来遮掩，身上穿着一套敝旧的日本军服，他本来就身形瘦小，又兼刚生过一场大病，如今更瘦了一圈，是她从来没有见过的样子，骤见之下，两个人都有点生疏，也是时事变化太大，让人不知道该说什么才好。胡兰成本来躺在床上休息，见他们来了方才坐起身来，池田走后他又挪到池田适才坐过的椅子上，继续谈讲："本来看情形还可以在那边开创个局面，撑一个时期再说，后来不对了，支持不下去了——"张爱玲只是微笑倾听着，越是临到大事，她越是不愿显露慌张，初识他时她就晓得战后他得逃亡。前些天姑姑的一位德国朋友回国，变卖衣物，她将一件质地极好的蓝呢子大衣买了下来，姑姑笑问："打扮胡兰成？"她是惦记他有朝一日会用得上，可真的事到临头，她反而糊涂得什么都不会说。胡兰成讲了一会儿，见她始终不语，以为她并不关心，于是忽然笑道："还是爱人，不是太太。"这一点上他最满意的还是玉凤，从来不曾违逆他，无论生死，总是将他放在首位。小周虽不乏小女生的任性，但总体也尚好，娇俏可人，服侍他也尽心尽力，一次赶上飞机轰炸扫射，竟想也不想地用身体来庇护他。这次回武汉，胡兰成对她讲起在上海和张爱玲一起的情形，小周惊痛道："你有了张小姐，是你的太太？"胡兰成诧异道："我一直都和你说的。"小周怃然："我还以为是假的。"及至胡兰成几次三番地要求小周嫁他，小周总答："不。"问她为何？小周道："你大我廿二岁。"又道："我娘是妾，我做女儿的不能又是妾。"话虽如此，及至火候成熟，胡兰成半哄半用强，小周到底也还是依顺了他……"你能不能到日本去？"胡兰成忽然听到张爱玲问，时事的重压之下，两个人说话都不自觉地变得非常轻声。胡兰成摇摇头。回来这几天他并没闲着，先是通过池田上书给日本驻南京大使谷正之，建议在华日军拒绝投降，而与汪伪政府的军队合编，依旧旨在建立第三方势力，与国、共抗衡。见无反应，又建言日军保存好手中的大量物资金银，以作为他和日本人日后东山再起的资金。以他一贯谨慎小心的个性，一边焦急地在等待回音，一边也不得不谋思退路。在《今生今世》中胡兰成写道："我频频闯祸，其实我亦并非不顾一切，倒是每次皆把可能的最坏的结果先想过了，知道即使到了那样亦还有余地可以游戏，所以敢断行的……我若身入险地，总是先看过了地形的。"听池田说起，这几日有两艘日本军舰逃走，其中一艘被美军截回，他不能冒这个风险，还是最熟悉的乡土让他感觉安全，也最不容易暴露。"我有个小同乡，从前他们家接济过我，前几年我也帮过他们很多钱。我可以住在他们家。"胡兰成答道。"你想这样要多久？"张爱玲轻声问。"四年。"见张爱玲沉默不语，胡兰成忽然轻蔑地说道："你不要紧的。"她这才惊觉他们之间缺乏最基本的信任和了解。做过的选择她从来不悔，也敢于去承担。她真正犹豫的是要不要问他是否需要钱？航运一通，她母亲就要回来了，这两天信已先期抵达，催她回香港读完大学。要想摆脱母亲的影响和干涉，为自己赎得自由之身，她就必须先还清欠母亲的债，偏巧此时胡兰成出逃也必得用钱，这让她一时左右为难。至于她母亲让她重回港大一事，那是提也不能提的，不然胡兰成更要误会，以为她大难临头先自飞了。

日本方面依旧没有回音，胡兰成在又写了一封万言长书《日本的解放与世界的解放》交给池田后，遂下定决心逃亡。走的前一夜，他在青芸陪同下前往爱丁顿公寓，这也是他第一次公开在这里过夜。听过胡兰成讲述武汉那边的情形，在厨房准备饭菜的时候，姑姑悄悄向张爱玲笑道："胡兰成像要做皇帝的样子。"饭后姑姑立刻回到自己房间，再不出来。担心乡下洗澡不方便，张爱玲让胡兰成先洗个澡，他却将一个大包递过来，道："你的信都在这里了。"说话的时候，眼里又全都是那种轻蔑的神气。信是她要回来的，想要写他们的故事，但看来他并不相信。他们之间现在从来不提小周，今天他到底忍不住："我临走的时候她一直哭。她哭也很美的。那时候院子里灯光零乱，人来人往的，她一直躺在床上哭。"张爱玲又糊涂起来。哪里的谁的床？小周的床？护士小姐住的地方，他怎么能随便进去？他的床？小周又怎么能躺在上面？她头痛得不能再往下想。最后的末世绝望的欢爱时刻，他忽然俯下身来细看她的脸，过后却道："刚才你眼里有泪，不知怎么，我也不觉得抱歉。"她听后说不出的骇然。这是一个心已经死去的人，可是他还要活着，不顾一切地活下去，那么所有和他发生瓜葛的人就都只能为他献祭，但她还意识不到这一点，她只是感到说不出的痛苦，一种肉身和灵魂都被猛烈灼烧的痛苦。他却安然睡着了，背对着她。她忽然想起厨房里那把切肉的刀，太重了，还是那把切西瓜的长刀更合适，照准后背一刀砍下去，看他还怎么害人？"你要为不爱你的人而死？"她的理性旋即跳出来说服自己。她是孤独得太久了，太过渴望一个知己，以致看人只重聪明，忽略了品性，却未曾想到，没有正直诚笃的品性做基础，所有的聪明和才情都不值一提。这一年来，情感上的失落恍惚导致她的创作急剧萎缩，少之又少的作品还不能令人满意，更令人焦虑的是，因为和胡兰成的关系，很多报刊已经给她冠上了"汉奸文人"的称号，拒绝发表她的作品，这种情况如今越演越烈，她已经为他牺牲太多，难道还要继续沉沦下去？为这样一个人，坐牢出丑都不值得。他睡梦中也很警醒，仿佛感觉到什么似的突然翻过身来，她不愿面对着他，也立刻厌恶地翻了个身，因不想挨在一起，便显得床铺格外地挤迫。

虽然一夜不曾安睡，但晨起到底换了另一种心情，一切爱恨纠葛都暂被抛到脑后，且先顾胡兰成逃亡之事。青芸一早来接他，张爱玲特意测字，说是应该"朝东"，沈凤林姐姐家在绍兴东关，于是商定由沈凤林陪他先去那里，然后再往诸暨斯家。临行时青芸要一条干净的被单打包袱，张爱玲一时没找到，及至找到追下去，他们已经走得不见踪影，只有一只黄白相间的小花狗安安静静地蹲在台阶上，一只耳朵调皮地向前弯折着。她在门口怔怔地站了一会儿，失落而怅惘，良久之后，却又突然感到说不出的轻松，秋天的晴朗寥廓的清晨，街上空寂无人，她忽然发现，没有人的世界原来才更清明可爱。

出奔香港

生在这世上，没有一样感情不是千疮百孔的。

——张爱玲·《留情》

时代是仓促的，已经在破坏中，还有更大的破坏要来。有一天我们的文明，不论是升华还是浮华，都要成为过去。如果我最常用的字是"荒凉"，那是因为思想背景里有这惘惘的威胁。

——张爱玲·《流言·传奇再版的话》

1945 年 9 月，随着接收工作的逐渐完成，国民党政府对于汪伪政府人员的逮捕也随即展开，最先被捕的是陈璧君、褚民谊等人，到 9 月底，逮捕汉奸活动开始在南京、上海等地大规模展开，其时胡兰成刚刚逃离上海，一路上风声鹤唳，报上到处都是昔日汪伪大员被捕的消息。10 月 3 日，陈公博被递解回南京 [①]，几乎与此同时，

---

① 1945 年 8 月 16 日，即日本宣布投降次日，陈公博在南京召开汪伪政权中央政治委员会临时会议，会议决定发表《国民政府解散宣言》，于当晚广播，并将汪伪中央政治委员会改组为"临时政务委员会"，军事委员会改组为"临时治安委员会"，负责维持当地治安秩序，直至国民政府正式接收。但在之后与蒋介石及重庆政府的多次联系都没有得到明确回复的情况下，8 月 25 日，陈公博、林柏生等人飞往日本，化名藏身于京都金阁寺。经何应钦与日方多次交涉，9 月 3 日，陈公博、林柏生等人被递解回南京。

周佛海在重庆被软禁①。

9月30日，胡兰成到达诸暨斯家②。当年他与斯家长子斯颂德同学，曾得斯家资助，并在杭州斯家寄居一载，因对颂德妹妹雅珊动了邪思而被请出斯宅。后颂德加入共产党，被捕后悔过出狱，因身心受困而精神失常，被送入精神病院，其时胡兰成从香港返回上海，经济刚有改观，便予资助，此时斯家已经不比从前，颂德的弟弟们到上海，又得胡兰成屡次赠资，后虽颂德病死，斯家伯母依旧感念胡兰成的恩情，所以今见他来投，只道："胡先生你住在这里，不要紧的。"对外只说是杭州来的客人张先生，因张爱玲曾嘱胡兰成："那时你变姓名，可叫张牵，又或叫张招，天涯地角有我在牵你招你。"但乡下人头熟络，稍有张生面孔便惹人注意，亲友间不免有人询问，胡兰成吓得日夜难安，东躲西藏，又无人敢多收留，要算在枫树头村雅姗奶妈家里住的两个月最长。腊月里，斯家四子斯颂远和姨太太范秀美陪同他前往金华投亲无着，便商定由范秀美送胡兰成往自己娘家温州躲避。

斯颂远在上海一家牙所当助手，借住在胡兰成美丽园家里，这

---

① 早在1941年，周佛海与重庆戴笠之间就建立起秘密电台（陈公博与重庆之间也有秘密电台，但联系没有周紧密），通报情报。秘密电台是周借谋求"全面和平"之名建立，上海驻军陆军部长川本等少数日本人亦知情。日本投降后，重庆方面通过戴笠密电周佛海，任命他为"军事委员会上海行动总队总指挥"，负责维护上海及浙杭等地的治安。接收工作完成后，戴笠以蒋介石接见为名，陪同周佛海飞往重庆，旋即将其软禁于白公馆。后汪伪政府重要官员只有周佛海得到蒋介石特赦，但未及出狱，周佛海便病死于狱中。

② 斯家原住杭州，后因躲避战乱迁回乡下诸暨老宅。

次胡兰成投奔他家，他理所当然到处跟着东奔西走，回上海时便负责带信给张爱玲，是胡兰成一贯的长篇大论。斯颂远笑道："我预备遇到检查就吃了它。"张爱玲也故作轻松地戏谑道："这么长，真要不消化了。"她跟着信件追寻着他的足迹。他现在成了一个夹心人，在外不能真正融入知识分子阶层，在乡下却又以读书人自居，处处不习惯，又兼时有官兵排查，不免草木皆兵，心惊肉跳。随着时序渐渐入冬，张爱玲的生命也整个失了颜色。她现在投稿到处碰壁。群众及社会的热情由抗日转到了惩奸，1943 年 8 月 13 日，"附逆文化人调查委员会"① 在重庆成立，负责调查附逆文人，上海街头报摊迅速出现了两本匿名小册子《女汉奸丑史》《女汉奸脸谱》②，赫然将张爱玲、苏青与陈璧君、莫国康、杨淑慧、佘爱珍等人并列，11 月署名出版的《文化汉奸罪恶史》③ 又将张爱玲列为十六位文化汉奸之一。张爱玲整日待在家里不见人，坐吃山空的焦虑之下，也尝试着往国外投稿，却都如泥牛入海。黄素琼已经离开印度，但似乎并不急于归国，转道马来西亚的时候又住了下来，来信依然追她回香港读完大学，张爱玲回信说她想继续写作，气得她母亲大骂她"井底之蛙"。那种熟悉的感觉又回来了，她甚至能清楚地感受到羞耻和愤

---

① 推举老舍、巴金、孙伏园、夏衍、曹靖华等十八位作家艺术家为委员。8 月 22 日，调查委员会首次会议通过决议，处理附逆文人方法如下：（一）公布姓名及罪行；（二）拒绝其加入作家团体和其他文化团体；（三）将附逆文化人名单通知出版界，拒绝为其出书刊；（四）凡学校、报馆、杂志社等，一律拒绝其参加；（五）编印附逆文化人罪行录（姓名、著作、罪状），分发全国及海外文化团体；（六）要求政府逮捕公开审判。

② 这两本书中关于张爱玲的标题分别是《无耻之尤张爱玲愿为汉奸妾》《"传奇"人物张爱玲愿为"胡逆"第三妾》。

③ 此书署名"司马文侦"，由曙光出版社出版，赞同"中华全国文艺界协会对于文化汉奸有所处置，同时也进行调查文奸的工作，这本书但愿与他们有所帮助"。

怒在她心口、喉咙或者脑袋的具体位置。她十多年的努力在母亲的一句责骂下顷刻间碎如齑粉，她不知道怎样才能让母亲满意，哪怕她曾经大放异彩，万众瞩目，但母亲的震怒，乃至于一句冰冷的斥责，一个不以为然的哂笑，轻而易举地就能将她变成当年的那个女孩儿，惶惑无助，不知所措，一会儿相信自己终能壮志得酬，热血激昂，一会儿又羞惭地低下头去，觉得自己一无是处。随着母亲归期日近，张爱玲心里的压迫感也越来越强。她开始后悔没有跟随胡兰成一起到乡下去。她不愿意隔上 10 年让母亲再看到她，依旧是那副最不招人待见的样子，没有出路，却又固执己见。再者，她要怎么跟母亲解释跟胡兰成的事？母亲会不会责骂她？像亲戚们一样，嫌弃她丢了脸。不过那日在虹口那日本人家中提出要跟胡兰成走，当时正蜷缩着躺在他怀里，她能感到他身上立刻起了一阵战栗的恐惧。她知道他怕什么。还是在武汉时，他回来曾问她要不要一起坐飞机去华中看看，她一向打怵出门见人，不免有些犹豫，他想想就也笑道："你还是在这里好。"她当时尽管微笑着，却也有点不祥的感觉。她知道自己不善言辞应酬，撑不住场面，出去后给人的印象并不好，但是经他说出来到底不同，那意味着他对她的欣赏只能局限在这间屋子里、文字上。现在当然更是这样。他最擅长以天真无辜的面孔示人，再兼之深藏不露的机诈谨慎，一个人是有信心逃得过，可她那么笨拙，出门在外不但不能照顾他，还势必成为他的拖累，但他嘴上却只说："那不是两个人都缴了械吗？""我现在也没有出路。"她幽幽地道。"那是暂时的事。"他回她。姑姑倒不追着她拿到学位，"出去做事另有一功。"她总是说。毕竟张爱玲靠自己的天才曾经闯出过一条路来，现在折回去再去读书，年龄不说，再搭上许多本钱和工夫也很难说值不值得。不过，她们俩也都知道，在黄素琼面前，她们的意见根本不重要。许是跟着何干长大的缘故，张爱玲从小就对乡下充满了好奇，一望无垠的荒凉土地，沉默，厚重，蕴藏着无穷的生命力，每次何干返乡她总闹着要跟去。现在她的心里又蠢蠢欲动，尤其胡兰成近来在信里表现得越来越烦闷焦躁，那种前路尤着又看不到任何出路的迷惘惶惑，她感同身受。她忽然迫切地想要见一见他的亲人，和他们谈论一下他。青芸从胡兰成离开后就再跟张爱玲没有往来，见她骤然来访不禁愕然。胡家一切如常，如果不是知晓内情，根本猜不到这家的男主人正在逃亡，青芸含笑招呼她，神态也是意料之外的安稳。张爱玲怔了怔，不知道自己来得是否合适，但事已至此，也只能硬着头皮开口。"我想要去看看他"，张爱玲说着，忽然心头一酸，控制不住地流下泪来。说也奇怪，当着胡兰成的面，她再难过反而一滴眼泪都没有。"我看他信上非常着急，没有耐心。"青芸听了沉默不语。她对生活及六叔都没有任何不切实际的幻想，也因此更容易接近某些真相，听胡兰成屡屡谈起小周她就明白了他们之间的关系，她敬张爱玲不是等闲女子，也因此为她抱不平，对六叔的行事，她是好气又好笑，无奈亦无法，不过她也和传统中国女人普遍的一样想法，男人只要把钱拿回家里，在外面就算闹得天翻地覆也不为大过。胡兰成出逃前郑重托付给她一个包袱，里面有他万分珍重的小周的照片，青芸全不当回事，连打开看一眼的好奇都没有，过后随手就扔到了一边。对于六叔为什么能那么容易地将女人哄上手，青芸也奇怪不解，但她更奇怪的是张爱玲满肚子学问，在现实面前却简单幼稚得像个女学生，连最基本的事实都看不清楚，不知道该如何安慰告诫她，青芸思忖片刻终于不紧不慢地道："没耐心起来没耐心，耐心起来倒也非常耐心的呀。"一直以来张爱玲都认为她和胡兰成互相最为知己，听了这话不免一怔，那是另一个面目的胡兰成，也是更为真实的胡兰成，她从来都没有想过，也许她才是最不了解胡兰成的人。青芸的不忧不急反衬得她小题大做、自作多情，实在觉得无趣，张爱玲略坐了坐便走了，但几天后斯颂远终于帮她下定了决心。他是依例送信来，这时胡兰成已经逃往温州，一想到胡兰成整日东躲西藏，寄人篱下，说着说着，张爱玲忽然又忍不住落下泪来，斯颂远见状柔声道："想念得很吗？可以去看他一次。"想起和青芸见面的情形，张爱玲微笑着摇摇头。许是看不过她的痴心傻气，过了半晌再谈到胡兰成，斯颂远忽然故作不经意地笑道："听他说话，倒是想念小周的时候多。"张爱玲霎时如万箭穿心，只勉强低低笑着"哦"了一声。不确定自己有没有点醒她，斯颂远接着说道，还是在雅姗奶奶家时，得知小周在汉口被牵连下狱，胡兰成非要颂远去设法营救，并将小周带到枫树头村来，见实在不行，又要出首去救她。胡在《今生今世》中也写道："训德被捕，我是在报上看见，曾起一念要自己投身去代她，但是不可以这样浪漫，而且她总不久就可获释的。"到底是不够真正了解胡兰成，张爱玲不仅不能像当年燕大的卿汝楫一样，一眼窥破其用心①，反而不必要地当了真，但多年来已经形成习惯的淡漠外表很好地掩盖了她的内心，让人无法窥破她心中的波澜。还是春天那次从武汉回来，饭桌上闲谈，说起柯灵被怀疑是共产党，被日本

---

① 当日在燕大时，胡兰成曾经参加卿汝楫领导的马列学习小组，后李大钊等共产党员到苏联使馆开会，被张作霖逮捕绞杀，卿汝楫因当日提前返校而幸免于难。胡兰成思虑很久，方对卿汝楫吐露道："我要行刺张作霖。"谁想卿汝楫不以为意地淡淡回道："那可用不着。"

宪兵队抓走了，胡兰成道："宪兵队这样胡闹不行的。柯灵这人还不错，这样好了，我写封信交给他家里送去。"张爱玲心下嫌他爱管闲事，但看胡兰成写"柯灵为人尚属纯正"，又不禁笑起来。她上次去柯灵家送稿子，柯太太不在，只有一位年轻小姐在看孩子，她以为是柯太太的朋友，谁知聊起才知，那位小姐已经跟柯灵生了 3 个孩子，而且据说乡下还有个原配。张爱玲当时骇异："乱糟糟，一锅粥。"但她却从未联想到自己身上，偏偏事实逼迫着她去看：其实她和胡兰成也没好到哪里去。"青青子衿，悠悠我心。但为君故，沉吟至今"，而胡的轻浮浪荡正在将她"弱水三千，我只取一瓢饮"的一往情深变成一出可悲、可叹、可笑的独角戏。张爱玲立刻和斯颂远商定，旧历年底他回乡下时带她同行，过完年后就送她往温州去。写信不解决问题，现在胡兰成在信里呈现出的又是张爱玲从未了解的另一面，云山雾罩，玄而又玄。强烈的屈辱感和情感归属的不确定性，让张爱玲的心如被热油煎熬着一般，她几乎连一刻都等不下去。她一定得当面问问胡兰成，让他给她一个明确的答案。

货车、航船，再搭乘独轮车，一路舟车劳顿，到温州时是 1946 年 2 月，旧历新年刚过。一路上斯颂远已经跟张爱玲介绍过他父亲的姨太太范秀美，在临安桑蚕学校指导种蚕，人称范先生，她的娘家就在温州，现家里只有一个寡母，胡兰成就寄住在她家。张爱玲听了心里"咯噔"一下，但还不太敢相信，及至到了颂远岳父的大宅子，在众多人中看到一张静静地窥伺着她的脸，疏远、警惕且暗含敌意，张爱玲立刻明白了，那就是范秀美，总想着"不至于"的事情到底还是成了真。张爱玲住进当地唯一一家旅馆里，就在中山公园门口，对外只说是胡兰成的表妹，因为范秀美之前已经跟胡兰成说明："张小姐若来，此地邻舍会如何想我，唯有这点要请你顾我的体面。"张爱玲之前竟然还傻傻地问斯颂远："胡兰成怎么能在他们家长住，也没个名目？"岂不知胡、范二人早已对外称是夫妻，而且12月6日单独上路，8日便已成夫妻之实，斯颂远虽然不知详情，但也猜个八九不离十，实在受不了张爱玲的迟钝，便转过头不看她，冷冷道："没关系的。"一日胡兰成带范秀美来旅馆，张、胡二人闲谈，范秀美只沉默坐着，总不言语，张爱玲怕她被冷落，更怕让他们知晓她已觉察，反而矫枉过正地极力敷衍，最后实在找不出什么话来说了，便笑道："范先生长得真好看，我来给她画张像。"说着找出铅笔和纸来。胡兰成立在一旁兴致勃勃地看着，这是他最喜欢的场景，所有他的女人因为爱他而又互相和睦友爱，而他则尽享齐人之福。张爱玲兴头头地边看范秀美，边细心在纸上勾勒着，画着画着，张爱玲忽然渐渐失了笑容，怅然若有所思，终于停下了笔，胡把画拿过来一看，上面只有一只眼睛，隐在睫毛的阴影里，冷冷地盯着人看。胡兰成实在摸不着头脑，但仍习惯性地赞了声好，又问张爱玲为什么不画下去，见张爱玲总不应声，他也有些着恼，范秀美见气氛已然不对，便起身先走了，张爱玲这才道："我画着画着，忽觉她的眉眼神情，她的嘴，越来越像你，心里好一阵难受，就再也画不下去了，你还只管问我为何不画下去！"另有一次，胡兰成倚在床边和张爱玲说话，范秀美忽然走来，胡一见便立刻告诉她自己肚子疼，忍了半天了，张爱玲早就由这些天的言行举止看出胡兰成对范秀美比对自己更亲，这时仍然不免暗自神伤。尽管如此，她仍然不愿离去，小城里的岁月缓慢而又安详，闲时去街上走走，她简直爱极了民间的一切，从人家晾衣竿下钻过去，看到上面晾着的被面的图案，便心痒难耐地想要去买下来，正月十五看到店门口都燃着香，她亦欢喜地凑上去闻闻。1945 年 2 月 27 下午在爱丁顿公寓与苏青的对谈会中，面对记者"依照女人的见解，标准丈夫的条件怎样"的提问，张爱玲回答说："常常听见人家说要嫁怎样的一个人，可是后来嫁到的，从来没有一个是像她的理想，或是与理想相近的。看她们有些也很满意似的。所以我决定不要有许多理论。……不过我一直想着，男子的年龄应当大十岁或是十岁以上，我总觉得女人应当天真一点，男人应当有经验一点。"她在胡兰成面前就有这种放纵的小女孩的天真，虽然这个男人注定会带给她比别人更多的伤害，但她还是一厢情愿地相信，她在人世跟跟跄跄，而这个男人会用他丰富的人生经验给她保护和安稳。

一拖再拖，已经快住了有 20 天，知道众人包括胡兰成都巴不得她早点离开，她到底得直面她的痛苦了。一天走到城外，江南春天来得早，一畦怒放的油菜花仿佛一条黄色的带子，在蓝天下无边无际地蜿蜒，一直伸展到天边，她对色彩从来有一种不能餍足的饥渴，狂喜之下，甚至连痛苦都变得容易承受了，终于她鼓足勇气，垂眼轻声笑道："你决定怎么样？要是不能放弃小周小姐，我可以走开。"至于范秀美的事，既然他不说，她也不愿意去点破。逃亡之中，范秀美对他不啻于一张护身符①，她并未想揭掉致他于危险之中，甚至他忙里偷闲，在虹口那日本人家中与那日本主妇亦有风流之事，

---

① 胡兰成在《今生今世》中亦写道："我在忧患惊险中，与秀美结为夫妇，不是没有利用之意，要利用人，可见我不老实。但我每利用人，必定弄假成真，一分情还他两分，忠实与机智为一，要说这是我的不纯，我亦难辨。"

她都略过不提，她不怪他在危难中抓住一切可以抓得到的，但在顺境中也已经这样，甚至还有可能更甚，这一念她连想都不能想。胡兰成显然很意外，怔了怔方才道："好好的牙齿为什么要拔掉？要选择就是不好……"又道："我待你，天上地上，无有得比较，若选择，不但于你是委屈，亦对不起小周。人世迢迢如岁月，但是无嫌猜，按不上取拾的话。而昔人说修边幅，人生的烂漫而庄严，实在是连修边幅这样的余事末节，亦一般如天命不可移易。"从来张爱玲觉得她什么都能理解，只有她说话别人有时会说不懂，可这时无论她怎么努力，却都听不懂胡兰成的话，她第一次骇异地意识到，这个人有一套疯子似的逻辑。良久惊魂甫定，她方才道："美国的画报上有一群孩子围坐吃牛奶苹果，你要这个，便得选择美国社会。你说最好的东西是不可选择的，我完全懂得，但这件事还是要请你选择，说我无理也罢。"忍无可忍之下，她终于第一次发出了这样的质问："你与我结婚时，婚帖上写现世安稳，你不给我安稳？"胡兰成道："世景荒荒，其实我与小周有没有再见之日都不可知，你不问也罢。"张爱玲道："不，我相信你有这样的本领。"见胡兰成始终顾左右而言他，不愿正面答复，张爱玲终于喟然长叹道："你是到底不肯。我想过，我倘使不得不离开你，亦不致寻短见，亦不能再爱别人，我将只是萎谢了。"走的那天，她还未开口，他便已意识到她还想要再次确认，于是抢先微笑道："不要问我了，好不好？"她也微微笑了笑。人还是那个人，聪明且善解人意，但却又全然不对了。那天正下着雨，她撑着伞立在船舷边，看着岸上他的身影渐渐变小、变远，泪水止不住地汩汩而下。别了，爱人。别了，所有那些幸福的、闪亮的日子，以及那些灰暗的、锥心刺骨的日子。

1946年底，她母亲终于乘船回来了。她和姑姑、舅舅一大家子一起到码头去迎接，她照例站在人群的最后边，不起眼的位置。自从《花凋》①发表，她舅舅暴跳如雷，说"她问我什么，我都告诉她，现在她反倒在文章里骂起我来了"后，舅舅一家就几乎和她断了来往，这时见了面却也如常招呼，而且脸上都还带着愉快的神色，因为能够教训管教张爱玲的人终于回来了。小魁经表姐夫将仁宇引荐，去了"中央银行"扬州分行工作，这次没有来。又黑又瘦、戴着墨镜的黄素琼一走下船，大家都唬了一跳，因为几乎认不出她来，所有人脑海里立刻闪过一声感叹：老了。张茂渊几乎脱口而出地道："哎呦！好惨。瘦的呦！"张爱玲也震惊得怔住了，一瞬间只感到喉头哽咽，眼圈儿立刻就红了。等众人都寒暄招呼毕，张爱玲最后才走上前，强自收心摄魄，微笑着轻声叫了声"三姊"，黄素琼面色严厉地掠了她一眼，冷冷地应了声"唔"。

　　黄素琼在印度做过一段时间尼赫鲁两个姊妹的社交秘书，又和一位英国医生谈了场恋爱，去国近十载，这次回来免不了各种亲友聚会，为了方便，暂时住在了最豪华的国际饭店。张爱玲定时过去看望，这时候她反而喜欢人多的场合，这样母亲就顾不上她，而她也竭力缩小再缩小，让自己变得似有若无。女儿和胡兰成的事情黄素琼已从信中得知，一个有妇之夫，还是汉奸，气得舅舅黄定柱就

---

　　① 《花凋》中川嫦原型是张爱玲的三表姐黄家漪，亦即舅舅黄定柱的三女儿，1942年死于肺痨。"郑先生是个遗少，因为不承认民国，自从民国纪元起他就没长过岁数。虽然也知道醇酒妇人和鸦片，心还是孩子的心。他是酒精缸里泡着的孩尸""孩子多，负担重，郑先生常弄得一屁股的债，他夫人一肚子的心事。可是郑先生究竟是个名士派的人，看得开，有钱的时候在外面生孩子，没钱的时候在家里生孩子。没钱的时候居多，因此家里的儿女生之不已"等描写让舅舅大怒，因为郑先生的原型就是黄定柱。

说："小煐怎么会做这样的事情呢？"做母亲的虽然也生气，不过到底是另一种心思，看到女儿这样严阵以待，黄素琼反而不好轻易发难。亲友川流不息，应酬不断，元旦过后转瞬又是旧历新年，黄素琼不停地忙碌，但心底到底惦记着女儿的事，一日趁着身边刚巧没人，遂故作不经意地问道："那胡兰成，你还在等他吗？"张爱玲笑笑："他走了。他走了当然就完了。"她母亲点点头，知道女儿从来不撒谎，便没再往下追问。

从温州回来后，张爱玲一度痛不欲生，几乎每天以泪洗面，食不下咽，任何时候只要想到胡兰成，她的眼里立刻就汪起泪，梦里还在忙着给面包抹上果酱，想要偷偷地带给胡兰成。虽然没有当着姑姑面哭过，但张茂渊看着她每顿饭菜一口不动，也担心道："你这样'食少事繁，吾其不久已！'"张爱玲勉强笑道："胡兰成爱上了小周小姐，现在又有了范先生，我却从来没问过他要不要钱。"姑姑知道她不肯亏欠人的个性，不愿她再纠缠不清，于是道："还了他好了！""可是三姉就要回来了，我要还三姉的钱。""也不一定非要现在还你三姉。"张爱玲默不作声。她和姑姑不同。姑姑从小生活优渥，独立后又收入不菲，名下更有从祖母那里继承下来的房产和田地，自然难以理解她从小到大伸手向人要钱、看人脸色的苦楚。虽然不爱随便批评人，沉默了一会儿，姑姑到底忍不住轻声道："他也是太滥了。"张爱玲只得苦笑。原以为过几天就好，没想到张爱玲纠结痛苦起来却没完没了，姑姑大概也是看烦了，终于有一天冷冷地道："没有一个男人值得这样。"

过完年斯颂远返回上海，带来消息，温州为搜捕共产党，突击检查户口，偏巧有个士兵到范家宅院前张望，吓得胡、范二人连夜逃回诸暨。到斯宅后，胡兰成躲到楼上，将房门反锁，饭食都是由斯伯母和范秀美送上去，这一待就是8个月。偏巧刚到斯宅没几日，范秀美意外发现怀孕，深知这个孩子无论如何都留不得，胡、范二人偷偷商量后让范秀美借口蚕场有事，实际上却只身一人去上海打胎。1946年4月，范拿着胡兰成的字条①找到美丽园，青芸一看便知又是六叔在外勾搭上的女人，想笑又赶紧忍住，只问是啥毛病。范秀美一下子哭起来，这才告诉青芸自己怀孕了，青芸听了也是无奈。俩人正商量间，突然听见有人唱着歌进门，青芸唬了一跳，赶紧道："哎呀不得了了！颂远来了！"范秀美听了急得又要哭。青芸急忙喊她躺到床上，又扯过一条被子将她蒙头盖住，刚布置停当，斯颂远便走进来，看见大白天床上有人便诧异地问："谁在睡觉啊？"青芸淡定笑道："是个同学呀！"斯颂远再想不到床上躺着的是谁，转了一圈，跟青芸闲聊几句便出去了。美丽园无论如何住不得，做手术、住旅馆又都要钱，青芸也着实为难，范秀美告诉她胡兰成还写了另一张条子，是给张爱玲的，青芸一听，想到还可以将范秀美安顿在那里，也觉甚好，于是便领范秀美悄悄离开美丽园，往爱丁顿公寓来寻张爱玲。

张爱玲不明就里，见胡兰成字条上写着范秀美生病到上海做手术，要她资助，尽管自己也经济拮据，却二话不说，转身进了屋里，

---

① 胡兰成在给青芸的字条上只写："范先生来看病，侬带伊去看病。"别无他话。晚年胡在日本，得知沈凤林已死，只有青芸一人带着10个孩子艰难过活，有几年时间，辗转通过香港寄钱物给青芸，每次60美金，每年两次，信上亦只写："侄女：我身体蛮好，寄几块洋钿，给侬家里生活生活。——六叔"

片刻拿出一个金手镯交给青芸道："当掉，换掉它，给范先生做手术。"青芸又和张爱玲闲谈几句，察言观色，见她并没有留范秀美住下的意思，只得另做打算，说过一会儿再来接范秀美。张爱玲到温州第一天，旅馆里没有空房间，只得在范家借住一晚，这时倒不好拒绝，给范秀美斟茶后就去帮忙做饭，姑姑见她来轻声问道："要不要添两样菜？"张爱玲道："算了，不然还当我们过得很好。"说完才想起这正是《倾城之恋》香港沦陷后萨黑荑妮登门时，柳原和流苏的对话，现实和小说的奇妙对照重合让她一下子笑了起来，当然她无论如何想不到，现实还远比她的小说更荒诞。在饭桌上，看着范秀美愁眉不展、食不下咽的样子，张爱玲虽然自己也已一个多月吃不下东西，只靠喝西柚汁度日，但还是从心底里厌烦起来，所幸青芸很快安顿好，饭后就来把范秀美接去了旅馆。

这样恹恹地有几个月，张爱玲的月经也停了。除了她母亲，这是第二次有人让她痛苦得有了自杀的念头。可她自己都知道那样太傻，胡兰成有无数的理由方式可以为他自己譬解开脱，然后继续潇洒惬意地生活，所以她一直强行压制着，不让那念头抬头。一天走在街上，看到对面商店橱窗里一个苍老瘦削的女人迎面而来，唬了她一跳。她居然都认不出来那是她自己。她怎么变成了这个样子！她再一次感到痛彻心扉，这一次，是为她自己。她这才逐渐意识到，胡兰成比她的父母还甚，至少他们从来认识不到，也触碰不到她真实的内心，而胡兰成不同。她对他完全信任，也因而彻底敞开心扉，毫无保留，而他在柔情的包裹之下，正在不断地蚕食她的自我。在他这里，她变得不再是她自己，而是成为他追香逐艳的女人群体中的一个，她不断地让步、退缩，像古往今来所有为爱飞蛾扑火的女性一样，可她明白，她是在饮鸩止渴。她身上的独特性，如盐溶于水，正在被逐渐消解，她的面孔正在日益变得模糊。女人成为她身上的唯一属性。那个最恨有天才的女子结了婚，立志不同凡俗的少女去了哪里？她为自己感到由衷的痛心。没有人值得她这样去牺牲。

她依旧和胡兰成通信，初时还告诉他自己的痛苦，现在开始只写些简短的便条，她母亲回来前更预先安排，所有信件都通过炎樱中转。

黄素琼之所以相信了女儿，还有一部分原因，是因为她在爱丁顿公寓偶然碰到过桑弧①，知道女儿正在和他合作，为文华电影公司创作电影剧本。事情还得说回到1946年8月，正处在极度痛苦中的张爱玲意外收到一份邀请，卡尔登剧院的老板吴性栽②刚成立了文华电影公司，要在家中举办一个庆祝派对。那是"二战"结束后，张爱玲第一次受邀出席公众场合，小报早就在嘲讽她的销声匿迹、不再能穿着奇装异服到处招摇，为了不让人看出她的落寞憔悴，张爱玲特意精心打扮了一番，穿上那件用祖母留下的被面做的带暗紫色凤凰的喇叭袖长裙，搭上桃红唇膏，发梢别着一只淡白条纹的大紫蝴蝶发饰，随着步履微微颤动，好像随时会飞落下来。客厅里的人很多，没有一个是张爱玲认识的，介绍到负责公司艺术创作的

---

① 著名编剧、导演，原名李培林，和张爱玲合作有《不了情》《太太万岁》《哀乐中年》。1950年后，进入上海电影制片厂，代表作品有《梁山伯与祝英台》《天仙配》《子夜》《祝福》《邮缘》等。

② 著名电影实业家，曾创立上海百合、合众、春明、大成等影片公司，任联华制片印刷有限公司董事长，拍摄了《故都春梦》《渔光曲》《神女》等经典影片，他同时也是上海卡尔登剧院的老板。《倾城之恋》改编成戏剧后，1944年12月到1945年1月在卡尔登剧院公演，轰动一时。

编剧和导演桑弧，张爱玲突然想起来，这个人她曾经见过的。当时是他编剧的一部电影上映，他正在匆匆下楼梯，她一瞥之间突然意识到这个人大眼浓眉、鼻准隆直的英俊相貌有些像她弟弟小魁小时候。第一次见面就告诉人家自己见过他，未免显得轻佻，所以她习惯性地没有什么话说，却未想过很多人早已通过作品熟悉了她，对她并不陌生，桑弧便是其中之一，所以过后见她一人独坐，便含笑径直走过来，坐在她身旁。他动作的幅度之大，一部分是因为个性敦厚拘谨，要向一个陌生人搭讪需要格外鼓足勇气，另外一方面，则是因为张爱玲不同于一般陌生人，他早已熟读她的作品，有一肚子激赏共鸣的话要跟她说，熟稔之下又有一种面对寻常陌生人不会有的激动和亲切，然而她却误解了，以为是自己现在的身份惹人轻慢、不被尊重，于是微微笑着故意将头转向别处。桑弧呆住了。完全不是他预想中的一见如故、热烈讨论，他再不知道该如何开口，只得抱着胳膊静默地坐着。她等了许久，总不见他作声，也微微有些诧异，从眼角余光里瞥到那僵硬板正的身姿，许是身上簇新的浅色爱尔兰花格子毛呢外套还没穿习惯，有一种完全意想不到的羞赧和稚嫩。终于，她的戒备心理慢慢消除，等着他开口和自己说话，然而他却拿定了主意，两个人竞赛似的，比拼着沉默。终于一位著名导演来了，吴性裁来请她过去相见，张爱玲站起身，留下她的盟友一个人守着那份静默。她人虽走了，心底里却不免震撼，还从来没见过一个人比她更善于沉默的。

他们再见是三个多月之后。1946年12月底，他和龚之方手持柯灵的介绍信登门拜访，想请她出山为文华公司异常重视的第一部电影编写剧本。桑弧除了最初打个招呼，几乎很少开口，龚之方为人开

325

朗热情，几乎由他承包了全部谈话。张爱玲很犹豫，她虽然从小喜欢也熟悉电影，但毕竟没有从事过剧本创作，对于能否胜任并没有十足把握。不过四面被围剿之下，这对她确实是个难得的机会，而且她也感到一种挑战的兴奋，在龚之方的一再劝说下，她终于站起身，果断地说道："好，我写。"这次过后，她才确认，桑弧真比她还不善言辞。所以没两天桑弧打来电话，问她："我能不能今年再见你一面？"不免让她万分意外和惊讶。想想确实也是，再有几天就是元旦，虽说只有几天，却到底又是另外一年了。这次他独自登门，给她送来几本发表在杂志上的中外优秀电影剧本做参考，谈到专业，他的话才多起来，侃侃而谈，有一种工匠似的专注和认真，让她肃然起敬。而她也对电影如数家珍，他听着听着忽然道："我觉得你不看电影是个损失。"他们初次登门那次她曾经说过："我现在不看电影了。也是一种习惯，打了几年仗，没有美国电影看，也就不想看了。"原来他都记得。每次他们都坐得隔着很远，有时没有话说，两个人就都沉默着，就像他们初次见面时一样，奇怪的是，也都并不觉得尴尬或者难受。她忽然想起，从前在淮安路的老宅子里，她就常常这样期待一个人来，然后和他默然对坐，那是她第一次春心萌动。巧的是，那个人也和桑弧一样，有着一张单是看着也让人觉得赏心悦目的脸。

　　剧本《不了情》①写得出乎意料地顺利，总共也就用了不到半个月的时间。她的情伤在写作中得到了释放："难道他们的事情，就只能永远在这房间里转来转去，像在一个昏黄的梦里。梦里的时间总觉得很长的，其实不过一刹那，却以为天长地久，彼此认识了很多

---

① 《不了情》由当时著名影星刘琼、陈燕燕主演。

年了。原来都不算数的。"却又改头换面，将男主人公夏宗豫写成一个身世清白、英俊有为的中年企业家，将他和女主人公亦即女儿家庭教师虞家茵的爱情无疾而终完全归咎于外因——夏宗豫的家室之累和虞父无耻的贪婪，这恰恰说明张爱玲彼时还没有跳出情感的旋涡，无法客观冷静，亦没有勇气和力量去直面她与胡兰成恋情中的种种痛苦和不堪。电影结尾宗豫来送家茵，谁想家茵已然悄悄离去，"隔着那灰灰的，嗡嗡的，蠢蠢动着的人海，仿佛有一只船在天涯叫着，凄清的一两声。"那正是她去温州时，胡兰成送她坐船离开时的场景。之所以切换成他的视角，是因为从心底里，她希望胡兰成也能够对她有所眷恋。

剧本写完，1947 年 2 月，桑弧正在带人紧锣密鼓地进行拍摄，在斯家楼上躲了 8 个月的胡兰成过完旧历新年，取道上海，由斯颂远陪同，再度前往温州范家躲避。接到电话得知胡兰成要在此留宿一晚，张爱玲心中一震，一时竟不知是何滋味。她守在电梯旁等候，为了避免揿铃等待时胡兰成被别人撞见，她只将房门微微虚掩着。和斯颂远一出电梯，胡兰成看着套着大衣，两手插在口袋里在楼道等待的张爱玲，有些迟疑地说道："你这样美——"张爱玲一笑，仿佛没听见似的，转身径直带他们进门。到了客厅刚沏好茶，电话铃突然响了，张爱玲赶忙转身去接，为避嫌疑，故意没有随手关门。果然不出所料，是桑弧打来的，没有什么事，只是想要问候她。两人简短地说完，回到客厅里，胡兰成正在心神不宁地一边兜圈子，一边和颂远说话。"你讲上海话的声音很柔媚。"见她进来，他有些怯怯地笑道。又是用赞美阿谀来换取欢心的套路，张爱玲不为所动，知道他等着听她说是谁打来的电话，她偏不提，微微一笑道："我到了香港才学会讲上海话，因为宿舍里有上海人，没法子解释怎么一直住在上海，却不会说上海话。"胡兰成捧着茶杯，微微笑着垂首听着，脸上是最初相识时他常有的温柔神情，奇怪的是，却不能再使她的心悸动。张茂渊进来，只礼貌性地简单聊了几句。所有人的神态和语气都在昭示他的无足轻重，胡兰成再按捺不住，和斯颂远谈笑风生起来，不知怎么提起炎樱，便道："你见过没有？"颂远道："见过。"胡兰成又道："你觉得漂亮不漂亮？"颂远低声笑道："漂亮。""那你就去追求她好了。"胡兰成突然异常放肆地大声笑道。斯颂远和太太感情很好，育有两个孩子，这时赶紧正色道："哎，那怎么可以。"张爱玲在旁听着刺耳又刺心，心里冷笑道："你以为人家有说有笑，就容易上手？那是乡下佬的见识。"另一方面，也觉得低级下流。《红楼梦》中紫鹃对黛玉说："公子王孙虽多，哪一个不是三房五妾，今儿朝东，明儿朝西？要一个天仙来，也不过三夜五夕，也丢在脖子后头了……"你觉得自己孤标傲世，才华比仙，可是在男人眼里，也不过就是个女人。素来当胡兰成是个知己，没想到也是这样吃着碗里的，望着锅里的，因为和她的亲近，便觉得和她身边的女性都有了某种特殊关系，可以随意地轻亵侮慢，这样看来，也不过是个轻薄荡子，再写得一手锦绣文章，反倒不及斯家少爷的一份端然自重。

谈到傍晚，青芸来看望六叔，闲话几句，颂远便跟着她一道回美丽园，张爱玲送他们出去，回来只见胡兰成沉下脸来道："颂远对我真是！这次也是为了我的事，才送我来，这样的交情，连饭都不留人家吃！"张爱玲亦怫然不悦："我是招待不来客人的，你本来也知道，但我也不认为有哪桩事是做错了。"前一段斯颂远捧了一大本厚厚的牙科医学书来让她给翻译，这种专业性的书其实她也没碰过，又兼身在痛苦中，却也得勉为其难。每回颂远来，她都特意从冰箱里盛出一小碗他顶爱吃的柠檬皮切丝炖黑枣，为免他客气，又特意说："这是用我自己的钱买的。"所以她对胡兰成道："为你之故，我待他已经够了，过此我是再也不能了。"这是他们第一次有了口角之争。见张爱玲态度异常强硬，胡兰成也非常意外。一直以来，她都是谦婉柔顺的，他还从来没有见过她亮烈坚决的一面。胡兰成迅速和软下来，杂七杂八地辩解说：她上次到诸暨、温州，很多生活方式让斯家及范家人看不惯，比如自己的脸盆竟也用来洗脚……诸如此类，听那些乡下人指摘她，难免让他生气。张爱玲只是冷笑：出门在外，她不想和别人混用一个盆也不是什么大错。再说，他既说"我的爱玲"是贵重得他人碰也不可碰一碰的，听了那些人的闲言碎语不说生那些人的气，怎么反而将气撒到她头上？说到底，不过是因为她的家世才华一直让他在外引以为傲，而偏偏这次，她让他在乡下人面前都失了脸面。但这还不是关键，真正重要的是，她不合时宜的出现，意外破坏了他和范秀美你侬我侬的欢爱。至于眼前，则是她不冷不热的态度给了他意外的刺激。但她懒得跟他分辩，且起身去帮姑姑做饭。

到了厨房她向姑姑笑道："胡兰成生气了，因为没留斯先生吃饭。"张茂渊听罢勃然大怒。从打认识胡兰成以来，他将这里闹得人仰马翻，一直以来的迁就包容反换来他的指责抱怨，他还真把自己当成这儿的主人了！"你就都推在我身上好了。"张茂渊道，又夹杂着英文说了一句，"这也太残忍了。"俩人正忙着，姑姑突然又轻声道："我觉得你这回对他两样了。"张爱玲笑着"哎"了一声，觉得姑姑完全可以心照不宣。

饭后姑姑立刻回房。张爱玲把自己的卧室让给胡兰成，听他边抽烟边谈些汪伪政府官员被捕的情况，她则在想自己的心事。一次斯颂远又说起胡兰成经常惦念小周，张爱玲无言以对，半晌道："他对女人不大实际。"斯颂远怔了怔，道："很实际的哦！"这次轮到张爱玲怔住了。一直以来，她都认为自己最了解胡兰成，但青芸、斯颂远一次次地帮她驱散了爱情的迷雾。是他们认识、了解的不是同一个人？不，是她从来没有看到其他人早就认清的他的真实面目。爱情冲昏了她的头脑，仿佛《仲夏夜之梦》中的仙后提泰妮娅，中了花汁的魔法，将戴着驴头的乡巴佬错当成了天使①。他看出她的心不在焉，终于停下话头，有些烦躁地道："有没有酒喝？"她有些诧异地望着他。是借酒消除烦闷？还是想到了性，想要借酒助兴？如果是后者，那她简直想骇笑起来。但实际上，她只顿了顿，然后面无表情地道："这时候我不知道可以到什么地方去买酒。""唔。"他安静地道，显然在努力克制着自己不发脾气。她很高兴攻守之势易位，她不再永远是受到伤害的一方。在他的一次次进犯之后，她终于亮出了自己的底线，也正在接近其实其他人早已经点破，但她却一直没有勇气正视的真相。"你跟小周小姐有没有发生关系？"她终于微笑着问道。"嗯，就是临走的时候。"他的声音低了下去，"大概最后都是要用强的——当然你不是这样。"一条路终于走到了尽头，像当年对她母亲一样。并非她笃信一夫一妻制，只知道她受

---

　　① 《仲夏夜之梦》，莎士比亚著名喜剧。森林精灵国王和王后闹别扭，为了戏弄惩罚王后，国王命令小精灵采一种有魔力的花汁，滴入睡梦中的王后提泰妮娅眼里，这样醒来后她第一眼看到谁，就会爱上谁。然后又将一个农夫戴上驴头，引到王后面前，结果王后疯狂爱上了农夫。同时又穿插两对年轻情侣阴差阳错的爱情喜剧，结局皆大欢喜。

不了这样的关系。这样的一个人！可叹她母亲之后，这么多年，她居然只相信过他！他见她没有反应，默然片刻，说道："青芸帮你说话哦！说'那张小姐不是很好吗？'"她冷冷一笑，心下道："要靠人帮我说话也好了！"面上却依旧毫无反应。他从口袋里掏出一张小照片，含笑欠身递给她："这是小周。"她接在手里。一个少女站在草坪上，穿着蓝布旗袍，略微丰腴的身材，胸部鼓胀胀的，短发向内微扣，一双眼睛笑得弯弯的，些微有点吊眼梢。一抬头，看到胡兰成小心惊恐的神色，似乎担心她随时会醋性大发将照片撕掉，张爱玲心中不屑地冷笑，立刻微笑着将照片还给了他。又说了一会儿话，见她并没有不快的表示，胡兰成方逐渐放下心来，将烟灰盘搁在床上，人也斜倚在床上，以他一贯温柔的主动，笑道："坐到这边来好不好？"她依言坐过去。空间上的距离似乎也缩短了心理上的距离，但她依然避免去碰触他的目光。"我前一向真是痛苦得差点死了。"她低头微笑着说。她停下来，感受到他强烈的注视，以及在她眼里努力搜寻眼泪之后的质疑和遗憾。"他完全不管我的死活，就知道保存他所有的。"她凄怆地想。等了片刻，见她始终不肯再开口，他终于道："你这样痛苦也是好的。"又是这一套！"小周都看在眼里，只觉我的人都是好的。""她（秀美）是人世的事都是好的。""她（青芸）是凡我这个叔叔所做的事，对之无奈，而又皆是好的。"张爱玲憎厌得几乎要尖笑起来。"这个脱了它好不好？"他又温柔地问，是指她的棉袍。张爱玲都奇怪自己，怎么就顺从地脱了下来？是一种习惯？还是多少有些不死心？然而他误解了，这一点点对她的影响和掌控力又让他忘乎所以，天真地跟她谈起了秀美，又问《武汉记》她可看了，那里面写着写着就全都是小周，张爱玲笑自己非要走到山穷水尽，油尽灯枯，乃干脆答道："看不下去。"胡兰成的聪明终于不逮，错判了形势，以为她接受了这种关系，只是小女生一时的可恶任性，于是决心惩戒，亲狎地打了一下她的手背。张爱玲骇怒地"啊"了一声，旋即起身去了客厅，收拾停当，倒头便睡。

第二天天还未亮，她从朦胧中被弄醒，原来胡兰成正在床前俯身吻她。昨日的不快都已被一场酣睡消解，知道这是两人之间最后的诀别，忽然前尘往事都到眼前，张爱玲泪流满面，伸出双臂围住他的脖颈，哽咽着唤了一声："兰成！"一抬头，看到他脸上奇窘的笑容，正和那次她在胡金人家里误撞见应英娣时一样。"他不爱我了，所以觉得窘。"张爱玲想，旋即放下手臂，不再看他，穿衣起床。端早餐进去的时候，发现她的书桌抽屉被翻得乱七八糟，她战后写的长篇小说《描金凤》的片段，都堆在桌面上，张爱玲不免又惊又气："翻好了！看你查得出什么！"徒劳地搜寻了一晚她移情别恋证据的胡兰成瞪大眼睛，又好气又好笑地道："这里面简直没有我么。"但不管怎样，他总算知道了她并没有撒谎，当初要回信件的确是为了小说创作。"你写自己写得非常好。"他又补充了一句。写到他的时候永远是个影子，幻梦中的，摸不真实。青芸早早地就过来了，张爱玲将事先准备好的二两金子拿出来交给她，胡兰成在一旁看着，亦声色不动。

那二两金子本来是一直存着要还给她母亲的。从前她总希望有一天能送给她母亲一个大长礼盒，一打深红色的玫瑰花下面藏着一沓钱，现在却只是用手帕包着两块金子，手心里攥出汗来，也不知道该如何开口，幸亏她母亲提起从前："我因为在一起的时候少，所以见了面总说你。也是没想到那次一块住了那么久，根本不行的——"她趁机将金子递过去，低声笑道："那时候三婶为我花了那么些钱，我一直心里过意不去，这是我还三婶的。"她母亲吃了一惊，坚决地道："我不要。"张爱玲不再说话。那时候每逢母亲盛怒，她就想告诉母亲，她不是个知恩不报的人，总有一天她要把欠母亲的都还上。可是知道说也白说。她什么也没有，谁知道她是不是空口说白话？搞不好只会更助长母亲的怒火。现在，10年的隐忍等待，她总算可以舒一口长气，所以手还是坚定地前伸着。终于她母亲流下泪来，道："就算我不过是个待你好过的人，你也不必对我这样！'虎毒不食儿'哎！"张爱玲忽然有些恍惚。时间仿佛又回到了9年前，她和母亲坐在香港浅水湾饭店里，她看着母亲哭泣。只是现在是上海。不同的是，她现在的心境异常平静，找不到一丝慌乱无措，痛苦尴尬。她只是在估量形势。硬塞给她母亲，看她母亲的态度也不会接受，而她也害怕和母亲的肢体接触，那会引起她自己生理上的不适。终于沉默到了一定程度，她母亲也渐渐止住眼泪，可以视为谈话已经结束，她悄悄站起身离开。虽然没有意识到她母亲误以为她还钱是要断绝关系，但从母亲的痛苦中，她也逐渐地感受到，母亲坚决不要钱是想要在心底保留住一份感情，可她遍寻自己心里，却什么都没有找到。"反正你自己将来也没有好下场。"回去的路上，强烈的愧疚和自责让她近乎诅咒地对自己默默地说。她后来一直不想要孩子，部分原因，也是潜意识里觉得如果有孩子，那孩子一定会替她母亲向她复仇。

电影拍得同样很快。《不了情》1947年3月底拍竣，张爱玲和姑姑去看试映。快要结束的时候，张爱玲侧身向姑姑低声道："我们先走吧。"她担心灯光一亮起来，大家都会上来说一些应酬的话。和其他人坐在一起的桑弧留心到她提前退场，赶紧追出来笑道："怎么走了？看不下去？"从文字到镜头语言的转换，她的确有些地方不甚满意，但此刻不是说这些的时候，她于是蹙眉笑道："过两天再谈吧。"

边说着，仍急急地从楼梯往下走。桑弧见状也急了，抢前两步，将她拦在楼梯上，苦笑道："没怎样糟蹋你的东西呀！"她赤脚穿着镂空鞋，站得那么近，他的裤脚拂在她脚面上，痒丝丝的，又不好提醒他。幸好放映间里响起人声，他也担心有人出来看见，赶紧闪开了。

没想到 4 月份影片公映，观众反响却是异乎寻常地好，叫好又叫座，甚至有影评赞誉《不了情》为"胜利以后国产影片最适合观众理想之巨片"。她和姑姑又陪着母亲去看。她早已不再奢望母亲的理解，一想到稍后会有的批评，心里更是惴惴不安。出乎意料的是，看完电影黄素琼倒没多说什么，和对女儿小说一样的观感，只淡淡地道："没有经验，只靠幻想是不行的。"又道："人家都说我要是自己写本书就好了。"张爱玲非常惊异。对于听惯母亲批评的她来说，不批评就意味着满意和不露声色地表扬。她不明白一直苛刻的母亲怎么忽然变得这么容易满足。

桑弧趁热打铁，又将自己早就想好的一个喜剧框架说给张爱玲，让她据此再写一个剧本。张爱玲再次一气呵成，这部电影就是《太太万岁》[①]。与此同时，她又重拾小说创作，并再次进入一段旺盛

---

① 《太太万岁》由上官云珠、石挥、蒋天流等人主演，1947 年 12 月底公映。

期，在 1947 年 4、5 月份相继发表了小说《华丽缘》《多少恨》①和《郁金香》。

随着合作日多，她和桑弧也渐渐熟悉起来。有时他张罗着带她出去，两个人兴致勃勃地大老远跑到城里去吃本地菜，或者专挑冷冷清清的北方饭馆，整个楼面上只有他们两个人，切磋电影，也谈各自的过去，窗外是烟雾迷蒙的黄浦江，江上一轮正在缓缓沉落的夕阳。"你的头发是红色的。"他忽然说。以一个导演审美的眼光，他不觉得她漂亮，但认为她"很有味道"。他不讨好、奉承，夸赞人也只能说自己真正想说的话。很奇怪，为什么差不多的话，有人说出来就让人觉得真诚，有人却总是飘忽？他是一个好人，但像鲁迅评价王国维"老实得像个火腿"，他是好得像个火腿，实实诚诚的，缺少一点轻盈通透的灵气。他大概听过一些关于她的传闻，但近接触后，又觉得不像，自己疑惑起来，便会笑着问她："哎，你到底是好人坏人哪？"她也忍不住笑起来："倒像小时候看电影，看见一个人出场，就赶紧问'这是好人坏人？'"谈了一会儿别的，他心里到底不踏实，又绕回来笑着追问："哎，你到底是好人坏人哪？"张爱玲笑道："我当然认为我是好人。"他仿佛吃了一颗定心丸，眼里倏忽亮起希望的光芒。她却不由暗暗蹙眉，只觉得幼稚。人生哪有这样非黑即白，斩钉截铁的分明？

和他的人一样，他人生的路也是踏踏实实地走过来的。少年父母双亡，一大家子全靠他大哥养活，他只得辍学去做学徒，大学肄业后又进银行做职员，帮忙补贴家用，在前辈周信芳和著名导演朱

---

① 根据电影《不了情》改编的小说。

石麟的提携下，开始从事编剧，继而导演。30岁出头，便感觉到了人生碰顶的苦恼，幸而遇见了她。他们是彼此的贵人，却不是完全的解人，有一次她讲得兴高采烈，他努力听了半天，终于忍不住笑道："喂，你在说些什么呀？！"他比一般人更追求精神生活，但生活的苦难还是将他牢牢地拴在了地上。他踏实，努力，勤奋，不抱怨，但现实压力还是在他身上刻上了沉重和郁郁寡欢的痕迹。他父亲是个还算成功的小商人，熟悉的人都认为他严肃而有威严，桑弧最怀念的就是小时父亲抱着他坐黄包车："风大，他把我的围巾拉过来替我捂着嘴，说：'嘴闭紧了！嘴闭紧了！'"他在仅存的一点记忆中寻找、回味着父爱。她也是从小缺爱的人，不知怎么，听着却觉得桑弧更凄惨，因为他连跟父母一起长大的机会都没有。但她并不过分同情，她不喜欢悲惨的东西，连对自己都是如此。虽然真正钟爱的是聪慧灵透，举重若轻，但桑弧的现实沉稳也并不令她感到憋闷束缚，对于生活和人性的深刻洞察，让她对一切早就不怀奢望，也因此能在现实和近乎绝对的精神生活之间保持一种微妙的平衡，只是在某个不能共鸣的瞬间，她多少会有点遗憾，然后忽然想起那个正在成为过去的、曾与她心有灵犀的人。

胡兰成回到温州后，似乎有些回过味儿来，接连来了几封信："你不和我吻，我很惆怅。两个人要好，没有想到要盟誓，但是我现在跟你说，我永远爱你。"她看到的却是另一层意思。人是胡兰成活动的资本，但凡能够占有的，无论同性异性，他一个都不会放弃。张爱玲回信很短，也不正面回应胡兰成的话，只将刚卖掉《不了情》剧本的钱汇去。她心念已决，只是在等待时机。胡兰成化名张嘉仪，字玉川，利用顶替张爱玲的身世，冒称张佩纶之后，为自身安全，处心积虑，周密布线，终于结识了温州宿儒刘景晨，仰其声望庇护，自此在温州可以稳妥安身。为谋出路，早在 1947 年 2 月 17 日，胡兰成就曾通过张爱玲首次投书梁漱溟 ①，古今中外、纵横捭阖地探讨学术，盛赞"先生大智人""可为先生慰者，十余年来与先生相近者已渐有人：释迦时有诸佛菩萨，孔子时有诸子，无忧德孤也"，并在信的末尾提出"晚当设法来北碚，以二十年来所学所行就正于先生，同时或可于学院授课，稍得资生之具，犹如入舍卫城乞食即为已足，以此因缘，住好国土，依止善人，当以两年之力写《中国与世界文明之新生》一书，甚望先生有以护念之。"梁漱溟回信时是 1947 年 4 月，此时胡兰成已经结识刘景晨，刘景晨不但将自己最得意的两位弟子夏承焘 ②、吴天五介绍给胡兰成，还承诺可保荐他到温州中学教书，只是时间需待暑期之后，所以胡兰成对于托庇于勉仁书院已不甚汲汲，不过为给将来留余地，他仍立刻复信给梁漱溟，依旧通过张爱玲中转。此时作为第三者冷眼旁观的张爱玲才逐渐认识到胡兰成的机巧和用心，这些当初用在她身上时，她却浑然不觉。

---

① 近代著名思想家、政治家、哲学家，现代新儒家的早期代表人物之一，有"中国最后一位大儒家"之称。1946 年，以民盟秘书长身份，参与调停国共谈判，失败后，于 1947 年退出民盟，返回重庆北碚缙云山创立勉仁书院。

梁漱溟曾把胡兰成化名张玉川的信给同事邓子琴看，邓评曰："张君颖悟力高，深于诗之比兴，其书中颇多令人喜悦处，阅之令人意消，惜其疏于历史，颠倒错乱不一而足，其尤甚者则以稗官小说为历史，其短在此，或其所长亦正由此。"并称之为"狂禅"，最后告诉梁："张君不足以言中国文化学术而可以作中国文化鼓吹。"1976 年 8 月，梁漱溟整理旧信，看到邓子琴的话，有感写道："张君头脑思路远于科学，而近于巴甫洛夫学派所谓艺术型。联想超妙，可备参考。于人有启发而难资信据。"

② 夏承焘，字瞿禅，现代著名词学家，被誉为一代词学宗师。先后任教于之江大学、浙江大学、杭州大学，主要著作有《唐宋词人年谱》《唐宋词论丛》《姜白石词编年笺校》等。

桑弧大概也看出端倪，一次提起胡兰成，对张爱玲笑道："他好像很有支配你的能力。"张爱玲道："上次看见他的时候，觉得完全两样了，连手都没握过。"桑弧突然激动地大声道："一根汗毛都不能让他碰！"张爱玲又是好笑，又是感动。以桑弧情感之深沉内敛，这不啻于一种爱的表达。沉默片刻，桑弧忽然有些困惑地说道："你大概是喜欢老的人。"张爱玲不语。她不喜欢解释，而且解释了桑弧也未必明白。她不喜欢一张白纸似的单纯和幼稚，无论成败荣辱，那些人是从真实的人生中踏踏实实走过的，她真正喜欢的是他们身上丰富的人生。

尽管如此，胡兰成对她的魔力依旧在渐渐褪去。2月他返回温州后接连来信，见她回信并无异样，便又故态复萌，在接下来的信中写道："有一次夜里同睡，秀美醒来发现胸前的纽扣都解开了，说：'能有5年在一起，就死也甘心了。'我的毛病是永远沾沾自喜，有点什么就要告诉你，但是我觉得她其实也非常好，你也要妒忌妒忌她才好。不过你真要妒忌起来，我又吃不消了。"张爱玲看得又气又笑，觉得这人简直痴迷在自己的魅力里要魔怔了。及至3月，胡兰成信里除了个人感悟、心境，又谈起隔壁妇人常来与他灯下坐语，张爱玲终于忍无可忍，回道："我觉得要渐渐的不认识你了。"不想胡兰成越发得意起来，以为自己终于有本事可以让她刮目相看。好容易捱到6月，得胡兰成信，知他在温州已经可以站住脚，又与梁漱溟先生通信投契，将来重新出山大有希望，张爱玲立刻简短修书一封，道："我已经不喜欢你了。你是早已不喜欢我的了。这次的决心，我是经过一年半的长时间考虑的，彼时惟以小吉①故，不欲增

---

① 小吉，乃"小劫"的隐语。

加你的困难。你不要来寻我，即或写信来，我亦是不看的了。"想起昨天告诉桑弧她和胡兰成感情破裂的原因，桑弧不屑地冷笑道："原来是为了吃醋。"张爱玲于是又在信末添上一句话："我并不是为了你那些女人，而是因为跟你在一起永远不会有幸福。"当天桑弧来，张爱玲将信拿给他看，笑道："我不过给你看看。与你没关系，我早就要写了。"

信刚寄出，胡兰成的两封信却先到了，不知决裂的时刻已到，依旧絮絮不休地高谈阔论，仿佛看到一个亲手埋葬的死人，抱着当初的热切再次站到了自己面前，张爱玲心里非常难受。

6月10日，胡兰成终于收到张爱玲的诀别信。回想一年多来的种种，胡兰成才意识到这次的分手早有蛛丝马迹，张爱玲是不能容忍自己落到不堪的屈辱境地，终于要起来自卫了，他几乎要为她的清坚决绝赞一声好。张爱玲到底是张爱玲！她爱他都不能令他如此敬重。最重要的是，她随信寄来30万元钱，是她新近得到的《太太万岁》的剧本稿费，如此一来，他很容易将生活安排至暑期结束，那时他即可入温州中学教书。

明知道再难挽回，况且他也无意怎样，但为免让人觉着不合情理，过两天胡兰成仍敷衍成两封长信给炎樱："她是以她的全生命来爱我的，但是她现在叫我永远不要再写信给她了……"炎樱为难地找到张爱玲，道："这叫我怎么样呢？"张爱玲回道："你交了给我，你的责任就完了。"

知道胡的个性缠夹不清，为免其继续纠缠，张爱玲于是和姑姑商量更换住处。1947年9月10日，她们搬离住了5年多的爱丁顿公寓，迁入梅龙镇巷弄内的重华新村2楼11号公寓，房间小，周边生活环境也乱糟糟的，大不如前。没几天，黄素琼退掉国际饭店的房间，也迁入了重华新村。看到女儿和桑弧交往甚勤，又兼张茂渊没有透露实情，黄素琼渐渐相信外面那些流言蜚语不过是捕风捉影，于是不但没有苛责，反而特意买了一个白色的珐琅狗别针送给女儿。张爱玲笑道："我不戴别针，因为把衣裳戳破了。三婶在哪里买的，我能不能去换个别的什么？"黄素琼慨然应允："好，你去换吧。"又找出发票给她。张爱玲换了一副球形赤铜蔷薇耳坠儿，拿回来给母亲看，黄素琼应道："唔。很亮。"

黄素琼的魅力已经大不如前。曾经如蜂蝶逐花般簇拥在她身边的年轻人已渐渐散去，就像电影放映还未结束，观众便已经纷纷起立，提前离场。从前帮人撮合过多少桩婚姻，如今面对自己的女儿却束手无策，听着她喃喃自语："从前那时候倒是有不少人，刚巧这时候一个也没有。"张爱玲心中说不出的凄凉。所有母亲曾经引以为傲的东西都在离她远去，青春、美貌、永远众星捧月般地处在人群的中心，徒留年华老去的孤单和凄凉，而女儿却正当盛年，事业也在一段低落之后再度别开生面，力量的对比发生了不可思议的调换。曾经在张爱玲心中转动的那把剑的剑柄，如今终于被时间递到了她的手上。她不需挥剑，只这一个基本的事实，便足以令母亲遍体鳞伤。时间的残酷和无情让母女俩都感到战栗，但黄素琼故意视而不见，假装一切都丝毫未发生改变。

永远是在饭桌上，母亲不停地讲着昨夜的梦，一条蛇钻进了她的长筒靴里，是在热带生活过的恐怖经历的后遗症。她曾担任尼赫鲁两个姊妹的社交秘书："嚇！那是架子大得不得了，长公主似的。"自从母亲搬来，张爱玲便像空气一样，变得似有若无，她也希望母亲能够对她视而不见，但黄素琼偏偏注意到女儿的心不在焉，生气地道："反正我讲的这些事你们也没有兴趣。"于是草草结束。但下回还是忍不住要讲。一次张爱玲突然听到自己的名字，唬了一跳，"小煐反正是板板的……"她母亲说。她怎么跑到母亲梦里去了？而且梦里梦外都不能让她母亲满意。突然叫她小名展现出的亲昵也让她不适应。她费尽气力想听，却还是听不进去。这次回来黄素琼曾告诫女儿："我看你还不是那十分丑怪的样子，我只要你答应我一件事，不要把你自己关起来。"对于母亲的训话，张爱玲总是静默恭顺地聆听，从不辩解或反驳，以一种合乎规矩、几乎不会出错的方式应承、微笑，母亲看在眼里，却止不住地气恼和伤心，因为知道自己的话触碰不到女儿，她们之间阻隔着铜墙铁壁，母亲慌乱、焦急、恼怒、无助，眼睁睁地看着女儿像一颗流星一样，正在以一种可怕的速度从她身边远遁和逃离，虽然此刻她们明明近在咫尺。张茂渊私下偷偷向张爱玲抱怨："看了电影非要讲给人听，早上起来非要告诉人做了什么梦……"又悄悄叮嘱她："你以后少到我房间里来。"是怕黄素琼以为她们背后说什么，或者她们之间亲密更甚于己，看着让人不舒服。她对待母亲远比姑姑更为小心谨慎，怎么会连这个都想不到？所以微笑着道："我知道。"一次黄素琼看了琼·克劳馥的《米尔德里德·皮尔斯》，一位为了子女牺牲了自己的催人泪下的母亲，结果女儿不但不感恩，还抢母亲的情人，"哎呦！我看了哭得不得了，真是——"她母亲说着说着，声音突然就哽咽起来。张爱玲竭力不去感觉，反正不过是从什么上面都能联想到她的不好。她们之间又陷入了母亲住在香港浅水湾饭店时期的状态，表面上一切正常，但每个人都知道不对了，却又被困在亲情和习俗的轨道上，无力挣扎。时间变得漫长而阴郁，盼望着发生点什么事情来将生活带离现有的轨道，但偏偏什么事情都不发生。张爱玲对一切都失去了感觉，逐渐地，也就真的彻底麻木起来，冬天腿上被热水袋烫出一个大泡都不知道，肿得有鸡蛋大，逐渐化脓，变成了黄绿色。"我看看，"她母亲说，"这泡应该戳破它。"母亲一向随身的急救药品都很齐全，将一把小剪刀消过毒，刺破了泡，让脓水流干，又将破裂的皮肤小心地剪掉。张爱玲能感觉到母亲冰凉的手指微微颤抖着，是怕弄疼或者误伤了她？若在小时候，能够与母亲如此亲近，得到母亲如此细心温柔的照料，她会兴奋得发狂，可是她们都早已不习惯也不会爱了，所以张爱玲依旧硬起心肠。她母亲大约也渐渐地感到了绝望，赌气似的念叨要到西湖跟着一位娘家亲戚去出家修行，后来又开始不断提起，并最终决定再次动身去马来西亚。以前总是说"我回来总要有个落脚的地方"，所以预付给张茂渊一半房租，但这次姑嫂二人彻底清了账，看来她母亲是再也不打算回来了。看着行期未到，母亲便拖着 20 来件行李急不可耐地提前离开重华新村，住进国际饭店，联想到接船时亲戚们都笑她行李多，张爱玲才憬然有悟，母亲这次回来是不是有心跟她长住？人老了，便会逐渐发现什么都靠不住，她母亲不就对姑姑抱怨："一个女人年纪大了些，人家对你反正就光是 sex（性）。"还是血脉至亲多少能有所关切眷顾，何况女儿曾经大红大紫，如日中天。母亲没有替舅舅一家出气，惹得他们失望不满，张爱玲一直以为是母亲觉得女儿的成就让她面上有光，现在看来，恐怕更多的是母亲当时已经在考虑将女儿当作自己最后的归宿，但冰冻三尺远非一日之寒，在几次浅尝辄止的释放善意、谋求和解之后，母亲便迅速失去了耐心，心灰意冷地远走他乡。

桑弧来了。这一年多来，他是她生活中唯一的慰藉和亮色。他碰到过黄素琼两次，张爱玲没有为他们做过介绍，第一次是因为他和张爱玲那时也还不熟，第二次是他们俩坐在客厅里说话，门突然打开，又砰的一声被关上，张爱玲背对着门，转头看时恍惚瞥见是她母亲，桑弧正对着门，也吓了一跳，有些感觉恐怖地低声道："像个马来人。"其实是她母亲的肤色在印度晒黑了，奇怪的是随着肤色的改变，母亲的性情也变得阴郁起来，焦躁易怒，似乎对什么都不满意。隔天张爱玲看见母亲叫来裁缝，满面怒容地对着镜子试穿旗袍，迟钝得也没想到是因为没给她介绍桑弧而生气，误会女儿嫌她穿得不够体面。

这一向他们出去约会的时候多。有时候晚上桑弧送她回来，不愿意被别人看到，两个人便坐在楼梯上闲话，她的苍绿色大衣的下摆铺开在石阶上，像一朵在清盈盈的月色里盛开的花儿。一想到两人这个年纪，谈个恋爱竟还像少年一样无处可去，张爱玲不禁无奈地笑道："我们俩应当叫'两小'。"桑弧也笑："哎，两小无猜。我们可以刻个图章'两小'。"她对这种文人雅趣一向兴趣不大，所以只是微笑不语。她去过他家里一次，乱哄哄的一大家子，看得出他大哥对她不满意，事实上也确实嫌弃她名声不好，桑弧口风很严，倒从来不提。除了他的两个知交，和姑姑张茂渊，几乎没有人知道他们之间的关系，她也很高兴这样，大报小报追着她骂了几年，一旦得知她有了新恋情那还不像猫儿闻见了腥，别再带累坏了他。他们对未来有很多打算，从前胡兰成说"我们将来"的时候，她总不能想象，现在却满心盘算着要找个可爱的小房间，像上班一样，天天白天去，晚上回来，这样即使他那一大家子晚上都来也没关系。

他看出她这一向的灰暗心境，但只有在母亲离去后，她才愿意开口向他解释她和母亲之间那些不愉快的过往。黄昏的时候，两个人互相依偎着，他这才彻底了解到她心底的创伤，"给人听着真觉得我这个人太没良心。"末了她黯然道。他理所当然站在她的角度考虑问题，因此道："当然我认为你是对的。"她听了尽管多少有些安慰，但心底沉重的负罪感却依旧挥之不去。不爱母亲，这是她一生都要背负的原罪。

弟弟小魁从杭州回来过两次，和黄素琼见了几面，又单独吃了顿饭，这次回来母亲已经走了。张爱玲从抽屉里取出一个棉纸小包，打开来是一小撮红蓝宝石，"这是三婶给你的，说等你结婚的时候给新娘子镶着戴。"小魁脸上忽然现出狂喜的表情。还从来没有人提起过他的婚事，连他自己都不知道还会不会有那一天。从前黄素琼总是很有信心："只有这一个儿子，总会给他受教育的。"现在虽然不再提受教育的事，也还是相信无后为大，总会给他娶亲。可结婚是要花钱的，张爱玲太了解他父亲对于金钱的恐慌，何况他现在的生活越来越捉襟见肘，闲来竟研究起祖制，靠给亲友们指导如何置办丧事度日，又让儿子小魁负担他们夫妻俩的家用，一向孱弱的小魁终于硬气了一回，坚持让他们先戒除鸦片。曾经庞大的祖产已经逐渐被张志沂挥霍一空，生活的排场却一点不肯缩减，家里每天鸡鸭不断，咸鸭蛋只吃蛋黄不吃蛋白，炒鸡蛋要用最鲜嫩的香椿芽，国外进口的火腿、罐头肝肠样样都要有，汽车总是最时髦的新款，应酬往来更是一点不肯让人笑话，每年旧历新年宴请宾客、聚众赌钱，场面输赢都大得吓人。1948年，张志沂终于被迫卖掉了上海的最后一处房产，到手的美钞、黄金被他不听劝阻地换成金圆券，没两三月，随着物价的疯狂上涨，便都变成了废纸，张志沂和孙用蕃只得搬进江苏路一处只有14平方米的小出租屋，厨房厕所都要与十几户人家共用，张家从前连佣人住的房间都要比这强上百倍。痛定思痛，张志沂夫妻终于戒掉了鸦片。小魁这次回来带了不少差旅费，张志沂看见便主动提出为他保管。张爱玲听了心里猛地一沉。果然怕什么来什么，等小魁想要拿回钱的时候，张志沂却若无其事地道："已经花掉了呀！"张爱玲又痛又气。痛的是她父亲怎么落到这步田地，连自己的亲生儿子都要算计！气的是小魁糊涂大意，怎么能把钱带回家里，让父亲有机会做出这么丢脸的事。听着弟弟处处回护孙用蕃，批评指责父亲，张爱玲越发心烦意乱，于是岔开话题笑道："三婶分了两份叫我拣，我拣了一副翡翠耳环。"小魁"哦"了一声，本来就大的眼睛倏忽瞪得更大更圆。"他认为我挑了更好的。"张爱玲心下一愣，刚刚因为弟弟遭受损失而对他产生的同情瞬间荡然无存。等了一会儿，见姐姐面色不渝，始终没有将那副翡翠耳环拿出来给自己看的意思，小魁微笑着，故作不经意地将珠宝揣进裤袋走了。姑姑一回来，张爱玲急于摆脱焦躁烦乱的心境，便将事情讲给她听，张茂渊果然也生了气。出乎意料的是，她不是生张志沂的气，而是气小魁："听他这口气，你三叔已经老颠倒了，有神经病，东西都该交给他管了。"张爱玲非常吃惊，暗忖："她怎么还卫护这倒过她戈的哥哥？还是像人有时候，亲人只许自己骂，别人说了就生气？"后来才明白都不是。姑姑是在卫护他们这一代人的威严和权力，不喜欢也不允许"长江后浪推前浪"。

那副翡翠耳环放了一年也没有戴过，每次一拉开抽屉看到就会感到说不出的难受，因为总会触景生情想起她母亲和弟弟，于是下定决心，拿到一家旧首饰店由姑姑帮着讲价卖掉了。

除了在1947年底出版了《传奇》增订版①，这一年多来，张爱玲在创作上再次陷入了停顿。1948年底，母亲的离开终于让她像被活埋的人重见天日一样，长吁一口气，旋即《太太万岁》的大卖更是一扫阴霾，场场爆满不说，观众的笑声更是从头到尾都没有断过。影片在温州上映，温州中学全体师生包场观看，其时已在该校初中部做上教员的胡兰成听着周围校长、同事齐声欢笑赞好，更是兴奋得无可不可，一时忙着向这人解说，一时又怕那人看不懂，及至剧终银幕一把打开的折扇上映出"编剧 张爱玲"几个大字，他还意犹未尽，恨不能让全场的人都知道他和张爱玲曾经的亲密关系。

桑弧也曾经郑重问过张爱玲，她和胡兰成究竟到了什么程度。"不过是他临走的时候——"她心虚地微笑着道。知道中国人的贞操观念，竭力在不完全扭曲事实的前提下，将事情弱化到一个可接受的限度。知道她从来不撒谎，桑弧倒真的信了，迟疑了一下，到底还是不快地道："那岂不是'献身'？"她心底一阵抑制不住地憎恶，强行克制着没让他看出来，同时也才恍然大悟，出于和她同样的掩饰心理，胡兰成在他和小周的关系上也撒了谎。

---

① 《传奇》增订本由山河图书公司出版发行。公司名字由龚之方虚构，实际负责出版发行的就是龚之方和唐大郎（当时沪上著名的打油诗作家）二人，公司的地址电话也是二人日常写稿的地方。桑弧和龚之方还特意拜访当时上海著名金石书法家邓粪翁，请他为《传奇》增订本题写书名。张爱玲又在每本书的版权页上用印泥盖上自己的印章，以示郑重。

她以前只简单涂点口红，在 28 岁那年才开始搽粉，只因为桑弧惊讶地问道："你从来不化妆？"她也听说那些女明星不化妆是不见人的，他那么俊美的人，整天待在莺莺燕燕的万花丛里……总是女人对于年龄更加恐慌，30 岁就好像是人生的一道分水岭，人生的好时光都已经过完，被永远地留在了这一边，尽管实际上他要比她大上四岁。看着她笨拙的动作，他禁不住在旁指点道："这里再搽点。"她依言在眼窝和鼻洼之间再补上点儿粉，嘴上却笑道："像脸上盖了层棉被，透不过气来。"上回也是这样，他指着她大衣下摆的羊毛穗儿说："这些须头有点怪。"她便立刻把它剪掉了，虽然明知道剪完之后大衣会有点儿短。知道她一直在刻意地妥协迁就自己，他也有点不好意思地笑笑。他的眼睛非常漂亮，沉默的时候尤其显得神秘而深邃。感情真是没有道理可讲，原来因为一张脸就会迷醉一个人。关上房门，他们终于有了一小方自己的天地。他喜欢把头枕在她腿上，任由她抚摸着自己的脸，心醉神迷的寂静中她却忽然悲从中来，因为知道，人生一切美好的东西都如汤汤流水，挽留不住。她跟他一起出去参加过两次电影人的聚会，看着他跟同行专注而认真地切磋谈讲，不由得暗暗心折，因为他的风采魅力让周边的明星们都有些黯然失色。连姑姑跟桑弧聊过天后也说："看他坐在那里倒是真漂亮。"跟他在一起，她仿佛又回到了青涩的少女时代，也第一次相信，命运也会对她有所偏爱，在峰回路转之后，给了她一个和初恋同样美，但却明显要更好的人。一次姑侄闲话，张爱玲笑道："我怕我对他太认真了。"张茂渊摇摇头，几乎是不屑地道："没像你对胡兰成那样。"总说旁观者清。张爱玲闻言万分诧异，却又无言以对。

1949 年，时代的巨变即在眼前。耗时 4 年的内战终见分晓，5 月，人民解放军渡过长江，兵临上海城下，27 日，一身戎装的夏衍①跟随司令员陈毅进驻上海，正式接管文化工作。去世前一年在为《大江东去——沈祖安人物论集》作序时，夏衍写道：

　　　　张爱玲一直是个有争议的人物。她才华横溢，二十多岁就在文坛上闪光。上海解放前，我在北京西山和周恩来同志研究回上海后的文化工作，总理提醒：有几个原不属于进步文化阵营的文化名人要争取把他们留下，其中就谈到刘海粟和张爱玲。总理是在重庆就辗转看过她的小说集《传奇》，50 年代我又托柯灵同志找到一本转送周总理。

　　这正是日后夏衍点名让张爱玲参加上海第一次文代会和苏北土改的缘由。1952 年 7 月，张爱玲不顾官方挽留，悄悄离开内地，前往香港，在港期间又创作被认定具有反共色彩的长篇小说《秧歌》和《赤地之恋》，自此她在内地彻底销声匿迹，不但作品不见出版，连在文学史上也无影无踪。直至 1968 年，台北皇冠出版社出版张爱玲的作品集，迅速在台湾掀起张爱玲热，20 世纪 80 年代中期，随着改革开放，这股热潮由台湾燃至大陆，大陆读者才骤然发现，原来在 20 世纪 40 年代，中国文坛上曾经出现过一位这样的天才女作家。1985 年 2 月，应刘以鬯之邀，柯灵在《香港文学》上刊文《遥

---

　　①　中国左翼文化运动的组织者和领导者。1949 年后，任上海市委常委、上海宣传部长、上海文化局局长，文化部副部长、中国文联副主席等职。

寄张爱玲》，追忆当年，详述和张爱玲的渊源以及张爱玲的文学之路，其中写道：

> 任何事物都有复杂性，不像一般观念所理解的那么简单。左翼阵营里也不乏张爱玲的读者，"左联"元老派的夏衍就是一个。抗战结束，夏衍从重庆回到上海，就听说沦陷期间出了个张爱玲，读了她的作品。解放后，他正好是上海文艺界第一号的领导人物。……夏衍从不讳言自己爱才……上海电影剧本创作所成立，夏衍亲自兼任所长，我被委任为他的副手。他告诉我，要邀请张爱玲当编剧，但眼前还有人反对，只好稍待一时。我来不及把消息透露给张爱玲，就听说她去了香港。……后来夏衍调到文化部当副部长，我还在上海书店的书库里，购了《传奇》和《流言》，寄到北京去送给他。

柯灵的这篇文章流传广、影响大，但对照夏衍晚年的记述可以看出，其中还有柯灵并不知道的内情。

尽管外面风云变幻，但随着个人生活的渐趋稳定，张爱玲还是迅速恢复并投入创作。当时很多文人举家迁往香港，上海的十多种小报因此停刊。已经就任文管会副主任的夏衍上马伊始就找到龚之方，要他和唐大郎组织一个能力强、素质好的班子，并表示新中国允许小报存在，但必须端正风气，向读者提供有益的多样化的娱乐性趣味性文字，不可迎合小市民庸俗下流的低级趣味，这就有了 1949 年 7 月创刊的《亦报》，以及冯亦代、陈蝶衣等人改组《世界晨报》而成的《大报》。对于这两张报纸，夏衍每天必定过目。由于张爱玲与龚之方、唐大郎之前的合作，她新创作的长篇小说《十八春》①便交给《亦报》，从1950年4月起开始连载，历时十个月完毕，1951年11月，上海小报社又为《十八春》出版了单行本，张爱玲离开内地前的最后一部中篇小说《小艾》亦是由《小报》连载。

值得关注的是，随着情感和社会人生历练的增加，张爱玲的文风此时出现了重大转变，由早期的华丽苍凉一变而为平淡而近自然，那是张爱玲有意识地向她最推崇的中国古典小说传统回归。文风的素朴让人几乎找不到张爱玲从前的影子，却依旧处处透露着其独特的张式天才视角。不过这一尝试的成功之作不是长篇小说《十八春》，而是张爱玲自己后来表示并不喜欢的中篇小说《小艾》②。

《十八春》以笔名"梁京"发表，是桑弧代取的，他没解释，她也不问，但私下理解是"梁朝京城"之意，有"西风残照，汉家陵阙"的意境，暗指她的家庭背景，蕴含着千古兴亡之感③。《十八春》连载后反响热烈，轰动一时，报社编辑不断接到读者来信，甚至有位汪小姐因与女主人公曼桢经历相似，从报社问到地址，哭着找上门来要向张爱玲倾诉，吓得张爱玲躲在门内不知如何是好，

---

① 《十八春》是张爱玲发表的第一部长篇小说，后改名《半生缘》。她真正创作的第一部长篇小说应为《描金凤》，但因为其内容描写的是与胡兰成的恋情，因为时代氛围不宜，最终没有发表，稿件亦下落不明。

② 因为当时出版的需要，张爱玲为小艾添加了一个光明的结尾，1987年收入《余韵》时特意将其删掉。这种少有的违心之举应是张爱玲不喜欢《小艾》的一个主要原因。

③ 这是张爱玲后来向挚友宋淇夫妇谈到的理解。但结合桑弧为自己取的笔名"叔红"来看，"梁京""叔红"应该分别是从"张爱玲""桑弧"韵母、声母调换后反切得来。

还是姑姑出面好说歹说地将她劝走了。龚之方和唐大郎将张爱玲的作品当作重中之重，提前三天即登出预告，称《十八春》乃名家之作，正式刊登前一天又发表桑弧以笔名"叔红"写就的文章《推荐〈十八春〉》：

> 他即使写人生最黯淡的场面，也仍使读者感觉他所用的是明艳的油彩。因此也有他的缺点，就是有时觉得他的文采过于浓丽了，虽然这和堆砌不同，但笔端太绚烂了，容易使读者沉溺于他所创造的光与色之中，而滋生疲倦的感觉。梁京自己也明白这一点，并且为这苦恼着。

> 就一个文学工作者说，某一时期的停顿写作是有益的，这会影响其作风的转变，我读《十八春》，仿佛觉得他是在变了。文章比从前来得疏朗，也来得醇厚，但在基本上仍保持原有的色调。同时，在思想上，他显出比从前沉着安稳，这是他的可喜进步。

尽管获得了良好的社会反馈，但《十八春》却也暴露出了张爱玲不擅长长篇小说的弱点。和中短篇小说讲究精细刻画不同，长篇小说的内容和主题更厚、更广，也更考验作者的叙事能力和架构能力，如何谋篇布局，如何控制节奏，如何有条不紊地交织线索，详略得当、主次分明地刻画人物，又如何千里伏线，耐心地铺垫累积冲突，这些都需要统观全局，冷静而克制地删繁就简、剪裁精当，而张早期过于精致华美的风格先天就与此不合。张在有些并不成功的中短篇小说中就已经体现出的问题：架构故事能力弱，疏于剪裁，过于雕琢细节而整体乏力，不够节制，在长篇小说中被进一步放大，造成整体故事的琐细、单薄、松散，甚至垮塌。如张炎评吴文英词："如七宝楼台，眩人眼目，碎拆下来，不成片段。"张在其出色作品中展现出的卓越的细节刻画能力、意象创造能力、精细入微的情景交融的心理描写能力在此都于事无补，因为无法依靠一些精妙绝句和个别精彩的场面来撑起一部长篇作品，张在中短篇小说中展现出的优点到了长篇小说这里反而成了一种限制。但是到了《小艾》，张爱玲再次回到了她擅长的领域。依旧是她最熟悉的大家族题材，她对其中的人物和氛围可谓是谙熟于心，一个细微的动作，一个不引人注意的眼神，她都能准确地领略出其中的含义，篇幅的缩小，反而让她能够更加从容地驾驭，自由地腾挪。虽然文字的华彩已然褪去，但对人性刻画的深度却依旧力道不减。如席五爷和三姨太太忆妃长年在外，五太太在家伺候婆婆，和小姑侄女们相伴，这日五爷回来看望母亲，五太太凑巧正在婆婆跟前，夫妻相遇的这段描写：

　　五太太正是六神无主，这里门帘一掀，已经有一个男子走了进来，那女佣叫了声"五老爷"。这席五老爷席景藩身材相当高，苍白的长方脸儿，略有点鹰钩鼻，一双水灵灵的微爆的大眼睛，穿着件樱白华丝纱长衫，身段十分潇洒，一顶巴拿马草帽拿在手里，进门便在桌上一搁……五老爷便在下首一张椅子上坐了下来。五太太依旧侍立在一边。普通一般的夫妻见面，也都是不招呼的，完全视若无睹，只当房间里没有这个人，他们当然也是这样，不过景藩是从从容容的，态度很自然，五太太却是十分局促不安，一双手也没处搁，好像怎么站着也不合适，先是斜伸着一只脚，她是一双半大脚，雪白的丝袜，玉色绣花鞋，这双鞋似乎太小了，那鞋口扣得紧紧的，脚面肉唧唧的隆起一大块。可不是又胖了！连鞋都嫌小了。她急忙把脚缩了回来，越发觉得自己胖大得简直无处容身。又疑心自己头发毛了，可是又不能拿手去掠一掠，因为那种行动仿佛有点近于搔首弄姿。也只好忍着。要想早一点走出去，又觉得他一来了她马上就走了，也不大好，倒像是赌气似的，老太太本来就说景藩不跟她好是因为她脾气不好，这更有的说了。因此左也不是右也不是，站在那里迭了半天，方才搭讪着走了出来。一走出来，立刻抬起手来拢了拢头发，其实头发如果真是蓬乱的话，这时候也是亡羊补牢，已经晚了。她的手指无意中触到面颊上，觉得脸上滚烫，手指却是冰冷的。

再比如五太太的女仆小艾被五爷醉酒强暴后生下孩子，五太太嚷嚷着要卖掉她，最后因为拖沓软懦的个性也没实施，老太太去世后分家单过搬到弄堂里也还带着她。小艾傍晚收衣服时留意到对面露台上总有一个年轻人在看书，这日五太太的猫走失，小艾遍寻不着：

回到家里来，才掩上后门，忽然有人揿铃，一开门，却吃了一惊，原来就是对过屋顶上常常看见的那俊秀的青年，他抱着个猫问道："这猫是不是你们的？"越是怕他听见，倒刚巧给他听见了。小艾红着脸接过猫来，觉得应当道一声谢，却一个字也说不出来，那青年便又解释道："给他们捉住关起来了——我们家里老鼠太多，他们也真是，也不管是谁家的，说是要把这猫借来几天让它捉捉老鼠。"小艾便笑道:"哦,你们家老鼠多?过天我们有了小猫,送你们一个好吧?"那青年先笑着说"好",略顿了一顿,又说了声:"我就住在八号里。我叫冯金槐。"说着,又向她点了个头,便匆匆地走开了。小艾抱着猫关上了门,便倚在门上,低下头来把脸偎在那猫身上一阵子揉擦,忽然觉得它非常可爱。

冯金槐在印刷厂做排版工,只有星期日休息,两人便都在这天故意跑出去,借着偶遇打个招呼,搭句讪。后来有两周没见,又看到对面露台上晾出女人的衣裳,联想起前些时八号房里有人办喜事,小艾忽然不安难过起来,借着送猫仔过去一探究竟。原来冯金槐是借住在表弟这儿,表弟结婚,他已经搬走了。回来路上:

太阳晒在身上很暖和,心里也非常松快,但同时又觉得惘然。虽然并不是他结婚,但是他已经搬走了。她又好像得到了一点什么,又好像失去了什么,心里只是说不出来的怅惘。

又过了几个月,天气转冷,在门口生炉子的小艾遇见金槐,金槐不好意思说特意来找她,只能对小艾是否来看他表弟的问题不置可否,结果小艾进屋后放心不下再出去,金槐却还在外面守着没走:

她并没有发问,他倒先迎上来带笑解释着,道:"我想想天太晚了,不上他们那儿去了。"他顿了顿,又道:"因为正是吃晚饭的时候,回头他们又要留我吃晚饭,倒害人家费事。"小艾也微笑着点了点头，应了一声……两人一面闲谈着，在不知不觉间便向弄口走去。也可以说是并排走着，中间却隔得相当远。小艾把手别到背后去把围裙的带子解开了，仿佛要把围裙解下来，然而带子解开来又系上了，只是把它束一束紧。

走出弄口，便站在街沿上。金槐默然了一会，忽然说道："我来过好几次了，都没有看见你。"小艾听他这样说，仿佛他搬走以后，曾经屡次地回到这里来，都是为了她，因为希望能够再碰见她，可见他也是一直惦记着她的。她这样想着，心里这一份愉快简直不能用言语形容，再也抑制不住那脸上一层层泛起的笑意，只得偏过头去望着那边。金槐又道："你大概不大出来吧？夏天那时候倒常常碰见你。"小艾却不便告诉他，那时候是因为她一看见他出来了，就想法子借个缘故也跑出来，自然是常常碰见了，她再也忍不住，不由得噗嗤一笑。金槐想问她为什么笑。也没好问，也不知道自己说错了什么话，只管红着脸向她望着……"

一切华丽繁复的技巧在此都被舍弃，但对男女主人公含蓄情感的刻画与递进却依旧细腻而富有层次，朴素而动人。

1950 年 7 月，张爱玲作为"文学界代表"受邀出席上海第一届文学艺术工作者代表大会。她参会登记的名字是"梁京"，与唐弢、孙大雨、郭绍虞等名家并列，也可看出她的受重视程度。柯灵在《遥寄张爱玲》中记述道：

会场在一个电影院里，记不清是不是有冷气，她坐在后排，旗袍外面罩了件网眼的白绒线衫，使人想起她引用过的苏东坡词句，"高处不胜寒"。那时全国最时髦的装束，是男女一律的蓝布和灰布中山装，后来因此在西方博得"蓝蚂蚁"的徽号。张爱玲的打扮，尽管由绚烂归于平淡，比较之下，还是显得很突出。

张爱玲在《流言·童言无忌》中曾写道："对于不会说话的人，衣服是一种言语，随身带着的一种袖珍戏剧。"而坐在一群无声地说着与她不同语言的人中间，张爱玲是何感受？服装的整齐划一象征着的是思想上的大一统，而作为一个在衣服上尚且不肯放弃自我风格的人来说，她在思想上又能做出多大的妥协？桑弧在这方面显然比她转变得要快，虽然也有些惶惶不安，踉踉跄跄，但他在努力跟上时代的步伐。他和张爱玲原本打算将《金锁记》改编成电影的计划因为社会的剧变而搁浅，新导演的电影《太平春》则受到批判，被指责犯了温情主义的错误，违背生活逻辑和人物的阶级属性，而就在《文汇报》上发表严厉批评文章的前一天，张爱玲刚在《亦报》上发表影评《年画风格的〈太平春〉》：

我看到《大众电影》上桑弧写的一篇《关于〈太平春〉》，里面有这样两句：'我因为受了老解放区某一些优秀年画的影响，企图在风格上造成一种又拙厚而又鲜艳的统一。'《太平春》确是使人联想到年画，那种大红大紫的画面与健旺的气息。

我们中国的国画久已和现实脱节了，怎样和实生活取得联系，而仍旧能够保存我们的民族性，这问题好像一直无法解决。现在的年画终于打出了一条路子来了。年画的风格初次反映到电影上，也是一个划时代的作品。

虽然这次批判以夏衍在文汇报社一次工作会议上的表态^①而暂告结束，但桑弧和张爱玲还是切实感受到了现实的压力，自由创作的时代已经终结，未来即便循规蹈矩，也不免动辄得咎。

9月中旬，上海市文协向全体会员发出通知，要求文艺工作者响应文联土改委员会号召，踊跃积极地参加华东土改。大约在当年底，张爱玲被安排前往苏北农村，这三四个月怵目惊心的经历后来被她写进长篇小说《秧歌》和《赤地之恋》。

1951年春，《十八春》连载结束时，小魁来曾问过她未来的打算，张爱玲目光望向白色的墙壁，只是一味地沉默。她的命运已然注定，只是她还在等待一个答案。

这一年她和桑弧的见面明显减少，时代巨浪的冲击之下，两个人都有些身不由己，立足不稳。

这是从未有过的肃杀的秋天。秋雨下个不停，有时大，有时小，连绵不绝，仿佛一直会下到世界的末日。桑弧已经有很多天没来了，焦急等待的张爱玲在笔记簿上写道："雨声潺潺，像住在溪边。宁愿天天下雨，以为你是因为下雨不来。"已经停经两个月，她不免忧心如焚。终于他来了，瘦得分外憔悴，她靠在藤躺椅上，不停地流着泪。"爱玲，你这样流眼泪，我实在难受。"桑弧坐着微笑俯身向她，胳膊肘支在膝盖上，两只手交握着。"没有人会像我这样

---

① 夏衍在会议上表示："《文汇报》上梅朵对《太平春》的批评是不正确的。本片在小市民中起了很大的教育作用；以桑弧过去的作品来看，这是一个飞跃的进步，应当肯定地加以赞扬。它有些小毛病，但并不严重。"

喜欢你的。"张爱玲道。"我知道。"桑弧回道。前途渺渺，两个人都有些惶惑无所适从，但桑弧仍然勉强笑着道："那也没什么，就宣布——"他的意思是结婚。可别的不说，他大哥先就反对，认为写作不是个正经工作，何况她的名声又那样，作为汉奸妾被小报追着骂了几年，再加上这样的时势……她略一思忖，只觉四面楚歌，前景黯淡，不由得又落下泪来道："我觉得我们这样开头太凄惨了。""这也没有什么。"到底是个君子，尽管知道前面困难、阻碍重重，他仍努力安慰她道。

虽说如此，他仍私下找了个妇产科医生替她检查，次日来听消息。结果证实是一场虚惊，她并没有怀孕，但却意外检查出子宫颈折断过。她也想过不合盘托出，但他认识那女医生，与其将来从别人嘴里听说，还不如自己预先告诉他的好。在生命最隐秘的核心——性与生殖——中，一个男人的名字浮现上来。他们俩都第一时间想到了，却又都不愿意说出口。桑弧只是面无表情。

时势一变，小魁丢了银行的工作，在里弄失业登记处登了记，"现在当然只好跟他们走。"他说，只是惋惜："我倒刚巧做了几套西装，以后都不能穿了。"街上来来往往的人无论男女，无一不穿着蓝色人民装，"那衣服太呆板，我是绝不穿的。"张爱玲说，语气淡淡的，小魁却震骇得仿佛听到了一声惊雷。桑弧来了。她曾告诉过桑弧，他和她弟弟小时候很像，小魁则是第一次在姐姐这里碰到男性，两个人都对对方格外留意。小魁走后，桑弧仿佛受到刺激似的笑道："这个人真是生有异相。"她吃惊之下，才第一次从外人的角度去看她弟弟，原来他老早就不再是那个漂亮的小男孩儿了，青春期发育的时候仿佛还有点犹豫，要不要再继续漂亮下去？但最后到底选岔了路，五官彻底失衡起来，再加上言行局促不当，倒有了一种怪异的味道。说这样一个人像桑弧，桑弧当然吃惊，可猛然之下，张爱玲甚至想不到解释：弟弟小时并不是这样的，那时候的他是真的漂亮。

他们俩都在各自做着打算。柯灵做了《文汇报》副社长、上海作协书记处书记，另外还兼着几个文化部门的重要职务，桑弧邀请他和几个朋友一起吃饭，虽然没有明说，也看得出是为了补偿，想要再帮她找找门路。无奈柯灵在饭桌上根本不大开口，跟她更是一句话都没有，吃完立刻起身走开了。柯灵前两个女人都离掉了，新近又娶了一个，说起"那天看预演，他原来的太太去找他——那时候那一个还没离掉，现在这一个还是同居——大闹电影院，满地打滚，说'当着你的朋友们评评这个理！'。柯灵也难堪亦无奈，道：'钱也给的，人也去的，还要怎样？'"桑弧又是笑，又是心有余悸。虽然没有明说过，但自从那次体检之后他们之间就没有了未来，他经人介绍新认识了一位职业女性，当然怕他结婚时她也会前去大闹。张爱玲只微笑着不言不语。也许到时候，她已经远走高飞。从苏北农村回来后，她就一直在犹豫，是不是应该申请续读港大以离开内地？龚之方数次来跟她商讨出版《十八春》单行本的事宜，又受夏衍嘱托询问她未来是否会留在上海，同时透露夏衍重视也有意用她，只是目前尚有反对的声音，还需待以时日。她只沉默地听着。最让她意想不到的是，龚还受吴性栽和唐大郎所托，要为她和桑弧撮合做媒。这么久了，他们竟然没有看出一点蛛丝马迹？那当然更不知晓他们已经走到了末路穷途。张爱玲心中长叹，只能无奈地摇头，摇头，再摇头。隔了好些天桑弧才再来，心神不宁地绕着圈子踱来踱去，像有什么想说又张不开口，她尽管心中刺痛，也还是笑着问他："预备什么时候结婚？"他这才笑着回道："已经结了婚了。"最后一丝牵挂着她的线也断了。虽然早就预料到会有这么一天，但这一天真的到来，她还是轰然若失。看着平素那么难得对什么做出反应的她脸上的惨伤，他心里也觉着难过，回去托人悄悄嘱咐几家相熟的报社，以后不要再刊登有关他私生活方面的消息，以免刺激到她。

那年平安夜，她在炎樱家待到很晚。炎樱现在有好几位裙下之臣，她对无经验的人热辣地挑逗撩拨，对有经验的人则一脸无辜的天真，将他们耍得团团转。当晚一位男士请炎樱出去吃茶点，也带着张爱玲，送她们回来时他忽然红着脸上前，低声对炎樱道："我能不能今年再见你一面？"张爱玲在旁边听得心中一震。因为五年前，桑弧也对她说过一模一样的话。

经过几个月紧张的暗中筹备奔波，1952年6月，"三反""五反"运动正进行得如火如荼之际，张爱玲辞别姑姑，为了避免将来牵累姑姑，两个人约定从此互不通音信。她悄然乘火车先到广州，然后转往深圳，心慌意乱、忐忑不安地拎着两只笨重的皮箱，夹在一长列人中间，一步一撞地走上了警卫森严的罗湖桥①。

时光如指间沙，连绵一线，不停流去。童年，少年，缠绵热烈的青春爱恋，故乡，自此都成过往，无法再回头。

---

① 跨越深圳河上，连接深圳与香港的一座桥。之前管理不严格，深圳的农夫可以挑着担子去香港卖菜。1949年后，罗湖桥两边都开始戒备森严，香港方面甚至架起铁丝网，防止内地人偷渡过去。

第四章

海内存知己

执子之手

相濡以沫

哀乐中年

繁华背后尽苍凉

海内存知己

一个知己就好像一面镜子，反映出我们天性中最优美的部分来。

———张爱玲·《张爱玲私语录》

港大基本还是老样子，在战火中被损毁的建筑已经修葺一新，唯有校园后面山上的小树明显长高长长粗了，张爱玲踏上十余年前每天必走的通往半山女生宿舍的砖砌小路，一时只觉如梦似幻，被岁月的重量压得简直喘不过气来。正所谓："昔年种柳，依依汉南。今看摇落，凄怆江潭。树犹如此，人何以堪。"

这次入学，她的心情和10年前迥然不同。那时她风华正茂，心无旁骛，刻苦攻读，一心想依靠自己的努力拼出一个锦绣前程，可这次回来，她已三十有二，经历过人生的大起大落，更背负着两段情伤，相比于校园生活的单调狭窄，她更愿意到广阔的社会上去碰碰机会，所以她上课的同时，一边忙着用英文创作长篇小说《秧歌》，一边也留心着报纸上的各种消息和招聘广告。正巧美国驻香港总领事馆新闻处获得了海明威当年刚出版的小说《老人与海》的中文版权，正登报隆重征求翻译人选，张爱玲立即写信去应征。没几天收到通知，约她面谈。负责人是美新处文化部主任理查德·麦卡锡[①]，另有一位身材高大、面容庄重严肃的中国人在座，他是翻译部的主编，名唤宋淇。

张爱玲缓慢得体、平和沉着，带有英国腔的英语给对方留下了深刻的印象，《老人与海》最后决定交由她翻译。稍熟以后，经麦卡锡询问，张爱玲才提及自己正在用英文创作《秧歌》。麦卡锡读过《秧歌》头两章之后，大为惊异佩服，断定张爱玲是个文学天才，但他本人与美国出版界并无来往，于是又把文章拿给正来港度假的美国著名作家、普利策奖得主马昆德。马昆德本来还说应酬太多，无暇翻阅，恰逢一晚大雨，窝在香港半岛酒店房间里的马昆德连夜读完，次日清晨即打电话告诉麦卡锡太太（麦卡锡刚好不在家）："我肯定这是一流作品。"遂答允由麦卡锡安排在其浅水湾家中与张会面。难得地，张爱玲和马昆德相谈甚欢，因为她一直很喜欢马昆德的小说[②]，而且《十八春》的故事结构即取自马昆德的长篇小说《普汉先生》。张爱玲的盛装引起了马昆德的兴趣，他好奇地向麦卡锡悄声询问：张爱玲的脚趾头为什么涂着绿彩？麦卡锡向张转述，张爱玲大窘，旋即大笑道："那是外用药膏。"因为她即使在室内走路也跌跌撞撞，经常磕碰受伤。宴谈之后，马昆德表示愿意带

---

① 毕业于爱荷华大学，主修美国文学，1947—1950年被派驻中国，任副领事，1950年被派驻香港，任美新处处长等职，其后又驻泰国、中国台湾、越南等地。张爱玲1961年的台湾之行便是由他促成。

② 张爱玲喜欢马昆德的小说，大约和喜欢张恨水一样，因为不高不低，"高如《红楼梦》《海上花》，看了我不敢写。低如杰克、徐訏，看了起反感。"（见《张爱玲私语录》）杰克是香港言情小说家黄天石的笔名，代表作有《名女人别传》《改造太太》。徐訏，20世纪30、40年代的著名通俗小说家，代表作有《鬼恋》《风萧萧》等，长期居住于上海，1950年移居香港。

样张返美，代为向自己的文学经纪人莫瑞·勒德尔推荐。大概正是在此次星期日午餐会上，张爱玲邂逅了后半生的挚友——宋淇的妻子邝文美。并从邝文美口中得知，原来宋淇夫妇一直是她的忠实读者，而且不约而同地，他们俩都最喜爱《倾城之恋》，认为它是完美之作。正是从张爱玲的文字里，邝文美认识了香港，熟悉了"澎湃的海涛，直溅到窗帘上，把帘子的边缘都染蓝了"的浅小湾饭店。

和张爱玲一样，宋淇夫妇也来自上海。宋淇是中国研究西方戏剧及理论的先驱、北京大学教授宋春舫之子，毕业于燕京大学西语系，留校担任助教，直至"珍珠港事变"燕京大学关闭才返回上海，邝文美则出生于一个天主教家庭，父母皆在美生活多年，邝文美在上海出生长大，中学时就读于与圣玛利亚学校齐名的另一所贵族女校——中西女中，1941 年从上海圣约翰大学毕业后亦留校任教。1946 年，宋淇与邝文美结婚，当时上海江苏路安定坊的 15 栋洋楼建筑皆是宋家的产业，其中 5 号由宋淇夫妇自己使用，余下毗邻的 1 号、3 号则分别出租给萧乃震、成家和 [①] 夫妇以及傅雷夫妇，当时住在附近的文人学者，如钱钟书夫妇、陈西禾等人，都经常到宋淇、傅雷两家聚会闲谈。

张爱玲在港生活三年后，于 1955 年 10 月移民美国，但她想用

[①] 成家和是上海美专的学生，刘海粟是该校校长，刘的好友傅雷任校办公室主任。后成家和与刘海粟结婚成为他的第三任妻子，一起生活 10 年后，二人离婚，成家和再嫁给德国留学生萧乃震，生下女儿萧亮（著名影星萧芳芳）。成家和有一胞妹，即成家榴，她和张爱玲是圣玛利亚学校的同学，她把自己与傅雷的恋爱故事讲述给张爱玲，张爱玲据此创作了《殷宝滟送花楼会》。

英文写作在美国闯出一番天地的想法并没有实现，生存的困难使她不得不再次转向中文写作。20 世纪 60 年代末到 70 年代，张爱玲的作品在台港两地掀起热潮，但此时，她已摒绝尘俗，近乎隐居，作为张爱玲后半生的知己，宋淇夫妇便成了读者和媒体了解张爱玲的重要渠道。在 1976 年同时刊于香港《明报月刊》和台湾《联合报》上的《私语张爱玲》中，宋淇写道：

> 那篇登在 1944 年《万象》杂志上《论张爱玲的小说》一文，引起了不少猜测……那么迅雨究竟是谁？原来是战前即从事翻译《约翰·克利斯朵夫》和巴尔扎克小说的傅雷。那时的文化工作者多数不愿写文章，即使发表，也用笔名，而且不愿别人知道。……爱玲当初也不知道作者是谁，还是南来后我告诉她的。她听后的反应是惊讶，但也并没有当作一回大事，因为爱玲向来对自己的作品最有自知之明，别人的褒贬很难摇动她对自己的估价。……傅雷终年埋首译作，极少写批评文章，那次破例写这样一篇评论，可见他对张爱玲作品的爱之深和责之切。

在 1975 年致夏志清的信中，张爱玲也写道："我不知道迅雨是傅雷的笔名，宋淇来信提起，原来就是傅雷那篇书评。"但张爱玲当时没有告诉宋淇的是，在得知那篇文评出自傅雷之手之前，她和傅雷已经另外有了一点瓜葛。1944 年 11 月，亦即傅雷文评发表的半年后，张爱玲在《杂志》上发表短篇小说《殷宝滟送花楼会》，男女主人公罗潜之、殷宝滟的原型分别就是傅雷和他热恋的成家和之妹——成家榴。事情起因是在圣玛利亚中学高张爱玲两班的成家榴主动登门拜访，向她倾吐衷肠，将傅雷和她的婚外恋情和盘托出：她期待的是一个美丽哀伤的故事，但结果却事与愿违。出于对精英阶层的不信任和自觉疏离，作为一个连对阿小、霓喜这样的底层小人物，以及曹七巧那样彻底被生活扭曲和异化的人物都愿意去体谅和理解的优秀作家，张爱玲在这部小说中罕见地采取了预设立场——矮化和嘲讽。

　　罗教授戴着黑框眼镜，中等身量，方正齐楚，把两手按在桌子上，忧愁地说："莎士比亚是伟大的。一切人都应当爱莎士比亚。"他用阴郁的、不信任的眼色把全堂学生看了一遍，确定他们不会爱莎士比亚，然而仍旧固执地说："莎士比亚是伟大的，"挑战地抬起了下巴，"伟大的，"把脸略略低了一低，不可抵抗地平视着听众，"伟大的，"肯定地低下头，一块石头落地，一个下巴挤成了两个更为肯定的……

罗潜之的妻子是个不起眼的、平庸的妇人，殷宝滟奇怪他们的结合。

　　潜之觉得了，笑了一声，笑声从他脑后发出。他说："因为她比我还要可怜……"他除下眼镜来，他的眼睛是单眼皮，不知怎么的，眼白眼黑在眼皮的后面，很后很后，看着并不觉得深沉，只有一种异样的退缩，是一个被虐待的丫鬟的眼睛。他说了许多关于他自己的事。在外国他是个穷学生，回了国也没有苦尽甘来。他失望而且孤独，娶了这苦命的穷亲戚，还是一样的孤独。

罗潜之极端、偏执、暴躁，一厢情愿地活在一个自以为崇高的世界里，逃避着现实，因为现实总会映照出他的无力和可笑，不过对于这个人物的最终否定却来自罗潜之疯狂爱恋着的殷宝滟。因为对殷宝滟的爱恋而不能得，他对自己妻子充满怨怒，以为她和孩子是自己幸福的障碍，甚至于家暴，没想到反而激起了殷宝滟对于罗妻的同情，下定决心不再登门。面对张爱玲"他为什么不能够离婚"的疑问，殷宝滟先只是说不愿牺牲罗潜之的孩子，在张爱玲解释自己父母就曾离婚，而她小时候并未因此比别的孩子更不快乐之后，殷宝滟沉思半晌，出乎意料地答道："不过你不知道，他就是离了婚，他那样有神经病的人，怎么能同他结婚呢？"

不管怎样，当宋淇告诉她"迅雨"的真实身份时，张爱玲并没有提起这部小说。20世纪80年代，张爱玲早年的文章陆续被张学爱好者发掘出来，她终于不得不面对这篇旧作，在1982年12月4日致宋淇夫妇的信中她写道："决定不收《殷宝滟送花楼会》进新小说集"，并说明："《殷宝滟送花楼会》写得实在太坏，这篇是写傅雷。他的女朋友当真听了我的话，到内地去，嫁了空军，很快就离婚，我听见了非常懊悔。"最后见不出版不行，她在1983年又特意补写了一段很长的"尾声"，在文章末尾罕见地借用申曲剧名表达了悔意："是我错。"

张爱玲在小说中所写有相当部分应该是成家榴讲述给她的实情，傅雷在《傅雷家书》中开篇也即悔恨自己从前对孩子的严苛，宋以朗在《宋家客厅》中也写道，上海时期，宋家保姆以前在傅雷家隔壁帮佣，就曾听见他大喊大叫、扔东西，或打自己的两个小孩，用人们私底下用上海话叫他"神经病"。毕竟年轻气盛，张爱玲很愿意去戳破那些满纸理想、道德，貌似背负着崇高使命的虚伪，她看到第一层矛盾违背就匆匆下笔，却未料人生的复杂性远超她的想象。1949 年 5 月，出于对未来的担忧，宋洪夫妇匆匆举家迁往香港。3 年后，张爱玲也悄然离开大陆。就在宋家南迁的一个月后，傅雷夫妇也曾携次子傅敏前往香港，观望了一段时间后，又于半年后不顾朋友挽留劝阻，辗转返回上海。通过不同的抉择，每个人都在匆匆奔赴自己的命运。1966 年 9 月 3 日凌晨，傅雷在"文革"中不堪受辱，与妻子朱梅馥从容赴死，双双自缢而亡。张爱玲这才认识到他暴烈性格中蕴含着的刚烈正直。晚年的张爱玲对《连环套》做出了比傅雷当年更严厉的批评。他们依旧是不同类型的人，性情更是天差地别，人生大道，各走一边，但这本来并不妨碍他们相互欣赏，彼此尊敬。

《老人与海》翻译得很快，1952 年 12 月即付梓出版，这是该书最早的中文版本，译者署名"范思平"。之所以使用笔名，是因为张爱玲不想引起太多关注，而且她刚到香港，对于当地文坛和社会风向并不了解，也更宜慎重。但张爱玲本人并没有等到书出版，因为当年 11 月，她即离开香港，搭乘货轮前往日本，投奔也已经离开中国、在日本做生意的炎樱，希望从那里能够更容易地移民美国。当然她并不知道，两年多前，差不多沿着相同的路径，胡兰成也已经由内地逃到香港，又由香港偷渡往日本投靠池田，此刻正租住在她此行的目的地——东京的一户人家里，与女主妇一枝双宿双飞。事实证明，张爱玲此次日本之行是一个草率的决定。她和炎樱的关系发生了一种微妙的变化。没有人喜欢永远充当配角，尤其炎樱那么看重现实的人，当然更早就厌倦了被掩藏在别人的光环之下。张爱玲再有天才，如今在现实中也不过是一个为了生存四处奔波碰壁的人。从前在上海，每写完一篇小说，她总要兴高采烈地跑去告诉炎樱"这篇最好"，说完两个人不禁都好笑："怎么这篇又是最好？！"尽管不懂中文，炎樱还是听得兴兴头头。可现在她再跟炎樱说起自己的写作计划，炎樱从来不接茬儿，只有提起她自己乘船来日本那么短的旅途中就能令船主倾倒求婚，或是经手的有的甚至大到十亿日元的生意，炎樱才会再次眉飞色舞、兴致勃勃。"我们再也回不去了。"那是她收到张秀爱的信时最深切的感受，但当时再没想到和炎樱之间也会这样。张秀爱是张爱玲在圣玛利亚中学最要好的同学，嫁给一位从德国逃到上海的犹太人，太平洋战争爆发后张爱玲回到上海，他们夫妇俩正准备启程去美国。姑姑张茂渊从前顶欣赏张秀爱的亲热得体、大方能干，这时见了却摇头笑道："那股子少年得意的劲儿真受不了！"这次张爱玲到香港后，就给张秀爱写信打听去美国的途径，张秀爱的回信认真详尽，却礼貌而谨慎地保持着一种安全的距离。"忆昔西池池上饮，年年多少欢娱，别来不寄一行书，寻常相见了，犹道不如初。"再没想到，同样的事情会再次发生在和炎樱这样的生死之交之间。3个月后，当张爱玲从日本失意地无功而返，才发现自己在港大也已经无立身之地。张爱玲之所以能离开内地，全仗她母亲的朋友——一位在港大教书的老教授帮忙，帮她办妥各种手续，拿到香港的入境证。因为知道这位老教授非常胆小怕事，张爱玲在去日本之前，并没有知会他，便冒然给港大教务主任办公室写了封信，声明不再需要战后仍然为她保留的那份奖学金，殊不知奖学金的事还在开会讨论当中，那位老教授正在竭力为她争取，等到发现张爱玲人已不在香港，不由得勃然大怒。不但老教授不接受张爱玲后来的道歉，港大也自此与张爱玲交恶，并要求她补交全部学费。

1953 年初，张爱玲寄居到香港基督教女青年会，申请到一个独立房间，同时努力谋事，想要尽力填补亏空。报上一个英国机构招聘译员，她去求职，被录取后需要做背景调查，结果问到港大，女生宿舍的中国女舍监在张爱玲初到时常借故找她攀谈，想要打探张爱玲和保她出来的港大老教授到底是什么关系，这时竟出乎意料地举报张爱玲有共产党间谍嫌疑，眼看到手的职位自然泡了汤。所幸她和美国新闻处的良好合作关系还在，除了继续替美新处翻译《爱默森选集》、华盛顿·欧文的《无头骑士》等著作之外，她每天便独自关在房间里埋首创作，从早到晚十几个小时不间歇。这段时间，她完成了两部长篇作品《秧歌》和《赤地之恋》，更重要的是收获了邝文美的友谊。在 1957 年的文章《我所认识的张爱玲》中，邝文美写道：

> 十五年来，我一直是她的忠实读者。她的作品我都细细读过，直到现在，还摆满案头，不时翻阅。但是老实说，在认识她以前，尽管我万分倾倒于她的才华，我也曾经同一般读者一样，从报纸和杂志上得到一个错误的印象，以为她是个性情怪癖的女子，所以不免存着"见面不如闻名"之心。直到几年前

我们在一个偶然的场合中相识，一见如故，后来时常往来，终于成为无话不谈的好友，我才知道她是多么的风趣可爱，韵味无穷……我相信"话不投机半句多"这种感觉是任何人都有过的。在陌生人面前，她似乎沉默寡言，不善辞令；可是遇到只有二三知己时，她就恍如变成另一个人，谈笑风生，妙语如珠，不时说出令人难忘的警句来。

邝文美当时在照顾家庭之余，也在替美新处翻译图书，跟张爱玲有很多共同话题，不时去拜访张爱玲。对于邝文美的来访，张爱玲开始纯粹是出于对对方的善意和热情不好拒绝，只能被动地等待邝文美对她的幻想破灭，而且以她的不擅交际，相信那总是很快就会到来的。但几次接触之后，张爱玲惊讶地发现，邝文美不单像她最初认为的那样，是个典雅有涵养的东方淑女，而且具有许多书上写的，但她却从来未在别人身上看到过的珍贵品质。仿佛一直生活在闺阁里，没有经过粗糙生活的磨砺，不沾染一丝世俗气，温柔婉约，清丽如水，但处理起事务却又丝丝分明，处处妥帖。她的那种发自内心的真诚善良，简直让人如沐春风，面对她的人，仿佛嗅得到兰花的香气，然而一切的美好在她只是自然而然地，她并不以此争耀，相反，她是出乎人意料地温婉谦逊。在 1976 年致邝文美、宋淇的信中，张爱玲写道："我本来觉得很难相信'钗黛一人论'。作为一个写小说的，一想就头昏起来。后来忽然悟到 Stephen[1] 相信

---

[1] 宋淇的英文名字，笔名"林以亮"，宋淇也作"宋奇"。

是因为 Mae① 个性上兼有宝钗黛玉的有些特点。也许你们觉得是奇谈，但是我确是这样一想才相信了，因为亲眼看见是可能的。"最奇妙的是两人之间的默契，常常沉默之后，邝文美一开口，说出的偏偏也正是张爱玲刚想要说的话。以至于张爱玲对邝文美说："好朋友可以说是精神上的兄弟姐妹……像你这样的朋友，不要说像自己人，简直就是我自己的一部分。"张爱玲把自己的笔记拿给邝文美看，那里面有她的情感历程，和最痛苦的心声，这在她这样一个分外重视隐私的人来说，简直是不可思议的事。邝文美看了分外心疼，张爱玲则如释重负。她再没想到还有机会拥有这样一个朋友，如此美好，又能够理解，愿意倾听她的一切。尤其刚刚体验过友谊的幻灭，邝文美的出现对于她来说，可谓恰逢其时，分外可贵。

张爱玲来港的消息到底渐渐传开了，逐渐开始有热情的书迷登门造访，或是媒体来约稿。为了躲避烦扰，张爱玲委托邝文美替她另找房子。宋家初来香港时非常富有，无奈宋淇把全部资产存入同乡开的四海银行，这位同乡却亏空公款后逃之夭夭，宋家的全部积蓄于是付之东流。为了生计，宋淇开始找工作，并于 1951 年入职美新处，宋家的住所也从半山宝云道的独栋房子搬到北角继园台。宋淇读大学时因战时生存环境恶劣染上肺病，之后一直为此所苦，1953 年初张爱玲从日本返回香港之前，宋淇已经因为肺疾从美新处辞职，专职写作之余，也和妻子邝文美一起做些翻译工作。两人为张爱玲在自己家附近的一条横街租下一个便宜的小房间，里面异常

---

① 邝文美的英文名字。

简陋，连张作家必需的书桌也没有，以致张爱玲只能凑在床侧的一张小几上写作。所幸张爱玲认为身外之物都是累赘，妨碍一个人的生活自由，所以倒也不以为苦。

住得近了更方便照顾，邝文美除了经常差用人给张爱玲送饭，自己更是得空便过去探望。数年后，已经身在美国的张爱玲还在信中提起邝文美用热水瓶装着带来的珍珠米，说自己永远忘不了那滋味。两人在一起喜欢天南地北地聊天，而且总有说不完的话。有时邝文美担心耽误张爱玲写作，张爱玲却道："做我喜欢的事，我从来不觉得自己在浪费时间。我认为同你谈天是一种怡养性情之道。"即使在最小的事情上，邝文美也给张爱玲以极大的影响。她的平和宽容、温婉善良，牢牢地托住自己也温润着别人的人生。门前修路，或是开箱找东西，随手却把别的东西落在外面，结果又得再次箱子……每逢烦躁或想要抱怨，张爱玲总会不自觉地想："如果是 Mae，她一定会……"这样一想，她的烦怨就烟消云散了。她对邝文美说："'苦中作乐'，中外古今不知多少人说过这种话，其实无论什么宗教也不外乎教人如此，但是在我看见过的人中，真正能办得到的只有你……也有人做是做得到，可是很'惨'，我所见'言行一致'的，只有你，虽然你从来不说什么……我知道你经过许多次考验，每次都及格，千锤百炼，才能做人做到这心平气和的地步。你的涵养是真值得佩服……"年轻的时候她是多么恐惧青春的流逝，仿佛生命的一切乐趣和意义也都会随之丧失，现在却逐渐体会到一种前所未有的宁静和笃定，仿佛穿过激流险滩，终于到了一处平缓开阔的地带。青春的困惑和迷惘，情感的甜蜜和诱惑，现实的艰难和凶险……随时都可能将人引向歧路，而她庆幸自己最终没有偏离方向。现在不早也不晚，又遇到了邝文美这样的知己。以至于她开心地告诉邝文美："我真开心！许多年从没有这样开心过，天待人真好，赐给你快乐，连 timing（时机）都对。"心情愉悦之下，张爱玲消瘦了二十多年的身材居然破天荒地变得丰润起来。

两个人都对服装异常感兴趣，又都喜欢穿旗袍。邝文美走起路来柳腰款摆，身姿袅娜，说话常常哑着嗓子（因为照顾孩子话说得多或是睡眠少），手上涂着粉红色的指甲油，她的一切在张爱玲看来都有魅力，她简直像爱她，以至于她对邝文美笑道："幸而我们都是女人，才可以这样随便来往，享受这种健康正常的关系，如果一个是男的，那就麻烦了。"但她也说："你常来，我心里不安。一个女人费太多时间在儿女身上（虽然本身是好的），尚且 undesirable from husband's standpoint（从丈夫角度尚且觉得不好）——何况朋友？"所以无论谈得多么高兴，到了七点多钟，张爱玲必定催促邝文美回家，让她和家人团聚，并赠邝文美 My 8 o'Clock Cinderella（我的八点钟灰姑娘）的雅号。连宋淇也说："在这种地方，爱玲对朋友是体贴入微的。"有时邝文美因繁忙不能过来，张爱玲便在电话中宽慰她道："你没有空就不必赶来看我。不要担心我想念你——因为我总归想念你的。"在这期间，张爱玲和邝文美还合作翻译了华盛顿·欧文的小说《睡谷故事·李伯大梦》①。

1954 年 4 月，中文版《秧歌》在美新处所属的杂志《今日世界》

---

① 《睡谷故事》又名《无头骑士》。其中《睡谷故事》由张爱玲翻译，《李伯大梦》由邝文美翻译，署名方馨。

上开始连载，3 个月后出版单行本，但张爱玲真正期待的却是英文版《秧歌》在美国的出版。为此她一遍遍地用宋家从上海带来的一本牙牌签书起课占卜，1954 年 7 月问运程得卦云：

上上 中下 中下

洛阳锦绣万花丛，烂漫枝头不耐风。三五月明时易过，夕阳西下水流东。

解曰：乐之极矣悲将至，谋望将成终属空。纵然巧计安排好，犹恐相逢是梦中。

显然是风光过后，时势已去，人力难以强为之意，这让张爱玲极为郁闷。因为她用这牙牌书占卜过数次，都极准，其中之一是她去年 11 月去日本投奔炎樱前，曾得签云：

中下 下下 中平

求人不如求己，他乡何似故乡。

蓦地起波澜，纡回蜀道难。黄金能解危，八九得平安。

解曰：人情更比秋云薄，蜀道何如友道崎。故园荒径犹堪念，何必风霜访故知。

结果她执意前往，满怀期待而去，却败兴而回。等待出版的过程充满了不确定性，张爱玲分外焦灼难捱，却又无能为力，只能一遍又一遍地起卦，向鬼神苍天卜问命运吉凶：

中下　中下　中平

先否后泰，由难而易。

枉用推移力，沙深舟自胶。西风潮渐长，浅滩可容篙。

解曰：君家若怨运迍遭，一带尤昭百快先。失之东隅虽可惜，公平获利倍如前。

断曰：双丸跳转乾坤里，差错惟争一度先。但得铜仪逢朔望，东西相对两团圆。两得中下，双丸之象；中下与中平相去不多，故特是占。

下下　上中　上上

诸凡如意，老当益壮。

如何平地得为山，只要功夫不畏难。去岁园中青竹条，今年可作钓鱼竿。

解曰：既乏邓通钱，还兴伯道嗟。一朝时运至，枯木又生花。

　　知道张爱玲的心情，邝文美、宋淇反而不敢跟她多谈这件事，仿佛一开口就会破坏了神秘的运气。这年秋天，海明威的《老人与海》获得了诺贝尔文学奖，11 月，张爱玲翻译的中文版本即告再版，在新序中，张爱玲写道："《老人与海》里面的老渔人自己认为他以前的成就都不算，他必须一次又一次地重新证明他的能力，我觉得这两句话非常沉痛，仿佛是海明威在说他自己。"这又何尝不是张爱玲的自况？她有天才，也异常勤奋，在文学创作、电影编剧以及翻译领域，先后证明了自己的实力，却又一次次地被命运所拨弄，以至于她向邝文美感叹："'文章憎命达'那种酸腐的话，应用到自己头上就只觉得辛酸了。"

1955 年 1 月，英文版《秧歌》终于由纽约斯克瑞卜纳出版社出版，张爱玲开心地告诉邝文美："本来我以为这本书 *The Rice-sprout Song* 的出版，不会像当初第一次出书时那样使我快乐得可以飞上天，可是现在照样快乐。我真开心有你，否则告诉谁呢？"《纽约时报》《星期六文学评论》《时代》杂志等先后刊载书评，高度评价《秧歌》，该书第一版很快售罄。但因为没能跻身畅销书之列，英文版《秧歌》之后并没有再版。《赤地之恋》则只由香港出版社发行了中文本和英文本，销路并不理想。

著名影星李丽华[①]此时刚创办了丽华影业公司，听说张爱玲也在此，便软磨硬泡地求宋淇代为说项，想约张爱玲见面请其编写剧本。虽然张爱玲难以拂却宋淇的情面，终于答应会面，但在约定的下午，她却迟到很久，坐了一会儿又托词有事，连宋淇夫妇特意准备的茶点都没吃就先行告退了。其实张爱玲当时根本没有心思去写剧本，一方面她正在赶写《赤地之恋》，另一方面，她在忙于申请移民美国。

1953 年，美国通过一项移民法案，允许少数学有专长的人移民美国。在整个远东地区，3 年中总共有 5000 个名额，3000 个给予港人，另外 2000 个分配给外地人，来自上海的张爱玲属于后者。张爱玲

---

① 著名影星。1946 年入职文华影业公司，主演电影《假凤虚凰》。后去香港，先后在长城、邵氏影片公司主演多部影片。1954 年，创办丽华影片公司。20 世纪 60 年代主演《武则天》《杨贵妃》《扬子江风云》等影片，曾获金马奖最佳女主角奖。

根据这一法令申请移民，兼任美总领馆领事的理查德·麦卡锡不仅出面为她担保，还亲自为她签署了签证。

张爱玲离开内地有其政治因素，但她之所以如此急迫地想要离开香港，除了对文学事业的更大期许外，还有着更深层的心理原因。赖雅去世后，对于有人让她离美赴台的邀请，张爱玲回道："我到台湾去的可能性不大，台湾有许多好处都是我不需要的，如风景、服务、人情美之类。我需要的如 privace（隐私），独门独户，买东西方便，没有佣人，在这里生活极简单的人都可以有，港台都很难……在台湾如找我的人多些，也只有多得罪人……"这一切，都源于张爱玲对中国社会长期而深刻的观察和了解。

中国社会是一个高度伦理化，也因此极度重视人情的社会。整个社会关系不过是以家庭为单位的伦理关系的层层延伸和推衍。在这样一个高度伦理化的社会里，人的价值不再取决于自身，而更多地取决于他和周边每个人之间的关系。个人的价值不是通过自我来实现，而是要从他人眼中得到认同和裁定，所以中国人总是慨叹"做人难"，人是做给别人看的，岂能不难？《红楼梦》第五十一回王熙凤和贾母王夫人商议在大观园中为众姊妹们单开厨房，贾母道："你们都是经过叔叔姐娌的，可有她这样想得到没有？"众人赞说："别人不过是理上面子情儿，实在他是真疼小叔子小姑子。"简单一句话里，表面在夸凤姐，更多的意思却是在承贾母的欢心。著名翻译家傅雷早年并不喜欢《红楼梦》，但在 50 岁后却表示要重新评价《红楼梦》，也许正是因为看到了《红楼梦》在文化、历史、艺术方面的卓越价值之外，对于中国人情感方式和人际关系的透彻描写。英雄和天才同样需要生活的土壤。而作为中国人，无论你喜欢还是不喜欢，一出生便已处在各种无法摆脱的人际关系之中。这种彼此牵连、制衡的网状人际关系在使社会具有高度稳定性的同时，也先天带有不可避免的弊端，那就是对个体意识、情感、特性及权利的极度漠视和缺乏尊重。而对人情关系的过分依赖，也使得其中的大多数个体丧失了自我充分成长发展的机会。每个人对事物的追求，不再求诸己身，而是寄希望于从他人身上去获取。人际关系的表面和谐之下，充斥着的是对他人的不满、挑剔、指责和埋怨，这是张爱玲笔下人物身上最常见的气息，在她晚年的自传体三部曲《雷峰塔》《易经》《小团圆》中，更是得到了怵目惊心的揭示。露埋怨珊瑚从小就不懂事，又用她的钱去救助明的父亲，那简直就是"偷"；珊瑚则笑露虽然讲明亲戚间明算账，省得大家都私下里觉得自己吃了亏，倒不如摆在明面上清清楚楚的好，可是算账的时候，却总是往里算，不往外算。早年一同出国游学、同进退的姑嫂之间情投意合的形象自此碎了一地。胡兰成也说过："她这样破坏佳话，所以写得好小说。"张爱玲自己则说："生命自有它的图案，我们唯有临摹。"自传体三部曲中的大部分对话情节应是实情。其实无论张爱玲写与不写，它都真实地发生过。如果写出来是对当事人的一种伤害，因为个人的隐私甚至不堪的一面被放到了大众面前①，那么当年事情真实发生的时候，造成的又是对谁的伤害？张爱玲的笔

---

① 张爱玲的舅舅就因为《花凋》一文中描写其"有钱的时候在外面和别的女人生孩子，没钱的时候就在家里和老婆生孩子。没钱的时候居多，因此家里的儿女生之不已……""他不喜欢民国，民国后就没长过岁数。他是个酒缸里泡大的孩尸"等而与张爱玲绝交。

冷，这是事实，然而隐含在她笔后的、更加冷酷虚伪的岂不是世道人心？

"她这人总是和别人不一样"，在中国，这要算一句很重而且隐晦的批评。在一个每个人都努力保持和别人一致、不敢冒尖的庸常化社会里，张爱玲是一个醒目的，甚至令人不那么愉快的存在。它孕育了她，提供给她创作的一切源泉，同时又大然地排斥着她这样的天才，而她又毫不妥协、不折不扣地捍卫着自我的意志和存在方式，她最后的逃离已经成为一种必然。此乃幸欤？抑或不幸欤？

1955 年 10 月，张爱玲告别邝文美、宋淇夫妇，登上"克利夫兰总统号"邮轮，只身前往美国。行前邝文美贴心地为她整理好行李，并送上精心挑选的礼物：一支钢笔和一块布料，又将家里橱柜上的一个小白钟送给张爱玲留念。两年多的患难守护，奠定了她们此后绵延一生的深厚友谊。船过檀香山，张爱玲在别后的第一封信中写道："在上船的那天，直到最后一刹那我并没有觉得难过，只觉得忙乱和抱歉。直到你们一转背走了的时候，才突然好像轰然一声天坍了下来一样，脑子里还是很冷静 & detached（和超脱），但是喉咙堵住了，眼泪流个不停。事实是自从认识你以来，你的友情是我的生活的 core（核心）。我绝对没有那样的妄想，以为还会结交到像你这样的朋友，无论走到天涯海角也再没有这样的人。"

执子之手

一个人在恋爱时最能表现出天性中崇高的质量。这就是为什么爱情小说永远受人欢迎——不论古今中外都一样。

——张爱玲·《张爱玲私语录》

轮船抵达目的地旧金山后，张爱玲很快又乘火车转往纽约，去投奔已经先期移民美国的炎樱。

在救世军为贫民办的位于哈德逊河附近的职业女子宿舍安顿好住处后，她便拉着炎樱一起去拜访胡适。

1954 年 10 月 25 日，还在香港时，张爱玲曾经写短笺给在纽约的胡适：

适之先生：

请原谅我这样冒昧的写信来。很久以前我读到您写的《醒世姻缘传》与《海上花》的考证，印象非常深，后来找了这两部小说来看，这些年来，前后不知看了多少遍，自己以为得到不少益处。我希望您肯看一遍《秧歌》。假使您认为稍稍有一点接近"平淡而近自然"的境界，那我就太高兴了。这本书我还写了一个英文本，由 Scribuer's 出版，大概还有几个月，等印出了我再寄来请您指正。

1955 年 1 月，英文版《秧歌》出版，张爱玲也收到胡适的回信，一派循循善诱、爱护后辈的长者风范，盛赞《秧歌》"写得真好，真有'平淡而近白然'的细致功大"，谦逊而具体地与她探讨书中人物情节，并说自己提倡《海上花列传》和《醒世姻缘传》，哪怕单只产生了这本《秧歌》，也该十分满意了。又询问张爱玲此前还曾出过什么书？张爱玲又惊又喜，把信反复看了又看，高兴到极点，连胡适喜欢在书名左侧加一行曲线这种旧式文人的习惯，都让她低徊不已，仿佛听到一个逝去时代的回响。她立刻复信，除了应胡适之请另寄上五本《秧歌》，又加上《传奇》《流言》和《赤地之恋》，同时坦言自己有将《海上花列传》和《醒世姻缘传》翻译成英文的志愿。但张爱玲没有提的是，作为一个影响过中国近代历史进程的人，胡适还是她童年记忆的一部分。总是在悠长寂静的午后，父亲躺在榻上吞云吐雾，她坐在窗下的书桌前，如饥似渴地阅读着。《胡适文存》当时就随便撂在书桌上，和一堆杂书摆放在一起。一本书里经常会提到另一本书，就像好朋友又将朋友介绍给你，读过胡适的考证，她又把《海上花列传》和《醒世姻缘传》找来读。后来《胡适文存》被姑姑借走，再后来他们兄妹反目，彻底断绝往来，张志沂有一次忽然笑着嘀咕道："你姑姑有两本书还没还我。"再往后，她挨打逃离父亲家，在姑姑那儿又见到当初在父亲书桌上读过的那套《胡适文存》，张茂渊也有点不好意思地道："这套书还是他的。"一次在报纸上看到时任中华民国驻美大使胡适返台的照片，众星捧月般地被簇拥围绕着，张茂渊笑道："胡适之这样年轻！"在她和黄素琼回国后因为洋派身份最受交际场欢迎的时期，她俩曾和胡适同桌打过牌，那也正是小煐对妈妈姑姑最为痴迷狂热的时期，在孩子童真的眼里，她俩仿佛从天而降，通体闪光，身上隐藏着一切关于青春、欢乐和幸福的秘密。

胡适住在纽约东城 81 街 104 号的一栋公寓楼里，那片是使馆区，胡适卸任中华民国驻美大使后仍然租住在那里。一排白色的水泥房子，门前的马路宽敞干净，纽约 11 月的天气已经有些寒冷，不过那天午后艳阳高照，再加上紧张，张爱玲倒未顾及上这个。眼看到了门前，张爱玲越发恍惚起来，这是还在香港吗？她甚至有点踯躅不前，仿佛怕惊醒了什么。她这是真的要走进历史里去吗？

胡适和他太太都在家。房间里的摆设和寻常中国人家没有任何不同，胡适穿着长袍，江冬秀说话带着安徽口音，这一切都让张爱玲感到熟悉和亲切。儒雅亲和的温厚长者，贤惠能干的旧式中国太太，捧在手中的玻璃杯里热腾腾的绿茶，这一切都让张爱玲还没进门就感到的时空交错感更浓重了，一时更定不下心来。所幸有炎樱在，她的活泼撑起了整场谈话，看得出胡适夫妇都异常喜欢她。回来后她立刻跑出去打听，然后回来告诉张爱玲道："喂，你那位胡博士不大有人知道，没有林语堂出名。"

没几日，胡适来宿舍看望张爱玲，那样简陋寒伧的住所，胡适看了仍满口赞好，让张爱玲不由得心中暗叹："还是我们中国人有涵养！"这次谈得相对深入，胡适这才问起张爱玲的身世。隔些天张爱玲再次独自登门，胡适方才告诉她，她的祖父曾经帮过自己的父亲①，论起来两家还算是世交，前些日在书摊上刚巧看到张佩纶全集，他留神翻了翻，不过没有买。看了《秧歌》和《赤地之恋》，认定张爱玲是个有见识的，胡适于是又谈起大陆的情形，说那里如何如何，张爱玲和胡适父谈如对神明，恪守晚辈之道，只有胡适问到她时才老实作答，这时仓促之下竟不知如何应对，然而胡适误会了，脸色微微一沉，立刻转到其他话题上去了。事后张爱玲不免耿耿于怀，痛心自己太不会说话。

虽然住处上所费不多，但因为张爱玲没有稳定的经济来源，生活仍是朝不保夕。四处咨询之下，她于 1956 年 2 月 13 日，向位于新罕布什尔州彼得伯勒的麦克道威尔文艺营递交了一份申请：

> 亲爱的先生 / 夫人：
> 　　我是一个来自香港的作家，根据 1953 年颁发的难民法令，移民来此。我在去年 10 月份来到这个国家。除了写作所得之外我别无其他收入来源。目前的经济压力逼使我向文艺营申请免费栖身，俾能让我完成已经动手在写的小说。我不揣冒昧，要求从 3 月 13 日到 6 月 30 日期间允许我居住在文艺营，希望

---

① 胡适在 1955 年 11 月 10 日的日记中记载：Called on Miss Eileen Chang（拜访张爱玲女士）。张爱玲，"author of"《秧歌》(《秧歌》的作者)。始知她是丰润张幼樵的孙女。张幼樵在光绪七年（1881）作书介绍先父去见吴窦斋。此是先父后来事功的开始。

384

在冬季结束的 5 月 15 日之后能继续留在贵营。

张爱玲敬启 [①]

《秧歌》在美国的出版代理人莫瑞·罗德尔非常欣赏张爱玲的才华，愿意为她作保，司克利卜纳主编哈利·布莱格和著名小说家马昆德也热心地写了推荐信。3 月 2 日，文艺营审批委员会批复同意接纳她。张爱玲得信后迅速开始收拾行装。3 月 13 日，她结清女子宿舍的账目，乘火车到波士顿，然后转乘巴士前往新罕布什尔，在彼得伯勒市区又雇计程车前往郊外山区的麦克道维尔文艺营。新罕布什尔州位于美国东北部，冬季漫长而寒冷，张爱玲抵达时天色已晚，一栋栋白色别墅掩映在参天古树之间，窗户中泄出的柔和灯光照亮了路上的残雪，也让被寒风冻僵的人感到格外地温暖。

麦克道维尔文艺营是麦克道维尔夫人于 1907 年为纪念她的丈夫——美国著名作曲家爱德华·亚历山大·麦克道威尔而建，目的是让有才华的艺术家可以摆脱世俗生活的干扰，专心从事创作。经过半个世纪的发展，它已成为美国著名的文艺基地，每年都吸引大量艺术家、诗人、作家来此驻留。文艺营共有四十多栋房舍，散落在山林之间，包括图书馆、宿舍、彼此独立的艺术家工作室，以及一栋作为管理中心和社交中心的文艺营大厅。营中日常安排大体如

---

① 书信内容引自《张爱玲在美国——婚姻与晚年》，司马新著，上海：上海文艺出版社，1996：第 65 页。

下：清晨大家共进早餐，之后艺术家们各自回到自己的工作室埋首创作，为了避免他们受到打扰，影响创作的连续性，午餐由工作人员放入长方形的竹篮，送到各工作室的门口，任由艺术家们自由取用。下午4点后，完成一天工作的艺术家们才可聚会谈话，或娱乐，或饮鸡尾酒，然后大家再一起在文艺营大厅中共享晚餐。张爱玲的出现在文艺营大厅引起了一阵骚动，因为东方面孔在这里并不多见。尽管负责人做了简单介绍，但仓促之下，张爱玲并没有记住谁，不过她却显然给众人留下了深刻的印象。当晚，一位美国作家在自己的日记中，记下了张爱玲的到来。他的名字叫费迪南·赖雅。

费迪南·赖雅1891年出生在美国费城，父母是德国移民，家中依然保持着德国人的生活习惯。赖雅从小受到良好教育，年少时便已展露出文学才华，17岁进入宾州大学专修文学，21岁考入哈佛大学攻读硕士学位，这时的他在诗歌和戏剧方面已经屡有尝试，并受到赏识，被著名学者威廉·尼尔逊教授推荐到麻省理工学院教授英文，不久戏剧《青春欲舞》又被1914年在彼得伯勒举行的麦克道维尔戏剧节选中上演。但是赖雅兴趣广泛，热情好动，这也导致他做事缺乏专注和恒心。在哈佛大学硕士毕业后，除了文学创作和教书，赖雅又迷恋上了棒球和摄影。不久他离开麻省理工学院，到《波士顿邮报》做了一名记者，并争取到机会前往欧洲，亲自报道第一次世界大战。返回美国后，他一度住在纽约的格林威治村，与华莱士·史蒂文斯①、辛克莱·刘易

① 美国著名现代诗人，曾获普利策奖，与庞德、艾略特等齐名。

斯①等著名文人结识。整个青年时期，赖雅过着一种自由恣意的生活，为各大报社杂志自由撰稿，内容广泛得从济慈到烹饪，无所不包，足迹则遍布美国和欧洲，一度旅居巴黎、柏林、英国和土耳其，这使得他的第一次婚姻岌岌可危。1926年，妻子吕贝卡提出离婚，结束了和赖雅近十年聚少离多的婚姻。两人共同育有一个女儿霏丝，终其一生，赖雅非常喜爱女儿，始终与她保持着良好而亲密的关系。

20世纪30年代，好莱坞有声电影兴起，赖雅受邀前往好莱坞编写剧本，先后任职于派拉蒙、哥伦比亚、米高梅等著名电影公司。热情真诚的个性、广博丰富的见闻、风趣幽默的谈吐，这一切让他成为沙龙上最受欢迎的客人。提起费迪南·赖雅，熟识他的人都会吃吃地笑起来，因为有他在，就有欢乐。他对朋友是出了名的慷慨，最好的一切他总愿拿来与朋友一起分享。他会为捷克记者和德国导演移民美国做担保，也会花很多时间为名气不及他的作家修改文稿，只为使他们的作品能够被录用。赖雅拥有很高的鉴赏力，在贝尔托·布莱希特②还未成名时，赖雅便看出他的价值，在美国为他宣传，之后又资助布莱希特逃出纳粹德国，同时设法将他的家眷弄到美国。在好莱坞的十多年里，赖雅挥金如土，乐善好施，交友无数，却丝毫没有积蓄。也正是在这一时期，他出于对被压迫者的同情，开始对马克思主义感兴趣，并在好莱坞的罢工风潮中与工人

---

① 美国第一位获得诺贝尔文学奖的作家，代表作有《大街》《巴比特》《阿罗史密斯》等。

② 德国著名戏剧大师，代表作有《三便士歌剧》《四川好人》《伽利略传》《高加索灰阑记》等。1933年，逃离德国，流亡欧洲，在美国时得到赖雅的大力帮助和支持。1948年，定居东柏林，1956年去世。

站在一起。

赖雅的社会活动终止于 1943 年的一次事故，不幸摔断腿并中风，在之后的岁月里，中风时有复发。身体的衰残让他逐渐消退雄心壮志，转而专注于早年的写作计划，1955 年，他申请来到麦克道维尔文艺营，想要抓紧最后的有限时间力图在文学上有所建树。这一年，他已经 64 岁。

第二天，亦即 3 月 14 日，当张爱玲第二次出现在文艺营大厅，赖雅主动上前自我介绍。在几分钟的简单交谈中，赖雅了解到张爱玲六个月前刚从香港移民美国，此前一直待在纽约。交流虽短，两个人却都给对方留下了非常好的印象。张爱玲觉得赖雅热情温厚，让人乐于亲近，赖雅则颇欣赏张爱玲的庄重得体、温柔娴雅。两天后，当地遭遇了那年最大的一场暴风雪，艺术家们被迫挤在大厅取暖，赖雅和张爱玲则在回廊上谈话。赖雅身材高大，尽管张爱玲的个头儿在东方女性中已经算是很高，但和他站在一起，还是有一种被笼罩之感。微丰的体型让他看上去很强壮，比实际年龄年轻许多，初识的人会以为他最多不过四五十岁，即使如此，他身上也没有人到中年往往会有的疲态，相反，他生机勃勃，仿佛蕴含着强烈的能量，而这一切，又巧妙而和谐地隐藏在他文雅有礼、富有绅士风度的谈吐举止之下。得知赖雅 20 世纪 30 年代居然就在好莱坞从事编剧，就藏在少女时代摆满她床头的美国电影杂志 *Movie Star*、*Screen Play* 的后面，与葛丽泰·嘉宝、费雯丽、贝蒂·戴维斯、琼·克劳馥、克拉克·盖博、加利·古柏这些大名鼎鼎的影星不仅认识，而且与其中某些人还曾共事过，简直让人觉得不可思议。那时的张爱玲对电影痴迷得无可不可，一次到杭州，看到报纸广告上有她关注的一部电影上映，她竟不顾亲戚们阻拦，带着弟弟立刻坐火车赶回上海，连看两场。如何巧妙地设计对白、如何快速推进情节……毕竟在好莱坞待过十多年，赖雅在编剧和写作方面有许多心得。"我一直便宜。"他有些不好意思地说。她听了诧异地微笑，没见过人这样不给自己撑场面。也不掩饰自己的散漫挥霍，从来积攒不下来钱，打扑克谈笑风生间买下的房子，转头又莫名其妙地卖掉了，他自己都好笑："可笑的是都说'赖雅在钱上好'。"剧情会议上有关钱的情节总是公推他来写。她被引得哈哈大笑。面对金钱如此随意轻松，这怎么可以？站着没有聊完的话题，晚餐桌旁他们再继续畅谈。他们有太多的共同话题，小说、电影、写作、编剧……两个人甚至都异常热爱民间文化，这个百科全书似的男人简直让人着迷。最重要的是，张爱玲跟他在一起异常开心，体味到从未有过的自然和放松。经历过胡兰成带给她的痛苦混乱，以及和桑弧在一起时的压抑屈就，她知道现在的这一切有多么可贵。十多天后，他们开始互相到对方的工作室做客。张爱玲将《秧歌》拿给他看，赖雅惊叹其文笔之优美。《金锁记》是张爱玲小说中被评价最高的作品，她也对之抱有厚望，一到美国便开始着手将其改写成一部英文长篇《粉泪》，赖雅也在结构上给她提出建议，还有两个正在写作中的剧本，她也很乐于听取他的意见。他们的关系越来越亲密，谈话内容也随之深入，甚至从中国书法谈到中国政治，张爱玲罕见地跟他分享了对于共产主义的看法，但同时也对赖雅的理想主义报以微笑。难以想象，一个历经世事之人竟还会如此孩子气地执拗天真，那简直让人觉得可爱。

赖雅在麦克道维尔文艺营只能待到5月14日，此后他将前往纽约北部的另一个文艺营耶多，在那里驻留6个星期，再之后他还没有找到落脚之处。欢乐如此短暂，两个人都分外不舍。赖雅离开的前两日，亦即5月12日，他在日记中写道："去房中同住。"这对离婚后经历过多次一夜情的赖雅来说也许并非罕事，但在张爱玲却绝对意义非凡。5月14日，赖雅离开麦克道维尔文艺营的当天，张爱玲坚持送他到车站。那天阳光灿烂，他们在暮春的微寒中依偎着谈了半个小时，张爱玲勇敢地向赖雅表达了爱意。临上车前，张爱玲拿出一沓现金交给赖雅，请他务必带到耶多以补贴日用，这让深知张爱玲在异国飘零无依、经济上也异常拮据的赖雅大为感动。

　　在前往耶多的火车上，赖雅禁不住浮想联翩。他再没想到在去日无多的暮年还会有此奇缘！张爱玲身上那种东方女性的温柔贤淑、勇于付出让他纳罕，他知道自己跟她在一起会非常幸福。可是真的就这样放弃30年来早已成为习惯的自由的单身生活吗？这委实难以决定。在赖雅抵达耶多后，他和张爱玲保持着密切的通信。

　　张爱玲在麦克道维尔文艺营的第一次申请于6月30日到期，4月初她和赖雅便都提出延期申请。6月在耶多时，赖雅收到好消息，他和张爱玲的申请都被通过，10月份他们可以一起返回营地。一位营友罗丝·安德逊得知张爱玲夏季有3个月无处可去，热情地伸出援手，将自己位于纽约市W第99街空着的公寓借给她，张爱玲于是在6月30日后搬到那里。7月5日，离开耶多、已经搬到附近萨拉托加泉镇罗素旅馆去住的赖雅收到张爱玲从纽约写来的信件。在信中，张爱玲告诉他一个意外的消息，她怀孕了。道义上的责任让赖雅不能再回避，他立刻写了封信，向张爱玲求婚，并冒雨步行到邮局去立刻寄出。他知道张爱玲孤身一人在异国他乡，遇到这种情况会多么孤独无助。为了缓解她的慌张无措，他在信中故作轻松地讲了许多笑话，希望能让她放心和开心。

第二天早晨，赖雅还没起床，旅馆老板娘罗素太太便来喊他听电话。是张爱玲打来的，她还没有收到他的求婚信，非常焦急。偏偏昨日下雨造成电话线故障，嗞嗞啦啦听不清楚，赖雅勉强弄明白，张爱玲已经买了车票，明天就会来到小镇。她急需当面确认赖雅对待这件事情的态度。但慌乱之中，她搞错了时间，告诉赖雅火车会在下午4点半到站。但是第二天赖雅找遍火车时刻表却没有那趟火车，他又赶紧赶往从纽约开来的长途巴士站，3点半巴士进站，张爱玲并没在里面。回到旅馆等待的赖雅兴奋地跟罗素太太和她的儿媳聊起即将到来的客人——他未来的美丽温柔的东方新娘，这让两位罗素太太也异常兴奋起来，时间在快乐中飞快而逝。6点多，赖雅又赶到火车站，因为有一趟从纽约来的火车在半小时后到站。张爱玲果然在上面。当赖雅带她回到旅馆，两位罗素太太的热情欢迎让张爱玲大吃一惊。稍事休息后，赖雅又带她到当地一家非常富有情调的德·安德烈餐馆用晚餐，并当面向她求婚，张爱玲又惊又喜，开心极了。

许多人对此困惑不解，认为当时才36岁的张爱玲完全可以找一个条件更好的人作为结婚对象，而不是和这样一个老人绑在一起，让自己此后背上沉重的负担。按照世俗的标准和思考方式的确是这样。但天才之所以为天才，恰恰是因为他们从来不把世俗的标准和规则放在眼里，他们遵从的永远是自己的内心。在爱情当中，张爱玲自始至终追求的是一种精神和智力上的愉悦，和胡兰成即是如此，只是那次的惨痛教训让她省思，在和桑弧的恋情中尽力调整，尽管她压抑自我向现实做出了力所能及的妥协，但结果却依旧不如人意，而赖雅，正是她两次情感纠偏之后的最理想的归正。在这个男人这里，她才第一次作为最真实、最完整的自己被理解，被接受，被爱。

剩下的难题是孩子。两人为此进行了一次认真严肃的长谈。赖雅并不想要孩子，他称孩子为"The Thing"（这东西），但考虑到张爱玲的年龄，他又有些迟疑："就生个小爱玲也好。"反而是张爱玲的态度更坚决。即使不考虑俩人目前居无定所、度日维艰的现实情况，她也一点儿都不想要孩子。赖雅让张爱玲回到纽约后到医院再做一次检查，然后将结果告诉他。他一再向张爱玲保证，如果真的需要做手术，他一定会赶到纽约，陪在她身旁。

第二天赖雅带张爱玲游览了这座优美宁静、古色古香的小镇。午餐张爱玲第一次品尝到青鱼，连连称赏，赖雅坐在一旁温柔地、心满意足地看着她，她的一切都让他觉得赏心悦目。他们兴致勃勃地讨论着接下来的文学工作，计划合作翻译一部中国诗集。担心自己此行给赖雅造成经济上的负担，临行前，张爱玲再次坚持给他留下 300 美元。

回到纽约后不久，亦即 7 月 14 日，张爱玲打来电话，告诉赖雅医院的检查结果，她确实怀孕了。因为当时堕胎尚属违法，张爱玲通过炎樱辗转要到一位医生的电话，赖雅赶到时，一切已经商议妥当。因为是非法行为，只能在张爱玲借住的公寓里秘密进行。夜里，肚子痛得翻江倒海的她骤然看到马桶里直立着的，流着淡淡血水的面部四肢已然发育成型的男婴，作为一名作家，她要如何描述这份恐怖和惊痛？除了冷静的、几乎不带任何感情的细节描写，也就只能淡淡地说一句："女人总是要把命拼上去的。"张爱玲在 1991年 4 月 14 日致邝文美、宋淇夫妇的信中写道："我永远有许多小难题与自以为惊险悬疑而其实客观地看来很乏味的事，刚发生就已经在脑子里告诉 Mae，只有她不介意听。别人即使愿意听我也不愿意说，因为不愿显得 silly（蠢）或唠叨。"这一次，则应该是在 1961 年重返香港之时，张爱玲告诉了邝文美自己做人工流产的事，邝文美又是震惊又是心疼，但她一直守口如瓶，连对丈夫宋淇都没有提起，直至后来张爱玲自己在《小团圆》中揭开了这个秘密。

8 月 14 日，张爱玲和赖雅在纽约登记结婚，炎樱和经纪人莫瑞·罗德尔作为证婚人出席。19 日，张爱玲即写信向邝文美报告喜讯，并如此介绍赖雅："Ferd 离过一次婚，有一个女儿已经结了婚了。他以前在欧洲做 foreign correspondent（国外通讯记者），后来在好莱坞混了许多年 doctoring scripts（修改剧本），但近年来穷途潦倒，和我一样 penniless（一文不名），而年纪比我大得多，似乎比我更没有前途。"[①] 她肯定"这不是一桩明智的婚姻，但却绝不缺少热情"，并说自己非常快乐和满意。赖雅也随信附上问候：

亲爱的 Mae 和 Stephen：

爱玲说她认识的人当中，就只想让你们和我见面。但她告诉了我那么多关于你们的事，使我觉得大家已经见过了。我只想向你们保证，和我在一起她很平安，而且会永远这样美丽、

———————————

① 在高全之的《张爱玲与香港美新处——专访麦卡锡》中，麦卡锡亦说："我们（指麦卡锡自己和经纪人莫瑞）关心爱玲的生计。爱玲一度过着朝不保夕的生活，没有稳定收入。莫瑞打电话来报喜，说爱玲嫁给麦克道维尔文艺营认识的赖雅。我高兴极了，以为这下子爱玲衣食无忧了，就说：'那好极了！'莫瑞知我话意，立即说：'我们女儿没嫁出门，倒是招进个穷女婿。'我才知道赖雅穷途潦倒，比爱玲更不懂谋生之道。（大笑）"

开怀和睿智，因为这一切奇迹的发生不需要任何调整。过去如是，现在依然，将来亦永远如此。[①]

蜜月非常愉快，赖雅陪伴张爱玲畅游纽约，用他丰富的知识见闻为她充当导游，而大都市的繁华和生机勃勃永远让张爱玲感到兴奋，她的理想之一便是能够定居在这样的地方，不停地观察、体验人生，并不懈地在写作上创新。她曾告诉邝文美："我要写书——每一本都不同。"除了已经完成的《秧歌》《赤地之恋》，正在改写的《粉泪》，还有其他如她的一位表姐被丈夫毒死这样类似侦探小说的故事，"也许有些读者不希望作家时常改变作风，只想看到他们以前喜欢的，马昆德写十几年，始终一个方式，像自传——但我学不到了。"

但这快乐实在太短暂，10 月返回麦克道维尔文艺营不久，赖雅突然再次中风，张爱玲大骇，几乎处于崩溃的边缘。尽管赖雅感到自己的生命随时可能会结束，但他仍不停地向张爱玲保证，他坚持得住，绝不会离开她。两个星期后，危险似乎过去，赖雅努力在林中散步活动，想让自己尽快康复，也找些开心的事情，比如让朋友来给张爱玲拍照，并心疼地写下"瘦爱玲"，同时开始认真阅读张爱玲正在写作中的自传体小说，以便为她提供意见。张爱玲紧绷的神经这才慢慢松弛下来，为了放松心情，她甚至不顾寒冷跑到旧物义卖的集市上，总共没花几元钱买下几件八成新的旧衣服在家中

---

① 赖雅信件为英文，见《张爱玲私语录》，张爱玲、宋淇、宋邝文美著，北京：北京十月文艺出版社，2011：第 148 页。此处中文为作者翻译。

穿，又兴致勃勃地给邝文美写信，为她替自己做的黑旗袍画图设计款式。但 12 月 19 日，赖雅的病症再次复发，而且这一次更加严重，面部麻痹，不能发声，被紧急送入医院，张爱玲惊惧万分。尽管四天后，经过治疗、部分康复的赖雅返回家中，并试图帮助张爱玲一起布置圣诞树，但悲伤沮丧的氛围依旧挥之不去，连收到邝文美寄来的心仪的衣料样品也没能让张爱玲感到预期的快乐。1956 年的最后一天，赖雅为张爱玲不停地祈祷，直到半夜，并再三向她保证自己会活下去，张爱玲安慰地亲吻了他的眼睛、耳朵，这是他们之间特别的亲昵方式。

这是一个忧心忡忡的新年。虽然只是擦身而过时的匆匆一瞥，但命运骤然展示的残酷面目已然令张爱玲心有余悸。在圣玛利亚女校毕业年刊调查栏"最怕"一项中，她填写的是"死亡"。而如今，她却必须时时直面死亡。

相濡以沫

人生是在追求一种满足，虽然往往是乐不抵苦的。

——张爱玲·《访张爱玲女士——殷允芃采访》

所幸赖雅一天天地好起来。到了 1957 年 1 月底，他已经能够在张爱玲的陪伴下出远门，去波士顿探望表弟恩斯特·哈博斯戴德，又一起到当地最大的费琳百货公司去购物。坐上长途巴士返回的时候，张爱玲最后依依不舍地看了一眼波士顿，而赖雅则很高兴能逃离大都市的拥挤喧嚣，直到车近彼得伯勒，看到空旷宁静的原野和散落其上的别致古朴的小屋才感到心神舒畅。

即使在赖雅患病期间，自己又不时有恙，张爱玲依然在顽强地坚持写作，所以到 2 月初，她已经将《粉泪》赶写完成，随后打字成几份分别寄往纽约的几家出版公司。和创作的寂寞及艰辛相比，等待的过程却更加煎熬，尽管赖雅一再宽慰她那是一部好作品，张爱玲仍旧变得患得患失，焦躁不安。幸好戴尔出版公司很快有了消息，约她面谈。张爱玲满怀希望地和赖雅从新罕布什尔飞到纽约，但见面的结果却令她大失所望。考虑到市场销路方面的风险，戴尔公司并未决定出版该书，他们还需要更多时间来慎重讨论。为了安慰她，赖雅带张爱玲到 Automat 自助餐厅吃了一顿美味的晚餐，他熟悉纽约以及很多城市的历史、文化、掌故，总能找到各种好吃、好玩儿的地方，在他风趣幽默的讲解下，连走过的每条街道都仿佛有了生命，两个人在蒙蒙细雨中畅聊着回到了旅馆。

第二天，张爱玲在赖雅的陪同下去拜访经纪人莫瑞·罗德尔。哥伦比亚广播公司有意购买《秧歌》的版权，改编成广播剧，这也是张爱玲此次纽约之行需要处理的事宜之一。然后张爱玲又独自去探望炎樱。返回的当天他们在沃尔沃斯商场购物，张爱玲为赖雅精心挑选了一双上好的皮鞋，自己则买了一副漂亮的手套。张爱玲对物质的热情时常令赖雅诧异，丰富多样、琳琅满目的商品总能让她的眼光发亮，即使什么都不买也能兴头头地逛个不足，而赖雅经历过年轻时期的纸醉金迷、浮世悲欢，如今却只想过一种简单宁静的生活。

4 月中旬，夫妇俩在麦克道维尔文艺营的居住限期将到。所以返回后，除了正常工作、闲暇时在林中散步，4 月初，赖雅便开始外出寻找公寓，很快定下彼得伯勒松树街 25 号一幢白色三层小楼里的一套房间。夫妇俩的所有物不过是一些书、文稿、信件等，尽管如此，也还是颇费了些工夫。就在他们离开文艺营后两天，根据《秧歌》改编成的广播剧就在哥伦比亚广播公司的电台中播出了，营友们都为此欢欣鼓舞，但张爱玲自己却并不满意。制片方出于意识形态的目的，将小说改编得惨不忍睹。唯一的安慰是张爱玲能从这笔交易中获得 1350 美元的稿酬，这对于开始需要负担房租和各项生活费用的他们不啻雪中送炭。

对于新家，张爱玲表现出了极大的热情。人到中年，这还是她第一次拥有一个真正属于自己的、完全独立的空间。她整衣束发，又买来油漆刷子，亲自动手粉刷家具、地板和房间。地板是蓝的，桌椅是蓝的，墙是灰和灰蓝的，嗅着油漆清亮醒脑的味道，一切都是簇簇新的，让人心明眼亮。赖雅则跑到庭院售卖会①上去寻觅面包烤炉、桌椅、床等物品。一次张爱玲跟他一道去碰运气，恰巧看到4件漂亮的绒衫和　件浴袍，总共才不到4元。买下后张爱玲兴奋地飞奔回家，挨件试穿，全都异常合身，那让她高兴了好些天。寓所中发现蚂蚁，赖雅买来杀蚁剂，由张爱玲负责喷洒，鉴于其行动果断高效，赖雅封她绰号"蚂蚁杀手"。

有了自己的家，时间安排上不用再受任何束缚，张爱玲很快恢复了原有的作息习惯：写作到深夜，凌晨才上床睡觉。而赖雅喜欢早起，出去采买购物，去银行、邮局处理事务，或是做些家务。和张爱玲相识之初，赖雅就敏锐地感受到了她的天才，所以婚后他迅速做出调整，以难能可贵的体贴与合作精神，放慢了自己的写作计划，承担起了绝大部分的杂事和家务。常常是赖雅午后从外面归来，张爱玲才被声音吵醒起床。午餐即是张爱玲的早餐。餐桌上的食物简单而又营养丰富，汉堡牛排、鸡肉馅饼、炖牛肉、小羊肉、玉米、青菜等，有时还会有张爱玲爱吃的鱼肉，另外两个人都非常喜爱现煮的咖啡，每天都得喝上一大壶。张爱玲对赖雅的厨艺大加赞许，赖雅也常戏谑地自称"二手厨子加改刀"。

---

① yard sale（庭院售卖）也称garage sale（车库售物），是美国一种独特的售物方式。由主人把家中多余不用的物品放在庭院中、车库里或门廊下廉价出售。手写的广告中会详细列出售卖的东西、时间和地点，物品既有用过的，也有全新的。为了吸引更多买主，售卖活动常在周末举行。

5 月初，《粉泪》被各出版公司纷纷退稿，这对张爱玲是个沉重的打击。她在上海被父亲幽禁时期就已经表现出的倾向变得越来越明显，终至成为一种习惯：心理上的问题，会迅速发展成身体上的病症。她病倒在床，不停呕吐，无法进食，沮丧到极点，著名的科诺普夫出版社退稿信中的话像刀子一样在割着她的心："所有的人物都令人反感。""我们曾经出过几部日本小说，都是微妙的，不像这样 squalid（肮脏污秽）。我倒觉得好奇，如果这小说有人出版，不知道批评家会怎么说。"尽管她一直努力站在一切潮流之外，但社会观念和意识形态的压力却始终如影随形，因为《秧歌》和《赤地之恋》，她在内地被定性为反共作家，现在《粉泪》又被美国出版界认为是在替中共辩护，人世的荒诞和讽刺莫过于此。

幸好 5 月中旬，张爱玲申领的社保卡发了下来，她开始到医院去注射维他命针。6 月初，身体渐渐恢复的张爱玲鼓起勇气，开始创作新的故事《上海闲人》，并很快交给经纪人莫瑞·罗德尔。莫瑞看后说是"惧内故事的有趣变奏，但戏剧性不足"，一定卖不掉，要求张爱玲重写。张爱玲只好暂放一边，多年后才将它改写成中文小说《浮花浪蕊》。

与此同时，香港那边却不断地传来令人欣慰的消息。1956 年，亦即张爱玲离开香港后不久，宋淇受邀加入刚成立的电懋公司①，担任制片总监，于是邀请张爱玲为电懋编写剧本。正是在麦克道维尔文艺营与赖雅交往期间，张爱玲在改写《粉泪》的同时，迅速完成了《人财两得》和《情场如战场》。1957 年 5 月底，《情场如战场》

---

① 1955 年，国际电影懋业公司成立，老板陆运涛是马来西亚富商陆佑的儿子。

率先在港上映，一连三周，盛况空前，一举打破了年来的国语片最高卖座纪录。轻松风趣的日常生活情节，俏皮机智的对白，不时抖出的自然而又合乎逻辑的笑料和包袱——考虑到市场需求和观众的接受程度，张爱玲贴心地放低了身段，敛藏起在小说中的锋芒和对人性的深刻洞察，在电影编剧上走起了轻喜剧路线——令电影院里的观众始终笑声不绝。接到宋淇大女的喜讯，张爱玲复信道："《情场》能够卖座，自各方面着想，我都可以说'干了一身汗'，因为我也觉得人家总拿我们这种人当纸上谈兵的书生。"

宋淇还随信寄来 800 美元支票，张爱玲和赖雅立刻开始兴致勃勃地安排生活。他们对未来有很多规划，赖雅非常喜欢从前在法国和英伦的时光，经常向张爱玲讲起，如果有富余的钱，夫妇俩商量着将来要去欧洲旅行，不过现在他们还是只能到波士顿，探亲购物，为赖雅庆祝生日，同时张爱玲还需到康桥的哈佛图书馆查找资料。返回彼得伯勒不久，张爱玲收到来自英国的信件。她母亲病重，住进了医院，想要她到伦敦去见上一面，可她根本凑不出路费。

张爱玲再次陷入了极度的痛苦。1953 年，还是她在香港时，她的父亲张志沂因肺病去世。生在钟鸣鼎食之家，任性挥霍了一辈子，临了临了却在一间仅有十四平方米的小房子里咽下最后一口气，他自己会不会也觉得仓皇凄凉？现在又轮到她母亲了。她母亲为什么急切地想要见她？她想要跟她说些什么？死亡击碎一切幻象，逼迫着人不得不去直面人生中那些平时并没有勇气去正视的难堪、痛苦和伤害。她们都知道发生过什么。她母亲也知道。孤零零地站在人生尽头，眼睁睁着不顾一切追逐的青春欢梦成空，她才意识到错过了什么，又做错了什么。她想告诉女儿，她爱她。可是女儿早就知道。

在张爱玲人生的关键时刻，母亲几次出手，就已经证明了这一点。她知道母亲不放心，正如明白在笨拙地妨碍到母亲的幸福时，母亲是如何地厌弃她。从正反两方面，母亲塑造了她。解释原谅、抱头痛哭，这些都是她最不擅长的戏码。时光无法倒流，她们不能回到过去，也就无法改变已经发生的一切。正如她最钟爱的诗人波特莱尔所说：

> 我们的罪顽固，我们的悔怯懦。
>
> 我们为坦白要求巨大的酬劳，
>
> 我们高兴地走上泥泞的大道，
>
> 以为不值钱的泪能洗掉污浊。

　　她只能给母亲多写信，附上100美元的支票，又将《情场如战场》热映后邝文美为《国际电影》杂志所写的《我所认识的张爱玲》，以及夏志清在《文学杂志》上刊登的《张爱玲的短篇小说》和《评秧歌》①寄过去。她和母亲的所有龃龉都肇始于她的无用。她希望母亲能明白，至少在别人眼里不完全是那样。那应该能让母亲放心和

---

　　① 这两篇文章本是夏志清于1961年出版的英文版《近代中国小说史》中的一章。其兄夏济安当时正在台湾主编《文学杂志》，所以这篇文论经翻译后，于1957年率先登在《文学杂志》第2卷的第4、6期上。文章高度肯定了张爱玲的艺术成就，盛赞她是"今日中国最优秀、最重要的作家"，更肯定《金锁记》是"中国从古以来最伟大的中篇小说"。

　　据夏志清后来记述，1944年夏天在上海，他与张爱玲在沪江同学会上曾有过一面之缘，但彼时夏尚未读过张氏的小说。宋淇与夏济安是好友，得知夏志清赴美后正在编写一部中国近代小说史，于是把香港盗印的《传奇》《流言》寄给夏志清。夏志清说自己"初读《传奇》《流言》时，全身为之震惊，想不到中国文坛会出这样一个奇才，以'质'而言，实在可同西洋现代极少数第一流作家相比而无愧色"。

宽慰。

母亲手术失败，张爱玲也再次病倒在床。赖雅一直尽心且耐心地安慰她，听她讲述和母亲的故事。3 月里，他们在电影院看派拉蒙影业公司的 *Fear Strikes Out*（《孺子雄心》），是一部根据美国传奇棒球员吉米·皮尔索的真实生活经历改编的传记片，一位严厉且富于野心、不断地鞭策儿子奋进的父亲，一位竭尽全力却永远无法让父亲满意的儿子，紧张压迫的父子关系让人的神经几乎随时崩断，当成年后的吉米·皮尔索打赢关键一局，多年积郁瞬间倾泻而出，突然发疯般地攀上看台铁丝网，不顾一切地高喊道："看见了没有？我打中了，打中了！"银幕下的张爱玲感同身受，不可抑制地也跟着哭得呼哧带喘，一旁的赖雅震惊之余，便已猜出端倪。但他并不过分追问，只在张爱玲愿意倾诉时，饱含同情地专注地聆听，同时也分享他自己的故事。他和父母的关系也并不好。他父亲在家中是个严厉的专制君主，赖雅年龄稍长后便极力反抗，成年后更是和他们越来越疏远，他父母晚年先后得了半身不遂，临终前，他一个人尽心伺候他们俩几个月，觉得总算对得起他们了，所以他完全能够理解张爱玲的感受，也越来越热爱、疼惜这颗饱受创伤的敏感而坚强的灵魂。1957 年的最后一天，赖雅为张爱玲做了一盘炒蛋，看她吃下，又心疼地吻了她。窗外大雪纷飞，俩人畅谈到凌晨一点半才一起上床睡觉，张爱玲终于从郁郁寡欢中挣脱出来。赖雅在日记中写道："让这一年的最后一日过去，新的一年即将开始，真高兴能在这里，带着好的想法。"

新年带来新气象，一扫过去数月的阴霾，元旦当天，刚起床的赖雅高兴地写道："早安，新人。"晚起的张爱玲也非常开心。但两个月后，亦即 1958 年 2 月，黄素琼在伦敦去世，友人将其遗物——一只皮箱——寄给张爱玲。整个房子里再次充满了悲伤的气息。一直到两个月后，张爱玲才有勇气去动手整理那只箱子。看到黄素琼的照片，五官、表情那样生机勃勃，富于表现力，赖雅感叹道："照片就像一部小说。"

最可怕的是爱恨纠缠，剪不断，理还乱。而别离消解一切憎厌。随着母亲的逝去，张爱玲终于告别了那些伤心过往，和那个曾经在开纳公寓屋顶阳台上逡巡徘徊、被内心种种激烈而痛苦的情感蹂躏的惶惑少女。俄狄浦斯的成长必须弑父，而由于她对母亲的爱恋和母亲曾经给予她的难堪折磨，她必须弑母，那是痛苦的命数。所幸友人在信中告诉张爱玲，她母亲读了寄去的文章，知晓女儿获得了超乎想象的非凡成就，感到非常快乐。

除了母亲病逝，还有一个因素导致张爱玲被往事不断地侵袭，那就是她正在撰写的自传体英文小说。时空上的距离以及赖雅给予她的情感上的牢靠和稳定，让张爱玲终于有力量逐渐超脱出来，去客观而冷静地审视过往，直面伤痛。小说头两章是写港战爆发，然后转入童年回忆，之后再描写港战，到离港返沪占到全书的三分之一①。回上海后将用较大篇幅写到胡兰成——那是她从来不敢去触碰的一段记忆。尽管如此，那种火烧火燎的痛苦也还时常回来找她。但相比于痛苦，更加困扰她的却是那段经历带给她的前

---

① 这部小说取名《易经》，后来越写篇幅越长，最终分为《雷峰塔》《易经》《小团圆》。这三本书被称为张爱玲晚年的自传体三部曲，在张去世后出版，但其创作构思其实早于 1957 年便已经开始。

所未有的三观上的崩塌和思想上的混乱。少女时代，她的反叛是明确而果敢的，义无反顾。但那之后，世界仿佛蒙上了一层面纱，她也随之变得困惑犹疑。天性聪慧过人令她谙熟人性的阴暗丑陋，但以她当年二十出头的年纪，社会经验又极度匮乏，毕竟稚嫩天真，是无论如何也想象不到人性的伪饰和凶险，尽管孔子早就说过"巧言令色鲜矣仁"，美艳妖冶如曼陀罗，恰恰是花中剧毒。她为年少无知和自己的任性付出了惨痛的代价。和桑弧时的委曲求全固然是希冀求得一个现实中的结果，但又何尝不是麻木中的自我惩罚？从高处跌落，现实摔给她响亮的耳光。总以为自己与众不同，可姑姑看着她痛不欲生的样子都厌烦且不屑，不过是为了个男人！痛苦令她和一切女人平等。那她就做一个普通的凡俗的女人。但到底还是不行，和桑弧在一起的五年，她仅来得及收拾起破碎的自己。是到了赖雅这里，她才重新找回真正的自我，不仅因为他不会用中国传统社会中男性对于女性的必然期许和苛求来要求及塑造她，更重要的是赖雅坦率的热诚，令人信赖的正直慷慨，以及轻松幽默、宽厚随和的性情，提供了一套稳固可靠的价值坐标，让她得以再次调弦正柱。

她手里有个地址，是1955年池田笃纪到香港时留下的。当时《秧歌》《赤地之恋》在香港出版，各大报纸均有报道，胡兰成也买去读。她先前在电影编剧方面再次开疆拓土已经够出人意料，这次突破固有题材，将笔触伸向更加广阔的社会现实则更令人刮目相看。池田此行是受胡兰成之托，她当然不见。当时胡的《山河岁月》出版，香港小报记者曾经以此问她，她亦不置一词。但接下来要写到胡兰成，几次跑图书馆都没有找到需要的资料，她不免有些犹豫。到底有没有必要再兜搭上这么个人？母亲病重让杂沓纷繁的往事不停地回到她脑海。她做了一个奇怪的梦，穿越到电影《孤松林径》中去，碧蓝的天空下，青山上有座红棕色的小木屋，日影摇曳，她的几个孩子在松林中叫嚷奔跑着，快乐中，胡兰成忽然出现了，微笑着将她往小木屋里拉。她羞涩地挣扎着，两个人的手臂拉成了一条直线。醒来后她快乐了很久，也终于下定了决心。现在的她足够清醒，也不缺乏勇气，来撩起这最后一道面纱。无论是美梦，还是噩梦，下笔之前她首先要看清这个人的真实面目。1957 年 12 月底，张爱玲按照池田留下的地址，写了张明信片寄往日本：

　　手边如有《战难和亦不易》《文明的传统》等书（《山河岁月》除外），能否暂借数月作参考？①
　　请　寄：EILEEN CHANG REYNER，25 PINE STREET，PETERBOROUGH, NEW HAMPSHIRE，USA。

　　信头没有称呼。因为"兰成"两个字倾注了她那时的全部热情和爱恋，仿佛只能用在热恋中，爱情消散，它也就随之死去了。不但自己不愿提及，听到别人说出都觉刺耳。冠夫姓赖雅，是她与人通信保持了一生的习惯，即使在赖雅去世后也保持不变，一是因为尊重和庄重，再则"赖雅"予她一种温暖而安全的保护。

---

① 内容引自《今生今世》，胡兰成著，北京：中国长安出版社，2013：第 403 页。

半个多月后，胡兰成的回信才到。

爱玲：

　　《战难和亦不易》与《文明的传统》二书手边没有，惟《今生今世》大约于下月底可付印，出版后寄与你。《今生今世》是来日本后所写。收到你的信已旬日，我把《山河岁月》与《赤地之恋》来比并着又看了一遍，所以回信迟了。

　　兰成①

　　《山河岁月》和《赤地之恋》有什么可比之处？为什么要特意把这两本书比并着来看？②依然是聪明得一句话、一个举动后面都要藏个小心思，可那样一味自命不凡地想要争胜，看了却只令人想发笑。更可笑的是他在信中还附上了大约颇为得意的近照，完全无视她之前在信中刻意保持的距离和分寸。她实在无话可说，便不再回信。10个月后《今生今世》上卷寄到，那样旖旎缠绵、专门擅长煽动人的寂寞情思的文字，如今她看到却不喜欢了。写自己的部分看了生气，看到这是"好的"那亦是"好的"，是她从他诸暨乡下来的长信中才开始觉察到的一种刻意而匠气的怪腔怪调，又忍不住皱眉诧笑："唉！怎么还这样？！"偏胡兰成还要写来一封又一封的

---

　　①　书信内容引自《今生今世》。
　　②　胡兰成在《今生今世》中写道："《赤地之恋》与《秧歌》皆是爱玲离开内地到香港后写的小说。我读自己的文章时，以为已经比她好了，及读她的，还是觉得不可及。……但我总也不见得就输给她，所以才爱玲的来信使我感激。我而且能想象，爱玲见我的回信里说到把她的文章与我的比并着看，她必定也有点慌，让她慌慌也好，因为她太厉害了。"

信刻意撩拨，张爱玲实在忍无可忍，为彻底断绝他的纠缠，于 1958 年 12 月 27 日终于复信道：

兰成：

　　你的信和书都收到了，非常感谢。我不想写信，请你原谅。我因为实在无法找到你的旧著作参考，所以冒失地向你借，如果使你误会，我是真的觉得抱歉。《今生今世》下卷出版的时候，你若是不感到不快，请寄一本给我。我在这里预先道谢，不另写信了。

　　爱玲 十二月廿七 ①

这一次，她不再避讳，将两个人的名字堂堂正正地写在抬头和落款。因为"兰成"二字对她来说已毫无意义，形同陌路，是以可以毫无忌讳地说出口。与 1947 年夏的那次诀别不同，这一次她已从心底里彻底放下，至此了无挂碍，不愿与这个人再有任何瓜葛。

1958 年春天，张爱玲和赖雅开始商讨未来的迁居事宜。对此，两人的想法非常不同。一直生活在亚热带地区，张爱玲始终无法适应彼得伯勒漫长的冬季和零下三十多度的严寒。小镇生活单调而枯寂。彼得伯勒只有几条主要街道，人烟稀少，昼短夜长，娱乐活动少之又少。镇上仅有规模甚小的一家图书馆、一家电影院。

---

① 书信内容引自《今生今世》。

图书馆的藏书主要为通俗小说和儿童读物，逢到需要参考书，他们就得通过当地图书馆向新罕布什尔的州府康科德转借。电影院是张爱玲和赖雅最常去的地方，逢到新片上映，红色座椅上总是坐满了人，因为大家都无处可去，在那里，他们总能和麦克道维尔文艺营的许多营友不期而遇。对张爱玲来说，彼得伯勒仿佛就是世界的尽头，万物沉寂，飞鸟不渡，放眼望去，除了层峦叠嶂的山脉，便是莽莽苍苍的原始森林，而她却一心向往生活在大都市，因她最喜欢听市声，住在高楼上，打开窗子俯身下去，就可以看到车水马龙、熙熙攘攘的人世间，就像当年她住在上海常德公寓一样，那是最理想的逃世的地方。别人干扰不到她，但她却可以随时让世界来到面前。《粉泪》的失败，她也归因于离从前的环境太远，失去了创作的灵感。而赖雅漂泊半生，难得地安定下来，远离尘嚣的彼得伯勒在他眼里是亲切而可爱的，这里的时间缓慢而悠长，他热爱这种平和宁静的生活。一天夜晚，麦克道维尔文艺营主管的妻子肯特尔太太来访，谈话中她说自己恨透了彼得伯勒，陷在单调乏味的生活里挣脱不出来，看不到任何机会，张爱玲立马对她表示同情，同时发泄自己对此地的厌弃之情。一旁的赖雅伤心而懊恼地听着。他明白得向这种平静而幸福的生活告别了。他自己已日薄西山，而张爱玲却正当盛年，并且雄心勃勃，幻想着能在纽约这样的大都市扎下根基，靠着自己的天分和努力，有朝一日扬名立万。如果两人中间必须有人做出牺牲，那也应该是他，而不是张爱玲。他是经历过人生的人，不能因为自己由绚烂归于平淡，就剥夺了她生活的权利。经过商量，张爱玲请胡适作保，和赖雅向加州的亨廷顿·哈特福基金会提出申请，并于 7 月收到通知，可以在 11 月 8 日开始迁到该文艺营。

他们开始为迁居做准备。处理掉赖雅寄存在堆栈里的几千本书，又从"宝藏"①里挑出些古董去卖，以筹措路费。7 月 26 日是赖雅 67 岁生日，他们一起到新罕布什尔州的另一小城基恩去购物。和彼得伯勒一样，当地居民都是白人，见到一张亚裔面孔都很好奇地盯着看，张爱玲也不以为意。下午，感到疲累的赖雅坐在公园长凳上休息，留下张爱玲一人继续购物。开往彼得伯勒的巴士 5 点 20 发车，到了 5 点，张爱玲还是踪影全无，赖雅焦急起来，起身去寻找她，直到最后时刻，才见她提着一堆东西，左挎右挽地姗姗而来。

在重新将《粉泪》改写为《北地胭脂》、创作自传体小说、构思并为《少帅》搜集资料的同时，张爱玲还仅用 3 天时间加急为香港方面完成了一个电影剧本。赴美后，电影剧本写作一直是张爱玲最重要的收入来源，但她清楚地知道，这些单纯迎合市场的通俗作品与她的天才并不相称。内心的焦灼让她频繁地做同一个梦：向不同的熟人一遍又一遍地解释，为什么自己不再创作。一次，她梦见一个中国作家（她并不认识此人）取得了极大的成就，相比之下，她为自己感到伤心屈辱。醒来她泪流满面地向赖雅复述了这个梦，赖雅也竭尽所能地安慰她，他理解经济窘困以及籍籍无名带给她的压力和沮丧。探讨未来，他们决定结束在亨廷顿·哈特福文艺营的生活后，便迁往旧金山，张爱玲为明年能在温暖的

---

① 黄素琼留给女儿的箱子，张爱玲、赖雅称之为"宝藏"。1958 年 5 月 19 日，他们到波士顿，张爱玲特意带上一些古董去见经销商，对方出价 400 美元，最后张爱玲讲到 450 美元成交。黄素琼临终前特意留给赖雅 280 美元，作为给这位没见过面的女婿的礼物。这些都对他们的生活大有助益。

西海岸度过整个夏季而开心。赖雅坦率地表达了对自己不能负担家庭经济的歉意，张爱玲则温柔地表示，她完全能理解赖雅在这方面的难处。

8月，赖雅做了一次体检，尽管过去屡犯中风，幸运的是他的心脏功能良好，其他器官也都正常，只有背部常常莫名疼痛，晚上张爱玲经常充满爱意地为他按摩背部和双脚。生活的窘迫并没有阻止两个人越来越心心相印。在此期间，赖雅立下遗嘱，将他所有身后之物留给张爱玲，在这些他称为"无用之物"的东西里，包含赖雅与华莱士·史蒂文斯和贝尔托·布莱希特的通信，这是有关这两位文学大师信件的最大宗收藏，具有非常重要的文学研究和收藏价值。

中国人普遍习惯过阴历生日，而按照西方公历，每年的具体日期都会有所不同。有心的赖雅居然弄清了1958年张爱玲的生日应该在公历的10月1日。这天早晨天空下起雨来，更令人懊丧的是一位联邦调查局人员登门来核查赖雅拖欠债务的问题，并试图以此盘问张爱玲，赖雅巴不得他赶紧离开。下午天空放晴，好不容易摆脱困扰的赖雅和张爱玲一起去邮局寄信，回来小睡片刻后，吃了点肉饼、青豆和饭。张爱玲用心打扮，俩人一起去看傍晚场的喜剧电影《从军乐》。他们和电影院里的观众一起开怀大笑，直到笑出了眼泪。在冷峭的寒夜里步行回家，将剩下的饭菜吃完，张爱玲开心地告诉赖雅："这是我有生以来最快乐的生日。"

这一年，张爱玲38岁。

哀乐中年

任何深的关系都使人 vulnerable（脆弱），在命运之前感到自己完全渺小无助。我觉得没有宗教或其他 system（思想体系）的凭借而能够禁受这个，才是人的伟大。

——张爱玲·《张爱玲私语录》

1958 年 10 月下旬，张爱玲和赖雅与两年多来在彼得伯勒结识的朋友们一一道别，取道纽约，前往南加州。

亨廷顿·哈特福基金会位于洛杉矶西边滨海的帕利赛德斯的乡村峡谷，可以俯瞰太平洋，一年四季草木葱翠，鲜花盛开，仿佛一个大花园。它由美国著名富豪、A&P 超市的继承人乔治·亨廷顿·哈特福二世出资营造，占地 150 多英亩，共包括十多间独立工作室和两栋复式建筑，以及一个中央餐厅，艺术家们可以在此进行 1~6 个月的静修。张爱玲和赖雅申请到的是最长期限。他们抵达之后，便分配到一处房子。从天寒地冻的彼得伯勒，骤然来到阳光灿烂的南加州，张爱玲仿佛从冰冻中苏醒过来，一时竟似有重生之感，但赖雅的感受却迥然不同。壮年时他曾在此地待过 10 年，这里拥有他太多的回忆。那时他是好莱坞颇有前途的剧作家，在各种社交场合都大受欢迎，谈吐风雅，挥金如土，如今重来，却已垂垂暮年，一文不名。走在洛杉矶的街道，仰头看看天空，都让他有抚今追昔不胜怆然之感。而好莱坞却是一个没有记忆的冷漠城市，大浪淘沙，永远是最当红的才受到热捧，被时代抛弃的旧人转瞬就会被人们遗忘。旧相识中也有些人荣升高位，尽管赖雅一生待人热诚慷慨，但如今落魄，却也没有人愿意伸出援手。

基金会提供膳食，赖雅也因此解脱出来，他迅速结交了一些新朋友，晚餐后不是在公共大厅和大家聊天，便是坐在桌旁玩会儿扑克牌游戏——在这方面他可是个高手，甚至写过一本讲述扑克牌历史的书。张爱玲则一如既往，丝毫不愿意浪费时间去社交，餐后立即回工作室，将陈纪滢的长篇小说《荻村传》改写成英文版的《荻中笨伯》。附近没有电影院，他们买了一台电视，这样晚上也依旧能够看电影。又养了一只叫西尔维亚的猫，几个月后忽然不知去向，天天在盘子里放上牛奶引诱它回来也无济于事。也搭乘营友们的车去洛杉矶市区，逛好莱坞比弗利山最时髦的百货公司，赖雅因为囊中羞涩遭遇售货员的白眼而心境恶劣，张爱玲则毫不留意，因为单是欣赏物质的丰盛便已令她目不暇接，满心欢喜。

赖雅请基金会里的摄影艺术家西尔维娅·斯蒂文森为妻子拍摄艺术照，张爱玲盛装打扮，肩膀上搭着母亲留下的极美的长围巾。1959 年 3 月，她穿着自己亲手改制的服装出现在晚餐席上，引起了一阵骚动，赖雅自豪地在日记中写道："她无疑是这里最美的女人。"但大多时候，她对各种派对邀约总是婉言谢绝，让赖雅很是无奈。一天，赖雅故意叫正在工作的张爱玲出来见客，这令张爱玲大为意外，坚决不肯。夫妇俩破天荒地争辩起来。赖雅认为张爱玲这种强烈的自卫心理，拒绝与他人相处的行为，是不正常也不健康的癖好；张爱玲则认为赖雅这样强人所难对她是不公平的，因为只要一句话，她就能看到自己与他人之间的鸿沟，她从来不干涉赖雅的兴趣爱好，尽管她认为他在娱乐和闲逛上浪费了太多时间，对人际关系的渴求更是到了太过分的程度，把朋友看得比家人还要重要，但她从不横加指责，更没有试图改变他。见实在无法说服她，赖雅不得已道出实情，外间正在等待的客人其实只是朋友带来的一头山羊。张爱玲闻言大笑，立刻爽快地起身出来会客。

环境的改变并没有给张爱玲的写作事业带来转机，《荻中笨伯》完成后寄给纽约的玛丽·勒德尔，她认为这种题材在美国很难有市场，干脆拒绝代理这部书稿。赖雅又陪张爱玲去比弗利山找其他代理人询问，依然无果。张爱玲只得转而向麦卡锡求助。1959 年 5 月 13 日，张爱玲和赖雅在亨廷顿·哈特福基金会的居住到期，和营友们告别后，他们搭乘朋友的汽车前往旧金山。行前张爱玲刚收到宋淇寄来的一笔电影剧本稿酬，所以二人暂无经济之虞，抵达旧金山后，先在一家小旅馆落脚，一边游逛当地的著名景点，一边寻找合适的居所，最后定下布什街 645 号一套临街的公寓，有两个房间外加浴室和厨房，租金每月 70 美元，水电费另算。入住之前，张爱玲花了些时间将公寓彻底打扫干净。她无法忍受别人留下的脏污。

麦卡锡方面有了消息，香港美新处委托张爱玲将《荻中笨伯》改编成中、英两个版本的电影剧本，每本稿费 1500 美元。赖雅在麦克道维尔文艺营时正在写作剧本《克莉丝汀》，后来基本中断，这时联系纽约斯克瑞卜纳出版公司，该公司不仅愿意出版，还同意预支 3000 美元稿酬。张爱玲竟比赖雅本人还要高兴，因为出版社肯预支给她的稿酬仅为 1000 美元，她很开心别人将赖雅看得比她更有价值。在两性关系中，她一直秉持着东方的传统观念，"女人要崇拜才快乐，男人要被崇拜才快乐。"赖雅在几条街区外的珀斯特街（Post Street）租下一间小办公室，这样他就不必为了怕打扰张爱玲工作和休息而经常在外面闲逛。两个人很快都忙碌起来。赖雅通常早上 8 点起床，吃点东西便步行到他的小办公室去写作。中午回来唤醒张爱玲，一起共进午餐。下午两人分开继续各自的工作。每次外出前，他都要依依不舍地跟她吻别。傍晚天气好，赖雅非常喜欢出去散步，而张爱玲每次出门必须得经过一套烦琐的程序：戴隐形眼镜、化妆、换衣服，和一切丈夫一样，赖雅揶揄调侃女人的这些麻烦，却又只能耐着性子等待。

旧金山生活便利，他们又可以经常步行去看电影。手头稍微宽裕，赖雅立刻买下一部二手相机，这样可以不再假手于人，亲自为爱妻拍照。8 月 14 日是两人的结婚纪念日，夫妇俩特意庆祝了一天。去唐人街购买张爱玲最爱吃的点心，傍晚又去看詹姆斯·史都华主演的新片《桃色血案》，进场时电影已经放映过半，散场时两人没有起身，而是从头又看一场，最后到附近餐馆继续庆祝。一个多月后是张爱玲的生日，赖雅特意早起外出挑选了一件绿色衬衫，回来叫醒并祝福睡得暖意融融的她："生日快乐！"

这是两人婚姻生活中难得的一段平静而安稳的时光。西海岸温暖舒适的气候让两人的健康状况大为好转，他们不再像在彼得伯勒时那样频繁地生病。赖雅新结识了两位画家朋友，乔·培根和爱丽斯·必赛尔，乔·培根也爱散步聊天，陪着赖雅走遍了旧金山的大街小巷，他还每周开车来一次，载着赖雅去购买生活用品。一向对同性友谊极为珍视眷恋的张爱玲则迅速和爱丽斯成了好友，两人无话不谈，闲暇时一起逛街、挑选布料，去唐人街张爱玲最喜欢的点心店品尝甜点，在华盛顿公园的长凳上闲坐，看成群的白鸽在教堂的上空呼啦啦地飞来飞去，聊绘画、诗歌和各种琐事，回家时欢笑着踏上铺有地毯的狭窄楼梯，转上二楼，赖雅已经做好温暖而美味的晚餐，等待着她们一起分享。

1959 年 11 月，张爱玲收到入籍通知书，接下来要办一系列手续，拍照、准备民事提问和相关证件等。一个阳光明媚的下午，赖雅陪张爱玲去一位英国老太太开的照相馆去。赖雅热诚随和的个性总能帮助他迅速和人建立起融洽愉快的关系，张爱玲也格外欣赏他这一点。他和老太太相谈甚欢。老太太原本是一位杂耍歌舞剧的演员，上了年纪后在旧金山开了这家照相馆。赖雅称赞她是位出色的摄影师，因为老太太给张爱玲拍摄的一帧照片抓住了张的全部优点。

年底，修改后的《北地胭脂》再次被出版公司拒绝，张爱玲陷入了极度的沮丧，又一次病倒在床。炎樱来信对张爱玲遭受的挫折表示同情，却让她的恶劣情绪更加雪上加霜。年近四十的她正经历着生理上的衰老和心理上的挫败的双重煎熬。一直以来，她生存的目标就是为了发展和成就自己的天才，她为此精疲力竭地工作，但现在作品却连出版这一步都走不到。失去了和读者之间的联系，听不到任何回响，她仿佛浩渺大海上的一叶孤舟，辨别不清方向，也不知道该如何靠岸。赖雅是她唯一的支持和安慰，但即使如此，也不能完全理解为什么作品被拒，她就仿佛被全世界抛弃了一样？他拉她去做新衣，和朋友乔·培根等人一起宴饮迎新，但张爱玲始终愁眉不展。元旦当天,感动于一直以来赖雅的悉心爱护,心怀歉疚的她放下工作,跑去陪伴赖雅。赖雅非常高兴。两个人探讨起未来,以及金钱的意义。他们俩目前的收入主要来自张爱玲的剧本稿酬,另外赖雅每月可领取50美元社会保险金,并从过去出版的图书和剧本中获得少量版税。虽然两人的物质需求不高,但张爱玲依旧不敢乐观。她频繁地算命,想要预知那些还未揭开的底牌,自己的事业和前程,赖雅的身体,这一切都让她忧心忡忡,却又不敢寄希望于命运会网开一面。是该坚持目前的写作方式,还是做出调整和改变?年轻的最大好处是还有数不清的时光在前头,失败了还可以从头再来,但她已经失掉了这样的资本。她消耗不起另一个4年,也不能再有闪失。她是在和时间赛跑,得赶在命运的真正打击到来之前,抢先和赖雅平稳着陆。

病倒的那几天她一直在焦虑地思考,一俟能起床便悄悄跑到英国海外航空公司打听去香港的机票价格,要1000美元。担心给赖雅压力,她对自己的打算只字不提,只是不声不响地开始攒钱。心情的焦灼令张爱玲又数次病发,但她延捱着不肯去看医生,反而是一次赖雅突然感到一股压力冲入躯干,令张爱玲大为惊慌,立刻请医生前来诊治,她的关心体贴令赖雅格外感动。平时,赖雅也总是竭尽所能地照顾她。张爱玲不善处理家务,又经常丢三落四,随手乱放东西,若在从前告诉满世界逍遥的赖雅,有一天他会为了一个女人洗手做羹汤,估计连他自己都不会相信,但现在他却是勤杂工、修理工、厨师兼采买,还不时得帮张爱玲找各种东西,比如说眼镜,一次是在瓦砾堆似的衣服里找到的,还有一次,赖雅回家正赶上张爱玲匆匆忙忙要去眼镜店,她又把一只隐形镜片弄丢了,得重新另配。赖雅赶紧帮她到处翻找，结果却发现她竟然将两个镜片戴到了同一只眼睛里。她的小迷糊不时为他们的生活增添一些意想不到的乐趣。夏季，霏丝来旧金山探望父亲，张爱玲和赖雅陪她吃饭逛街，到各处景点游玩。之前在彼得伯勒，霏丝曾经和张爱玲碰过两次面。两个女人一直保持着礼貌友好的关系，但对霏丝来说，眼看着父亲将自己童年渴望却未曾得到的爱和陪伴毫无保留地给予了另一个女人，却终究不是什么愉快的事。7月，张爱玲终于办完入籍所需的一切手续，正式成为美国公民。年底，受赖雅影响，她在美国总统大选中投了肯尼迪一票。

新年伊始，眼见前途渺茫，再加本来身体就弱，这时体能精力更是大不如前，张爱玲忽然倍增萧索之感，以前一贯相信自己过了年就会转运，这时屡经打击也已灰了心，但她还是竭力鼓起干劲儿，因为十多年前卜卦，曾预言她1963年会交大运，而正在创作的长篇小说《少帅》也让一切看起来似乎很有可能。她必须得抓住这最后的机会。工作之外，接待婚后从日本返回的炎樱，和赖雅一起去观看布莱希特的《三便士歌剧》，赖雅还极力向张爱玲推荐布莱希特的《四川好人》，认为那是部杰出的剧作，却绝口不提与布莱希特分崩离析的往事，不仅如此，当其子斯蒂芬·布莱希特到旧金山的居所来访，赖雅不计前嫌，依旧热诚地加以款待。对于赖雅的这种宽宏，张爱玲后来勘破内情后尤为震动和感佩，因为她自己就做不到。

赖雅具有出色的鉴赏品味，他不赞成美国当时众多文学作品表面上强硬，骨子里滥情，认为应该为其注入一种"粗嘎的声音"，一向讨厌文艺腔的张爱玲非常赞同他的想法。两人默契投合，常常一句话还未说完便已觉多余。赖雅有时纳罕地笑道："我们这么好也真是怪事！"尽管如此，她却从没有完整地阅读过赖雅的任何一部作品，不过她从不说读不下去，而是自谦"读不懂"。心知肚明的赖雅自尊心受到了伤害，伤心气恼却又无可如何，久了习惯之后索性常常自嘲道："我享受的是世界大师的待遇。"（I am good company.）因为他将乔伊斯等人推荐给张爱玲，张爱玲同样不读。最让人哭笑不得的是，她整天捧着被赖雅斥为"垃圾"的小报却能读得津津有味，就像当年在上海她丝毫不顾及贵族小姐的身份，挤到俗陋不堪的梆梆戏院里去看戏。去年她生日，张爱玲竟提出想看脱衣舞，赖雅于是陪她到破旧的总统脱衣舞院去。赖雅之前见识过这种表演，丝毫不感兴趣，张爱玲却看得津津有味。她始终是在以小说家的视角观察世界，钟爱一切蓬勃有生命力的事物，但凡能够拓展视野、延伸生命边界的体验，在她都是新鲜可喜的。

1961 年 8 月 11 日晚餐时，张爱玲向赖雅提出想到香港开拓新的经济渠道的计划，顺便还要到台湾为《少帅》搜集材料，麦卡锡此时已经调任台湾美新处处长，刚好能为她提供便利。赖雅感到意外而震惊。这顿饭两个人吃得分外沉默。隔天，张爱玲努力向低沉而疲倦的赖雅解释，她之所以想去港台，完全是为了创作和他们的未来。但赖雅根本听不进去，他在日记中写道："好，她想要改变，而我想要过和眼前一样的生活。"因为情绪恶劣，赖雅的腿痛很快扩散到背部。张爱玲想要劝说他留在旧金山，与他们的朋友乔·培根和爱丽斯待在一起，等待她回来，遭到了赖雅的拒绝。3 天后身体恢复，他立刻给刚从佛罗里达迁居华盛顿的霏丝写了封信，问有无可能搬到她附近去。他委屈地将信拿给张爱玲看，想让她明白自己的心酸感受，从而回心转意。但张爱玲坚持认为长痛不如短痛，她必须为两个人的将来做长远打算。他们开始各自准备行程。1961年10月10日，张爱玲从旧金山飞往台北，赖雅在机场送别她，回到空荡荡的家中，不堪久留，简单收拾后随即也启程东行。对他们俩来说，这都将是一场伤心之旅。

张爱玲和台湾曾经有过一面之缘。近20年前，她和炎樱从日军占领下的香港返回上海，船只因为躲避轰炸，曾经绕道南台湾，又经她祖父张佩纶战败之地基隆。遥遥地，海面蒸腾的白雾中，托出两座清奇俊秀的山峰，欹斜险峻的线条仿佛出自鬼斧神工，清浅的碧绿色高耸在雪白的天空上，半山腰上云雾缭绕，就像古画的青绿山水挂在了天边，看得她眼都不敢眨。麦卡锡夫妇开车到机场接她，并在台北国际戏院对面的餐厅安排她与《现代文学》的作家们见面，当时在座的有白先勇、陈若曦、王祯和等人，后皆成为台湾文学的中坚力量，然后由王祯和陪同前往其家乡花莲，因为张爱玲对那里的风土人情很感兴趣，在当地兴致勃勃地观看了山地舞，甚至还去了"甲种妓女户"。据王祯和记述："她看妓女，妓女坐在嫖客腿上看她，互相观察，各有所得，一片喜欢。她的装扮，简宜轻便，可是在1961年的花莲，算得上时髦，又听说她是美国来的，妓女对她比对嫖客有兴趣。"他们还计划一路到台东、屏东、高雄，但是刚到台东便收到消息，赖雅在途经宾夕法尼亚的比佛福尔斯时突然中风，住进当地一家医院。二人于是取消计划，搭乘最近的车先到高雄，然后连夜赶往台北。跟霏丝通话后，才知她已赶到比佛福尔斯，赖雅脑充血昏迷不醒，情况并不乐观，张爱玲临行前曾给赖雅留下一笔钱，这时叮嘱霏丝："现在尽量多花钱，等以后——尽量少花钱。"霏丝明白张爱玲的意思。两个女人都忍不住哭起来。

两天后赖雅苏醒，手脚能动，但面部麻痹，说话仍不清楚，为方便照顾，霏丝将他带回华盛顿，住进她家附近的医院。张爱玲则立刻飞往香港。她别无选择。因为这趟旅行已经花光了他们所有的积蓄，现在用她手中所有的钱，也只能飞到匹兹堡，却到不了华盛顿。然后接下来要怎么办？用赖雅手中的钱？可那是要用来付医药费和生活费的。她只能如约去香港赶写更多剧本，以解燃眉之急。几年来，她一直从心底渴望着与邝文美的这次相聚，幻想着重温往昔的欢乐时光，但她忽略了一点，当日刚离开内地时她盛名犹在，之后前往美国更是看起来前途一片光明，后来在美国一再受挫，不单她始料未及，也超出所有人预想。她的天才能否被现世认可已经成为未知之数。漫长的，仿佛看不到尽头的人生低谷，考验的不仅仅是她的决心和耐力，也令她的一切人际关系面临着无情而严峻的考验。

到香港和宋淇夫妇晤面后，她即搬入九龙的一间斗室，那是预先委托宋淇夫妇帮忙租下的。当时内地正逢"大跃进"，大量内地人涌入香港，导致当地住房极其紧张，房租飞涨。房东老太太是上海人，娘家婆家的人大都还在内地，每月都要往回邮寄面条炒米咸肉，肉干笋干，砂糖酱油生油肥皂，各种生活用品，还有药片。逢到亲戚一位70来岁的老太太要回内地，不仅托她带各种东西，还赶紧炖锅红烧肉，连锅也一并带去。"锅他们也用得着。"她说。张爱玲好奇地问："一锅红烧肉怎么带到上海？""冻结实了呀。火车像冰箱一样。"也总不好意思地解释为什么要把房子分租出去："我们都是寄包裹寄穷了呀！"公寓屋顶有个大阳台，夜晚空旷无人，写作闷了，张爱玲就上去走走，穿山渡水地望过去，大陆横躺在那里，竟似听得见它的呼吸。

她一到香港便开始按与宋淇的约定，赶写《红楼梦》（上、下）电影剧本，稿酬定为1600~2000美元。每天从上午10点写作到凌晨1点，全力以赴地赶工。从10月开始，她陆续写给赖雅5封信，皆无回音。第一封信被从比佛福尔斯退回，想是信到时霏丝已经带着赖雅离开。其他4封寄到华盛顿由霏丝转交，不知为何竟被遗失。她给爱丽斯写信确认霏丝的联系地址是否无误，同时又设法联系霏丝的丈夫。1962年1月5日，她终于收到宋家转来的赖雅来信，他的身体已经康复，正在寻找公寓，并很快寄来新房子的蓝图，这让张爱玲彻底松了一口气。她告诉赖雅自己将在2月30日返回美国，迷糊的她再次犯了错误，忘了那年2月只有28天。美国越洋航空公司的飞机一票难求，所以该公司要求提前三周就得预付票款，张爱玲联系库克旅行社，要求退掉之前预订的到旧金山的船票，因为没有船票退款她凑不出飞机票钱。1月14日，张爱玲终于赶写完《红楼梦》剧本下集。长时间的高强度工作令她眼睫毛根发炎和眼结石的毛病再次复发，到医院检查，医生安排了12支针剂的疗程。另外因为从旧金山来时的飞机座位狭窄，她的腿脚一直肿胀，鞋子挤脚，水肿越发不愿消退，她惦念着买双大些的鞋，奈何手头拮据，只能耐心地等到农历新年前的打折促销。她还急需一副眼镜，因为眼睛出血使她没法再戴隐形眼镜。种种意外令她狼狈不堪。但她的归期却不得不推延。《红楼梦》剧本交给宋淇后，宋淇担心自己对

《红楼梦》太过熟稔，难以客观公正，提出要请没有读过这部小说的老板们过目，然后再进行修改。为了避免张爱玲空等，他建议她再利用这一个月左右时间另写一个剧本，稿酬800美元。依照张爱玲和赖雅在旧金山的生活标准，这差不多够他们4个月的开销，一直坚信1963年就会转运，但却不知道如何捱过1962年的张爱玲慨然允诺。

这令急切地盼望着她归期的赖雅焦躁不安，他来信责备她"没完没了地延期"，又惦念着要寄钱给她。张爱玲回信反复耐心解释自己目前的状况，说自己非常想念他们可爱的小公寓，夸赞赖雅能干，用那么少的钱找到这么合适的公寓，同时请赖雅不要在这种艰难的时刻对她过分敏感，也无论如何不要寄钱给她，让她安心完成手头的工作——一个电影剧本，以及穿插着为麦卡锡翻译的一部短篇小说。"快乐点，甜心，尽量吃得好，保持身体健康。很高兴你觉得暖和。我依旧能看到你坐在乔家壁炉前的地板上，像个大泰迪熊。给你我全部的爱。"在1962年1月18日的信中她写道。

为了让张爱玲开心，赖雅提议到纽约去接她，一起游玩几天，然后再搭乘火车回华盛顿。张爱玲拒绝了。因为状况迭出，她不得已向宋淇夫妇开口借钱。那在她是一件异常艰难的事。在母亲身上，她曾清楚地看到过金钱对于人类情感的破坏性，而她的担心和笨拙却又恰恰让她最恐惧的事情再次变成了现实。在2月10日写给赖雅的信中，她说："向宋家借贷是个痛苦的举措，破坏了我们之间的一切。"在这种状况下，除了努力工作，尽早摆脱困境，她根本无暇他顾。但更糟糕的事情还在后面。20世纪50年代，电懋在香港电影界一家独大，但到60年代，出现了一位强有力的竞争对手——

邵氏兄弟电影公司。两家公司竞争极其激烈，经常抢拍同一题材的电影，比如《武则天》《杨贵妃》，眼下则是《红楼梦》。最终邵氏抢先开拍。2月中旬，张爱玲提前完成新剧本，订下3月2日的机票。她急于返回美国，并在行前拿到全部稿酬。宋淇多年来尽心尽力帮忙，如今却发现被拖入两难的困境，一方面要对公司负责，另一方面，又对友情难以交代。不满和猜忌之下，双方的态度都变得坚硬疏冷。宋淇告诉张爱玲会给她新剧本的稿酬，至于《红楼梦》因为赶工粗糙，并不理想，对于张爱玲回美国后再修订两稿的提议，宋淇不置可否。第二天，张爱玲终于想明白前因后果，看来电懋高层已经基本决定放弃拍摄《红楼梦》，她3个月苦干，企图换取未来一年生活保障的努力也就付之东流。早知如此，当初又何必走这一场？现在她还欠宋淇夫妇几百元医药费与生活费。房间本来就小，她难过得简直要窒息，仿佛随时会爆炸开来。因为整夜失眠，原本已经愈合的眼睛又开始出血。2月20日给赖雅的第五封信中，她甚至愤懑地写道："他们（宋淇夫妇）不再是我的朋友了。"极度的痛苦和艰困的人际关系再度把她变成了开纳公寓楼顶的那个少女，2月18日元宵节前夜，无法入睡的她走上屋顶，在阳台上兜得团团转，满城霓虹闪烁，对着天上一轮红红的满月，她却只能在心底浩叹，全世界没有一个人她可以向之求助。即使赖雅，恐怕也未必能体会她此刻揪心的痛苦。

但为了生存，被伤心、痛苦、愤懑等极端情绪控制的张爱玲依旧得坐下来耐心谈判。电懋老板很喜欢第三个剧本，《红楼梦》虽然流产，但张爱玲、宋淇等人依旧一起规划了几个新故事，可以由她返美后编成剧本。行期再次被迫推延。但因为业已按照原定行程通知房东退租，她只得搬入宋家临时借住两周。3月16日，早已归心似箭的张爱玲终于如愿以偿，登上返美的飞机。这一天，赖雅高兴地在日记中记下："爱玲离港之日。"虽然张爱玲最后一封信中已经言明要在旧金山转机，18日星期天中午才能抵达华盛顿，但到了17日，日盼夜盼的赖雅忽然担心起来，以张爱玲的迷糊，会不会又搞错了日期？不放心的他坚持要去接机，霏丝只能陪他前往，结果无功而返。第二天，他们又一起去机场，看到张爱玲精神焕发地走下舷梯，赖雅万分欣喜。霏丝开车载他们回到市内，赖雅急于让张爱玲看看他们的新家，家里已经准备好了咖啡和麦片粥。稍事休息后，赖雅陪着张爱玲在春日的大风中畅游了国会大厦和国会图书馆。回家后，张爱玲吃了个蛋，然后在旁休息，由赖雅做可口的汉堡包和色拉当正餐。熟悉的家的味道。为了这一天，他们俩都已经日思夜想了数十天了。

第二天，张爱玲才有时间仔细地观看这所公寓和赖雅买的家居用品。又向赖雅详细讲述了在香港的情况，把宋家的合家欢照片拿给他看。尽管在给赖雅的信中称香港那段时间是"一生中最悲惨的五个月"，但回到家中，她还是迅速变得生机勃勃，赖雅在日记中高兴地连写两遍："爱玲在这里！爱玲在这里！"在之后的日记中他更是写道："爱玲，你把春天带回来了，你就是春天！"他们的新家坐落在第六街105号的皇家庭院，名字起得豪华，其实只是一栋朴素的公寓，离霏丝家和国会图书馆都很近。华盛顿不像纽约那样的大都市，到处耸立着摩天大厦，人声喧嚣，车水马龙，这里空间开阔，各色砖石小楼临街而立，街道上总是安安静静。赖雅带她去国会图书馆。在等她回来的时间里，他每天都走不同的路去图书馆，借以熟悉周围的环境，好在妻子归来后为她担任导游。他们为她在国会图书馆申请到一个桌位，离他的固定座位很近。张爱玲立刻迫不及待地查出几本和《少帅》有关的图书资料。傍晚，他们一起应邀到霏丝家晚餐，张爱玲送上从香港带回的礼物——挂着福字的小金饰品，大家欢声笑语，霏丝的大儿子杰瑞米跟张爱玲大谈特谈孩子气的话。赖雅年轻时不愿被家庭束缚，惹得前妻怨恨，到了晚年退出社会角色，却越来越热爱家庭生活，和女儿、三个外孙都相处得其乐融融，他陪孩子们下棋，看棒球，兴致盎然地听他们聒噪着学校里的趣事，也给孩子们讲述自己游历世界的见闻。年龄最大的杰瑞米尤其热爱外公，把赖雅送他的一副做工精巧的象棋珍藏了许多年，连带着对张爱玲也非常好奇。过了些天，张爱玲又陪同赖雅出席霏丝夫妇举办的大型派对，张身着自己设计、由母亲的大围巾改制的衣服，获得众人一片赞叹，霏丝甚至认为那丝毫不亚于巴黎大牌设计师的作品。

他们的生活很快回到正轨。赖雅早起去图书馆写作读书，下午出去购物或者处理杂事，张爱玲偶尔与他一起在图书馆自助餐厅用午餐，但大多时候，她还是待在家中写作。

5月，赖雅再次因中风住院，两个月后才彻底康复。有霏丝帮忙，在照顾他的同时，张依旧在紧张地工作，如期为香港方面完成了约定的电影剧本。

7月26日是赖雅生日，早晨醒来第一件事便是张对他说："生日快乐，甫德！"简单收拾后，他们搭乘灰狗巴士前往巴地摩尔的海鲜饭店品尝帝王蟹，又搭乘一位偶遇的朋友的车游览了这座城市。赖雅称这是幸运的一天。

电影依然是他们最喜爱的娱乐。《杀死一只知更鸟》《丑陋的美国人》《人约黄昏后》……赖雅最欣赏费雯丽，对她的美丽和优雅仪态赞不绝口，张爱玲则最爱葛丽泰·嘉宝，戏里戏外，她是嘉宝的忠实信徒，那句著名的"leave me alone"（让我一个人待着）也恰好道出了张爱玲的心声，对嘉宝晚年隐居纽约、与世隔绝的生活，张更是充满心仪之情。他们又一起去看了《三便士歌剧》。观看过程中，赖雅自始至终沉默不语。出来时，张爱玲兴奋地与他讨论，除了必需的简单回应，他依旧尽可能地保持沉默。张爱玲并未在意，提到剧中相当精彩的一幕，她说自己真想到东柏林看一次原汁原味的德文演出，赖雅忽然开口，揶揄她的想法不切实际。张意外而惊讶。这不是她熟悉喜爱的赖雅。直到1967年赖雅去世，张爱玲整理遗物时，才在他与布莱希特的大量通信中找到答案，并拼凑出事情的大概轮廓。1927年，赖雅访问柏林，与布莱希特初会，自此成为莫逆之交。20世纪30年代，赖雅利用自己的声望在美国大力推荐布莱希特的剧作。后布莱希特全家避难美国，又得赖雅资助旅费。布莱希特旅居美国时，赖雅与他过从更密，与其家人也很熟悉，俩人一起合作编写了两个电影故事，赖雅又协助布莱希特好几部戏剧的修改和演出，合作《伽利略传》。他们一起探讨艺术，尝试进行各种戏剧改革。在布莱希特离开美国后，赖雅曾一度负责代理其所有作品。50年代，已经逐渐确立其世界级戏剧大师地位的布莱希特邀请赖雅前往东柏林，但赖雅看到的一切让他大受刺激，当地民不聊生，布莱希特却住着豪华别墅，进出有司机轿车，对待他的态度更是与从前大相径庭，信仰和友谊的双重幻灭令赖雅失意地提前返回美国，还为此沮丧了很长一段时间①。联想贯通之后，从前的画面和简单话语忽然之间有了完全不同的意味。张爱玲这才明白两次观看《三便士歌剧》时，赖雅为什么都异常沉默，以及每次介绍布莱希特戏剧的熟稔和言简意赅，却从无片言只语涉及其个人以及他们之间的关系，完全不像对待刘易斯、华莱士那样，经常把他们当年的言行琐事拿来打趣。长期的了解甚至令她准确地捕捉到了更深一层的内涵：赖雅的沉默不仅止于高傲的自尊，更多却是出自对友情的忠诚。布莱希特大约也是感受到并惋惜这一点，所以之后数次来信想要挽回他们之间的友谊，但赖雅都未做回复。尽管如此，当布莱希特的儿子斯蒂芬来旧金山拜访他们时，赖雅依旧热情地接待了他。"斯蒂芬最近结婚了。"赖雅回来后看似寻常地说。后来翻捡信件，弄清前因后果的张爱玲才蓦然领悟，赖雅当日的热诚有多么可贵。这是一个有着黄金般品质的男人！不是所有情感都经不起考验。至少这一次，她没有爱错人。

现在，赖雅越来越深地爱慕和眷恋她。喜欢看她睡梦中的面庞，觉得真美。傍晚步行回家，他写道："走向他的家，他的光明，他的爱。"一天下午3点他从图书馆回来，发现她不在家，那让他意外地失落和孤寂。天渐渐地黑下来，她仍不见踪影，他开始变得焦灼不安，打电话给她常去就医的牙所，她那天并没有预约门诊。担心出了什么意外，他报警请求搜救，幸亏她及时出现在门口，搜救才

①　赖雅在20世纪30、40年代是美国著名的左翼文人，也因此在50年代的冷战氛围中，被逐渐地冷落和边缘化。赖雅对自己的信仰终生抱持着理想主义的心态。在莱昂教授的采访中，张爱玲提及1966年大陆爆发"文化大革命"，美国《新闻周刊》上曾有专文报道，张爱玲拿给赖雅看，赖雅认为一定是"反面"的，因而委婉拒绝阅读。

撤销。华盛顿的冬天非常寒冷，一天他在雪地上扭伤了膝盖，不能再去购物，只能由她代劳。可她长时间不归，他便又焦虑不安。她会不会又迷了路？终于她踏进家门，满载而归，还特意给他买了条毛毯。赖雅做好晚餐，她吃得津津有味。看了几本杂志后他早早去睡，觉得这条毛毯盖在身上真是舒服。

总体来说，他们的生活简单而幸福。张爱玲则温柔而容易满足，只要沉浸在写作中，她就颇能自得其乐。婚后她少有的两次发脾气，一次是在华盛顿房东刚刚收过房租，电冰箱的门忽然掉下来，险些砸在她身上，那让她罕见地咒骂了一句："该死！"还有一次是在旧金山时，俩人因为什么发生分歧，争吵起来，赖雅气得发抖，她也被极度触怒，那天晚上他们破天荒地没有互相亲吻道晚安就各自上床睡觉。现在赖雅唯一的不满是张爱玲经常拒绝霏丝的邀请，只能由他一个人去女儿家中晚餐，尤其是在重大节日时，她也托病不肯出席家族聚餐，那难免令他不快。霏丝对此也有误解。她不知道张爱玲性情如此，却理解为张不愿与人分享赖雅的爱，遂以此种手段来间隔疏远自己以及孩子们与赖雅的关系。

从香港返回美国后，张爱玲与宋淇夫妇一度中断了通信。双方心中都存有芥蒂。要想解决这个问题，对张爱玲来说尤其艰难。她很难进入一段关系，但一旦进入就会倾心相与，那是超越血缘，由她自己按照内心与精神为自己挑选的亲人。在给宋淇夫妇的信中，她就曾反复说过，在自己这方面，是并不仅止于把他们当朋友看待的。而在亲密关系中被当作累赘嫌弃厌烦，是她最害怕也最受羞辱的情感体验，是她和母亲之间情感经验的重现，从少女时代就已经形成的心理反应模式再次发挥作用，她几乎是逃离了香港。按照以往的经验，随后便是内心的封闭与彻底的断绝。但宋淇夫妇毕竟不同。她始终知道他们夫妇的人品有多么可贵。在1985年的跳蚤风波①之时，宋淇夫妇双双来信道歉，张爱玲没说什么谅解不谅解的话，对外界闹得正凶的她罹患精神疾病的传闻更是不置一词，只简短写道："我说过每逢遇到才德风韵俱全的女人总立刻拿她跟 Mae 比一比，之后，更感叹世界上只有一个 Mae。其实 Stephen 也一样独一无二，是古今少有的奇才兼完人与多方面的 renaissance man（通才）。"

1963 年 1 月，在经过近 10 个月的漫长思省平复后，张爱玲终于与宋淇夫妇恢复了通信。这在她一生中是绝无仅有的事。张若无其事地闲话家常，没有提及《红楼梦》剧本，仿佛在香港的不快并没有发生过。但大家都心知肚明。体会到她珍视的宋淇夫妇对她自此更加肝胆相照，而在张爱玲这方面，则是无意中探知了友谊的界限。

1963 年，张爱玲一直急切期盼着的"大运"还未可知，赖雅的身体已经实实在在地走上了下坡路。早在 1962 年底，他就曾因为疝气手术住院。1963 年 7 月，他在一次散步时摔了一跤，于是又卧床

---

① 1983 年底，张爱玲因住处出现虫患而开始四处迁徙，历时四年多，在 1988 年底才再次定居下来。其间因为信息不畅，外界一度以为张爱玲患上精神病。老房子多生虫患，这在世界各地都是如此，洛杉矶因为气候温暖，情形自然更加严重，而张爱玲无论在生理还是心理上，都一直对此极度不能容忍，也正因为此，她年轻时才用"生命是一袭华美的袍，爬满了蚤子"，来比喻人生那些虽不致危害太大却让人极度不适的烦恼。

不起，记了多年的日记遂告中断。《少帅》因为不断修改一再拖延完成日期，《易经》东投西投，出版社方面一致回说没有销路，渐渐地，张爱玲也灰了心，知道在1963年移居纽约已然无望，依旧只能靠为香港方面编写剧本维持生计。但更大的打击接踵而至。1964年6月，第11届亚洲影展在台湾举行，结束后一架观光飞机升空后突然爆炸，机上人员全部罹难，其中就包括电懋老板陆运涛。电懋公司陷入瘫痪。张爱玲根据《呼啸山庄》改编成的剧本《魂归离恨天》已经寄到公司，却再没机会拍成电影。一下子丧失了主要经济来源，她和赖雅更得竭力撙节。他们申请专门提供给老年人和残疾人的政府廉租房，并很快搬入离皇家庭院不远的肯塔基院，那是一个黑人区，一室一厅的套间，比皇家庭院的住处要大些，房租却只有原来的三分之一。不久，赖雅再次在街上摔跤，跌断了股骨。几乎与此同时，他又多次中风，导致身体状况不断恶化，终至彻底瘫痪。埋首写作的同时，张爱玲又担当起家务和护理之责。她在起居室摆放上一架行军床，由她自己使用。以她料理生活的能力，即使竭尽全力，也难免还是力不从心。1965年圣诞节前夕，霏丝带着孩子们来探望赖雅，分别之时，悲伤无助的氛围使得杰瑞米的女朋友忍不住啜泣起来。

所幸麦卡锡此时被调回美国，任职于"美国之音"。他竭力帮忙，四处替张爱玲推荐《易经》，同时邀请她做些散工，将西方小说改编成剧本，供美国之音在广播节目中播出，并付给她最高的酬金。① 翻译之余，张爱玲也竭力开拓其他经济渠道，她写信给夏志

---

① 20世纪50年代，麦卡锡曾邀请著名影星李丽华去美国。许多年后，司马新采访麦卡锡，麦卡锡表示："李丽华是在任何社会都能安然活下去的，回上海也一样。张爱玲是在任何社会生存都会有困难的，除非有人作援助。"

清，请其帮忙推荐书稿或是寻找些合适的工作机会，并在夏的推荐下破例出席了两次学术会议。1966年9月，她获荐到俄亥俄州迈阿密大学担任驻校作家。临行前，张爱玲试图说服霏丝将赖雅接去她家中，但霏丝全天工作，老大杰瑞米虽已上大学，家中却还有两个需要照顾的十多岁儿子，实在分身乏术。无奈，张爱玲只得花钱雇邻居的两个黑人妇女来照顾赖雅，但赖雅大小便失禁，家中无人监管，自然一片混乱。霏丝极其愤怒。认为张爱玲这么多年来尽享父亲的爱，在父亲最需要的时候却弃之不顾，同时将沉重负担完全推到了自己头上，简直可恶至极。10月中旬，张爱玲只得返回华盛顿，将赖雅接到迈阿密大学。因为赖雅久病而生的嫌隙怨怒，使得两个女人的此次见面很不愉快。张爱玲只带走了赖雅，其余杂物皆无力收拾，留在公寓中任由霏丝处理。霏丝珍惜父亲的手稿和遗物，不忍销毁，于20世纪80年代初将其捐赠给马里兰州大学，其中就包括赖雅日记和张爱玲在香港时写给赖雅的六封信件。

驻校作家不需教课，但总要做些演讲，每周花数小时与教授及有志于写作或对中国文学感兴趣的学生进行晤谈，但张爱玲连这些也做得少，且摸不着窍门，效果不好，又不跟院系中任何人交往，难免惹人埋怨。幸好早在去迈阿密大学之前，张爱玲已在夏志清等人推荐下向附属于哈佛大学的著名女校瑞德克里夫学院申请"独立研究奖助金"，翻译《海上花列传》，并最终获批。1967年4月18日，张爱玲没有向任何人告别，带着赖雅悄然离开迈阿密大学。在纽约百老汇71街的Alamac公寓旅馆中暂住两个月，她除了眼睛出血的毛病需要看医生，因为搬家，又添了脚扭伤筋的毛病。7月她先往麻州剑桥寻找住所，8月将赖雅接来，在柏拉图街83号一栋红砖公寓中安顿下来。此时赖雅固然因病重瘦弱不堪，张爱玲自己因为长年劳累和忧心如焚，再怎么保重，体重同样一磅一磅地往下掉。赖雅的表弟恩斯特·哈博斯戴德此时也已从波士顿迁居剑桥，闻讯前来探望赖雅，但躺在床上的赖雅将头转向墙壁，要求他离去。对赖雅来说，他更愿意看到别人因为他而快乐，却不是为他而难过。1967年10月24日，赖雅在剑桥病逝，时年75岁，遗体火化后，骨灰由张爱玲转交给霏丝安葬。对于后事及遗物的处理，张与霏丝再次发生矛盾分歧，不欢而散，两个因赖雅而联系在一起的女人自此形同陌路。

每个人在生活中辗转奔波的酸辛，作为一个出色的小说家，张爱玲显然更能理解和体会，再加上性格使然，她不擅于向人求助，更不喜欢诉苦抱怨，对于她和赖雅最后几年生活的具体情形，她在给亲密朋友的信中也少提，偶尔提及也只是淡淡几句。但我们依然可以确知她对于赖雅的态度。在1971年6月17日给朱西宁①的信中，对于外界谣诼纷纷，她写道："我对他（指赖雅晚年）也并不是尽责任。我结婚本来不是为了生活，也不是为了寂寞，不过是单纯的喜欢他这人。这些过去的话，根本不值得一说，不过实在感谢你的好意，所以不愿意你得到错误的印象……"1971年2月2日，哈佛大学研究布莱希特在美国时期生活的詹姆士·莱昂教授为了获得赖雅

---

① 台湾小说家，国民党败退时去台湾。在大陆读中学时迷上张爱玲的小说，当兵后辗转大半个中国，口袋里装着的唯一一本书，就是张爱玲的《传奇》。他的第一部小说集《铁浆》出版后，托人转赠时在美国的张爱玲，1965年秋，接张爱玲复信。1967年夏，张爱玲又去信道："多年前收到您一封信，所说的背包带着我的书的话，是我永远不能忘记的，在流徙中常引以自慰。但是因为心境不好，不想回信。"两人通信持续到20世纪70年代中期。

的有关资料，有幸采访到了时在加州伯克利大学工作的张爱玲，据莱昂记述："访问她的过程中，有几件事让我印象深刻。她的英语无论是文法、用词遣字或是句型结构，都可以用完美来形容，仅听得出些微的口音。此外她使用英文成语之流利也令人刮目相看……言谈间她不经意地流露出高度的学识涵养以及惊人的记性。她所提关于她与赖雅生活的细节均符实，证诸我先前的研究。她与赖雅最后的那几年过得艰难（赖雅晚年健康状况恶化，致使他生活起居几乎事事要人照料），我很讶异在这样的前提下，她能敞开心怀毫不忌惮地与人谈论他。言词中，她对这个在生命将尽处拖累她写作事业的男人，丝毫不见怨怼或愤恨之情。相反地，她以公允的态度称许她先生的才能，说明他的弱点所在……她认为他这个人之所以迷人（甚至是太过迷人），在于他是一个聪明过人的写作者（太过聪明以至于变得世故圆滑）；在于他缺乏一种固执，一种撑过冗长、严肃计划的忍耐力。用她的话来说，他少的正是'勇气和毅力'（gumption, grit）……作为一名好莱坞的编剧，她接着又说，他知道该耍什么公式、用哪些窍门，而她觉得正是这些把戏破坏了他成为一个严肃作家的资质。"[①]

我们都是人世的畸零人，唯有爱才能让我们完整，而赖雅恰恰补足了张爱玲生命中最缺失的一角。《张爱玲在美国——婚姻与晚年》的作者司马新 1985 年开始采访霏丝、1992 年又采访到炎樱，两个女人素昧平生，却在不同时间、不同场合，不约而同地用同一个词汇来描绘赖雅对张爱玲的感情——crazy（痴狂）。少女时代的

---

① 内容引自《善隐世的张爱玲与不知情的美国客》，詹姆士·莱昂著，叶美瑶译。

张爱玲恐惧未知的生活，更害怕死亡。晚年在给夏志清的信中，张爱玲曾反复两次提到亨利·詹姆士的《丛林野兽》①，"虽然文字晦涩，觉得造意好到极点：这人——也许有点自传性——一直有预感会遇到极大的不幸，但是什么事都没发生，最后才悟到这不幸的事已经发生了。"这里面有多少感同身受？辗转谋生的艰难，长期缺乏安全感，一直为未来忧心忡忡，时间流逝带来生理上的衰老，赖雅瘫痪，到最后离开，她所恐惧害怕的一切不幸也都已经发生。不同于詹姆士表达的不敢勇敢去爱，以致错失真爱的遗憾，她曾勇敢地爱过，只是也为这爱付出了巨大的代价。

如今，经过地狱烈焰的灼烧，穿越布满荆棘的死亡的幽谷，她终于到达了自己的迦南地②。世界宁静安详，一如她内心一样自由广阔。从今往后，这个世界上将不再有任何东西能够束缚羁绊她，她的人生将完全由她自己做主。

---

① 美国著名小说家亨利·詹姆斯著。年轻时，约翰和梅在意大利那不勒斯初遇，约翰告诉梅一个有关自己的秘密：他命定会遭遇一件不同寻常的事情，也可能是罕见的灾难，那会将他吞没。他一直在等待，并深深恐惧。10年后，两人重逢，约翰请求梅和他一起等待那令人忧心的"野兽"。他们慢慢成为彼此生命的一部分，直至她病重离世，带走了她早已知晓的答案，而他也再无紧张等待之感。丛林被淘空，猛兽已逃走。

② 据《圣经》记载，迦南地是上帝耶和华给犹太人的"应许之地"，是流着奶和蜜的乐土。摩西带领犹太人出埃及，就是为了前往这片乐土。

繁华背后尽苍凉

悠长得像永生的童年，相当愉快地度日如年，我想许多人都有同感。然后崎岖的成长期，也漫漫长途，看不见尽头。满目荒凉……然后时间加速，越来越快，越来越快，繁弦急管转入急管哀弦，急景凋年倒已经遥遥在望。一连串的蒙太奇，下接淡出。

——张爱玲·《对照记》

伴随着赖雅的离去，张爱玲对生命的热情也在急剧地衰退。死亡是对人类一切欲望的最终极的嘲讽。她开始简化生活，尽可能地舍弃一切身外之物。从前赖雅总喜欢添置各种家居用品，她虽然最舍不得在那上面花钱，家里也总还有梳妆台、书架、书桌等物。到了加州伯克利，她便舍弃了这些，只留床前一个小几，可以在上面写作，家中四壁萧然，一无装饰。晚年隐居洛杉矶，她更是将生活简得无可再简，多吃速食品，睡觉在一张行军床上，写作就在几个摞在一起的纸箱上。写作是她此生的使命，也是她生命的最后的支柱。

"只要我活着，就要不停地写。"1968年夏，张爱玲对前来采访的殷允芃说。"人生是在追求一种满足，虽然往往是乐不抵苦的。"她又说。她这时在忙着翻译《海上花列传》，同时写一篇关于《红楼梦》的考证文章，没想到因为兴趣关系，越写越长，收束不住，最后索性用十年时间，写成了一本《红楼梦魇》。她身体的问题越来越多，除了眼病、牙痛等经常需要看医生，一冬天还不停地感冒，所幸她还肯花时间精力照顾自己，用虾、番茄、厚奶油炖一种营养丰富的浓汤。瑞德克里夫学院有点像女子俱乐部，会有一些应酬聚会，她还是一如既往地融不进去，没出几次，其他人也自觉地跟她拉开了距离。即使偶有感兴趣的人问起，院里也会代回掉，只说她忙。那是和赖雅结合后她已经许久没有体会到的被人群隔绝的孤寂。"我常常觉得我像是一个岛。"她说，微扬的脸上透着单纯与平静[1]。没有人进得来，她也不再想出去。写信是她与外界联系的唯一通道，但也只与少数几个最信任的朋友保持着私人通信，比如宋淇夫妇、夏志清、庄信正。

1969 年 7 月，49 岁的张爱玲在庄信正、夏志清的推荐下，前往加州伯克利大学中国研究中心担任高级研究员。在伯克利大学每天都需要上班，但张爱玲依旧保持着自己的生活习惯，通常下午 1 点多到办公室，等到 5 点大家都下班，她还依旧留在那里。人们只能在走廊里偶尔碰到她，穿着一身素净的旗袍，目不斜视，人影过后，留下一阵似有若无的淡淡粉香。她的助手陈少聪在她的外间，是一位真诚的张迷，最初的几次工作接触之后，迅速意识到："对于张先生来说，任何一个外人所释出的善意、恭敬，乃至期望与她沟

---

① 见殷允芃《访张爱玲女士》。

通的意图，对她都是一种精神的负担和心理的压力。"她迅速调整了方式，每隔几星期，就将整理好的资料卡趁张爱玲不在时放到她桌上，附上一张小字条。除非张爱玲召唤，其他时间再不主动进去打扰她。结果共事的一年多里，张爱玲一直将沉寂贯穿到底，从来没有对陈提出任何要求。后来体贴到她雅好孤独的性情，陈少聪干脆在她要来的时刻躲出去，等张爱玲安全稳妥地进入自己的孤独王国后，她才归位，这样张爱玲连进门时点头微笑应酬她的力气都可以省了。

天冷后，张爱玲又开始患感冒，请假在家。陈少聪打电话去问候，又跑去中药房特意配了几服中草药送去。为了避免打扰她，摁了门铃后，将草药放在门口地上就离开了。几天后上班，陈少聪在自己桌上看到一张纸条，上面只有张写的两个字："谢谢。"压在一瓶新买的香奈儿五号香水下面。

张的主管是研究中心的文学教授陈世骧，为人热忱好客，晚年身边没有子女，更感孤独寂寞，因此经常邀朋友、学生到他的"六松山庄"宴饮聚会。1964年春在华盛顿的亚洲研究学会上，陈在夏氏昆仲的介绍下和张见过一面，大家还一起吃了顿饭。尽管陈专治中国古代文学及文学理论，认为"中国文学的好处在诗，不在小说"，对现代文学以及张爱玲的作品并不甚了解，但听过夏氏昆仲对她的高度评价，对张的到来，陈世骧还是极为欢迎的。他兴奋地告诉学生："张爱玲来了！"又在家中特意为她设宴接风洗尘。当晚张身着深灰色无袖旗袍，坐在陈旁，后者抽着烟斗以老练的学者和长者风度侃侃而谈，张爱玲则带着小女孩一样天真稚拙的神气，微微仰面，专注地听着，偶尔答上两句，声音很轻很柔，时断时续，更像是在自言自语。碍于情面应酬了几次之后，接下来对于陈世骧夫妇的盛情邀请，张爱玲便都婉拒了。然而在这少得屈指可数的几次接触中，也有不和谐之音。一次陈指着聚会中的诸人对张自豪地道："大家就像个大家庭。"张不假思索地脱口而出道："我最怕大家庭。"陈闻言一愣。他并不了解张爱玲的成长经历。张见状也不免懊悔，果然是："夫人不言，言必有失。"①

1969 年 7 月 20 日，陈世骧夫妇开车经过城西的圣巴勃罗大街，意外看到张爱玲手里提着一个大纸盒箱，正凑在路边的电线杆前，仰头眯眼细看上面的招贴。陈世骧连忙刹车，问张爱玲在找什么？张说她在找公共汽车站。原来她近视得太厉害，竟把电线杆错当成了汽车站牌。路上谈起来，才知道纸箱里装的是电视机，是特意买来观看当晚阿波罗号登陆月球的实况转播的。陈世骧事后对学生笑道："可见张先生对世界大事还是挺感兴趣的，我们大家本来还以为她完全不食人间烟火呢。"

张在研究中心的工作是研究中共语言。陈世骧告诉她不必像前任夏济安、庄信正那样撰写专论，写篇 glossary（词语汇编），解释名词即可。偏偏那几年正赶上中国大陆正在开展"文化大革

---

① 在 1989 年给宋淇夫妇的信中，张爱玲写道："从前告诉过 Mae 我初中一的时候数学大考前夕，与同班生张秀爱都自料不及格，她找她高一的表姐来给我们讲解。讲了快一小时，完了我向秀爱一笑，咕噜了一声：'还好。'是说'幸而……不然不得了。'她面无表情，她表姐把头一摔，走了。最近去看跌打损伤医生……他说手臂好了，可以不用再去了。我说：'太好了！'他作茫然状，说：'Sorry you never want to come here again.'（很抱歉知道你永远不想再来这里）我连忙说：'No, I'd be happy to see you any time.'（不是的，什么时候都乐意见到你）他怔了一怔，幸而随即明白了是我措辞不当。"张在生前最后一部作品《对照记》中，也慨叹自己一直没有脱出那"尴尬的年龄"，不会待人接物，不会说话。

438

命"运动，新名词很有限，张因一向不习惯与人就正在写作中的东西进行探讨，便没有及时与陈世骧沟通，而是自行斟酌写了一篇论文《讲"文革"定义的改变》，最后附上两页名词。陈世骧看后不知所云，又找了两个人读，同样说读不懂。其实一年期满时张爱玲已经有被解约的风险，是中心主任 Johnson 听她说过几句关于中共的看法，私下里让陈世骧留下她。这两年里，陈世骧对张爱玲的行事孤僻、不守工作规则已是多方容忍，这时又以为她工作敷衍，自然极为不满。让张爱玲通篇修改后，依然看不懂，张爱玲也觉不可理解，遂笑道："加上提纲，结论，一句话说八遍还不懂，我简直不能相信。"陈世骧闻言气道："那是说我不懂咯？"张无奈道："我是说不能想象您不懂。"陈世骧看出她没有恶意，方才笑道："你不知道，一句话说八遍，反而把人绕糊涂了。"张爱玲想让他再给别人看看，遂道："要是找人看，我觉得还是找 Johnson，因为研究中心就这一个专家。"陈世骧从来没想到还有人会这样说话，气得笑了，斩截地道："我就是专家。"张爱玲知道自己又把事情搞砸了，赶紧解释道："我不过是因为既然找人看，像 Jack Service[①] 只对中共模糊地有好感，有两次问他什么，完全不知道。"陈道："他大概是不想讲。"张爱玲被逼急了，越发慌不择言地道："我不过是看过 Johnson 写的关于'文革'的东西，没看见过 Service 写的，也没听他说过。"陈世骧一想，自己也没写过关于中共的任何东西，适才却妄称专家！谈话彻底没法进行下去了。回去后他立刻以书面形式正式通知张爱玲，请她

---

① 研究中心另一同事，负责代改英文，之前陈给他看过张爱玲的文章，他说看不懂。

6 月底前结束在研究中心的工作。这对张爱玲是一次沉重的打击。从 1956 年移民美国，至此已是 16 载，她多方努力，却依旧无法为自己寻得一处立足之地。[①]

不想还未等她离开加大，陈世骧于 1971 年 5 月 23 日心脏病突发离世，吊唁的人从屋里挤到屋外，当天正患感冒的张爱玲形单影只地去参加了追悼会，然后又形容落寞地匆匆提前离去。但她并没有立刻离开伯克利，而是又住了一年。在这一年里，她充分展现了自己个性中"stubborn"（顽强）[②]的一面，将研究"文革"的文章反复修改增补，最终完成了两篇学术报告。终其一生，张爱玲对写作一直秉持着一种虔敬的态度，写不来游戏文章，也因此对自己写的东西，她总要尽到最后一份努力。在此期间，出于种种考量，她破例接受了台湾张迷水晶的采访。

因为在北加州每年有三分之一的时间在患感冒，她开始想要南迁，考虑了很久凤凰城，最后还是觉得那里太热，选定了洛杉矶，并托时在洛杉矶南加州大学任教的庄信正代为寻找住所。1972 年 10 月底，张爱玲经旧金山飞往洛杉矶，自此开始了 23 年离群索居的晚年生活。

敏感是作为一个艺术家的必备素质，但却需要一种健康、豁达的人生态度的平衡。人世美丑善恶并存，对某一方面的过分强调和

---

① 对话内容引自《张爱玲给我的信件》，夏志清编注，武汉：长江文艺出版社，2014：第 146 页。

② 见水晶《蝉——夜访张爱玲》。张爱玲说："我这个人是非常 stubborn（顽强）的。"也正因为此，她能清楚看出赖雅的弱点：缺乏一种固执，一种撑过冗长、严肃计划的忍耐力。

感知都会导致偏颇和失衡。张爱玲自幼的生长环境，以及对于人生空虚、灰暗、苍凉以及人性自私、渺小、软弱、卑微的深彻痛感和决绝式反抗，从一开始就定下了她人生的情感基调，而后的人际和情感突围的失败，进一步强化了她已有的人生倾向和模式。她对人群逐渐彻底弃绝，完全转向自己的内心。

住进好莱坞区和日落大道交叉的一条小街 kingsley avenue 的公寓，面对管理员热心盘问，张直截了当地告诉她："我不会说英文。"在前来帮忙搬家的庄信正夫妇准备离开时，张又含蓄地表示：尽管她人在洛杉矶，但最好还是把她当成住在老鼠洞里[①]。年轻时的经验教训让张爱玲晚年与人交往时不再看重聪明，而是对方是否诚笃可靠。果然，庄信正一直对张爱玲的住址电话严格保密，即使旧朋好友登门求索，他亦未屈于人情。他自己亦不打扰张爱玲，只是诚心诚意地为她做些小事，比如邮寄些她可能会感兴趣的报刊书籍等。后来他搬离洛杉矶，担心晚年的张爱玲无人就近照应，又将她托付给自己的多年至交林式同。

此时的张爱玲在经济上已经略有好转。赖雅在世的最后几年，为了生计，张爱玲四处谋托请人帮忙，《北地胭脂》虽然在

---

① 1973 年 8 月通信中，得知庄信正明年可能要搬离洛杉矶，张爱玲道："你们明年要是搬走的话，我当然非常怅惘，尽管地方远近于我似乎没什么分别。你是在我极少数信任的朋友的 Pantheon（万神庙）里的，十年二十年都是一样，不过就是我看似不近人情的地方希望能谅解。"1974 年 6 月，庄信正夫妇离开洛杉矶，前往印第安纳州的前夕，接到张爱玲电话邀请他们前往她的公寓，好不容易凑足碗、匙、杯子，用咖啡、冰淇淋招待他们，互看老照相簿，从晚上 8 点畅谈至凌晨 3 点多。这是他们最后一次见面。——参见《张爱玲庄信正通信集》，庄信正编注，新星出版社。

英国出版，但没有激起任何反响。因为《秧歌》，1965年，她被选入纽约威尔逊公司出版的《世界作家简介·一九五〇～一九七〇，二十世纪作家补册》，并亲自撰写英文《自白》，特意提到自己手头有两部小说卖不出去，希望能借此打开销路，但《世界作家简介》原定1968年出版，最后延至1975年，依旧是远水救不了近火。所幸通过宋淇、夏志清联系，台湾皇冠出版社的平鑫涛对有机会出版张爱玲的作品深感荣幸①，1966年4月，由《北地胭脂》改写成的中文长篇小说《怨女》由皇冠出版，之后皇冠又陆续出版了《半生缘》《流言》《秧歌》《张爱玲短篇小说集》等作品，在封禁了"五四"以来大部分作家的台湾渐次掀起了张爱玲热。期间张爱玲接受殷允芃、水晶采访，正是有着自己的考量，一方面通过采访向喜爱自己的读者传递信息，另一方面，则意在推动这股热潮。

有了一定固定收入的张爱玲终于不必再勉强自己出去做事，她开始把全部精力投入到翻译《海上花列传》和写作《红楼梦魇》，并不停地修改自传体小说，依旧深居简出，晨昏颠倒。如果说1971年6月接受水晶采访时，她对自己作品的留存问题还不确定，因为似乎从"五四"一开始，就让几个作家决定了一切，后来的人根本不受重视。她开始写作的时候，就感到这层困恼，这困扰后来越来

---

① 平鑫涛是当年《万象》老板平襟亚的堂侄。在上海读高中时期，他曾从杂志上读过很多张爱玲的作品。

越深。^① 现在，在漫长的煎熬之后，时间终于还给了她公正。从 20 世纪 70 年代中期开始，她在港台的声望一年高似一年，连带着宋淇都受追捧，被两本杂志和两家报纸邀请开设专栏。倒正应了 1954 年她用宋家牙牌书求的签："一朝时运至，枯木又生花。"一切虽然来得晚，但对命运也不能怨尤。早年的她就知晓生活的不易，如今更懂得在命运面前要低头。彼得拉克曾经说过："谁要是走了一整天，傍晚走到了，就该满足了。"那是只有历经磨难的人才会有的谦逊和侥幸。

她住的公寓很小，只有简单家具，但有独立的厨房和卫生间。不大的客厅里摆放着一盏铜制台灯，架子上顶到天花板，上面有 3 个可以转向的灯罩，各安着 200 瓦的灯泡，在夜里也将客厅照得亮如白昼。她平日里就在客厅的小桌上写作。因为需要声音催眠，无论白天黑夜，那台夏普电视机几乎永远开着，老房子不隔音，邻居

---

① 曾任上海市委宣传部部长的著名学者王元化晚年与学生吴琦幸谈话，吴赞扬张爱玲："没有想到中国的现代文学史上还有这样好和这样写法的小说"，王元化回道："哦，你喜欢张爱玲的东西啊？你不懂这个背景，张爱玲的东西不行的。我们 40 年代在上海搞地下工作的时候，她的东西我读了之后是非常反感的。我是不喜欢的。她的作品写的都是一些上海的风花雪月，与国难当头的时代不一致。"

著名翻译家满涛则以笔名"言微"在《腐朽的奇迹中》一文中将张爱玲的小说形容为"垃圾堆上点缀了一些赝品假古董假珠宝"。

1957 年 7 月"反右"高潮中，傅雷被迫写下两万余字的交待材料，其中提到"抗战期间，以假名为柯灵编的《万象》写过一篇《评张爱玲》，后来被满涛化名为文痛骂"。

著名学者杨绛在近百岁高龄时（2010 年 1 月 20 日）给作家钟叔河的信中写道："我觉得你们都过高看待张爱玲了，我对她有偏见，我的外甥女和张同是圣玛利女校学生，我的外甥女说张爱玲死要出风头，故意奇装异服，想吸引人，但她相貌难看，一脸'花生米'（青春痘也），同学都看不起她。我说句平心话，她的文笔不错。但意境卑下。她笔下的女人，都是性饥渴者，你生活的时期和我不同，你未经日寇侵略的日子，在我，汉奸是敌人，对汉奸概不宽容。'大东亚共荣圈'中人，我们都看不入眼。"

嫌她的电视声音太吵，弄得她连在夜里打字都不敢。身体诸多小毛病，工作慢得急人，但做着自己喜欢的事情，她仍是满足而快乐的。夏天走过附近街道，路旁大树梢头飘来幽幽淡香，地上铺满紫色落花，恍惚间她仿佛又回到了 1939 年的香港，19 岁的她满怀欣喜地在艳阳下的山道上走着，中间数十年的痛苦和艰辛都好似未曾发生过，心里只觉异常轻快。

但随着声望越来越高，市场价值越来越大，人生种种啃啮性的烦恼也接踵而至，媒体开始不断地热切追逐她，大陆香港的亲戚们想方设法地寻找她，希望能在经济上获得帮助，连彼时在台湾的胡兰成也开始大肆贩卖和她的关系[①]。台湾远景出版社的负责人沈登恩本是张迷，爱屋及乌，为胡兰成出版了《今生今世》《山河岁月》，还天真地以为可以借此博得张爱玲的好感，又写信来请张爱玲为胡书写序，同时想获得张爱玲作品的版权。差不多出于同样的心理，一直想要写作张爱玲传记的朱西宁听闻胡兰成在台湾，也如获至宝，亲去拜访，又在《中国时报》人间副刊发表《迟复已够无理——

---

① 1974 年，胡兰成通过多方谋求，到台湾文化学院授课。1975 年 4 月，蒋介石逝世，6月，胡兰成撰万言书上呈蒋经国，纵谈经邦治国之策。后余光中、胡秋原发表文章讨胡，《山河岁月》被查禁，文化学院师生亦纷纷上书校方，导致胡被迫离台返日。1976 年 4 月胡又回台湾，被朱西宁迎至自家隔壁，以私学方式开课授徒半载余，11 月返日。1978 年，逢邓小平访日，胡兰成又转而上万言书给邓小平，希冀得到赏识。1981 年，胡兰成病逝于日本。

70 年代中期，张爱玲与宋淇夫妇的通信中开始以"无赖人"代指胡兰成。《小团圆》在张爱玲生前没有发表，一再修改，也是担心其中张、胡恋的描写太过明显，胡兰成会借机为他自己造势。1981 年 9 月 16 日，张爱玲给宋淇的信中写道："《大成》与平鑫涛两封信都在我生日那天同时寄到，同时得到 7000 美元和胡兰成的死讯，难免觉得是生日礼物。"

致张爱玲先生》，以"五饼二鱼"说为胡兰成譬解[①]，劝说张爱玲如兰成先生之挥洒，以无"取舍离合""无贪无厌"之心放下往日恩怨，反而是一直以来处处替她谋划宣传的宋淇夫妇适时噤声，连宋淇想写篇《张爱玲炒面》的文章跟唐文标[②]开开玩笑也被邝文美所禁止。20世纪80年代中期，大陆读者同样惊喜地发现了张爱玲，原来40年代中国文学史上就出现过这样优秀的作品和作家，人们为她的天才惊叹，《倾城之恋》《红玫瑰与白玫瑰》先后被著名导演许鞍华、关锦鹏改编成电影，在专家和读者共同评选出的"世纪文学60家"中，她仅排名在鲁迅之后，一片欢腾的热潮中有一个人却保持着异乎寻常的缄默，这个人就是桑弧。他对与张爱玲的往事讳莫如深，只字不提。90年代初，大陆现代文学研究专家陈子善特意登门拜访，想请教他当年《不了情》的拍摄详情。桑弧表现得异常敏感而机警，感到对方接下来要问到张爱玲，便抢先回绝道："我很忙，那么多年以前的事情，我也记不起来了，很抱歉。"晚年撰写长文《回顾我的从影道路》，对张爱玲的名字也只是在提及合作的电影时一笔带过，但在文章末尾，他却郑重感谢了40多年来相濡以沫的妻子。自重，也尊重自己爱过的人，沉默之中倒可见一种君子之风。

---

① 《圣经·福音书》记载，耶稣给五千多人布道，晚饭时一个孩童把五个大麦饼和两条鱼献出来，众人都想这么点东西怎么够这么多人吃？只见耶稣对天祷告，然后不停地将"五饼二鱼"掰开，竟令五千多人吃饱且有剩余。朱西宁以此比喻胡兰成"爱起一个女子来，就是五饼二鱼的情爱，另再爱起一个女子，天然就生出另一份的五饼二鱼，再多下去便是以此类推"，又赞"当事者像小周、范先生，都是毫不贪求更多的饼和鱼，得了那一份五饼二鱼就觉丰足"。

② 20世纪50年代末，唐文标在加州伯克利大学留学时与庄信正相识。20世纪70年代回到台湾后，大力发掘张爱玲旧作，令张爱玲不悦。唐文标写有《张爱玲杂碎》《张爱玲研究》等书，但后来张爱玲将作品交给皇冠出版，他反而认为张爱玲侵犯了自己的版权。

这其中最令张爱玲惊喜的，是她于 1979 年初接到了断绝音信二十多年的姑姑的来信，姑姑已与李开第结婚。姑姑在信中着急地询问："我最急于想知道，你这廿余年来的一切，我知道你结婚，而（丈夫）不幸地病故了。这以后你的生活如何维持？要问的话多了，愿你一一告我。"那是久违的亲情的感动。经过和宋淇夫妇商量①，张爱玲很快给姑姑寄去 笔钱。后来又将自己在内地的作品版权交给姑父李开第代理，所得收入用以补贴两位老人的生活。1979 年 9 月底，姑姑赶着给张爱玲寄去一封信："在中国说起来，你今年是'六十大庆'了，过得真快，我心目中你还是一个小孩。"②而在生前出版的最后一本书《对照记》图四十七旁，已经看过姑姑邮寄来的老年照片的张爱玲依旧注解道："我姑姑，一九四〇末叶。我一九五二年离开大陆的时候她也还是这样。在我记忆中也永远是这样。"

随着找她的人越来越多，张爱玲的门虽设，而常关，电话虽有，但铃响她也不接，只在自己需要时才打出去。她寄身闹市，却又与世隔绝。只沉浸在自己的世界里，一任外面沸反盈天。

1965 年，在《世界作家简介》的自白中，张爱玲写道："我最关注的，即是介于过去千年和未来可能会到来的世纪之间的，充满着崩塌和最后的狂怒、混乱和焦灼不安的个人主义的，这短得可怜的几十年。但是未来的任何改变都可能产生于这一时期对于自由的

---

① 汇少不合适，汇多又担心一朝形势变化，会连累姑姑，最后商定以内地当时月人均收入乘六，给姑姑寄去相当于半年收入的一笔汇款。

② 当年 10 月 9 日是阴历的八月十九日，是张爱玲的虚岁 60 岁生日。

浅尝即止……"① 然而即使这短暂的数十年，也如大西洋城，在迅速地沉没到海底。创作素材的枯乏令她将精力更多地投向研究，和不断地书写往事。

> 探索永无止境，
> 而我们所有探索的最终，
> 是为了抵达最初的那个起点，
> 并且初次真正认识它。

人生的谜底已然全部揭开，但选择已无法重来。她耗费了天才和最宝贵的 30 年年华，去填补早年成长时期的情感空洞。她对水晶说："我现在写东西，完全是还债——还我欠下自己的债，因为从前自己曾经许下心愿。"但是人生的不可言说，连带着几十年离群索居造成的失语，让她在文字上也变得断续跳跃，越来越丧失了表达的欲望。一些激赏过她文字的人惊愕地发现了她天才的枯竭，抑制不住失望和惋惜，转而批判她已过时。她踽踽独行。耳中听着年轻一代热血的狂躁，知晓历史只是在不断地重复搬演，而这个时代也并不比她生活过得更加宽容。

但真正困扰她的还是生理上的衰老，和住处不断出现的跳蚤、蟑螂等虫患。1983 年底，她被迫搬离住了十年的公寓，开始了不断的迁

---

① 张爱玲的自我简介为英文（见《张爱玲学》，高全之著，桂林：漓江出版社，2015：280~281）。此处中文为作者翻译。

徙生活。虫卵屡杀不绝，她从圣诞节开始，差不多一天换一家汽车旅馆，一路扔掉衣服鞋袜箱子，然后搜购最便宜的补上。因为连续奔波劳累，越发百病俱发：感冒、牙痛、脚肿、静脉血管病、湿疹性皮肤病，皮肤一碰就破，破了就不收口，为了防止多走点路就磨破脚，只得穿洗浴用的胶底拖鞋[1]，为免跳蚤藏入毛发，她把头发剪短，开始戴假发，最严重的是，一次夜晚走过几条街，因为走得太急，她竟心脏病突发，险些倒在街上。她越搬越远，离开市区，迁到郊区，上城看病、购物费时费力，睡眠不足在公交车上盹着了，屡次被扒手偷窃。精力不济，除了必需的事情，每天什么都不做，尽量多睡两个钟头，信箱每月缴费时才去看一次，没有时间写信，收到的信为方便携带也不拆开，只原封不动地收起来[2]。久得不到她音讯的朋友们担心起来，互相探问，连宋淇也4个月未接她来信，于是写信给时在洛杉矶的水晶，希望他能就近查询一下，又将张爱玲最近一次的信影印了大半给他，以说明情况。不料水晶据此写了一篇《张爱玲病了》，刊登在1985年9月的台北《中国时报》上，连《纽约时报》亦转载，一时张爱玲患上精神病的消息甚嚣尘上。难过自责到极点的宋淇夫妇分别写信来道歉，深知去日苦多的张爱玲根本不理会这场风波，复信只盛赞二人才德，都

---

[1]　林式同在《有缘识得张爱玲》中记述，1985年2月张爱玲第一次约他见面，分别时回首，他才发现张爱玲竟然套着浴室用的拖鞋。后来两次（一次是张住到他负责设计施工的公寓后，他去办事看到张的背影，另一次是张搬到生前最后那公寓时，因为丢失了身份证件，需要林式同做担保）看到张爱玲也是穿着这种拖鞋。原因就在于此。

[2]　这一阶段，张茂渊也与张爱玲失去联系，她通过柯灵问到宋淇地址，又写信给宋淇询问张爱玲行踪，并说："我已85岁，张姓方面的亲人惟爱玲一人而已。"张爱玲在1988年虫患杜绝重新定居后，在给庄信正的信中写道："这几年浪费许多钱与时间精力，累得无法看信回信，连我姑姑的信也都不拆看，尽管担心她八十多岁的人，信上会有她病了的消息。"1991年6月，张茂渊因乳腺癌病逝，享年90岁。

堪称世上"独一无二"。

1988年初，张爱玲经过司马新介绍的医生诊治，确定是皮肤特别敏感，跳蚤大概两三年前就没了，敷上特效药霍然而愈。这才考虑定居下来。她在搬迁过程当中，不仅丢失了《海上花》译稿，还被汽车旅馆的墨西哥女佣偷走了身份证件，这才不得已求助于只见过一面的林式同。6月，因为有人住进张爱玲隔壁，伺机采访，并已翻找过她的垃圾，得知消息的张爱玲吓得汗毛皆竖，在林式同帮助下，仅用一天工夫便迅速搬走，迁入林式同负责设计、建造的新公寓。林式同答应对她的住址保密，但当庄信正的来信都通过林代转，还是让张爱玲大为惊异。她在给庄信正的信中用反语少见地幽默着首肯："我以为这里的住址林先生会告诉你，所以没来信通知……林先生答应代保密，会认真到这程度，不愧是你的好朋友，一丘之貉，实在难得，我真感激。"认识到林式同是个一诺千金、有侠义之风的君子，四年后，张爱玲更把他指定为自己的遗嘱执行人。

1991年，因为原有住处搬进很多中南美移民，养猫狗等宠物招来蟑螂虫蚁，张爱玲再次被迫搬家。知道她不愿麻烦人[1]，林式同

---

[1] 1989年张爱玲过街时被一南美青年撞倒，手臂肿痛，一个月后才想到照X光，结果发现手臂骨折。公寓经理看到她手臂包得像个球，告知林式同。林式同赶紧打电话去询问，张爱玲如往常一样，用缓慢平且沉着的口吻回答说："没有什么，多躺躺，再用水冲冲就好了，不必担心。"后来知道她眼睛、牙齿、皮肤都有毛病，林式同经常打电话去问能为她做什么或与她聊天，张感激他的好意，但并不要他帮忙。林也慢慢知道她不愿惊扰人的个性。

先按照她以往的要求①到附近街上探看，然后抄写下一些地址，让她自己再亲自勘察。7月初，由林式同作经济担保，张爱玲搬入洛杉矶西木区10911号罗切斯特大道206公寓，这也是她生前最后的住所。当天林式同陪她一起去签约。数年不见，林式同发现张爱玲已经苍老许多，异常羸弱，但行动还算便捷，只是上楼已经吃力。上车后问候过她身体，闲谈中她忽然提到三毛，说："她怎么自杀了？"言下颇不以为然。林式同没有发表任何意见。因为他对文坛很隔膜，没有看过三毛的作品，在认识张爱玲之前，他甚至连张爱玲是谁都不知道。但现在，他已经是张爱玲最信任的人之一。她喜欢跟他在电话里聊天。他帮助她重新申请绿卡，他的住所被张爱玲作为永久联系地址。他没有告诉张爱玲的是，因为欣赏敬佩她坚毅脱俗的个性，他和妻子喜美子已经商定要照顾她晚年的日常生活杂事②。以往二人交谈都是用中文，这次签约林式同第一次听到张爱玲说英语，用词造句丰富多姿，和平常人说话很不同，让林感叹天外有天，人外有人！因为同公寓的中国房客太多，张爱玲怕被发现，再引起无谓的麻烦，公寓内邮箱改用名"Phong"，对房东则解释说：

---

① 大体是：小房间（40平以下最好），浴室不破旧，有大门钥匙（出入方便，她经常夜里出去寄信），没地毯，是地板、地砖或水门汀（防止虫卵寄生），家具有无都行，壁橱、街景、树木都不必要，冰箱、暖炉、烤箱可以自理，附近要有公车，不怕吵（有噪声、车声、飞机声最好）。

② 1995年5月，即张爱玲去世前4个月，因为伊朗房东催迫她雇人打扫房间、想要涨房租等事，张爱玲曾经打算再次搬家，当时考虑拉斯维加斯或者凤凰城，林式同得悉立刻打电话过去，问张爱玲在那边有没有熟人，张回答"没有"。林式同立刻一口回绝："那不行！不能去。没人照应怎么可以？"随后林式同着手帮她在洛杉矶寻找新居。7月底，伊朗房东主动挽留，张爱玲于是又续订了两年的合约，并预付了房租。

"因为有许多亲戚想找我借钱，谣言说我发了财①。而 Phong 是我祖母的名字，在中国很普遍，不会引起注意。"

虽然依旧在奋力写作，但她生命的列车已经在不停地驶离，看着沿途的人们依旧在人世的欲念中载浮载沉，互相厮杀，她理解一切，却离一切越来越远。她屡次拒绝了回乡的邀请，林式同打电话告诉她将去上海，她也只是停顿一下，说道："恍如隔世。"在 1976 年给宋淇夫妇的信中，她早曾写过："我怕 re-live experiences（重新体验过去），不管是愉快还是不愉快的。"而更早的，20 世纪 50 年代中期在香港与邝文美相契之时，她就说过："我习惯了痛苦及想到死亡。一旦习惯了，它们就不那么可怕。而无论什么事，我也可以习惯。"

1992 年 2 月，补办完身份证件，张爱玲订立遗嘱，将自己的一切遗留给久病的宋淇夫妇，以报答他们数十年来对自己不遗余力的支持②。

---

① 这其中就包括她弟弟张子静。张子静 1983 年曾经和姐姐联系上，后张爱玲因为虫患四处迁徙，再度失去联系。1988 年，张子静听人误传张爱玲死讯，于是通过上海华侨办转国务院侨办，再转洛杉矶领事馆，问到张爱玲新地址。他给张爱玲这封信中其他内容不详，但有一事，大意是说他有一合适对象，想要结婚，对方并不在意他有没有房子，但他觉得不买房不好，希望得到帮助。另报告张茂渊情况说："姑姑跟一个姓×的坏蛋同居。"所以张爱玲在 1989 年 1 月 20 日的复信中解释："姑姑是跟李开第结婚——我从前在香港读书的时候他在姑姑做事的那洋行的香港分行做事，就托了他做我的监护人。"另说："消息阻塞，有些话就是这样离奇。传说我发了财，又有一说是赤贫。其实我勉强够过，等以后大陆再开放了些，你会知道这都是实话。没能力帮你的忙，是真觉得惭愧。惟有祝安好。"1997 年，子静去世。

② 宋淇在抗战期间因环境恶劣曾经染上肺病，后来不停复发，从香港美新处、邵氏公司（离开电懋后，曾受邀加入邵氏）辞职都是因为受此病困扰，晚年更因各种疾病多次入院手术。1986 年，邝文美发现患胃癌，接受化疗。带病延年中，两人依旧悉心为张爱玲打理各种事情：为她的写作出谋划策，四处推荐、联系各种出版事宜，代理电影版权，与皇冠商讨策划出版《张爱玲全集》，代张爱玲处理版税等。1996 年，即张爱玲去世后一年，宋淇因支气管炎病逝，享年 77 岁。2007 年，邝文美去世，享年 88 岁。

1994年,《张爱玲全集》由皇冠出版。同年，她获得台湾《时报》文学特别成就奖，为此拍摄了最后一帧照片，并题曰：

人老了大都
是时间的俘虏，
被圈禁禁足。
它待我还好——
当然随时可以撕票。

身体不好，她躺着的时间越来越多。只有看医生不能推脱，牙齿、皮肤、脚肿、眼睛，桩桩都耗费无数精力时间，最可笑的是去打感冒预防针，奔走累了，回来就感冒了一个多月。读书、看报、看电视是她最好的休闲，最新的时事都知道，她喜欢老电影、午夜的"今宵"脱口秀节目，也关注辛普森案①，认为是社会上的电视连续剧，像侦探故事一样，里面真实的人性和曲折的情节比小说还离奇有趣。仅有的一点能工作的时间，她依旧在不停地修改自传体小说，在《小团圆》中涂抹着家族以及与她母亲的往事。因为她相信如果母亲一灵不昧，会宁愿女儿写她，即使不加以美化，也不愿被遗忘。她一生最是恩怨分明，却独于母亲有恩未报。她从小的竹节运一度每四年一期，全凭她母亲的来去划分。学画、学钢琴、上学，到读大学，最后离开内地，全都是她母亲推动着她向前。母亲也是

---

① 1994年美国最为轰动的事件，前美式橄榄球运动员辛普森涉嫌杀妻。此案的审理一波三折，由于警方的重大失误导致有力证据失效，辛普森最后以无罪获释，本案也成为美国历史上疑罪从无的最大案件。

最早赏识她的人，鼓励她拿画作去投稿，介绍给她毕加索、马蒂斯，只是指出她画中的一点："脚底下不要画一道线。"那条棕色粗线代表着地板或者土地。可是下回她画里的人物还是脚踩一条线，她是孩子的思考和逻辑："不然叫他站在什么地方？"说过几回不改，她母亲到底生气了："叫你不要画这道线！"她母亲心灵手巧，独立勇敢，喜欢设计服装，自己动手车衣服，在国外学美术、滑雪、游泳，甚至还在英国工厂里当过女工，学习制作皮包。她最早教育张爱玲不要依赖任何人，总是叫女儿不要哭："哭是弱者的行为，所以说女人是弱者，一来就哭。"只有一次例外。母亲看到字典中的玫瑰花瓣，说："在英国湖边捡的。好漂亮的深红色玫瑰。看，人也一样，今天美丽，明天就老了。人生就像这样。"小煐的眼泪一下就滚了下来。可是母亲理解错了。而她也从来没有解释过：那时幼小的她还从未经历过死亡，并不能真正理解它的含义。可是从母亲怅惘而伤感的语气里，捕捉到母亲害怕衰老和死亡，她本能地想要保护母亲，却突然痛感自己的无能为力。那是一个孩童对父母的最原始而纯洁的爱。在《对照记》图二中，张爱玲以柔和的笔触回忆起童年的一天，她高兴地看着母亲给自己的照片上色："一张小书桌迎亮搁在装着玻璃窗的狭窄的小阳台上，北国的阴天下午，仍旧相当幽暗。我站在旁边看着，杂乱的桌面上有黑铁水彩画颜料盒，细瘦的黑铁管毛笔，一杯水。她把我的嘴唇画成薄薄的红唇，衣服也改添最鲜艳的蓝绿色。那是她的蓝绿色时期。"那时她还未显露出母亲无法忍耐的笨拙和无用，那时她们的关系，以及她的一生，都还有另一种可能……

1995 年 9 月初，心脏不适的张爱玲感到大限将至，她起身将身份证件、存放书稿的仓库合同等重要文件整理好，连同房门钥匙一起装进一个手提包，又将手提包放到靠近门口的折叠桌上，便于被人发现。然后安静地躺回到靠墙的行军床上……

1995年9月9日，张爱玲去世的消息惊动了整个华文界。林式同不负所托，顶住巨大的舆论和社会压力，不折不扣地执行了张爱玲的遗愿：不举行任何仪式，尽快火化，除了房东、警方、殡仪馆执行人员以及林式同外，没有其他任何人看见过遗容。最后又将骨灰伴随着红白两色玫瑰、康乃馨花瓣，撒入大海①。

"欠命的，命已还；欠泪的，泪已尽。冤冤相报实非轻，分离聚合皆前定……好一似食尽鸟投林，落了片白茫茫大地真干净。"张爱玲遗嘱不留任何祭拜追念之处，正是她一贯人生态度的必然选择，也是对她钟爱一生的《红楼梦》的最终极的美学呼应。②

张爱玲的读者群之广，其热度持续之久，在中国现当代文学史上都属罕见。这里面固然有专家学者的推荐研究之功，但更重要的，却是读者的衷心喜爱。究其原因，《二十世纪作家简介》中的作家评介虽然出自美国文评人之手，却可谓中肯且一语中的："张爱玲的作品无疑被那些把它当作冷战燃油的人过分推崇，也被那些视当代

① 按照美国加州法律，不允许将骨灰撒于陆地，只能撒到离岸三里外的海中。林式同敬佩张爱玲不执着、不攀缘、无是非、无贪瞋的人生态度，他2011年去世，遗嘱等妻子去世后将二人骨灰合到一起，像张爱玲一样，撒到大海。

② 在花费十年工夫写就的《红楼梦魇》中，张爱玲道："有人说过'三大恨事'是'一恨鲥鱼多刺，二恨海棠无香'，第三件不记得了，也许因为我下意识的觉得应当是'三恨《红楼梦》未完'。"又说："这两部书（另一部指《金瓶梅》）在我是一切的泉源，尤其《红楼梦》。《红楼梦》遗稿有'五六回'被借阅者遗失，我一直恨不得坐时间机器飞了去，到那家人家去找出来抢回来。"

中国文学只能为革命做政治服务的人过分贬抑。她所描绘的革命前的中国，在写得最好的时候，达到了超越时空的普遍性。"客观而论，拿张爱玲最好的作品《金锁记》与世界一流大师最优秀的中篇相比，如莫里亚克①的《脏猴儿》、巴尔扎克的《欧也妮·葛朗台》、泰戈尔的《四个人》②，我们就能看出在作品揭示出的人性的厚重和丰富性、展示出的社会面相的深度和广度，文字的优美深邃，以及作品表现力的游刃有余上，其实仍有差距，何况这些作家另有同样优秀的长篇或者其他作品加持。张爱玲的兴趣一直囿于人，随着对人生热情的锐减，她的文笔也不可避免地随之枯萎。她用坚强的意志和理性扛住了人生的苦难，在纷繁乱世中走出了一条不寻常的路，却没能向人生之外的真理再迈出一步，这种狭窄和自身的情感创伤也限制了她小说中人物的出路。虽然面对生活的磨蚀和碾压，人们都会不同程度地丧失纯真和生机，但更多时候，他们还是在努力挣扎和做出选择。

但不管怎样，她是20世纪最具天才的中国作家，这一点毋庸置疑。她的作品注定会流传下去，时间已经证明了这一点，而且还会继续证明下去。在将中国古典小说传统与西方现代小说技巧完美融合这一点上，她和白先勇堪称现代文学的双璧。后者因为题材等

---

① 法国著名作家，1952年诺贝尔文学奖获得者。代表作有《爱的荒漠》《苔蕾丝·德斯盖鲁》《蛇结》《黑天使》等。《脏猴儿》描写不幸的婚姻中女主人公对自我及他人的毁灭，主题与《金锁记》有异曲同工之妙。

② 泰戈尔最优秀的作品之一，甚至有评论家认为它是毫无瑕疵的艺术珍品。作品以两位主人公沙士奇和室利比拉斯的人生历程，再现了古老的印度传统社会在西方现代民主思潮冲击下产生的矛盾和分裂，以及在此大时代背景下，印度新一代年轻人对于爱情和信仰的深度思索和不懈追求。

诸多因素，并没有获得如张爱玲这样广大的读者，但《台北人》篇篇精炼圆熟，以小说的形式再现了《古诗十九首》以及中国古典文学最为推崇的哀而不伤、含蓄蕴藉的美学境界，其创作的成熟度和稳定性犹在张爱玲之上。这是时代和人生际遇烙刻在张爱玲身上的遗憾。

张爱玲和赖雅共同生活 11 年。其中堪称平静愉快的家庭生活却极其短暂，大多时候，健康问题、生活压力如影随形，尤其是婚后第五年，赖雅突然中风，为了能及早返回美国，张爱玲不惜损坏自己的身体，在香港夜以继日地工作。赖雅在世的最后几年中，张爱玲在一旁写作，在一边的床上则躺着随时需要照顾的赖雅，成为这个家庭中最常见的场景。因为这段婚姻，很多人对赖雅不满，包括在美国学术界最先肯定张爱玲的才华并将其介绍给世界的夏志清。才华的浪费难免让所有爱才的人惋惜，但这正是张爱玲之所以为张爱玲的地方。年轻时她便对胡兰成说过，当时只是还未曾想到结婚，如果到了该结的时候也就结了，而且绝不挑三拣四。她是冷眼看透繁华的人，所以对于命运的施与有着一种特别的淡定与安然。

年轻的时候，她以文章惊世。后半生，她用生命的重量为自己的文章注脚。与此恰成对比的是胡兰成，这个经由张爱玲始得开天眼的人，远绍六朝文风，逐渐形成了古稚清隽、明婉柔媚的独特文字风格，俨然自成一家，但因为其道义上的缺失和绝不亏负自己，所有的妙笔生花终究脱不掉骨子里的虚浮矫饰、避重就轻，落不到人生的实处。

道德不是衡量一个人的唯一标准，但却永远是衡量一个人的最后标准。

廿四年前那个中秋节的夜晚，我独坐在春城一隅寒冷而简陋的宿舍里，突然听到桌上 20 世纪 70 年代的老旧收音匣子里传来张爱玲的死讯，心中说不出的震惊和伤感。当年在《台港文学选刊》上初看到《小艾》时的惊艳犹如昨日。那是借由文字结成的不解之缘，不需谋面，便已熟悉。对于这样一个触动过无数人内心深处最细腻幽微的一部分情感的传奇女子的离去，我们唯有投以静默的凝视。中国人总爱说：人生苦短。而张爱玲说："长的是磨难，短的是人生。"所幸漫漫迷途，终有回归。谨以当日感而所做诗歌中的几句来为本书作结：

在一个人的舞台上

你眼波流转

莲步轻移

举手 抬足

都是传奇

…………

张爱，愿你此去安宁

愿你在那条大道上一路平安

主要参考文献

蔡德金. 汪精卫评传[M]. 成都：四川人民出版社，1988.

陈公博. 陈公博自白书[C]. 收录于《审讯汪伪汉奸笔录》[M]，南京：江苏古籍出版社，2002.

高全之. 张爱玲学[M]. 桂林：漓江出版社，2015.

胡兰成. 今生今世[M]. 北京：中国长安出版社，2013.

季季，关鸿. 永远的张爱玲[M]. 上海：学林出版社，2000.

林式同. 有缘得识张爱玲[C]. 收录于《华丽与苍凉——张爱玲纪念文集》[M]，台北：皇冠出版社，1996.

司马新. 张爱玲在美国——婚姻与晚年[M]. 徐斯，司马新，译. 上海：上海文艺出版社，1996.

苏青. 苏青文集·小说卷（中）[M]. 合肥：安徽文艺出版社，2016.

夏志清. 张爱玲给我的信件[M]. 武汉：长江文艺出版社，2014.

颜惠庆. 颜惠庆日记[M]. 上海市档案馆，译. 北京：中国档案出版社，2000.

张爱玲. 重访边城[M]. 北京：北京十月文艺出版社，2012.

张爱玲. 雷峰塔[M]. 赵丕慧，译. 北京：北京十月文艺出版社，2016.

张爱玲. 流言[M]. 北京：北京十月文艺出版社，2012.

张爱玲. 小团圆[M]. 北京：北京十月文艺出版社，2000.

张爱玲. 易经[M]. 赵丕慧，译. 北京：北京十月文艺出版社，2016.

张爱玲. 怨女[M]. 北京：北京十月文艺出版社，2012.

张爱玲，宋淇，邝文美. 张爱玲私语录[M]. 宋以朗，编. 北京：北京十月文艺出版社，2000.

张子静，季季. 我的姐姐张爱玲[M]. 长春：吉林出版集团有限责任公司，2009.

周芬伶. 哀与伤——张爱玲评传[M]. 上海：上海远东出版社，2007.

周佛海. 周佛海日记全编[M]. 蔡德金，编著. 北京：中国文联出版社，2003.

朱子家（金雄白）. 汪政权的开场与收场[M]. 中和：古枫出版社，1974.

庄信正. 张爱玲庄信正通信集[M]. 北京：新星出版社，2000.